HEYNE BÜCHER

SCIENCE FICTION

Herausgegeben von Wolfgang Jeschke

Von dem Zyklus RENEGADE LEGION
erschienen in der Reihe
HEYNE SCIENCE FICTION & FANTASY:

William H. Keith jr.: *Die Ehre der Legion* · 06/5393
Peter Rice: *Den Teufel werden wir tun* · 06/5453 (in Vorb.)
Peter Rice: *Eisiger Tod* · 06/5454 (in Vorb.)
Peter Rice: *Monsun* · 06/5455 (in Vorb.)

WILLIAM H. KEITH JR.

DIE EHRE DER LEGION

RENEGADE LEGION

1. Roman

Deutsche Erstausgabe

WILHELM HEYNE VERLAG
MÜNCHEN

HEYNE SCIENCE FICTION & FANTASY
Band 06/5393

Titel der Originalausgabe
RENEGADE'S HONOR
Übersetzung aus dem Amerikanischen
von Birgit Oberg
Umschlagbild: FASA Corporation

Umwelthinweis:
Dieses Buch wurde auf
chlor- und säurefreiem Papier gedruckt.

Redaktion: Ulrich Fröschle

Erstmals erschienen bei FASA Corporation, Chicago

Printed in Germany 1997
Umschlaggestaltung: Atelier Ingrid Schütz, München
Technische Betreuung: M. Spinola
Satz: Schaber Satz- und Datentechnik, Wels
Druck und Bindung: Elsnerdruck, Berlin

ISBN 3-453-10910-4

ERSTES BUCH

1

Einmütig setzen die Historiker die Gründung des menschlichen Imperiums mit dem Aufstieg des römischen Reiches gleich, eines technologisch primitiven irdischen Staates, der vor beinahe siebentausend Jahren im Mittelmeergebiet angesiedelt war. Dieses Reich erwies sich als auffallend widerstandsfähig und dauerhaft. Auch der sogenannte ›Niedergang des römischen Reiches‹ war nur ein zeitweiliges Stolpern, das weniger als zweitausend Jahre währte und ein Ende fand, als sich die Menschheit den Weg zu den Sternen bahnte.

Seit sieben Jahrtausenden erweist sich das Imperium als die menschliche Antwort auf ein dunkles, ausgedehntes und feindliches Universum – eine besondere Lösung für die besonderen Probleme, die entstehen, wenn die Menschen die Technik beherrschen und ausziehen, um die Galaxis zu erobern, und die Bevölkerung von anfangs zehn, dann zehntausend, dann hunderttausend verschiedenen und weit verstreuten Welten regiert werden muß.

Wer könnte bezweifeln, daß nur das Imperium zwischen unserem galaktischen Frieden und dem endgültigen und absoluten Zerfall Roms steht, der für die Menschheit die ewige Versklavung durch die feindliche uns umgebende Finsternis bedeuten würde?

– Aus dem Siebten Jahrtausend von Gaeaphilos,
dem Philosophen, Verlag der Universität von Neu Rom,
Terra, Anno Imperii 6801.

Kendric Ramsay Fraser lehnte an dem Geländer, das die Brüstung über dem Raumhafen von Vulpeculana Major säumte. Gerade setzte ein Raumschiff zur Landung an, und die vertraute Aufregung schwemmte einen Augenblick lang sowohl Sorgen als auch Hoffnungslosigkeit davon.

Das Schiff gehörte zu den allgegenwärtigen schnellen, leichten und handlichen *Cingulum*-Korvetten der TOG-Flotte. Mit der siebenköpfigen Mannschaft und Platz für nur zwei Passagiere war es nicht gerade ein Sinnbild von interstellarem Luxus und Bequemlichkeit, aber die klare Linie des Antigravantriebs zeugte von Schnelligkeit und gebändigter Kraft. Durch den Überdruck der Kraftfelder wurden Staubteufel aus dem Schatten der Korvette aufgescheucht, als sich Metallklemmen aus halbverdeckten Öffnungen innerhalb des Ankoppelungsmechanismus schoben, um das aufsetzende Schiff sicher zu verankern. Über den Tauradiatoren der Korvette flirrte die Luft, als die Cherenkovstrahlung Tachyonen überschüssiger Energie abgab.

Der Ausstoß war von heller Färbung. Sie war weit gereist, die Kleine. Das grellrote dreieckige Symbol des Terran Overlord Government auf dem schwarzen Hintergrund prangte auf dem Schiffsrumpf, genau unter dem deutlich sichtbaren Namen: *Teachdair*.

Der Anblick ließ widerstreitende Gefühle in Kendric aufwallen. Seit seiner Kindheit hatte er sich nichts weiter gewünscht, als an Bord eines Raumschiffes Dienst zu tun. Als er neun Jahre alt war, geriet sein Volk durch einen bloßen Zufall über die engen Grenzen des eigenen, winzigen Sternhaufens hinaus. Aber noch vor jener Zeit war Kendric von den Berichten über Entdeckungen und Eroberungen im Kreis seiner Heimatsterne fasziniert gewesen. Als die Nachrichten von der Ersten Begegnung der Gälischen Konföderierten mit dem mächtigen, allumfassenden TOG-Imperium bekannt wurden, verstärkten sich seine Reiselust und das Fernweh um ein Vielfaches.

Seit damals hatte es Kendric weit gebracht. Jene

Erste Begegnung mit TOG lag erst dreiundzwanzig Standardjahre zurück, aber er hatte seinen Traum verwirklichen können. Er war Navarchos – der Captain eines Raumschiffs – der imperialen TOG-Flotte.

Bis jetzt jedenfalls. Aber in letzter Zeit hatte die Entwicklung seiner Karriere Kendric Sorgen bereitet.

»Na, wie fühlt man sich, wenn man nach Hause fliegt?«

Kendric drehte sich um, leicht erschreckt durch die Stimme, die seine eigenen Gefühle so deutlich zum Ausdruck brachte. Caius Elliot war einen ganzen Kopf kleiner als der hochgewachsene Kendric, übertraf die achtzig Kilo Gewicht des jüngeren Mannes aber um mindestens zehn. Er trug die offizielle Zivilkleidung: die bei Mitgliedern der TOG-Elite beliebte weiße Tunika samt Leggings, darüber einen grün- und purpurfarbenen Umhang. Die geschmiedete goldene, reichverzierte Spange über der Brust wies auf seine Stellung als TOG-Sonderbeauftragter hin.

Im Vergleich dazu war Kendric spartanisch gekleidet, denn er trug die hochgeschlossene schwarze Tunika und die schwarze Hose der imperialen Flotte. Die goldenen Streifen an den Ärmeln und Schultern zeugten vom Rang des Navarchos. Den einfachen weißen Umhang hatte er nicht gewählt, um elegant und modisch zu erscheinen, sondern um sich vor der trockenen Hitze Vulpeculanas zu schützen. Der einzige Schmuck der Uniform blinkte im Sonnenlicht blutrot an seiner Kehle auf.

»Hallo, Lord Elliot. Ich wünschte, ich wüßte es.« Er deutete auf die Korvette, deren Landestege neben den Verankerungen herabglitten.

»Das ist unser Schiff, nicht wahr?«

»Ganz recht. *Teachdair* … frisch aus dem Umlaufhafen von Alba. Sie ist Teil Ihrer Flotte.«

Ihrer Flotte. Kendric konnte es noch nicht fassen. *Teachdair* war ein Name aus dem Altgälischen und nicht dem Galatin, der Sprache des TOG-Imperiums. *Ich gehöre zur imperialen Flotte,* dachte er. *Keinesfalls zu diesen – diesen Dilettanten! Ich gehöre an Bord der* Metus Magnus.

»Das alles ergibt keinen Sinn, Lord Elliot. Warum gerade ich?«

»Politische Schachzüge können hin und wieder zu verwirrenden Ergebnissen führen«, erwiderte Elliot. »Zweifeln Sie plötzlich an sich selbst, mein Sohn?«

»Ich fürchte, ja. Es scheint ein ... nun ... zu großer Schritt zu sein. Als würde man vom gemeinen Soldaten direkt zum Admiral befördert.«

»Na, so extrem ist es, meiner Meinung nach, auch wieder nicht. Sie waren der beste Mann für diese Aufgabe.« Elliot kniff die Augen zusammen. »Fühlen Sie sich nicht erfahren genug, oder gibt es noch etwas anderes?«

Kendric starrte auf den schlanken, keilförmigen Rumpf der *Teachdair,* an dem sich bereits die Servicetechniker zu schaffen machten. Er vermied es, Elliot in die Augen zu sehen.

»Ich war als Offizier der imperialen Flotte sehr zufrieden«, antwortete er. »Ich war als Erster Offizier der *Metus Magnus* glücklich.«

»Pfff«, brummte Elliot. »Was hat denn Glück damit zu tun? Sehen Sie mich an! Glauben Sie denn nicht, ich wäre viel lieber glücklich, als plötzlich zum Verwaltungsrat einer caesarvergessenen, hinterwäldlerischen Provinz wie Alba ernannt zu werden?«

Kendric warf Elliot einen prüfenden Blick zu. Der Tonfall des Mannes verriet selten, ob er scherzte oder nicht. Aber das Augenzwinkern des Ratsherren ließ Kendric annehmen, daß jene Beleidigung nichts als ein weiteres Beispiel für seinen seltsamen Sinn für Humor war.

Dieses Mal konnte Kendric aber nichts Entsprechendes erwidern. »Ich weiß auch nicht, was es ist«, knurrte er. »Vielleicht liegt mir die Tiefe Finsternis auf der Seele.«

Elliots Zwinkern verschwand. »Reißen Sie sich zusammen, Mann. Sie sind nicht wie die anderen ... die Gälen ... und das wissen Sie auch.«

»Weiß ich das?«

Es gab einen Namen für die Angst, die sein Volk vor der Tiefen Finsternis empfand: Fluch der Gälen. Kendric hatte den Atem der Krankheit nur selten verspürt, aber wahrscheinlich lag es daran, daß er den Gälischen Sternhaufen schon früh verlassen hatte. Den größten Teil seines Lebens als Erwachsener hatte er damit verbracht, die Teile der Galaxis zu bereisen, wo die Sterne dünn gesät waren und die Schwärze der Nacht alles umgab. Kendric hatte viele Leute gekannt, allesamt Bewohner von Alba, die nicht in der Lage gewesen waren, den nächtlichen Himmel der Welten zu schauen, die außerhalb der Heimat lagen. Es bereitete den Gälen Schwierigkeiten, sich der Tatsache zu stellen, daß der Himmel so riesig und leer war – insbesondere den älteren Gälen, die in den Tagen vor der Ersten Begegnung aufgewachsen waren.

Der Gälische Sternhaufen hatte lange Zeit isoliert von der galaktischen Geschichte gestanden. Auch die Gälen selbst hatten vergessen, wie lange. Die Chroniken Albas konnte man bestenfalls unvollständig nennen. Verschwommene Erinnerungen, eingehüllt in Mythen und Folklore, erwähnten den Zusammenbruch der Vereinigten Sternsysteme und den durch Krieg und Invasionen bedingten Zerfall der Erde. Nach vorsichtigen Schätzungen lag dies ungefähr viertausend Jahre zurück. Die Dunkelzeit, die darauf folgte, hatte so gut wie alles ausgelöscht, was die Gälen gewußt oder niedergeschrieben hatten. Niemand konnte sich daran erinnern, warum sie die Erde überhaupt verlassen und sich auf eine Reise begeben hatten, die, selbst mit Lichtgeschwindigkeit, acht Jahrtausende währte.

Auch wußte niemand, warum sie als neue Heimat eine Gruppe Planeten erwählt hatten, die im Herzen eines Sternhaufens lag, in dem es eigentlich keine erdähnlichen Welten geben sollte.

Das Sternsystem war außerordentlich jung, da die meisten der zugehörigen Sterne höchstens ein paar hunderttausend Jahre zählten. Die Sonnen waren größtenteils verschwenderische blaue Giganten, die mit einem dunstigen, hauchdünnen Netz aus Sternenstaub umwoben waren – Überresten des Nebels, aus dem das Sternsystem entstanden war. Ein besonders heller Stern war bereits in die rote Phase eingetreten, und seine Farbe bildete einen scharfen Kontrast zum Blau seiner nächsten Nachbarn. Die Gälen nannten ihn ›*Cridhe*‹, das alte gälische Wort für ›Herz‹. Von der achttausend Lichtjahre entfernten Erde aus gesehen, wirkte Cridhe wie ein Rubin, der inmitten von bläulich-weißen Diamanten gelandet war. Dieser Anblick schien dem Sternsystem seinen uralten Namen verliehen zu haben: Der Juwelenhort.

Solche Sternhaufen sind viel zu jung, um Planetenwelten zu bilden, die über die lebensnotwendigen Voraussetzungen verfügen. Aus diesem Grund hatte nach den Kriegen, welche die Vereinigten Sternsysteme zu Fall brachten, niemand den Gälischen Sternhaufen entdeckt. Zwar interessierten sich Astrophysiker für den Juwelenhort, konnten ihn aber hervorragend aus der Ferne studieren. Wer von ihnen hätte je gedacht, daß diese kompakte Sternansammlung Welten beherbergte, auf denen sich menschliche Kolonien befanden?

Und doch war es so. Die vorherrschende Lehrmeinung gab an, daß die bedeutend älteren Sonnen der Fünf Welten, die der G- und K-Klasse angehörten, von der Schwerkraft des Systems angezogen und integriert worden waren. Niemand wußte, warum die Vorfahren der Gälen sich entschlossen hatten, den *Juwelenhort* zu erforschen, da sie nicht annehmen konnten, dort bewohnbare Welten zu entdecken. Es war lediglich bekannt, daß sie, nach dem Aufspüren der Fünf Welten, nicht weitergezogen waren.

Die Gälen hatten ihre Dunkelzeit gerade erst hinter sich gelassen. Die Bewohner von Alba hatten vor fünfhundert Jahren ihr Gegenstück zur industriellen Revolution erlebt und entdeckten die Möglichkeit des galaktischen Reisens erst vierhundert Jahre später aufs neue. Der Fund eines uralten, unversehrten Raumschiffes auf Albas innerem Mond hatte ihnen den Schlüssel zu Flügen ins All geliefert. Sie hatten den heruntergekommenen Flugkörper funktionstüchtig gemacht und ›*Longluath*‹ – Schnelles Schiff – genannt. Damit hatten sie die anderen Welten des Sternhaufens entdeckt und erforscht, und den Kontakt zu ihren langverlorenen, technologisch weniger weit entwickelten Verwandten wiederhergestellt. Die folgenden Jahre waren voller Abenteuer und Aufregungen gewesen. Der Reichtum und Ruhm des Himmels, des ganzen Universums, hatte den Gälen gehört.

Und dann war die *Longluath* zum ersten Mal über die Grenzen der gälischen Welten hinausgeflogen.

Studenten der Psychogeschichte und Psychologie von jenseits der Galaxis hatten bereits etliche Abhandlungen über jenes Phänomen, das unter dem Namen ›Fluch der Gälen‹ bekannt war, geschrieben. Außerdem gab es unzählige Witze, die sich mit der gälischen Vorliebe befaßten, nur bei Licht zu schlafen oder zu lieben. Im Gegensatz zur öffentlichen Meinung hatten die Gälen keine Angst vor der Dunkelheit. In Wirklichkeit verhielt es sich so, daß der Nachthimmel über jeder der gälischen Welten so hell war, daß man im Sternenlicht problemlos lesen konnte. Sogar in einer wolkenschweren Nacht drang genügend Licht durch die dichte Decke, daß sich darunter ein verschwommenes Dämmerlicht ausbreitete.

Obwohl sich die Wissenschaft seit dem Ende der

Dunkelzeit in allen Bereichen rasend schnell weiterentwickelt hatte, war ein Gebiet schändlich vernachlässigt worden. Natürlich konnte man eine Unmenge Sterne, Monde und benachbarte Planeten beobachten, aber die Helligkeit des Nachthimmels hatte dazu geführt, daß die Gälen sich niemals mit der Astronomie des äußeren Weltraumes beschäftigten.

Auch als das langvergessene Raumschiff entdeckt wurde, hatten die gälischen Kosmologen angenommen, daß der Durchmesser des Universums höchstens fünfzig Lichtjahre betrug. Erst als die *Longluath* die dünne, glänzende Grenze der leuchtenden Sterne und sie umhüllenden Nebelschwaden überflog, erfuhren sie die Wahrheit. Als das Raumschiff nach Alba zurückkehrte, waren fünf Besatzungsmitglieder verrückt geworden.

»Fluch der Gälen« hieß fortan jenes an Agoraphobie grenzende Angstgefühl, das die Gälen – insbesondere die älteren Gälen – vor dem äußeren Universum empfanden. Imperiale Wissenschaftler und die Gälen selbst gaben zu, daß weder die Dunkelheit noch der Anblick eines sternenlosen Nachthimmels die unsinnige Angst auslösten. Es war die Einsamkeit, die Isolation inmitten eines plötzlich unvorstellbar riesigen Universums.

Ist das der Fluch der Gälen? fragte sich Kendric. Oder etwas anderes? Wenn es der Fluch ist, würde ich mich freuen, wieder dorthin zurückzukehren, wo der Himmel mit Sternen übersät ist und meine Leute um mich sind. Aber eigentlich sind es gar nicht mehr meine Leute, stimmt's? Sie sind es nicht mehr, seit … nun, seit langer Zeit nicht mehr.

Kendric bemühte sich, das Gefühl der Sinnlosigkeit und Leere abzuschütteln. »Fühlen Sie sich denn – genauso wie ich – als Verbannter, Exzellenz?«

»Also, bitte, Kendric! Es handelt sich nicht um Verbannung, sondern um eine neue Gelegenheit! Eine Gelegenheit! Und schließlich ist Alba Ihre Heimat!«

Und genau das war der Hauptanteil von Kendrics

Problem. Er sah Alba, oder die gälische Welt, nicht länger als Heimat an. Seit Caras Tod hatte er keinen Fuß mehr dorthin gesetzt. Seit zehn Jahren bedeutete ihm die Flotte des Imperiums sowohl Leben als auch Karriere. Die Erinnerungen an Alba und an Balmarin, die Hauptstadt, waren deutlich, aber mit einem Hauch von Trauer überzogen.

Er wollte nicht zurückgehen.

Lichtjahrhunderte von Vulpeculana Major entfernt, glitt der imperiale Zerstörer *Raptor,* dessen Geschwindigkeit von den exakt ausbalancierten Manövriersystemen auf weniger als einen Meter pro Sekunde gedrosselt worden war, sachte in die Anlegestelle 12 des Hafens von Alba. Unterhalb des Hafens erhob sich, riesig und dunkel, die nächtliche Silhouette der Stadt gegen den sternbedeckten Himmel; im Hintergrund zeichnete sich bereits das erste, weißleuchtende Licht des Morgens ab. Die Nacht konnte auf diesem Planeten nicht wirklich als ›dunkel‹ bezeichnet werden. Reflektierendes Sternenlicht beschien die vorbeitreibenden, herumwirbelnden Wolken und die kantigen Umrisse des grauen Kontinents. Dann erhob sich Argrian, die Sonne von Alba, in all ihrer gold-orangenen Pracht am Horizont.

Die Ankoppelungsklemmen schlossen sich magnetisch und lautlos, nur im Inneren des Kriegsschiffes hallte das metallische Klicken nach. Ummantelte Druckausgleicher schwangen herum, um die Ankoppelungsdichtungen der Luftschleuse zu umarmen und zu küssen.

Innerhalb der kreisförmigen Empfangshalle des Hafens standen die TOG-Legionäre in Reih und Glied, angetan mit voller zeremonieller Rüstung, die Gesichter von den düster wirkenden Kampfhelmen mit ihren dunklen Visieren verdeckt. Die Verschlüsse und Panzerungen der Kampfanzüge aus Venusmuscheln glänzten weiß über den Duraled-Tuniken und -Leggings. Sie erinnerten ein wenig an die längst vergangenen Tage des römischen Imperiums. Auch die von harten Fäusten aufrecht gehaltenen Pila ähnelten kurzen, stämmigen Speeren – eine absichtliche Verschmelzung von Technologie und Geschichte. Obwohl die Pila als zeremonielles Bindeglied zur Vergangenheit dienten, waren sie gleichzeitig starke Laserwaffen, die aus dem schweren Tornister, den jeder Mann trug, gespeist wurden.

Die Luft war vom Geruch des Maschinenöls und des Kunstleders durchdrungen.

Nichts außer dem Schnarren der Helmrespiratoren war zu hören, als Vizeadmiral Marius Arada und Gouverneur Vindicus Malatya die Reihen der Legionäre zum letzten Mal prüfend abschritten.

»Annehmbar, Gouverneur«, meinte Arada, als sie das Ende der letzten Reihe erreicht hatten. Die Klappe der Luftschleuse zu Anlegestelle 12 war noch immer geschlossen, darüber leuchtete warnend ein rotes Licht. »Wahrhaft annehmbar.«

Malatya nickte. »Ich danke Ihnen, Herr Admiral. Man bemüht sich, das, was man hat, so gut wie möglich zu präsentieren.«

Arada verbarg seine Mißstimmung hinter der Maske geübter Formalität. Die Truppen gehörten zu den TOG-Legionären der imperialen Flotte – Aradas Truppe – und waren dem Gouverneur zeitweilig überlassen worden. »In der Tat. Ich nehme an, daß Sie den Dienst der Leute in letzter Zeit nicht mehr in Anspruch nehmen mußten?«

Malatya wölbte die fetten Lippen. Er war ein schwergewichtiger Mann, wirkte in der goldenen und silbernen Toga mit der scharlachroten Amtsschärpe ein wenig lächerlich. »Es war kaum der Rede wert«, antwortete er. »Natürlich gibt es hin und wieder kleine Unruhen. Immer diese Unionsgegner. Nennen sich Jakobiten. Aber hier in Balmarin und im Hafen von Alba ist alles unter Kontrolle. Unter *meiner* Kontrolle.«

Das diente als nicht besonders feinfühliger Hinweis, um Arada an Malatyas persönlichen Einfluß hier zu erinnern. Der Admiral befehligte die imperiale Flotte, die in der gälischen Welt stationiert war, aber als Gouverneur und Stellvertreter Caesars stand Malatya noch über den Gälischen Konföderierten. Zwischen den zivilen und militärischen Lagern der imperialen Regierung herrschte seit langem eine erbitterte Fehde. Malatya hatte sich politisch im Nachteil befunden, als Albas Hauptstadt von einer neuen Woge von Haß auf das Imperium ergriffen wurde und er sich gezwungen sah, um eine Kohorte von Aradas Leuten zu bitten – *zu bitten!*

Bei dem Gedanken lächelte Arada innerlich, hütete sich aber, das magere, von Falten durchzogene Gesicht zu verziehen. *Noch ein paar weitere solcher Zwischenfälle, und Lord Malatya wird merken, daß er gar nicht so mächtig ist, wie er glaubt!*

Ein gedämpftes Klirren ertönte von der anderen Seite der Schleusentür, und die beiden Kontrahenten wandten sich um.

Die Raumstation von Alba, mit zehn Kilometern Durchmesser, war ein Teil von Caesars Geschenk an die Bevölkerung der Gälischen Konföderation. Sie diente dazu, die erwartete Zunahme des Luftverkehrs und Handels zu bewältigen, wenn die Konföderation erst einmal fest im TOG-Imperium integriert war. Die andere Hälfte des Geschenkes hing in dem mit Alba gleichgeschalteten Orbit, achtunddreißigtausend Kilometer entfernt – eine VLCA-Station, die den Gälischen Sternhaufen mit dem gigantischen Netzwerk galaktischer Kommunikation verbinden sollte.

Als Gegenleistung hatten die Gälen die Konstruktion der zehn Raumschiffe umfassenden Flotte beendet, die als Gälische Schwadron bekannt war. Nun sollte die zweite Phase des imperialen Plans mit der Ankunft des Mannes beginnen, der auf der anderen Seite der Schleuse wartete.

Das Licht über der Tür wechselte von Rot zu Grün. Zischend entwich der Luftdruck, und das Tor glitt zur Seite. Zwei Reihen bewaffneter und gerüsteter Soldaten traten in die Halle, hielten die Waffen im Anschlag. Als Mitglieder einer Leibwache trugen sie auffälligere Kleidung als die wartenden Flottenmitglieder. Die Venusmuschelpanzer glänzten silbern über fleckenlosen Tuniken, die Umhänge waren grün, mit goldverzierten Borten. Sie trugen flache, fremdartig wirkende Helme, deren schwarze Visiere die Gesichter völlig verbargen. Die zwölf Bewaffneten nahmen zu beiden Seiten der Tür Aufstellung.

Der Mann, der nun in die Halle trat, war kleiner als Arada und Malatya und von stämmiger Gestalt, ohne jedoch die Tendenz des Gouverneurs zur Fettleibigkeit zu haben. Obwohl der Mann eine Art Uniform trug – scharlachrot und schwarz, mit hohem Kragen –, war er doch, genaugenommen, ein Zivilist. Gleich den Soldaten war auch er mit einem Brustpanzer angetan, der reich mit goldenen Verzierungen versehen war, und hielt, als Zeichen seiner Würde, einen kurzen Stab in der Hand.

»Ave, Domine!« grüßten Arada und Malatya gleichzeitig und brachten den imperialen Salut aus, indem sie eine Faust auf die Brust legten, sie hochrissen und mit nach außen gekehrter Handfläche ausstreckten.

Der Neuankömmling nahm den Gruß mit einer Bewegung des Stabes zur Kenntnis. »Ave«, sagte er mit leiser, aber bezwingender Stimme. »Ich bin Overlord Magnan Domitius Gracchi.« Er trat vor, und die Bewegung ließ den scharlachroten Umhang aufwirbeln. »Ich bin gekommen, um die zweite Phase des Gälischen Plans einzuleiten.«

Overlord! Es hätte eigentlich keiner Vorstellung bedurft. Sowohl Arada als auch Malatya hatten sich ziemlich unwohl gefühlt, als sie erfuhren, daß ein imperialer Overlord auf dem Weg nach Alba war.

»Willkommen, Overlord Gracchi!« Malatya verneigte sich im Anschluß an die formelle Begrüßung.

Arada behielt seinen maskenhaften Gesichtsausdruck bei. *Wieso Gracchi?* Es war allgemein bekannt, daß dieser besondere Overlord dem Brauch der TOG-Elite gefolgt war und seinem Namen eine Bezeichnung in Galatin hinzugefügt hatte. Gracchi war als Gracchi Carnifex bekannt. *Gracchi, der Schlächter.* Was wollte er auf Alba?

2

Ave, Caesar, Domine!

Die delikate politische Situation zwischen den Fünf Welten des Gälischen Sternhaufens hat sich bedeutend verbessert. Seit dem ersten Kontakt mit diesen früher völlig isolierten Welten im Jahre 6807 bestand die große Wahrscheinlichkeit, daß konservative Elemente innerhalb der herrschenden Klasse alle Vereinbarungen mit dem Terran Overlord Government ablehnen würden. Diese Ablehnung hätte selbstverständlich eine scharfe militärische Erwiderung von unserer Seite zur Folge gehabt.

Glücklicherweise erwies sich dies als unnötig. Der Vertrag von Kinkaid (6809) legte die Fundamente der Unabhängigkeit innerhalb des Gälischen Sternhaufens fest, stellte aber gleichzeitig sicher, daß die Frage der Unabhängigkeit nie zu einem Streitpunkt werden konnte. Die fünf gälischen Welten – Alba, Skye, Uist, Pomona und Stratham – verpflichteten sich ihrerseits, eine Kriegsschwadron zu konstruieren, um die Menschheit in dem derzeit tobenden Krieg von KessRith zu unterstützen. In der Zwischenzeit wählte man aus den gälischen Kindern fünftausend Jugendliche aus, um sie auf imperiale Schulen zu schicken. Man hoffte, daß diese Kinder einst die gälische Führungsspitze bilden würden, um ihr Volk – zum Wohle der Gälen und zum Ruhme Caesar Julianus' – auf den Weg der völligen Vereinigung mit dem TOG-Imperium zu bringen.

– Ausschnitt eines Provinzberichtes an den Herrscher,
geschrieben von Gaius Octavius Grethan,
Oberster Distriktverwalter, Gälischer Sternhaufen.
Kopiert mit Genehmigung des Imperialen Provinzarchives,
Neu Rom, Terra, 15. Okt. 6828.

Kendric Fraser war auf Alba, dem Hauptplaneten der Fünf Welten des Konföderierten Gälischen Sternhaufens, geboren worden. Sein Vater, Ramsay Graham Fraser, war Mitglied des Parlamentes von Alba gewesen.

Isoliert vom Rest der Galaxis, in Unkenntnis des Universums, das sich jenseits der sternenübersäten Grenzen ihrer Welt befand, lebten Kendrics Leute bis zur Ersten Begegnung völlig unberührt vom TOG-Imperium. Nach der Imperialen Zeitrechnung war Kendric damals neun bzw., entsprechend den in Alba um einiges kürzeren Jahresläufen, fast schon elf Jahre alt gewesen. Er war mit den Geschichten, die man über die Entdeckungen Albas innerhalb der nur fünfzig Lichtjahre Durchmesser umfassenden und als Universum angesehenen gälischen Welt erzählte, aufgewachsen.

Dann war das Imperium gekommen und mit ihm der Beweis, daß die Größe des Universums sämtliche Vermutungen der Wissenschaftler bei weitem übertraf. Diese Offenbarung beunruhigte viele Gälen. Tatsächlich hatten einige Bürger von Alba vorgeschlagen, daß die Konföderation ihre Selbständigkeit aufrechterhalten und keine politischen Beziehungen mit einer Regierung, die so unübersichtlich war, daß man sie schlecht verstehen konnte, eingehen sollte.

Kendrics Mutter war während der Anti-Unionsaufstände der achtziger Jahre umgekommen. Sein Vater, Mitglied der Unionsversammlung und einer der Verfasser des Vertrages von Kinkaid, hatte während eines Empfangs in der Botschaft sein Leben durch die Kugel eines Heckenschützen verloren. Jene Kugel war für Caius Elliot bestimmt gewesen, und der ältere Fraser hatte sein Leben geopfert, um ihn zu retten.

A. I. 6809 hatte der Vertrag von Kinkaid die Gälische Union formell bestätigt und den lange isolierten Welten den Weg zur Vereinigung mit dem TOG-Imperium geöffnet. Ein erster Schritt dieser Union hatte darin bestanden, daß man aus der Bevölkerung der Fünf Welten fünftausend Kinder auswählte, um sie in imperialen Schulen an den verschiedensten Orten der Galaxis erziehen zu lassen. Unionsgegner hatten behauptet, die Kinder seien nichts weniger als ein Garant für das ruhige Verhalten der Konföderation, denn die meisten stammten aus wohlhabenden und einflußreichen Familien.

Kendric hatte das nie geglaubt. Die Bildungsmöglichkeiten jenseits der Starrheit und des Nationalismus der gälischen Politik hatten alle Freiheiten geboten! Und erst die Gelegenheit, durch das All zu reisen! Es war Elliot gewesen, der dafür gesorgt hatte, daß Kendric zu den fünftausend ausgewählten Kindern gehörte.

Außer bei seltenen Besuchen war Kendric nicht in seine Heimat zurückgekehrt. Er war in Kathlandi Primus zur Schule gegangen und hatte danach die Zulassung zur Imperialen Flottenakademie von Grelfhaven erhalten. Immer war Elliot sein Wohltäter gewesen. Während eines Heimaturlaubes hatte Kendric Cara geheiratet, ein Mädchen aus Alba, das er, als er zwanzig Jahre alt war, dort kennengelernt hatte. Nach der Hochzeit hatten sie beide in Grelfhaven gelebt. Vier Jahre nach der Eheschließung starb Cara, und Kendric hatte seither keinen Fuß mehr auf heimatlichen Boden gesetzt.

Statt dessen hatte er sich kopfüber in seine Karriere gestürzt. Als junger Pluiarchos hatte er sein erstes Kommando auf einer *Cingulum,* ähnlich der Korvette, die gerade eingelaufen war, erhalten. Später hatte er den Zerstörer *Virtus* und den Schlachtkreuzer *Delta Herculis* befehligt. In den zehn Jahren seines Flottendienstes waren ihm rasche Beförderungen und unzählige Empfehlungen zuteil geworden. Wenngleich auch er dem unausweichlichen Vorurteil gegen ›Provinzoffiziere‹ begegnet war – so wurden die Leute genannt, die aus den eroberten Provinzen stammten und in den Militärdienst des Imperiums traten –, hatte dies jedoch dazu gedient, den brennenden Ehrgeiz zu nähren, innerhalb der Flotte weiter aufzusteigen.

Kendrics letzte Station war zwar nicht die Stellung eines Commanders, sondern die des Ersten Offiziers an Bord des Schlachtschiffes *Metus Magnus* gewesen, diese Position galt jedoch als Sprungbrett für eine spektakuläre Zukunft. Erst vor fünf Monaten hatte man ihm, während der grimmigen Schlacht von Tallifiero gegen KessRith, das zeitweilige Kommando der *Metus Magnus* übertragen. Der purpurne Stern, der nun seine Kehle zierte, bewies, daß er endlich die Vorurteile der konservativen Flottenmitglieder besiegt hatte.

Endlich, hatte er gedacht. Und warum schickte man ihn jetzt zur Gälischen Schwadron?

Für einen Offizier, der noch so jung und rangniedrig war wie Kendric, bot die Möglichkeit, als Flaggkapitän einer ganzen Schwadron Kriegsschiffe Dienst zu tun, unvergleichliche Vorteile. Aber Kendric wußte, daß er als Erster Offizier an Bord seiner alten Korvette – der *Fulger* – glücklicher gewesen wäre als nun im Rang des Captains der *Gael Warrior,* eines Kriegsschiffs der Gälischen Schwadron. Die Beförderung wirkte eher wie ein riesiger Schritt rückwärts.

Kendric erhob sich von seinem Sitz und wanderte unruhig zum Flugdeck hinüber. Eigentlich sollten die Passagiere die kleine Wartehalle oder ihr Quartier an Bord der Korvette nicht verlassen, aber sein Rang – der Begriff ›Navarchos‹ bedeutete, grob übersetzt, bei der Gälischen Flotte ›Captain‹ – gewährte ihm Privilegien.

Der Befehlshaber der *Teachdair* war Lieutenant Commander Derrick Spalding, ein kleiner Mann mit beginnender Glatze, der aus den Hochebenen von Skye stammte.

»Macht es Ihnen etwas aus, wenn ich zusehe?«

fragte Kendric. Das Flugdeck war ebenso überfüllt wie der Rest des Schiffes. Die drei Plätze für den Piloten/Kommandeur, Copiloten/Navigator und Verbindungsoffizier/Techniker waren von Kontrollpulten eingekreist.

»Kann Ihnen leider keinen Stuhl anbieten, Sir«, sagte Spalding mit trockenem Lächeln. »Aber Sie sind herzlich willkommen.«

Die Brücke des Raumschiffes hatte lediglich schmale Schlitze als Fenster, aber ein Weitsichter an der Kopfseite des Raumes gab den Blick auf das vor ihnen liegende All frei. Schwarze Sterne schwammen in einem Meer milchigen Lichtes. Im T-Raum nahm das Universum das Aussehen eines Negativphotos an, als würden sich die Sonnen von einem unendlichen Ozean aus Licht und Energie ernähren. Wieder einmal fragte sich Kendric, wie es möglich war, daß etwas schwarz *leuchtete.* Bei Überlichtgeschwindigkeit glitten die schwarzen Bälle langsam zu beiden Seiten des Schiffes dahin, umhüllt von der Strömung des Lichts.

Tatsächlich konnte er nicht die Sonnen selbst sehen, sondern bloß ihre Masseschatten, die sich über die Dimensionengrenze hinweg im Tachyonenraum abzeichneten. Würde das Schiff, auf seinem geraden Weg, einen jener Schatten treffen, wäre das Resultat ebenso tödlich, als träfe man im rationalen Raum gegen den Stern selbst. Aus diesem Grund waren Navigatoren und Computeroffiziere wichtiger als der Pilot – jedenfalls während der Überlichtphasen einer Reise.

Hier gab es nur vereinzelte Sterne, und der Anblick rührte in Kendric eine vage Ahnung des Gälischen Fluches. Aber er spürte selten mehr als jene kleine Vorahnung. Obwohl die meisten Gälen, die sich im All bewegten, diese Angst überwunden hatten, gelang es den wenigsten davon, dieses Gefühl zu schätzen. Kendric bildete eine Ausnahme, denn die Aufregung, die ihn während des Fluges durch die Galaxis ergriff, reichte völlig aus, um jede Art von Beunruhigung durch den Fluch zu ersticken. Nur wenn er besorgt oder deprimiert war, erfaßte ihn die Angst.

So wie jetzt.

»Noch zwei Tage im T-Raum«, stellte Spalding fest. Er benutzte das Altgälische, und Kendric hätte ihn beinahe nicht verstanden. Viel zu lange hatte er nur Galstandard – die allgemein übliche Sprache der Bewohner des TOG-Imperiums – oder Galatin – die imperiale Handels- und Regierungssprache – gesprochen.

Spalding lehnte sich, mit gekreuzten Armen, in seinem Stuhl zurück. Im T-Raum konnte ein Schiff keine Kursänderung durchführen, daher bestand die Hauptaufgabe des Piloten darin, die verschiedenen Detektoren zu überwachen und auf Unterlichtgeschwindigkeit zurückzuschalten, wenn eine schnelle Änderung der Pläne notwendig wurde.

»Bis dahin gibt's nicht viel zu sehen«, fügte der Korvettenkapitän hinzu. Kendric merkte, daß der Mann auf taktvolle Art versuchte, ihn von der Brücke zu schicken. Einen Augenblick lang stand er auf dem Flugdeck und beobachtete die schwarzen Schatten der Sterne. »Klar. Na, dann will ich Ihnen nicht länger im Weg stehen«, meinte er.

Kendric verstand nicht, was der Pilot dem Copiloten zuraunte, als er durch die Tür in den Hauptkorridor trat. Wieder waren es Worte in dem breiig klingenden Skye-Dialekt des Altgälischen und schwer zu verstehen.

Commander Lenard Morganen starrte noch einmal auf die Worte, die auf dem Bildschirm seines Computers erschienen, und fluchte leise. Er hatte nicht erwartet, sein Kommando zu behalten, aber dennoch …

Lenard Morganen war in Feyloch, Alba, geboren worden, einer ländlichen Gemeinde, ungefähr tausend Kilometer westlich von der Hauptstadt Balmarin entfernt, auf der anderen Seite der Muirglas. Solange er zurückdenken konnte, hatte Morganen die TOG-Leute gehaßt. Dieser Haß war das Erbe eines dickköpfigen, unabhängigen und freimütigen Vaters, der während der Anti-Unionsaufstände umgekommen war, als der Sohn gerade achtzehn Jahre zählte. Der junge Morganen hatte die Flottenakademie der Konföderierten in Balmarin besucht, obwohl seine Heimat dem Parlament von Alba nicht gut gesinnt war, da es die Freiheit der Gälen gegen die nationale Sicherheit eingetauscht hatte.

Mit dem Tod des Vaters war die Schwester zu Morganens letztem Familienmitglied geworden. Sein Haß auf die Leute des Imperiums war noch stärker geworden, als sie ausgerechnet einen Kadetten der Imperialen Flottenakademie von Grelfhaven heiraten wollte. Es spielte keine Rolle, daß der Kadett Gäle war – eine der fünftausend Geiseln, die zur Sicherung der guten Führung der Konföderierten genommen worden waren. Der Mann schien das Erbe der Fünf Welten – die persönliche Freiheit und Selbständigkeit – während seiner langjährigen Ausbildung durch das Imperium, vergessen zu haben.

Vier Jahre später war Cara Morganen Fraser in Grelfhaven an der Schneepest gestorben, gegen die sie keine natürliche Widerstandskraft besaß. Ihr Tod hatte Morganens Bitterkeit vervollständigt. Er hatte sich in den Jahren, seitdem Caras Ehemann ihre Asche nach Alba zurückgebracht hatte, nicht in seinem Kummer vergraben, sich aber auch nicht davon befreien können. *»Er würde dir gefallen, Len«*, hatte Cara gesagt. *»Er ist ein Mann, auf den man stolz sein kann.«*

Cara! Wie konntest du nur mit ihm fortgehen! Warst du so … blind?

Nun kam Kendric Fraser noch einmal nach Alba. Dieses Mal übernahm er das Kommando der *Gael Warrior,* des Glanzstücks des Vertrages von Kinkaid, des

Kriegsschiffs, um das sich der Rest der Gälischen Schwadron scharte. Morganen, als einer der obersten Kommandooffiziere der kleinen Konföderierten Flotte, war der Patentoffizier der *Gael Warrior* gewesen – der Mann, der für Konstruktion, Zulassung und Erprobung des Schiffes verantwortlich gewesen war.

Von Anfang an hatte er gewußt, daß er sie nicht behalten würde. Er war Commander – dem Rang des TOG-Pluiarchos gleichgestellt – und somit nicht weit genug, um ein großes Kriegsschiff zu befehligen; auch gab es politische Probleme aufgrund seiner Vorgeschichte. Er selbst hatte nie etwas verbrochen, weder auf politischem noch anderem Gebiet, aber es war allgemein bekannt, daß sein Vater aktiv an der Gründung der Jakobiten beteiligt gewesen war. Das war beim gälischen Militär nicht weiter bedeutsam, gehörten doch die meisten der hohen Offiziere zu den Jakobiten oder sympathisierten mit ihnen. Die Schwierigkeit lag darin, daß der Mann, der als Flaggkapitän der Gälischen Schwadron die *Gael Warrior* kommandierte, sowohl vom Vizeadmiral Arada als auch vom Gouverneur des Imperiums anerkannt werden mußte und seine Vergangenheit und politischen Ansichten aufs genaueste untersucht wurden. Morganen war ziemlich überrascht, daß die TOG-Regierung einem Gälen gestattete, diese Stellung zu bekleiden. Das TOG war nicht dafür bekannt, daß nationalistische Ideen, wie beispielsweise eine Provinzschwadron, deren Mannschaft und Spitze aus Bewohnern eben jener Provinz bestand, unterstützt wurden.

Frasers Ernennung schien Morganen wie der Hinweis auf einen politischen Kompromiß. Der Mann war Gäle – sozusagen – und entsprach den Bestimmungen des Vertrages von Kinkaid, der eine Flotte vorschrieb, die von Gälen konstruiert und bemannt wurde. Gleichzeitig war er Offizier des Imperiums und würde seinen TOG-Wohltätern bestimmt keine politischen Peinlichkeiten durch Befehlsverweigerung bereiten ... oder gar eine Rebellion anzetteln!

Nicht, daß die zehn Schiffe der Gälischen Schwadron auch nur die geringste Chance gegen eine Milliarde oder mehr Kriegsschiffe der TOG-Flotte hätten!

Sein Türmelder summte, und Morganen drückte den Einlaßknopf auf dem Kontrollpult. Purcell, der Sekretär des Schiffes, trat mit einem Stapel Ausdrucke ein.

»Endlich haben wir die Genehmigung auf unsere Anfrage wegen der zusätzlichen Schützen aus Balmarin bekommen, Sir«, sagte er.

»Wird auch Zeit«, antwortete Morganen. »Wir warten seit sechs Wochen auf Antwort. Wo haben sie die denn aufgetrieben?«

»Zweites Geschwader, Sir ... auf Patrouille in Vanur Gamma. Vier *Pilum*-Schwadronen, die Schmuggler im äußeren System verfolgen.«

»Na, dann werden sie sich zur Abwechslung vielleicht über den schlappen Dienst an Bord eines Kriegsschiffes freuen. Wann kommen sie?«

»Wurde uns nicht mitgeteilt, Sir. Ich nehme an, sobald ihr Ersatz auf der Station eintrifft und sie Kurs auf Alba nehmen können.«

»Gut.« Morganen nahm die Ausdrucke entgegen und überflog die Namen und Lebensläufe der Schwadronpiloten. »Wenigstens hat der nächste Captain der *Warrior* eine vollständige Besatzung an Bord.«

Lenard Morganen war wild entschlossen, seine persönlichen Empfindungen aus seinen Pflichten als Kommandeur der *Gael Warrior* herauszuhalten. Auch wenn der Mann, dem er sein Schiff übergab, ein TOG-Schleimer war und der Mann, der Cara ihrem Tod zugeführt hatte. Er, Morganen, war Berufsoffizier. Er würde seine Pflicht erfüllen – trotz Bitterkeit, Schmerz und Haß.

3

Imperiale Berichte erzählen uns, daß man den Gälischen Sternhaufen von der Erde aus sehen kann … daß er tatsächlich schon seit Urzeiten bekannt ist. Von irdischen Astronomen wurde er mit verschiedenen Namen bedacht: NGC 4755, Kappa Crucis und – sehr poetisch – Der Juwelenhort …

Der vor langer Zeit erfolgte Schnitt unserer Bande mit dem Rest der Menschheit katapultierte uns in eine finstere und barbarische Zeit. Die Metallknappheit unserer Welten verwandelte unsere Rückkehr zur Zivilisation in eine langsame und blutige Prozedur.

Aber wir schafften den Rückweg, und wir schafften ihn aus eigener Kraft. Obwohl wir noch immer an Traditionen und Gebräuchen festhielten, die von Generation zu Generation weitergegeben wurden, formten wir eine industrielle Gesellschaft und wagten, von den Sternen zu träumen. Im Jahre 3289 unserer Zeitrechnung – 6752 nach dem Kalender des Imperiums – begaben sich Männer aus Alba in ihren zerbrechlichen, kleinen Raumschiffen auf die Reise ins All. Die Entdeckung des uralten Flugkörpers auf Albas innerem Mond schenkte uns wieder die längst verlorene Fähigkeit, von Stern zu Stern zu reisen.

Es brach eine Zeit der Wunder, der Entdeckungen, des Wagemutes an, auch wenn wir nur die Schritte zurückverfolgten, die bereits vor Jahrtausenden getan wurden. Beinahe sechzig Jahre sollten vergehen, bevor wir die Tiefe Finsternis entdeckten.

– *Aus* Die Geschichte des gälischen Volkes
von Wallis Kenzie Jamieson, Fireskye Press,
Neu Skye, 6822 A.I.

Am dünnen, eisigen Rand des Argrianischen Sonnensystems beschleunigten die sechs schmalen Schatten der *Pilum*-Schwadron ihr Tempo. Um sie herum wetteiferte der dreifache blau-weiße, kegelförmige Ausstoß ihrer Abgasflammen mit dem Glanz der Sonnen. Aus dieser Entfernung war Argrian selbst nichts als ein heller Stern, kaum groß genug, um erkannt zu werden. Vanur – der riesige Argrian VIII – zeigte sich als verschwindend schmale Sichel am Rande des leuchtenden Kreises. Das Ringsystem des riesigen Planeten erweckte den Eindruck eines Pfeiles, der in einen goldgrünen Bogen gespannt und gegen die ferne Sonne gerichtet war.

Lieutenant Jaime Douglass umklammerte die Doppelruder der Steuerung und drückte den linken Daumen fest auf den roten Knopf, der dafür sorgte, daß die Drosselklappe geöffnet blieb. Die Kompensatoren schützten ihn vor dem Druck der *g*-Beschleunigung, aber dennoch drang genügend Kraft in die Kabine, um ihn fest in den Sitz zu pressen und ihm das Blut aus dem Kopf zu treiben. Einen Augenblick lang verschwamm das Bild vor seinen Augen, bis die Automatik die Kompensatoren ins Gleichgewicht gebracht hatte und ihm das erstickende Gefühl nahm, fünf ausgewachsene Männer auf dem Brustkorb sitzen zu haben.

»Whiiiuuu!« Das markerschütternde Pfeifen, das durch den taktischen Kanal schrillte, konnte von niemand anders als Davic Marshall, seinem Flügelmann, stammen. »Wir sind unterwegs! Los! Los!«

»Ruhe im Kanal!« befahl Jaime. »Kein Gequatsche!«

»Goldführer, hier ist Gold Drei«, mischte sich eine andere Stimme ein. »Ich habe ein Ziel ausgemacht, direkt vor mir.«

Jaime warf einen Blick auf seinen Hauptmonitor, auf dem das flüchtende Ziel durch rote, blinkende Lichter markiert war. »Ich bestätige, Gold Drei. An alle Goldschiffe, hier spricht Goldführer. Wir haben sie! Genau vor uns, eins-eins-fünf Kilometer entfernt. Beschleunigung beibehalten und aufschließen!«

Die *Pilum* war ein einsitziger, mittelgroßer Jäger, nach modernen imperialen Ansprüchen alt und überholt, aber dennoch wendig und treffsicher. Hin und wieder als *Fliegender Flügel* bezeichnet, bestand er aus wenig mehr als einem spitzflossigen Deltaflügel und drei in großen Abständen verteilten Maschinen. An jeder Flügelspitze befand sich die lange, gefährliche, vorstehende Lanze eines 7,5/3-Lasers. Ein Paar Massebeschleunigergeschütze erweckte den Eindruck, daß die Hörner eines Teufelsrochens zu beiden Seiten des flachen Cockpits hervorstießen.

Die sechs Schiffe, die in einer dichten Formation aus drei Gruppen mit je zwei Jägern flogen, gehörten zum Zweiten Geschwader der Flotte von Alba und wurden im Volksmund ›Gyrfalken‹ genannt, nach einem geflügelten Raubtier des Planeten. Zur Zeit war das Geschwader auf der Militärbasis von Vanur Gamma stationiert und damit beauftragt, die Außenbezirke des Argrianischen Systems gegen die hin und wieder einfallenden Schmuggler und illegalen Durchreisenden zu schützen. Die Patrouille hatte einen ›Renner‹, ein schnelles und nicht identifiziertes Schiff, ausgemacht, welches im Schatten des Asteroidengerölls lauerte, das den breiten, dunklen, weitentfernten äußeren Ring des Vanur bedeckte. Einmal hatte die Goldschwadron den Eindringling inmitten der verwirrenden Echos des dunklen Kreises verloren, aber die taktisch kluge Analyse Jaime Douglass' und der plötzliche Sturm auf das vermutete Versteck hatten den Fremdling überrascht und gezwungen, die Flucht ins All anzutreten.

Gold Drei und sein Flügelmann, Gold Vier, lagen dreißig Kilometer vor dem Rest der Schwadron und daher dem Ziel am nächsten.

Jaime öffnete den Taktik-Kanal. »Gold Drei, hier Goldführer. Haben Sie das Ziel bereits im Scanner?«

»Goldführer, hier Drei. Noch nichts Bestimmtes, Lieutenant. Sieht aus wie ein Frachter ... ungefähr fünf ... sechstausend Tonnen ... aber er hat eine ungeheuere Beschleunigung. Ich kann keine Identifikation durchführen.«

Es hörte sich nach einem kleinen Frachter an, dessen Systeme auf zusätzliche Geschwindigkeit und Reichweite umgebaut worden waren. Auf jeden Fall ein Renner.

Jaime öffnete den Langstreckensprechfunk. »Achtung, unbekanntes Schiff in Vektor Eins-drei-neun! Hier spricht Schwadronsführer Douglass von der Gälischen Flotte. Drosseln Sie augenblicklich die Geschwindigkeit und melden Sie sich! Dies ist Ihre einzige Warnung!«

Die Antwort bestand im Zischen der atmosphärischen Störungen. Der Renner meldete sich nicht.

Die Laserstrahlen gaben die Geschwindigkeit des Zielobjektes mit 15 km/s bei einer Beschleunigung von 5 *g* an, die fortwährend zunahm. Die Goldschwadron schloß schnell auf, aber als sich der Renner auf das offene All zubewegte, verminderte sich das Tempo der Annäherung. Es war fraglich, ob der Renner den T-Raum erreichen würde, bevor die Schwadron nahe genug war, um Waffen einzusetzen. Ob das Zielobjekt auf Überlichtgeschwindigkeit umschaltete, hing davon ab, wie weit und wie schnell der Pilot fortkommen wollte – beide Faktoren waren bis jetzt unbekannt.

Mit 50 km/s war die Goldschwadron über dem flüchtenden Schiff. Jaimes Radar zeichnete das Bild des Renners mit silbrigen Strahlen auf das Zieldisplay, und der Monitor zeigte ihm drei schematische Ansichten, die dem Computer-ID der *Pilum* entnommen waren. Wie er geahnt hatte, handelte es sich um einen Frachter, ein altes *Higgins*-Modell, mit 5800 Tonnen Gewicht und der alten Typ 271-K-Steuerung. Die Systeme mußten völlig überholt worden sein, um der alten Rostlaube eine 5-*g*-Beschleunigung zu verpassen!

»Goldführer! Gold Drei! Ich habe das Zielobjekt! Schußentfernung beträgt … neun … acht …«

»Drei, hier Führer! Nicht zerstören! Die Schilde zerschmettern und die Waffen vernichten!«

»Jawohl, Goldführer! Zwei! Eins! Feuer!«

Grünes Licht pulsierte und flackerte über das Sternfeld und verbannte für einen Moment sogar die hellsten Sterne vom Himmel.

»An alle Goldschiffe! Gold Drei! Warnung! Warnung! Er schlägt zurück!«

Die letzten Kilometer waren überwunden, und endlich konnte Jaime den stählernen Renner mit den blauen Flammen seines Plasmaantriebs sehen, der nun nicht länger nur das geisterhafte Bild auf einem Phosphorbildschirm war. Der Frachter war bullig und häßlich, von leicht ovaler Form. Rot-braune Rost- und Witterungsstreifen deuteten an, daß die Antigravgeneratoren des Schiffes eine Landung auf planetarischen Oberflächen ermöglichten. Die Feldspulen und Magnetstromgeneratoren die hinten bei den quadratischen Antriebsdüsen zu sehen waren, sahen allerdings neu aus, und der sanfte, goldfarbene Schimmer der Schilde deutete auf beträchtliche unangezapfte Stärken hin.

Ganz kurz konnte er den Namen erkennen, der auf einem seiner Telephotorecorder aufleuchtete: *Corinne*. Aber Namen bedeuteten nicht viel. Renner wechselten den Namen genauso oft, wie sie in Territorien eindrangen, in denen man sie vielleicht erkennen konnte.

Hinter der kantigen Brücke des Frachters drehte sich ein Geschützturm, um Jaimes *Pilum* anzupeilen. »Zwei … Nach rechts!« brüllte er seinem Flügelmann über Sprechfunk zu und warf die Steuerung seines Schiffes heftig nach links. Grünes Feuer hüllte die

Pilum ein und prallte dröhnend gegen die vorderen Schilde. Jaimes Laser erwiderten das Feuer.

Für den Bruchteil eines Augenblicks flitzte Jaimes Jäger knapp über den klobigen Rumpf des Frachters hinweg. Die Laser zweier Geschütztürme folgten ihm – aber zu spät. Er überflog den Bug des Renners und befand sich in Sicherheit.

»Goldführer an alle! Schadensberichte!«

»Führer, Gold Drei! Ich habe ein Einschußloch vorn, ist aber nichts Ernstes.«

»Führer, Gold Sechs! Bei mir das gleiche!«

»In Ordnung. Goldschwadron, neu formieren für den nächsten Angriff! Ich sehe zwei rückwärtige Geschütztürme mit 7,5/6-Doppellasern.«

»Gold Fünf. Außerdem einen Geschützturm unter dem Bug«, fügte eine andere Stimme hinzu.

»Verstanden, Fünf. Dreht bei, Jungs. Wir nehmen uns den Kerl vom Heck aus vor!«

Die sechs *Pilums* drosselten den Vorwärtsschub und schlugen einen großen Bogen, der sie auf die Steuerbordseite des Frachters brachte. Da sie von hinten angriffen und sich ein wenig unterhalb der Flugbahn des Schiffes befanden, bot sich ihnen eine ausgezeichnete Schußmöglichkeit, ohne Gefahr zu laufen, selbst beschossen zu werden.

Jaimes Scanner hatte das Ziel erfaßt, und er drückte den rechten Auslöser. Aus einer Distanz von weniger als zehn Kilometern feuerten Laser und Massebeschleuniger gemeinsam ihr gebündeltes Licht und die hyperschnellen Stahlsplitter, die einen Uraniumkern enthielten, auf die Schilde des Frachters.

Er beobachtete, wie seine Salve den Schild des Zielobjektes durchbrach, sah den rostbedeckten Rumpf aufplatzen. Weißglühende Metallsplitter wirbelten durchs All.

Dann raste Jaime erneut an dem Frachter vorbei, und die Geschütztürme auf dem Rücken des Renners schwangen herum, um ihn ins Visier zu nehmen. Sein Backbordschild wurde von Lasern getroffen. Rote Warnlichter erschienen auf dem Kontrollschirm, dann auf drei verschiedenen Ansichten seines Schiffes, die schmalen, aber tiefen Spuren, die von den Lasern verursacht worden waren. Obwohl der Schild durchlöchert war, zeigten die Kontrollsysteme weiterhin grünes Licht.

Jemand brüllte mit heller Stimme über den Sprechfunk: »Diesmal haben wir sie voll erwischt, Boss! Wir haben sie!«

Jaime warf sein Schiff für die nächste Attacke herum. Die geordnete Angriffstaktik nach dem Motto: ›Nähern-Feuern-Neuformation‹ hatte sich nach dem letzten Vorstoß aufgelöst. Die sechs *Pilums* befanden sich jetzt zu beiden Seiten des glücklosen Renners und bombardierten ihn mit Lasern und Geschützen. Jaimes Radar registrierte gähnende Krater im hinteren Bereich des Schiffsbauches, und von einer der blau-weißen, glühenden Plasmaantriebsdüsen ging ein unheimliches Flackern aus, das vor dem bevorstehenden Versagen des Antriebs warnte. Auch einer der Geschütztürme war zerstört worden und hatte ein tiefes Loch hinterlassen, aus dem Trümmerteile ins All geschleudert wurden. Ein schwaches, flackerndes Leuchten, das aus dem Inneren des Wracks kam, zeigte an, daß Feuer ausgebrochen war und durch den Sauerstoff, der aus dem lecken Rumpf strömte, genährt wurde.

Jaime stellte den Sprechfunk an: »Achtung, Renner! Hier spricht Schwadronsführer Douglass von der Gälischen Flotte! Stoppen Sie sofort Ihre I-K-Antriebe, und warten Sie auf weitere Befehle! Wenn Sie nicht gehorchen, werden wir Sie vernichten!«

Dieses Mal erhielt er eine Antwort; die Stimme war durch atmosphärische Störungen verzerrt. »Leck mich, du TOG-Scheißer!« Der verbliebene Geschützturm auf dem Rücken des Frachters eröffnete das Feuer und landete ein paar gut gezielte Treffer auf dem vorderen Teil von Jaimes Schiff.

Die Gefechtslage schien ihm zusehends zu entgleiten. Jaime stieß hastig die verschiedensten Befehle aus und zog die restlichen fünf Schiffe zurück, damit sie sich erneut ordnungsgemäß formierten. Dann schlug das Geschwader einen Haken, drosselte das Tempo und bereitete sich auf den nächsten Heckangriff vor.

Diese Attacke würde den Frachter erledigen.

»Lieutenant! Objekte auf Eins-acht-null! Nähern sich!«

Jaime warf einen Blick auf seinen Monitor und unterdrückte einen Fluch. Die leuchtenden Punkte auf dem Radar zeigten ein Geschwader an, das aus dem inneren System auf sie zukam.

Er betätigte den Scanner und gab die Daten an das Computer-ID weiter. Bei den Neuankömmlingen handelte es sich um zwei Geschwader *Gladius*-Schiffe, die mit voller Kraft auf den Frachter zuhielten.

»Milizpatrouille, hier spricht TOG-Geschwader Delta Fünf!« Die Stimme, die über den Sprechfunk kam, hatte einen arroganten, scharfen Tonfall.

»Sammeln Sie Ihre Schiffe und verschwinden Sie!«

Jaime packte die Wut. »Delta Fünf ... was, zum Teufel, soll das heißen? Wir haben den Renner eingekreist! In zehn Sekunden haben wir ihn ...«

»Schaffen Sie diese elenden, klappernden Rostlauben weg, oder wir fliegen Sie über den Haufen!« mischte sich eine andere Stimme ein. »Wir übernehmen die Verantwortung für diese Sache!«

»Den Teufel werdet ihr tun ...« Die Goldschwadron hatte hart gearbeitet, um diesen Vogel zu fangen, und dafür einige Risiken auf sich genommen. Er wollte verdammt sein, wenn er sich jetzt von ein paar TOG-Leuten wegschieben ließ, die sich die Lorbeeren für den Sieg einheimsen wollten!

Jetzt erklang wieder die erste Stimme, kalt und beherrscht. »Milizschwadron, ich erinnere Sie daran, daß sämtliche Befehle und Anweisungen des Imperiums vor allen provinziellen Angelegenheiten Vorrang haben. Ich befehle Ihnen, die Aktion sofort abzubrechen. Melden Sie sich bei Ihrer Basis auf Vanur Gamma für neue Einsätze zurück.«

»Neue Einsätze! Was ist mit unserer Patrouille?«

»Sie fliegen keine mehr. Die Flotte des Imperiums übernimmt Ihre Aufgabe, und Ihr gesamtes Geschwader wird nach Alba versetzt. Jetzt verschwinden Sie, bevor ich Sie als Gefahr für die Navigation abschießen lasse!«

Jaime hatte keine Wahl, er mußte gehorchen. Die Goldschwadron drosselte ihr Tempo und gab den Weg frei, während sie den angeschlagenen Frachter auf den Bildschirmen nach vorn trudeln sah. Von hinten näherten sich die Lichtpunkte der zwölf *Gladius*-Schiffe, die kurz darauf an ihnen vorbeizogen. Die *Gladii* waren schmale, gefährlich aussehende Flugkörper, die zu beiden Seiten des kurzen Cockpits nadelspitze Pontonausleger hatten. Blau-weiße Schwaden hinter sich herziehend, rasten sie auf den Frachter zu. Eine *Gladius* war bedeutend schwerer bewaffnet als eine *Pilum* – sie verfügte über schwere Massebeschleunigergeschütze, Partikelkanonen und Multiple-Missile-Raketenträger. Sie glitten so dicht an ihm vorüber, daß Jaime die TOG-Zeichen auf den spitzen Flossen des ersten Jägers erkennen konnte – eine schwarzrote Pfeilspitze vor einem Globus.

Jaime gab den Befehl zum Abdrehen und Beschleunigen; dann schloß er den taktischen Kanal, um das Gemurre der anderen Goldpiloten nicht länger hören zu müssen. Er nahm ihnen den Ärger keineswegs übel, war aber nicht sicher, ob er sich nicht zu unbedachten Erwiderungen hinreißen lassen würde.

Es war ungerecht, sie so von dem Renner wegzureißen.

Außerdem verhieß es nichts Gutes. Das Beharren des TOG-Kommandanten, daß die imperiale Flotte Albas Außenpatrouillen übernahm, bedeutete einen bedrohlichen Übergriff auf Albas Vorherrschaft und Verantwortung. Obwohl sich Jaime selten an politischen Diskussionen beteiligte, unterstützte er insgeheim die Jakobiten. In der Öffentlichkeit mochte er das noch nicht zugeben. Die Jakobiter waren der Ansicht, der Gälische Sternhaufen wäre ohne das TOG-Imperium bedeutend glücklicher.

Leider war, da die TOG-Leute nun einmal hier waren, bisher noch niemandem ein guter Grund eingefallen, wie man sie höflich hinauskomplimentieren konnte.

Ein rotes Licht blinkte auf seinem Kontrollpult und zeigte an, daß ihn jemand dringend zu sprechen wünschte. Er gab den Kanal frei und vernahm im Kopfhörer die Stimme von Davic Marshall. »Lieutenant, ich denke, wir sollten noch ein paar *g* höher beschleunigen.«

»Was? Wieso?«

Marshalls Stimme zitterte vor kaum unterdrückten Gefühlen. Lachte er? »Ich weiß nicht, ob es Ihnen aufgefallen ist, Boss ...«

»Was?«

»Prüfen Sie Ihre hinteren Monitore. Der Frachter hat die Fliege gemacht – kurz bevor die TOG-Jungs in Schußweite kamen!«

»Was?«

»Ja! Er ist weg, entwischt. Den kriegen sie nicht mehr.«

»Mein Gott ...«

»Jawohl, und ich wette, der Imperiums-Kommandant steht kurz vor einem Anfall. Vielleicht besser, wenn wir nicht mehr hier sind, wenn er das Tempo verlangsamt und zurückkommt.«

»Ganz Ihrer Meinung, Dave! Peinlich, was? Besonders, weil wir den Kerl geschnappt hätten, wenn unsere *Freunde* nicht dazwischengekommen wären! Achtung! Goldführer an alle! Hängt euch mit sieben *g* hinter mich! Drei ... Zwei ... Eins ... Los!«

Die sechs *Pilum*-Jäger schossen auf Vanur zu. Wahrscheinlich war es besser, wenn die Goldschwadron, samt den restlichen drei Schwadronen der Gyrfalken, so schnell wie möglich einpacken und sich auf die Reise nach Alba machen würde, bevor die TOG-Ersatzleute zurückkehrten und ihre Enttäuschung an ihnen ausließen.

Solche ›Unfälle‹ waren schon vorgekommen.

»Breakout in zwanzig Sekunden«, ertönte Spaldings Stimme über das Intercom der Korvette. »Unser Plus-Tau wird dreihundertzweiundneunzig Stunden betragen. Alle Passagiere und Besatzungsmitglieder, bitte die PCs entsprechend programmieren.«

Kendric gab die Information durch das Betätigen der druckempfindlichen Plättchen in den schmalen Plastikstreifen, der an seinem linken Unterarm befestigt war, ein und überprüfte das Ergebnis auf seinem Monitor, um sich dann in seinem Sitz zurückzulehnen. Der auf der Armlehne stehende drehbare Bildschirm war so eingestellt worden, daß er die Bilder des Deckmonitors kopierte. Während der letzten Stunden hatten sich die schwarzen Sonnenschatten stark verdichtet. Die *Teachdair* befand sich bereits innerhalb des Gälischen Sternhaufens.

»Fünf Sekunden«, verkündete Spalding. »Drei ... zwei ... eins ... *Breakout!*«

Es gab einen Ruck, dem das Gefühl folgte, als fiele die *Teachdair* mitsamt ihren Passagieren in die Tiefe. Sie waren vom T-Raum in die Realität des Raumes geglitten, der von den Physikern als ›Rationaler‹ Raum bezeichnet wurde. Die Schwerkraft schwankte zuerst noch, pendelte sich dann aber auf dem Level der

Schwerkraft Albas ein – die ein wenig stärker als die des Imperiums war, auf die die internen Schwerkraftgeneratoren normalerweise eingestellt waren.

Auf dem Monitor hatte die sternenübersäte Dunkelheit, die das gälische System beherrschte, den milchigen Schleier des T-Raums ersetzt. Die Anzahl und scheinbare Nähe der feurigen Sterne hatte etwas Beruhigendes.

Kendric blickte auf seine Hände und kniff die Augen zusammen, um den Schimmereffekt zu sehen. Er zeigte sich bloß als leicht verzerrte Sicht, denn sechzehn Tage im T-Raum reichten nicht aus, um ihm das anhaltende Leuchten eines Weltraumreisenden zu verleihen, der sein Tau-Limit streckt. Er sah Elliot an, der ihm gegenübersaß, und grinste reuevoll.

»Was sagten Sie, wie lange die Reise nach Trothas dauert?«

»Etwas über zwanzig Tage, wenn die Eintrittsgeschwindigkeit annehmbar ist«, antwortete Elliot. »Keine Bange. Sie haben genug Zeit, Ihren Tauüberschuß zu verbrennen, bis wir ankommen!«

»Das wäre angebracht, sonst braucht das Imperium einen neuen Kommandanten für das Kriegsschiff.«

Die Mechanik der Überlichtgeschwindigkeitsreisen betraf sowohl Zeit- als auch Raumdimensionen. Weder ein Schiff noch ein Mensch konnte den Aufenthalt im T-Raum über einen gewissen kritischen Punkt hinaus verlängern, der T-Tau-Grenze genannt wurde. Würde man es versuchen, hieße das, einen spektakulären Selbstmord zu begehen. Während langer interstellarer Phasen mußten Schiffe – und Menschen, die von einem Schiff zum nächsten wechselten – darauf achten, nicht mehr als 700 Stunden im T-Raum zu verbringen, ohne zwischendurch Tau ›zu verbrennen‹, also Zeit im rationalen Raum zu verbringen, damit überschüssige Tau wieder abgebaut werden konnten. Grundsätzlich gewannen Reisende für jede Stunde, die sie im rationalen

Raum ›verbrannten‹, eine zusätzliche Stunde im T-Raum. Es gehörte zu den üblichen und lebenswichtigen Ritualen der interstellaren Reisen, die Tau-Werte durch das Programmieren des PCs nachzurechnen.

Die Stunden vergingen nun schneller. Mit einem Tempo von vier *g* näherte sich die Korvette dem Planeten Alba, dessen Umriß von Stunde zu Stunde größer wurde, sich von einem der unzähligen, hellen Sterne über eine winzige Sichel in einen riesigen Halbmond verwandelte, während die *Teachdair* die nächtliche Welt überflog und das elektronische Leuchtfeuer des Hafens von Alba ansteuerte.

Weitere Stunden vergingen, und schließlich drosselte die *Teachdair* ihr Tempo von der interplanetarischen Geschwindigkeit von Dutzenden von Kilometern pro Sekunde auf die gemäßigtere Gangart, die für das Eindringen in den Orbit notwendig war. Kendric konnte die Raumstation sehen: Eine riesige weiße Scheibe, die – durch die Entfernung und unnatürliche Sichtschärfe, hervorgerufen durch das im All herrschende Vakuum – wie ein Spielzeug wirkte. Als sie näher kamen, erkannte man Unregelmäßigkeiten, Erhöhungen, Vorsprünge und Windungen, die eine riesige Fläche von beinahe zehn Kilometer Breite bedeckten. Das TOG-Ingenieurkorps hatte die Station als Geschenk an das gälische Volk gebaut, und die Anlage war der erstaunliche Beweis für die technologischen Fortschritte der Galaxis.

Die Scheibe drehte sich nicht. Die internen Schwerkraftfelder produzierten künstliche Schwerkraft und bedurften der Rotation als Hilfsmittel nicht. Als das Schiff noch näher herankam, löste sich der äußere Rand der Scheibe in zahlreiche in unregelmäßigen Abständen plazierten Zinnen und Einkerbungen auf, die sich gegen die weiße Wand abzeichneten. Viele der Einbuchtungen waren besetzt. Raumschiffe hatten dort angelegt, nahmen Brennstoff, Vorräte und Passagiere auf. Kleinere Schiffe – Fregatten und Korvetten – konnten auch problemlos im Hafen von Balmarin landen, aber die großen Flugkörper brauchten zuviel Kraft für die Landung auf einem Planeten, daß sie kaum jemals in die Atmosphäre eindrangen. Alba Port war die Raumstation, die für die Missionen der Gälischen Flotte im All gebaut worden war.

Kendric hielt angestrengt nach der *Gael Warrior* Ausschau. Sie mußte dort sein, in einer der Einbuchtungen, aber er konnte sie nicht entdecken.

Nein! Da! Auf der anderen Seite! Das graue Schiff mit den Haifischflossen mußte es sein! Das war sie!

Kendric war noch nie an Bord gewesen, aber sie ähnelte der alten *Metus Magnus* so sehr, daß er meinte, sie zu kennen. Einen halben Kilometer lang, mit einem Gewicht von fast einer Million Tonnen und einer Besatzung von über tausend Leuten gehörte sie zu den größten und stärksten Schlachtschiffen des Imperiums.

Die *Gael Warrior* war ausgesprochen flach, bedeutend breiter als tief, außer an der Stelle, wo die Brückendecks gegen die Kante der Strahlersteuerflossen auf ihrem Rücken stießen. Sie füllte die Anlegestelle wie ein Stück der komplexen Außenmaschinerie des Hafen aus, und sie war lang genug, daß ihre Haupt-I-K-Schubprojektoren weit über den Rand der Station hinausragten. Genau wie die Raumstation sah auch der Schiffsrumpf aus der Ferne täuschend glatt und eben aus, wirkte stromlinienförmig – wie ein atmosphärischer Abfangjäger. Jene großen, spitzen Flossen, die entwickelt worden waren, um den Tach-Schimmer abzustrahlen, und weniger für Auftrieb in einer Atmosphäre sorgen sollten, trugen das Ihrige zum schnittigen und todbringenden Aussehen des Schiffes bei.

Erst als die *Teachdair* bis auf wenige Kilometer an das Schiff herangeglitten war, wurden die Wölbungen und Erhebungen der Magnetstromgeneratoren, der mannigfaltigen tödlichen Waffen und Geschütztürme, der Brennstofftanks und Tach-Schimmerreflektoren sichtbar.

Die Waffen schienen überall auf dem starken Rumpf verteilt zu sein. Bei kleineren Schlachtschiffen waren die Geschütztürme in Zweier- oder Dreiergruppen angeordnet, aber ein Kriegsschiff des Imperiums besaß ganze Abteilungen, in denen Laser- und Partikelkanonen standen; die Massebeschleunigergeschütze und Abschußrampen der Missiles waren in Reihen angebracht, die vernichtende Feuerfelder ausstreuen konnten. Direkt vor der Brücke befand sich die Hauptgeschützplattform, auf der acht riesige Laserabteilungen lagen, jeweils vier auf jeder Seite. In Verbindung mit den anderen unzähligen Geschützsystemen konnten sie jedes anvisierte Zielobjekt zerstören. Die größte Waffe des Schiffes wirkte zwischen den Doppelbögen der beiden Abschußrohre wie die Öffnung eines riesigen Mundes: ein auf dem Rücken angebrachter, gewaltiger Massebeschleuniger, der in der Lage war, allein durch Kinetik Kilotonnen von destruktiver Kraft durchs All zu schleudern.

Obwohl er sie nicht sehen konnte, wußte Kendric, daß entlang des Schiffsbauches, an Backbord und Steuerbord und mittschiffs, die Dreifachluken der Ausfallschächte offen ins All sahen. Jeweils eine vollständige Jägergruppe besetzte drei Ausfallschächte an Bord der *Gael Warrior;* insgesamt ergab das die Zahl von 72 Nahkampfjägern mit einem oder zwei Mann Besatzung.

Antikollisionsstroboskope sandten ihre eintönigen Warnsignale aus, während die Korvette sich der Station näherte und schließlich in Dunkelheit getaucht wurde, als sie vom Sonnenlicht in den Schatten der riesigen Anlage geriet. Die Navigationslichter der Anlegestelle 7 blinkten in regelmäßigen Abständen auf, und das Antischwerkraftsystem der Korvette erwachte zum Leben, um die Geschwindigkeit des Schiffes zu drosseln.

Kendric warf noch einen letzten Blick auf seinen neuen Arbeitsplatz, bevor jener von den Schatten aufgesogen wurde. Sie würden im Hauptterminal der Station von Bord gehen, und von dort aus konnte er die *Gael Warrior* direkt aufsuchen. Er ordnete den Umhang, rückte die Schärpe gerade und fuhr sich nervös mit der Hand durchs Haar. Er wollte sein neues Kommando so gut vorbereitet wie nur möglich antreten.

4

AN: Fraser, Flaggkapitän, Gael Warrior
VON: Marius Arada, Vizeadmiral, Cdr, Alba
DATUM: 4. Juli 6830
ZEIT: 09.45 (Ortszeit Alba Port)

BETRIFFT: Befehle

1. *Hiermit erhalten Sie den Befehl, das Kommando als Captain des Schlachtschiffes Gael Warrior zu übernehmen.*
2. *Sie werden sämtliche Pflichten des Flaggkapitäns der Kriegsschiffsschwadron – Codename ›Gälische Schwadron‹ – unter dem Kommando von Marius Estes Severno, Commodore, TOG-Flotte des Imperiums, ausführen. Severno wird bis zum 10. Juli 6830 in Alba Port erwartet.*
3. *Die Gälische Schwadron besteht aus folgenden Flottenteilen:*
   Schlachtschiff: Gael Warrior
   Leichter Kreuzer: Reannruadh
   Zerstörer: Iolaire, Galad, Gaidheal
   Fregatten: Damadas, Abu
   Korvetten: Aichbheil, Teachdair, Taisgealach
4. *Dem Gesuch entsprechend, wurde Morganen (1/54/1. Juli 30), Patentoffizier Gael Warrior, Zweites Abfangjägergeschwader, Flotte der Gälischen Konföderation, erneut dem Schlachtschiff Gael Warrior zugeteilt.*
5. *Sie haben für die Gael Warrior Marsch- und Gefechtsbereitschaft sicherzustellen. Als Flaggkapitän der Gälischen Schwadron sind Sie für die Auslauf- und Gefechtsbereitschaft aller Elemente der Schwadron verantwortlich.*

6. *Die Gälische Schwadron erhält den Befehl, sich mit angemessener Geschwindigkeit nach Trothas (ISC 237-938-2892) zu begeben. Dort wird die Gälische Schwadron sich der 433. Flotte anschließen, die derzeit im System von Trothas Rebellen bekämpft.*
7. *Caesar erwartet, daß jedes Mitglied der Gälischen Schwadron im Namen des Imperiums und zum Ruhme Caesars sein Bestes gibt.*

Kendric sah von dem Monitor des Computertops auf, das er unsicher in den Händen hielt. Er stand auf dem Achterdeck der *Gael Warrior,* genau hinter der Besatzungsschleuse. Commander Lenard Morganen sowie zwei Reihen Offiziere, die ausnahmslos die schlichten grauen Uniformen der gälischen Miliz trugen, standen in Hab-acht-Stellung vor ihm. Die Tradition, nach der ein neuer Captain sich an Bord selbst bekannt machen mußte, reichte Tausende von Jahren zurück bis in die Zeit, als Schiffe nur auf dem Wasser dahinsegelten und nicht zwischen den Sternen.

»Nun, meine Herren«, sagte er in die beklemmende Stille hinein. »Leider kenne ich noch niemanden von Ihnen persönlich ... außer Ihnen, Nummer eins, natürlich. Aber ich lege darauf Wert, jeden von Ihnen während unserer Reise näher kennenzulernen.

Bis heute abend, achtzehn Uhr, möchte ich Berichte der einzelnen Abteilungen betreffend die Abreise- und Gefechtsbereitschaft. Lassen Sie mich wissen, wenn es besondere Belange oder Probleme gibt. Ich bin in meinem Büro. Nummer eins? Würden Sie mich bitte begleiten?«

»Jawohl, Sir.«

Kendric dachte über die knappe, und von kalter Förmlichkeit durchdrungene Antwort Morganens nach, während sie durch die stahlgrauen Gänge schritten, die vom Achterdeck in Schiffsinnere führten, um schließlich einen Mittschiffslift zu betreten, der sie zum

Deck 03 brachte. Der lange, keilförmige Rumpf der *Gael Warrior* war mit Energie- und Antriebssystemen, mit gewaltigen Generatoren, die Flackerschilde und Gravfelder speisten, und Räumlichkeiten für die beinahe eintausendzweihundert Mann starke Besatzung bestückt. Die Decks waren numeriert; angefangen beim Oberdeck – mit der Nummer 1, das Kendric zuerst betreten hatte. Die Offiziersquartiere, die Brücke und die meisten der Kommunikations- und Feuerleiteinrichtungen waren im Brückenturm untergebracht, der sich über den Mäulern der großen Venturidüsen des Antriebs befand. Die Turmdecks waren, vom Topdeck aufwärts, numeriert, angefangen bei Deck 01.

Kendric fühlte sich erleichtert, als er merkte, daß die *Warrior* im Aufbau beinahe identisch war mit der *Metus Magnus*. Er hatte den Weg zur Kapitänskabine und den Büros gefunden, ohne eine Karte oder einen Sicherheitsoffizier zu Rate ziehen zu müssen.

Zusammen mit einigen Offizieren arbeitete Purcell im ersten Büroraum. Kendric führte Morganen in sein persönliches Büro, einen kleinen Raum, in dem sich auf dem einen Schott ein riesiger Wiedergabeschirm befand, während auf dem anderen ein lebensgroßes Holoporträt Caesars prangte. Caesar Julianus blickte in eine unsichtbare Sonne, ein Windstoß zauste das weiße Haar und den Purpurmantel, während hinter ihm eine endlose Reihe imperialer Schiffe an einer Welt mit riesigen Ozeanen und glänzenden Lichtern großer Städte vorbeizog. Dahinter strahlten die Sterne durch die nebligen Schwaden der spiralförmig abgebildeten Galaxis.

Kendric begab sich hinter seinen Schreibtisch, setzte sich hin und deutete auf den einzigen Stuhl, der sich noch im Raum befand. »O. K., Lenard. Rede mit mir.«

»Worüber, Captain?« Die formelle Reserviertheit bildete eine Barriere, und der jüngere Mann saß mit durchgedrücktem Rücken auf der Kante des Stuhls.

»Du weißt verdammt gut, worüber«, begann Kendric. »Beim letzten Mal, als ich hier war …«

»Das letzte Mal, als du hier warst, hast du meine Schwester begraben.«

Kendric schloß die Augen. Davor hatte er Angst gehabt … vor den Erinnerungen und den alten Wunden. »Und meine Frau«, sagte er. Er breitete die Hände aus. »Lenard, ich bin nicht schuld an Caras Tod …«

»Zur Hölle mit dir! Du hast sie hier weggeholt, weg von ihrer Heimat und ihrem Volk! Hast sie einer verdammten fremden Seuche ausgesetzt, ohne daß sie dagegen immunisiert wurde …«

Kendric schüttelte den Kopf. »Ein Fehler der Behörden …«

»Ein Fehler der …« Morganens Faust schlug auf den Tisch. »Du hast ihr den Tod gebracht!«

Es gab keine Antwort auf seine Wut.

Als Kendric Alba zum ersten Mal verlassen hatte, war er gegen alle möglichen Krankheiten und Seuchen immunisiert worden, denn dies entsprach den Vorschriften des Imperiums für alle Menschen, die nicht schon als Kinder diese Prozedur mitgemacht hatten. Eine dieser Seuche war allgemein als Schneepest bekannt, eine besonders gefährliche Mutation dessen, was die Menschen einst ›die normale Erkältung‹ genannt hatten. Durch die Mutation war aus dem Ärgernis ein Killer geworden, der gegen die herkömmlichen Antibiotika resistent war und vor tausend Jahren Milliarden von Menschen getötet hatte.

Obwohl es inzwischen eine Impfung gegen den Virus der Schneepest gab, war der Gälische Sternhaufen beim Ausbruch der Seuche bereits vom Imperium isoliert gewesen. Als Kendric Cara geheiratet hatte, waren die Immunisierungsprogramme der gälischen Welten gerade erst angelaufen. Daher war Cara ohne Impfung mit Kendric nach Grelfhaven gereist. Irgend etwas – ein behördlicher Irrtum, das Übersehen der bewußten Eintragung im Computerdatenhandbuch – hatte dahin geführt, daß die zuständigen Behörden in Grelfhaven die nicht vorhandene Immunisierung nicht bemerkt hatten. Weder Kendric noch Cara war der Ernst dieses Fehlers bewußt, denn sie wußten noch wenig über die Geschichte des Imperiums.

Die jungen Leute hatten während Kendrics erstem Heimaturlaub auf Alba geheiratet, einen Monat nachdem er in Grelfhaven als Kadett angenommen worden war. Weniger als vier Jahre danach war sie gestorben, kurz vor seiner Abschlußprüfung. Er selbst hatte ihre Asche zurück nach Alba gebracht.

Die Fünf Welten, die gerade erst die Dunkelzeit des Krieges und des Blutvergießens hinter sich gebracht hatten, bildeten – in mancher Hinsicht – das Zentrum einer kriegerischen Kultur. Seit vielen tausend Jahren hatten Frauen einen ganz besonderen Platz in der gälischen Gesellschaft, gleich, welche der rauhen Welten sie bewohnten. Da Todesfälle durch die unablässigen Stammesfehden und Überfälle an der Tagesordnung waren, brauchte man Frauen, um Kinder zu gebären – viele Kinder –, Söhne, die kämpfen und die Felder bestellen mußten; Töchter, die aufwuchsen, um ebenfalls Kinder zu bekommen. Frauen mußten beschützt werden, und Kendric hatte in der Pflicht, die er seiner Frau und ihrer Familie gegenüber ausüben mußte, versagt. Dieses Versagen lastete schwer auf ihm und war so frisch wie an jenem Tag, als Caras Urne in einer Nische der Gedenkwand der Familie Morganen beigesetzt wurde.

Bei dem Gedanken schloß Kendric die Augen, als könne er so den Schmerz auslöschen. Als er sie wieder öffnete, bemerkte er, daß Morganen ihn beobachtete, wobei sein längliches, unscheinbares Gesicht einen kalten, ungerührten Ausdruck trug.

»Hör zu«, sagte Kendric. »Ich weiß, daß du mich nicht magst. Das hast du mir bei meinem letzten Aufenthalt auf Alba zu verstehen gegeben. Ehrlich gesagt, ist mir das verdammt egal. Aber deine Sympathie oder Ablehnung haben nichts mit der Leitung dieses Schiffes zu tun. Das möchte ich von Anfang an klarstellen.«

»Ja, Sir.«

»Wenn du damit nicht leben kannst, will ich dich nicht mehr auf dem Schiff sehen. Auf *meinem* Schiff. Klar, Mister?«

»Ja, Sir.«

»Gut, wegtreten.«

Noch lange, nachdem Morganen durch die Tür gegangen war, die sich zischend hinter ihm schloß, starrte Kendric vor sich hin. Er brauchte mehr als nur die Mitarbeit seines Ersten Offiziers. Er brauchte dessen völlige Ergebenheit.

Und in diesem Moment hatte er keine Ahnung, wie er die gewinnen konnte.

Zwei Wochen später stand Kendric wartend auf dem Achterdeck, als sich die Hauptschleuse unter dem Zischen des entweichenden Luftdrucks öffnete. Unter den Dudelsackklängen, die von einem Band abgespielt wurden, und der dröhnenden Hintergrundmusik des TOG-Marsches kam Commodore Marius Estes Severno an Bord.

Kendric brachte den imperialen Gruß dar, während er bemerkte, daß die hinter ihm stehenden Offiziere den gälischen Salut zeigten. Ein Matrose rief aus:

»Admiral an Deck!«

»Willkommen an Bord, Commodore«, sagte Kendric.

Severno nickte. »Sie müssen der Provinzkapitän sein, von dem man mir erzählt hat«, stellte er fest. Er war ein ausgesprochen kleiner Mann, der in den Falten der rot-schwarzen Uniform des Imperiums sehr verloren wirkte. Obwohl das Gesicht von Falten und Linien durchzogen war, blickten die Augen hell und rastlos drein, wirkten geradezu erwartungsvoll.

»Ich nehme an, diese ... diese *Flotte* ist zum Auslaufen bereit?«

Seit zwei Wochen hatte Kendric kaum an etwas anderes gedacht, hatte das Training überwacht, die Vorräte einlagern lassen und sich bemüht, die Besatzung kennenzulernen.

»Jawohl, Commodore«, antwortete er. Die Grobheit des Mannes war ein Schock für ihn, der Gebrauch des Wortes ›Provinzkapitän‹ wie ein harter Schlag. Seit Jahren hatte niemand Kendric so tituliert. Natürlich war er sich bewußt, daß man ihn in gewissen imperialen Kreisen noch immer als Provinzler betrachtete, aber schon seit langer Zeit hatte ihn niemand mehr ausdrücklich darauf angesprochen.

»Das will ich auch hoffen.« Weitere Offiziere traten durch die Schleuse und versammelten sich hinter dem Commodore. »Hier! Kommandieren Sie Offiziere ab, die meine Leute in ihre Quartiere bringen. Ich will sofort die Flaggbrücke sehen. Unsere Sachen stehen draußen. Lassen Sie das Gepäck sofort von Matrosen in unsere Quartiere bringen. Beeilen Sie sich, Mann! Wir haben auf Trothas unsere Pflicht zu erfüllen!«

Wieder zeigte sich eine reich geschmückte Uniform auf dem Achterdeck, und erleichtert bemerkte Kendric wenigstens ein freundliches Gesicht unter den Neuankömmlingen. »Lord Elliot«, sagte er. »Willkommen an Bord.«

»Konnte Sie nicht weglassen, ohne mich zu verabschieden«, meinte Elliot. »Könnten wir uns wohl einen Augenblick unterhalten?«

Kendric wandte sich um, um sich beim Commodore zu entschuldigen, aber der kleine Mann hastete bereits den Gang entlang, einen jüngeren Offizier als Führer im Schlepptau. Er drehte sich wieder zu Elliot und lächelte. »Natürlich. Aber ich weiß nicht, wie lange ich Zeit habe. Ich glaube, der Commodore möchte ... hm ... schnellstens nach Trothas.«

Ein paar Minuten später hatten sie ein ruhiges Plätzchen in einer Offiziersmesse gefunden, direkt über der Schleuse von Deck 01. »Ich möchte Ihnen alles Gute wünschen, Ken«, sagte Elliot. »Und Sie warnen.«

»Warnen?«

»Nur eine kleine Warnung.« Elliot runzelte die Stirn. »Ken, Sie wissen, daß es Stimmen gab ... Stimmen, die nicht wollten, daß Sie dieses Kommando erhielten.«

»Ja, Sir. Ich bin Ihnen für alles, was Sie für mich getan haben, dankbar.«

Elliot wedelte ungeduldig mit der Hand. »Ich hatte weniger damit zu tun, als Sie annehmen. Ehrlich gesagt, reichten Ihre Vorgeschichte zusammen mit dem, was Sie in Tallifiero getan haben, aus. Weitere Empfehlungen brauchten Arada und seine Leute nicht. Vielleicht sind Sie zu jung für dieses Kommando, aber Sie waren der bestmögliche Anwärter.«

»Ich danke Ihnen für Ihr Vertrauen, Sir.«

»Die Sache ist die, mein Sohn, daß ich in Balmarin den Eindruck erhielt, man werfe Sie den Wölfen vor.«

Kendric hatte nie einen Wolf gesehen, kannte aber den Ausdruck. Vor seinem geistigen Auge erschien das Bild eines Tieres, ähnlich einem Skyehund, das in kleinen Rudeln mit gnadenloser Ausdauer jagte. »Meinen Sie den Commodore?«

»Nein ... eigentlich nicht. Oder, wenn er ein Wolf ist, dann ist er nicht der Anführer des Rudels. Dessen Identität habe ich noch nicht entdeckt. Aber ich möchte, daß Sie vorsichtig sind.«

»Das bin ich immer.«

Langsam streckte Elliot die Hand aus und berührte den scharlachroten Stein, der, umgeben von goldenen Sonnenstrahlen, um Kendrics Hals hing. »Der ›Löwe von Tallifiero‹, nicht wahr? Sie haben den Purpurstern nicht erhalten, weil Sie vorsichtig waren. Und hier stehen Sie nicht den feindlichen Breitseiten gegenüber, sondern der Politik ... die ist tausendmal gefährlicher.«

»Politik …«, schnaubte Kendric, als handele es sich um einen Fluch.

»Denken Sie nicht zu geringschätzig darüber«, sagte Elliot. »Auch dort werden Männer gemacht oder aber gebrochen. Politik kann ein Werkzeug oder eine Waffe sein, je nachdem, wie man sie einsetzt. Und zur Zeit sieht es so aus, als würde diese Waffe gegen Sie eingesetzt.«

»Und wie?«

»Ich wünschte, ich wüßte es. Es könnte jemand einen Vorteil darin sehen, Sie um das Kommando zu bringen, also wäre das kein persönlicher Feind. Und man benutzt Severno, um das Ziel zu erreichen.«

Kendric zuckte die Achseln. »Ich weiß nicht, was ich tun könnte. Ich bin per Eid daran gebunden, die Befehle dieses Mannes auszuführen.«

»Natürlich.« Elliot schloß kurz die Augen und sah plötzlich sehr alt aus. »Natürlich müssen Sie das. Aber achten Sie darauf, diese Befehle haargenau auszuführen, ohne Abweichung. Ein … äh … nun, nennen wir ihn meinen Assistenten … hörte ein Gespräch des Commodore ab und erzählte mir davon. Keine Ahnung, mit wem oder warum er sich unterhielt. Aber Severno sagte: ›Egal was er tut, dann haben wir ihn. Der Löwe von Tallifiero wird keine Wahl haben und uns in die Falle gehen.‹«

»Das ist aber ein magerer Hinweis.«

»Nun, ich führe auch keine Voruntersuchung durch. Ich warne Sie, mein Sohn, achten Sie auf die Wölfe. Und auf Commodore Severno …«

Weniger als zwölf Stunden später war die Schwadron fertig zum Auslaufen.

Kendric trommelte mit den Fingern auf die Armlehnen seines Stuhls und wurde sich der Spannung in Armen und Schultern bewußt. Unter ihm und rings um ihn her saßen die Offiziere der *Gael Warrior* über die Instrumente gebeugt und verfolgten die Vorbereitungen zum Auslaufen auf den Monitoren.

»Alle Stationen fertig zum Auslaufen, Captain«, verkündigte Morganen.

Kendric blickte über die Schulter zu Commodore Severno hinüber. Dieser stand auf dem Brückendeck und unterhielt sich mit einem seiner Offiziere, einem Commander Braden. »Commodore? Wir sind bereit.«

Severno nickte nur kurz, wandte sich dann wieder dem Gespräch zu.

Na, das fängt gut an, dachte Kendric. »Sehr gut. Technik, schalten Sie auf interne Kraft um.«

Das Licht des Decks flackerte einmal, kaum merklich, auf. Die Funktion der Instrumente blieb unberührt.

»Schaltung vorgenommen«, meldete Ingenieur Logan vom Kontrollpult der Brücke. »Wir sind auf interner Kraft. Systeme normal.«

»Gravs einziehen.«

»Gravs werden eingezogen, Captain«, erwiderte Logan. »Backbord ... steuerbord ... achtern ...«

Ein sanftes Vibrieren lief durch das Schiff, als sich die Gravgeneratoren einschalteten.

»Alle externen Gravfelder bereit, achtzig Prozent Überschuß.«

»Auf interne Gravs umschalten.«

»Interne Gravs, aye, Sir.«

Das seltsame Beben, das den Wechsel von der künstlichen Schwerkraft von Alba Port auf die eigenen, internen Gravfelder des Schiffes kennzeichnete, versetzte Kendrics Magen in Aufruhr. Er schluckte schwer und versuchte, das Gefühl nicht zu beachten, und konzentrierte sich statt dessen auf die Checkliste, die einer seiner Monitore anzeigte.

»Interne Gravs auf Funktion«, berichtete der Chefingenieur. »Alle Sektionen melden normale Gravs, plus/minus fünf Prozent.«

»Mein Monitor zeigt Grün, Captain«, meldete der Erste Offizier. »Alle Luftschleusen gesichert, alle Sektionen fertig zum Abheben. Navigationslichter und Positionsleuchten eingeschaltet.«

»Sehr gut. Manövriergravs auf volle Kraft und bereithalten! Borddetailkontrolle: Alle externen Energien abwerfen. Alle Gangways sichern.«

Polternde und klappernde Geräusche drangen von außen in den Schiffsrumpf, als die äußeren Leitungen abgekoppelt und von den glänzenden Metallwänden aufgesogen wurden, die das Schlachtschiff noch immer umschlossen. Die Gangways, durch die das Schiff vom Achterdeck aus mit der Station verbunden war, wurden eingezogen.

Über das Intercom meldete Chief Trimble alle Verbindungen als gelöst und gesichert.

Kurz darauf kam die Bestätigung der Hafenkontrolle. Nun bestand die einzige Verbindung der *Gael Warrior* mit der Raumstation aus großen, magnetischen Metallklemmen, die sich um den Rumpf des Schiffes klammerten. Als die Ingenieure die Manövriergravs auf volle Kraft brachten, wurde das Vibrieren stärker.

»Meldung der Hafenkontrolle«, sagte Munro von seinem Platz am Kommunikationspult. »*Gael Warrior* bereit zum Abheben.«

»Bestätigen Sie.« Kendric warf noch einen letzten Blick auf seine eigenen Bildschirme. Die grünen Lichter zeigten an, daß alle Abteilungen bereit waren, kein rotes oder goldfarbenes Licht blinkte auf. »Hafenkontrolle, lösen Sie die Verankerungen.«

Die Ankerklemmen öffneten sich und schwangen zur Seite, gaben den Schiffsrumpf frei. Durch einen sanften Stoß der Manövriergravs begann das Schiff, rückwärts zu gleiten, weg von der Anlegestelle.

»Steuermann, Manöver achtern, langsam.«

»Langsam, achtern, aye, Captain.«

»Captain! Hinterer Ausguck ...«

»Warten Sie noch, Steuermann«, befahl Kendric. »Halten Sie Position!«

»Maschinen halt«, sagte der Steuermann. Ein sanfter Schauder lief durch den Schiffsrumpf, als eine Million Tonnen Gewicht von den angestrengt arbeitenden Antigravgeneratoren zum Halten gebracht wurden. Der Brückeningenieur handelte schnell und ohne weitere Anweisungen des Captains und versorgte die protestierenden A-Grav-Module mit zusätzlicher Energie.

»Hafenkontrolle informiert«, meldete der Verbindungsoffizier. »Wird kompensiert.«

Obwohl die *Gael Warrior* nicht länger mit Alba Port verbunden war, umgab sie noch immer ein Teil der Anlegestelle. Wann immer ein Schiff ablegte, sorgten die Gravmanövrierstellen der Station für zusätzlichen Schub, um sie in Position zu halten. Würde ein anderes Schiff ablegen und sich die Station auch nur ein kleines bißchen bewegen, während die *Gael Warrior* noch halb in der Anlegestelle lag, würde das Schiff mit einer der umliegenden Metallklippen kollidieren und schwere Schäden erleiden.

Kendric registrierte die Kraftverschiebung, prüfte, ob Alba Port tatsächlich stillstand, und nahm dann Kontakt zu dem Brückenoffizier auf, der die Warnung durchgegeben hatte. »Hinterer Ausguck, was ist los?«

»Workpod auf Eins-acht-drei, Sir.«

Nun sah es auch Kendric auf seinem Wiedergabeschirm. Eine Mücke im Vergleich zur *Warrior,* dem Elefanten, eine Vier-Mann-Konstruktion, die den Weg des Schlachtschiffes weit achtern kreuzte. Die gewaltige Masse der *Warrior* hätte das Schiffchen zerquetscht, wenn der Steuermann sie nicht rechtzeitig angehalten hätte. Weder Antigrav noch Null-*g* des Orbits verringerten das Gewicht oder die kinetische Energie der Bewegung des Schlachtschiffes. Aber nun hatten sie noch ein Problem. Die Gael Warrior war genau ausbalanciert, schwebte in dem engen Kanal der Anlegestelle, und die geringste Abweichung konnte das Schiff und seine Ausstattung auf schwerste beschädigen.

»Wahrscheinlich ein paar verdammte Zivilisten, Schaulustige! Munro, informieren Sie die Hafenkontrolle, damit sie die Manövrierzone frei macht. Steuermann, Position halten.«

Kendric spürte, wie sich Commodore Severno rastlos im Hintergrund bewegte. Er meinte, den durchdringenden Blick Severnos im Nacken zu fühlen, wollte sich aber nicht ablenken lassen. Das Führen des Schlachtschiffes war *seine* Aufgabe, nicht die des Commodore. Alba Ports Hafenkontrolle brauchte nur Sekunden, um den Pod in eine nahegelegene Landestelle zu scheuchen, und Kendric fragte sich, ob die Ausdrucksweise des Kontrolloffiziers das Intercom des Pods zum Schmelzen gebracht hatte. Wer auch immer das Schiffchen steuerte, würde seine Pilotenlizenz verlieren.

»Achtern ist frei, Captain«, meldete der hintere Ausguck.

»Verstanden. Steuermann, langsam, achtern!«

Die *Gael Warrior* nahm erneut ihr Rückwärtsgleiten auf und verließ die stählerne Umarmung der Anlegestelle. Nach kurzer Zeit war das Schiff aus der Station heraus und schwebte, mit dem Heck voraus, unter den sanften und kurzen Stößen der Manövriergravs davon. Die weißen Ränder der Station, die von den zahlreichen Anlegestellen und Buchten durchzogen waren, wurden auf den Monitoren zusehends kleiner, Einzelheiten verschwammen, bis endlich die gesamte Station sichtbar wurde: Eine breite, flache Scheibe, die reglos am Sternenhimmel hing. Zur Rechten kam der gebogene, blau-weiße Horizont von Alba ins Bild. Zahlen, die der Schiffscomputer auswarf, gaben die Entfernung der *Warrior* zur Station an, die jetzt fünfzehn Kilometer betrug und langsam zunahm.

»Steuermann, die Navigation hat den Kurs.«

»Vektoren mit den Daten der Navigationscomputer gespeist, Captain. Kurs gespeichert.«

Commodore Severnos Stimme ertönte hinter Kendrics Rücken. »Wir halten unsere Position, bis sich die Schwadron formiert hat, Captain.«

»Sehr gut, Sir. Steuermann, bleiben Sie auf Position.«

»Aye, Captain.«

Aufgrund ihrer Größe hatte die *Gael Warrior* zuerst abgelegt. Nacheinander verließen die kleineren Schiffe der Schwadron die Anlegestellen der Station, schwebten in verschiedene Richtungen, um sich dann entlang des einen halben Kilometer langen Rumpfes der *Gael Warrior* zu formieren. Es gelang Kendric, Morganen einen Blick zuzuwerfen, als die *Gaidheal*, der erste Zerstörer, mit blinkenden Navigationslichtern herankam. Der Erste Offizier der *Warrior* schien mit widerstreitenden Empfindungen zu kämpfen. Kendric fragte sich, ob der Mann daran dachte, daß die *Gaidheal* einst sein Schiff gewesen war, oder ob seine Gedanken noch finsterer und böser waren. Er schaltete auf den privaten Kanal zu Morganens Kopfhörern und sagte leise: »Entspannen Sie sich, Commander. Sie erschrecken die Männer.«

Es traf zu, daß die Brückenoffiziere nicht ihr Bestes gaben, wenn sie bemerkten, daß die ranghöheren Offiziere beunruhigt oder besorgt waren. Das Image eines Kommandierenden Offiziers konnte genauso wichtig sein wie die Befehle, die er erteilte.

Außerdem wollte Kendric Kontakt zu dem Mann herstellen, eine Verbindung schaffen, eine Brücke …

»Verstanden«, erwiderte Morganen knapp. Kendric schloß den Kanal und lehnte sich zurück. Es besorgte ihn, daß er zu Caras Bruder keinen Kontakt bekam. Als Erster Offizier konnte ihm Morganen ebensoviel Kopfschmerzen bereiten wie Severno.

Ein zweiter Zerstörer setzte sich auf die Steuerbordseite der *Warrior*. Es handelte sich um die *Iolaire*, die von Commander Sean Burns kommandiert wurde. Der Leichte Kreuzer, Captain Iann Sinclairs *Reannruadh,* nahm einen Kilometer achterlich der *Warrior* ihre Position ein.

Kendric bedauerte, daß keine Möglichkeit bestanden hatte, die anderen Kommandanten der Schwadron besser kennenzulernen, aber seit seiner Ankunft war die Zeit knapp gewesen. *In Trothas V habe ich dafür Zeit genug …*

Nun nahmen auch die restlichen Schiffe der Schwadron ihre Positionen ein. Der Zerstörer *Galad* achtern, die Korvetten *Teachdair, Aichbheil* und *Taisgealach* weit voraus. Zwei Fregatten, die *Damadas* und die *Abu,* stationierten sich über und unter der *Warrior,* und somit war die aus zehn Schiffen bestehende gälische Flotte komplett.

»Alle Schiffe auf Position, Commodore«, verkündete Commander Braden endlich. Die gälischen Schiffe hatten die Befehle von Braden durch ihre Verbindungsoffiziere entgegengenommen. Unter seinen Anweisungen hatten sie rings um die *Warrior* Aufstellung genommen, sich mit mathematischer Genauigkeit ausgerichtet.

»Sehr gut«, meinte Severno. Seine Worte fielen langsam und betont aus, vielleicht ein wenig überheblich. »Fahren Sie fort, Captain Fraser.«

»Aye, Commodore. Technik, Sie können die Kompressorenfelder heraufschrauben.« Tief unterhalb der Brücke, im Herzen des Metallgebirges der *Warrior,* wurde flüssiger Wasserstoff in verschiedene Kompressorenfelder geleitet. Schwerkraftwirbel beschleunigten die Wasserstoffatome über den Fusionspunkt hinaus und setzten sie dann fest, heiße Plasmen aus Sternkernen, die kaum kontrollierbar an den zitternden Rändern künstlicher schwarzer Löcher verhielten.

Von seinem Platz auf der Brückenstation nickte Logan zustimmend. »Wir drehen uns, Captain. Druck und Strömung sind normal. Voller I-K-Schub steht zu Ihrer Verfügung.«

»Steuermann, Navigationsprogramm einsetzen.«

»Programm eingesetzt, Captain. I-K-Steuerung beginnt in fünf ... vier ... drei ... zwei ... eins ... Start! Wir haben Schub.«

Komprimiertes und beschleunigtes Plasma wurde achtern ausgestoßen und bildete die charakteristischen hellblauen Lichtkegel, die aus den drei Hauptschubdüsen der *Warrior* sprangen. In computergesteuertem Einklang zündete auch die Schubkraft der anderen neun Schiffe, und es wirkte, als habe jemand dies alles mit einem einzigen Knopfdruck ausgelöst. Mit zwei *g* flog die Gälische Schwadron ins All. An Bord der Schiffe wurde die Beschleunigung von den Grav-Kompensatorfeldern aufgefangen. Kendric prüfte Zeit und Geschwindigkeit, um sicherzugehen, daß sich die Schwadron auf Kurs befand, trug die Tatsache ins Logbuch ein und lehnte sich dann zurück, um zu beobachten, wie Alba Port und die blaue Halbkugel seiner Heimat aus dem Blickfeld verschwanden, das auf den Hauptmonitor projektiert wurde. Erst dann fiel ihm auf, wie hervorragend die Brückenbesatzung das plötzliche Auftauchen des Workpods beim Verlassen der Raumstation gehandhabt hatte. Es hatte weder Aufregung noch Verwirrung gegeben. Seine Befehle waren augenblicklich und wortgetreu befolgt worden, und die Situation, die leicht als schreckliches Unglück hätte enden können – und den sicheren Tod der Podinsassen zur Folge gehabt hätte –, war gemeistert worden.

Das war ein gutes Zeugnis für die Mannschaft der *Gael Warrior* und ein hoffnungsvoller Beginn der Reise. Er lächelte still vor sich hin, während die Gälische Schwadron schneller und schneller durchs All flog.

Innerhalb eines der zahlreichen, von Kuppeldächern bedeckten Aussichtsrestaurants, die sich im oberen Bereich von Alba Port befanden, beobachteten zwei Männer die kleiner werdende Konstellation der zehn blauen Sterne, die allmählich den Luftraum über Alba verließen. Sie waren allein bis auf ihre bewaffneten und gerüsteten Leibwächter.

Admiral Arada schüttelte den Kopf. »Lord Gracchi, ich hätte es besser gefunden, wenn wir Frasers Berufung nicht zugelassen hätten. Jetzt gehen wir das Risiko ein, den ganzen Plan aufs Spiel zu setzen.«

Overlord Gracchi betrachtete noch einmal die zehn kleinen, leuchtenden Punkte, dann schüttelte er den Kopf. »Unsere Agenten haben ihre Anweisungen. Auf lange Sicht ist es, so oder so, egal, was geschieht.«

»Nun, es ist eine Sache, einen Offizier der gälischen Miliz zu diskreditieren. Aber wenn wir dies mit Fraser machen, wird es auf das Imperium zurückfallen.«

Der Overlord lachte schnarrend. »Glauben Sie mir, es macht nichts. Das einzige, woran sich die Leute erinnern werden, ist die Tatsache, daß Fraser Gäle – ein Provinzler – ist. Niemand wird an seine imperiale Ausbildung denken.«

Arada schüttelte den Kopf. »Sie werden sich aber an den Löwen von Tallifiero erinnern.«

»Nein, werden sie nicht. Denken Sie daran, Admiral, daß die Leute das glauben, was wir ihnen erzählen. Sogar hier, im Gälischen Sternhaufen, werden Sie merken, daß die Einheimischen leicht zu beeinflussen sind … und ein bemerkenswert kurzes Gedächtnis haben.«

Das Lächeln des Overlords fiel ausgesprochen unangenehm aus. »Nein, der junge Fraser ist gut zu gebrauchen. Wenn er stürzt, wird niemand sagen, daß es aufgrund seiner Unerfahrenheit geschah!«

5

Alles weist darauf hin, daß die Trothaner eine militärische Intervention von außerhalb erwarten. Es ist derzeit nicht bekannt, welche Form diese Intervention annehmen wird. Von der sogenannten ›Trothanischen Heimwehr‹ kann nicht erwartet werden, daß sie mehr als ein paar Schiffe aufstellt – bewaffnete Frachter und ähnliche. Daher nimmt man an, daß die Trothaner sich, sei es auf diplomatischem oder sonstigem Wege, Verbündete geschaffen haben, die sie mit einer ansehnlichen Kriegsflotte versorgen werden.

Ihr Widerstand gegen Caesar und das TOG würde unter anderen Umständen keinen Sinn ergeben.

– Persönliches Memorandum von Franklin DuBois, Sonderbotschafter des Imperiums auf Trothas V, an Vizeadmiral Julian Dio Graffen, Commander des Strafbataillons von Trothas, 30. Juni 6830.

Als der Countdown auf dem Hauptmonitor der *Warrior* auf Null zuging, steigerte sich die unsichtbare, aber spürbare Spannung. Sogar in dem dunstigen, milchigen Schimmer des T-Raums löste der Anblick des Universums in den meisten Gälen ein Gefühl der Leere aus. Die Sterne waren dünn gesät, glänzten tiefschwarz im weißen Nichts. Nur die Sonne von Trothas belebte das Bild. Die kleine, weit entfernt sichtbare Kugel lag – entsprechend den seltsamen Gesetzen, die diesen eigentümlichen Anblick beherrschten – schwarz leuchtend vor ihnen.

Kendric überprüfte eines der Leuchttau-Chronometer auf seinem Pult. Sie hatten sich nicht bemüht, ihre Ankunft vor den Trothanern zu verbergen. Die Gälische Schwadron war in gerader Linie direkt auf Trothas zugeflogen und hatte eine Distanz von 6550 Lichtjahren überbrückt. Sie waren mit 0,000625 c – ungefähr 190 km/s – in den T-Raum eingedrungen. Die Eintrittsgeschwindigkeit hatte das überlichtschnelle Pseudotempo von fast 10 000 Lichtjahren pro Monat bestimmt. Die Schwadron war 472 Stunden lang durch den T-Raum gereist, beinahe 20 volle Tage, um Trothas zu erreichen. Jeder, der ihre Abreise von Alba beobachtet hatte, wäre in der Lage gewesen, ihr Ziel – anhand des Kurses und der Eintrittsgeschwindigkeit in den T-Raum – zu berechnen. Üblicherweise steuerten während einer militärischen Kampagne die Kommandeure der Schiffe ihre Ziele nicht direkt an, sondern führten viele kleine Sprünge durch den T-Raum aus, um Spione irrezuführen, die den Bestimmungsort des Schiffes herausfinden wollten.

Commodore Severno hatte dieses Manöver nicht benutzt. »Sie wissen, daß wir kommen«, hatte er geantwortet, als Kendric die Frage während einer Besprechung gestellt hatte. »Bis wir dort sind, werden sie andere Dinge im Kopf haben, denke ich.«

Kendric öffnete einen Sprechfunkkanal. »Verbindungsoffizier. Stellen Sie auf Intercom.« Nachdem der Offizier bestätigt hatte, hallte Kendrics Stimme wider, als sie durch die Hauptlautsprecher des Schiffes tönte. »Hier spricht der Captain. Wir wechseln in fünf Minuten in den normalen Raum über. Unser Leuchttau beträgt 472 Stunden. Bitte notieren Sie das auf Ihren PCs.

Wir werden in eventuell feindlichen Raum eintreten. Die derzeitige taktische Situation Trothas' ist unbekannt. Das gleiche gilt für eine unter Umständen bestehende feindliche Flotte. Aus diesem Grund alarmiere ich jetzt die Gefechtsstellungen.«

Das unheimliche Schrillen des Gefechtsalarms hallte durch die Gänge und Räume der *Gael Warrior*. Die Computerstimme des Schiffes wiederholte unentwegt die Worte ›Gefechtsstationen, Gefechtsstationen‹, während das Licht auf der Brücke von Weiß auf Rot umschaltete. Das rote Licht erleichterte den Augen die Aufgabe, Stunde um Stunde auf die Bildschirme zu starren, und schärfte die Blicke für die Lichter und Bewegungen auf den Scannern.

Kendrics letzter Befehl übertönte den Lärm: »Alle Jäger auf sofortigen Angriff vorbereiten. Erster Einsatz erfolgt durch Einheit Beta. Alpha und Gamma bleiben als Reserve, halten sich aber bereit.«

Einen Augenblick nahm er sich Zeit, um die eiligen Vorbereitungen auf der unter ihm liegenden Brücke zu beobachten. Verbindungsoffiziere drückten die Kopfhörer fest gegen die Köpfe, während sie sich für die ständig hereinströmenden Meldungen bereithielten, die beim Breakout auf sie herabprasseln würden. Im T-Raum konnten die Schiffe nicht mit anderen Schiffen Kontakt aufnehmen, ebensowenig, wie sie manövrieren oder kämpfen konnten. Also bestand die Notwendigkeit sofortiger Koordination, wenn sie den normalen Raum erreichten.

Auch die Waffenoffiziere rückten ihre Kopfhörer zurecht und fuhren mit den Händen über die Kontrollpulte und Drucktasten. Es war nicht anzunehmen, daß der Feind genau zum Zeitpunkt des Breakouts angreifen würde, aber die Möglichkeit bestand. Ihr Training hatte sie gelehrt, jede mögliche Gefahr, egal wie unwahrscheinlich sie sein mochte, zu erwarten. Die Geschützkontrolloffiziere murmelten in ihre Kehlkopfmikrophone und bestätigten den Schützen und Besatzungsmitgliedern das Öffnen der Kanäle, stellten Verbindung her zu den riesigen Waffencomputern der *Gael Warrior* und der Plot-Crew, die sich in den Tiefen des Schiffes in einer versiegelten und dunklen Kabine aufhielt.

Die Plot-Crew, die unter dem Kommando des ›Ops‹-Commander Kelly MacCandless stand, machte Zielobjekte aus und stellte fest, ob es sich um Freunde oder Feinde handelte. Die Feuerkontrollcomputer, oder FKCs, rechneten die Reichweite und Vektoren des Ziels und der Angreifer aus und sandten einen ständigen Strom von ›Feuervorschlägen‹ für jedes in Reichweite befindliche Objekt aus. Diese Informationsmasse wurde dann an die Feuerkontrollteams auf der Brücke weitergeleitet.

Im Endeffekt lag die Verantwortung, das Kommando zum Feuern zu geben, beim Captain, bei Kendric. Inmitten eines Gefechts, mußte jedoch der einzelne GKO selbst entscheiden, wann und worauf geschossen wurde. Kendric lächelte, als er sah, wie Commander Lee Fairfax, der Oberste Geschützkontrolloffizier, hinter den Sitzen seiner Männer auf- und abschritt. Fairfax hatte noch nie an einem Kampf teilgenommen und schien sich über das, was geschehen mochte, und sein eigenes Verhalten Sorgen zu machen.

Bald wird er es wissen, dachte Kendric. Das werden wir alle. Es geht an keinem von uns vorbei.

Die Manövriercrew, Steuermann Kirkpatrick und sein Team, wirkte beinahe entspannt, als sie sich Breakout-Punkt näherten. Lieutenant Kirkpatrick prüfte die Checkliste auf seinem Monitor, um sicherzustellen, daß die *Gael Warrior* genügend Manövrierkraft hatte, wenn es notwendig sein würde. Hinter den Steuerleuten befand sich die Navigations-Crew. Commander Ayres, der Oberste Navigator, hatte sich über die Rückenlehne von Lieutenant Commander Campbells Stuhl geneigt und prüfte verschiedene Zahlen. Sie hatten im Moment nichts zu tun, aber über dieser Sektion hing die Spannung so dicht wie eine Decke. In ein paar Minuten würden sie sehr beschäftigt sein, um zu überprüfen, ob die *Warrior* den T-Raum an der richtigen Stelle verlassen hatte, und einen Plan für einen Fluchtweg aufzustellen, sollte das Kriegsschiff in eine Lage geraten, die sofortiges Umkehren erforderte.

Prüfend blickte Kendric zu den anderen Sektionen hinüber: die Crews Technik, Lebenserhaltungssysteme, Schilde zu seiner Linken, Scanner und Ausguckstationen, die zu seiner Rechten im Halbkreis an ihren Pulten saßen. Alle schwiegen still, jeder einzelne war völlig mit den eigenen Pflichten beschäftigt.

Die aufleuchtenden Zahlen auf dem Hauptmonitor gingen auf Null zurück. Der schwarze Kreis der Sonne von Trothas sprang aus dem weißen Dunst des T-Raums nach vorn.

Breakout!

Jaime Douglass gab sich den Anschein völliger Entspannung. Er lehnte sich in den Sitz des eng begrenzten Cockpits zurück, die Augen waren geschlossen; es sah aus, als schliefe er. Diese Pose verfehlte nie ihren Zweck und beeindruckte jedes Mal die Piloten und Techniker seines Geschwaders. »Jaime Douglass kann immerzu schlafen«, lautete die gebräuchliche Redewendung bei jenen, die den jungen Piloten kannten, und es machte ihm Spaß, daß auf diese Weise sein Image des Wagemutigen noch unterstützt wurde.

In Wahrheit war Jaime keineswegs entspannt. Sein Herz klopfte wie rasend, Schweiß rann ihm über die Stirn und den Nacken hinunter, sammelte sich unter dem Helm, wo er ihn nicht wegwischen konnte. Und doch war er einer der kampferprobtesten gälischen Piloten, der bereits nachweisliche zehn Attacken gegen Eindringlinge und Schmuggler in anderen Bereichen des Alls geflogen hatte.

Noch bevor die Bewohner der Fünf Welten entdeckt hatten, daß das Universum größer war, als sie vermuteten, gab es Männer, die mit kleinen, schnellen Frachtern versuchten, die Handelsgesetze und Gebote, die zwischen den bewohnten Planeten galten, zu umgehen. Als die Gälen Handelsbeziehungen mit dem Rest der Galaxis eingingen, hatten sich die Probleme vermehrt. Throgplatten aus Skye oder Scotch aus Alba brachten beispielsweise bedeutend größeren Profit, wenn man weder TOG-Zoll noch Importgebühren zahlen mußte. Seit dem Vertrag von Kinkaid hatte auch ein reger Handel mit Waffen und Handlasern eingesetzt, die das Imperium noch nicht zum Verkauf auf dem gälischen Markt freigegeben hatte. Genau so ein Schiff – einen ›Renner‹ – hatte Jaimes Schwadron verfolgt, als man sie von ihrem Posten am äußeren Rand des Systems von Alba abgelöst hatte. Renner waren schwer aufzuspüren, schwer zu fangen ... und oftmals schossen sie zurück.

Bis jetzt war Jaime immer der Jäger gewesen, der Renner jedesmal das Wild. Der Captain der Schmuggler, egal wie aggressiv oder verzweifelt er sein mochte, versuchte normalerweise eher, zu fliehen oder sich zu verstecken, als einen Kampf zu riskieren. Ein Gefecht war nutzlos und zudem teuer und gefährlich. Hatte der Schild des Frachters zu viele Einschüsse erlitten, konnte die Ladung verlorengehen. Ein paar Löcher mehr, und ein Schiff konnte sich in eine gasgefüllte Kugel verwandeln, und das war keineswegs gewinnbringend.

Diesmal würde Jaime jemandem gegenüberstehen, der ihn jagte. Zum ersten Mal in seinem Leben mußte er einem Feind ins Auge sehen, der ihn nach Möglichkeit töten wollte. Ein Renner konnte während der Flucht einen gut gezielten Schuß oder Glückstreffer landen, durch den Jaime vielleicht, per Zufall, umkommen konnte. Aber hier wurde er von feindlichen Jägern oder Schlachtschiffen kaltblütig aufs Korn genommen.

Der Gedanke war entsetzlich und hatte ihm den kalten Schweiß ausbrechen lassen.

Ein schrilles Alarmgeräusch seiner Kontrollen verkündete den Breakout. Der Übergang wurde von dem lautlosen weißen Blitzlicht begleitet, das jede

Faser des Schlachtschiffes durchdrang, Jaimes geschlossene Augenlider inbegriffen.

Ein Klopfen auf dem Dach seiner Kanzel ließ ihn die Augen aufreißen. Ein Techniker, bekleidet mit orangefarbenem Overall und Helm, grinste ihn durch die Scheibe an. »Machen Sie noch ein Nickerchen, Leutenant?« drang die Stimme durch die Kopfhörer. »Gehen Sie Ihre Checkliste noch mal durch, Sir! Der Hauptmonitor zeigt an, daß wir uns mitten in einem schönen Wirrwarr befinden!«

Jaime erwiderte das Signal des Mannes mit erhobenem Daumen und überprüfte noch einmal die Checkliste auf seinem Monitor. Die *Pilum* war aufgeladen und bereit, die Kompressoren der Gravgeneratoren summten leise im Hintergrund, ein sanftes Beben lief durch den Rumpf des Schiffes. Da die *Pilum* in jeder Beziehung startklar war, drückte er die Tasten des Displays, um sich das Bild des Hauptmonitors kopieren zu lassen.

Es war wenig zu sehen, bloß ein paar Sterne – zu wenig Sterne – und computergesteuerte Symbole – Klammern, Kreise, Quadrate, Linien und Pfeile –, die Zielobjekte markierten, die von der *Gael Warrior* ausgemacht und identifiziert worden waren. Gemäß der althergebrachten Sitte waren der Feind mit Rot, die Verbündeten mit Grün und die unbekannten Objekte mit Gelb gekennzeichnet. Das Bild war diesmal mit gelben Zeichen überschwemmt.

Er öffnete den Taktikkanal. »Goldführer an Gold. Sieht aus, als warte eine Menge Arbeit auf uns. Letzter Check der Kommunikationssysteme.«

Die Kampftruppe der *Gael Warrior* war nun nach der Ankunft der Gyrfalken, die direkt vor dem Abheben der Gälischen Schwadron auf Alba eingetroffen waren, vollständig und zählte 72 Abfangjäger. Die Gruppe war in drei Geschwader unterteilt worden, die aus den drei gewaltigen, höhlenartigen Ausfallschächten der *Warrior* ausschwärmen würden.

Jaime war sowohl Schwadronsführer seiner eigenen Truppe, der sechs Goldschiffe, und Geschwaderführer aller vier Schwadronen der Beta-Gruppe. Die Stellung als Schwadronsführer beinhaltete nichts Ungewöhnliches, denn die Kommunikationstechnologie und die Taktik der Abfangjäger reduzierten seine Pflicht darauf, Kontakte zu den anderen Beta-Führern und dem Gruppenführer Vincent Haldane zu halten.

Jaime fand, daß Haldane die schwierigste Aufgabe hatte, denn er war gleichzeitig Schwadronsführer seiner eigenen Leute, der Blauen Schwadron, Geschwaderführer der Alpha-Gruppe und Gruppenführer der gesamten Abfangjägertruppe des Schiffes.

Natürlich war der echte Kommandeur der kleinen Raum-Armada Commander Frank Jardine, der AGKO – Abfangjägergeschwader-Kontrolloffizier –, der auf der Brücke der *Warrior* saß.

Das Ganze sah gut aus, wenn es, exakt unterteilt und deutlich geschrieben, auf einer Organisationstafel stand. Wenn aber der Zeitpunkt des Kampfes bevorstand, erwies sich die taktische Organisation selten als wichtiger Faktor. Ein typisches Gefecht der Jäger nahm zuviel Raum in Anspruch, um straffe Gruppenkontrolle oder Strategie zu ermöglichen. Jeder einzelne Offizier hatte genug mit seinem Schiff und der eigenen Taktik zu tun, ganz egal, wie sein Titel oder Rang lauten mochte.

Einer nach dem anderen checkten die fünf Piloten seiner Schwadron ein, meldeten ihre *Pilums* kampf- und startbereit und bestätigten die Funktion der taktischen Kanäle. Danach funkte Jaime die anderen drei Schwadronsführer der Beta-Gruppe an und nahm die Meldungen der Startbereitschaft entgegen. Kurz darauf ertönte Haldanes Stimme und fragte nach dem Statusbericht, und Jaime konnte die Mitteilung machen, daß alle vierundzwanzig Schiffe der Beta-Gruppe bereit zum Abheben waren.

Jaime und die anderen Beta-Piloten fühlten sich noch ein wenig unwohl in ihrer neuen Position. Der Wechsel vom Patrouillendienst im Vanurgebiet zum Schwadronsdienst an Bord eines Schlachtschiffes war ebenso abrupt wie unerwartet gewesen. Sie kannten, selbst nach drei Wochen im T-Raum, die anderen Piloten noch nicht. Auch das Bordpersonal war ihnen noch fremd, denn die einundfünfzig Männer der Wartungsmannschaft waren in der Eile der Abreise auf Vanur zurückgeblieben.

Waren die Männer erst einmal Seite an Seite in den Kampf gezogen, würden sich auch Freundschaften bilden. Bis dahin fühlten sich die Neuankömmlinge von den anderen isoliert. *Ganz bestimmt, dachte Jaime, geht es den Alpha- und Gamma-Leuten genauso mit uns.* Es bestand eine gewisse Zurückhaltung, Fremden zu vertrauen, bevor nicht jeder seine Geschicklichkeit und seinen Mut bei dem ultimativen Test bewiesen hatte. Und dieser Test war der Kampf gegen den Feind.

»Alle Geschwader, hier spricht der Gruppenführer«, ertönte Haldanes Stimme auf dem allgemeinen Taktikkanal. »Die Brücke meldet zahlreiche Gefechte innerhalb des Systems. Ich weiß nicht, was sie erwartet haben, aber es sieht so aus, als verfügten die Trothaner über eine weitaus bessere Verteidigung, als unsere Leute dachten. Captain Fraser hat mir gerade mitgeteilt, daß wir uns für einen Blitzstart bereithalten sollen. Er sagte, er werde uns soweit bringen wie nur möglich, aber wenn die *Warrior* beschossen wird, gehen wir raus.«

»Stellen wir keine AS auf?« fragte jemand über den offenen Kanal. Eine Abfangscreen war die normalerweise übliche erste Verteidigung eines Schlachtschiffes gegen angreifende Jäger.

»Negativ«, erwiderte Haldane.

»Super«, meinte eine andere Stimme. »Wir werden die Fliegersektion schützen ... aber von innen!«

Keinem Piloten gefiel der Plan. Der Gedanke, daß er hier warten würde, an seinen Jäger gefesselt, während die Feinde das riesige Schlachtschiff als großes, sich langsam bewegendes Ziel benutzten, bereitete Jaime starkes Unbehagen.

»Unterlassen Sie die Kommentare«, sagte Haldane. »Wir warten auf den Kurz-Countdown und den Blitzstart. Bis dahin bleiben Sie aus dem verdammten Kanal!«

Jaimes Magen zog sich zusammen. Haldanes Ankündigung verhieß eine noch längere Wartezeit – von unbekannter Dauer – und Nichtstun, während das Schiff und der Feind sich begegneten. Kurz-Countdown bedeutete, daß sie im allerletzten Augenblick starten würden. Dieser Moment konnte in wenigen Sekunden da sein ... oder in einigen Stunden. Oder nie.

Das Warten, die Ungewißheit, machte alles so unerträglich.

Auf der Brücke der *Warrior* gelang es Kendric allmählich, den Sinn der auf dem Hauptmonitor herumkriechenden Symbole zu entschlüsseln. Kelly MacCandless und seine Plot-Crew ließen jedes Zielobjekt durch den Computer des Schiffes laufen und gaben die erhaltenen Informationen so schnell wie möglich an die Brücke weiter. Problematisch war, daß die Nachrichten fortwährend auf den neuesten Stand gebracht werden mußten. Die *Warrior* war ungefähr neunzig Millionen Kilometer vom Zentrum des Kampfes entfernt aufgetaucht, der sich nun auf den Bildschirmen zeigte. Sie würde mindestens fünf Minuten benötigen, um diese Entfernung zu überbrücken. Während sich die *Warrior* dem Gefecht näherte, wurde die elektromagnetische Strahlung ›jünger‹ – Licht, Transpondersignale, Schildausschüttung und Radarreflektionen –, mit der die Positionen der einzelnen Schiffe angezeigt wurden. Es wurden auch Schiffe zerstört, und dies wurde durch lautlos flackernde Lichter oder das plötzliche Erlöschen der stetig blinkenden Symbole des ID-Transponders angezeigt. Hunderte von Schiffen kämpften in der Schlacht, die sich über das System von Trothas erstreckte, und mit jeder Minute stießen neue dazu.

Noch war es zu früh, um sagen zu können, wer aus diesem Kampf als Sieger hervorgehen würde.

Eine Handvoll Matrosen huschte zwischen den Männern auf der Brücke herum und verteilte Helme. In Situationen, in denen die Wahrscheinlichkeit eines Kampfes bestand, trug jeder Mann einen leichten grauen Overall, der den ganzen Körper bedeckte, bis auf Hände und Hals. Auf den Geschützstationen gaben die Matrosen durchsichtige Plexiglashelme aus. Wenn die Panzerung eines Schiffes während der Schlacht beschädigt wurde, dauerte es nur eine Sekunde, um den Helm mit dem Overallkragen fest zu verbinden und die Handschuhe anzulegen, die jeder an seinem Gürtel trug. Der Rezirkulator, der im Rücken des Anzugs saß, konnte die Luft innerhalb des Overalls zwei Stunden lang wiederaufbereiten und anschließend durch ein Wartungsset, das in den Notfallspinden lag, die überall auf dem Schiff verteilt waren, wiederaufgeladen werden. Der Anzug selbst konnte den Druck und die Temperatur tagelang speichern.

Kendric tastete nach dem Helm, der auf der Armlehne seines Stuhls lag, und fragte sich, ob diese Dinge überhaupt von Wert waren. Denn hier ging es natürlich nicht um die Rettung von Menschenleben, sondern um den möglichst langen Erhalt des Schiffes als Gefechtsstation. Während des Kampfes von Tallifiero hatte die *Metus Magnus* gleich zu Anfang im Brückenbereich abrupt Druck verloren, und der Captain war außer Gefecht gesetzt worden, da er quer über das Deck in ein Kontrollpult geschleudert worden war. Kendric hatte sich zu dem Zeitpunkt nicht auf der Brücke befunden. Während einer Schlacht war der

Platz des Ersten Offiziers im Gefechtszentrum, einer zweiten Brücke, die tief im Inneren des Schlachtschiffes lag und gut vor den vernichtenden Angriffen geschützt war. Er hatte sich gefragt, wie lange die *Magnus* weiterkämpfen konnte, da die meisten Offiziere verwundet worden waren und noch immer in den Overalls steckten. Vor Jahren hatte er eines dieser Kleidungsstücke während der Ausbildung im Vakuum getragen. Bei einem plötzlichen Druckverlust blähten sie sich auf und machten jede Bewegung beschwerlich; außerdem waren sie keineswegs bequem. Wenn die Dinger jedoch ihren Zweck wirklich gut erfüllten, waren sie die Mühe wert.

»Captain?« Morganens Stimme klang gepreßt. »Ich befinde mich im Gefechtszentrum. Alle Stationen fertig zum Angriff.«

»Sehr gut, Nummer eins. Ich denke, wir haben bei diesem Tempo drei Minuten, bis wir uns mittendrin wiederfinden, aber jederzeit kann irgendwer auf uns feuern. Wir warten auf den Befehl des Commodore. Halten Sie den Kanal zur Brücke offen, ich informiere Sie sofort.«

»Aye, Captain.«

Commodore Severno befand sich in einem anderen Teil des Schiffes. Das Flaggdeck war ein kleines Kontrollzentrum, oben, auf Deck 06, hinter der Hauptbrücke, gut geschützt unter dem schwergepanzerten Berg des Deckturms der *Gael Warrior.* Von dort aus konnten Severno und seine Leute sämtliche Kommunikationen aller Schiffe der Schwadron empfangen und ihre Befehle erteilen.

»Captain?« klang noch eine Stimme durch den Kopfhörer. »MacCandless hier, Ops.«

»Ich höre, Ops.«

»Es sieht aus, als hielten zwei Schwadronen Jäger direkt auf uns zu, Captain.« Während der Offizier sprach, tauchte ein Gewirr gelber, blitzender Lichter auf der unteren rechten Seite des Hauptmonitors auf, wie um MacCandless Worte zu untermalen.

»Ich sehe sie, Ops. ID?«

Das Flackern verlosch. Die Gruppe schien aus zehn bis fünfzehn Zielobjekten zu bestehen, die man noch nicht genau unterscheiden konnte. Noch waren sie so weit entfernt, daß sich die Punkte teilweise überschnitten. »Noch nicht ausgemacht, Captain, aber ich wette, es sind gegnerische Schiffe, wenn ich von der Geschwindigkeit und dem Vektor ausgehe. Ich werde es gleich bestätigen können.«

»ETA?«

»Wenn sie Kurs und Geschwindigkeit beibehalten, in zwei Minuten.«

»Danke, Ops. Behalten Sie sie im Auge.«

»Verstanden, Captain.«

Kendric wechselte auf einen anderen Kanal. »Commodore? Hier spricht Captain Fraser. Wir haben anfliegende Jäger ausgemacht – zwei Schwadronen, wahrscheinlich Feinde. Ich bitte um Genehmigung, die Abfangjäger starten zu lassen.«

»Nicht genehmigt.« Die Antwort war knapp und scharf, drückte aber nichts aus, was Kendric als Emotion bezeichnen konnte.

»ETA der Objekte beträgt zwei ...«

»Behalten Sie Kurs und Geschwindigkeit bei, Captain. Sie haben meine Erlaubnis zu feuern, wenn die Objekte in Schußweite sind, aber die Abfangjäger bleiben an Bord, bis ich es sage.«

Und das war zweifellos endgültig.

Kendric beobachtete die gelben Punkte voller Mißtrauen und fragte sich, was sie wohl sein mochten und welche Waffen sie an Bord trugen. Ohne Frage wollte der Commodore die Jäger der *Warrior* so lange zurückhalten, bis sie näher an das Zentrum der Schlacht gekommen waren. Der Gedanke, unbekannten Jägern ohne Abfangscreen entgegenzufliegen, ließ Kendrics

Mund und Kehle trocken werden; dagegen wurden seine Handflächen ein wenig feucht. Ein Glückstreffer gegen eine der Gefechtsstellen der *Warrior* konnte innerhalb einer Sekunde ein Drittel der Abfangjäger vernichten. Außerdem wußte Kendric, daß die Piloten es vorzogen, im offenen All zu kämpfen, wo sie die Möglichkeit hatten, sich zur Wehr zu setzen.

Plötzlich wechselte die Farbe der Lichter zu Rot. Kurs und Geschwindigkeitsdaten wurden neben den Lichtpunkten angezeigt. Noch immer waren sie zu weit entfernt, um identifiziert zu werden, aber eine Computeranalyse ihrer Masse, verbunden mit den Daten über Beschleunigung und Antriebsmerkmale, ließ vermuten, daß es sich um schwere Jäger mit etwa 200 Tonnen Gewicht handelte.

»Geschützkontrolloffizier«, sagte Kendric. »Stellen Sie die Sieben-Punkt-Fünfer auf die feindlichen Objekte ein, die Ops gerade ausgemacht hat. Sie halten auf uns zu.«

»Hab' sie bereit, Captain. Wir haben sie in … sechzig Sekunden in Reichweite.«

Kendric schluckte und kämpfte den Impuls nieder, sich die Handflächen an dem grauen Overall abzuwischen.

»Bereithalten«, verkündete er über das Intercom. »An alle, hier spricht Captain Fraser. Feindliche Objekte halten auf uns zu. Bleiben Sie auf Ihren Posten … und machen Sie ihnen die Hölle heiß. Zeigen wir dem Imperium, was kämpfende Gälen ausrichten können, klar?«

Kämpfende Gälen. In den Worten lag Tradition und Stolz. Die Gälen hielten sich für ein Volk der Krieger – das Erbe Tausender dunkler Jahre. Trotz der Ehrfurcht, die dem Imperium von den meisten Gälen entgegengebracht wurde, gab es wenige, die nicht zu irgendeinem Zeitpunkt Widerwillen gegen das arrogante und herablassende Benehmen empfunden hatten, das die Imperiumsleute gegenüber den ›Provinzlern‹ an den Tag legten.

Die Spannung, die sich in den letzten Minuten aufgestaut hatte, wurde durch das Jubelgeschrei zerschlagen. Fraser fühlte eine Welle der Scham durch seinen Körper fließen. *Heuchler! Du siehst dich doch gar nicht mehr als Gälen an! Was für ein mieser Trick ... ein paar schlichte Worte, um sie anzufeuern.*

Trick oder nicht, die Jubelrufe hielten an, während sich die Gael Warrior ihrem ersten Kampf entgegenwarf.

6

KessRith und Ssora: Welcher vernünftige Mensch würde nicht ein Aufwallen freundenfeindlicher Rechtschaffenheit spüren, wenn er diese Namen hört? Besonders die KessRith erweisen sich als Hindernisse auf dem Weg der Menschheit zu ihrer ultimativen Bestimmung innerhalb der Galaxis. Obwohl beide Rassen tief gefallen sind, seitdem sie das Imperium ob seiner galaktischen Dominanz herausforderten, haben die Ssora ihren rechten Platz als dem Menschen untergeordnete Kreaturen gefunden.

Dagegen halten die KessRith – mächtig, skrupellos, ehrgeizig, kompromißlos und unbeirrbar feindlich gegenüber den legitimen Ansprüchen der ihnen weit überlegenen Menschen – an einem kleinen Teil ihres ehemaligen imperialen Besitzes fest. Wenngleich die meisten KessRith-Familien auf einem entsprechend niedrigen Niveau in die Kultur des Imperiums eingegliedert wurden, laufen ein paar von ihnen noch immer frei im Herzen ihres uralten Reiches herum …

– Aus dem Siebten Jahrtausend *von Gaeaphilos,*
dem Philosophen, Neue Presse der Universität von Neu Rom,
Terra, Anno Imperii 6801.

»Der ID kommt«, kündigte Kelly MacCandless an. Ein Computerschema zeichnete Pläne, Front- und Bugansichten der sich nähernden Jäger auf Kendrics Bildschirm, und ein Schauer des Erkennens überlief ihn, bevor die drei Zeichnungen vollständig waren. Der flache, anmutig gewölbte Körper, die nach unten geschwungenen Flügel und das zierlich wirkende Gesamtbild – er hatte dergleichen schon oft gesehen, hatte ihm in vielen Schlachten gegenübergestanden.

Von den nichtmenschlichen Konstrukteuren wurde es *Na'Ctka Moquka* genannt, war aber in der Galaxis unter der groben Übersetzung des Namens bekannt: *Flatterndes Blütenblatt.*

»Die ID-Sicherheit liegt bei 92 Prozent«, fuhr MacCandless fort. »In dreißig Sekunden sind sie in Reichweite.«

Seitdem die Jäger gesichtet worden waren, hatte die Ops-Crew den Computer mit Daten gefüttert, mit Manöver- und Steuerungsmerkmalen. Der Computer hatte dann alle dem TOG bekannten Schiffe ausgeschlossen, die nicht den Merkmalen dieser Jäger entsprachen, und schließlich – mit hoher Wahrscheinlichkeit – die Identität entdeckt. Natürlich konnte es sich bei den vierzehn Schiffen auch um etwas Neues handeln, das noch nie von TOG-Schiffen gesichtet worden war, aber Kendric hatte gegen so viele *Flatternde Blütenblätter* gekämpft, daß er intuitiv und ohne Zweifel wußte, daß der Computer recht hatte.

Aber was hatten KessRith-Schiffe hier zu suchen?

Die KessRith gehörten zu den alten Feinden der Menschheit. In lang vergangenen Zeiten hatten sie große Teile der Galaxis erobert, und ein großer Teil der vom TOG-Imperium regierten Gebiete hatte einst den KessRith gehört. Auf vielen imperialen Planeten gab es KessRith-Enklaven, die zwar manchmal von den TOG-Herrschern toleriert wurden, aber immer unter Beobachtung standen. Die freien Kriegerstämme der KessRith beherrschten noch immer einen großen Teil der Galaxis; auf der anderen Seite von Core, Terra gegenüberliegend. Dort wurden die KessRith-Kriege weitergeführt, beendet und wiederaufgenommen, wie auch während der vergangenen Jahrhunderte. Aber das System von Trothas befand sich dreißigtausend Lichtjahre – ein Drittel der Größe der Galaxis – vom nächstgelegenen KessRith-Stützpunkt entfernt. Die Aktion auf Trothas V war als Zerschlagen der Rebellion bezeichnet worden. Was hatten die KessRith *dabei* verloren?

»Schilde auf Eins-zwanzig erhöhen«, befahl MacCandless. Dort würde der erste Angriff landen. »Die anderen bei neunzig halten.«

Der Schildkontrolloffizier der *Warrior* drückte die Kopfhörer gegen die Ohren und verlangte von der Technik zusätzliche Energie. Kendric spürte, wie sich die Schwerkraft auf der Brücke leicht veränderte, als das Reservesystem einsprang, um einen Teil der Belastung zu übernehmen. Die Schilde des Schiffes, die ein sorgfältig geführtes und gesteuertes Nebenprodukt der Gravkontrolle waren, konnten auf sehr schnelle Ein-/Auszyklen eingestellt werden, die sogenannte ›Flackerstellung‹. Mit 120 Zyklen pro Sekunde konnte die *Warrior* fast alles, was von vorn abgefeuert wurde, abwehren, aber es würde eine Unmenge Energie kosten.

»Zielobjekte in Reichweite!« Kendric hörte, daß sich Panik in die Stimme von GKO Fairfax geschlichen hatte. »Sie fliegen an den anderen Schiffen unserer Schwadron vorbei, halten nur auf uns zu!«

Ich muß ihn im Auge behalten, dachte Kendric kühl. Panik konnte ansteckend wirken. »Ruhig, Lee. Feuer aufnehmen.«

»Steuerbordgeschütze ... *Feuer!*«

Die Blitze der Steuerbordlaser schossen ins All, unsichtbar, aber auf den Schirmen der *Warrior* waren sie als glitzernde Lichtstrahlen zu sehen. Die Abschüsse waren sofort erfolgt und von den Feuerkontrollcomputern so koordiniert, daß sie bei jedem Flackern der Schilde hindurchschießen konnten, und sie hinterließen auf den Monitoren gezackte Abbilder, die den rotleuchtenden Zielobjekten entgegenjagten.

Die KessRith-Schiffe waren verschwunden.

Das *Flatternde Blütenblatt* war kein manövrierbarer

Jäger. Seine Konstrukteure hatten Geschwindigkeit und Manövrierfähigkeit geopfert, um bessere Panzerung und schwere Laserwaffen an Bord zu haben. Der feindliche Commander hatte den Eröffnungszug der *Warrior* vorausgeahnt und sein Geschwader wenige Sekunden bevor das Schlachtschiff gefeuert hatte verschoben. Kendric vernahm Lee Fairfax' Stimme über den offenen Kanal. »Neu anvisieren! *Neu anvisieren!* Fertig! Feuer!«

»Alle Sekundärgeschütztürme, Mr. Fairfax«, befahl Kendric. »Feuer aufnehmen!«

Die Sekundärgeschütztürme im vorderen Steuerbord-Bereich schwenkten heftig herum, als die Kess-Rith-Formation plötzlich kurz vor der *Warrior* auftauchte. Sogar die *Flatternden Blütenblätter* bewegten sich zu schnell für die schwerfälligen Hauptgeschütze, um sie auf so geringe Entfernung anvisieren zu können. Die großen Geschütztürme mit ihren Megatonnen konzentrierter Schußkraft waren für andere, kapitale Schiffe bestimmt. Hauptsächlich wurden die Sekundärgeschütztürme der *Warrior* als Abfangjägerabwehr eingesetzt. Laserpfeile schossen über den Schiffsrumpf, suchten nach winzigen, herumwirbelnden Zielen. Die Schilde flackerten in blendenden Reflektionen. Grelle Lichtblitze markierten die Zerstörung eines Schiffes und den Tod seiner Besatzung.

Im letzten Augenblick zerbrach die Formation, und die Schiffe verteilten sich; jedes schlug einen anderen Weg ein, in geringer Höhe über dem Rumpf des Schlachtschiffes hinweg. Laser schossen aus den hängenden Flügeln, und unter den Nasen der feindlichen Jäger stießen und stachen Blitze hervor, deren leuchtende Muster auf den Monitoren der *Warrior* Spuren hinterließen. Ein paar davon – eigentlich die meisten – konnten die schnellen Schilde abwehren, aber nicht alle. Ein paar Schüsse mußten einfach ans Ziel gelangen.

Grünes Licht blitzte auf, als die Laserstrahlen mit einer spektakulären Entfaltung energiereicher Kraft auf die Schildplatten trafen. Vier KessRith-Schüsse rasten am Frontschild der *Warrior* vorbei und trafen den Rumpfpanzer. Glühendheißes Metall löste sich im All auf, aber die Panzerung der *Gael Warrior* war massiv und vielschichtig. Kein Schuß drang hindurch. Der rückwärtige Ausguck schaltete den Hauptmonitor auf den Blick nach hinten, wo sich die KessRith-Schiffe bereits in der Entfernung verloren. Grünes Feuer eilte ihnen von Bord der *Reannruadh* nach, die sich ungefähr zwanzig Kilometer hinter der *Warrior* befand.

Die Sekundärgeschütze des Schlachtschiffes nahmen die rasch entschwindenden Zielobjekte noch einmal ins Visier und feuerten. Wieder wurden ein paar der flüchtenden Jäger zerstört, lösten sich in nichts auf oder fielen in sich zusammen, als die ultradicht gesäten Geschosse der Massebeschleuniger die Schilde und Panzer durchbrachen.

Dann, wie durch ein Wunder, trat nach ungezählten Sekunden lautlosen Kampfes Ruhe ein. Sie sollte nicht anhalten. Die Überlebenden des ersten Geschwaders flogen zu schnell in die falsche Richtung, um sich sofort wieder sammeln und die *Gael Warrior* einholen zu können, aber eine zweite Gruppe Angreifer war bereits im Anflug.

Mit mildem, beinahe distanziertem Interesse bemerkte Kendric, daß die Spannung, die vor der Attacke die Brücke ergriffen hatte, fast verschwunden war. Jeder Offizier ging seinen Pflichten nach. Während der nächsten Minuten setzte sich das leise Gemurmel der Kommandos und der Nachfrage nach Informationen ohne Unterbrechung fort, während die Sekundärgeschütze angreifende Jäger ausmachten und zerstörten. Dem Rumpf der *Gael Warrior* wurde weiterer Schaden zugefügt, aber er war nicht ernst genug, um Grund zur Besorgnis zu bieten.

Die Schwadron setzte ihren Weg ins Innere des Systems fort und raste auf die Schlacht zu, die in dem Gebiet rings um die allmählich größer werdende blauweiße Scheibe von Trothas V tobte. Der Navigationscomputer spuckte einen ständigen Strom von Informationen aus, die auf dem Monitor neben der Scheibe Trothas' V – die Murmelgröße hatte – erschienen. Der Planet, dessen Name ebenfalls Trothas war, lag noch sechs Millionen Kilometer entfernt, aber die Schwadron eilte mit beinahe 800 km/s darauf zu. Es würde noch zwei Stunden dauern, bevor die Distanz überwunden war. Ganz in der Nähe kennzeichnete ein Trio kleinerer, blasserer Scheiben die drei Monde von Trothas, von denen zwei recht klein waren, der dritte aber ein zerfurchter, weit entfernter, fünftausend Kilometer breiter Gigant.

»Captain, hier spricht Ops.«

»Reden Sie, Ops.«

»Wir haben große Schiffe in der Nähe des Planeten ausgemacht. Es scheint eine feindliche Trägerschwadron zu sein, die sich im Orbit um Trothas großen Mond herum aufhält. Transpondersignale zeigen an, daß unsere Flotte sich darauf zu bewegt, aber von den Jägern des Trägers ... und einer großen Anzahl leichter Rebellenschiffe, Zerstörer und ähnlicher aufgehalten wird.«

»Verstanden, Ops. Bleiben Sie dran. Wenn sie eroberte Schiffe benutzen, wird es schwer, sie von unseren Leuten zu unterscheiden.«

»Ist kein Problem, Captain. Sie verwenden eine andere Transponderfrequenz. Es wird erst schwierig, wenn die Signale aus der Nähe kommen und sich überschneiden.«

»Machen Sie weiter.« Noch immer klang MacCandless' Stimme angespannt, und angespannte Männer begehen Fehler. Kendric bemühte sich, seiner Stimme einen humorvollen Klang zu verleihen, um den Mann zu entspannen. »Ich möchte nicht versehentlich die *Iolaire* in die Luft jagen!«

»Aye, Captain, wir bleiben am Ball!«

Kendric fragte sich, was Commodore Severno planen mochte. Wollte er die Schwadron mitten in den Feuerhagel führen, der die Welt der Rebellen einhüllte? Oder wollte er ...

Kendric lehnte sich in seinem Stuhl nach vorn. Hier gab es eine Möglichkeit, die ihm das taktische Display eröffnet hatte, das auf dem Hauptmonitor erschienen war. Er ließ das Display auf seinem eigenen Bildschirm erscheinen und warf mit Hilfe von Tastatur und Lichtgriffel ein paar schnelle CAD-Skizzen auf den Monitor. *Es könnte klappen ...*

Er mußte das mit den Navigatoren besprechen. »Navigation. Hier spricht der Captain.«

»Aye, Sir! Hier Ayres.«

»Ich schicke Ihnen einen Plan auf den Bildschirm, Commander. Sehen Sie es sich genau an.«

»Verstanden, Captain.«

Kendric breitete seine Idee vor Commander Ayres aus, indem er das Computerbild auf seinem Bildschirm bearbeitete. »Wir müßten etwa *hier* verlangsamen ... und Trothas V benutzen, uns *hierher* zu schleudern.«

Linien und Bögen zogen sich durch das Bild, während er den Griffel bewegte. »Ich möchte einen Kurs festlegen, der uns auf einer Hyperbel hinter Trothas Hauptmond und außer Sicht dieses Orbits bringt ... Verstanden?«

»Ja, Sir ...« Ayres hörte sich zweifelnd an.

»Wenn wir dort sind, auf der entgegengesetzten Seite des Mondes, legen wir Fallgeschwindigkeit zu, drehen auf *diesen* Kurs ... und fallen in einen Orbit, der uns flach, schnell und sicher über die Mondoberfläche bringt. Wenn wir es richtig anfangen, tauchen wir hinter der Schwadron auf und fangen sie ab ... Oh, ungefähr *hier*. Mit ein wenig Glück werden sie uns nicht kommen sehen. Jedenfalls werden sie uns nicht erwarten, wenn sie glauben, wir folgen einer Hyperbel, die uns weg von ihnen führt.«

»Ich lasse es durch den Computer laufen, Sir.«

»Tun Sie das. Und schicken Sie mir eine Lösungsserie, damit wir das Programm während der Anfangsphase jederzeit starten können. Verstanden?«

»Lassen Sie mich nur machen, Captain. Ich schicke es Ihnen gleich zurück.«

Es dauerte eine Weile, bis Ayres Kendric eine ausgearbeitete Computergrafik übermittelte. »Wir könnten es schaffen, Captain, wenn wir dieses Tempo beibehalten. Die Serie, die Sie wünschten, ist fertig, startbereit. Sie müssen uns bloß Bescheid geben.«

»Gut. In Ordnung. Warten Sie, bis ich mit dem Commodore gesprochen habe.« Er wechselte den Kanal und rief das Flaggdeck.

»Was ist das Ziel dieser … Exkursion, Captain?« erkundigte sich Severno, nachdem ihm Kendric den überarbeiteten Plan auf den Monitor des Flaggdecks übermittelt hatte.

»Commodore, jene Elemente im Orbit scheinen den Kern der Rebellion zu bilden. Dort befindet sich ein Träger … wahrscheinlich die Quelle dieser ganzen Jäger. Die Rebellen wehren alles ab, was wir in die Richtung schicken. Mein Plan ermöglicht es uns, schnell vorzudringen und Trothas V als Gravschleuder zu benutzen, uns dann hinter den Mond in das fallen zu lassen, was die anderen als Fluchtweg ansehen. Sobald uns der Mond verbirgt, wechseln wir den Kurs und lassen uns durch die Schwerkraft des Mondes herumreißen und können so von unten und hinten angreifen. Bestenfalls werden sie uns erst entdecken, wenn wir sie schon getroffen haben.«

»Sie können uns aber treffen, wenn wir vom Planeten zum Mond wechseln«, sagte Severno. »Man wird unsere Neutrinoemissionen hinter dem Mond aufspüren, oder es wird sie irgend etwas anderes auf uns aufmerksam machen.«

»Bei allem Respekt, Commodore, wenn wir erst dort sind, haben sie keine Zeit, unsere Neutrinos aus dem Gewühl herauszufischen, denn schließlich wimmelt es hier nur so von Schiffen. Und ich rechne damit, daß sie uns bemerken, wenn wir von Trothas abschwenken. Das wird sie überzeugen, daß wir uns kampflos davonmachen wollen. Und ansonsten müßte sie schon jemand warnen ...« Er zuckte die Schultern, wenngleich die Geste nicht übermittelt werden konnte. »Wir hoffen, daß alles derart durcheinanderlaufen wird, daß niemand dort genau weiß, was eigentlich vorgeht. Es ist ein Risiko, aber ein kleines.«

»Ich riskiere nichts, Captain, und ich schätze es nicht, daß Sie mit meinem Kommando riskante Spiele ausführen wollen. Ihr ... Plan ist abgelehnt. Behalten Sie Kurs bei und bereiten Sie sich darauf vor, in fünf Minuten das Tempo zu drosseln. Wir verlangsamen auf normale Schlachtgeschwindigkeit und greifen die feindliche Schwadron aus der Entfernung an.«

Wußte der Commodore nicht, daß man etwas wagen mußte, um die Chance zu nutzen, einen Vorteil zu erringen? »Sir ...«

Aber die Verbindung zum Flaggdeck war abgebrochen.

Kendric starrte eine Weile auf seinen Monitor. Der Plan hätte geklappt. Er wußte es. *Warum begriff der Commodore das nicht?* Er schüttelte den Kopf und löschte das Bild. Ein Kampf mit schweren Schiffen, auf große Entfernung und bei niedriger Geschwindigkeit, würde hart werden, ein einziger Schußwechsel und Schlagabtausch.

Und dem sah er ungern entgegen.

7

Eine Schlacht im All ist eine langwierige, endlose Angelegenheit, die normalerweise Hunderte von Schiffen auf jeder Seite mit einbezieht. Aber sie erstreckt sich über derart große Entfernungen, daß Zusammenstöße relativ selten vorkommen.

Die Kampftruppen der Raumschiffe verbringen die meiste Zeit während der Schlacht damit, hinter ihren Gefechtsstationen zu stehen und stundenlang auf die nächsten Sekunden schrecklichsten Terrors zu warten.

– *Aus* Schlachten des 69. Jahrhunderts:
Eine Untersuchung der Raumschifftaktiken
von Jason van der Meer, Haus Starkadian,
Lupus Tertius II, Anno Imperii 6810.

Die Gälische Schwadron verringerte – gemäß Commodore Severnos Plan – ihr Tempo und steuerte auf das Herz der aufständischen Verteidiger zu. Als sich mehr und mehr Daten aus dem Gewirr der elektronischen Signale, Radarreflektionen und Scannerbilder herauskristallisierten, konnte die Brücke der *Warrior* damit beginnen, sich mit der Art der Schlacht vertraut zu machen, wenngleich das Ausmaß der Kämpfe noch nicht zu überblicken war.

Es befanden sich ungefähr 300 große TOG-Schiffe im System, die sich innerhalb eines lockeren, unregelmäßigen Kreises von etwa 150 Millionen Kilometern Durchmesser verteilt hatten, in dessen Zentrum Trothas V lag. Die Gälische Schwadron bewegte sich bereits tief im Herzen des Kreises und flog mit einem Maximun an Schub auf den Planeten und das Mondtrio zu.

Es war unmöglich, die Aufteilung und Größe der Rebellenarmee festzustellen. Ungefähr zweihundert Schiffe waren bisher identifiziert worden, aber unter diesen zweihundert fand sich einfach alles wieder: Schlachtschiffe, Frachter, Tanker und Transporter. Viele der letzteren bewegten sich wie Schlachtschiffe – sie manövrierten in Formation und sandten Funkbefehle aus, die sie als Schlachtschiffe identifizieren sollten. So sollten Aufklärung und Planung der TOG-Flotte verwirrt werden.

Noch übler war es, daß fortwährend neue Rebellenschiffe auftauchten. Als die *Gael Warrior* mit ihren Begleitschiffen näher flog, empfing sie einen fünf Minuten alten Aufruf zum Gefecht, der von imperialen Kriegsschiffen in der Gegend um Trothas VI ausgesandt worden war, einem öden, beinahe luftlosen Wüstenplaneten, der sich 90 Millionen Kilometer von Trothas V entfernt befand. Drei uralte, rostbedeckte Zerstörer und eine Reihe Jäger erhoben sich aus einem Gewirr zerklüfteter Cañons und Krater, die sich über die Oberfläche des sechsten Planeten erstreckten, und fielen der TOG-Flotte in den Rücken. Zwei TOG-Korvetten und eine Fregatte waren überrumpelt und zerstört, bevor die Admirale, die in der Nähe von Trothas V stationiert waren, die Bedrohung überhaupt mitbekommen hatten. Das war der Zeitverschiebung durch die Lichtgeschwindigkeit zu verdanken, die den Empfang der Funksprüche der imperialen Schiffe verzögerte. Zwei Stunden lang tobte eine heftige, kleine Schlacht weit vom Hauptkampfplatz entfernt, bevor es den versammelten Schiffen des Imperiums gelang, das letzte Rebellenschiff in einen glühenden Schrotthaufen zu verwandeln. Überlebende Rebellen hatten sich über die ganze Kampfzone verteilt und bedrängten und behinderten TOG-Schiffe, wo immer sie konnten.

Kleinere Abfangjägergruppen bildeten das größte Problem der TOG-Flotte. Große Rebellenschiffe konnten schnell ausgemacht werden, und es war kein Problem, eine überlegene Anzahl von TOG-Schwadronen zu versammeln, um die Feinde zu vernichten. Aber trotz allem breiteten sich die Rebellen überall auf dem Schlachtfeld aus. Bei den Geschwindigkeiten, mit denen die Schiffe flogen, konnte jede Abfangjägertruppe nur jeweils einen Angriff auf ein imperiales Schiff starten, bevor es außer Reichweite gelangte. Da sie aber fast immer Treffer landen konnten, litten die TOG-Schiffe zusehends unter dem hartnäckigen Beschuß der Verteidiger.

Der Gefechtsraum war inzwischen von Hunderten von Jägern übersät. Die meisten hatten – nach dem ersten Angriff – das Tempo gedrosselt, umgedreht und beschleunigt und schossen nun wieder auf die TOG-Flotte zu. Sie bewegten sich in kleinen Gruppen oder gar vereinzelt. Andere ließen sich treiben, schonten Treibstoff und Kraft und warteten auf eine Gelegenheit, ein vereinzeltes oder beschädigtes TOG-Schiff zu erwischen. Weitere Rebellen stiegen von verborgenen Stationen auf Trothas V und VI, von verschiedenen Monden und großen Asteroiden auf. Oftmals war es schwer, sie als Rebellen zu identifizieren, bis sie sehr nah an ein TOG-Schiff herangekommen waren. Noch schwieriger wurde es, wenn die feindlichen Schiffe aus ehemaligen TOG-Flugobjekten bestanden, die erobert oder aber in den Dienst der Rebellenflotte gezwungen worden waren. Mit jeder verstreichenden Minute erlitt die Flotte des Imperiums mehr und mehr Treffer.

Vizeadmiral Julian Dio Graffen, der TOG-Kommandeur, nahm die Situation recht derb in Angriff. Er befahl den imperialen Kampfgruppen, die versteckten Stationen in Schutt zu legen, auch wenn das bedeutete, daß die Oberfläche jedes Mondes und jeder Welt im System von Trothas Meter für Meter zerstört werden mußte.

»Neue Anweisungen, Captain«, kam die Stimme

Commodore Severnos über den Kanal des Flaggdecks. »Das Flottenkommando weist uns an, auf Trothas V umzuschwenken, um einen flachen Angriff über den Osten des Kontinents zu fliegen. Die Maßstabskoordinaten werden gerade auf Ihre Navigations- und Waffenkontrollen übermittelt. Wir werden die angegebenen Ziele bombardieren, wenn wir an ihnen auf Eintrittshöhe vorbeifliegen. Die Schwadron fliegt einen Einzelangriff, formiert sich dann neu und erwartet weitere Befehle.«

»Aye, Sir.«

»Außerdem bereiten Sie sich darauf vor, die Jäger starten zu lassen.«

Kendric starrte einen Augenblick lang auf das Bild des vor ihm liegenden Planeten. *Hatte er richtig gehört?* »Sir …?«

»Alle drei Geschwader. Sie werden vor uns herfliegen und uns Deckung gegen feindliche Abfangjäger geben.«

Beinahe hätte Kendric protestiert. Die Befehle waren mehr als unsinnig. Sie würden den Flug zum Selbstmordkommando für die Jäger werden lassen.

Es war nicht die Aufgabe der Jäger, einen Planeten anzugreifen. Schlimm genug, wenn ein Schlachtschiff auf einen schnellen, flachen Angriff geschickt wurde, denn so ein Manöver ergab nur einen Sinn, wenn das Schiff von anderen großen Schiffen unterstützt wurde. Das Schlachtschiff mußte in der ›Eintrittshöhe‹ – der oberen Grenze der Atmosphäre des Planeten – über ein Ziel hinwegfliegen, und seine schweren Geschütze und Geschosse konnten die Oberfläche ernsthaft beschädigen. In einem solchen Fall waren die leichteren Waffen der Jäger mit ihrer kürzeren Reichweite mehr oder weniger nutzlos.

Wenn die Schilde der Stationen ausgefahren waren, konnten die Jäger diese nur beschädigen, wenn sie so dicht heranflogen, daß sie unverantwortliche Risiken eingingen. Sollte es einem großen Schiff gelingen, die Schilde zu zerstören, waren die Geschosse der Jäger, im Gegensatz zu dem, was ein einzelnes, schweres Schiff ausrichten konnte, ebenfalls unerheblich. Sicher, die Jäger konnten der Schwadron beim Anflug Deckung gegen feindliche Attacken geben, aber der Angriff würde so schnell vorüber sein, daß die Verluste den Wert der Deckung weit übersteigen würden.

Wenn die Jäger der *Warrior* in einen Angriff auf Trothas V gejagt wurden, ohne daß es dafür einen wichtigen taktischen oder strategischen Grund gab, warf man sie regelrecht ins Verderben. Es ergab einfach keinen Sinn.

Kendric wählte seine Worte mit Bedacht. »Commodore ... wäre es nicht besser, wir behielten die Jäger bis nach der ersten Attacke hier an Bord? Oder setzten sie gegen feindliche Zielobjekte ein, die sich nicht auf dem Planeten befinden? Wir ...«

»Verdammt, Fraser!« Die Stimme explodierte in Kendrics Kopfhörer. »Wollen Sie jeden meiner Befehle in Frage stellen? Wenn ich einen Befehl erteile, erwarte ich, daß er befolgt wird ... oder begreift ihr Provinzler das nicht?«

Aha, so war das also.

»Sir, unsere Jäger könnten vollständig ausgelöscht werden.«

»Dann werden sie es eben! Aber, bei Caesar, Sie werden meinen Befehlen Folge leisten, oder ich lasse Sie von meinen Leuten auf dem Achterdeck erschießen!«

Der Kanal wurde mit einem lauten Krachen geschlossen, und Kendric blieb völlig verwirrt zurück. Es schien keine Möglichkeit zu geben, den Befehl zu umgehen. Wenn Kendric die Anordnungen nicht befolgte, war Severno berechtigt, den Angriff abzublasen und Kendric hinrichten zu lassen, um dann die Jäger selbst in die Schlacht zu schicken und den Angriff durchzuführen. Nichts würde sich ändern, außer daß er,

Kendric, umkam und ein Verrückter sein Schiff befehligen würde.

Der Gedanke ließ ihn zusammenzucken. *Ein Verrückter? Nein, das war falsch. Severno war völlig normal, aber vielleicht gab es irgendeinen tieferen Grund für seine Order?* Plötzlich fiel ihm Elliots Warnung betreffend der Wölfe ein.

Kendric schüttelte den Kopf. Schon bereitete sich die Schwadron auf den Angriff gegen Trothas V vor, und es blieb nur wenig Zeit. Er gab Befehle an die Navigation und den Steuermann weiter, um die *Gael Warrior* an die Spitze der Schwadron zu setzen und den kleineren Schiffen zu erlauben, sich dahinter und an den Flanken zu formieren. Mit einem nagenden, schmerzhaften Gefühl im Herzen öffnete er den AGKO-Kanal und befahl, alle Jäger zum sofortigen Start vorzubereiten.

Auch Frank Jardine glaubte, nicht richtig zu hören, als er die Befehle vernahm.

»Ihr macht wohl Witze!« Jaimes Ärger über das lange Warten und Herumsitzen während der ersten Attacke hatte sich in Entsetzen verwandelt, als die neuen und unerwarteten Befehle weitergegeben wurden. »Commander ... wollen Sie uns sagen, daß wir dieses verdammte Schlachtschiff an den verfluchten Planeten *heranführen* sollen?«

»Genau das«, bestätigte die kühle und trockene Stimme Haldanes, in der weder Verwirrung noch Ärger mitschwangen.

»Das ist doch klar«, mischte sich eine andere Stimme ein. »Ich hab' schon immer gewußt, daß diese Schlachtschiffjungs nicht mal ihre Ärsche mit den Händen finden können. Und wie sollten sie da etwas so Großes wie einen Planeten finden ...«

»Schluß mit dem Geschwätz«, sagte Haldane. »Die Beta-Gruppe ist fertig zum Abheben, und wir gehen als erste. Alpha und Gamma folgen dicht aufgeschlossen.«

»Da muß doch jemand etwas falsch verstanden haben«, erklang noch einmal die andere Stimme.

»Der Befehl wurde von Commander Jardine und dem Captain persönlich bestätigt. Jetzt herrscht Ruhe, halten Sie sich bereit!«

Jaimes *Pilum* drehte sich auf dem breiten Startpodest in die richtige Position. Während der letzten beiden Stunden war er die Checkliste bereits unzählige Male durchgegangen. Schon längst hatte man die Atmosphäre aus dem Startbereich abgepumpt, und die breiten Tore am Eingang hatten sich zurückgerollt. Jaime konnte die weiße Wölbung des Planeten sehen, aber die schwachen, roten Lichter der Bucht waren noch immer hell genug, um Sterne, die sich vielleicht gegen den schwarzen, leeren Himmel abgehoben hätten, unsichtbar werden zu lassen.

Commander Jardines Stimme kam durch den Taktikkanal. *Warrior*-Abfangjägertruppe, machen Sie sich zum sofortigen Start bereit.

Jetzt sprach Haldane. »Alpha, bereit zum Start.«

»Beta, bereit zum Start«, fügte Jaime hinzu. Er fühlte sich alles andere als bereit. Das Blut rauschte ihm in den Ohren, Schweiß sammelte sich unter dem Raumanzug.

»Gamma, bereit zum Start«, sagte eine andere Stimme. Jaime glaubte, daß sie einem Mann namens Scott gehörte. Bisher hatte er noch keine Möglichkeit gehabt, den Anführer des Gamma-Geschwaders kennenzulernen.

»Flugdeck geräumt«, meldete die Stimme der Startüberwachung. »Alle Systeme auf unabhängige Jägerkontrolle geschaltet. Energiefluß abstellen.«

Die Kabel, die das Schlachtschiff und die Jäger verbanden, hakten sich aus und zogen sich in die Seiten der Bucht zurück. Das Flugdeck war breit genug, um jeweils vier Jäger gleichzeitig starten zu lassen. Die Beta-Jäger würden paarweise abheben und dicht nacheinander starten, bis sich alle vierundzwanzig Schiffe im All befanden.

Jaime und sein Flügelmann würden die ersten Jäger der Goldschwadron sein, die an den Start gingen. Das Heulen der Gravkompressoren wurde lauter. Er öffnete die Zufuhr des flüssigen Wasserstoffs, das in die I-K-Kammern strömte. Die Lichter seines Kontrollschirms leuchteten grün.

»Die vorderen Schilde sind eingefahren«, meldete Jaime. »Es geht los, meine Herren! Viel Glück!«

Das brauchen wir auch. Die alte, schwache Ausrede für einen Scherz schoß ihm unwillkürlich durch den Kopf. *Was, zum Teufel, dachten sich die hohen Tiere der Schwadron eigentlich?*

»Ich gebe den Countdown«, fügte Jaime hinzu. Um sie herum bauten sich die elektromagnetischen Felder auf, die das Schlachtschiff benötigte, um die Jäger aus den Buchten ins All zu schleudern. »Fünf … Vier … Drei … Zwei … Eins … Start!«

Eine Riesenfaust drückte Jaime in seinen Sitz zurück. Obwohl die Grav- und Beschleunigungskompensatoren auf voller Kraft liefen, befanden sich die Übergänge zwischen den internen Grav- und Kompensatorfeldern des Schlachtschiffes und der rasenden Beschleunigung seiner *Pilum* niemals im völligen Gleichgewicht, und es war unmöglich, den gewaltigen Druck auszugleichen. Jaime schätzte die Felddifferenz beim Start auf 3 *g*. Nicht genug, um Schmerz hervorzurufen, aber dennoch war es deutlich zu spüren.

Die Magnetschleuder warf Jaimes und Davic Marshalls *Pilums* nach vorn und aus dem Schiff hinaus, wobei sie fast Schwinge an Schwinge lagen. Um Jaime herum explodierte der Weltraum; die sternenbesäte Schwärze wurde von dem vor ihnen liegenden silbernen Planeten und dem hinter ihnen treibenden, gedrungenen, blau-grauen Berg des Schiffes dominiert. Er berührte die Taste, welche die Flackerschilde der *Pilum* ausfahren und rotieren ließ, schloß die Faust um den Steuerknüppel und drückte den roten Knopf, der die drei Seitentriebwerke in Gang setzte. Nach einem schnellen Überprüfen seiner Instrumente stellte Jaime fest, daß keine seiner Waffen oder ein System des Schiffes beim Start versagt hatten.

Die vierundzwanzig *Pilums* des Beta-Geschwaders sammelten sich in zwei Gruppen und gingen sechzig Kilometer vor der *Gael Warrior* in Stellung. Innerhalb weniger Minuten hatten sich auch die Alpha- und Gamma-Gruppen, mit *Pilums, Lanceas* und den alten *Verutums,* mit jeweils vier Schwadronen pro Geschwader back- und steuerbord formiert. Zweiundsiebzig Jäger bildeten eine riesige Pfeilspitze, die das Schlachtschiff auf den Planeten zuführte.

Jaime behielt das Display im Auge. Der Planet lag jetzt weniger als 50 000 Kilometer vor ihnen und füllte den Himmel aus: eine weiß und blau marmorierte Halbkugel, die an den Polen grellweiß erstrahlte. Entlang des Äquators leuchtete an verschiedenen Stellen ein warmes, goldenes Licht – östlich des Terminators auf der Nachtseite des Planeten.

Trothas wirkte still und friedlich, aber Jaime wußte, daß *dies* nicht lange anhalten würde.

8

TROTHAS (ISC 237-938-2892)
Spektraltyp: F5
Masse: 1,75 Sol, Helligkeit 5,4 Sol, Durchmesser 1,2 Sol
Planetensystem: sieben größere Himmelskörper, zwei Asteroidengürtel
Planet V: Trothas, Radius der Umlaufbahn 3,25 AE, Umlaufzeit 4,43 Jahre
Masse: 2,592 x 10^{27} gm (0,43 Terra)
Durchmesser am Äquator: 9809 km (0,77 Terra)
Dichte: 5,24 g/cm^3 (0,95 Terra)
Oberflächenschwerkraft: 0,73 g
Trabanten: drei
Trothas V-c: Radius der Umlaufbahn 250 876 km, Masse 6,22 x 10^{25} gm, Durchmesser am Äquator 3487 km

ANMERKUNGEN: Mit einer Bevölkerung von 598 928 226 Einwohnern (Zensus von 6800) erscheint Trothas V als eine spärlich besiedelte Welt. Sie liegt am unteren Rand der bewohnbaren Zone des Planetensystems und ist von Gletschern bedeckt, mit Ausnahme eines schmalen gemäßigten Streifens mit landwirtschaftlich nutzbaren Flächen am Äquator.

– *Auszug aus dem* Galaktischen Piloten-Handbuch, *Terranischer Sektor, Ausgabe 36.*

Kendric übertrug die Navigationsdaten auf seine eigene Konsole und betrachtete sie. Der Planet Trothas – genauer Trothas V – besaß einen Durchmesser von weniger als zehntausend Kilometern und ein Klima, das von gemäßigten Zonen am Äquator bis zu großen leblosen Eiskappen an den landumschlossenen

Polen reichte. Viel Bergland lag begraben unter Gletschern und Flüssen aus Eis, die sich Hunderte von Kilometern durch trostloses gefrorenes Ödland wälzten. Die gemäßigten Zonen hingegen waren üppig und grün und wurden von flachen äquatorialen Meeren gewärmt. Die Landmasse, die als der Ostkontinent bezeichnet wurde, war groß und von tiefen eisigen Fjorden umwunden, mit eisbedeckten Bergen im Norden, bergumringten Wüsten im Landesinneren und üppigen, grünen landwirtschaftlichen Flächen entlang der Südküste, die nahe dem Äquator verlief.

Commodore Severno hatte das Ziel der *Gael Warrior* festgelegt: einen ausgedehnten Komplex aus Fabriken, planetarischen Verteidigungsbasen und Hafenanlagen an der Südküste des Kontinentes. Es war beobachtet worden, wie von einem Raumhafen westlich des Industriegebietes Jäger aufgestiegen waren, und dieser Raumhafen war das Angriffsziel des Schlachtschiffes. Der leichte Kreuzer Reannruadh würde das gleiche Ziel angreifen und der *Warrior* dichtauf folgen. Die Fregatten, Zerstörer und Korvetten würden nördlich und südlich der Anflugroute ausschwärmen und ihre Laserstrahlen und Geschosse gegen die weit um das Hauptziel verstreut liegenden Radareinrichtungen und vorgeschobenen Feuerleitstellen richten sowie als Schutz gegen Jäger- und Raketenangriffe von der Planetenoberfläche dienen.

Warum schicken wir dann unsere Jäger voraus? fragte Kendric sich, doch er war bereits zu sehr beschäftigt, um mehr als beiläufig an die Jäger zu denken. Feindliche Jagdflieger näherten sich der TOG-Formation und rasten herbei, um sich gegen die auf Trothas zusteuernde Schwadron zu stürzen. Die meisten Jäger der Rebellen waren bereits beschädigt, als sie ihre Nahkampfangriffe begannen, und weitere wurden zu glühendem Schrott, als Lee Fairfax' Bordschützen gegen die umherschwärmenden Ziele vorgingen.

»Ops«, sagte Kendric. »Hier spricht der Captain.«

»MacCandless, Sir.«

»Täusche ich mich, oder kommen die Feinde alle von unseren Flanken?« Keiner der feindlichen Jäger näherte sich aus der Richtung des Planeten.

»Sie haben recht, Captain. Ich kann keinerlei Jäger direkt vor uns erkennen. Sie nähern sich aus der Richtung von Fünf-C.« Trothas V-c. Der größte und äußerste Mond des Planeten.

»Von der dort kreisenden Schwadron?«

»Jawohl, Sir. Sie sind jetzt auf der Rückseite von Fünf-C, aber die Flugbahn der Feinde paßt zu einem Anflug von dort drüben. Ich kann es noch nicht beweisen, Sir, aber ich verwette meinen Rang als Commander, daß der große Punkt hinter Fünf-C ein Trägerschiff der KessRith ist.«

Kendric nickte. Das ergab Sinn: Ein Trägerschiff konnte zumindest ein Geschwader Jagdflieger transportieren – 360 Schiffe in fünf Gruppen. Ein großer Träger faßte sogar noch mehr. Zweifellos waren Jäger auf der Planetenoberfläche stationiert gewesen, um sie vor den Imperialen zu verbergen. Die meisten, wenn nicht alle, waren jedoch bereits aufgestiegen, damit sie nicht am Boden überrascht und zerstört werden konnten. Jäger, die von einem Trägerschiff in der Umlaufbahn starteten, mußten vor dem Angriff dann nicht erst die Schwerkraft des Planeten überwinden.

Das machte die vor der Schwadron ausgeschwärmten Jäger der *Warrior* noch nutzloser als zuvor.

Kendric griff nach dem Schalter der Bordsprechanlage und zog dann die Hand wieder zurück. Es war offensichtlich, daß Commodore Severno nicht davon überzeugt werden konnte, einen einmal eingenommenen Standpunkt zu ändern. Es war ebenso unmöglich für Kendric, 72 Menschen ohne irgendeinen Sinn in den fast sicheren Tod zu schicken.

Seine Hand kehrte zur Konsole zurück. »Kommunikationsabteilung, öffnen Sie einen Kanal zum Gruppenführer der Jäger. Schließen Sie die Kommandantur in die Verbindung mit ein.«

»Kanal geöffnet, Sir.«

»Flugkommando und *Warrior*-Gruppenführer, hier spricht Captain Fraser. Lösen Sie Ihre Formation auf. Ich wiederhole, lösen Sie Ihre Formation auf. Greifen Sie die Feinde an, die sich dem Flaggschiff aus Richtung, mmh ...« Er blickte auf den Brückenbildschirm. »... aus Richtung zwei-acht-null minus drei-fünf nähern.« Er holte tief Atem. Mit diesem Befehl konnte er leicht seine Karriere zerstören. »Auf geht's!«

Nach einem Moment des Zögerns löste sich die Pfeilspitze aus Jägern vor der *Warrior* auf, als die Raumschiffe stark abbremsten und dann den nötigen Schub gaben, um den neuen Kurs zu erreichen, der beinahe rechtwinklig zu dem der Schwadron verlaufen würde.

»Fraser!« Severno schnauzte in Kendrics Hörer. »Was zum Teufel glauben Sie, was Sie tun?«

Kendric beobachtete die Jagdflieger noch einen Moment lang. Auf dem Hauptbildschirm pulsierten ihre Antriebsspuren in brillantem Blau, die Flugbahnen waren leuchtend grün dargestellt. Er wollte viel Zeit gewinnen, da es keine Chance mehr gab, sie zurück ins Glied zu beordern. Die führenden TOG-Jäger näherten sich nun den vordersten Abfangjägern der Rebellen. Auf dem vorderen Backbordmonitor zuckten grüne und weiße Linien, als imperiale Verutums auf große Entfernung ihre Neutronenkanonen einsetzten. Schutzschilde flackerten auf. Geschosse rasten mit einer Beschleunigung von 12 *g* los und suchten feindliche Strahlungsquellen.

»Äh ... Sir? Entschuldigen Sie, könnten Sie bitte wiederholen ...«

»Caesar im Himmel, Junge, was zum Teufel haben Sie vor? Sie haben gerade vorsätzlich und bewußt meinen Befehlen widersprochen.«

Kendric schloß die Augen, um sowohl seine Angst wie auch seine Wut zu unterdrücken. Nun gab es keine Ausflüchte mehr. Wie sollte er antworten? Ein Mißverständnis mochte das Beste sein …

»Commodore … wo ist das Problem? Ich nahm an, daß die Jäger uns als Geleitschutz gegen feindliche Abfangjäger dienen sollten. Wir werden gerade backbord von einer großen Zahl feindlicher Jäger angegriffen … die vielleicht von einem Trägerschiff der KessRith hinter jenem Mond kommen. Ich schickte die Jäger einfach …«

»Sie haben einfach Ihr Kommando verloren!«

Kendric biß die Zähne zusammen und krallte seine Finger um die Armstützen seines Sessels. Es wurde schlimmer, als er gedacht hatte, aber er würde nicht, nein, er konnte nicht zurückweichen.

»Gut, Commodore. Kann ich das schriftlich bestätigt haben?« Er blickte flüchtig nach vorn. Der Planet füllte den Bildschirm inzwischen völlig aus. Es blieben nur noch Minuten, vielleicht Sekunden, ehe der Angriff ernstlich beginnen würde. »Soll ich die Brücke unverzüglich verlassen?«

»Nein!« Die Antwort klang scharf. Die folgenden Worte klangen sanfter, doch Kendric konnte einen Spur Triumph in der Stimme des anderen hören. »Nein. Bleiben Sie auf Ihrem Posten. Nach dem Angriff werden wir jedoch dieses Schiff aus dem Kampf abziehen, und ich werde Sie persönlich unter Arrest stellen! Sie kommen dafür vor das Kriegsgericht! Verurteilt und bestraft für Befehlsverweigerung, für Widersetzlichkeit und für böswillige Störung der Kommandostruktur! Caesar hilf, wenn Sie noch einmal meine Befehle behindern, werde ich Sie wegen Meuterei anklagen!«

Kendric stieß seinen Atem in einem langgezogenen Seufzer aus. Backbord verwirrten und verwickelten sich Jäger-Flugbahnen inmitten aufblinkender Lichtpunkte.

Erschütterung und Erschöpfung ergriffen seinen Körper und seine Seele. Plötzlich war alles schiefgegangen. *Caius Elliot sagte mir, ich sollte mich vor den Wölfen in acht nehmen. Ich frage mich, ob er das meinte.*

»Jiiiiiiiii-hah!« Jaimes Kampfschrei unterbrach für einen Moment die Verständigung auf der taktischen Frequenz der Schwadron Gold, schuf aber ein Ventil für die Anspannung, von der die ganze Schwadron erfaßt worden war. Die sechs *Pilums* schossen geradewegs durch eine Formation *Flatternder Blütenblätter* der KessRith, die bereits der Länge nach herumgeschnellt waren und stark verlangsamten, um sich der Geschwindigkeit der Imperialen anzupassen. Jaimes *Pilum* näherte sich einem KessRith-Jäger, die Schnelligkeit eng der des Feindes angepaßt, als seine Laser und Bug-Beschleunigergeschütze ihre Zerstörungskraft auf den Rumpf des *Flatternden Blütenblattes* richteten.

Diese KessRith-Schiffe waren bereits kampferprobt – in langen und wilden Kämpfen –, und die meisten zeigten Anzeichen heftiger Beanspruchung. Das *Blütenblatt*, das Jaimes Anzeigen zuerst erfaßt hatten, wies lange, gezackte Schrammen an der Unterseite und ein trichterförmiges Loch am Backbordflügel auf. Jaimes Feuer zuckte über den bernsteinfarbenen Schleier der Schutzschilde des fremden Schiffes, doch mehrere Treffer durchdrangen die Schilde und trafen den Rumpf des Jägers. Ein gewaltiger Metallbrocken platzte von der Backbordseite des *Blütenblattes* ab, achterlich der drei zusammengefaßten Triebwerksgondeln.

In dem Augenblick, ehe er vorbeiraste, sah Jaime, wie sein Backbordlaser durch diesen taumelnden Klumpen Schrott blockiert wurde, der weiß glühte und unter dem Aufprall schmolz. Sein Steuerbordlaser schoß direkt in den Trichter, den der Brocken freigelegt hatte. Verdrahtung und Leitungen verschwanden in weißem Plasma, dann zerstörte ein weit hellerer Blitz endgültig den

Backbordmotor des KessRith. Weitere Blitze folgten und setzten sich bogenförmig über Backbord- und Bodenseite des *Flatternden Blütenblattes* fort, aber Jaime war zu schnell vorbei, um mehr als einen kurzen Eindruck von dem Schaden zu gewinnen, den sein Treffer angerichtet hatte. Gold Fünf und Gold Sechs, einige Kilometer hinter ihm, eröffneten das Feuer auf das gleiche fremde Schiff. Jaime hörte ihren Triumphschrei, als der KessRith-Flieger seine Schilde und die Positionskontrolle verlor und zu taumeln begann. Mit einem langgezogenen Siegesschrei schloß sich Jaime ihnen an und näherte sich seinem nächsten Ziel.

Sein ID-Computer zeigte die Dreiseitenansicht eines mittelschweren Jägers der KessRith, einer *Ga'kakt Tcha shuk'sha* – ein Gurgeln, das sich mit *Zarte Silberblüte* übersetzen ließ. Das fremdartige Schiff wich der ersten Salve aus und antwortete mit einem tödlichen Feuerstoß aus seinen Lasern. Jaime parierte die Strahlen mit seinen Schilden und der Bugpanzerung, überstand die Schockwelle der am Steuerbordflügel verdampfenden Gase und schlug dann mit beiden Beschleunigerkanonen und beiden 7,5/3-cm-Lasern zurück.

Explosionen weideten das KessRith-Schiff aus – eine Serie von Blitzen, die Stücke der Rumpfpanzerung und Stabilisatoren wirbelnd ins All schleuderte. Durch Risse im Rumpf des fremden Schiffes konnte Jaime weißglühende Feuer überall im Inneren wüten sehen. Brennende Gase schossen hinaus, um sogleich vom Vakuum des Weltalls erstickt zu werden. Was vom Rumpf noch übrig war, zerfiel zu einer Wolke aus verbranntem und halb geschmolzenen Schrott, die hinter Jaimes *Pilum* einhertrudelte.

Er wendete um 180 Grad und bremste scharf ab. Auf seinem Scannerbildschirm sah er die Wolke feindlicher Jäger sich auflösen – sie war nun keine Gefahr mehr für die Gälische Schwadron, die nun in die äußere Atmosphäre von Trothas V vorstieß.

»Goldführer an alle Goldschiffe«, sagte er. »Kommt her, Kinder! Wir haben sie in die Flucht gejagt!«

»Gold Drei an Goldführer«, sagte eine Stimme. Das mußte Galloway, einer der alten Hasen der Goldschwadron, sein. »He, Lieutenant! Wer hat unseren Hintern aus dem Feuer geholt? Jemand hatte uns doch schon als Ziele in der Schießbude aufgebaut!«

»Ich bin mir nicht sicher, Drei«, antwortete Jaime. »Vielleicht gab es eine Meinungsverschiedenheit an der Spitze. Ich schätze, daß der Captain eingegriffen und uns gerettet hat.«

»Mein Gott! Er wird dafür Ärger kriegen!« sagte eine andere Stimme.

»Vielleicht. Aber für mich sieht es so aus, als hätten wir 'nen zähen Captain!«

»Amen!« erwiderte Galloway. »He! Paßt auf! Ich sehe vier Feinde in Formation, zwei-drei-neun plus siebzehn!«

»Ich sehe sie. Drei *Silberblüten* und ein *Flatterndes Blütenblatt.* Alle zusammen, Jungs! Zeigen wir's ihnen!«

Kendric beobachtete diesen Teil der Schlacht schweigend. Die eigenen Jagdflieger hatten die Mehrheit der aus Richtung Trothas V-c anfliegenden feindlichen Jäger zerstört oder abgelenkt, und er konnte nicht viel mehr tun, als abzuwarten und zuzuschauen. Es gab keinerlei Reaktion vom Planeten vor ihnen, und die Führung des Schlachtschiffes lag nun in den Händen von Commander Fairfax und der Steuermannschaft. Der Feuerkontrolloffizier gab ständig weitere Befehle und bereitete die Waffen der *Warrior* vor, um sie gegen Ziele auf der Planetenoberfläche zu richten. Im Moment konnte Kendric nur im Befehlssessel sitzen, weit nach vorne geneigt, die Hände gefaltet, und seine Blicke zwischen dem Hauptbildschirm, den verschiedenen Gruppen der Brückenoffiziere und den Darstellungen auf seiner eigenen Konsole hin- und herschweifen lassen. Er wußte, daß jeder weitere Befehl oder Kommentar vom ihm nur die Vorgänge komplizieren würde und daß es jetzt besser war, sich auf die Ausbildung und die Erfahrung seiner Leute zu verlassen – doch das machte es nicht einfacher, nur dazusitzen und nichts zu tun.

Drei *Flatternde Blütenblätter* der KessRith näherten sich der Schwadron aus der Richtung des größten Mondes von Trothas: Flüchtlinge aus der Schlacht der Abfangjäger, die immer noch in dieser Richtung tobte. Die *Iolaire* und die *Abu* konzentrierten ihr Feuer auf den vordersten Angreifer. Für einen Augenblick war der herannahende Jäger deutlich umrissen von der grünen Strahlung des Laserfeuers, das seine Schilde einhüllte und die Panzerung durchbohrte. Dann brach der vordere Backbordschild des kleinen Schiffes zusammen, und eine Sturzflut reiner Energie raste über den Rumpf des Abfangjägers. Metall explodierte im Weltraum, und eine 7,5/5-Flügelspitzen-Laserkanone löste sich in weißem Feuer auf. Die drei Triebwerke loderten auf und erloschen, während das verkrüppelte Schiff macht- und kraftlos weitertaumelte.

Kurz darauf eröffnete die *Gael Warrior* das Feuer mit ihren backbord stationierten Sekundärwaffen und konzentrierte den Beschuß auf die nächsten beiden *Blütenblätter,* die gerade am Wrack des ersten vorbei beschleunigten. Die Geschosse aus den Beschleunigerkanonen hämmerten gegen die vorderen Schilde der Jäger. Etwa die Hälfte der Projektile glitt durch die Bugschilde und bohrte gezackte, glühende Trichter in die bereits vom Schußwechsel geschwächte Panzerung. Die Ansammlung schwerer Elektronenkanonen in den Geschütztürmen H und J am Bug der *Gael Warrior* ließ ganze Lagen Panzerplatten in einer blendenden Explosion sternenheißen Plasmas im Weltall verkochen. Mit zerstörten Cockpits und Kontrollen rasten die beiden Jäger flach über die *Warrior* dahin – reglos und zerstört, flatternde Objekte aus weißglühendem Schrott.

Kendric verspürte ein leichtes Zittern des Stolzes, wie fachmännisch seine Brückencrew den Schußwechsel erledigt hatte – dann spürte er den Stolz zu einem Gefühl verletzter Eitelkeit werden. *Sie sind nicht mehr meine Crew – oder sie werden es bald nicht mehr sein. Verdammt.*

Die Intensität seiner Gefühle überraschte Kendric. Er hatte nicht bewußt von seinen Leuten als Gälen und von sich selbst als TOG-Imperialem gedacht, aber der Unterschied hatte nichtsdestoweniger eine gewisse Distanz geschaffen. Diese Distanz schien nun verschwunden, gerade, als es am wichtigsten war. Diese Leute waren seine Mannschaft.

Seine Fäuste ballten sich in einem unkontrollierten Wutanfall zusammen. In diesem Moment schaute einer der Brückenoffiziere, ein junger Unteroffizier der Steuermannschaft, zufällig nach hinten zum Captain. Was er dort sah – die weitaufgerissenen Augen, den Zorn und die Bitterkeit in Kendrics Gesichtsausdruck – ließ ihn ängstlich zurückschrecken.

Kendric bemerkte ihn nicht, er sah nichts außer dem immer größer werdenden Trothas V. Kriegsgericht oder nicht, sagte er sich, sie werden mich nicht ohne Kampf bekommen.

9

Krieg ist die Hölle …

– Generalmajor William Tecumseh Sherman, Vereinigte Staaten von Amerika, Terra, während des Imperialen Interregnums, ungefähr 400 Jahre nach dem Untergang des Oströmischen Reiches.

Die blauweiße Scheibe von Trothas V wuchs schnell und füllte bald den ganzen Bugbildschirm aus. Die kontinentgroße Eiskappe am Südpol blendete den Betrachter mit ihrem Weiß, das weit intensiver und strahlender war als das weiche Weiß der wirbelnden Wolken. Kendric konnte den Ostkontinent erkennen, eine verschwommene Mischung aus grünen, braunen und gletscherweißen Tönen, nördlich eines schmalen Bandes blauen Meeres jenseits des Eises. Der Navigationscomputer hatte ein blinkendes, rotes Fadenkreuz über die Küstenlinie projiziert und damit das Angriffsziel der *Gael Warrior* markiert. Der Planet wuchs auf dem Monitor, während Kendric zusah. Obwohl sie ihren Anflug auf das Kampfgebiet verlangsamt hatten, stürzte das Schlachtschiff noch immer mit mehr als 50 Kilometern pro Sekunde auf den Planeten zu.

»Sie haben Ihr Ziel!« teilte Kendric Fairfax mit. Er drängte Gedanken an Severno und den Verlust seines Kommandos aus dem Bewußtsein und strengte sich an, sich nur auf seine derzeitige Aufgabe zu konzentrieren. »Wir werden im Anflug Raketen abschießen, und der Feuerkontrollcomputer wird die Laserangriffe erledigen.« Bei der Geschwindigkeit, mit der sie flogen, waren menschliche Richtschützen niemals in der

Lage, einigermaßen erfolgreich mit ihren Waffen zu zielen und zu schießen. Es wäre bereits schwer für sie, ihr Ziel überhaupt zu sehen, wenn es unter ihnen hindurchhuschte.

»Zu Befehl, Sir. Wir schicken eine volle Breitseite Raketen gegen sie, hochexplosive und Höllensprengköpfe. Zusätzlich programmieren wir einen Angriff durch alle Batterien an der Unterseite. Das dürfte ihnen auffallen!«

»Gibt es keine Möglichkeit, die Hauptkanone einzusetzen?« fragte Kendric.

»Nicht bei der Geschwindigkeit und Höhe, die beabsichtigt sind, Captain. Nun, wenn Sie jedoch unsere Schnelligkeit auf praktisch Null reduzieren und vorbeitreiben wollen ...«

»Verstanden.« Kendric war froh, daß Fairfax sich anscheinend beruhigt und seine Stimme und sein Verhalten nun besser unter Kontrolle hatte. Es war besser, wenn Kendric später nicht mit ihm reden mußte, was den jungen Waffenoffizier noch selbstsicherer als zuvor machen würde. Dann fiel Kendric ein, daß es kein ›später‹ geben würde, und der Gedanke brachte neuen Schmerz mit sich.

»Kommunikationsabteilung!« Als seine Bitterkeit wieder durchbrach, brüllte er beinahe. »Übertragen Sie unseren Abschußplan an die *Reannruadh!*« Dem Kreuzer war das gleiche Ziel zugewiesen worden, und er folgte dem Anflugweg der *Warrior* achtern, in fünfzehn Kilometer Abstand. Ohne richtige Koordination konnte es geschehen, daß die Strahlenwaffen des Kreuzers einige der Geschosse der *Warrior* in der Atmosphäre noch vor dem Einschlagen zerstörten.

Dann änderte sich die Perspektive. Ausgebreitet von der einen Ecke des Bildschirms zur gegenüberliegenden, erschien die Planetenoberfläche als eine weite, glitzernde Rundung, die eher unter als vor ihnen lag. Wolkengebilde und Landmassen glitten vorbei, und ein schwaches, fernes Donnern ließ den Rumpf des Schiffes erzittern, als es auf die ersten, dünnen Spuren der Atmosphäre von Trothas V traf.

Die *Gael Warrior* war kein stromlinienförmiges Schiff, und solche Hochgeschwindigkeitsflüge waren riskant: die Reibung erhitzte den äußeren Rumpf. Kendric versuchte, die Atmosphäre des Planeten mit den Augen zu überfliegen. Die *Gael Warrior* würde ihre geringste Höhe – 105 Kilometer – direkt über dem Ziel erreichen. Sofern nicht vorher etwas schiefging.

Das Donnern im Rumpf war zu einem bockenden und stoßenden Gebrüll geworden, das Kendric weniger hörte, als daß er es durch die Deckplatten und seinen Sessel hindurch fühlte. Planetenatmosphären besitzen keine scharfen Obergrenzen. Die Fähigkeit, bei hoher Geschwindigkeit dahinzugleiten und wieder aufzusteigen, statt zu tief einzutauchen, war mehr eine Kunst als eine Wissenschaft. Vor ihnen wurde der Horizont zu einer geraden Linie und hob sich ihnen entgegen. Das blinkende rote Fadenkreuz erschien erneut am Horizont und wanderte schnell auf dem Bildschirm nach unten …

Der Monitor erstrahlte mit der Helligkeit eines Sterns, dann wurde er wieder dunkel, als der Computer die Darstellung dämpfte, um die menschlichen Augen zu schützen. Meldungen strömten in Kendrics Kopfhörer: Steuerbordschild versagt. Energieverlust in Fusionsreaktor 3. Ein Lasergeschützturm an der Unterseite zerstört. Aus dem Kampfzentrum berichtete Morganen, daß die planetarische Verteidigungsbasis das Feuer eröffnet hatte.

»Geschosse nähern sich!« schrie jemand über die Sprechanlage. »Sie steigen vom Ziel auf!«

»Geschoßabwehrsysteme auf Automatik!« befahl Kendric als Erwiderung. »Steuerbordschilde auf Eins-zwanzig!« Der Bildschirm blitzte auf, als die computergesteuerten Laser nach den feindlichen Raketen tasteten.

Dann drang das Donnern einer Explosion durch das Deck. »Ein Treffer an den Unterseitenbatterien C und D.« Morganens Stimme drang an sein Ohr. »Schwere Laserkanone! Schaden an unserem vorderen Feuerkontrollturm. Wir verlieren die Energie für die bodenseitigen Geschütztürme ...«

»Steuer! Das Schiff drehen, neunzig nach Steuerbord!«

Auf dem Bildschirm schwang der Planet taumelnd nach oben und nach rechts, als der Steuermann das Schiff um neunzig Grad rotieren ließ. Trothas wirkte wie eine riesige weißgesprenkelte Wand, die so nahe am Schiff vorbeiglitt, daß man die Hand ausstrecken und sie hätte berühren können. Indem Kendric das Schiff auf die Seite legte, richtete er die Geschütztürme am Oberdeck des Schlachtschiffes auf das Ziel und machte so den Verlust des Energieflusses zu den Geschützen am Bauch des Schiffes wieder wett. Er konnte die vorwärtsgerichteten Oberseiten-Geschütztürme D und E entlang der Unterkante des Bildschirmes sehen, wie sie auf Fairfax' Kommando auf ihre Ziele einschwenkten.

Dann schlugen die Geschosse und Raketen ein. Das Schiff torkelte stark nach backbord, als eine Reihe von Erschütterungen das Schlachtschiff entlang seiner Steuerbordseite ins Schwanken brachte. Schockwellen schüttelten die *Gael Warrior* von Bug bis Heck und ließen ihren Rumpf wie eine Glocke erklingen. Eine Explosion schien Kendric gegen seinen Sessel zu schmettern und ließ ihn kurzfristig benommen zurück. Licht und Schwerkraft erloschen kurz und kehrten dann wieder zurück.

Er griff nach seinem Helm und zögerte dann. Auf der Brücke wurde der Luftdruck aufrechterhalten, obwohl die Brückencrew einige Verluste erlitten hatte. Irgendwo war eine Instrumentenkonsole durchgeschmort, und beißender Qualm wehte über die Brücke.

An anderer Stelle schluchzte ein Besatzungsmitglied unter den Schmerzen seiner Knochenbrüche, nachdem es durch die Wucht der Erschütterungen gegen eine Konsole geschmettert worden war. Das Heulen einer Alarmsirene verklang, als eine Computerstimme mit aufreizender Ruhe bekanntgab: »Druckverlust oberhalb von Deck 05. Schotten werden verschlossen. Druckverlust oberhalb von Deck 05. Schotten werden verschlossen.« Die *Gael Warrior* hatte durch das Sperrfeuer einige schwere Beschädigungen erlitten, doch nun war keine Zeit, sie auf ihr genaues Ausmaß zu überprüfen. Sie hatten ihr Angriffsziel beinahe erreicht.

»Geschützdecks bereit ...«, meldete Fairfax durch das Brüllen hindurch. Zielerfassungsklammern näherten sich dem Fadenkreuz und schlossen es mit einem Flackern und dem piependen Alarm der bestätigten Zielerfassung ein. »Feuer!« Das Taumeln, als zwanzig Geschosse auf den Planeten zuflogen, war durch den Tumult des Atmosphärenfluges kaum zu spüren. Gelenkt durch die übermenschliche Geschwindigkeit und Präzision des Feuerkontrollcomputers, feuerten nun die Hauptbatterien auf der Oberseite des Schlachtschiffes. Die Salve war weniger zu spüren denn als Blitz zu sehen, der das Gleißen auf Trothas' V Wolken und Eisfeldern noch überstrahlte.

Das Lasersperrfeuer der *Warrior* traf den Planeten bereits im Moment des Schusses, die Projektile der Beschleunigerkanonen einen Sekundenbruchteil später. Die planetarischen Verteidigungseinrichtungen von Trothas V waren genauso wie die Schiffe mit Schilden geschützt, doch genügend hochenergetische Strahlen und Projektile durchdrangen die Schilde, durchlöcherten den Boden, zermalmten Lasertürme und Bunker und schufen aus Rauch und Staub eine wogende Wolke der Verwüstung. Die Strahlen, die Megajoule an Energie gegen das Schlachtschiff schleuderten, während es hoch am Himmel vorbeiraste, hörten abrupt auf, als die Feuerleitstelle zusammenbrach und die Richtschützen in den Flammen und donnernden Erschütterungen starben.

Dann schlugen die Raketen ein. Das Sperrfeuer enthielt hochexplosive Sprengköpfe, um damit die planetarischen Verteidigungscomputer beim Erfassen der Flugbahnen zu behindern: Natürlich würden sie die Höllenraketen zuerst suchen und dabei deren verräterische Emissionen anpeilen, doch die Zeit war zu kurz: Die Verteidiger am Boden konnten einfach nicht alle rechtzeitig aufspüren ...

Hochenergetische Laserstrahlen stachen aus einem Dutzend Stellen auf der Planetenoberfläche empor und brachten die Hälfte der anfliegenden Geschosse hoch in der Atmosphäre zum Verdampfen, doch die von den Strahlen der *Warrior* angerichtete Verwüstung schützte den Rest. Zehn Geschosse trafen deren drei mit Höllensprengköpfen und explodierten an der Schild-Schnittstelle oder durchdrangen den Schild und bohrten sich tief in Beton und Panzerplatten, ehe sie mit einem Strahlen explodierten. Die von den Detonationen ausgehenden Schockwellen erschienen deutlich sichtbar auf den Bildschirmen an Bord der *Gael Warrior,* während das Schiff nach Westen eilte.

Riesige Abschnitte der Schilde des Komplexes versagten, als die Generatoren zerschmettert wurden, Kontrolltürme in Flammen unter wütendem Kreischen zusammenstürzten und Feldprojektoren und Konverter zu feuriger Schlacke zerschmolzen. Die Höllensprengköpfe, die oberhalb der Schilde explodiert waren, überschütteten den Komplex noch immer mit der Energie einer Miniatursonne.

Die Schilde brachen zusammen.

Sekunden später donnerte eine weitere Feuerwalze aus Laserstrahlen und Geschossen über den planetaren Komplex, als die *Reannruadh* im Gefolge der *Gael Warrior* am Himmel vorüberzog. Diesmal fingen keine Verteidigungslaser die herannahende Geschoßsalve ab, und die Zerstörung war katastrophal und vollständig. Die beiden Kriegsschiffe eilten zurück in die Finsternis des Weltraums und ließen hinter sich eine gewaltige Säule aus sich träge drehendem, flammenerhelltem Qualm pilzförmig gen Himmel steigen, wo zuvor eine der stärksten Basen des Planeten gewesen war.

Kendric fühlte eine plötzliche Kälte, als er die Zerstörung auf dem Bildschirm betrachtete, der nun den Blick nach achtern, auf die kleiner werdende Planetenoberfläche, zeigte. Während des Anfluges war er mit Fragen des Kurses und der Geschwindigkeit, der Zielerfassung und der Waffenkontrolle, der Anwesenheit feindlicher Verteidigungsvorkehrungen und dem möglichen Erscheinen gegnerischer Abfangjäger beschäftigt gewesen. Für ihn war das Ziel nichts anderes gewesen als eben ein Ziel. Jetzt erst erkannte er, während ein Gefühl des Grauens ihn ihm aufstieg, daß der industrielle Komplex so viele Menschen wie eine kleine Stadt beherbergt haben mußte.

Er schob den Gedanken beiseite. Der Komplex war eine militärische Einrichtung gewesen und hatte gewiß ausschließlich Militärpersonal gehabt – Leute, die gegen das TOG-Imperium rebelliert hatten. Und sie hatten, verdammt noch mal, ihr Bestes gegeben, die *Warrior* und ihre Besatzung zu vernichten! Doch ganz gleich, wie sehr er alles zu erklären versuchte, das Entsetzen über die Vernichtung, die er angerichtet hatte, blieb in Kendric wach.

Dann forderten neue, dringliche Angelegenheiten seine Aufmerksamkeit: »Schadenskontrolle«, sagte er. »Wie ist unser Zustand?«

Für ein paar lange Augenblicke erhielt Kendric keine Antwort. Dann erschien auf einem der Bildschirme seiner Konsole ein vertrautes Gesicht, schmutzig und abgekämpft, und starrte ihn an.

»Chefingenieur Wemyss, Schadenskontrolle, Sir.«

»Berichten Sie!«

»Wir leben noch, Sir. Die Geschütztürme an der Bodenseite sind vom Energiefluß abgeschnitten, aber das wird bereits behoben. Drei Hauptgeschütztürme sind verloren, und ich weiß noch nicht, wieviel kleinere Teile. Der vorwärtsgerichtete Feuerkontrollturm ist verloren, und wir haben die schiffsinterne Verbindung mit dem Feuerkontrolloffizier und der zentralen Schadenskontrolle verloren. Ein Treffer hat Flugdeck Beta erreicht. Es hat Verluste gegeben, aber keinen größeren Schaden ...«

Die Stimme des Brücken-Kommunikationsoffiziers erklang in Kendrics Kopfhörer und unterbrach die Auflistung: »Captain! Intercom zur Flaggbrücke ist unterbrochen! Die Leitung ist tot!«

Kendric wandte sich von Wemyss ab und dem neuen Problem zu. »Irgend etwas über Funk?« Die Flaggbrücke hatte ihren eigenen Satz Funkausrüstung für die Kommunikation mit der Schwadron. Sollten die Verbindungsleitungen einmal unterbrochen sein, konnten immer noch persönliche Sender/Empfänger benutzt werden, um sich mit der Hauptbrücke der *Gael Warrior* zu verständigen.

»Negativ, Sir. Und es wird auch nichts mittels der übrigen Schiffe an uns weitergeleitet.«

Das mochte bedeuten, daß die Flaggbrücke einen Stromausfall hatte und es den dort Eingesperrten noch nicht gelungen war, die Notbeleuchtung einzuschalten und die Funkgeräte zu suchen. Oder es war zuviel Schrott da, der ein schwaches Signal blockierte. Oder sie waren vielleicht alle tot. Kendric erinnerte sich an die Litanei der Computerstimme während der Schlacht und vor allem an die Meldung über den Druckverlust oberhalb von Deck 05. Die Flaggbrücke, die zentrale Schadenskontrolle und die Feuerleitstelle lagen über der Brücke, im Turm auf der Oberseite des Schiffes.

Er wandte sich wieder an Wemyss: »Chief, wie ist die Lage im Turm?«

Wemyss strich sich mit der Hand über das Gesicht und verschmierte die schweißdurchzogene Rußschicht: »Ich weiß es noch nicht, Captain. Ich bin vorne auf Deck 3 ... und habe den Kontakt zu meinen Leuten da oben verloren. Lieutenant McConner ist der Schadenskontrolloffizier – und ihn kann ich auch nicht erreichen.«

Das klang übel. Möglicherweise war eine entscheidende Intercom-Verbindung irgendwo unterbrochen worden, aber es konnte genauso gut sein, daß die *Gael Warrior* einen Teil ihrer Aufbauten verloren hatte.

»Okay, Chief, suchen Sie sich so bald wie möglich einige Leute zusammen und begeben Sie sich zum Turm. Ich fürchte, wir haben irgendwo oberhalb der Brücke einen Treffer abbekommen. Wir haben die Verbindung zur Flaggbrücke verloren – und es sieht so aus, als wäre die Schadenskontrolle ebenfalls abgeschnitten. Wir hatten eine Meldung über Druckverlust von dort oben.«

Wemyss sah erschöpft aus: »Zu Befehl, Sir.«

»Wie ist die GRD für die Stromversorgung der Bodenbatterien?«

»Geschätzte Reparaturdauer ... ich würde sagen, zwei bis drei Stunden, Captain. Wir haben eine wichtige Stromzufuhr von Reaktor 1 verloren, und die Ersatzleitung wurde überlastet und ist durchgebrannt. Ich habe einen Trupp darauf angesetzt, die Schaltkreise der Ersatzleitung zu reparieren.«

»Okay, Chief. Halten Sie mich auf dem laufenden.«

Eines der schwerwiegendsten Probleme für den Captain eines großen Schiffes bestand schlicht darin, daß sein Schiff so groß war: die *Gael Warrior* hatte sowohl an ihrer Unterseite wie auch an ihrem Rückenturm irgendwo oberhalb der Brücke Schäden erlitten. Ehe nicht ein Schadenskontrolltrupp über Deck 05 vorgedrungen oder die Verbindung zu jemand auf den Decks dort oben wiederhergestellt war, konnte niemand wissen, wie schlimm der Schaden an der Oberseite war. Commodore Severno mochte tot sein ... oder vielleicht war er verwundet oder gefangen oder einfach eingeschlossen und wartete nun darauf, daß sich ein Schadenskontrolltrupp den Weg zu ihm freihackte. Die Chancen standen gut, da die Flaggbrücke intakt war: sie lag geschützt, nahe der Mitte des Oberseitenturmes, schwer gepanzert und gesichert. Doch man würde nichts Genaues wissen, bis Wemyss jemanden dorthin geschickt hatte, um die Lage zu beurteilen.

»Captain? Munro hier, Kommunikationszentrale.«

»Reden Sie!«

»Sir, wir empfangen viele Meldungen für die Flaggbrücke vom Rest der Schwadron. Was sollen wir tun?«

Kendric runzelte die Stirn. Nun, da Commodore Severno und sein Stab zur Zeit nicht erreichbar waren, fiel das Kommando der Schwadron an ihn. Falls Severno noch lebte, würde er die Übernahme des Kommandos durch Kendric kaum zu schätzen wissen, doch es gab zur Zeit keine andere Wahl.

»Ich übernehme das Kommando der Schwadron, Lieutenant. Alle Versuche, die Flaggbrücke zu erreichen, sind gescheitert, und die Situation erfordert es, daß ich Commodore Severno ersetze – auf meine Verantwortung. Machen Sie bitte einen Logbucheintrag zu dem Vorgang und leiten Sie den Funkverkehr zu meinem Pult.«

»Zu Befehl, Captain.«

Die eintreffenden Nachrichten waren positiv. Von den zehn Schiffen der Schwadron hatte nur die *Gael Warrior* nennenswerten Schaden erlitten: Die planetare Festung hatte offensichtlich ihr Feuer auf das größte angreifende Kriegsschiff konzentriert. Die *Abu* hatte kleinere Schäden erlitten, als sie von einer vorgelagerten Beschleunigerkanone getroffen wurde, und die

Galad war von einer Rakete erwischt worden, die einen ihrer unteren Geschütztürme zerstört und ihre Feuerleitsysteme vor dem ersten Schuß lahmgelegt hatte. Alle anderen Schiffe meldeten keine Beschädigungen und die vollständige Erledigung ihrer Kampfaufträge.

Kendric blickte schnell auf das Monitorbild von Trothas V, der nun als blauweiße Halbkugel den Bildschirm nur noch zur Hälfte ausfüllte. Aus dieser Entfernung zeigte die Welt keine Spur des nuklearen Feuers, das sie getroffen hatte. Die Jägerschlacht bei Trothas' äußerem Mond war ebenfalls langsam zu Ende gegangen. Vorläufige Berichte sprachen von schweren Verlusten bei den Abfangjägern der Schwadron, doch es war kein Vergleich zu den Schäden, die sie als Vorhut der Schwadron beim Angriff auf den Planeten selbst erlitten hätten.

An anderen Orten sammelten sich sowohl Einheiten des TOG wie der Rebellen und bildeten erneut Kampfgruppen.

Bei so vielen Schiffen in einem so großen Abschnitt des Weltraums konnte sich die Schlacht um das Trothas-System noch über Tage hinziehen. Im Moment war die Lage ruhig, so nahe bei dem Planeten, doch das mochte sich jeden Augenblick ändern. Kendric brauchte zuverlässiges Nachrichtenmaterial dringender als alles andere: Wie viele Rebellenschiffe waren in der Nähe? Was würden sie nun tun, da eine Schlachtschiffsschwadron nur wenige tausend Kilometer von ihrer Heimatwelt entfernt war?

Der Angriff der Gälischen Schwadron auf Trothas V hatte ergeben, daß der Rebellenplanet nicht länger gutgeschützt war. Gewiß, es existierten andere planetarische Verteidigungsanlagen, aber falls die Rebellen noch Abfangjäger-Reserven für den Einsatz in der Schlacht gehabt hätten, wären sie gegen die Gälische Schwadron verwendet worden. Auf dem Brückenmonitor erschien – als die nächstliegende Zusammenballung feindlicher Schiffe – die Gruppe, die Trothas V-c umkreiste. Die Tatsache, daß sie sich nicht von ihrer ursprünglichen Position fortbewegt hatte, deutete darauf hin, daß ihr eine besondere Aufgabe in den Plänen der Rebellen zugedacht war.

Nein. Er brauchte Fakten, keine Spekulationen. Er ließ einen Kanal öffnen, dessen Sendestrahl gebündelt und codiert war, gerichtet an den Geschwaderführer der Jäger der *Gael Warrior.*

»Hier spricht die *Gael Warrior*. Ich rufe den Geschwaderführer der *Warrior.*«

Die Antwort kam einen Moment später, verzerrt durch kosmische Störungen und das Flirren der computerisierten Decodierung. »*Warrior,* hier spricht der Anführer der Gruppe Beta. Geschwaderführer Haldane ist tot, ich übernehme das Kommando des Geschwaders. Was können wir für euch tun?«

Haldane. Kendric erinnerte sich an einen lachenden jungen Mann. Obwohl er ihm ein- oder zweimal in der Offiziersmesse begegnet war und ihn bei Einsatzbesprechungen gesehen hatte, konnte von echter Bekanntschaft keine Rede sein. Nun war er tot, und diese Anonymität verunsicherte Kendric.

»Geschwaderführer, wir brauchen Informationen über die Rebellenschiffe in der Umlaufbahn um Trothas V-c. Können Sie uns da weiterhelfen?«

Es folgte ein weiterer Moment der Verzögerung. Seit dem Angriff auf den Planeten hatten sich die Schwadron und die Jäger der *Warrior* voneinander entfernt, und selbst bei Lichtgeschwindigkeit betrug der Abstand zwischen Frage und Antwort mehr als eine Sekunde.

»Machen wir, *Warrior.* Ich entsende eine Schwadron zu einem Aufklärungsflug.«

Die Minuten verstrichen nur langsam. Auf dem Brückenmonitor sah Kendric sechs grüne Lichtpunkte in Richtung des Mondes beschleunigen. Inzwischen erstattete Wemyss' Schadenskontrolltrupp Bericht über ausgedehnte Schäden am Rückenturm der *Gael Warrior* und auch, daß es keine Möglichkeit gab, ohne ein Reparaturvehikel und einen EVA-Reparaturtrupp die Flaggbrücke zu erreichen.

Kendric runzelte die Stirn. Commodore Severno und seine Untergebenen waren eindeutig noch am Leben, doch durch die Zerstörungen isoliert. Die Situation war ironisch: Jetzt, in diesem Moment, hätte Kendric sein Kommando abgeben und in Arrest gehen sollen. Statt dessen war er nun der Kommandant der ganzen Schwadron, da sein Vorgesetzter eingesperrt und ohne Kontakt zur Flotte war.

Die Verantwortung für zehn Schiffe und ihre Besatzungen lastete nun auf Kendrics Schultern.

10

Ich schwöre Caesar, dem Terranischen Overlord Government sowie dem Praeceptum Princeps meine Treue, ich weihe ihnen mein Leben, meine Seele und meine Ehre als Offizier der Terranischen Imperialen Raumflotte. Ich gelobe bei meiner Ehre, dem Praeceptum Princeps zu folgen, gemäß der Lehre, daß die Menschheit die vornehmste Ausprägung hochentwickelter Intelligenz im Universum ist. Ich gelobe bei meiner Ehre, das Terranische Overlord Government als den höchsten Garanten für die Bestimmung der Menschheit im Universum zu unterstützen. Ich gelobe bei meiner Ehre, den Caesar zu unterstützen, den höchsten Overlord, die des TOG.

– Auszug aus dem Treueeid der imperialen TOG-Raumflotte, wie er von allen Offizieren bei der Abschlußzeremonie der Flottenakademie abgelegt wird.

Die Gälische Schwadron entfernte sich von Trothas, in Richtung auf den großen Mond des Planeten zu. Kendric rutschte nervös in seinem Sitz hin und her. Die Gelegenheit war zu günstig gewesen, um sie verstreichen zu lassen, und Kendric hatte sie genutzt, ohne daß sich jemand einmischen konnte. Trotzdem bereitete ihm der Gedanke Unbehagen. Gescannte Bilder, die sie dem Aufklärungsflug verdankten, hatten die Zusammensetzung der Rebellenschwadron gezeigt und eine Erklärung für deren scheinbare Inaktivität geboten.

Der größte Lichtpunkt in der Formation war ein VLCA-Schiff, eine Scheibe von einem Kilometer Durchmesser mit den zugehörigen Kraftwerken, Triebwerken und Aufbauten, die es eher zu einem Raumschiff als einem Orbitalsatelliten machten. Einer der beiden kleineren Lichtpunkte entpuppte sich als Trägerschiff. Es handelte sich um ein Schiff der Klasse *Miko Tscha'ghur Ghak* (oder Heitere Gebirgsbrise), das in der Lage war, drei volle Geschwader KessRith-Jagdflieger zu transportieren. Es wurde von einem Paar Schwerer Kreuzer und einer Reihe von leichteren Raumfahrzeugen begleitet. Bei dem anderen Schiff handelte es sich um ein Kommando-Kommunikationsschiff der KessRith.

Das K-K-Schiff beunruhigte Kendric. Als der Brückenbildschirm das Abbild des großen Schiffes anzeigte, beugte er sich vor. Schwer gepanzert, jedoch nur leicht bewaffnet, starrten seine eleganten Kurven von Antennen und weitreichenden Geschütztürmen. Es war dafür entwickelt, Nachrichten und Informationen zu sammeln und eine große Anzahl von Schiffen im Kampf zu koordinieren.

Der Schlachtplan der Rebellen begann weniger wie eine Schlacht, sondern eher wie ein Unfall auszusehen, der durch die Ankunft einer kleinen KessRith-Kampfgruppe ausgelöst worden war. Es war immer noch nicht klar, warum die KessRith-Flotte hierher gekommen war, aber ihr Flottenaufmarsch schien mit dem Ziel der Verteidigung der drei wichtigen Zentralschiffe geplant worden zu sein. Die Verteidigung von Trothas V war ein zweitrangiges, eher zufälliges Ziel gewesen. Die im Trothas-System verstreuten KessRith- und Rebellenschiffe waren allesamt mit Kräften der TOG-Raumflotte beschäftigt. Durch Glück und dank ihrer geringen Größe befand sich die Gälische Schwadron nun in Kampfentfernung zu den KessRith-Befehlsschiffen.

Sollten diese Schiffe getroffen werden, würde die Verteidigung der KessRith vielleicht auseinanderbrechen. Zumindest würden dadurch ihre eigenen Pläne und die Kontrolle der Lage über den Haufen geworfen werden.

Die Traube von Lichtpunkten, welche die Befehlsschiffe der KessRith repräsentierte, verschwand erneut hinter Trothas V-c. Dies war der Moment, in dem Kendric dem Rest der Gälischen Schwadron Befehle erteilt hatte und diese, sich eilig von Trothas entfernend, auf den Mond zuflog. Der Angriffsplan, den Kendric vorhin auf dem Navigationscomputer eingegeben hatte, konnte mit wenigen Änderungen noch immer durchgeführt werden. Die Schwadron würde sich mit hoher Geschwindigkeit dem Mond nähern, während die KessRith-Schiffe außer Sicht auf der gegenüberliegenden Mondseite lagen, ihre Scanner abgeschirmt durch die Masse von V-c.

Sobald die Schwadron ihre Flugbahn und Geschwindigkeit verändert hatte, gab Kendric den Befehl, die Fusionsreaktoren der Flotte herunterzufahren. Sie konnten nicht ganz abgeschaltet werden, ohne eine lange und aufwendige Prozedur zu ihrem neuerlichen Hochfahren zu riskieren, aber ihr Ausstoß mußte weitestmöglich zurückgenommen werden, um verräterische Neutrinoemissionen zu reduzieren. Der Mond würde Licht, Radar und alle anderen elekromagnetischen Strahlungen abschirmen, aber was Neutrinos anging, war er so gut wie ein leerer Raum. Die Schwadron könnte durch den Neutrinostrom aus den Fusionskammern entdeckt werden. Herunterschalten reduzierte diese Gefahr in einem System, das bereits die Neutrinoemissionen eines Sterns sowie von mehr als tausend fusionsbetriebenen Raumfahrzeugen aufnahm, die von Jagdflugzeugen bis zu VLCA-Schiffen alles umfaßten. Die Tatsache, daß sich Trothas V mit den unzähligen Fusionswerken auf seiner Oberfläche bei ihrem Anflug direkt hinter der Gälischen Schwadron befand, würde ihnen bei der Tarnung vor den Neutrinodetektoren der KessRith helfen.

Die Geschwindigkeit und die Flugbahn waren anhand der Umlaufbahn der feindlichen Schwadron auf das sorgfältigste berechnet worden. Trothas V-c, eine silberne Sichel, die den nur schwach erkennbaren grauen Schatten ihrer Nachtseite einfaßte, wuchs auf den Monitoren der *Gael Warrior* mit überraschender Schnelligkeit. Das dargestellte Bild war in Wirklichkeit ein Blick nach achtern, da jedes Schiff in der Schwadron herumgeschwenkt war und mit dem Heck voraus flog, die I-K-Antriebs-Venturis dem Mond zugewandt. Das Manöver in letzter Sekunde, das zum Gelingen des Planes nötig war, setzte eine starke Verlangsamung voraus, damit die Anziehungskraft des Mondes sie herumreißen und in die Umlaufbahn der feindlichen Flotte schleudern würde. Kendric beobachtete den Bildschirm mit nervöser Anspannung. Falls die KessRith-Schwadron nach dem Verschwinden der TOG-Raumschiffe hinter den Mond den Kurs geändert hatte, war sie überhaupt nicht an dieser Stelle. Alles hing von der Gerissenheit des KessRith-Kommandanten ab. Falls er davon ausging, daß die Gälen-Schwadron nach dem Passieren von Trothas in den tiefen Weltraum abgedreht sei, gab es keinen Anlaß, die KessRith-Schwadron zu bewegen. Wenn der feindliche Kommandant erfahren, mißtrauisch oder einfach vorsichtig war, würde die *Gael Warrior* vielleicht auf die Tagseite von V-c stürmen und dort überhaupt keine feindliche Flotte antreffen.

Es mochte auch geschehen, daß er dort entdecken mußte, daß sich der Anführer der Rebellen mit einem unerwarteten Manöver in eine vorteilhafte Position für einen Angriff auf die Gälen-Schwadron gebracht hatte.

Die Sichel teilte nunmehr die vorderen und die Backbord-Bildschirme und wurde immer breiter, während das Schlachtschiff die winzige Welt umrundete. Nun würde es nicht mehr lange dauern.

»Hier Steuermann, Captain«, erklang eine Stimme in Kendrics Ohr. »Die Ausführung der nächsten Programmphase beginnt in zwanzig Sekunden. Periapsis in einer Minute.«

Kendric überlegte einen Moment. Es war immer noch möglich, abzubrechen und auf einem hyperbolischen Kurs zu beschleunigen, um sich von dem Mond und der KessRith-Flotte zu entfernen, anstatt um den Mond und zu der Position der erwarteten feindlichen Raumflotte zu fliegen.

Nein. Es war besser, sich dem Kampf zu stellen, den tollkühnen Zug zu wagen. Es gab Vorteile wie auch Risiken, wenn man das Unerwartete tat. »Fortfahren wie besprochen.«

»Kommunikation, Sir. Alle Schiffe der Schwadron melden, daß sie sich in Position für das Abschlußmanöver befinden.«

»Sehr gut. Alle Leitungen freihalten.« Falls die Anweisungen in letzter Sekunde geändert werden mußten, war es unerläßlich, daß jedes Schiff des Verbandes seine Befehle empfangen konnte. Die Dinge würden sich sehr schnell entwickeln – vermutlich zu schnell für ausgefeilte Änderungen des Plans oder irgend etwas anderes als den Befehl, daß sich die Schwadron aufteilen und ausweichen sollte. Er schauderte. Hoffentlich kam es nicht so weit …

Eine Computerstimme wiederholte den Alarm im gesamten Schiff: »Alle Mann fertig zum Manöver, dreißig Sekunden. Alle Mann fertig zum Manöver, fünfundzwanzig Sekunden. Alle Mann fertig zum Manöver, zwanzig Sekunden. Alle Mann fertig …«

»Hier Steuermann, Captain. In zwanzig Sekunden gehen die Motoren wieder an.« In der Ecke des Brückenmonitors lief das Zählwerk auf Null zu. Dies war Kendrics letzte Möglichkeit, die Befehle zu ändern. Seine Finger umklammerten die Armlehnen des Sessels. Kendric zwang sich, ruhig zu bleiben, die Augen nach vorne auf den Bildschirm gerichtet. Im letztmöglichen Augenblick verschwand die nunmehr riesenhafte silberne Lichtsichel, die längst zu groß für den Brückenbildschirm war, und verwandelte sich einen breiten, flachen Horizont aus Licht. Der Horizont verlor seine scharf umrissene Form und wurde unregelmäßig. Berge tauchten auf, schwarze Schatten gegen das Sonnenlicht, vom Tageslicht umrahmt. Dunkle Krater öffneten sich unterhalb des Rumpfes der *Gael Warrior*.

»Manöverprogramm aktiviert!« Der Steuermann schrie die Worte über die Brückensprechanlage und ließ Kendric zusammenzucken. Das Wimmern der Generatoren des Schlachtschiffes wurde zu einem dumpfen Dröhnen, als die Schwerkraft und die I-K-Antriebe wieder feurig zum Leben erwachten und Flammen gegen den Horizont des Mondes spien. Die internen Kompensatorfelder waren für einen Moment im Fluß, und Kendric fühlte den Druck der Beschleunigung, der sich einen Moment später ausglich und zu einem stabilen und angenehmen 1 *g* wurde, aber ein Gefühl des Schwindels zurückließ. Trothas' kleine, grellweiße Sonne erhob sich beängstigend schnell am Horizont, als die Schwadron über die scharfe Trennungslinie zwischen Nacht und Tag hinwegraste.

Das Schlachtschiff, mit dem Rest der Schwadron dicht hinter sich, flog niedrig über der Oberfläche des Mondes, mit den Feuerspuren der Triebwerke vor sich. Die Höhe der *Gael Warrior* an ihrer Periapsis – dem niedrigsten Punkt bei dem raschen Flug über die zerklüftete, luftlose Oberfläche – betrug nicht mehr als zwanzig Kilometer. Es gab viele Berge auf dieser kleinen Welt, die höher waren als das, doch Kendric und seine Männer hatten die imperialen Karten dieses Systems im Bordcomputer der *Warrior* konsultiert und die Planetographie dieses Mondes in ihre Pläne für diesen Überflug eingearbeitet. Steil und schroff aufragende Berge schienen von unten nach dem Schlachtschiff zu greifen und ragten gar an einer Stelle an Backbord und Steuerbord über das Schlachtschiff empor, als es über ein weites Meer aus Basalt huschte, das zwischen den schroffen Klippen des vulkanischen Hochlandes lag.

»Triebwerke aus!« verkündete der Steuermann. »Schlachtmanöver eingeleitet!«

»Captain, hier spricht Ops!« unterbrach ihn eine andere Stimme: »Der Feind ist in Sicht und in Position!«

Die Schiffe der KessRith hatten ihren Kurs nicht geändert, sondern waren in ihrer Umlaufbahn geblieben, wie Kendric es erwartet, es gehofft hatte!

Jedes Schiff der Gälen-Schwadron kreiste nun um den eigenen Schwerpunkt und richtete seinen Bug wieder auf den Feind aus. Der Abstand schrumpfte schnell, als sich die Schwadron aus der Nähe des Mondes erhob, dessen gleißende Tagseite eine strahlende, alles verhüllende Lichtwand errichtete. Die Flotte der KessRith befand sich in einer idealen Zielposition: eine Seite von der Sonne beleuchtet, die andere vom Mond. Es war nur zu gut möglich, daß sie nicht einmal die Annäherung der TOG-Schiffe mitbekommen hatte.

»Kommunikation, hier spricht der Captain. Legen Sie mich auf die Allgemeine Taktische Frequenz und stellen Sie eine Verbindung im Langstreckensprechfunk her.« Dadurch würden seine Befehle an jedes andere Schiff der Schwadron wie auch innerhalb seines eigenen Schiffs übertragen.

»Alle Waffenbatterien auf Bereitschaft«, sagte Kendric. Sorgfältig studierte er die Position der drei größten Lichtpunkte. »Die *Warrior* wird zwischen dem Trägerschiff und dem Kommandoschiff hindurchfliegen und beide gleichzeitig angreifen. *Reannruadh,* halten Sie Ihre Position und folgen Sie uns. Alle anderen Schiffe greifen sich bietende Ziele nach eigenem Ermessen an. Wir wollen versuchen, ein Maximum an Verwirrung unter diesen Leuten anzurichten und sie, wenn möglich, zu zersprengen.«

Die Lichtpunkte auf dem Bildschirm entwickelten sich rapide zu drei Raumschiffen, die mit ihren vertrauten und doch fremdartigen Schwingen und Kurven deutlich die Handschrift der KessRith zeigten. Das Trägerschiff der Miko-Klasse glitt nach steuerbord, der scharfbugige, blasenübersäte Keil des KessRith-K-K-Schiffes nach backbord.

Morganen sprach auf Kendrics privater Leitung: »Ein brillantes Manöver, Captain. Sie haben sie mit dem Rücken zu uns erwischt.«

»Sieht so aus, Nummer eins, aber jetzt haben sie uns gesehen. Sehen Sie dort, hinter den Führern!«

Die Manöver der Aliens waren auf dem Bildschirm deutlich zu erkennen. Die kleineren Raumschiffe der KessRith-Schwadron verteilten sich und ließen ihre Triebwerke in strahlender Helligkeit vor der Schwärze des Weltalls aufflackern. Ob sie beschleunigten, um Kampfpositionen einzunehmen oder um zu entkommen, war nicht zu erkennen. Doch es war sicher, daß die KessRith zu spät reagierten, um dem Angriff der Gälischen Schwadron noch entfliehen zu können.

»Bereit zur Verlangsamung, Steuermann«, sagte Kendric. »Ich will unsere Umlaufbahn an die beiden dort angleichen.« Dies würde kein schneller Überfall werden, sondern ein Gemetzel auf kurze Distanz. Was geschehen würde, wenn das Schlachtschiff eine Position zwischen dem KessRith-Trägerschiff und dem K-K-Schiff einnahm, konnte jeder erraten. Wenn die Rebellen dablieben und kämpften, würden sie von den gemeinsam agierenden Schiffen *Gael Warrior* und *Reannruadh* überwältigt werden. Wenn sie flohen, würde sich die Initiative in der Schlacht eindeutig zugunsten der TOG-Flotte verschieben und vielleicht sogar den Weg zu einem Sieg des TOG öffnen.

Dann war die *Gael Warrior* auch schon inmitten der KessRith-Schwadron, durchdrang einen äußeren, zersprengten Schild aus Zerstörern und Fregatten und kam relativ leicht bei dem Träger und dem K-K-Schiff zum Stehen. Laser flackerten auf und stachen zu.

GathGhan t'Chak, Clanältester und Marschall der Flammenkrieger, starrte auf den Schlachtmonitor und streckte, als KessRith-Äquivalent eines Seufzens, seine Zunge mehrere Zentimeter über die rasiermesserscharfen Vorderzähne hinaus. Die roten Augen leuchteten im kalten, grünen Licht des Gartens der kriegerischen Kontemplation mit besonderer Strahlkraft. Der Bildschirm zu seinen Füßen zeigte Wellen, als wäre ein Kiesel in seine Tiefen geworfen worden, und bildete dann das TOG-Kriegsschiff ab, das gerade zwischen den *Miko*-Träger und sein eigenes Kommandoschiff, die *Djaqui K'kladth,* glitt.

T'Chaks massive, plattengepanzerte Hände vollführten lautlose Gesten oberhalb der Lichter, die in den Felsen rings um ihn herum saßen, obwohl er wußte, daß die Schlacht bereits verloren war. Zu viele Jäger waren zerstört, zu viele Großkampfschiffe anderswo in diesem System in die Falle gelockt und vernichtet worden. Die Mission, die seine Schwadron durch die Leere hierher geführt hatte, war gescheitert. Sie konnten sich nur noch zurückziehen, sofern ein solcher Rückzug in Übereinstimmung mit den Vorschriften des Ehrenkodex möglich war.

Das setzte voraus, daß ein Entkommen überhaupt möglich war. An anderen Orten hatten die imperialen TOG-Flottenkommandanten ihre Kräfte mit ihrer üblichen konservativen Abneigung gegen Nahkämpfe eingesetzt, hatten eine größere Anzahl Schiffe als Reserve zurückbehalten und sich zurückgezogen, wenn die gegnerische Feuerkraft auch nur annähernd der eigenen gleichkam.

Als Reaktion auf seine lautlosen Befehle rasten Laserstrahlen durch die Leere zwischen der *Djaqui K'kladth* und dem feindlichen Schlachtschiff. Das TOG-Raumschiff war bereits beschädigt: die große Schramme an seinem Brückenturm bewies, daß es bereits in der Schlacht zuvor üble Schäden erlitten hatte. Wenn dieses

Schlachtschiff außer Gefecht gesetzt werden konnte, gab es eine Chance – eine geringe Chance –, daß sie die TOG-Schwadron noch zersprengen konnten, ehe sich der Rest der TOG-Flotte zum endgültigen Todesstoß versammelt hatte. Dadurch wäre die Schlacht auch nicht mehr zu gewinnen, doch es würde den Großkampfschiffen der KessRith die nötige Zeit zum Rückzug gewähren.

Das war die einzige Hoffnung, die GathGhan t'Chak für seine Flotte, für seine Leute, für sich selbst erkennen konnte.

Doch eines machte ihm Sorgen: das *gh't'vaghark*, das Erste Gebot der Ehre und seine Anwendung auf Verbündete. Der Ehrenkodex der KessRith war für menschliche Begriffe sehr komplex und bestand aus zahlreichen Ebenen und Sonderfällen, die in den Sprachen der KessRith klarer und genauer zu beschreiben waren als in irgendeiner Sprache der Menschen. Allein in seiner eigenen Sprache *Ro'thad* gab es bereits 221 verschiedene Wörter für ehrenhaftes Verhalten im Krieg.

Die Menschen von Trothas hatten mit seinem Volk über das weitausgedehnte Netz des Rebellenuntergrundes Kontakt aufgenommen, der sich über das ganze TOG-Imperium erstreckte. Über das Netz war der Vorschlag der trothanischen Rebellen gekommen: Schickt uns eine Kriegsflotte. Helft uns, das Joch des Imperiums abzuschütteln, und wir geben euch ein ressourcenreiches System tief im TOG-Territorium, wo ihr einen Stützpunkt errichten könnt, um das TOG in seinem unaufhörlichen Krieg gegen die KessRith zu spalten.

Der Clan von Sovi KessRoth – der Heimatwelt der Krieger –, der das Reich der KessRith zusammenhielt und lose regierte, hatte das Angebot abgelehnt, doch die Politik der KessRith war weder so dogmatisch noch so absolut wie bei den Menschen. Individuelle KessRith-Familien von Rang und Namen konnten jederzeit auf eigene Faust handeln, solange ihre Aktionen nicht die Interessen des Clans und der Rasse gefährdeten. T'Chak hatte seinen Clan und dessen Flotte als Reaktion auf die Bitte der Menschen nach Trothas geführt. Zwar waren die meisten Clanführer eher wegen des Kampfesruhms als des Stützpunktes wegen gekommen, den die Menschen angeboten hatten. Doch die Vorteile einer solchen vorausschauenden Planung würden höher geschätzt werden, wenn die Unabhängigkeit von Trothas erst einmal erreicht wäre.

Das Kommen des Clans hatte durch die Zwänge des *gh't'vaghark* den Clan mit dem Schicksal der trothanischen Rebellen verknüpft. Wenn t'Chak jetzt den Rückzug anordnete und seine Verbündeten im Stich ließ, wäre der Clan Gath für alle Ewigkeit entehrt – *klaxt't'ch.*

Doch selbst das besiegelte den Untergang der KessRith noch nicht. Nach der Denkweise der KessRith änderten sich die Definitionen der Ehre, wenn sich die Aktionen änderten, die ehrenhaftes Verhalten definierten. Beispielsweise würde feiges Verhalten ihrer menschlichen Verbündeten den Ehrenkontrakt völlig neu definieren und es dem Clan freistellen, produktiveren Strategien zu folgen.

T'Chak dachte nach. Bislang hatten sich die Menschen in der Schlacht nach jeglichem Maßstab ehrenhaft verhalten. Nicht gerade spektakulär, doch in den Augen eines KessRith akzeptabel. Wieder streckte er die Zunge vor. Es lag selbstverständlich keine Schande darin, Seite an Seite mit Aliens zu sterben, solange sie als ehrenhafte Verbündete kämpften. Dennoch hätte der Clan Gath so viel mehr erreichen können. Es grämte t'Chak, seinen Clan ausgelöscht zu sehen, so fern der Heimat und der Ruhmreicher-Tod-Lieder der Frauen seiner Rasse.

Ein *Jammer.* Seine stumpfen Finger glitten über ein weiteres farbiges Licht in seinem Felsgarten. Augenblicke später meldete eine Glocke Besucher im Garten: ein Mensch, der von einem schwergepanzerten KessRith-Aufseher eskortiert wurde.

»Nun, Botschafter Adamski«, polterte t'Chak. »Es scheint, daß unsere Mission hier gescheitert ist.«

Der Mensch zitterte. T'Chak war sich nicht sicher, was die Bewegung aussagen sollte, doch der kränklich-säuerliche Geruch, den er inzwischen mit menschlicher Angst in Verbindung brachte, stach ihm unangenehm scharf in die Nüstern. Das Wissen um die Angst des Menschen erregte t'Chak innerlich. *Angst zu haben ist nicht unehrenhaft. Dennoch, seine Angst öffentlich zu zeigen …*

»Fürchten Sie den Tod so sehr, Mensch?«

»Ich … ich fürchte um mein Volk, Marschall.« Die Augen des Menschen weiteten sich, als er in das breite Gesicht mit den schweren Brauen starrte. »Diese Leute sind Monster! Sie haben keine Vorstellung, was sie tun *können* …«

»Ich weiß nur zu gut, was sie tun werden«, erwiderte t'Chak. »Ihr Volk wird Glück haben, wenn Ihre Welt überlebt. Viele aus Ihrem Volk werden sterben.«

»Sie hätten das verhindern können.«

»Ich? *Dal'thakgundar* … Wie, Mensch?« Der Vorwurf des Menschen ging weit über die Schicklichkeit des *gh't'vaghark* hinaus und schürte eine fremdartige Hoffnung. *Vielleicht war es doch noch nicht zu spät!* »Mein Clan hat am heutigen Tag schwere Verluste erlitten. Der Sohn meiner vierten Frau starb, als seine *Na'Ctka Moquka* beim Angriff auf jenes menschliche Schlachtschiff zerstört wurde. Soll ich mehr um Ihr Volk als um meinen eigenen Sohn trauern?«

»Marschall, Trothas hat eine Bevölkerung von mehr als 500 Millionen Menschen! Ihr Tod wird auf Ihren Schultern lasten! Sie verurteilen sie zum Tod, zur Sklaverei, zu …«

Eine Unverschämtheit! Kampfeslust breitete sich in der massigen, gepanzerten Gestalt des KessRith schlagartig aus. Indem er die Verluste t'Chak zuschrieb statt denen, die sie rechtmäßig beanspruchen konnten, hatte der Mensch eine bösartige und bittere Kränkung ausgesprochen. Ob es der Mensch nun begriff oder nicht, die Vereinbarung zwischen ihnen war gebrochen und die Erfordernisse des *gh't'vaghark* erfüllt worden!

»Nein, Botschafter!« donnerte t'Chak als Erwiderung. »Bei meinem eigenen Tode, nein! Ich verurteile sie zu gar nichts! Aber Sie werden an ihrer Blutschuld Anteil haben! Sie waren es, der uns hierhergebeten hat, Sie haben diese Revolte geplant, Sie haben versichert, daß die Imperialen keinen Anlaß hätten, unsere Basis hier aufzuspüren. Ihr Clan kann durch seinen wohlerkämpften Tod Ruhm erringen!«

Adamski blinzelte und schüttelte seinen Kopf. Das waren die Zeichen der Verwirrung, so hatte es t'Chak gelernt. »Was ... was werden Sie nun tun?« fragte der Mensch.

»Was ich kann, um meine Leute zu retten. Ich habe bereits unser Kommunikationsschiff ausgeschickt und ihm befohlen, anderswo Zuflucht zu suchen. Meine übrigen Schiffe werden versuchen, den Feind hierzuhalten. Wenn wir versagen ...« Die massige Gestalt zuckte in einer bemerkenswert menschlichen Geste mit den Schultern. Die dicke graue Zunge glitt schnell über die scharfen Zähne. »Wenn wir versagen, werden wir in Ehre sterben.«

Wie um die Aussage zu unterstreichen, schwankte das KessRith-Kommandoschiff erheblich und ließ die internen Kompensatoren und Schwerkraftfelder pulsieren und zwischen unangenehm hohen und niedrigen Einstellungen schwanken. Auf dem Schlachtmonitor konnte man deutlich die Annäherung des TOG-Kriegsschiffes erkennen. Laserstrahlen tasteten nach seiner beschädigten Brücke, doch der Erwiderungsbeschuß war schwer, heftig und präzise. Aus Rohren entlang der Seite des großen Schiffes schossen Projektile hervor. Auf diese Blitze folgte ein fernes Grollen, das durch den ganzen Rumpf lief und das grüne Licht im Garten schwächte und zum Flackern brachte.

Jenseits des TOG-Schlachtschiffes war das Trägerschiff der Miko-Klasse in Schwierigkeiten. Laserstrahlen bohrten sich in seine Rumpfpanzerung, Geschosse schlugen ein, blitzten auf und ließen riesige Brocken der Panzerung träge durch die schwarze Leere treiben. Feuer brannten und leuchteten an verschiedenen Stellen, wo sich explosive Gase und Sauerstoff entzündet hatten und nun in das Vakuum des Weltalls ausströmten. Die letzten Jagdflieger des Trägerschiffes waren schon lange zuvor gestartet, und seine eigene Bewaffnung war angesichts seiner Größe und Masse nur leicht. Das erfahrene Auge das Marschalls verriet ihm, daß der große Raumschiffträger der KessRith bereits dem Untergang geweiht war, auch wenn es noch Stunden dauern mochte, bis ihm der Todesstoß versetzt wurde.

Sehr gut. Die Schlacht war verloren, doch er konnte noch immer Ruhm für seinen Clan gewinnen. T'Chak winkte mit der Hand, und das Bild auf dem Schlachtmonitor kräuselte sich und verschwand, um von einer grünbeleuchteten Szenerie im Garten der Entscheidung anderswo auf diesem Schiff ersetzt zu werden. Ein Paar kessRithischer Gesichter schaute ihn rotäugig an, die säbelzahnigen Münder zu strikt neutralen und vorsichtig kontrollierten Mienen gezogen.

T'Chak sprach für einen Moment schnell auf *Ro'thad*. Die beiden anderen KessRith antworteten ihm in der gleichen Sprache, dann schaltete der Bildschirm wieder zurück zu der schweren Masse des TOG-Schlachtschiffes. Es war jetzt knapp sechzig Kilometer entfernt und erschien riesig dank der elektronischen Bildvergrößerung des KessRith-Schiffes.

»Was haben Sie ihnen gesagt?« wollte Adamski wissen.

Anstatt sofort zu antworten, beobachtete t'Chak die schweren und duftenden Blüten der Dschungelpflanzen, die seinen Garten füllten. »Sie fürchten sich vor dem Tod, Mensch«, sagte er schließlich.

»Natürlich. Sie etwa nicht?«

»Nein. Zumindest ... Ich glaube, ich verstehe ihn nicht auf die gleiche Art und Weise wie Sie. Es wäre gut, wenn Sie den Tod von meinem Standpunkt aus betrachten könnten.«

»Wie kann es beim Tod mehr als einen Standpunkt geben?«

»Es kann so viele Betrachtungsweisen geben, wie es Individuen gibt, Mensch. Er kommt zu uns allen. Wir alle müssen ihn begrüßen, früher, später ... oder jetzt.«

»Wa ... warum erzählen Sie mir das?«

Der Marschall der Flammenkrieger überlegte einen Moment. »Mensch, Sie werden sehr bald sterben. Ich rate Ihnen, daß Sie dem Tod mit Ehre und Würde entgegentreten. Wir haben vielleicht fünf Ihrer Minuten, ehe wir das feindliche Schlachtschiff rammen. Sie haben so viel Zeit, sich zu fassen.«

Botschafter Adamski mußte vom Aufseher zurückgehalten werden. T'Chak konnte von ihm keine Antwort außer Geschrei erhalten.

Ja, *gh't'vaghark* war zweifellos erfüllt worden.

11

Woran Sie sich immer erinnern müssen, ist, daß Nichtmenschen nicht so denken wie wir, nicht so Schmerz empfinden wie wir, nicht so handeln wie wir. Was uns grausam erscheint, läßt sie kalt. Schließlich haben sie keinerlei Respekt vor dem Leben, zumindest wie wir den Begriff verstehen.

Sie sind anders! Fremdartig!

Und wir werden sie nie verstehen können!

– Auszug aus der Holovid-Sendung »Unser Universum« mit Richard Satherns und Orvin Glennis in den Hauptrollen, A.I. 6829.

Bestätigendes Gemurmel klang von den verschiedenen Offizieren, die an den Konsolen des Gefechtszentrums saßen, herüber. Solange die Schlacht von der Hauptbrücke aus geführt wurde, hatte die Mannschaft der Reservebrücke wenig mehr zu tun, als sie zu beobachten und für den Fall bereitzustehen, daß die Hauptbrücke von einem Treffer ausgeschaltet wurde. Sie hatten Gelegenheit, die Entwicklung der Schlacht zu betrachten, auf die Computersymbole zu zeigen, die über die kleinere Variante des am vorderen Schott befestigten Hauptmonitors flackerten, und die Strategie des Captains zu diskutieren, die auf dem Monitor und ihren Konsolenschirmen erkennbar wurde.

Morganen nahm nicht an der Diskussion teil. Er zog es vor, zu beobachten und zuzuhören, während er direkt hinter der Reihe der Reservebrückenoffiziere entlang der Feuerleitkonsolen des Gefechtszentrums stand. Gegen seinen eigenen Willen wuchs seine Bewunderung für Navarchos Fraser. Die Mitglieder der Reservebrückencrew jedenfalls hatten nur Lob für den Mann.

»Mein Gott, der Kerl schafft es wirklich,« sagte ein junger Leutnant und wiederholte damit Morganens Gedanken. »Der Kerl durchbricht die Linie der KessRith!«

»Schaut nur, wie er das KessRith-Kommandoschiff angeht!« sagte jemand anderer. »Ich wette fünf zu zehn, daß er längsseits legt und dann den Brückenturm entern läßt!«

»Das zeigt nur, was du nicht weißt. KessRith-Schiffe haben *keine* Brückentürme …«

Es war noch immer unbekannt, wieviel Feuerkraft das fremde Kommandoschiff besaß. Daß der *Miko*-Träger nur leicht bewaffnet war, wußten sie, doch das Wort ›leicht‹ war ein eindeutig relativer Begriff. Der große Raumschiffträger hatte immer noch Batterien voller Laser- und Partikelkanonen.

»Bislang keine Geschosse von denen da drüben«, kommentierte der Reserve-Feuerkontrolloffizier.

»Die KessRith halten nicht viel von Geschossen«, antwortete ein anderer. »Sie mögen Laser lieber, und davon jede Menge.«

Morganen bemerkte, daß er Fraser als Offizier neu zu bewerten begann. Die Offiziere und Mannschaften der *Gael Warrior* hatten es mit einer völlig neuen Situation zu tun und trafen auf einen harten und fähigen Feind, dem sie nie zuvor im Kampf begegnet waren. Frasers Akademieausbildung hatte ihn offensichtlich auf diese Schlacht vorbereitet, und irgendwie hatte Fraser diese Fähigkeit auch auf die Besatzung des Schlachtschiffes übertragen können. Das zeigte sich in ihrer Zuversicht, in ihrem Verständnis für die Vorgänge, in ihrer ruhigen, geschäftsmäßigen Einstellung. Gewiß, es gab einige Aufregung bei der Mannschaft, doch nichts von der Angst und Verwirrung, die Morganan bei ihrem ersten Kampfeinsatz gegen die KessRith erwartet hatte.

Dazu kam noch die Art und Weise, wie mutig sich Fraser Commodore Severno widersetzt hatte. Morganen hatte Severnos Reaktion auf Frasers Befehl, die Jagdflieger vom Anflug auf Trothas fortzuleiten, nicht mitbekommen, doch er hatte den ursprünglichen Befehl des Commodores gehört – und dann gesehen, wie Fraser ihn mißachtete. Solch eine Mischung aus Mumm und Arroganz hatte Morganen nicht erwartet. *Oder steckte noch mehr dahinter?*

Die Offiziere und Mannschaft des Schlachtschiffes verehrten den Mann. Morganan vermutete, daß die Jagdfliegerpiloten ihn inzwischen auch anbeteten. Die Neubewertung Frasers als Offizier führte zur Neubewertung Frasers als Mensch, trotz der Bitterkeit, die noch immer in Morganens Herz lauerte. *Vielleicht hattest du recht, Cara,* dachte er. *›Ein Mann, auf den man Stolz sein muß.‹ Zumindest kann er mit einem Schiff umgehen …*

Die Erinnerung schmerzte, doch Morganan merkte, daß der Schmerz nun eher mit Cara verbunden war als mit dem Mann, der sie geheiratet hatte. *Bin ich so sehr im Irrtum gewesen? Ich verstehe ihn nicht … Zum Teufel, ich verstehe nicht einmal mich selbst!*

Das *Miko*-Trägerschiff brannte nun, und die inneren Feuer waren durch hundert Bullaugen und durch Risse im Rumpf zu sehen, aus denen sich immer noch Treibstoff und Atmosphäre brennend ins Vakuum ergossen. Die *Gael Warrior* neigte sich leicht, als sie irgendwo bugwärts getroffen wurde, doch es schien von keinem Schiff schwerer oder koordinierter Beschuß zu kommen.

Die Überreste der KessRith-Schwadron schienen sich zu zerstreuen, als die Schiffe den Nahkampf einleiteten. Als ein eigenartig geformter und blasenbedeckter KessRith-Zerstörer unter den fortwährenden Salven der koordiniert feuernden Schiffe *Gaidheal* und *Iolaire* fortgetrieben und zerstört wurde, fühlte Morganen eine plötzliche Gefühlsregung.

Wir gewinnen! Wir schlagen sie tatsächlich! Er hatte sich oft gefragt, ob Tallifiero nur reiner Zufall, ein glücklicher Zufall gewesen war. Doch was hier geschah, konnte man unmöglich schierem Glück zuschreiben.

»Oh, oh«, sagte der Zweite Feuerkontrolloffizier, und Morganen hörte den Alarm in seiner Stimme. »Schaut euch mal das K-K-Schiff an!«

Das vergrößerte Bild auf dem Hauptbildschirm zeigte das Kommando-Kommunikationsschiff der KessRith, ein 300 Meter langes, zigarrenförmiges Raumschiff, das durch die Schwellungen und Ausbeulungen der Scanner und Kommunikationseinrichtungen im Rumpf verformt wurde. Das Raumschiff schwenkte herum, so daß sich sein Abbild verkürzte und schließlich nur noch das abgeflachte Oval des Rumpfes zu sehen war. Die vorbeihuschenden Datenzeilen auf dem Bildschirm berichteten von einem erhöhten Energieprofil, von veränderten Vektoren und von rapide geringer werdendem Abstand.

»Der Bastard nähert sich!« fügte jemand hinzu.

»Nähern, zum Teufel!« sagte der Reserve-Feuerkontrolloffizier. »Sie versuchen, uns zu rammen! Erinnert ihr euch, was der Captain über KessRith-Selbstmordtaktiken sagte?«

»Was, mit einem K-K-Kreuzer? Das wäre *Wahnsinn!*«

»He, denkt ihr, die KessRith wären normal? Sie haben nicht die Kanonen, um uns selbst auf Kernschußweite zu verletzen. Alles, was sie tun können, ist, uns zu rammen! Was denkt ihr, was sie sonst vorhaben?«

Jemand deutete auf den Hauptbildschirm. »Ihr Kommunikationsschiff verläßt gerade die Umlaufbahn. Vielleicht wollen die KessRith-Bosse ihm etwas Zeit verschaffen.«

»Das haben sie vor, jawohl.«

»An alle Stationen,« ertönte die Stimme des Captains aus den Lautsprechern der Kampfbrücke. Sie klang ruhig und ausgeglichen und flößte ihnen Zuversicht ein. »Halten Sie sich für Manöver bereit. Mr. Fairfax, machen Sie den zentralen Geschützstand fertig. Wir wollen doch mal sehen, wie ihnen eines von unseren großen Brecheisen schmeckt.«

Gelächter hallte durch das Gefechtszentrum. Morganen ballte seine Hände zu Fäusten, um die Handflächen nicht an der Hose trockenzureiben und damit seine Nervosität zu verraten. Die *Gael Warrior* hatte zwei Möglichkeiten, wenn das feindliche Schiff einen Rammstoß beabsichtigte: sie konnte versuchen, das kleinere Schiff auszumanövrieren, indem sie entweder davonraste oder im letzten Moment die Fahrt zurücknahm, oder sie konnte die Stellung halten und dem Feind ihre schwersten Waffen in einem schwierigen Bug-voraus-Schuß entgegensetzen.

»Mein Gott!« sagte der Reserve-Feuerkontrolloffizier. »Er will ihnen ein Brecheisen direkt in ihre Kehlen stopfen!«

»Brecheisen« war alter und ehrwürdiger Raumschiff-Slang für die Beschleunigerkanone. Die kleineren Beschleunigerkanonen, wie sie an Bord von Jagdfliegern und in den kleinen Geschütztürmen des Schlachtschiffes zu finden waren, nutzten Magnetfelder, um Stahlprojektile mit Urankernen auf Geschwindigkeiten von einigen tausend Sekundenkilometern zu beschleunigen. Die Waffe im zentralen Geschützstand der *Gael Warrior* war eine speziell entworfene Beschleunigerkanone, die größere Stücke stahlummantelten Urans oder Thoriums auf hohe, in zehntausend Sekundenkilometer und mehr gemessenen Geschwindigkeiten brachte. Die kinetische Energie, die beim Zusammenprall eines dieser rasenden Schwermetallprojektile mit irgend etwas anderem freigesetzt wurde, war mit der einer kleinen Nuklearexplosion zu vergleichen.

Morganens Augen eilten zwischen dem Hauptbildschirm und diversen Konsolendisplays hin und her. Zielerfassungsklammern schlossen sich um die rapide wachsende Ovalform des Feindesschiffes.

Als die Hauptbatterien der *Gael Warrior* ihr Feuer auf den feindlichen Kommandokreuzer konzentrierten, erstrahlte der Monitor im Licht des stakkatohaft pulsierenden Laser- und Partikelkanonenfeuers. Die Schilde des KessRith-Schiffes verdunkelten sich, und ihre Umrißlinie wurde durch die flammenden Lichtexplosionen ringsumher deutlich nachgezeichnet. Krater erschienen auf dem glatten Rumpf; ein Beweis, daß viele Schüsse die überlasteten Schilde des Feindes durchdrangen.

»Die Hauptwaffe feuert«, warnte sie der Feuerkontrolloffizier. Die Lichter auf der Gefechtsbrücke wurden schwächer, und sie verspürten einen so kräftigen Ruck, daß Morganens Gleichgewicht gefährdet war. Er griff nach dem Rückenteil des Feuerkontrolloffiziers-Sitzes, um nicht gegen die Pulte, die hinter ihm standen, zu taumeln. Der Rückstoß von soviel Masse, die auf eine so hohe Geschwindigkeit beschleunigt wurde, war beträchtlich, selbst wenn durch die Kompensatoren des Schiffes gedämpft und verschleiert wurde. Die zur Beschleunigung der Projektile nötige Energie war so groß, daß den anderen Systemen kurzfristig von den Computern, welche die Kraft des Schlachtschiffes verwalteten, Energie vorenthalten wurde.

Noch bevor die Brückenlichter wieder zu ihrer vollen Helligkeit zurückkehrten, blühte eine neue Lichtquelle auf dem Monitor auf. »Verdammt!« murrte der Feuerkontrolloffizier. »Abgefangen.« Die Schilde des feindlichen Kreuzers hatten das Projektil abgewehrt. Das KessRith-Schiff näherte sich weiterhin.

»Hat ihn aber angekratzt«, sagte ein anderer Mann.

»Seine Bugschilde versagen schon ... Ha!« Weitere Treffer füllten den Bildschirm mit extremer Helligkeit und überfluteten die Schwärze des Weltalls und die langsam über den Schirm kriechenden computergenerierten Bilder mit weißem Licht.

Angekratzt oder nicht, wir sollten besser abdrehen, dachte Morganen. Die Entfernung betrug nur noch dreißig Kilometer, aber die *Gael Warrior* behielt ihren direkt auf den Feind gerichteten Kurs bei. *Und zwar schnell! Dieser K-R kommt entschieden zu nahe!*

»Festhalten! Der Captain hat einen zweiten ...«

Der Feuerkontrolloffizier wurde durch eine weitere Verdunklung der Brückenleuchten und einen zweiten Ruck im Deck unter ihren Füßen unterbrochen. Der zweite Beschleunigerkanonenschuß traf bereits im gleichen Moment sein Ziel, und der Lichtblitz wurde diesmal von umherfliegenden Schrottklumpen begleitet.

Die Mannschaft auf der Kampfbrücke brach in Jubelrufe, Gejohle, Pfeifen und Applaus aus. Ein gezacktes, glühendes Fragment einer Rumpfpanzerung von der Größe eines Hauses raste aus dem wilden Sturm reiner Energie, traf die *Gael Warrior* mit einem Lichtblitz und Funkenflug am vorderen Schild und prallte von der Bugpanzerung des Schiffes ab. Der Reserve-Feuerkontrolloffizier deutete auf den Schirm, und ein neuerlicher Jubelsturm brach los.

»Wir haben den Bastard! Wir haben ihn erwischt!«

Der KessRith-Kommandokreuzer taumelte jetzt und rotierte der Länge nach, wie ein monströses Riesenrad, wobei er zerfetzten Schrott in einem weiten Spiralbogen hinter sich verstreute. Der K-K-Kreuzer näherte sich nicht länger. Die Anzeigen bestätigten, daß seine Energie versiegt war, seine Antriebe tot. Seine Vorwärtsbewegung war durch den Aufprall weitgehend gebremst worden, und er trieb nun zur Seite. Jede Rotation brachte seinen Bug ins Bild, zersprengt, weit aufgerissen, mit hervorquellenden Kabeln, Stützstreben und zerfetzten Leitungen, als sei das ganze Schiff ausgeweidet worden.

»Seine Schilde sind runter«, berichtete der Reserve-Scanneroffizier von seinem Platz auf der anderen Seite der Brücke. Er mußte schreien, um bei dem Freudengebrüll überhaupt verstanden zu werden. »Sein Fusionsreaktor ist aus, die Waffensysteme sind aus, die Rumpfstruktur zerbricht ... Ich finde nicht einmal Lebenserhaltungssysteme ...«

»Es gibt aber eine Funkmeldung«, fügte der Kommunikationsoffizier hinzu: »Das KessRith-Kommandoschiff *Djaqui K'kladth* bittet um ... Zum Teufel! Sie bieten ihre Kapitulation an! Wir haben sie geschlagen! Wir haben sie geschlagen!«

Die Neuigkeit war bereits durch das ganze Schiff geeilt. Morganen konnte die Jubelrufe im Gang außerhalb des Gefechtszentrums hören. Rings um ihn herum schrien die Schiffsoffiziere wie Wahnsinnige, schlugen einander auf den Rücken und applaudierten.

Sie haben diese Schlacht gewonnen, dachte er. *Sie und Kendric Fraser. Der Mann ist ein verdammtes militärisches Genie.* Er runzelte die Stirn, der Gedanke verwirrte ihn. *Ich fange an, ihn zu bewundern. Bedeutet das, daß ich ihn auch zu mögen beginne?* Er verdrängte die Überlegung und lehnte sich vor, um den Todeswalzer des zerschmetterten KessRith-K-K-Kreuzers zu beobachten. Der Jubel wollte kein Ende nehmen.

Hauptstadt von Trothas war die Hafenstadt Lanathippes, ein weiter, ausufernder Halbmond aus modernen Gebäuden und baumbestandenen Parks, der sich an einer großen Bucht an der Nordküste des Westkontinents entlangzog. Zusammen mit den zahlreichen Viehzüchter- und Baumfarmer-Ansiedlungen, die zwischen dem Meer und den Hathespischen Bergen lagen, beherbergte die Region mehr als ein Viertel der Gesamtbevölkerung des Planeten.

Oder hatte sie beherbergt. Der Gleitflug von Lanathiport zum Aideles-Palast war sehr langsam vonstatten gegangen: Trotz größter Anstrengungen mehrerer Kohorten TOG-Legionäre waren die Straßen zur Planetenhauptstadt von endlosen Flüchtlingszügen verstopft, Männern, Frauen und Kindern mit ausdruckslosen Gesichtern, von denen viele ihre aufgestapelten Besitztümer auf notdürftigen Karren schoben oder zogen. Die imperiale Programmierung der Computer-Enzyklopädie der *Gael Warrior* hatte ausgesagt, daß der Hathespische Distrikt eine Bevölkerung von 128 Millionen hatte.

Es kam Kendric so vor, als wären sie so vielen Leuten allein auf dieser einen Straße begegnet.

Der endgültige Zusammenbruch der Rebellion war mit überraschender Schnelligkeit gekommen. Der Marschall der KessRith hatte kaum die Kapitulation seines zerstörten Kommandokreuzers angeboten, als auch schon die überlebenden KessRith-Schiffe im ganzen System den Kontakt zu den imperialen Schiffen abbrachen und in den T-Raum flohen. Innerhalb von Stunden hatten die TOG-Kommunikationsüberwacher die ersten Berichte über weitreichende Kämpfe auf der Planetenoberfläche aufgefangen. Eine Gegenrevolution war im Gange, bei der, wie es schien, die Pro-TOG-Parteien die Rebellen in einer verzweifelten Straßen- und Häuserschlacht bekämpften, die einen großen Teil von Lanathippes in Schutt und Asche legte.

Vizeadmiral Graffen hatte die Gelegenheit genutzt: Drei Legionen TOG-Infanterie sowie einige Kontingente imperialer Marinesoldaten waren in einem gewagten Landeunternehmen in den Raumhafen von Lanathippes eingedrungen, während sie von den umliegenden Gebäuden aus heftigst beschossen wurden. Andere Kräfte landeten in diversen anderen Raumhäfen, Kommandozentralen und Verteidigungseinrichtungen. Innerhalb von zwölf Stunden waren die Kämpfe vorbei, wenn man von vereinzelten Heckenschützen und terroristischen Bombenanschlägen absah.

Ein junger *Pluiarchos,* der Kendric am Raumhafen zugewiesen worden war, steuerte den Skimmer. Der blonde Soldat namens Alar Crews war auf eine Weise gutgelaunt, die Kendric als irritierend empfand. Vielleicht war es der auffällige Gegensatz zwischen Crews lockerem Geplauder und seinem unablässigen Lächeln und den endlosen Flüchtlingstrecks.

»Wohin sind die alle unterwegs?« fragte Kendric seinen Piloten und Führer. »Man sollte denken, daß es ihnen in der Stadt besser erginge.«

»Damfino, Nav Fraser. Vielleicht sind das alles Sympathisanten der Rebellen, und sie glauben, daß sie nun bei den Loyalisten in der Stadt unwillkommen sind.«

»Doch gewiß nicht alle?« Hatte die Rebellion soviel Unterstützung bei der Bevölkerung des Planeten gehabt?

Crews antwortete mit einem Achselzucken, und dann landete der Marine-Commander den Skimmer auf der Straße, als ein bulliger Legionär in voller Kampfrüstung sie mit einer Hand herunterwinkte. Seine andere Hand hielt eine massive Laserwaffe, deren Kolben auf seiner Hüfte ruhte. Überall in der zerstörten Stadt gab es Straßensperren und Kontrollpunkte. Sie hatten seit Verlassen des Raumhafens bereits vier davon passiert, doch dies war das erste Mal, daß sie angehalten wurden.

Eine behandschuhte Hand wurde ihnen entgegengestreckt. »Ausweise, bitte.«

Kendric und Crews reichten dem Wachtposten ihre ID-Disks, der sie an einen der anderen Soldaten weitergab. Der Legionär steckte erst die eine, dann die andere in das Laufwerk an seinem Gürtel und gab sie dann zurück.

»Sie können passieren«, sagte der erste Wachposten und händigte ihnen die Disks wieder aus. Seine

Stimme klang barsch durch den elektronischen Filter der maskenhaften Gesichtsplatte seines Helmes. »Ich fürchte allerdings, daß Sie dieses Ding hier abstellen und zu Fuß gehen müssen. Befehl von oben.«

»Was ist los?« fragte Crews, seinen Arm auf die Seite des Skimmers gestützt. »Ist die Straße blockiert?« Das schien eher unwahrscheinlich: die Straßen hier waren breite Alleen, die von parkähnlichen Promenaden voller Bäume geteilt wurden. Es schien, daß die Bewohner von Trothas offene Plätze gemocht hatten, sogar in ihren Städten.

Der schwergepanzerte Helm des Wachpostens schwenkte verneinend hin und her. »Nein, Sir. Bitte lassen Sie Ihr Fahrzeug hier.«

Da keine weiteren Informationen zu bekommen waren, parkten sie den Skimmer neben einer rußgeschwärzten Ziegelmauer und machten sich zu Fuß auf den Weg zum Aideles-Palast. Die Oberflächenschwerkraft von Trothas betrug weniger als $^3/_4$ g, wenig genug, um Kendrics Schritten eine ungeahnte Leichtigkeit zu verleihen. Hier, unweit des Stadtzentrums, waren keine Flüchtlinge unterwegs, doch es patrouillierten zahlreiche Legionäre und imperiale Marinesoldaten in kleinen Gruppen. Mehr als einmal erblickte Kendric ausgestreckt daliegende Leichen in Zivilkleidung oder olivgrün-graubraunem Arbeitsdrillich.

Vorsichtig umging er einen Haufen Trümmer unter der hohen, vom Feuer zerstörten Fassade dessen, was einst ein Restaurant gewesen war. »Ist die ganze Stadt von allen außer unseren Leuten verlassen?« fragte er.

Crews hob den Saum seines goldeingefaßten Mantels, um den Kontakt mit dem Gipsstaub der Trümmer zu vermeiden. »Von allen außer den Gefangenen, schätze ich.« Es schien ihm gleichgültig zu sein. »Die Armee hat natürlich eine ganze Reihe Städter gefangennehmen können, doch die meisten sind in die

Hügel geflohen, bevor die Legionen die Wege aus der Stadt sichern konnten.«

»Aber unter ihnen waren doch bestimmt auch viele unserer Verbündeten?« Schließlich waren es die Gegenrevolutionäre gewesen, die die Landeunternehmen möglich gemacht hatten. »Die Bevölkerungsmehrheit von Lanathippes *muß* doch pro-TOG sein!«

»Möglich. Wer weiß? Sie dürfen nicht vergessen, Nav Fraser, daß in einem Konflikt wie diesem der Krieg nur für eine Handvoll Leute auf beiden Seiten wirklich wichtig ist. Die große Mehrheit kümmert sich nur darum, am Leben zu bleiben. Als unsere Transporter landeten, flohen die meisten direkt aufs Land.«

Kendric ließ seine Blicke den langen Boulevard entlangschweifen, den sie gerade überquerten. Eine Anzahl Bäume stand noch, doch viele Gebäude waren von Schüssen und Laserstrahlen verheert, und Zeichen der Verwüstung und Zerstörung waren überall zu sehen. »Vielleicht kommen sie wieder zurück, nun, da die Kämpfe vorüber sind. Das hier war einmal eine wunderschöne Stadt.«

»Macht keinen großen Unterschied, oder?« Der Marine-Commander grinste. »Sie kommen her und werden von den Legionären eingefangen, oder sie bleiben in den Bergen und erfrieren. Es wird kalt hier im Winter, sogar nahe am Äquator. Exzentrische Umlaufbahn, müssen Sie wissen. Nicht wie die Jahreszeiten, die durch die Achsneigung entstehen.«

»Mein Gott, Mann ... was reden Sie da? Wenn doch nur ein paar von denen Unruhestifter waren ...«

Der Commander hob wiederum die Schultern. »Zum Teufel, ich mache die Politik nicht, Captain, und Caesar sei Dank dafür! Man lebt halt so für den Tag ... und ist froh, daß die üblen Sachen nicht einem selbst passieren, nicht wahr?«

Sie hielten vor einem schmiedeeisernen Tor, das in eine gewaltige Mauer eingelassen war, inne. Das Tor stand offen, und einer der Torflügel wurde nur noch von einer einzelnen verdrehten und beschädigten Angel gehalten. Ein Paar Marinesoldaten bewachte den Weg, die Waffen bereithaltend.

»Captain Fraser für Vizeadmiral Graffen«, erklärte Kendric und reichte ihnen seine Identitäts-Disk. Er wünschte, er könnte in die Augen des Soldaten sehen, doch der Legionärshelm mit seinem dunklen Visier bedeckte das Gesicht des Mannes vollständig. Der Wachposten benötigte nur einen Augenblick, um ihre Identität und Befehle zu überprüfen.

»Alles in Ordnung, Sir«, sagte die Wache zu Kendric und gab ihm die Disk zurück. »Sie werden erwartet. Man wartet im Palast auf Sie.« Die Stimme des Marinesoldaten klang jünger und weniger fest als die der vorigen Wache, obwohl sie ebenfalls von seinem Helm verzerrt wurde.

»Warum der Spaziergang, Soldat?« fragte Kendric und deutete mit dem Daumen über seine Schulter. »Zuviel Lärm für den Admiral?«

Das Lachen des Wachpostens klang durch den Helmlautsprecher seltsam. »In gewisser Weise, Sir. Es hat heute morgen ein paar Selbstmordanschläge gegen den Palast gegeben.«

»Selbstmord ...«

»Raumwagen, mit Sprengstoff beladen.« Der Marinesoldat zuckte unter seiner Rüstung mit den Achseln. »Also dürfen keine Skimmer oder andere Fahrzeuge näher als 200 Meter an das vordere Tor heran. Raumwagen oder Flieger dürfen nicht näher als fünf Klicks in der Luft sein. Befehl von Vizeadmiral Graffen.«

Sie schritten durch das zerstörte Tor und betraten das Palastgelände. Kendric fühlte eine gewisse Benommenheit. Die Leute waren verzweifelt genug, um einen Selbstmordanschlag auf den Palast zu unternehmen? Er hatte genügend Geschichten über Selbstmordangriffe der KessRith gehört, aber das lag jenseits seiner

Erfahrung. Die KessRith waren immerhin *Aliens* … und man konnte nicht erwarten, daß sie auf die gleiche Art und Weise wie Menschen dachten. Ihr Ehrenkodex bewertete den Tod höher als das Leben.

Aber Menschen? Er dachte an den endlosen Zug ausdrucksloser Gesichter entlang der Straße. Diese Leute?

Schon der Gedanke, daß Selbstmordattentäter den Palast zerstören wollten, um die derzeitigen Bewohner umzubringen – die gesamte Vorstellung schien verrückt und jenseits der Erfahrungen seiner eigenen Kultur zu sein. Was mochte ein zivilisiertes Volk zu so extremem Verhalten treiben? Nach allen Berechnungen hatten die Rebellen Trothas weniger als einen Monat lang unter ihrer Kontrolle gehabt, ehe die TOG-Flotte eingetroffen war. Gewiß hatten die Rebellen nicht genügend Zeit gehabt, viele Anhänger für ihre Sache zu gewinnen oder dem Volk einen solchen fanatischen Haß auf das TOG einzuflößen. Die Selbstmörder mußten entkommene Rebellen sein – vielleicht Führer der Bewegung, die Angst vor der Gefangennahme und Befragung durch das TOG hatten. Vielleicht waren sie in dieser Beziehung ein wenig verrückt. Die Angst, daß ein imperiales Wahrheitsserum sie dazu zwingen könnte, die Namen ihrer Mitverschwörer preiszugeben, mochte dazu führen, daß sie den Tod der Gefangenschaft vorzogen.

Nichtsdestoweniger bereitete Kendric die Vorstellung, daß jemand die TOG-Militärpsychologen so sehr fürchten konnte, Probleme. Imperiale Psychologen waren keine Ungeheuer. Kendric hatte sie bei verschiedenen Gelegenheiten arbeiten sehen, während er Kadett in Grelfhaven war. Diese Trainingserfahrungen hatten schließlich gezeigt, daß moderne militärische Verhöre ein völlig schmerzloser Vorgang waren. Sicherlich war das Exil in einer Besserungsanstalt auf einer Grenzwelt des TOG dem Tod vorzuziehen!

Oder hatte jemand unter den Bewohnern Trothas Lügen über die Terranische Regierung verbreitet? *Vielleicht,* dachte er. *Wir wissen immer noch nicht, was die KessRith hier getan haben. Aber welcher Mensch würde sich in so einer Angelegenheit auf die Worte eines Aliens verlassen?*

»Sind irgendwelche KessRith gefangengenommen worden?« fragte er den Commander, während sie weitergingen. Der Palast lag nun vor ihnen: ein breiter, niedriger Bau mit schrägen pastellfarbenen Mauern und neoimperialen Säulen. Aus der Entfernung schien der Palast bei den Kämpfen nicht beschädigt worden zu sein. Als sie näher herankamen, konnte Kendric jedoch Risse und Einschußlöcher sehen, wo Kugeln oder Laserstrahlen Holz zerschmettert und Stein verbrannt hatten.

»O ja, sogar einige, Sir. Hauptsächlich Händler ... Leute, die beim Ausbruch der Kämpfe gerade in der Stadt waren.« Der Commander lachte. »Wie Sie dort sehen können ...«

Sie schritten durch einen dichten Hain aus purpurblättrigen Zierblumen und stiegen breite steinerne Stufen hinab. Hinter den Bäumen lag ein mit Steinplatten ausgelegter Wandelweg, der sich zu einem breiten, von Bäumen gesäumten Weg auf den Palast zu erweiterte.

Der Weg war nun von monströsen, sich bewegenden Gestalten verstopft, und Kendric blieb stehen und starrte sie an, obgleich er einen gleichermaßen starken Drang verspürte, seine Neugier zu verbergen. Er hatte natürlich schon zuvor Bilder der KessRith gesehen, in Ausbildungsseminaren und Indoktrinationskursen auf der Akademie, doch nie zuvor einen leibhaftigen KessRith erblickt.

Sie waren sehr groß und gedrungen: vierbeinige Zentauren mit flachen Köpfen, Knochenkämmen und gepanzerter Haut. Obwohl sie mit Sumpfkreaturen wie

Fiaclageurs und *Ponderos* hätten verwandt sein können, vermittelten die KessRith den Eindruck, Geschöpfe von großartiger Stärke und Robustheit zu sein. Manche trugen grüne Mäntel um den halbaufgerichteten Teil ihres gepanzerten Rumpfes, und alle trugen eine Ansammlung von Gurten, Riemen und Gürteln, die zugleich schmückend und nützlich zu sein schienen, auch wenn die KessRith ansonsten nackt waren.

Der Eindruck der Kraft blieb trotz der derzeitigen Lage der KessRith erhalten: Jeder kniete oder lag mit gespreizten Beinen in einer Lache aus dunklem, zähflüssigem Blut, und einige hatten grausame Schnitte tief in der Haut hinter den Kniegelenken der Vorderbeine. Die Unterarme eines jeden KessRith waren in Ketten gelegt worden. Zwischen ihnen standen Legionäre, die Waffen im Anschlag. Am anderen Ende des Weges erblickte Kendric einen Legionär, der sich neben einen KessRith hockte, der inmitten einer Anzahl menschlicher Soldaten stand, sah ein Energiemesser aufblitzen und niedersausen. Die große Kreatur stieß ein Brüllen aus und brach dann, wie die anderen, in die Knie.

»Was ...«

»Sie sind hilflos, wenn man die Sehnen zwischen ihren Vorderknien durchschneidet«, erklärte der TOG-Offizier. »Sie können ihr Gewicht nicht allein auf ihren Hinterbeinen tragen, und wenn man dann noch ihre Arme fesselt ... Nicht, daß sie bereits Ärger gemacht hätten, Sie verstehen ... aber es ist besser, etwas von dieser Größe keine Chance zu geben, jemanden zu erwischen!« Er grinste. »Bei dieser geringen Schwerkraft könnte das ganz schöne Probleme verursachen.«

Kendric fühlte sich unwohl. *Feinde oder nicht – konnte das richtig sein?*

»Das ... das sind KessRith-Soldaten, die sie gefangengenommen haben?«

»Soldaten? Nee. Sehen Sie die Mäntel? Grün und

Gold bedeutet, daß es Händler sind. Sie gehören vielleicht zur Crew eines K-R-Handelsschiffs ... oder sind die Handelsvertreter einer Import-Exportfirma hier. Wen kümmert's? Feindliche Aliens, das ist alles ...«

Kendric verspürte eine aufsteigende Übelkeit, die er sich nicht sofort erklären konnte. Sein Begleiter war so ruhig, so sachlich, als er schilderte, wie die KessRith-Zivilisten so beiläufig zu Krüppeln gemacht wurden, wie man einem menschlichen Gefangenen Handschellen anlegen würde.

Das ist nicht richtig ... Er wollte protestieren, doch seine Ausbildung und die Erkenntnis, daß sein Protest fruchtlos wäre, hinderten ihn daran. Die Angst vor den Zeiten, als Aliens – darunter auch die KessRith – die Menschen als ihre Sklaven hielten, war ihm während seiner Zeit an der Akademie und auf der imperialen Schule von Kathlandi eingehämmert worden. Er erinnerte sich nun an Holofilme, die seine Klassenkameraden und er gesehen hatten; alte, fremde Aufzeichnungen aus einer Zeit lange bevor die Terraner die Galaxis erobert hatten. Wenn die Menschheit ihre Stellung in der natürlichen Ordnung halten wollte, war ein gewisses Maß an Rücksichtslosigkeit vonnöten. Wie sonst sollte man einen großen, schwer gepanzerten und gerissenen Feind bewegungsunfähig machen, der vielleicht zweihundert Kilo wog? Auf Trothas wogen sie nur einhundertfünfzig Kilogramm, doch besaßen sie alle Schnelligkeit und Stärke, die auf einer Welt mit größerer Oberflächenschwerkraft als der irdischen entstanden war.

Aber wurde es dadurch besser? Diese individuellen KessRith hatten niemals jemanden versklavt. Hatten sie den Schmerz und die Erniedrigung verdient? Kendrics Magen verkrampfte sich erneut, als er sah, wie ein Legionär mit seinem schwer gepanzerten Stiefel einem KessRith in die Seite trat und ihm ein tiefes, hohles Grunzen entlockte. Die Kreatur war mehr als doppelt so schwer wie der Mensch und doch vollkommen hilflos.

Wenn du keine besseren Vorschläge hast, sagte er sich, *dann sei still!* Er zwang sich, nicht hinzuschauen und seine Schritte denen von Commander Crews anzupassen. Dennoch, er hatte die Augen des Gefangenen gesehen, den der Soldat getreten hatte. Sie hatten keine Pupillen, waren rot und völlig fremdartig in ihrer Farbe und Intensität, und doch hätte Kendric schwören können, daß er den Schmerz in ihnen erkannt hatte, Schmerz, Angst und Trauer.

Vielleicht ist es notwendig, dachte er. Aber es ist nicht richtig!

12

Wir müssen vermuten, daß der Planet Trothas V vollständig neutralisiert wurde, und das mit einer Brutalität, die selbst das TOG in der Vergangenheit nur selten gezeigt hat ...

– Auszug aus einer vom Commonwealth-Geheimdienst auf Cathandra aufgefangenen Übertragung, Quelle als streng geheim eingestuft.

Vizeadmiral Graffen hatte die Verwaltungsgebäude im modernen, hohen Aideles-Palast für sich selbst beschlagnahmt. Die Fenster hinter ihm waren so hoch wie der ganze Raum und wie durch ein Wunder unbeschädigt, doch die Wände des Büros zeigten Einschußlöcher, und die rostroten Flecken auf der Tür und dem Bodenbelag konnten nur von Blut herrühren. Die Wände waren nackt, da die Rebellen alle TOG-Embleme und die üblichen lebensechten Holoporträts Caesar Julianus' aus dem Büro entfernt hatten. Seit der Invasion war nicht genügend Zeit gewesen, sie wieder herbeizuschaffen.

Julian Dio Graffen war ein hagerer und wettergegerbter Mann, so groß wie Kendric und mindestens dreißig Jahre älter. Er trug eine schwarze Flottenuniform, deren goldene Rangabzeichen seine Ärmel beinahe bis zum Ellenbogen bedeckten, die mit ihren Schulterabzeichen, Ehrenadlern und imperialen Auszeichnungen schwer an ihm hing. Graffen hatte den Ruf eines harten Mannes, galt als Schrecken der jüngeren Offiziere und als jemand, dem in die Quere zu kommen für Leute jeglichen Ranges sehr schlecht war. Es wurde gemunkelt, daß er einst einen Schiffscaptain bestraft hatte, indem er ihn nackt aus der Luftschleuse seines Flaggschiffes stoßen ließ – der Tod des Mannes war angeblich aufgezeichnet und als exemplarische Lektion an die ganze Schwadron ausgestrahlt worden. Kendric ertappte sich dabei, in den braunen Augen des Admirals nach einem Hinweis darauf zu suchen, ob irgendein wahrer Kern in dieser Geschichte steckte. Die Kälte, die er sah, ließ die Erzählung nicht mehr so unmöglich erscheinen.

»Navarchos Fraser von der *Gael Warrior*«, verkündete der Wachsoldat, der Kendric eingelassen hatte.

»Ave, Imperator, Domine!« Kendric sprach die vorgeschriebene Grußformel, die der Admiral mit einer Handbewegung beiseitewischte.

»Sparen Sie sich das für die Bürokraten, junger Mann,« sagte er. Er blickte finster drein und klopfte gegen den Computerbildschirm seiner Schreibtischkonsole. »Ich habe Ihren Schlachtreport noch einmal überprüft. Das war entweder eine unglaublich brillante Leistung ...«

Kendric wartete die Fortsetzung ab, unsicher, ob Graffen eine Unterbrechung erwartete oder nicht. Er gab schließlich der Versuchung nach und erwiderte: »Ja, Sir?«

»... oder Sie hatten das schier unglaublichste Glück, das zu sehen ich jemals das Mißgeschick hatte!«

»Mi ... Mißgeschick, Admiral? Ich verstehe nicht ...«

»Offensichtlich verstehen Sie nicht, oder Sie hätten niemals ein solches Kunststückchen versucht. Großer Caesar im Himmel, Junge, was haben Sie gedacht, was Sie da draußen treiben? Beantworten Sie mir das!«

Es schien für Kendric keine Grundlage für einen Streit zu geben. Was hatte er falsch gemacht? »Es steht alles in meinem Bericht, Admiral.«

»Fürwahr.« Graffen lehnte sich in seinem Stuhl zurück und trommelte mit den Fingern auf die Schreibtischplatte. »Sie haben vermutet, daß eine Zielerfassung zur Kommandogruppe der KessRith gehört und haben Ihre Schwadron für den Angriff eingesetzt. *Vermutet!*«

»Ja, Sir.« *Und ich hatte recht!*

»Und falls diese Ziele eine kleine Schlachtschiffgruppe gewesen wären? Wenn Ihr brandneues Schlachtschiff den Mond umrundet und zwei oder drei Schweren Schlachtschiffen der KessRith gegenübergestanden hätte? Was wäre dann aus Ihrer Vermutung geworden?«

»Sir … unser Taktikmonitor zeigte, daß die Rebellenkräfte in kleine isolierte Grüppchen zerfielen. Wenn wir mehr Feinden begegnet wären, als wir abwehren konnten, hätten wir um Hilfe gerufen …«

»Und wenn es eine Falle gewesen wäre? Ein billiger Trick, um eine meiner Schwadronen wegzuputzen – dazu all jene, die zu Ihrer Rettung erschienen wären? Ist Ihnen vielleicht der Gedanke gekommen, daß sie absichtlich auf jener Umlaufbahn geblieben sind, um meine Schiffe in einen Hinterhalt zu locken? Was wäre geschehen, wenn Sie die Stützpunkte auf dem Planeten nicht so schwer beschädigt hätten wie gedacht und dann von Rebellenverstärkungen aus der Richtung von Trothas erwischt worden wären?«

»Das Ziel war eine kleine Schwadron, Admiral, und die größten Angriffsziele stellten sich nicht als Schlachtschiffe dar. Ich wußte, daß eines davon ein Trägerschiff war, aber ich vermutete, daß es seine Jäger bereits ausgeschickt hatte. Das gleiche gilt für den Planeten. Falls dort mehr Schiffe gewesen wären, hätten die Rebellen sie bereits gestartet. Ich war zuversichtlich, daß meine Schwadron sie besiegen konnte – oder zumindest festhalten, bis Verstärkung eingetroffen wäre.«

»Fürwahr. Dann treffen Sie also jetzt die Entscheidungen für die ganze versammelte Flotte? Für *meine* Flotte?«

»Nein, Sir, das wollte ich nicht. Ich dachte nur ...«

»Es kümmert mich wirklich nicht im geringsten, was Sie denken, junger Mann.« Seine Finger trommelten wieder auf den Schreibtisch. »Ich sollte Ihnen sagen, Navarchos, daß ich nichts davon halte, daß imperiale Schiffe von Provinzlern kommandiert werden.«

Ah! Das war es also. Da er sich nun die Feindseligkeit hinter dem barschen Verhalten des Admirals erklären konnte, wurde es für Kendric sogar etwas einfacher. Vielleicht würde er durch Offenheit sein Gegenüber entwaffnen können. »Viele Leute in der Flotte denken wie Sie, Admiral.« Er versuchte ein Lächeln und schaffte es beinahe. »Und ich gebe zu, daß ich Glück gehabt habe.«

»Hmpf!« war Graffens einzige Antwort. »Berichten Sie mir von Severno!« sagte er dann. Der abrupte Themawechsel zwang Kendric zu einer langen Pause, um seine Gedanken zu sammeln.

»Mein Schadenskontrollpersonal erreichte die Flaggbrücke erst kurz bevor ich die Fähre bestieg, um hierher zu kommen, Sir. Sie haben alle Leute dort tot vorgefunden.«

Kendric hatte das Grauen selbst gesehen, denn die vom Schadenskontrolltrupp mitgeführten Kameras hatten alles übertragen. Es gab keinen Zweifel hinsichtlich der Todesursache der Flaggbrückenbesatzung: Eine Boden-zu-Orbit-Rakete war durch die Flimmerschilde der *Gael Warrior* geschlüpft und in den Turm auf der Ebene von Deck 08 eingeschlagen. Die *Warrior* hatte Glück gehabt, da das Geschoß keinen nuklearen Sprengkopf getragen hatte, doch auch Pech, da die Waffe dazu entworfen worden war, vor der Explosion in ihr Ziel einzudringen. Der hochexplosive Sprengkopf war durch mehrere Lagen Rumpfpanzerung vorgedrungen und in einer Deckplatte hinter dem Salon der Turmoffiziere detoniert.

Nach Chief Wemyss' Meinung war es die Panzerung der Flaggbrücke gewesen, die diesen versiegelten und schwergeschützten Schiffsteil in eine Todesfalle verwandelt hatte. Anscheinend war ein kleiner Brocken des dichten Metalls, das die Flaggbrücke einkapselte, durch die Explosion von der Deckplatte abgesplittert und dann immer wieder auf der Brücke hin- und hergeprallt, von Schott zu gepanzertem Schott geschleudert, bis die durch eine Geschwindigkeit von vielen Sekundenkilometern entfesselte Bewegungsenergie aufgebraucht war. Währenddessen waren die Instrumente und Konsolen der Flaggbrücke in einen einzigen Schrotthaufen verwandelt worden. Was Commodore Severno und seine Flaggoffiziere betraf, war nicht mehr viel erkennbar Menschliches übriggeblieben. Die Explosion hatte alles auf den Decks 06 bis 09 dem Vakuum ausgeliefert, mit Ausnahme der versiegelten Flaggbrücke selbst. Wemyss hatte die Brücke noch immer intakt und mit normalem Luftdruck vorgefunden, doch Commodore Severno und alle seine Begleiter waren tot.

Es waren noch andere Leute beim Angriff auf Trothas V gestorben, und viele hatten Verwundungen erlitten. Der Chefarzt der Gael Warrior stellte noch immer seine Metzgerrechnung zusammen, eine Liste, die zu lesen Kendric noch bevorstand.

»Alle tot«, sagte Admiral Graffen. »Sehr schlimm, diese Sache. Severno war ein guter Mann.«

»Ja, Sir.«

»Seine Logbucheintragungen lagen Ihrem Bericht nicht bei.«

»Nein, Sir. Bei den zahlreichen Beschädigungen des Schiffes war dafür keine Zeit vor dem Start der Raumfähre. Mein Erster Offizier sucht diese Fakten zur Zeit zusammen, und ich werde sie in meinem nächsten Bericht nachreichen.«

Wird in dem Logbuch auch stehen, daß Severno mich mei-

nes Kommandos entheben wollte? fragte sich Kendric. *Vermutlich. Fast sicher.* Severno hatte bestimmt in dem Moment seine Recorder laufen lassen.

In juristischer Hinsicht war die Situation sehr interessant. Kendric war im Augenblick des Anfluges auf Trothas V nicht offiziell seines Postens enthoben. Er hatte nur die Versicherung des Commodores, daß er nach dem Angriff suspendiert werden würde. Severno hatte nicht überlebt, um seine Ankündigung wahr zu machen. Und ungeachtet dessen, was Severno beabsichtigt haben mochte, hatte Kendric den Befehl über die Schwadron übernommen, als die Verbindung zum Commodore abgerissen war.

Es hatte keine Alternative gegeben. Ankündigung oder nicht, jemand hatte das Kommando der Schwadron übernehmen müssen, als Severno nicht zu erreichen war. Die Rangfolge schrieb vor, daß dieser Jemand der Flaggcaptain des Commodore, Kendric Fraser, war. Kendric hatte vorgehabt, Admiral Graffen von seinem Zusammenstoß mit Severno in Kenntnis zu setzen, doch das barsche Verhalten des Mannes hatte seine Starrköpfigkeit geweckt. *Soll er es selbst herausfinden,* dachte er. *Ich werde dieses Kommando auf keinen Fall noch lange innehaben!*

»Das eilt nicht besonders,« sagte Graffen. »Verdammtes Pech, daß Sie den Treffer gerade dort abbekommen haben, das ist alles. Ich sehe, daß Sie das Kommando über den eigentlichen Angriffsflug auf den Planeten innehatten.«

»Ja, Sir.«

»Nun, Provinzler oder nicht, ich muß Ihnen gratulieren.«

»Vielen Dank, Admiral.«

»Teufel, danken Sie nicht mir. Es scheint, daß Sie so etwas wie eine Berühmtheit in der ganzen Flotte geworden sind, dank Ihrer Aktion bei Trothas V-c. Egal, was ich davon halte, es würde verdammt dumm aussehen, wenn ich Sie nun förmlich tadelte, nach allem, was Sie getan haben.«

Unsicher, wie er auf eine solche Aussage antworten sollte, entschied sich Kendric, stillzubleiben. Graffen schaute ihn einen Moment lang an, dann fuhr er fort: »Junger Mann, wenn Sie mich jemals wieder in eine Situation wie diese bringen, dann ist es aus mit Ihnen! Ich werde nicht zulassen, daß meine Schwadronskommandanten mich übertölpeln – lieber erschieße ich sie vorher!«

»Nein, Sir.« Graffens Worte brauchten einige Zeit, um Kendric völlig klarzuwerden. Er bemerkte, daß ihn der Admiral aufmerksam beobachtete. »Äh ... ›Schwadronskommandant‹, Sir?«

»Ich habe doch gesagt, daß Glückwünsche angebracht sind, junger Mann. Sie sind zu jung, als daß ich Sie zum Commodore machen könnte, und der Generalstab würde ohnehin eine solche Beförderung nie gutheißen. Nicht in Ihrem Fall. Aber ich brauche jemanden, der für mich diese Gälenschwadron kommandiert, und es kommt mir vor, als wären Sie der beste Mann für diesen Auftrag. Ich ernenne Sie hiermit zum Flottencaptain. Zählt soviel wie Commodore, ist aber weniger offiziell. Worauf es ankommt, ist, daß Sie jetzt die Gälenschwadron befehligen, im Moment zumindest.«

»Vielen Dank, Admiral!«

»Danken Sie mir nicht. Sie werden diese Ernennung niemals behalten dürfen. Zum Teufel ... Ich bin überrascht, daß die jemanden, der so jung ist wie Sie, überhaupt auf ein Schlachtschiff losgelassen haben, aber es wird sich natürlich gut in Ihrer Personalakte machen. Es könnte Ihnen sogar zu einem Posten im Stabskommando verhelfen, wenn Sie das anstreben.«

»Ich weiß es auf jeden Fall zu schätzen, Sir.« Innerlich zuckte Kendric zusammen. Er war Raumschiffscaptain, zumindest hielt er sich dafür. Eine Aufgabe im

Stab eines Admirals – selbst im Stab des Oberkommandos der imperialen Raumflotte – bot keine Verlockungen für ihn. Natürlich, vielleicht in zwanzig Jahren …

»Hmpf. Wie ist der Zustand Ihrer Schwadron?«

»Mit Ausnahme der *Gael Warrior*, Admiral, sind die Schiffe kampfbereit. Die *Warrior* hat als einziges Schiff der Schwadron schwere Beschädigungen erlitten.«

»Und ihr Zustand?«

»Vorläufige Reparaturen am Stromnetz der Bodenseitengeschütztürme. Sie braucht eine gründliche Überholung, ehe die Unterseitengeschütze wieder in einem Kampf eingesetzt werden können. Die Flaggbrücke ist natürlich zerstört, und wir mußten im Turm alles oberhalb Deck 05 versiegeln, um den Druck aufrechtzuerhalten. Alles andere ist geringfügig. Sie ist für den T-Raum geeignet, doch ich möchte mich nicht auf die Notverdrahtung der Unterseitenbatterien verlassen müssen, wenn es zu einem richtigen Kampf kommt.« Er holte Atem und fuhr dann schnell fort: »Wir haben fünfzehn Jäger verloren, die beim Angriffsflug über Trothas unsere Flanke schützten, darunter unser Geschwaderführer. Ich werde um Ersatz bitten müssen.«

Graffen nickte. »Sehr gut, Captain. Um die Wahrheit zu sagen, geschieht Ihre Ernennung wider mein besseres Wissen, doch ich kann nicht anders … zumindest bis Overlord Gracchi hier eintrifft.«

Kendric hob eine Augenbraue. Gracchi – das war der TOG-Overlord, der kurz vor dem Aufbruch der Schwadron im Gälischen Sternhaufen angekommen war. *Was wollte er hier?*

»Overlord Gracchi kommt hierher?«

»Diese Meldung ist gerade von Ihrer Heimatwelt eingetroffen – von Alba. Er wird in zwei Tagen hier sein. Inzwischen müssen wir hier alles vorbereiten. Sie werden sich wieder ihrer Schwadron anschließen, Flottencaptain, und meine Befehle abwarten.«

»Zu Befehl, Sir.«

»Ich werde dem Versorgungsschiff *Fraso* Ihre Umlaufbahn zuweisen. Es wird die Anweisung erhalten, Sie mit allem zu versehen, was Sie benötigen, um die *Gael Warrior* wieder einsatzfähig zu machen. Oh, ich denke, ich kann noch ein halbes Geschwader Abfangjäger zusammenkratzen, um Ihre Verluste auszugleichen. *Spiculums* vom Trägerschiff *Rex Regius*. Die genaue Mannschaftsverteilung überlasse ich Ihnen.«

»Vielen Dank, Sir.«

»Ein letztes Wort.« Graffens Mund verzog sich unfreundlich. »Ich schätze, für all das werden Sie wohl die eine oder andere Auszeichnung bekommen.«

»Das ist nicht ...«

»Ruhig, junger Mann. Mir gefällt diese Vorstellung nicht, aber ... Wie ich bereits sagte, sind Sie so etwas wie ein Held geworden, besonders bei der Mannschaft. Ich bin gezwungen, dieses Faktum offiziell anzuerkennen. Da ich Sie nicht befördern kann, wird es eine Auszeichnung werden.« Er seufzte. »Tatsache ist, daß Ihr Angriff in der Umlaufbahn von Trothas mehr zur Niederlage der Rebellen beigetragen hat als Ihre Attacke auf das Kommandoschiff. Wir verhören noch immer die KessRith, die wir gefangengenommen haben, um herauszufinden, was deren Flotte hier überhaupt wollte.«

Die Erwähnung der Befragungen der KessRith erinnerten Kendric an die Gefangenen, die er außerhalb des Palastes gesehen hatte. »Ich sah draußen gefangene KessRith, Sir. Die Wachen haben sie zu Krüppeln gemacht. Das war bestimmt nicht notwendig ...«

»Hier war das Zentrum der Rebellion«, fuhr Graffen fort, als ob er Kendrics Unterbrechung gar nicht gehört hätte. »Ihr Bombardement jener Stadt südlich von hier hat die Entschlossenheit der Rebellen völlig gebrochen. Einige ihrer Anführer wollten weiterkämpfen, doch viel mehr wollten dann direkt aufgeben.«

»Entschuldigen Sie bitte, Admiral ... Welche Stadt? Wir zerstörten einen planetarischen Verteidigungskomplex ...«

»Natürlich. Die gleiche Sache. Unsere Nachrichtenleute haben mir mitgeteilt, daß zehntausend Soldaten und Techniker in der Festung stationiert waren, und natürlich waren ihre Familien bei ihnen. Die Schätzungen belaufen sich auf nicht weniger als fünfundzwanzigtausend Menschen, Captain.«

Entsetzen ergriff von Kendric Besitz. *Fünfundzwanzigtausend Menschen!*

Trotz seiner imperialen Ausbildung war Kendric Fraser noch immer ein Produkt seiner eigenen Kultur, der der isolierten Sternengruppe, die als Gälische Sterne bekannt war. Es war noch nicht so lange her, daß sein Volk in blutige Fehden, Überfälle und Gegenschläge in den Hügeln und Tälern von Alba verstrickt war. In solch einer Kultur besaßen Frauen und Kinder eine besondere, hochgeschätzte Stellung. Es war beispielsweise undenkbar für sie, an Bord eines Kriegsschiffes zu dienen. Kendric hatte genug von der imperialen Kultur gesehen, um zu begreifen, daß nicht jede Welt die Angst der Gälen teilte, ihre Frauen und Kinder möglichen Gefahren auszusetzen. Er hatte diese anderen Gesellschaften gesehen und es geschafft, sie ohne Vorurteile zu verstehen. Andere Völker, andere Sitten, hieß es schließlich. Aber gesagt zu bekommen, daß er gerade fünfundzwanzigtausend Menschen, darunter Frauen und Kinder, ermordet hatte ...

Als ihm alles klar bewußt wurde, drohte ihn eine kalte Übelkeit vollständig einzuhüllen. In zehn Jahren des Dienstes für das Imperium war ihm niemals befohlen worden, ein Ziel anzugreifen, das jemand anderes als Militärpersonal beherbergte. Das Entsetzen über die Tat, die er vollbracht hatte, war überwältigend. Kendric kämpfte gegen den Gedanken an. Die Bürger dieses Planeten hatten schließlich gegen das TOG rebelliert. Sie waren Feinde und daher für die Folgen ihrer Aktionen selbst verantwortlich …

Frauen und Kinder. Wieviel tausend hatten in dieser Stadt gelebt? Hatte irgend jemand überlebt, in tiefen unterirdischen Bunkern? Oder waren sie alle der Oberfläche gewesen, in diesen nur halb erblickten Türmen aus weißem Stein, Metall und Glas, die im Moment des Angriffs wie Wasser zerflossen waren?

Sie hatten diesen Komplex zerstören müssen. Rebellierende Jagdflieger waren von dort aufgestiegen und waren zweifellos auch von dort gegen die TOG-Flotte gelenkt worden. *War es nicht verbrecherisch unverantwortlich gewesen, Frauen und Kinder in dem Gebiet wohnen zu lassen? Wie hatten die Rebellen ihren Familien erlauben können, an einem Ort zu bleiben, der aller Wahrscheinlichkeit nach ein militärischer Vorposten werden würde?*

Irgendwie schaffte es Kendric, mit grimmiger und eiskalter Entschlossenheit die Schande und Übelkeit in seinem Inneren zurückzudrängen. Der Gedanke, daß er nur Befehle ausgeführt hatte, stieg in ihm auf und wurde ebenfalls verdrängt. *Das war keine Entschuldigung, aber der planetarische Verteidigungskomplex war ein legitimes militärisches Angriffsziel gewesen. Wenn die Rebellen so sorglos gewesen waren, ihre Familien in der Basis leben zu lassen, war es auf ihre eigene Verantwortung geschehen …*

Unsinn. Er, Kendric, hatte die Tat ausgeführt, und er würde damit leben müssen.

»Geht es Ihnen gut, junger Mann?«

»Ja … Ja, Sir.«

»Sie sehen blaß aus. Sind Sie in Ordnung?«

»Mir geht es gut … Admiral.« Er hoffte, daß er sich nicht urplötzlich auf den Teppich des Admirals übergeben mußte.

»Sehr gut, Fraser. Kehren Sie zu Ihrem Schiff zurück und erwarten Sie meine weiteren Befehle.« Er deutete auf sein Büro. »Wir sind hier fast fertig.«

Fünfundzwanzigtausend Menschen. Fünfzehntausend davon waren Zivilisten. Frauen und Kinder. Alte Menschen.

»Guten Tag noch.«

Es war eine eindeutige Entlassung. »Jawohl, Admiral. *Ave, Imperator!« Seid gegrüßt, Feldherr ... und wie sollte er nun mit sich selbst leben?* Kendric wandte sich auf dem Absatz um und schritt aus dem Raum. Er schaffte es, sich unter Kontrolle zu halten, bis er einen Waschraum fand. Dort übergab er sich heftig und krampfartig.

Ave, Fraser ... Mörder!

13

Trothas wird ein Exempel für jedes vernunftbegabte Wesen in der Galaxis sein ...

– Auszug aus der VLCA-Sendung von Overlord Magnan Domitius Gracchi an Vizeadmiral Graffen, Trothanisches Strafbataillon, 9. August A.I. 6830.

Die imperiale Flotte versammelte sich.

Fünf Tage waren seit Kendrics Gespräch mit Vizeadmiral Graffen vergangen, und in dieser Zeit waren die tausend Schiffe der imperialen Flotte herangekommen und hatten ihren Griff um Trothas V verstärkt.

Diejenigen Rebellenschiffe, die nicht unmittelbar nach der Schlacht mit der KessRith-Flotte entkommen waren, wurden geentert und vor den Kanonen der TOG-Kriegsschiffe zurück in den Orbit um Trothas eskortiert. Ihre Besatzungen wurden in die Hauptstadt Lanathippes gebracht, während die wenigen Rebellenführer, die aufzufinden waren, an Bord eines der imperialen Schlachtschiffe von der Größe eines Berges gebracht wurden, die langsam in ihrer hohen Umlaufbahn um die eroberte Welt kreisten.

Die Anführer der Gegenrevolution auf Trothas hatten inzwischen begonnen, ihre Welt wiederaufzubauen.

Overlord Magnan Domitius Gracchi stand am Geländer des Laufsteges über der Brücke von Vizeadmiral Graffens Flaggschiff, der *Imperatrix*.

Unter ihm arbeiteten die 200 Männer und Frauen von Graffens Brückencrew an ihren Konsolen und bemühten sich, wie Gracchi mit einem inneren Lächeln dachte, seine Anwesenheit zu ignorieren. Gracchis roter Mantel wirbelte auf, als er den Laufsteg entlangschritt, und die goldenen Stickereien entlang des Saumes gaben das Licht der Deckenlampen als einen Funkenregen wieder. Bildschirme säumten sowohl die schmalen vorderen Schotts wie auch die beiden langen, leicht gebogenen Schotts an Steuerbord und Backbord. Trothas war als schlanke weiße Sichel steuerbord erkennbar. In alle Richtungen um die *Imperatrix* und Tausende Kilometer in den Weltraum hinein warteten die Schiffe der Vereinigten Imperialen TOG-Flotte auf seine Befehle.

Overlord Gracchi war nicht völlig glücklich. Die Operation war gut genug verlaufen und hatte den Sieg bei überraschend wenigen Verlusten für die Flotte gebracht. Doch der völlige Zusammenbruch der Rebellion und die Kapitulation des Planeten waren nicht im Plan vorgesehen gewesen! Ebensowenig hatte sich die Angelegenheit mit Severno und Fraser, dem Gälen, planmäßig abgespielt. Tatsächlich war es das Scheitern des einen kleineren Planes gewesen, das zum Mißlingen des zweiten, größeren Planes geführt hatte – eine Ironie, die Gracchi nicht entging. Wenn Severno überlebt hätte, wäre seine Aufgabe im Plan erfüllt worden. Das hätte Fraser an der vorzeitigen Zerschlagung der KessRith-Flotte gehindert, die zur Kapitulation von Trothas V geführt hatte! Dieser doppelte Rückschlag mochte sich als schwierig auszugleichen erweisen. Man konnte nicht leichtfertig das Bild eines leibhaftigen Helden beschmutzen, zumindest nicht, solange dieser noch lebte.

Vizeadmiral Graffen trat neben Gracchi und unterbrach dessen Gedankengänge.

»Alle unsere Leute haben den Planeten verlassen, Overlord«, sagte Graffen. »Wie Sie befohlen haben. Die letzte Fähre hat vor wenigen Minuten die Umlaufbahn erreicht.«

»Sehr gut. Teilen Sie Ihrem Kommunikationsoffizier mit, daß ich mich an die Vereinigte Flotte wenden werde. Informieren Sie mich, wenn das Kommunikationsnetz geöffnet und bereit ist.«

»Ja, Overlord.«

Gracchi wandte sich um und betrachtete die Ansammlung von Brückenmonitoren und die versammelte Macht der Terranischen Flotte. Es war gerade eben möglich, daß noch etwas von der Situation zu retten war. Dafür würde er sich auf einen Provinzler verlassen müssen, was ihm zutiefst mißfiel. Schlimmer noch: Navarchos Frasers Aktionen hatten sich als überaus unvorhersehbar erwiesen.

Commander Morganen stand am Geländer neben Kendrics Platz und überschaute den umfriedeten Teil der Brücke. Er war besorgt. Zu seinen Pflichten hatte es gehört, die Einträge aus Commodore Severnos persönlichem Logbuch als Teil des Abschlußberichtes über die Rolle der Gälischen Schwadron in der Schlacht um Trothas V zusammenzustellen. Er konnte sich noch immer an die Kälte und an das Zittern in seinen Händen erinnern, als er die Logbuchdatei des Commodores geöffnet und dort die Verdammung des Navarchos Kendric Fraser gelesen hatte.

Fraser ist aufsässig, ungehorsam und illoyal, sagte der Bericht. *Ich habe angeordnet, ihn seines Kommandos zu entheben, und den Befehl für die Dauer dieser Aktion ausgesetzt.* Das Logbuch hatte weiterhin spezifische Angaben enthalten, wie die Abfangjäger des Schlachtschiffes den Auftrag erhalten hatten, die Schwadron nach vorn abzuschirmen, und wie Kendric diese Befehle ohne Befugnis abgeändert hatte. Das allein würde ausreichen, um Kendric mit einem halben Dutzend Anklagepunkte vor ein Kriegsgericht zu bringen.

Morganen verstand seine eigenen Aktionen noch immer nicht vollständig. Als er zum ersten Mal auf dem Bildschirm den verdammenden Bericht las, fand er sich völlig auf der Seite des Mannes wieder, von dem er immer als demjenigen gedachte hatte, ›der mir Cara weggenommen hat‹. War es, weil er Fraser die Schwadron hatte so kompetent in die Schlacht führen sehen? Oder gab es eine tiefere Ursache, ein Gefühl, daß sie trotz allem die gleiche Kultur, die gleiche Heimatwelt in einem Universum teilten, das beidem oft feindselig gegenüberstand?

Morganen hatte den Knopf gedrückt, der die Dateien des Commodore löschte. Als er später seinen Abschlußbericht überreichte, hatte er erklärt, daß ein Energieverlust und ein Systemversagen auf der Flaggbrücke zur völligen Zerstörung sämtlicher Computerdateien, einschließlich des Logbuchs des Commodore, geführt hatten. Bislang hatte niemand diese Erklärung in Frage gestellt, obwohl Kendric Morganen seltsam angeschaut hatte, als er vom Verlust von Severnos Logbuch erfuhr. Die speziellen Computerdateien für solche Aufzeichnungen sollten eigentlich selbst dann erhalten bleiben, wenn das Schiff zerstört wurde.

Diese Erfahrung hatte Morganen zudem eine neue Sicht seiner selbst verliehen. So sehr er die Imperialen immer gehaßt hatte, dies war das erste Mal, daß er etwas gegen sie unternommen hatte. Es machte ihn auf gewisse Weise stolz, wenn er auch Angst vor dem hatte, was im Falle einer Entdeckung seiner Tat geschehen mochte. Die Imperialen könnten sogar annehmen, daß Kendric Morganen dazu gebracht hatte, und auch ihn anklagen.

Verdammt sollten die Imperialen sein! Was würde als nächstes geschehen?

»Wir empfangen eine Nachricht«, meldete Munro von der Kommunikationskonsole der *Warrior*. Er schaute überrascht auf, und sein Blick traf den Kendrics über die Brücke hinweg. »Overlord Gracchi, Captain, an

Bord der *Imperatrix*. Er hält eine allgemeine Ansprache an die Vereinigte Flotte.«

Kendric rutschte im Kommandosessel hin und her. Er hatte seit seiner Rückkehr auf die *Warrior* wenig gesagt oder getan. Trothas V und die fünfundzwanzigtausend Ermordeten lasteten noch immer mit stumpfer Schwere auf seiner Seele. »Leiten Sie es auf das Intercom«, sagte er schließlich.

Er spürte, daß Lenard Morganen neben ihm stand, und schaute auf. Der Ausdruck auf dem Gesicht des Ersten Offiziers wirkte beunruhigt.

»Probleme, Nummer eins?«

Morganen sah aus, als ob er etwas sagen wollte, und änderte dann seine Meinung. Er schüttelte seinen Kopf in einer kurzen, scharfen Verneinung: »Nein, Captain.« Die Augen des Ersten Offiziers glitten zum Brückenmonitor. Die versammelte Flotte wurde in Hunderten von Computerbildern dargestellt, farblich nach Schwadron und Einheit unterschieden und mit kleinen Identifikationsschildern versehen. Vor dem glänzenden blauweißen Hintergrund von Trothas wirkte es, als würde eine Flottenparade abgehalten.

»Männer der Vereinigten TOG-Flotte!« Overlord Gracchis Stimme war ebenso schwer wie das Gewicht auf Kendrics Seele und genauso dunkel. Kendric erschauerte, als es ihm kalt den Rücken hinunterlief. »Ihr mutiger Einsatz hat der Trothas-Rebellion das Rückgrat gebrochen! Gut gemacht!

Eines bleibt jedoch zu tun: Der Ursprung dieses Krebsgeschwürs der Rebellion in unserer Galaxis muß beseitigt, muß mit Stumpf und Stiel ausgerottet werden!«

Kendric wechselte Blicke mit Morganen. Wollte der Overlord ankündigen, daß sie nun die KessRith angreifen würden? Es schien offensichtlich, daß die Zentauroiden in irgendeiner Form für das verantwortlich waren, was sich auf Trothas abgespielt hatte.

»Ich wende mich an die loyalen Männer und Frauen der Vereinigten Flotte«, fuhr Gracchis Stimme fort. »Nun, da ich spreche, sind die letzten unserer Leute zu unserer Flotte in der Umlaufbahn zurückgekehrt. Exakt um 1700 Uhr Standardflottenzeit, wird die Vereinigte Flotte ihre Waffen auf die Rebellenwelt richten und sie vollständig zerstören.

Alle Waffenoffiziere der Flotte werden den Zugang zu ihren Konsolen öffnen. Die *Imperatrix* wird die Ziel- und Akquisitionsdaten zu den einzelnen Feuerleitcomputern übertragen. Das ist unverzüglich auszuführen.«

An den Feuerkontrollkonsolen unter und vor sich sah Kendric Lee Fairfax sich umdrehen und herüberschauen, die Augen weit aufgerissen vor Entsetzen und Unsicherheit. Überall auf der Brücke wurden Stimmen laut, einige davon so laut, daß Kendric einzelne Stellungnahmen verstehen konnte.

»Das können sie nicht tun!«

»Ich dachte, die Rebellen hätten kapituliert!«

»He, was ist mit den Trothanern, welche die Rebellion niedergeschlagen haben? Sie können die nicht alle evakuiert haben!«

»Ruhe auf der Brücke!« Kendric bellte den Befehl und verstummte dann in der sich plötzlich ausbreitenden Stille, um weitere Worte verlegen. Was sollte er diesen Männern sagen – seiner Mannschaft, seinen Landsleuten? Daß sie von dem Gedanken entsetzt waren, eine bewohnte Welt zu vernichten, stand ihnen allen ins Gesicht geschrieben. Kendric versuchte, in seinem Gesichtsausdruck nicht den weiteren Schock für seinen Seelenfrieden zu verraten, daß es seine Verantwortung sein würde, diesen Befehl auszuführen.

Munro brach als erster das Schweigen. »Captain! Ich empfange viele Sendungen von den anderen Schiffen unserer Schwadron. Sie erbitten die Bestätigung des letzten Befehls. Einige wünschen die Erlaubnis, sich aus der Linie zurückziehen zu dürfen.«

Kendric berührte sein Kehlkopfmikrophon. »Sag ihnen, sie sollen in der Leitung bleiben, Alec, und auf meine Befehle warten.«

Seine Gedanken kreisten. Seine erste Sorge hatte der eigenen Mannschaft und den Besatzungen der Gälischen Schwadron zu gelten, doch das dringlichere Problem schob diese Sorgen beinahe sofort zur Seite. Was sollte er tun? Er kämpfte noch immer mit der überwältigenden Schuld, der Verantwortliche für den Tod Tausender Zivilisten gewesen zu sein. Nun verlangte dieser Terranische Overlord, daß er und seine Leute am Massaker an Millionen weiterer teilnahmen. Millionen!

Kendric drückte einen Kontrollknopf an seiner Konsole, der den Hauptbildschirmn mit dem Feuerleitsystem verband. Worte und Zahlen wurde abgespult, als die *Imperatrix* Zieldaten in die Feuerleitcomputer der *Gael Warrior* übertrug. Seine Augen verengten sich, als er Zahlen in Bilder übersetzte. Nukleare Angriffe würden jede Stadt, jedes größere Bevölkerungszentrum in radioaktive Schlacke verwandeln. Jedes Schiff in der Flotte sollte zu dem Bombardement beitragen, Tausende von Hauptwaffen und Primärbatterien sollten zusammenwirken, um einen unaufhaltsamen Energiesturm zu erzeugen, der die Meere von Trothas V verkochen lassen, jede Spur von Vegetation in Brand setzen und die Atmosphäre selbst in überhitzte Gase verwandeln würde, die sich in den Weltraum verflüchtigten. Es wurde geschätzt, daß ein vierzehnstündiges Bombardement ausreichen würde, um Trothas V zu einer sterilen Wüste zu machen, und daß ein zweitägiges Bombardement die Welt in rotglühende Schlacke ohne Luft und Wasser verwandeln würde.

So etwas war bereits getan worden. Auf der Akademie hatte Kendric von ähnlichen Fällen gehört. General Ivanolo Buntari – später Caesar Buntari – war gezwungen gewesen, als Teil seines erfolgreichen Kriegszuges gegen das Reich der KessRith die Welt Durmella zu zerstören. Es gab Zeiten, in denen solche drastischen Maßnahmen notwendig waren.

Aber warum war es hier und jetzt notwendig? Trothas V hatte kapituliert! Es war unter der Kontrolle von Menschen, die loyal zum TOG standen, Menschen, die gekämpft und sich geopfert hatten, um die Rebellen zu besiegen und die loyalistische Planetenregierung wiederherzustellen!

Die Befehle eines vorgesetzten Offiziers in Frage zu stellen war nicht nur ein Bruch mit den militärischen Gepflogenheiten, es war falsch ... und unverantwortlich. Ein Offizier der Imperialen Raumflotte mußte annehmen, daß seine Vorgesetzten mehr über das große Geschehen wußten als er, daß sie Fakten und Zahlen besaßen, die über den Gesichtskreis eines schlichten Schiffscaptains oder Schwadronskommandanten hinausgingen. Wenn dieser Vorgesetzte ein Overlord des TOG war, war das Anzweifeln seiner Befehle nicht mehr unverantwortlich, sondern hochverräterisch. Ein Overlord war der persönliche Repräsentant des Caesaren selbst. Nicht einmal Flottenadmirale standen über seinen Gesetzen.

Doch eine Welt und Hunderte Millionen ihrer Bewohner ohne einen Grund zu vernichten ... Welches Verbrechen konnte eine solche Zerstörung rechtfertigen? Einen Planeten zu Asche zu verbrennen, ein Massenmord auf planetarischem Niveau, wenn der Planet bereits kapituliert hatte und offen und wehrlos vor den Kanonen der Flotte lag ... Das war monströs ... unbegreiflich. Es widersprach auch vollständig Kendrics Vorstellung vom Terranischen Overlord Government und wofür es stand.

Er blickte rasch auf die Chronometeranzeige an seiner Konsole. Es blieben nur fünfzehn Minuten, bis der endgültige Feuerbefehl gegeben werden würde. Auf dem Hauptmonitor der Brücke begannen sich die farbigen Lichter und Symbole in Erwartung des Angriffs auf den Planeten unter ihnen bereits neu anzuordnen.

»Kommunikationsoffizier! Öffnen Sie eine Verbindung zur *Imperatrix*. Erbitten Sie einen Konferenzkanal zu Overlord Gracchi.«

»Zu Befehl, Sir.«

»Verbinden Sie ihn nur mit meiner Konsole.«

»Zu Befehl, Captain.«

Die Minuten verstrichen ohne eine Nachricht vom imperialen Flaggschiff. Was sollte er tun? Was konnte er tun? Den Befehl des Overlords zu mißachten war Verrat. Um seines Schiffes und der Schwadron willen so zu handeln, machte die Offiziere und Mannschaften der *Gael Warrior* und jedes Schiffes in seiner Schwadron ebenfalls verantwortlich für seinen Verrat.

Doch zu gehorchen ...

Trothas V drehte sich unter den Kielen der Flotte in friedlicher blauweißer Schönheit. Alec Munro meldete normalen Funkverkehr auf der Oberfläche. Sie wußten es nicht! Ihre Welt stand nur Augenblicke davor, zu lebloser Asche verbrannt zu werden, und sie wußten nichts davon!

Konnte er ihnen eine Nachricht schicken? Kendric mußte den Gedanken schnell aufgeben. Was sollte das nützen? Trothas V hatte keine Raumflotte und keine einzige noch funktionsfähige Boden-zu-Orbit-Rakete mehr. Die Welt war hilflos, und nichts, was Kendric tun konnte, würde etwas daran ändern.

Was dann? Die Flotte angreifen? Als der Gedanke am Rande seines Bewußtseins erschien, fand er ihn abstoßend. Über Jahre hinweg hatte er sich als Imperialen Offizier gesehen. War der äußere Anstrich eines loyalen Kämpfers im Dienste des Caesar Julianus zu dünn? Vielleicht waren die Sticheleien und Kränkungen gegenüber Neulingen und Provinzlern tatsächlich wohlbegründet. Außerdem war es lächerlich zu glauben, daß zehn Schiffe beim Angriff auf tausend etwas ausrichten konnten.

Nun denn – greifen wir die *Imperatrix* an. Vielleicht konnte die Flotte in Verwirrung gestürzt werden …

Kendric führte die Hände zum Gesicht und preßte sie gegen die Augen, die brannten, als ob sie sich bald mit Tränen füllen würden, und atmete in kurzen, flachen Zügen. Die eigenen Schiffe anzugreifen war keine Lösung, selbst wenn ein so weithergeholter Versuch glücken könnte. Kendric ließ die Hände sinken und legte sie geöffnet in seinem Schoß, während er vor sich hinstarrte. Mit überwältigender Klarheit erkannte er, daß er so hilflos wie die Welt voller Menschen unter ihm war. Es gab nichts, was er tun konnte, um die Ermordung dieser Leute zu verhindern. Er konnte nur entscheiden, ob er an diesem Greuel teilnehmen oder den Befehl verweigern und dadurch sich und seine Untergebenen zu Verrätern machen sollte.

Sein Bildschirm gab ein warnendes Piepen von sich und verschmolz dann zu den hageren, trockenen Zügen von Overlord Gracchi.

»Was ist, Gäle? Ich habe nicht viel Zeit.«

»Eure … Exzellenz«, begann Kendric unsicher. Was sollte er sagen? »Ich muß … Ich muß voller Respekt Ihren Befehl ablehnen, auf Trothas V zu schießen.«

Kendric war nicht sicher, welche Reaktion seine Worte bei dem Overlord hervorrufen würden – Zorn, Toben oder gelangweilte Gleichgültigkeit. Was er nicht erwartet hatte, war das scharfe Glitzern in Gracchis Augen und die Weise, wie er sich näher zum Monitor beugte. »Erzählen Sie mir mehr, Captain«, forderte ihn der Admiral auf.

»Exzellenz, Trothas V hat kapituliert. Die Rebellion ist niedergeschlagen, die Rebellenführer sind von loyalistischen Trothanern gestürzt worden. Sie können nicht … Sie können nicht wirklich diese Leute und ihre Welt verbrennen wollen. Das wäre nicht richtig.«

»Sie haben ein eigenartiges Verständnis des Wortes ›richtig‹, Provinzler«, sagte Gracchi. »Sie sind sich dessen bewußt, daß ich mit der Autorität Caesars selbst spreche?«

»Ja, Exzellenz.«

»Ich befehle Ihnen und Ihrer Schwadron, meine Befehle zu befolgen und wie angeordnet an dem Angriff teilzunehmen.«

Kendric richtete sich in seinem Kommandosessel auf. Er erkannte nun den vernichtenden Ernst in Overlord Gracchis Gesichtsausdruck und Stimme. Sein eigenes Kommando, vielleicht sein Leben, war nun verwirkt. Er wußte das, er wußte es so sicher, als ob er den Overlord bereits den Befehl hätte sprechen hören. Er konnte in dem Gesichtsausdruck auch keine Hoffnung für Trothas V erkennen. Dieser unglückliche Planet war dem Untergang geweiht, egal, was er, Kendric, sagte oder tat.

»Eure Exzellenz, zeichnen Sie diese Unterredung auf?«

»Darauf können Sie sich verlassen, Gäle.«

»Dann möchte ich für das Protokoll feststellen, daß ich Ihren Befehl zurückweisen muß, am Angriff auf Trothas V teilzunehmen. Ich übernehme die volle Verantwortung für diese Entscheidung und stelle für das Protokoll fest, daß die Männer unter meinem Befehl keinen Anteil an dieser Entscheidung haben. Ich befehle ihnen, nicht an dem Angriff teilzunehmen …«

Der Overlord schien das zu überdenken. »Ihre Verantwortung wird von einem Kriegsgericht festgestellt werden, Gäle. Bei Ihrem Kriegsgerichtsprozeß. Geben Sie mir Ihren Ersten Offizier.«

Lenard Morganen trat auf Kendrics Zeichen hin vor. Als Kendric aufstand, um ihn im Kommandosessel Platz nehmen zu lassen, nahm er Morganens Ellenbogen und flüsterte in sein Ohr, direkt unterhalb des Aufnahmebereiches des Kommunikators seiner Konsole:

»Was immer er sagt, stimmen Sie zu. Machen Sie sich keine Sorgen ... sondern tun Sie, was er Ihnen befiehlt.«

Morganen setzte sich in den Kommandosessel und lehnte sich zum Kommunikationsbildschirm vor; er war offensichtlich verwirrt. Er hatte nichts von Kendrics Unterredung mit dem Overlord mitbekommen.

»Sie sind der Erste Offizier der *Gael Warrior?*« verlangte Gracchi zu wissen.

»Ja, Exzellenz. Pluiarchos Lenard Morganen, *ad tuum imperatum.*«

»Aufgrund seines willkürlichen Ungehorsams gegenüber rechtmäßigen Befehlen, die im Namen von Caesar Julianus durch Caesars persönlichen Repräsentanten erlassen wurden, wird Navarchos Fraser hiermit unverzüglich seines Kommandos enthoben. Pluiarchos Morganen, ich befehle Ihnen, das Kommando sowohl über das imperiale Schlachtschiff *Gael Warrior* als auch über die Schwadron des Gälischen Reiches zu übernehmen. Kendric Fraser ist sofort unter Arrest zu stellen und für ein Kriegsgerichtsverfahren nach meinem Belieben zurückzuhalten. Sie werden persönlich die Befehle geben, um Ihre Schwadron für ihren Teil am Angriff auf Trothas V in die Position zu bringen, die angeordnet wurde.«

Morganen schaute auf. Sein vorstehender Kehlkopf tanzte auf und ab, als er schluckte. »Ich ... Äh ...«

Außerhalb des Blickfeldes der Konsolenkamera schaute Kendric Morganen in die Augen und nickte heftig. Seine Lippen formten die lautlosen Worte: »Stimmen Sie zu.«

»Ich ... Ich ... Zu Befehl, Exzellenz. Zu Ihren Diensten!« Seine Augen bettelten um eine Erklärung von Kendric, bis er den Blick losriß und wieder den Overlord auf dem Konsolenmonitor anschaute. »Sofort, Exzellenz! *Gael Warrior,* Ende!«

Die Verbindung wurde unterbrochen, und Morganens Augenbrauen stießen über der Nase zusammen. »Was zum Teufel, verdammt …«

»Verzeihung, Nummer eins.« sagte Kendric leichthin. »Oder besser, Captain. Ich stehe nun unter Arrest.«

»Und mir haben Sie so lässig dieses Problem in den Schoß geworfen? Dankeschön für – verdammt noch mal – gar nichts! Ich wollte nie etwas mit dem verfluchten Imperium zu tun haben, und jetzt …!« Morganens Stimme war zu einem Schreien geworden, und das dumpfe Gemurmel der Gespräche auf der Brücke wich einer tödlichen Stille. Jedes Gesicht auf der Brücke, so schien es, hatte sich ihnen zugewandt, um die Szene auf dem erhöhten Podest der Kommandokonsole zu verfolgen.

Kendric winkte dem Marinesoldaten, der am Durchgang zwischen der Brücke und dem Hauptgang nach achtern Wache stand. »Wache!« bellte Kendric. Seine Stimme war scharf und barg eine Autorität, die wenig zu dem wilden Blick in seinen Augen paßte.

Der Marinesoldat blieb mit zwei Schritten Abstand stehen und salutierte. Kendric erwiderte den Salut und streckte dann seine Hand aus. »Wache, Ihre Waffe, bitte!«

Der Marinesoldat zögerte verwirrt. Offensichtlich hatte er den lauten Wortwechsel zwischen dem Captain und dem Ersten Offizier des Schiffes verfolgt, doch er konnte nichts von dem Gespräch mit Gracchi gehört haben. Die Neigung seines schweren Helmes zeigte, daß er die Vernunft hinter Kendrics Worten abwog.

»Nun, Soldat. Ihre Waffe! Das ist ein Befehl!«

Beinahe widerwillig zog der Marinesoldat seine Waffe, eine allgemein übliche Mark XXIV-Laserpistole.

Kendric streckte die Hand aus und entriß die Waffe dem Griff des Mannes. Die Pistole war alt und abgenutzt, ihr harter Kolben lag schwer in seiner Handfläche. Er langte mit der freien Hand empor und öffnete sein Kehlkopfmikrophon: »Munro, hier spricht Kendric Fraser. Auf meinen Befehl werden Sie die Brücke abschotten. Jetzt.«

Zischend schloß sich die Tür zum Hauptgang, und das leichte Ploppgeräusch, das folgte, zeigte Kendric, daß die Tür nun druckgeschützt war. Eine Gruppe Marinesoldaten mit Handflammern und Schneidbrennern würde eine Stunde brauchen, um sich durch die massive Panzerung zu brennen, welche die Brücke im Kampf beschützte.

»Gut. Nun legen Sie mich auf die Brückenlautsprecher.« Als er weitersprach, konnte Kendric seine Worte über die ganze Brücke hallen hören. »Hier spricht Fraser. Ich bin meines Kommandos enthoben worden. Der Erste ist zum neuen Kommandanten gemacht worden. Aber ich habe das Kommando über die Brücke übernommen – hiermit!« Er schwenkte die Pistole in seiner Hand, ihre schwarze Mündung direkt auf die Decke der Brücke gerichtet. »Sie werden abwarten und nichts tun, bis ich etwas befehle. Lieutenant Munro, würden Sie bitte eine Eintragung ins Brückenlogbuch vornehmen? Notieren Sie die Zeit und die Tatsache, daß ich die Brücke der *Gael Warrior* mit Gewalt übernommen habe.«

Er blickte rasch über die Brücke und traf überall auf Mienen der Überraschung und Verwirrung. Gott sei Dank ist die Brückenmannschaft in der Regel unbewaffnet, dachte er, oder ich hätte nicht einmal das hier versuchen können.

Er blickte wieder auf den Chronometer. Sekunden verstrichen, während er zuschaute. Nach Flottenzeit war es 1700 Uhr.

Auf dem Brückenbildschirm wurde die Dunkelheit durch ein weißes Gleißen ersetzt, als Schiff um Schiff das Feuer eröffnete, in einem Bombardement, das mit der aufblitzenden Brillanz seiner schieren Energie am Gewebe des Weltalls zu reißen schien.

»Munro! Zustand der anderen Schiffe der Schwadron!«

»Sie erwarten Ihre Befehle, Sir! Ihre letzte Anordnung war, auf Ihren Befehl zu warten.«

»O.K. Melden Sie an alle Schiffe der Gälischen Schwadron: Feuer zurückhalten. Gruppieren Sie sich um die *Gael Warrior* und bereiten Sie sich auf Manöver vor. Alle Schiffe sollen jeglichen Funkverkehr von anderen Quellen als der *Gael Warrior* ignorieren, auf Befehl des Navarchos Kendric Fraser. Tragen Sie die Befehle ins Logbuch ein und fügen Sie hinzu: Unter Gewaltandrohung abgefaßt.«

Aus den Augenwinkeln nahm Kendric eine Bewegung wahr und schwenkte die Pistole zu dem Marinesoldaten herum, der vorsichtig das Energiegewehr von der Schulter in eine besser zugängliche Position hinuntergleiten ließ. »Legen Sie es fort, aufs Deck«, befahl er. »Nun treten Sie hinüber ... dorthin. Nummer ... Ich meine, Captain, ich schlage vor, Sie bleiben im Kommandosessel. Schließlich sind Sie ja der Captain.«

Morganen schüttelte langsam den Kopf. »Ich hoffe wirklich, daß Sie, zum Teufel, wissen, was Sie tun.«

»Das hoffe ich auch, Lenard. Steuer! Bringen Sie uns auf einen neuen Kurs. Führen Sie uns von der Flotte fort, bei langsamer Geschwindigkeit.« Das Donnern des Antriebs der *Warrior* ließ das Brückendeck sanft erzittern. Langsam, majestätisch, neigte sich das Schlachtschiff nach steuerbord und begann sich von der Flotte zu entfernen. Die anderen neun Schiffe der Schwadron glitten hinter ihm in einer langen unregelmäßigen Formation.

Kendric erwartete eine Nachricht des Overlords, aber es dauerte nahezu zwanzig Minuten, bevor Munro meldete, daß der Overlord mit ihm sprechen wollte. Er beugte sich über Morganens Schulter vor die Komm-Kamera, als Gracchis dunkle Züge ins Bild kamen.

»Sie unterschreiben gerade das Todesurteil für sich und Ihre Männer, Fraser«, sagte Gracchi.

»Bei allem Respekt, Exzellenz, nein.« Er hielt die Laserpistole hoch, ihre Mündung nahe an Morganens Schläfe. »Wie Sie sehen können, habe ich das Kommando über die *Gael Warrior* übernommen ... und ich habe Befehle erlassen, um den Rest der Schwadron aus dem Geschehen zu halten.«

»Dafür werden Sie sterben, Fraser.« Die Worte klangen nüchtern, sachlich, und nur das tödliche Glitzern in Gracchis Augen verriet seine Gefühle.

»Vielleicht. Wie Sie sagen, Exzellenz, ist es an einem Kriegsgericht, das zu entscheiden. Aber Sie werden meine Männer nicht der Meuterei anklagen können.« Er wedelte wieder mit der Pistole. »Nur mich.«

Gracchi unterbrach die Verbindung ohne eine weiteres Wort, und Kendric starrte nur mehr auf einen leeren Bildschirm.

Er gab weitere Befehle. Er befürchtete halb, daß Gracchi der Flotte befehlen würde, ihre Waffen auf die Gälische Schwadron zu richten. Falls das geschah, wäre Flucht ihre einzige Hoffnung, auch wenn es eine Frage ohne einfache Antworten war, wo sie sich in der Galaxis würden verbergen können.

Dieser spezielle Befehl wurde nie gegeben, und so zog sich die Gälische Schwadron in die Nähe des Mondes Trothas V-c zurück. Hinter ihnen führte der Rest der Flotte das Massaker mit einer brutalen, methodischen und bedingungslosen Wildheit aus, die Kendric Fraser nie für möglich gehalten hätte.

Die imperiale Flotte ließ sie ziehen. Diese Schiffe hatten andere Aufgaben, als die Manöver einer einzelnen abtrünnigen Schwadron zu beachten. Stunde um Stunde umkreisten die dichten Linien der Schiffe Trothas V, während ihre Laserstrahlen mit Gigajoule um Gigajoule gleißender Energie durch die oberen Luftschichten der Welt rasten. Die Städte auf Trothas V verschwanden in den ersten Momenten des Angriffs, als thermonukleare Sprengköpfe explodierten. Schockwellen und Feuerbälle fegten die zerbrechlichen Errungenschaften der Zivilisation fort und ließen flammendes Entsetzen und Tod zurück.

Am Himmel stiegen kochende Wolken auf, verdeckten die Sonne und das helle Gleißen der kreisenden Flotte. Wälder verbrannten ... und Häuser, die fern genug von den Städten lagen, um deren Zerstörung zu entgehen. Auf Trothas' Nachtseite brannte der Himmel taghell.

Es war wahrscheinlich, daß nach den ersten zwei Stunden des Bombardements nirgendwo auf dem Planeten mehr menschliches Leben existierte. Nach weiteren vier Stunden war es statistisch unwahrscheinlich, daß es noch Leben irgendwelcher Art irgendwo auf der Welt gab, außer in den Tiefen der Meere, die noch nicht zu kochen begonnen hatten.

Overlord Magnan Domitius Gracchi setzte das Bombardement für die vollen vorgeschriebenen vierzehn Stunden fort. Gegen Ende dieser Zeit war Trothas V ein beinahe völlig kahler Felsen unter einer undurchdringlichen Decke aus rollenden schwarzen Wolken. Es gab noch Wasser auf der Oberfläche an Orten, wo einst Meere gewesen waren, und es gab immer noch eine Art Atmosphäre, doch die ganze Oberfläche war mit brutaler Gründlichkeit zur Sterilität verbrannt worden. An vielen Stellen leuchteten die Felsen in düsterem Rot, und geschmolzener Fels floß in trägen Strömen, wo sich die Einschläge der Laserstrahlen konzentriert hatten. Krater breiteten sich aus, wo einst Städte standen. In einem unheimlich lebendigen Licht leuchteten sie auf der Nachtseite des Planeten, schienen auf der Tagseite trügerisch sauber und leer in der Mitte neuer Wüsten zu liegen. Wäre der Angriff für einen oder zwei Tage fortgesetzt worden, wären die letzten Meere des Planeten verdunstet, und die Atmosphäre selbst hätte sich in den Weltraum verflüchtigt.

Overlord Gracchi war zufrieden. Sein Ziel war erreicht, seine Mission ein Erfolg.

Ein vollständiger Erfolg, in jeder Hinsicht. Als das Bombardement vorbei war und er seine Aufmerksamkeit wieder den zehn Schiffen zugewandt hatte, die Trothas größten Mond umkreisten, erfuhr er, daß Kendric Fraser die Waffe zurückgegeben hatte, die Stunden zuvor dem Marinesoldaten abgenommen worden war, und sich in strengen Arrest hatte nehmen lassen.

Ja, die Mission hatte sich schließlich als ein kompletter Erfolg erwiesen!

14

Die Traditionen des militärischen Kriegsgerichtes haben mehr oder weniger unverändert zumindest fünftausend Jahre Militärgeschichte überdauert. Der Angeklagte steht vor einem Gremium aus fünf Offizieren, die seine Aussage und die Aussagen der Belastungs- und Entlastungszeugen anhören. Dieses Gericht kann von einem imperialen Justizoffizier, dem kommandierenden Offizier einer Flotte oder Schwadron oder von einem imperialen Overlord als Vertreter Caesars selbst einberufen werden. In vieler Hinsicht sind es Traditionen wie diese, die das Reich der Menschheit zusammenhalten.

– Die Imperiale Raumflotte: Tradition und Ehre,
Dr. Horace H. Jablonski, Verlag der Universität von Neu Rom, Terra, A.I. 6758.

Der Pomp und die zeremonielle Majestät eines Kriegsgerichtes der Raumflotte beschworen jahrtausendealte Marinetraditionen herauf. Als Wiederbelebung einer der altehrwürdigsten Überlieferungen der Zeremonie gab der Angeklagte sein Galaschwert zu Beginn der Sitzung ab. Wenn er zum Gerichtssaal zurückkehrte, nachdem die Verhandlungen des Gerichtes vorbei waren, zeigte ihm die Lage des Schwertes auf einen Blick, ob die Entscheidung für oder gegen ihn ausgefallen war. Wenn die Richter den Angeklagten für unschuldig befunden hatten, würde das Schwert auf dem Tisch vor den vorsitzenden Offizieren liegen und mit dem Griff auf ihn zeigen, wenn er den Raum betrat. Kendric besaß kein Galaschwert, doch vor der Verhandlung war eines für ihn gefunden worden, damit er es, entsprechend der Sitte, abgeben konnte.

Konferenzraum 3 der *Imperatrix* war ein langes Zimmer mit niedriger Decke, das hastig in einen Gerichtssaal verwandelt worden war, indem man Stühle hinter einem breiten Tisch aufgestellt hatte. Obwohl Kendric wenig Zweifel über den Ausgang der Sitzung hatte, weiteten sich seine Augen leicht, als er durch die Tür trat. Sein Schwert lag auf dem Tisch und wies mit der Klinge direkt auf ihn. Sie hatten ihn für schuldig befunden.

Irgendwie behielt er seine Schritte unter Kontrolle und leistete den korrekten Gruß: *»Ave, Imperator!«*

Vizeadmiral Graffen und vier andere Flaggoffiziere, die Kendric nie zuvor gesehen hatte, saßen hinter dem Tisch, unpersönlich und leidenschaftslos. Overlord Gracchi stand am fernen Ende des Tisches und erwiderte Kendrics Gruß mit einer beiläufigen Handbewegung. Das Rot seines Mantels und seiner Uniform standen in scharfem Gegensatz zum formellen Schwarz und Silber der Flottenoffiziere im Raum.

Gracchi hob einen kleinen Metallhammer auf und schlug eine Glocke, um die Sitzung zu eröffnen. Die Glocke erklang dreimal, wie von den Vorschriften angeordnet. »Das Gericht tagt«, sagte Gracchi mit langsamen und gemessenen Worten. Sein Blick begegnete Kendrics, zeigte aber keine Gefühle, die der Gäle hätte erkennen können. »Navarchos Kendric Ramsay Fraser. Sie sind vor diesem Gericht angeklagt aufgrund zehn spezifischer Punkte des imperialen Militärrechts. Das Gericht hat sowohl für wie gegen Sie Zeugen gehört.«

Diese Behauptung nahm es mit der Wahrheit nicht so genau, da man nicht sagen konnte, daß einer der vom Gericht vorgeladenen Zeugen zu Kendrics Gunsten ausgesagt hatte. Viele – sogar Lenard Morganen – hatten versucht, Kendric mit ihren Aussagen zu unterstützen, indem sie andeuteten, daß es falsch gewesen wäre, an der Bombardierung von Trothas V teilzunehmen. Die Fragen waren jedoch so geschickt gestellt worden, daß wenig Platz für Argumente zu Kendrics Gunsten blieb: Hatte Kendric die Befehle mißachtet, das Feuer auf Trothas V zu eröffnen? Ja. Hatte er eine Waffe gezogen und die Herrschaft über die Brücke an sich gerissen? Ja. Hatte er befohlen, daß sich die Gälische Schwadron vom Rest der Flotte zurückziehen sollte? Ja.

Es konnte keinen Zweifel geben, wie das Urteil ausfallen würde.

»Sind Sie nun bereit, das Urteil dieses Gerichtes zu hören?«

Kendric fand mit einiger Anstrengung seine Stimme wieder: »Ich bin bereit, Exzellenz.«

»Sehr gut.« Gracchi blickte auf eine kleine Computeranzeige, die er in der rechten Hand hielt, und las mit langsamer, monotoner Stimme vor:

»Kendric Fraser, das Gericht befindet Sie schuldig der willentlichen Mißachtung der direkten Befehle eines Repräsentanten Caesar Julianus', zu einem Zeitpunkt, als die imperiale Flotte, in der Sie dienten, im Kampf gegen den Feind lag.

Schuldig der Einmischung in die rechtmäßigen Befehle des besagten Repräsentanten an Elemente der Flotte, während besagte Flotte Kontakt mit dem Feind hatte.

Schuldig der Erteilung unrechtmäßiger Befehle an Elemente der imperialen Flotte, während besagte Elemente Kontakt mit dem Feind hatten.

Schuldig der absichtlichen und fahrlässigen Gefährdung des Lebens der Offiziere auf der Brücke des imperialen Schlachtschiffes *Gael Warrior* mittels einer tödlichen Waffe, während besagtes Schlachtschiff Kontakt mit dem Feind hatte.

Schuldig des bewaffneten Angriffs auf die Person des Marinesergeants Malory Gustav, während besagte Person ihre rechtmäßige Pflicht erfüllte.

Schuldig des bewaffneten Angriffs auf die Person

des imperialen Pluiarchos Lenard Morganen, während besagte Person ihre rechtmäßigen Pflichten als Captain des imperialen Schlachtschiffes *Gael Warrior* erfüllte und während besagtes Schlachtschiff Kontakt mit dem Feind hatte.

Schuldig des unschicklichen Verhaltens für einen Imperialen Offizier und Schiffscaptain.

Schuldig des schädlichen Verhaltens für gute Ordnung und Disziplin.

Schuldig der Feigheit vor dem Feind.

Schuldig der Meuterei.«

Die vielfache Wiederholung des Wortes ›schuldig‹ hing in der Luft, unsichtbar, aber schreckenerregend. Kendric ballte seine Hände zu Fäusten, aber er blieb aufmerksam. Schließlich hatte er sich für diesen Weg entschieden. Seine Alternativen wären gewesen, seine Offiziere und Mannschaft mit sich in den Abgrund zu reißen, in den Tod oder vor das Kriegsgericht – oder an der Bombardierung von Trothas V teilnehmen zu lassen.

Der Gedanke nagte an ihm. Wäre es überhaupt so schlimm gewesen, an der Bombardierung teilzunehmen? Trothas V war auf jeden Fall dem Untergang geweiht gewesen, ganz egal, welche Entscheidung er getroffen hätte.

Nein. Das wäre keine Antwort gewesen. Und auf diese Weise traf die Schande zumindest nur ihn.

Gracchi schaute von der Computeranzeige auf und legte sie dann sanft auf den Tisch. »In all meinen Jahren als Overlord im Dienste Seiner Imperialen Majestät habe ich nie zuvor einen so offenen und verräterischen Akt der Meuterei erlebt. Ihre Aktionen, Mr. Fraser, haben die Ehre eines jeden Offiziers in der Terranischen Raumflotte beschmutzt. Ich brauche nicht hinzuzufügen, daß Ihre Aktionen ein besonders unvorteilhaftes Licht auf die provinziellen Offiziere und Schiffscaptains geworfen haben, die bei der Flotte dienen. Sie haben durch Ihre Meuterei und Ihren Verrat mehr getan, um das Vertrauen zu schädigen, das ihre Offiziersbrüder in die Fähigkeiten und die Loyalität provinzieller Offiziere hatten, als irgendeine Anzahl von Niederlagen im offenen Gefecht hätte verursachen können. Insbesondere haben Sie das Volk der Welten des Sternhaufens entehrt, aus dem Sie kommen, ein Volk, wie ich hinzufügen darf, das sich erst kürzlich beim TOG um die vollen Rechte Imperialer Bürger beworben hat.

Sie, Mr. Fraser, genossen eine besondere, eine geheiligte Position in den Augen des Imperiums. Als Imperialer Raumflottenoffizier hatten Sie das Vertrauen Caesars selbst. Er vertraute Ihnen das Kommando über die Gälische Schwadron an, die nach den Bestimmungen des Vertrages von Kinkaid zugleich eine imperiale Flottenschwadron und ein provinzielles Kontingent ist, eine Vereinbarung, um diesen Männern zu ermöglichen, sich der vollen Bürgerrechte im TOG-Imperium würdig zu erweisen.

Ihre abscheulichen Taten während der Schlacht von Trothas, Mr. Fraser, haben für einige Zeit einen Schatten auf alle Beziehungen des Gälischen Sternhaufens zum Terranischen Imperium geworfen.«

»Exzellenz, ich möchte sagen ...«

»Sie hatten Gelegenheit, etwas zu sagen, Mister!« Zum ersten Mal sprühten Gracchis Augen vor Emotionen. »Ihre Behauptung ... Ihre Verteidigung, wie Sie es nannten, daß ich nicht im Interesse des TOG handelte, war nichts weniger als eine Gegenanklage gegen den Caesar selbst! Ich weiß nicht, wie die militärischen Bräuche im Gälischen Sternhaufen sind, aber im Terranischen Imperium stellen Offiziere – sogar Schiffscaptains und Schwadronskommandanten – nicht die Befehle ihrer Vorgesetzten in Frage oder legen sie nach Gutdünken aus! Und wenn sie Befehle erhalten, greifen die meisten gewiß nicht zu niedrigen und feigen Terrorakten, um sie zu umgehen!«

Er hielt einen Moment inne und holte Atem. Als Gracchi weitersprach, war seine Stimme jedoch wieder gleichmäßig und emotionslos. »Kendric Fraser, Sie wurden in allen zehn Punkten, deren Sie angeklagt sind, für schuldig befunden. Nehmen Sie nun das Urteil des Gerichtshofes entgegen.

Die Höchststrafe für jede der Verfehlungen, deren Sie sich schuldig gemacht haben, ist die Todesstrafe.« Gracchi legte eine Pause ein, während der er sich mit der Zungenspitze über die Oberlippe fuhr. Sein Blick streifte die anderen, neben ihm am Tisch sitzenden Männer.

»Das Gericht berücksichtigt jedoch die in der Vergangenheit errungenen Verdienste des Angeklagten zugunsten des Imperiums – besonders während der Schlacht von Tallifiero. Aus diesem Grund wird die Todesstrafe nicht verhängt. Statt dessen ergeht folgendes Urteil an Sie, Navarchos Kendric Fraser:

Im Namen Seiner Imperialen Hoheit, Caesar Julianus von Terra, verlieren Sie den Rang eines Navarchos, Ihre Stellung als Flottenoffizier sowie sämtliche Privilegien und Zahlungen, die Ihnen aufgrund der Flottenzugehörigkeit zustehen.

Ferner verlieren Sie alle Rechte eines Plebejers gemäß den Gesetzen des *Jus gentium.* Nach den besonderen Bestimmungen des Vertrages von Kinkaid büßen Sie alle Ihre Rechte als Bürger des Gälischen Sternhaufens und jegliches Recht auf Gesuche oder Appelle an das Gälische Parlament ein. Fortan stehen Ihre Person und Ihr Besitz unter der Befehlsgewalt der Gesetze des Imperiums.

Sie werden an Bord dieses Schiffes unter strengstem Arrest stehen, bis Ihr Weitertransport mittels eines anderen, geeigneten imperialen Flottenschiffes geregelt wird.

Bei der ersten sich ergebenden Gelegenheit wird man Sie direkt zur imperialen Kolonie auf Haetai-

Aleph bringen. Dort verbringen Sie den Rest Ihres Lebens als Sklave und werden in den Kristallminen von Haetai-Aleph arbeiten.« Gracchis Hand schnellte vor, ergriff noch einmal den winzigen Hammer, und wieder erklang dreimal hintereinander die Glocke. »Dies ist der Wille Caesar Julianus'. Die Sitzung des Obersten Kriegsgerichtshofes ist geschlossen.«

Von rechts und links schlossen sich Hände um Kendrics Arme, zogen sie grob nach hinten, und er spürte, wie man ihm Handschellen anlegte. Zwei hochgewachsene Marinesoldaten zerrten ihn wortlos herum und führten ihn aus dem Gerichtssaal.

ZWEITES BUCH

15

Zu den wundervollen Dingen des Universums gehören die vielfältigen, ungewöhnlichen Möglichkeiten, zu sterben.

– KessRith-Sprichwort

Der Raum war zwanzig Meter lang und fünf Meter breit, auf dem Boden lag schmutziges Stroh, und er wurde von Fluorfliesen an der Decke erhellt, die niemals abgedämpft oder ausgeschaltet wurden. Man hatte ihn vom Lager des Frachters abgeteilt, und die Decke und das Schott bestanden aus Duraloy-Stahl. Für die Frischluftzufuhr gab es in der Wand vergitterte Schlitze, außerdem befand sich an einem Ende des Raumes eine Schiebetür, um die hin und wieder eintreffenden neuen Gefangenen einzulassen. Als man Kendrics Fesseln gelöst und ihn in den Raum geschoben hatte, hausten dort bereits zweiunddreißig Männer und Frauen. Jetzt, mindestens zwanzig Mahlzeiten später, waren es bereits einundfünfzig.

Mahlzeiten bildeten die allgemeingültige Form der Zeitrechnung, da sie die einzige Möglichkeit boten, die verstrichene Zeit abzuschätzen. In periodischen Abständen begann das Licht zu flackern, und alle Gefangenen sanken zu Boden, um dort – zwar bei Bewußtsein, aber reglos – zu verharren. Kurz darauf öffnete sich dann die Tür, und ein paar Sklaven trugen Eimer mit Nahrung herein. Ein paar Minuten nachdem die Sklaven den Raum verlassen hatten, erlangten die Inhaftierten ihre Kraft und den Gefühlssinn zurück und begannen, wortlos zu essen. Nachdem die Eimer geleert waren, wurden sie als Behälter für Exkremente zur Seite gestellt, um später von denselben Sklaven, die auch das Essen brachten, hinausgetragen zu werden. Das Leben, oder, besser gesagt, die Existenz, verging in perfekter Gleichmäßigkeit und fast völliger Stille. Es gab keine Anfragen, Beschwerden oder Streitigkeiten über das Essen oder einen Schlafplatz am Boden, da alle Gespräche und Geräusche, die über einer unbekannten Mindestlautstärke lagen, die Lichter erneut flackern ließen und die Lähmung hervorriefen. Unfähig, sich mit seinen Mitgefangenen zu unterhalten, blieb Kendric nichts anderes übrig, als sie zu betrachten, wenn sie Schulter an Schulter im Stroh saßen. Einige von ihnen erwiderten sein Interesse, während andere nur schwer ihre Verachtung oder den Haß verbergen konnten. Obwohl seiner Orden und Abzeichen entkleidet, trug er noch immer die schwarze Uniform der Imperialen Flotte. Allem Anschein nach war Kendric, selbst jetzt, nachdem er in Ungnade gefallen war, noch immer ein Repräsentant des verhaßten TOG-Imperiums. Die meisten Mitgefangenen ignorierten ihn. Vielleicht führte auch das immer wieder aufflackernde Licht und die damit verbundene körperliche Taubheit dazu, daß sie sich völlig in sich zurückzogen, vielleicht waren sie aber schon so apathisch, daß sie die Umgebung kaum mehr wahrnahmen.

Kendric fragte sich, wie lange es dauern mochte, bis auch er so betäubt und gleichgültig war.

Die Gefangenen mußten keine Grausamkeiten und Brutalitäten erleiden. Nachdem man Kendric hierhergebracht hatte, waren keine Wächter mehr erschienen. Es gab nur die Mitgefangenen und die Sklaven, die das Essen brachten. Als er von der *Imperatrix* auf das Transportschiff gelangt war, hatte ihn einer der jüngeren Offiziere, dem sein Name und früherer Rang bekannt waren, verspottet. »Aha, noch einer für Haetai-Aleph!« lachte der Mann mit unerschütterlicher

Freude. »Der geht in den Grodberg. Die wunderschönen Kristallbergwerke von Grod! Ein paar Leute haben wirklich mehr Glück als Verstand, was, Larrick?« Ein anderer Offizier meinte grinsend: »Sag mal, Junge, wußtest du, daß die durchschnittliche Lebenserwartung auf Haetai-Aleph zwei Tage beträgt? Vielleicht solltest du das gute Leben hier genießen, solange du es noch kannst.«

Die Gewißheit, daß es den Wächtern völlig gleichgültig war, was mit ihm und den anderen geschah, traf Kendric bedeutend härter als die hinter ihm liegenden Strapazen. Nach der Ankunft einer Ladung neuer Sklaven war diese Tatsache besonders deutlich hervorgetreten. Aufgrund der verräterischen Drehungen und Schwankungen der Schiffsanziehungskraft bemerkte Kendric, daß der Frachter eine Reihe von kleineren T-Raumsprüngen vollführte. Oft wurden nach diesen Sprüngen neue Gefangene eingeliefert, als habe das Frachtschiff ein anderes Schiff getroffen, um die Häftlinge an Bord zu nehmen. Einer der Neuankömmlinge zeigte unverkennbare Zeichen von Leuchttauhitze. Er war jung, ebenfalls ein ehemaliger Flottenangehöriger, was sich an den schmutzigen Resten der schwarzen Uniform erkennen ließ. Die Wachen hatten ihn in die Zelle geschleudert, als habe der Mann um jeden Schritt heftig gekämpft. Sofort sprang er wieder auf, hämmerte an die Tür und brüllte, daß man ihm helfen müsse, da sein Tau knapp würde. Die Lichter flackerten auf, und alle fielen zu Boden. Kaum war die Lähmung vergangen, taumelte er wieder zur Tür, schreiend und kreischend. Der Lärm führte zu drei weiteren Einsätzen des paralysierenden Feldes. Der junge Mann selbst strahlte ebenfalls im hellen Licht des Raumes; die unheimliche, wechselnde Strahlung überzog das Gesicht und den Körper. Dieses Leuchten war eine Abart der Cherenkovstrahlung: sichtbares Licht, das von überlichtschnellen Partikeln ausgelöst wurde, die gegen die Barrieren anstürmten, die den Menschen in der natürlichen Position zu den Hyperdimensionen hielten. Dann schwieg der Mann, bis erneutes Schwanken den Übergang des Schiffes in den T-Raum anzeigte. Es war klar ersichtlich, daß der Gefangene sich dicht vor der Taugrenze befand. Wieder klopfte er gegen die Tür, wieder fiel das Schwächefeld über die Zelle. Anschließend versank der junge Mann in den apathischen, starren Zustand der meisten Inhaftierten. Mahlzeiten kamen und gingen, aber er verharrte in seiner Isolation und nahm nichts zu sich.

Kendric fiel auf, daß die anderen Leute, so gut es in der engen Zelle möglich war, von dem Jungen abrückten. Er fragte sich, ob solche Vorfälle schon früher stattgefunden hatten. Ebensogut wie den anderen im Raum war ihm klar, welches Schicksal dem Neuen bevorstand. *Er* hatte in Grelfhaven T-Raum-Theorie studiert. Obwohl er noch nie jemanden gesehen hatte, dessen Taugrenze erreicht war, hatten die Kadetten in Grelfhaven immer wieder von den schrecklichen Auswirkungen gehört und waren gedrillt worden, ihren Tau im PC festzuhalten und die Zeit zu notieren. Gerade, als Kendric beschloß, etwas unternehmen zu müssen, flackerten die Lichter, die Lähmung ergriff ihn, und die Tür öffnete sich. Die Sklaven brachten das Essen herein. Er kämpfte gegen die Kraft, die ihm das Leben aus dem Körper zog, und keuchte: »Dieser Mann ... vor dem Übergang ... hat geglüht ... Leuchttauhitze ... helft ihm!«

Ein Sklave beachtete ihn nicht, der andere zuckte nur mit den Schultern. Dann sammelten sie die mit Unrat gefüllten Eimer ein und verschwanden.

Jetzt wußte Kendric, daß es den Wächtern völlig gleichgültig war, ob einer der Häftlinge einen gräßlichen Tod starb. Bei Überlichtgeschwindigkeitsreisen waren die vier Raumdimensionen und -zeiten eng mit mindestens acht weiteren Dimensionen verbunden. Die Schiffe und deren Passagiere wurden in diese höheren Felder gebracht, deren niedrigstes Tempo die Geschwindigkeit des Lichts war. Übergänge vom und zum T-Raum waren dabei Aufgabe der mathematischen Beziehung zwischen Zeit und Hyperdimension. Objekte, die sich im T-All bewegten, konnten nicht länger als 700 Stunden dort zubringen, ohne fatale Folgen zu erleiden. Ein Mensch, der dreißig Tage im T-Raum verbrachte, mußte einen Ausgleich erhalten – oder sterben. Für jeden Tag, den er im normalen Weltraum erlebte, gewann er einen zusätzlichen T-Raum-Tag, aber die 700 Stunden bildeten die absolute Obergrenze, die nicht überschritten werden durfte. Das Glühen, das vom Körper des Mannes ausgegangen war, ließ darauf schließen, daß diese Grenze erreicht war. Natürlich hatte man ihm den PC fortgenommen, aber auch so spürte er, daß seine Zeit auslief. Kendric sammelte alle Kräfte und drehte sich um. Die Arme zitterten vor Anstrengung, aber es gelang ihm, sich ein wenig aus dem Stroh zu heben, die Beine zu bewegen und sich hinzuhocken. Die auf dem Boden liegenden Häftlinge beobachteten ihn teilnahmslos. Schwer atmend verharrte Kendric in dieser Position, bis er sich ein wenig kräftiger fühlte. Er stieß sich von der Wand ab und taumelte zur Tür.

»He! Ihr da draußen! Ich weiß, daß ihr mich hört!« brüllte er. Ihm war klar, daß er das Lähmungsfeld erneut auslöste, aber er wollte nicht tatenlos zusehen, wie sich ein Mensch langsam zu Tode quälte. »Hier drinnen ist ein Mann, dessen Tau-Limit überschritten ist ...«

Die Lampen flackerten, und die Welle der Erschöpfung zerrte an Kendric. Er stemmte die Arme gegen die Tür und zwang sich, aufrecht zu bleiben. Unter seinem verschwommenen Blick schien die Tür zu wabern und zu wogen. »Hört mir zu! Es ... nützt doch niemandem, ihn sterben zu lassen!«

Plötzlich schien die Tür hell aufzuleuchten. Es dauerte eine Weile, bis Kendric bemerkte, daß er auf dem Rücken lag und an die Decke starrte. Er war ohnmächtig gewesen. Langsam setzte er sich auf und merkte, daß ihn ein paar Leute anstarrten. Ohne Zweifel machten sie ihn für die erneute Auslösung des Lähmungsfeldes verantwortlich. Alle wichen seinen Augen aus.

Ein dumpfer Schrei erweckte seine Aufmerksamkeit. Der junge Mann hatte sich das Uniformhemd vom Leib gerissen, als stünde es in Flammen. Wieder schwappte eine Welle der Starrheit über die Zelle, aber Kendric blieb an der Wand sitzen, die Augen auf den Jungen gerichtet, der anscheinend keine Auswirkungen der Lähmung mehr spürte. Sein Kopf fiel nach hinten, die Augen traten aus den Höhlen, und ein gequälter, fast tierischer Schrei drang ihm aus der Kehle. Brust und Magen schienen sich aufzublähen, dann unter Krämpfen zusammenzuzucken. Plötzlich fielen Kendric Sätze ein, die er in der Akademie, während des Unterrichtes, gehört hatte.

Schneide ein Dreieck mit ungleichen Schenkeln aus, pflegte ein Lehrmeister zu sagen. *Zeichne die Umrisse auf. Nimm es, dreh es um und lege es auf die Zeichnung. Die Umrisse werden nicht mehr übereinstimmen.* Dieses Beispiel war ein schwacher Vergleich mit dem, was dieser Mensch erleiden mußte, weil er seine Taugrenze überschritten hatte. Der Mann wurde von innen nach außen gestülpt!

Zumindest teilweise ...

Ein Teil von Kendrics Verstand notierte, daß viele Organe des Jungen noch zu erkennen waren. Die Umwandlung hatte nicht in der Zellstruktur stattgefunden. Das Herz war intakt und pumpte, und die Laute, die aus dem roten Schlitz drangen, der einst ein Mund gewesen war, zeigten an, daß auch die Lungen noch Dienst taten. Blut floß in Strömen, der Geruch nach Fäkalien drang durch die Zelle. Am schrecklichsten war die Gewißheit, daß dieser Mensch noch immer am Leben war. Kendric wußte, daß er diesem Leben ein Ende machen mußte, um die entsetzliche Qual zu beenden.

Plötzlich jedoch brach die aufgestaute Energie durch das rohe Fleisch des Körpers; ein Blitz von aktinischer Helligkeit zuckte auf. Zischend verschlang er die einstmals menschliche Fleischmasse, die in weißem Licht und öligem Rauch aufging. Sekunden später war nur noch ein Haufen Asche zu sehen. Das darunterliegende Stroh hatte ebenfalls Feuer gefangen.

Wenn sie uns jetzt lähmen, dachte Kendric entsetzt, *werden wir alle verbrennen. Aber es wird ihnen egal sein.*

Er kroch durch den Raum und packte einen der bis zur Hälfte mit Urin gefüllten Eimer und schüttete den Inhalt über das brennende Stroh. Qualm und ekliger Gestank füllten die Zelle, aber das Feuer war gelöscht. Das Paralysefeld war in Gang gesetzt worden, aber Adrenalin und die Angst, beinahe bei lebendigem Leib verbrannt worden zu sein, hielten ihn, trotz der Erschöpfung, auf den Beinen. Niemand beachtete ihn.

Stunden später flackerten die Lichter auf, die Sklaven betraten die Zelle. Mit Werkzeugen, die breiten, flachen Spaten ähnelten, kratzten sie die verkohlten Überreste des Gefangenen zusammen und stopften sie in einen Plastiksack.

Nachdem sie gegangen waren, lag noch immer der Geruch nach verbranntem Fleisch und menschlichen Exkrementen in der Luft, gegen den die Deckenbelüftung nicht ankam.

Kendric mußte sich mehrmals heftig übergeben und blieb geschwächter zurück, als es durch die Auswirkungen der Paralysefelder hätte der Fall sein können.

16

Der Abbau und die Veredelung von Gennariumerz – Rohstoff für Gennium-Arsenid-Kristalle bzw. Laserkristalle – ist ein Fall für sich. Das Roherz wird in Bergbauanlagen abgebaut und gesammelt, die an private Unternehmer verpachtet sind. An Bord von Erzfrachtern wird es in den tiefen Weltraum zu schwerelosen Verarbeitungsbetrieben gebracht. Dort wird das Erz zerkleinert, erhitzt und in eine elektrisch geladene Flüssigkeit eingefügt, aus der Laserkristalle von beträchtlicher Größe und Reinheit gewonnen werden können. Diese Kristalle finden Verwendung als Erregerkerne für Laser, als thermische Zünder für thermonukleare Sprengköpfe und als Code-Impuls-Laser in VLCAs. Gennium-Arsenid ist ein relativ unstabiles Mineralerz, das sich unter beträchtlichen Temperaturen und Druck im allgemeinen in der Schale von Trabantenwelten bildet, die unter einer ständigen Gezeitenspannung durch in der Nähe liegende Hauptplaneten stehen. Beispiele sind von Gezeiten betroffene Planeten innerhalb eines Bruchteils einer AE von roten Zwergsonnen und seltene, nur teilweise bewohnbare Welten, die übergroße Gasriesen wie Monde umkreisen. Der Abbau von Erz in diesen Welten erfordert großen Einsatz und hohe Technologie.

– Aus ›Sozial- und Wirtschaftsstrukturen,
ein Überblick über Methoden und Möglichkeiten‹,
Imperiale Raumflotten-Akademie-Lehrbücher,
Grelfhaven 6809 A.I.

Lenard Morganen schritt von der Gangway vom Achterdeck der *Gael Warrior* in die Empfangshalle an Bord von Alba Port. Die Rückkehr von Trothas V nach Alba war ohne Zwischenfälle verlaufen, wenn auch sehr wehmütig gewesen. Jeder Offizier und jedes Besatzungsmitglied der Schwadron schien den Verlust von Kendric Fraser persönlich zu nehmen. Die zusätzliche Einheit der Imperialen TOG-Marine, die nun auf jedem Schiff stationiert war, hob die Befremdung, die alle verspürten, hervor, als ob nun sie diejenigen wären, die vor Gericht ständen.

Die ganze Schwadron hatte in Alba Port angelegt. Als er sich im Empfangsraum umschaute, hatte Morganen das unbestimmte Gefühl einer feinen Veränderung des Ortes, und es dauerte einige Augenblicke, bis ihm klarwurde, um was es sich handelte.

Als er den Unterschied erkannte, fühlte er sich nicht gerade beruhigt: Es waren weit weniger Zivilisten in der Halle, weniger Leute bevölkerten die Bars und Restaurants, seitdem er das letzte Mal hier gewesen war. Dafür waren mehr Imperiale, hauptsächlich Soldaten, Legionäre und Hilfstruppen, aber auch jede Menge von Zivilverwaltern und Bürokraten, zu sehen. Schwarze Imperiumstruppenuniformen und die bunte Kleidung der Zivilisten vermischten sich mit dem Grau der Raumfahrer des Gälischen Sternenhaufens, die aus den zehn Schiffen strömten.

Morganen sah mindestens drei Zivilisten, die in reich verzierte Togen gehüllt waren, Kleidungsstücke, die ihre Träger als hochrangige Regierungsbeamte auswiesen. Die meisten Imperialen zeigten die gleichen Anzeichen von Leuchttauhitze wie die Raumfahrer, ein Zeichen, daß sie gerade erst von weit her angekommen waren. Morganen trat für einen Augenblick aus dem Strom der Menge. Mit leichtem Stirnrunzeln zog er die Nachricht hervor, die fast im gleichen Augenblick auf dem Kapitänsschirm erschienen war, als die *Gael Warrior* in Alba Port angedockt hatte. Die Nachricht war knapp, ein Rätsel, und er hatte sie auf seinen PC am Handgelenk geladen, so daß er später herausfinden konnte, welche versteckte Bedeutung sie hatte.

Die Buchstaben leuchteten ihm von der kleinen Anzeige seines PCs entgegen. »Dringend, wiederhole, dringend. Ich muß Sie wegen KRF treffen. Empfangsraum 9. 0950 Uhr. Bitte seien Sie dort. CE.«

Morganen ging davon aus, daß es sich bei ›KRF‹ um Kendric Frasers Initialien handelte, während ›0950 Uhr‹ die Ortszeit von Alba Port angab. Er vermutete, daß ›CE‹ die Initialen des Absenders waren, aber Morganen erkannte sie nicht. Er löschte die Anzeige und ließ den Blick durch die überfüllte Halle schweifen. Zweifellos enthielt die Nachricht gerade genug Informationen, um ihr primäres Ziel zu erreichen, seine Neugier zu wecken und ihn von Bord des Schiffes in die Empfangshalle 9 zu locken. Obwohl er sich das Gehirn zermarterte, konnte Morganen sich nicht vorstellen, wer mit ihm über Fraser reden wollte.

Er starrte auf die Uhrzeitfunktion seines PCs und fluchte leise. Seinen Befehlen zufolge hatte er die *Gael Warrior* in den Hafen bringen und dann auf weitere Befehle warten sollen. Eigentlich verstieß er gegen diese Anordnung, indem er das Schiff verließ, obwohl Leutnant MacAllister ihn schnell genug erreichen konnte, falls er auf der Brücke benötigt wurde. Nichtsdestotrotz konnte er nicht allzuviel Zeit damit verbringen, in einer Lufthafenhalle zu warten, bis der mysteriöse ›CE‹ auftauchte. Wenn schon nichts anderes vorlag, war er gespannt, wie seine nächsten persönlichen Befehle lauten würden. Mit Sicherheit gab man ihm nicht das Kommando über die *Gael Warrior*. Niemand hatte viel Federlesens darum gemacht, zu verbergen, daß es sich nur um ein zeitweiliges Kommando handelte.

Verdammter Fraser, dachte er. *Verdammt dieses Durcheinander mit den Imperialen! Verdammte Imperiale!*

»Pluiarchos Morganen?«

Morganen drehte sich beim Klang der Stimme um und stand einem älteren Mann gegenüber, von geringerer Größe als er selbst, mit silbernen Haaren und Augen, denen nichts zu entgehen schien. Er trug nichtssagende Zivilkleidung, und nur die Verwendung des Wortes Pluiarchos deutete darauf hin, daß er eventuell ein Imperialer war.

Ein Imperialer! Morganen verspürte einen Stich des Mißtrauens. *Was konnte ein Imperialer von ihm wollen?*

»Ja?«

»Sie kennen mich nicht. Mein Name ist Elliot. Caius Elliot. Ich habe die Nachricht geschickt. Ich bin ein Freund von Kendric Fraser.«

»Tatsächlich?« Morganen war sofort auf der Hut. »Ich wußte gar nicht, daß Captain Fraser imperiale Freunde hatte.«

»Ich stand seinem Vater nahe ... und ihm auch. Nach dem Tod von Ramsay Fraser war er eine Art Sohn für mich.«

Morganen schwieg. Wie sollte er wissen, ob dieser Mann die Wahrheit sprach?

Elliot schaute nach links und rechts. »Können wir irgendwohin gehen und uns unterhalten, Sie und ich?«

»Zu welchem Zweck?« Trotz seines Mißtrauens machte dieser Mann Morganen neugierig. Elliot war sichtbar nervös und beunruhigt, in der Öffentlichkeit gesehen zu werden.

»Um Ihrem Captain zu helfen.«

Morganen schüttelte den Kopf. »Nach dem, was ich gehört habe, ist ihm nicht mehr zu helfen. Und ich sehe keinen Grund, warum ich Ihnen trauen sollte.«

»Schauen Sie, Pluiarchos ... es ist für mich schlecht, wenn ich hier gesehen werde. Und es ist bestimmt auch nicht gut für Sie, wenn man uns miteinander reden sieht. Sie haben nichts falsch gemacht, aber wenn ich ein Polizeispitzel oder Agent für auswärtige Angelegenheiten wäre und Ihnen Schwierigkeiten bereiten wollte, hätte ich jede Menge Möglichkeiten gehabt, es zu tun. Ich hätte Sie zum Beispiel beim Verlassen des Schiffes festnehmen können oder zur Befragung festhalten oder alles andere, wonach es mich gelüstet. Ich muß mit Ihnen reden, und zwar schnell!«

Morganen verschränkte die Arme. Er war überzeugt, daß er dem Mann folgen sollte, aber seine Starrköpfigkeit weigerte sich, nachzugeben, bis er einen eindeutigen Beweis hatte, daß Elliot einwandfrei in Ordnung war.

»Wenn Sie wirklich die schlechte Nachricht sind, die Sie zu sein behaupten, dann sollte man mich besser nicht mit Ihnen an einem abgelegenen Treffpunkt in einer Unterhaltung sehen. Woher soll ich wissen, daß Sie Frasers Freund sind?«

Elliot spreizte die Hände. »Wie kann ich das beweisen? Alles, was ich tun kann, ist, Ihnen zu versichern, daß ich sein Bestes will und daß ich mit Ihnen reden muß. Bitte glauben Sie, es geht mir nicht nur um Kendrics Wohlergehen, sondern auch um Ihres und das des gesamten gälischen Verbandes.«

Er warf einen erneuten Blick über die Empfangshalle und starrte dann auf zwei unverdächtig gekleidete Zivilisten, die im Wartebereich der Halle herumhingen.

»Ich war zu lange hier. Ich muß gehen.«

Morganen beobachtete, wie sich der Mann umdrehte und die Halle hinunterging. Er stieß einen leisen Fluch aus und folgte ihm. Seine längeren Beine brachten ihn nach wenigen Schritten an Elliots Seite.

»Okay, Elliot. Wohin?« fragte er, gerade laut genug, daß ihn nur der andere Mann im Lärm der Menge verstehen konnte.

»Ebene 12 … Empfangshalle 5, ein Foyer gegenüber der Bar mit dem Namen ›High Side‹ – in zehn Minuten.«

Der Mann, der sich Caius Elliot nannte, drehte sich schnell herum und verschwand in einer Gruppe von Raumfahrern, die gerade aus der *Reannruadh* ausstiegen. Morganen stand einen Augenblick im Strom der

Männer und fragte sich, ob er noch ganz richtig im Kopf war.

Kendric keuchte, als ihn die Hitze mit einer leuchtenden, stinkenden Welle traf. Er stand in der einigermaßen kühlen Frachterschleuse, die Hände hinter dem Rücken gefesselt und durch ein kurzes Stück Drahtseil am Hals mit zwei anderen Gefangenen aus seiner Zelle verbunden. Es war fast kühl in der Ladebucht, aber als ein Centurio die äußere Schleuse öffnete und die Laderampe hinunterließ, rollte die Hitze wie ein Ausstoß aus einem lodernden Hochofen herein.

Die Gefangenen begannen zu reden, ihre Stimmen erhoben sich in Angst, Protest oder, wie in Kendrics Fall, in überraschtem Keuchen über die plötzliche Hitze.

»Ruhe im Glied!« bellte der Centurio.

»Ihr seid hier jetzt alle zu Hause, ob es euch gefällt oder nicht! Raus mit euch!«

Unter den Stößen der Legionäre, die ihre *Pila* zum Antreiben benutzten, strömten die Gefangenen die Rampe hinunter, auf den Boden von Haetai-Aleph.

Die Anzahl der Gefangenen überraschte Kendric. An Bord des Transporters hatte er nur die etwa fünfzig Männer und Frauen in seiner eigenen Zelle gesehen. Erst als diese fünfzig und viele andere wie Sardinen in die große Ladebucht des Shuttles gequetscht wurden, der sie aus dem Orbit auf den Planeten brachte, wurde ihm klar, wie viele es anscheinend waren. Vom oberen Rampenrand des Shuttles konnte er mindestens fünf weitere Shuttles sehen, die ihre eigenen Frachten von Elend und Angst ausluden. Wenn man davon ausging, daß sie alle vom selben Schiff stammten, mußten auf diesem einen Transport mindestens zweitausend Menschen gewesen sein. *Sklaven,* berichtigte er sich selbst. Sklaven, nicht Gefangene. Der Gedanke an eine Gefangenschaft beinhaltete die Hoffnung auf eine eventuelle Freilassung, Strafaussetzung oder Strafumwandlung in ferner Zukunft. Overlord Gracchi hatte Kendric ausreichend versichert, daß seine Verbannung in die Kristallminen von Grod permanent war. Von dem Shuttle-Landeplatz konnte er nur wenig von seiner neuen Heimat entdecken.

Der Name der Welt lautete Haetai-Aleph. Als innerer Hauptsatellit des braunen Zwerges Haetai war Haetai-Aleph eines von diesen merkwürdigen substellaren Objekten, das zu groß war, um korrekt als Planet eingestuft zu werden, aber mit einem Faktor von zehn zu klein für einen Gravitationskollaps, der die Wasserstoff-Helium-Fusion einleitet und dadurch das Objekt wie einen Stern verbrennt. Nur die Gravitationsenergie allein lieferte die Hitze, die den Giganten in ein verwaschenes blutrotes Leuchten tauchte, obwohl dunklere Brauntöne die charakteristischen atmosphärischen Verbindungen eines typischen Gasgiganten anzeigten. Haetais Sonne – Narbon – war eine weit entfernte, geschrumpfte Scheibe an einem tiefvioletten Himmel, zu weit fort, um mehr als nur Spuren von Hitze an das Miniatur-Sonnensystem von Haetai und seine Monde abzugeben, die eine halbe Milliarde Kilometer weiter weg kreisten.

Der Name des Berges, auf dem sie landeten, war Grod. Durch den Sprachgebrauch, der so häufig die Namen von Orten, die von Menschen erbaut oder entdeckt werden, verquirlt, galt dieser Name mittlerweile sowohl für den Berg wie auch für die kleine Stadt aus Hütten, Kuppeln und beladenen Transportcontainern, welche die breiten Vulkankrater füllten.

Der größte Teil der Hochofenhitze, die Kendric überfiel, als er den Raumhafen durchschritt, stammte von dem Substern am Himmel sowie von Haetai-Aleph selbst. Der Mond lag in der Nähe des Gasgiganten: seine Umlaufbahn war nicht ganz rund, und diese geringfügige Abweichung ließ den Himmelskörper leicht von Seite zu Seite schwingen. Dadurch wurde auch die interne Gezeitenspannung innerhalb der Kruste und des Mantels von Haetai-Aleph hervorgerufen, die weit mehr Hitze erzeugte, als die entfernte Sonne es je schaffen würde. Die Wärme bedeutete, daß Haetai-Aleph über eine eigene Ökologie verfügte, eine, welche die Menschen seit mindestens dreitausend Jahren ausnutzten. Es bedeutete auch, daß es hier Vulkane gab, und die zerklüfteten Berge dieser Welt wuchsen fortwährend weiter.

Plötzlich begann der Boden unter Kendrics Füßen zu zittern. Ein Chor von Schreien ertönte aus der Menge der Gefangenen, aber die Legionäre schlugen auf sie ein, befahlen ihnen brüllend, zu schweigen, und trieben sie voran. Auf der rechten Seite wirbelte in weiter Ferne die graue Asche dreier Berggipfel Zehntausende Meter hoch gen Himmel, vermischte sich hoch oben mit den Wolken und hinterließ braune Spuren auf dem purpurfarbenen Firmament. Die heiße Luft war mit dem Geruch von brennendem Schwefel und Schwefelwasserstoff angereichert. Als sich der Wind drehte, schienen die braunen Wolken am Himmel zu kochen. Innerhalb von wenigen Augenblicken prasselte ein beißender Regen aus heißer Asche, mit Wasser vermischt, auf die Menschen nieder und zwang sie vom schnellen Gehen zum schwerfälligen Trab. Jemand stolperte, fiel hin und verursachte erneut ein vielstimmiges Geschrei, als die mit ihm zusammengebundenen Sklaven zu Boden gezogen wurden. Für einen Augenblick schien es, als ob die gesamte Gruppe zu einem panisch wimmelnden Haufen von Armen, Beinen und Fesseln würde, aber die Stachelstöcke der Legionäre setzten die Sklaven bald wieder in Bewegung.

Kendric nahm einen tiefen Atemzug, dann rannte er los und fiel beinahe selbst zu Boden, als die Luft ihm Kehle und Lunge verbrannte. Der Geruch von verbranntem Schwefel war überwältigend, und irgend etwas verursachte ein Stechen und Brennen in den Augen. Er bemerkte, daß sämtliche Legionäre ihre Visiere fest verschlossen hatten und ihre Anpassungsgeräte auf Hochtouren liefen.

Was bedeutet das für uns? fragte sich Kendric.

Von der Lage des Geländes konnte er wenig erkennen. Anscheinend war der Lufthafen nur behelfsmäßig eingerichtet worden; die Landebahn bestand aus grobgestampfter Asche anstelle von gegossenem Stahl- oder Eisenbeton. Sie schienen sich in der Mitte eines großen Kraters zu befinden, denn eine grobe, gezackte Wand aus schwarzen Steinen schnitt die Sicht auf den Horizont rings um sie herum ab. Lediglich die Spitzen weit entfernter Berge waren auszumachen.

Auch die Gebäude wirkten primitiv. Baufällige Strukturen aus Walz- und Wellblech, durch Rost und verkrusteten Schwefel verfärbt. Am Rand des Feldes befand sich ein niedriges, quadratisches Gebäude, das so aussah, als hätte es früher als Hangar für kleine Flug- und Raumschiffe gedient. Es war groß genug, um einige hundert Sklaven und die Legionäre, die sie hineintrieben und dort bewachten, aufzunehmen. Kendric hatte keine Ahnung, wohin man den Rest des Transportes gebracht hatte, aber er ging davon aus, daß er in einem der anderen zahlreichen flachen Gebäude des Raumhafens verschwunden war.

An einem Ende des Raumes hatte man eine behelfsmäßige Bühne errichtet, die ihm das Aussehen eines einfachen Vortragssaales verlieh. Weder gab es Sitze noch die Möglichkeit, sich überhaupt hinzusetzen. Dichtgedrängt stand Kendric inmitten seiner Mitgefangenen. Obwohl die Luft von der Körperhitze und dem Angstschweiß der vielen Menschen und dem ranzigen Geruch der Gas- und Chemikalienspuren säuerlich roch, erschien sie im Vergleich zu dem draußen herrschenden Gestank kühl und frisch. Eine Weile genoß Kendric nur das Gefühl, wieder zu atmen.

Um ihn herum herrschte erwartungsvolles Flüstern, und als er zur Bühne schaute, erschien dort ein ungeheuer fetter Mann, der einen glänzenden Schutzanzug trug. Die zurückgeschobene Kapuze gab den Blick auf den kahlen, von alten Narben überzogenen Schädel frei. Er hob einen kurzen, verzierten Stab wie einen Taktstock über den Kopf und wartete, bis die Menge schwieg.

»Ich bin Lynch«, sagte der Mann. Seine Stimme klang weich und ölig und wurde von einem leisen, kaum hörbaren Schnaufen begleitet, das ein unsichtbarer Verstärker in jeden Winkel des Saales übertrug. »Ich bin derjenige, für den ihr arbeitet … euer Boss. Ihr werdet mir gehorchen und sofort und ohne Nachfragen jeden Befehl ausführen, den ich euch erteile.« Er erhob drohend den Stab. »Das ist eine *Virga,* der Amtsstab der Obrigkeit. Ihr werdet jedem Stabträger ebenso gehorchen wie mir.«

Er verzog das fleischige Gesicht zu einem verzerrten Lächeln. »Wer meinem Befehl oder dem meiner Männer nicht sofort gehorcht, wird für gewöhnlich mit dem Tode bestraft. Diejenigen, die nicht sterben, werden sich wünschen, sie wären gestorben. Ihr habt hier überhaupt keine Rechte irgendeiner Art. Ich will, daß jeder von euch dies von Anfang an begreift. Die Nahrung, die ihr eßt, die Luft zum Leben wie auch die Tatsache, daß ihr den Tag überlebt, habt ihr nur mir zu verdanken, niemandem sonst. Wenn ihr das begreift, werden wir gut miteinander auskommen.«

Lynch schwieg und schaute sich im Raum um, ob jemand zu protestieren wagte. Als nichts geschah, fuhr er fort.

»Diese Anlage ist eine imperiale Gennarium-Mine. Wir bauen hier die natürlichen Vorkommen an Gennium-Arsenid-Erz ab. Das Erz, nach dem wir graben, wird auf Raumbarken zu den Schwerelosigkeitsanlagen transportiert, wo es zu Kristallen weiterverarbeitet wird. Das ist wertvolle, gute Arbeit. Mit eurer Mitarbeit leistet ihr dem TOG-Imperium einen unschätzbaren Dienst und macht vielleicht in kleinem Rahmen die Verbrechen wett, für die ihr hier seid.

Nun wollen wir uns über die Sicherheitsmaßnahmen unterhalten. Ihr findet eure Wächter am Ende des Raumes. Sie heißen Custodes und dienen der Aufrechterhaltung der Ordnung. Es wird weder Kämpfe, Ausschreitungen, noch irgendwelche anderen Störungen geben. Dafür werden sie sorgen. Falls es euch interessieren sollte: Es ist nicht ihre Aufgabe, euch festzuhalten. Falls ihr genug von unserer Gastfreundschaft habt, steht es euch frei, zu gehen, wann immer ihr wollt.

Dabei solltet ihr aber bedenken, daß wir uns auf der Spitze eines 2000 Meter hohen Berges befinden. Der Abstieg erfolgt über zerklüftetes, rasiermesserscharfes Vulkangestein, das menschliche Füße in Sekunden in Streifen schneidet. Und falls ihr glaubt, daß es hier warm und stickig ist, solltet ihr einmal die Luft unten im Tal probieren.

Falls ihr es schafft, den Berg hinabzusteigen, werdet ihr feststellen, daß es dort einheimische Lebensformen gibt. Leider können Menschen in der örtlichen Fauna und Flora nicht überleben.

Sie ist nicht direkt giftig, zumindest das meiste nicht, aber die Nährstoffe nützen dem Menschen nichts. Wenn ihr etwas essen wollt, solltet ihr euch besser an die Speiseräume hier im Lager halten.

Diese Tatsache hält übrigens die örtliche Fauna und Flora keineswegs davon ab, ihrerseits zu versuchen, jeden entflohenen, in der Wildnis umherstreifenden Sklaven zu verspeisen. Dies ist eine gewalttätige, wilde Welt, und die hiesigen Lebensformen haben sich gut daran angepaßt. Denkt darüber nach.

Wenn ihr flieht, solltet ihr wissen, daß die einzigen anderen menschlichen Ansiedlungen auf dieser Welt ebenfalls Bergbauzentren wie dieses hier sind. Ferner gibt es ein paar verstreute Militärbasen, deren Bewohner euch bei Annäherung erschießen werden. Der größte Teil des Geländes ist vulkanisch, und es besteht immer die Gefahr von ausströmendem Giftgas, säurehaltigen Wasserstellen, Lavaströmen und Schwefelstürmen. Nicht zu vergessen die Gefahr des Hitzschlags, da die Durchschnittstemperaturen auf Aleph größtenteils um die 45 Grad Celsius liegen.«

In der ersten Reihe, nicht weit von der Stelle, an der Lynch stand, entstand ein Tumult. Kendric konnte über die Köpfe der Menge hinweg nichts erkennen, hörte aber jemanden schreien.

»Sie haben uns zum Sterben hierher geschickt! Macht schon ... es sind nur ein paar Wachen! Macht schon! Wir ...«

Einer der Custodes trat an den Bühnenrand und zog eine Waffe aus dem Pistolenhalfter. Kendric hatte nur kurz Gelegenheit, die Waffe zu betrachten, bemerkte aber, daß sie mit einem Kabel am Körpergurt des Mannes befestigt war. Es konnte sich um eine Stromzufuhr handeln, die mit Sicherheit den Diebstahl der Waffe verhinderte. Der Gurt schien um den Mann herumgeschmiedet zu sein, aber Kendric war sicher, daß es einen Schließmechanismus gab.

Dieses System machte es den Sklaven fast unmöglich, sich Waffen anzueignen.

Die Menge um Kendric herum zog sich bereits von dem Tumult zurück. Der Custos hob die häßliche, plumpe Waffe mit einer nachlässigen Handbewegung. Ein Blitz, es knallte, und dann erfüllten nur noch Schreie, Stöhnen und der ätzende Geruch von verbranntem Fleisch die Luft. Zwei Männer in grauen Overalls betraten die Bühne, sprangen in die Menge und beschäftigten sich mit etwas, das Kendric nicht sehen konnte. Er nahm an, daß sie die Toten und Sterbenden von den Lebenden lösten. Der Schock dieses Zwischenfalls raubte Kendric die Kräfte. Er hatte einen

Mann protestieren hören, aber die Schußwaffe des Custos hatte einen breiten Bereich abgedeckt. Wie viele waren getötet und zu Krüppeln gemacht worden?

Lynch wartete mit gelangweilter Miene, die Hände in die Hüften gestemmt, bis die Schreie verstummt waren.

»Wir haben bei jeder neuen Schiffsladung ein oder zwei derartige Vorführungen«, bemerkte er schließlich. »Es ist wirklich wirkungsvoll, man kann die Störenfriede ausmerzen und dem Rest von euch zeigen, daß Sturheit, Widerstand und Protest zwecklos sind. Ihr seid nun hier, und dagegen gibt es keinen Einspruch. Ihr könnt das Beste daraus machen oder sterben. Das ist die einzige freie Wahl, die jeder von euch treffen kann. Entweder lebt ihr nach meinen Bedingungen – oder ihr sterbt.

Solange ihr arbeitet und euch benehmt, erhaltet ihr Nahrung und Unterkunft. Vermutlich habt ihr bereits Geschichten darüber gehört, daß die durchschnittliche Lebenserwartung in diesen Anlagen zwei Tage beträgt, oder ähnlichen Unsinn. Glaubt das nicht. Das Imperium hat beträchtliche Mühen und Ausgaben aufgewendet, um euch hierherzuschaffen, und ihr könnt mir glauben, wenn ich euch sage, daß sie beabsichtigen, ihr Geld aus euch wieder herauszuholen. Man hat euch nicht hierhergeschafft, damit ihr in zwei Tagen tot seid.

Also arbeitet hart, gehorcht euren Chefs und den Custodes, gehorcht den Gesetzen und den Gruppenführern. Man wird euch mit den hiesigen Gesetzen und Bestimmungen vertraut machen, und ihr werdet bald wissen, was von euch erwartet wird.« Er zeigte ihnen erneut die Zähne. »Wenn ihr tut, was man euch sagt, und keinen Ärger macht, lebt ihr vielleicht lange genug, um einen schönen, sicheren Job – zum Beispiel in der Wartung oder Verwaltung – zu erhalten.«

Die Virga klatschte auf die geöffnete Handfläche des

Mannes, ein beunruhigendes Geräusch in der fast völligen Stille.

»Kommt mir in die Quere, und ihr werdet es bedauern. Das verspreche ich euch. Schaut euch genau um, wenn ihr zum Hauptschacht geht, und denkt an meine Worte. Custodes! Bringt sie hinaus!«

Die Legionäre, von denen die Gefangenen in das Gebäude getrieben worden waren, waren verschwunden. An ihre Stelle war eine Reihe von Custodes getreten, die glänzende Schutzanzüge und die schweren Waffengürtel aus Stahl und Duraled trugen. Es dauerte eine Weile, bis die Sklaven aufgestellt und in Bewegung gesetzt waren. Die immer noch mit Halsbändern und Seilen verbundenen Sklaven verhedderten sich in dem Gedränge und der Verwirrung fortwährend.

Was würde geschehen, falls ein Haufen Sklaven in Panik ausbrach? fragte sich Kendric. *Würden diese Custodes uns alle über den Haufen schießen? Oder würden sie einfach zuschauen, wie sich einige hundert Leute gegenseitig zertrampelten?*

Nachdem die Sklaven zusammengetrieben und in eine lange Reihe geschubst worden waren, damit sie den Vortragsraum geordnet verlassen konnten, machten sie sich auf den ungefähr einen Kilometer langen Weg zum Mineneingang. Nach der klimatisierten Luft im Inneren des Gebäudes waren der Geruch nach verfaulten Eiern, die Feuchtigkeit und die Hitze im Freien nahezu unerträglich.

Anfangs fragte sich Kendric, was Lynch damit gemeint hatte, daß sie sich auf dem Weg zum Schacht gut umschauen sollten. Es gab wenig mehr als Vulkanasche, Geröll und verkommene Haufen von Hütten und Kuppeln zu sehen. Er bemerkte, daß die Shuttles, die sie hierhergebracht hatten, bereits wieder verschwunden waren, vermutlich sofort nachdem die Legionäre zurück an Bord gelangt waren.

Auf halbem Wege zu einem niedrigen Hügel aus

Geröll hörte er das Stöhnen. Zuerst klang es eher wie der Wind als wie menschliche Laute, aber kurz darauf zog die Sklavenreihe an einem Wald aus Dreifüßen vorbei. Es handelte sich um einfache Gerüste, drei lange Rohre, die je einen drei Meter hohen Dreifuß bildeten, der gut gegen die Erdstöße, die diesen Ort erschütterten, abgesichert war. In den meisten befanden sich menschliche Wesen, nackt und leidend, an Hand- oder Fußgelenken gefesselt und sowohl den elementaren Gewalten wie auch den umherstreifenden Custodes ausgeliefert.

Das Grauen dieses Ortes überwältigte Kendric beinahe. Er hatte sich von der alltäglichen Grausamkeit der Soldaten auf Trothas, die KessRith-Gefangene verstümmelten, weil sie es für zweckmäßig hielten, abgestoßen gefühlt. Ebenso war es ihm mit dem Mutwillen und der Gleichgültigkeit der Luftfahrtoffiziere ergangen, die ohne jeden Grund die gesamte Bevölkerung einer Welt zum Tode verurteilten.

Was er hier sah, war eigentlich noch schlimmer, weil die Grausamkeit persönlichere Züge trug. Die meisten Gefangenen waren von frischen Waffennarben gezeichnet. Diese Waffen konnten offensichtlich auf einen Wirkungsgrad von leichten Verbrennungen bis zu Blitzschlägen wie im Vortragsraum eingestellt werden. Kendric sah, daß die Custodes hier äußerst phantasievoll vorgegangen waren. Schlimmer aber schienen jene Narben, die von den Lebensformen des Planeten verursacht worden waren. Offensichtlich gab es trotz der unterschiedlichen Körperzusammensetzungen Lebewesen, die von menschlichem Fleisch lebten oder sich darin einnisteten. Einige der Wunden waren noch frisch und *lebendig*. Die Kreaturen, die sie verursacht hatten, waren offensichtlich noch nicht von ihrem menschlichen Wirtskörper vergiftet worden. In einiger Entfernung sah er in Reihen aufgestapelte Körper liegen, die auf ihre Entsorgung warteten.

Obwohl Kendric die Augen abwenden wollte, gelang es ihm nicht. Trotz der nicht enden wollenden Grauen hatte keines der Opfer die Kraft zum Schreien. Das leise, quäkende Wimmern bildete die ständige Hintergrunduntermalung der höllischen Szenerie.

Die Reihe stolperte vorwärts, diejenigen, die taumelten, wurden von den Custodes mit Hieben der Virgae vorangetrieben. Vielen ging es äußerst schlecht. Kendric übergab sich trotz des leeren Magens, sein Blick verschwamm, bis er die Umrisse der Dreifüße und ihrer menschlichen Last kaum noch erkennen konnte. Nach einer langen Zeit betraten sie den Schachteingang. Gefangen in einem Nebel von Schwäche und Übelkeit, war Kendrics einziger Gedanke, daß er einen Weg finden mußte, um von diesem Ort zu entkommen. Wenn genügend von ihnen sich zu einem Aufstand zusammentun würden ... Die teilnahmslosen Gesichter um ihn herum schienen seine Gedanken zu verhöhnen. Dabei konnte nur alles noch schlimmer werden, wenn man sie erst einmal in das Innere des Berges geschafft hatte.

Aber was hatte Lynch gesagt? Daß sie jederzeit weggehen könnten? Wie denn, wenn man sie unter Tage hielt?

Gleichgültig, wie unrealistisch eine Flucht auch schien, Kendric wußte, daß dies der einzige Gedanke war, der verhindern würde, daß er verrückt wurde. Vielleicht war es besser, wenn er eines Abends einfach die Siedlung verlassen würde und den Berg hinabkletterte. Wären Verhungern, vulkanisches Gelände und gefährliche Raubtiere nicht würdigere Gegner als der langsame Tod des freien Willens, der ihn versklaven würde?

17

Es könnte sein, daß das imperiale Experiment mit der Gälischen Konföderation fehlgeschlagen ist. Die Gälische Schwadron ist von Trothas zurückgekehrt, aber es gibt Anzeichen für moralische Schwierigkeiten bei der Besatzung, und es gehen Gerüchte um, daß dem Flaggcaptain etwas Schreckliches zugestoßen sei. Es wird offen über Meuterei gesprochen.

Wenn die Imperialen dies erfahren, könnte die Situation explosiv werden. Es kann allerdings sein, daß sie es bereits wissen. Es gibt Gerüchte, daß die Zivilisten von Alba Port evakuiert werden.

– Bericht von Agent ›Clarity‹ an den Commonwealth-Geheimdienst auf Cathandra, Quelle als streng geheim eingestuft.

Die High Side Bar servierte sowohl Essen wie Getränke. Caius Elliot hatte sich mit Morganen wieder in der Halle gegenüber des High Side getroffen und vorgeschlagen, daß sie in der Bar gemeinsam essen und reden sollten.

Das Innere der Bar war schwach beleuchtet, und die transparente Decke gab den Blick auf den Weltraum und den geschwungenen Horizont von Alba frei. Darunter lag die nächtliche Hemisphäre, schwarz von einem nahenden Unwetter, und wurde nur zeitweise an einzelnen Stellen von hellen, gleißenden Blitzen, die durch die Wolken zuckten, aufgehellt.

Der größte Teil der Beleuchtung stammte von einem wandhohen Holobildschirm am Ende des Hauptraumes. Zur Zeit wurden dort Nachrichten gezeigt, und

Morganen war ein wenig überrascht, dort einige offensichtlich nur wenige Stunden alte Bilder der *Gael Warrior* beim Andocken in Alba Port zu sehen.

Wie schön sie ist, dachte er bei sich. Sie glänzte von Leuchttauhitze, als ob sie aus kostbaren Edelmetallen gefertigt wäre, und die gebogenen Wänden der Dockanlagen waren in ein unheimliches silbernes Licht getaucht. Er schaute auf seine Hände und stellte fest, daß das schwache Licht das leichte Leuchten seiner eigenen Cherenkovstrahlung sichtbar machte. Die Rückreise von Trothas hatte 26 Tage im T-Raum gedauert und Morganen mit einer beträchtlichen Aufladung belastet, die er abzubauen hatte.

Die Bar war voll und laut. Die meisten Gäste waren entweder Raumfahrer der gälischen Schiffe oder imperiale Marinesoldaten, die gerade erst im Sternhaufen angekommen waren. Elliot ging zu einem Tisch, der teilweise durch einen eingetopften Schlingblattbaum vom restlichen Raum abgeschirmt war. Beide bestellten über das eingebaute Tischmikrophon Alba-Scotch und bezahlten ihn, indem sie Morganens PC-Kredit-Diskette in den Leseschlitz schoben.

»Es tut mir leid, daß ich Ihnen die Rechnung aufbürde«, sagte Elliot vorsichtig. »Insbesondere, weil ich es war, der Sie eingeladen hat. Aber die IS könnte mich dadurch eventuell aufspüren.« Er deutete auf den an seinem Handgelenk befestigten PC. »Mir wäre es nicht recht, wenn sie wüßten, daß ich mit Ihnen geredet habe.«

»IS?«

»TOG-Interne Sicherheit.« Vorsichtig schaute er sich in dem dunklen Raum um und ließ die Augen dann zu dem Bildschirm am anderen Raumende schweifen. »Dies ist ein guter Ort, um sich zu unterhalten«, fügte er hinzu. »Sie dürften einige Schwierigkeiten haben, uns hier aufzuspüren. Wenn wir einmal annehmen, daß man uns hierher verfolgt hat, wird es schwierig sein, unsere Unterhaltung aus den Geräuschen des Bildschirms und der Menge herauszufiltern.« Wie zur Bestätigung seiner Worte ertönte in diesem Augenblick von einem der Nachbartische das schallende Gelächter der dort sitzenden Marinesoldaten herüber, die auf ihre Gesundheit anstießen. Elliot fingerte am Schalter der Tischsprechanlage, um sich zu vergewissern, daß sie abgeschaltet war. »Natürlich könnten sie uns durch dieses Ding abhören, aber das ist eher unwahrscheinlich. Außer, wenn sie genau wissen, wo wir sind, und sie uns gerade jetzt beobachten, müßten sie die Gespräche an sämtlichen Tischen aufzeichnen und abhören, und ich denke nicht, daß es schon so weit gekommen ist. Aber um auf Nummer Sicher zu gehen ...« Er tippte eine Zahlenkombination in seinen PC und legte dann das Handgelenk lässig neben das Tischmikrophon. »Jetzt überträgt er bloß noch Rauschen. Wenn jemand mithört, wird er das Meer rauschen hören und denken, daß die Leitung unterbrochen ist. Aber sprechen Sie bitte leise. Mit einem Richtmikrophon oder einer Parabolantenne kann man unsere Stimmen noch immer aus dem Raum herausfiltern.«

Morganen bemerkte, wie sich seine Nackenhaare aufrichteten. Dieser verdammte Mann sorgte dafür, daß er sich schon Dinge einbildete. Was hatte er mit dem Internen Sicherheitsdienst des TOG zu schaffen?

Als eine hübsche, leichtgeschürzte Bedienung mit den Getränken kam, nahm sich Morganen die Zeit, ihre Beine zu bewundern. Er hatte seit mehreren Monaten keine Frau gesehen, und die Erkenntnis, daß gewisse biologische Triebe ihn ablenkten, trug zu seiner Verärgerung über Elliot bei.

Sobald die Bedienung verschwunden war, fragte er mit rauher Stimme, um seine Unsicherheit zu verbergen: »Also, worüber wollen Sie reden? Sie sagten etwas von Captain Fraser.«

Elliot nickte und nahm seinen Drink in die Hand. »Das Kriegsgerichtsverfahren war ein Schwindel. Sein Sturz war vorprogrammiert.«

Morganen zog die Augenbrauen hoch. »Ist das etwas Neues? Das Verfahren war eine geheime Verhandlung, und weder die Anklagen noch das Urteil wurden veröffentlicht, aber die Geschichte hatte sich bereits in der ganzen Flotte verbreitet, als wir in den T-Raum eintraten. Er wurde der Meuterei für schuldig befunden, weil er sich dem Befehl des Overlords widersetzt hatte, Trothas zu bombardieren, nicht wahr?«

»Und weil er das Schiff in seine Gewalt brachte, nachdem er abgesetzt worden war, und weil er Sie mit einer Waffe bedroht hatte und einige andere Einzelheiten.«

»Ich kann mich nicht daran erinnern, daß ich diesbezügliche Anschuldigungen eingereicht hätte«, sagte Morganen sanft. »Verflucht noch mal, ich habe versucht, ihn zu unterstützen, als sie mich darüber ausfragten, aber sie stellten einfach nicht die richtigen Fragen. Sie sagten, daß ich nicht ganz beieinander wäre, als ich ihnen sagen wollte, wie es gewesen ist. Am Schluß wollten sie mir nicht einmal sagen, wie das Urteil lautete.«

»Sie können von Glück sagen, daß man die Anklagen nicht auch auf Sie ausgedehnt hat, mein Freund. Glücklicherweise wollten sie nur Fraser haben.«

»Aber warum? Wieso, um Himmels willen, wollen sie ihn zerstören?« Morganen schüttelte sprachlos den Kopf. »Und wer zum Teufel sind überhaupt ›sie‹? Die TOG-Interne Sicherheit?«

Elliot lehnte sich mit gespitzten Lippen zurück. »Die Frage ist ein wenig kompliziert. Hm. Wieviel wissen Sie über den Vertrag von Kinkaid?«

Nun war es an Morganen, die Schultern zu zucken. »Soviel wie jeder andere Gäle, nehme ich an. Wir werden vorübergehend Bürger Ihres Imperiums, wenn wir eine Schlachtschiffschwadron für Sie bauen und bemannen.«

»Sie sind damit nicht einverstanden?«

»Warum sollte ich nicht?«

»Ich weiß es nicht. Aber Ihrem Gesichtsausdruck nach zu urteilen, machen Sie sich nichts aus dem Gedanken. Oder ist es das TOG, das Sie nicht mögen?«

»Ich bin mir nicht sicher, ob ich den Sinn von galaktischen Imperien verstehe, Bürger Elliot. Der Weltraum ist groß ... sehr groß.« Er unterdrückte ein Schaudern. So viel Dunkelheit. »Zu groß, um von irgendeiner einzelnen Welt effektiv regiert werden zu können.«

»Nun, da irren Sie sich, Commander. Terra regiert nun schon seit sehr langer Zeit den größten Teil der Galaxis. Es war unser Imperium, das zum Sieg über die Ssora und die KessRith führte und es den Menschen ermöglichte, ihren Platz unter den Sternen einzunehmen.«

»Nun gut ...« Morganen nahm einen Schluck von seinem Drink. »Worum geht es Ihnen, Bürger?«

In dem schwachen Licht konnte Morganen gerade noch feststellen, daß Elliot die Augen schloß. »Es geht darum, daß Terra sein Imperium hier und jetzt ausdehnen will ... und Kendric Fraser ist das Mittel zum Zweck.«

»Bitte? Wie?«

Er deutete mit dem Kopf in Richtung Bildschirm, wo der Ansager über die Ankunft von einem Kontingent imperialer Legionäre auf Alba berichtete, die das örtliche Militär im Falle eines Bürgeraufstandes unterstützen sollten. Anscheinend war es in der Hauptstadt fast zu einem Aufstand gekommen, als die Nachricht bekannt wurde, daß die Verhandlungen über das volle Imperiale Bürgerrecht ausgesetzt worden waren.

»Ich habe die Nachrichten beobachtet und warte darauf, daß sie etwas über Kendrics Kriegsgerichtsverfahren sagen. Bis jetzt haben sie es noch nicht getan.

Vielleicht warten sie ein oder zwei Tage, bis sie es bekanntgeben.«

Morganen schüttelte den Kopf. »Bürger Elliot, ich verstehe Sie nicht.«

Elliot hob seinen Drink, starrte in das Glas und ließ die bernsteinfarbene Flüssigkeit kreisen. »Commander, geben Sie als ein Mann des Militärs eine Lagebeurteilung ab. Was würde geschehen, wenn Ihr Gälischer Sternhaufen einen Krieg gegen das TOG beginnen würde? Wie lange könnte Ihre Flotte aushalten?«

Die Frage kam derartig unerwartet und war so absurd, daß Morganen schallend lachte. »Keine Ahnung. Wie lange würde es dauern, bis Sie Ihre Flotte hier versammelt hätten? Vielleicht bis zu zwanzig Sekunden danach. Vielleicht.«

»Aber Sie verfügen über eine beträchtliche Flotte.«

»Sie wissen genauso gut wie ich, was wir haben, Bürger. Eine Handvoll Militärpatrouillenschiffe. Schiffe, die nur in diesem System und nur unterhalb der Lichtgeschwindigkeit agieren können. Einige T-Raumtaugliche Forschungs- und Patrouillenschiffe sowie eine einzige Schlachtschiffschwadron, die zehn Schiffe umfaßt und die wir Ihnen gerade übergeben haben. Fast alles, was wir hatten, ist in der Schwadron für das TOG aufgegangen.«

»Zehn Schiffe gegen ein galaktisches Imperium.«

»Nach dem letzten Bericht, den ich dazu gehört habe, Bürger, besitzt das TOG alleine 100 000 Schlachtschiffschwadronen. Keine besonders guten Karten für uns.«

»In einem richtigen Kampf, Auge in Auge, sicher nicht. Aber selbst eine einzige Schlachtschiffschwadron könnte, wenn sie richtig geführt wird, dem Imperium ernsthafte Schwierigkeiten bereiten. Natürlich würde sie früher oder später gejagt und gestellt werden, aber in der Zwischenzeit könnte sie großen Schaden anrichten. Vermutlich würde der größte Schaden der, sagen wir, Unverwundbarkeit des Imperiums zugefügt werden. Die Leute würden sehen, daß jemand das TOG angegriffen hat und daß das TOG Schwierigkeiten hatte, ihn zur Strecke zu bringen. Wenn es Ihnen gelänge, ein oder zwei TOG-Schlachtschiffschwadronen auszuschalten, würde sich die Nachricht verbreiten, daß das TOG zu schlagen ist. Andere potentielle Rebellen würden ermutigt, es ebenfalls zu versuchen.«

»Aber warum über all das reden? Alba bekämpft das TOG nicht. Ha! Nach dem, was mit Trothas passiert ist? Wir haben es nicht vor. Verdammt noch mal, der ganze verdammte Sternhaufen ist nur zu froh, daß er ein Teil des TOG wird. Haben Sie nicht die Nachrichten gehört? Aufstände, weil die Bürgerrechtsgespräche ausgesetzt wurden!«

»Ich habe es gehört«, sagte Elliot. »Aber meinen Sie nicht, daß es prinzipiell zwei verschiedene Methoden gibt, eine andere Regierung zu übernehmen? Entweder Sie siegen im offenen Kampf, oder Sie manipulieren so geschickt, daß man Ihnen das, was Sie wollen, einfach übergibt.«

»Sprechen Sie von der Gälischen Schwadron?«

»Unter anderem. Bedenken Sie: Wäre das TOG gekommen und hätte die Gälen aufgefordert, ein Teil des Imperiums zu werden, hätten sie sich vielleicht gesträubt. Die Gälen sind schließlich eine Kultur von Kriegern mit einer langen, harten Überlebensgeschichte auf diesen Welten. Dieses Erbe schlummert noch immer in ihrem Blut. Verstehen Sie mich nicht falsch. Die Gälen wären gestorben, wenn sie gekämpft hätten, aber das TOG hätte Menschen, Schiffe und Zeit verloren. Das sind Dinge, die das Imperium nicht verlieren kann, wenn es seinen Krieg mit den KessRith und dem Commonwealth auf der anderen Seite der Galaxis fortsetzen will.

Das TOG hätte Ihre Welten vielleicht ebenfalls verloren. Trotz der Dinge, die mit Trothas geschehen sind, ist das Imperium nicht wild darauf, etwas so Kostbares wie erdähnliche Welten zu vergeuden, Commander. Das Imperium wollte an Trothas ein Exempel statuieren, um andere potentielle Rebellenwelten, insbesondere diejenigen, die sich von einer Zusammenarbeit mit den KessRith Vorteile versprechen, abzuschrecken, aber es wird sehr, sehr lange dauern, bis Trothas wieder für irgend jemanden von Nutzen ist.«

»Den Rebellen eine Lehre erteilen? Die Menschen auf Trothas hatten sich bereits ergeben.«

»Vielleicht glaubte der Admiral, daß er der Kapitulation nicht trauen konnte. Auf jeden Fall könnte es sein, daß wir – für den Fall, daß Sie Ihre Fünf Systeme gegen uns verteidigt hätten – statt fünf angenehmer, nützlicher und lebenswerter Welten fünf verbrannte, radioaktive Ascheklumpen in unserem Imperium gehabt hätten.«

Morganen konnte sich das Lächeln nicht verkneifen. »Wir Gälen sind für unseren Dickschädel berühmt, Bürger.«

»Wieviel besser ist es für das TOG, wenn die Anpassung der Gälen friedlich erreicht werden kann.«

»Aber wir haben beantragt, daß Sie uns in das TOG aufnehmen. Der Vertrag von Kinkaid wurde vor mehr als zwanzig Jahren geschlossen. Wieviel Anpassung erwarten Sie denn noch?«

Elliot nahm einen weiteren Schluck von seinem Drink und zog eine Grimasse. »Mmmm. Gute Frage. Bedenken Sie auch das folgende. Die Gälenwelten haben Jahre damit verbracht, eine Schlachtschiffschwadron aufzubauen. Sie stecken viele Ressourcen in das Projekt, betrachten es aber als gute Investition, da sie beachtliches neues Wissen vom TOG erhalten, Schiffsbaupläne, Waffen, Energieversorgung und vieles mehr, denke ich mir.«

Morganen nickte. »Wir haben jedes einzelne Fusionskraftwerk auf den Fünf Welten umgebaut, seitdem wir wissen, wie Sie es machen. Wir waren der Ansicht, daß wir nach einigen tausend Jahren im Dunkeln einiges nachzuholen hatten.«

»Dessen bin ich mir sicher. Als nächstes hat das TOG Ihre besten jungen Männer aufgefordert, die Schwadron zu bemannen, ihnen die Möglichkeit geboten, die Galaxis zu erforschen, ein Teil des Imperiums zu werden, um das Imperium vor seinen Feinden zu schützen. Einige der jungen Männer des Sternenhaufens erhalten die Möglichkeit, die Imperialen Militärakademien zu besuchen.«

»Fahren Sie fort.«

»Die imperiale Politik erlaubt es keinem Mitglied des Imperiums, seine eigene Flotte zu besitzen, Commander.«

»Soweit ich gehört habe, gab es in unserem Falle eine besondere Ausnahmeregelung.«

»Sie haben richtig gehört. Aber warum sollte Ihnen diese Ausnahmeregelung bewilligt worden sein?«

»Ich gehe davon aus, daß unsere jungen Männer sich nicht freiwillig gemeldet hätten, um die Schwadron zu bemannen, wenn diese Genehmigung nicht erteilt worden wäre. Sie wären nicht so eifrig gewesen, wenn es darum gegangen wäre, in gemischten Einheiten mit völligen Fremden, sozusagen Außerweltlern, zu dienen.«

»Richtig. Also gab man ihnen die Möglichkeit, zu zeigen, was in ihnen steckt. Der Captain des Schlachtschiffes ist einer von ihnen, er wurde in Grelfhaven ausgebildet. Er ist außerdem ein sorgfältig ausgewählter Offizier des Imperiums, eines von fünftausend Kindern, die einstmals vom Sternhaufen zur Ausbildung nach außerhalb geschickt wurden, und er hat auf der Imperialen Akademie gelernt. Noch wichtiger ist, daß er ein echter Held ist, Sieger in einem verzweifelten Kampf gegen die KessRith und von der Presse als der Held von Tallifiero und der größte Kämpfer des Zeitalters gefeiert.«

»Das klingt vertraut. Und weiter?«

»Die Schwadron wird zusammengestellt und schwärmt aus. Sie wird besiegt.«

»Häh? Aber das ...«

»Sie wird geschlagen und erleidet vor allem im Bereich der Jagdfliegerpiloten, die häufig zu den besten und tapfersten Offizieren der Flotte zählen, ernste Verluste.«

»Aber wir wurden nicht geschlagen.«

»Nein. Dieser Teil des Planes schlug irgendwie fehl.«

»Sie ... Wollen Sie damit etwa sagen, daß das Imperium bei Trothas verlieren wollte?«

»Nein, zumindest nicht die gesamte Flotte. Es gab tatsächlich eine Rebellion auf Trothas V. Sie mußte schnell niedergeschlagen werden, bevor sie auf andere Gebiete übergriff. Aber die Gälische Schwadron sollte kräftig zur Ader gelassen werden, allein im Einsatz gegen eine schwer verteidigte Rebellenwelt, die von einer beträchtlichen Anzahl KessRith-Schiffe beschützt wurde.«

»Die Gälische Schwadron hätte vollständig ausgelöscht werden können. Das wollten Sie?«

»Nein, ich selber wollte das nicht. Ich habe erst vor ein paar Tagen davon erfahren. Einige Leute wollten erreichen, daß man Kendric Fraser wegen Unfähigkeit vor Gericht brachte.«

»Unfähigkeit? Fraser?«

»Ja, Fraser. Überlegen Sie mal, welchen Eindruck es machen würde. Der beste Pilot des Sternhaufens, sein Held, der Löwe von Tallifiero, führt die Gälische Schwadron in die Schlacht und verliert sie beinahe. Oder vielleicht verweigert er den Gehorsam, oder er schafft es nicht, sein Schiff so zu führen, wie es dem Commodore gefällt. Vielleicht bemerkt der Kommandant, daß die übrigen Captains Fehler machen, weil Flaggcaptain Fraser sie nicht richtig führt. Egal welcher Vorwand, sie würden ihn fertigmachen.«

»Und sie haben es schließlich geschafft.«

»Die Ironie des Ganzen besteht darin, daß Fraser, als er beinahe die Schlacht von Trothas für das TOG entschied, all diejenigen besiegte, die ihn fertigmachen wollten. Nach Severnos Tod war er selbst ein Held, und es gab niemand, der ihn verleumden konnte. Aber dann drehte er sich um 180 Grad und lief geradewegs in die Falle, als er sich weigerte, den direkten Befehl eines anwesenden Overlords anzunehmen. Er entging der gestellten Falle und legte sich dann selbst hinein.«

»Wie rücksichtsvoll von ihm.« Morganen trommelte mit seinen Fingern auf den Tisch. Er dachte an den von ihm gelöschten Logbucheintrag. So hatten sie Fraser ursprünglich vernichten wollen ...

»Und idiotisch. Seine Entscheidung, den Befehl zu verweigern, konnte Trothas nicht retten.«

»So? Warum erzählen Sie mir das alles? Ihre geheimnisvollen ›sie‹ haben ihn diskreditiert. Und nun?«

»Es wird bald bekanntgegeben. Ich denke, es kann jederzeit geschehen. Der große Versuch, daß eine örtliche Verwaltung eine eigene Weltraumschwadron aufstellen und bemannen kann, ist durch Frasers Meuterei gescheitert. Die Gälische Schwadron wird aufgeteilt werden, die zehn Schiffe werden über die gesamte Flotte verteilt. Während der nächsten Monate werden die einzelnen Besatzungsmitglieder so lange von Schiff zu Schiff geschickt werden, bis sie in den Hunderttausenden anderen Schwadronen untergehen.«

»Die Schwadron wird aufgelöst?«

»Richtig. Das TOG erhält gratis zehn neue Schiffe. Und sie haben eine perfekte Entschuldigung, um den größten Teil der Gälischen Regierung zu übernehmen.«

»Das können sie nicht!«

»Warum nicht? Sie brauchen nur eine kleine Zwietracht in der Verwaltung, um einzugreifen. Oh, es könnte natürlich sein, daß dagegen protestiert wird, aber das TOG wird sich wie ein wohlwollender Vormund präsentieren: ›Wir haben bisher versucht, es auf Ihre Art und Weise zu machen, aber es hat nicht geklappt. Wenn Fraser nicht gewesen wäre, sähen die Dinge vielleicht anders aus‹, und so weiter.«

»Also dient Captain Fraser als Sündenbock für diejenigen unter uns, die das Imperium ablehnen.«

»Genau. Innerhalb der nächsten zehn, zwanzig Jahre wird es Pläne geben, die gesamte einheimische Bevölkerung dieses Sternhaufens umzusiedeln.«

»Was?« Morganens Schrei sorgte dafür, daß sich die Leute in der Bar umschauten, und es dauerte einige Schrecksekunden, bis sich der Geräuschpegel wieder normalisiert hatte. Morganen beugte sich vor und flüsterte barsch: »Das meinen Sie nicht ernst!«

»Das Imperium kann sich Enklaven wie den Gälischen Sternhaufen nicht leisten, mein Freund. Orte, an denen die Menschen seit Jahrhunderten hauptsächlich dem eigenen kleinen Planeten ergeben sind. Ihr wußtet bis vor einigen Jahren nicht einmal, daß ein äußeres Universum existiert. Ich nehme an, daß man euch gleichmäßig auf die anderen Welten aufteilen wird.«

»Um Himmels willen, wie kann man so etwas machen? Es gibt Milliarden Gälen ...«

»Ich sah vor einigen Tagen einen Bericht in einem Ihrer lokalen Fernsehsender, über die Unvermeidlichkeit einer Supernova hier im Gälischen Sternhaufen. Der Sprecher betonte, wie ein explodierender Stern das gesamte Leben hier im Sternhaufen zerstören könnte und welch ein Glück es sei, daß ihr das TOG entdeckt habt, da dieses sicher bereit wäre, euch auf anderen Welten in der Galaxis anzusiedeln.«

Morganen bemerkte, wie ihm ein Schauer über den Rücken lief. Er wußte, daß die entnervenden Neuigkeiten, die er derartig detailreich hörte, nicht nur das Ende seiner Raumfahrtkarriere, sondern seiner gesamten Kultur und Lebensweise bedeuteten. Er fühlte eine gähnende innere Leere, wie er sie seit Caras Tod nicht mehr verspürt hatte. »Das können sie nicht machen.«

»Es hat schon angefangen.«

»Warum ... warum erzählen Sie mir das alles?«

»Sie scheinen mich als das Imperium zu betrachten, Commander. Ich denke, das kommt daher, daß Sie mich sehen und hören können. Ich spreche etwas so Gigantisches aus, wie es kein Mensch völlig sehen oder hören kann. Aber ich bin nicht für das TOG.«

Elliot schaute nach rechts und links, wie um sich zu vergewissern, daß keine unsichtbaren Zuhörer lauerten. »Nicht mehr. Schon seit einiger Zeit nicht mehr, obwohl ich meine Stellung in der Verwaltung hier beibehalten habe. Ich denke, ich glaubte, daß ich vielleicht etwas Gutes erreichen könnte.«

»Warum sind Sie ausgestiegen?«

»Wegen einer Reihe von Dingen. Zumeist Kleinigkeiten. Die Feststellung, daß eine Galaxis voller Welten und Kulturen vom TOG in eine einzige, vorgeschriebene Form gepreßt werden sollte. Zu sehen, was das TOG mit Menschen, guten Menschen, machte.«

»So wie Kendric?«

Elliot nickte. »Kendric war mir wie ein Sohn. Sein Vater war mein Freund und mein Unterstützer in einigen ... politischen Schlachten zu der Zeit, als das TOG hier in Ihren Sternhaufen kam. Ramsay hat mir das Leben gerettet und ist dabei selber gestorben, und ich stehe seitdem in seiner Schuld. Ich weiß nicht, vielleicht dachte ich damals, daß es tatsächlich eine Chance für freie Menschen gäbe, ein Maß an Freiheit und Autonomie innerhalb des TOG zu erlangen. Ich glaube nicht mehr daran. Und ich kann mit Sicherheit nicht an etwas derartig Üblem mitwirken, wie sie es mit dem jungen Fraser gemacht haben.«

»Sie sagen es. Was kann ich tun?«

»Ich dachte, das könnten Sie mir sagen.«

»Häh?«

»Ich kann Ihnen sagen, wo sie Fraser hingeschickt haben. Vielleicht kann ich Ihnen sogar die Computerpläne der Anlage, wo er gefangengehalten wird, besorgen.«

»Eine Befreiung?«

»Das ist die Idee.«

»Und dann weiter?«

»Und dann fliehen wir.«

Morganens Augen weiteten sich. »Fliehen? Wohin? Das TOG kontrolliert fast alles in der Galaxis, nicht wahr?« Er kicherte. »Es sei denn, daß Sie die KessRith aufsuchen wollen. Ich könnte mir vorstellen, daß die uns liebend gerne zu Besuch hätten!«

»Das TOG kontrolliert nicht alles«, sagte Elliot leise und mit nachdrücklicher Stimme. »Und es gibt andere Möglichkeiten ... die wir gemeinsam erforschen müßten. Das wichtige ist: werden Sie mir helfen?«

Morganen überlegte einen Augenblick. Falls dies eine Falle war, ein Versuch vom TOG, ihn hereinzulegen, war es mit Sicherheit eine schwerfällige. Sie hätten immerhin das Kriegsgerichtsverfahren auch auf ihn ausweiten können, wie Elliot bereits gesagt hatte.

»Ich würde Fraser gerne helfen«, sagte Morganen.

»Sie haben ihn nicht immer gemocht.«

Morganen schaute hastig hoch und versuchte, die Gedanken des anderen Mannes zu lesen. Elliots schnelle Gedankensprünge waren verwirrend. »Sie wissen derartig viel über uns, dann ...«

»Oh, ich habe tatsächlich von Kendric davon erfahren. Aber sehen Sie, ich hörte davon, daß Sie versucht haben, ihn bei seiner Kriegsgerichtsverhandlung zu verteidigen. Daher dachte ich, daß sich Ihre Einstellung ihm gegenüber geändert hätte.«

Morganen nickte. »Ich weiß nicht, was es war. Vielleicht war es einfach die Tatsache, daß er für seine Leute sorgte, ganz gleich, worum es ging. Er riskierte mehrfach seine Karriere bei Trothas, um seine Leute zu schützen. Vielleicht habe ich deshalb angefangen, ihn zu bewundern.«

»Kendric Fraser ist ein guter Mann«, bekräftigte Elliot. »Er ist seinem Vater sehr ähnlich. Auf alle Fälle habe ich Sie ausgesucht, weil ich dachte, daß Sie ihm vielleicht helfen wollen. Und es bedarf eines guten Schiffscaptains, um ihn aus dem Ort herauszukriegen, wo sie ihn gefangenhalten.«

»Ich wüßte gerne, welches Interesse Sie an der ganzen Sache haben, Bürger. Sie sagen, er sei wie ein Sohn für Sie, und Sie seien ein Freund seines Vaters gewesen. Aber das ist doch wohl kaum Grund genug, Ihr eigenes Leben zu riskieren, oder? Sie sagen, daß die Interne Sicherheit vielleicht hinter Ihnen her sei. Zum Teufel, Sie reden von Verrat!«

Morganen ließ die Worte einige Sekunden im Raum hängen und fuhr dann leiser fort. »Sehen Sie, ich verstehe, daß Sie ihm helfen wollen, aber es klingt, als ob es unmöglich sei. Und Sie sind ein hochrangiger TOG-Verwaltungsangestellter. Sie müssen ein recht angenehmes Leben führen. Sie könnten alles, einschließlich ihres Lebens, verlieren, wenn die Sache schiefgeht. Was erhoffen Sie sich, daß Sie ein derartig hohes Risiko eingehen?«

Es dauerte einige Zeit, bis Elliot antwortete. »Nennen wir es einfach die Bezahlung einer Ehrenschuld«, sagte er ruhig.

18

Trotz der ständigen Probleme mit seismischen Aktivitäten beträgt die derzeitige Gennium-Arsenid-Produktion der Anlagen auf Grod zwei Prozent mehr als im Vorjahr. Obwohl einige Fraktionen Kritik daran üben, daß nicht alles automatisch geregelt wird, ist dies absolut kein Problem, da es mehr als genug Arbeiter der E-Klasse gibt, um die Produktion aufrechtzuerhalten.

– Aus einem Bericht über das Hauptquartier des Grodkomplexes, Mine 12, an den Hauptverwalter Deston Clovis in seiner Villa auf Narbon II, am 1. September 6830.

Wenn man in den Hauptabbaubereichen des weiträumigen unterirdischen Komplexes von Tunneln und künstlichen Höhlen unterwegs war, der als Mine 12 bekannt war, hatte man das Gefühl, in einer Sauna zu sein. Die Temperaturen betrugen mehr als vierzig Grad Celsius. Die Luftfeuchtigkeit war so hoch, daß überall Wassertropfen hingen, die ständig von der Decke rannen und bei der kleinsten Erschütterung in die Pfützen auf dem Boden platschten. Um von der Oberfläche zur oberen Etage der Mine zu gelangen, mußte man eine breite Betonrampe hinabsteigen. Kendric hatte verschwommene und verwirrende Eindrücke von Vorratskisten, die entlang der steinernen Wände aufgestellt waren, von elektrischen Transportkarren, von gigantischen, rostfleckigen Selbstentladewaggons, die auf einer sich langsam bewegenden Schiene liefen, und nur sehr wenigen Menschen.

Die Selbstentladewaggons prägten das Höhlenbild.

Jeder war zwanzig Meter lang und fünf Meter hoch, und die Verstrebungen und Mulden ließen Kendric darauf schließen, daß es sich um Frachtcontainer handelte, in denen loses Erz von den Sternfrachtern transportiert wurde. Sie bewegten sich nacheinander entlang der Schienen, unterhalb riesiger Rohre, die mit schwarzen Tüllen versehen waren und Kendric wie überdimensionale Zapfhähne erschienen. Es gab mindestens dreißig Öffnungen in den massiven Röhren, die aus den Felsen ragten und mit Querstreben und Stützen versehen waren, und aus jeder Öffnung ratterte ein steter Strom von Gestein in die wartenden Waggons. Die Reihe der Waggons verlor sich in den Tiefen des Tunnels, so daß Kendric kein Ende erblicken konnte.

Der Weg durch die Höhle brachte die Gruppe so nahe an die künstlichen Steinrutschen heran, daß der Lärm körperliche Schmerzen verursachte. Sie hielten vor einem kleinen, formlosen Wellblechgebäude an, das unter einem Gewirr von Trägerbalken und Kabeln kauerte. Hier gingen die Custodes an der Reihe der Sklaven entlang, nahmen nacheinander das Handgelenk jedes einzelnen Gefangenen und drückten einen kleinen, pistolenähnlichen Gegenstand dagegen. Als die Reihe an Kendric war, wehrte er sich nicht. Immer noch verstört und entsetzt durch die draußen gesehenen Schreckensbilder, schien keiner der Sklaven in der Lage zu sein, zu reden oder gar Widerstand zu leisten, obwohl die meisten zusammenzuckten, als die Pistole sie berührte. Die breite, flache Mündung verursachte ein kurzes Brennen, als ob die Haut seines Armes kurzfristig mit einer glühenden Klinge berührt worden sei. Dann gingen die Custodes zum nächsten und ließen Kendric mit einer Reihe kleiner roten Narben am Handgelenk zurück, aus denen sich die Nummer ›12/30-023744‹ ergab.

Nachdem die Markierungen beendet waren, entfernte man ihre Ketten und teilte die Gruppe, die dann wiederum geteilt wurde, durch Stöße und kurze Anweisungen der Custodes, die ihre Virgae schwangen. Ein Mann leistete deutlichen Widerstand. Nachdem ein Custos hinter ihn getreten war und ihn leicht mit der Virga berührte, schrie er auf und brach zusammen. Einige Augenblicke später rappelte sich der Mann wieder auf, aber der Stoff über seiner rechten Schulter war angekohlt, und seine linke Hand zitterte heftig von den Nachwirkungen des starken Stromschlages. Danach widersetzte sich niemand mehr den Befehlen der Custodes.

Kendrics Gruppe verblieb bei dem kleinen Gebäude, während der Rest in einem ungeordneten Haufen zum unteren Bereich der Höhle geführt wurde. Ein paar Custodes trennten zehn Sklaven von den Wartenden und brachten sie in das Gebäudeinnere, während die übrigen weiterhin inmitten der herabdonnernden Steinlawinen standen. Kendric vermutete, daß es sich bei dem Gebäude um einen Aufzug handelte, da er außer dem Getöse das Rattern und Quietschen von Kabeln vernahm. Es dauerte ziemlich lange, bis die beiden Custodes allein aus dem Gebäude traten und zehn weitere Männer und Frauen auswählten. Diesmal gehörte auch Kendric dazu.

Der Aufzug bestand aus einem offenen Käfig mit einer hüfthohen Kettenbrüstung, der in einem leichten Metallgestell über einem dunklen viereckigen Schacht im Gebäudeboden hing. »Haltet euch von den Wänden fern«, sagte einer der Custodes und drückte einen Schalter auf der Käfigseite. Der primitive Aufzug stürzte in eine derartige Finsternis, daß Kendric nicht einmal mehr den Kopf des Mannes sehen konnte, der ihm auf den Zehen stand und nur wenige Zentimeter von ihm entfernt war.

Der Minenaufzug war ohne Rücksicht auf die Gesundheit der Sklaven gebaut worden. Oberhalb der

Hüfte gab es außer den vier Eckstreben des Käfigs nichts zwischen den Fahrgästen und den Felswänden. Obwohl es kein Licht gab, fühlte Kendric anhand des flauen Gefühls im Magen, daß der Aufzug mit einer Geschwindigkeit in den Berg raste, bei der jemand, der versehentlich gegen die unsichtbaren Felswände geriet, eine Hand oder einen Arm verlieren konnte oder – noch schlimmer – aus dem Aufzug gezerrt und zerquetscht würde. Das klappernde Rasseln der Ketten und Kabelstränge, die in den Seilzügen quietschten, war ebenso ohrenbetäubend wie das der Steinlawinen, und der Boden der Kabine wackelte und bebte, als sich die Sklaven in der Mitte des Käfigs noch enger aneinanderpreßten.

Nach einem endlos scheinenden Sturz in der erdrückenden Dunkelheit wurde der Käfig langsamer und von Helligkeit überflutet, als sie eine offene Sohle erreichten. Kendric und die anderen Sklaven blinzelten in das plötzliche, grelle Licht, als einer der Custodes die Käfigtüre öffnete. »Du und du, raus«, sagte er barsch, dann drückte er erneut den Schalter, und der Käfig glitt rasch weiter in die Tiefe.

Der Aufzug hielt noch zwei weitere Male an. Auf der dritten Sohle wurden Kendric und ein anderer Mann von den Custodes hinausgestoßen. Sie blinzelten in das Licht, während der Aufzug weiter in die Dunkelheit hinabratterte. Der Ort, an dem sie sich befanden, lag am Ende eines Durchgangs mit niedriger Deckenhöhe, der mit Fluorstäben erleuchtet wurde, die an den nackten Fels geschraubt worden waren. Es war etwas wärmer und feuchter als auf den höheren Sohlen. Die Überreste von Kendrics schwarzer Uniform klebten feucht vom Schweiß und dem Kondenswasser der Luft an seinem Körper. Ein dumpfes Pochen, eher spür- als hörbar, schien im Boden unter seinen Stiefeln zu pulsieren, und er nahm an, daß es von irgendwelchen Pumpen verursacht wurde.

Kendric warf einen Blick auf seinen Begleiter. Er schien erst knapp zwanzig zu sein, und er trug ein pastellfarbenes Hemd und eine ebensolche Hose, die vermutlich auf irgendeinem Planeten in der Galaxis gerade modern waren. Die Kleidung des Mannes hatte die Strapazen und den Dreck auf dem Weg nach Grod nicht besser überstanden als Kendrics Uniform.

»Ich denke, es geht geradeaus weiter«, sagte Kendric. Seine Stimme schien den jungen Mann, dessen Augen sich vor Schreck weiteten, zu beunruhigen.

»Weißt du, es ist alles ein Irrtum«, sagte der Mann mit so leiser Stimme, daß Kendric die Worte kaum verstehen konnte. »Ich sollte überhaupt nicht hier sein! Es ist alles ein Irrtum!«

»Komm schon, Junge. Laß uns versuchen, ein paar Leute zu finden.«

»Du verstehst gar nichts!« Die Stimme war nun lauter. »Es war alles ein Irrtum. Ein Irrtum! Ich sollte nicht nach hier geschickt werden! Ich habe versucht, es ihnen zu sagen ...«

Es schien, als ob die aufgestauten Schrecken und Enttäuschungen der vergangenen Monate schließlich einen lange bestehenden Damm durchbrachen. Der Mann sprach lauter und schneller, seine Augen strahlten, seine Worte wurden unzusammenhängend.

»Reg dich ab, Junge.« Kendric ließ einen befehlenden Unterton durchklingen, jedoch ohne Erfolg. Sein Begleiter schaute sich hastig in beide Richtungen um und sprang auf den gähnenden Aufzugschacht zu.

Kendric drehte sich eilig um und riß den Fuß hoch, so daß der von Panik erfüllte Mann hilflos auf den Felsen schlug. Blutverschmiert und schluchzend, aber nicht mehr völlig blind vor Panik, rappelte er sich wieder auf.

»Du hast einen verdammt schnellen Fuß, Toggie.«

Kendric drehte sich beim Klang der neuen Stimme herum und stand einem Mann gegenüber, der so groß wie er selber und mindestens zwanzig Kilo schwerer war. Er war lehmverschmiert, und der Bart und das Haar waren so struppig, als hätte er sie mit dem erstbesten verfügbaren scharfen Gegenstand abgehackt. Er trug Sandalen und einen Stoffstreifen, der wie ein Schweißband um den Kopf gebunden war, und sonst nichts. Obwohl man nur schwer über den Schein der nächsten Fluorröhre hinausschauen konnte, gelang es Kendric, ein Dutzend oder mehr Männer und Frauen im weiteren Tunnelverlauf auszumachen.

»Manchmal allerdings«, fuhr der Mann fort, »solltest du sie einfach gehen lassen. Sie sind die Mühe nicht wert.«

»Er wollte zu dem Aufzugschacht«, sagte Kendric. »Wenn er hineingesprungen wäre, hätte er sich selbst und vielleicht alle anderen unten im Käfig umgebracht.«

»So? Kein großer Verlust. Wenn genug Leute auf diese Art sterben, machen sie vielleicht Türen vor den Schacht. Vielleicht schmeiße ich euch beide sowieso hinunter.«

Kendric sagte ruhig: »Ich will nicht mit dir kämpfen. Ich bin ein Gefangener hier … genau wie du.«

»Ha!« Der Mann brach in schallendes Gelächter aus. »Habt ihr das gehört? Der Toggie glaubt, daß er, genau wie wir, ein verdammter Sklave ist! Kommt schon! Erweisen wir ihm den richtigen Respekt für einen TOG Raumoffizier und Gentleman!«

»Laß ihn in Frieden, Van«, sagte eine Frauenstimme. »Wir haben keine Zeit für deine Spielchen.«

»Halt dich da raus, T. C.!«

»Den Teufel werde ich tun.« Die Frau trat ins Licht. Sie war groß und schlank. Obwohl es unter dem Lehm und Dreck schwierig zu erkennen war, glaubte Kendric, daß sie blonde Haare hatte und unter dem Dreck ein schönes Gesicht lag. Sie trug nicht mehr Kleidung als der Mann, den sie Van nannte. »Du und deine

Clique glauben, daß Ihr jeden einschüchtern müßt, den sie hier runterschicken. Das ergibt keinen Sinn, denn wir sitzen alle im selben Boot!«

»Nun hört euch die Dame an!« Vans sarkastischer Ton wurde von einer Welle dröhnenden Gelächters der Gruppe begleitet.

Kendric breitete die Arme in einer Geste des Friedens aus und trat vor. »Schau, Van, ich will weder mit dir noch mit irgend jemandem Ärger. Ich ...«

Der dicke Mann drehte sich um und stürmte brüllend los. Sein Geschrei hallte von den Felswänden wider. Der junge Mann, der immer noch auf dem Boden hockte, ächzte und robbte auf allen vieren rückwärts, um dem Angriff auszuweichen.

Kendric war nicht so unvorbereitet, wie es seine Haltung vermuten ließ. Seine Geste war in Wirklichkeit wohlüberlegt, und er glaubte, daß der Riese die Gelegenheit nützen würde. Van schwang den Arm in einem weiten Bogen. Hätte er getroffen, hätte er Kendric das Genick brechen können. Aber Kendric stand nicht mehr an derselben Stelle.

Obwohl das Flottentraining der Imperialen TOG-Luftfahrtoffiziere weder Nahkampf noch Kampfsport beinhaltete, hatte Kendric diese Kenntnisse – dank seiner gälischen Herkunft. Die Tradition des Heldentums – während tausendjähriger Kriege – hatte eine Reihe von Kampfsportarten als Erbe hinterlassen, und die meisten jungen Gälen wurden damit bei ihrer Einschulung konfrontiert. Kendric bildete keine Ausnahme, und er hatte zwei alte irdische Kampfsportarten studiert, welche die dunklen Zeitalter des Gälischen Sternhaufens überlebt hatten. Als man Kendric auswählte, um die Schule auf der imperialen Welt Kathlandi Primus zu besuchen, hatte er die Regelmäßigkeit der körperlichen und geistigen Disziplin vermißt. Aufgrund seiner eigenen Initiative gelang es ihm, einen kleinen kathlandischen Dan zu finden, der von einem Lehrer mit schwarzem Gürtel geleitet wurde und sowohl bereit wie auch in der Lage war, seine Ausbildung in Karate und Jujutsu fortzusetzen.

Kendric versuchte nicht, Vans Angriff abzuwehren. Statt dessen drehte er sich, sprang zur Seite und schlug zu; sein Hieb lenkte den Ellenbogen des großen Mannes in eine andere Richtung. Mit einem klatschenden Geräusch traf Vans Faust auf die steinerne Tunnelwand, und der zweite Schrei des Mannes übertraf den ersten an schierer Lautstärke.

Als Van von der Tunnelwand zurückprallte, war Kendric zur Stelle und warf den Gegner über die Hüfte. Die Bewegung erforderte, daß der Kämpfer den Kontrahenten vorn am Hemd packte, um ihn zu werfen. Da kein Hemd vorhanden war, packte Kendric statt dessen eine Handvoll von Vans wuscheligen, schlammverschmierten Brusthaaren. Der große Mann schrie, bis ihm der Aufprall auf dem Tunnelboden die Luft aus den Lungen quetschte.

Sofort stand Kendric über ihm und drückte einen Daumen wie eine Stahlrute gegen Vans Halsschlagader.

»Habe ich deinen Test bestanden?«

Der große Man schnappte einmal nach Luft und nickte dann kurz und heftig. Kendric richtete sich auf und trat zur Seite, um den anderen Mann aufstehen zu lassen.

»Das war verdammt gut für Frischfleisch«, sagte eine Frauenstimme. Kendric drehte sich um, und erblickte die gleiche junge Frau, die Van ›T. C‹ genannt hatte.

Er lächelte zufrieden, weil die entsprechenden Bewegungen im passenden Augenblick geklappt hatten, obwohl es schon einige Jahre zurücklag, daß er Jujutsu praktiziert hatte. Kendric war ziemlich aus der Übung, aber der Angriff von Van hatte aus nichts als schierer

Muskelkraft und Schnelligkeit bestanden und war damit am einfachsten abzuwehren. Er deutete mit dem Daumen auf den Mann hinter ihm. »Ist das eine Art von Einweihungsritual?«

»Ich denke, so kann man es nennen«, sagte sie. Sie hob die Stimme und deutete auf Van, der sich inzwischen hingesetzt hatte und das verletzte Handgelenk festhielt. »Wenn die Custies herausfinden, daß du dir die Hand gebrochen hast, weißt du, was du zu erwarten hast!«

Van funkelte sie an. »Ist nicht gebrochen.«

»Laß mich lieber mal schauen«, sagte Kendric. Vans Miene verdüsterte sich, aber er blieb ruhig sitzen, als Kendric die Finger und das Handgelenk bewegte.

»Es fühlt sich nicht gebrochen an«, stellte Kendric einen Augenblick später fest. Erste Hilfe war ein Bestandteil seiner Luftfahrerausbildung in Grelfhaven gewesen. »Um sicherzugehen, bräuchten wir allerdings einen Scanner.«

»Ja, bloß gibt es diese Dinge hier unten nicht, Toggie.«

»Von der Schwellung her würde ich sagen, daß die Hand verstaucht ist. Falls du etwas Eis besorgen könntest ...«

»Das haben wir hier unten auch nicht.« Van zog die Hand zurück. »Ich brauche deine Hilfe nicht, Toggie. Laß mich in Ruhe!«

»Du bist ziemlich gelassen für Frischfleisch«, sagte T. C. »Und du kannst dir mit Sicherheit selbst helfen. Wie heißt du?«

»Kendric Fraser.«

»Und das sind die Überreste einer Raumfahrtuniform?«

»Ich fürchte, ja. Aber irgendwie habe ich das Gefühl, daß ich auf den Beförderungslisten der Imperialen nicht mehr vorkomme.«

T. C. lachte, ein eigenartiges Geräusch in dem dunklen, unterirdischen Gang. »*Das* Recht steht dir zu. Aber du wirst diese Klamotten ablegen wollen.«

»Äh ...« Er zögerte, fühlte sich plötzlich unbehaglich. Die anderen Leute im Tunnel waren während seines Gespräches mit T. C. näher gekommen, und er stellte unangenehm berührt fest, daß niemand von ihnen, weder Männer noch Frauen, mehr als ein Lendentuch trug. Die meisten gaben sich noch nicht einmal damit ab. Obwohl sich das Verhalten der Gälen seit dem Zusammentreffen mit dem TOG geändert hatte, gab es noch immer tief verankerte Gefühle – Tabus –, hauptsächlich gegenüber Nacktheit, bei den Gälen. Obwohl Kendric sich nicht mehr als Gäle von Alba sah, sorgte seine Kindheit bei konservativen Eltern in einer kleinen Stadt auf Alba dafür, daß er sich von so viel Nacktheit, selbst wenn sie größtenteils durch Schmutz verdeckt wurde, in Verlegenheit gebracht sah.

Die Frau nickte. »Glaubt mir, es ist besser, wenn ihr beide euch auszieht. Hier unten gibt es einen Pilz, der an warmen, dunklen und feuchten Orten gedeiht, und es ist wirklich scheußlich, wenn er unter nasser Kleidung wächst.« Sie stemmte die Hände in die Hüften und schüttelte den Kopf. »Ich verspreche euch, daß Ihr nach der ersten Hälfte eurer Schicht zu müde seid, um an etwas anderes als essen und schlafen zu denken.«

»Ich glaube, ich verstehe, was du sagen willst.«

»Eure Sachen halten hier unten sowieso nicht lang. Deine schicken Stiefel sind innerhalb einer Woche verrottet, und deine Füße gleich mit. Ich schlage vor, daß du die Sohlen abschneidest und sie Van gibst. Er wird dir Sandalen daraus machen.«

Kendric zog die Augenbrauen in die Höhe. »Warum sollte Van irgend etwas für mich tun?«

»Warum denn nicht? Wir sind eine Familie. Stimmt's, Van?«

Der dicke Mann murmelte etwas Undefinierbares

und stand auf. T. C. fuhr fort: »Wir reißen dein Hemd in Streifen, um Schweißbänder daraus zu machen. Sie sind nützlich, um Schweiß und Schlamm aus den Augen zu halten, und falls du auf eine Gasblase treffen solltest, geben sie dir vielleicht ein paar Sekunden Luft.«

»Was ist mit den Anzügen, die von den Leuten an der Oberfläche getragen werden?«

»Wer ... die Custies? Schutzanzüge, um die Säure abzuhalten. Das Wasser oben hat einen verdammt hohen Säurewert, und der Regen frißt dir das Gesicht weg, wenn du lange genug darin stehst. Hier unten ist es nicht so schlimm. Du hattest Glück, hier eingeteilt zu werden. Die Säure wird fast völlig vom Kalziumkarbonat in den Steinen oben neutralisiert. Schutzausrüstungen gibt es sowieso nur für die Custies und die Aufseher. Wir sind nicht auf der Empfangsliste für das Zeug.«

»Ich bin mir nicht sicher, ob wir in einer Klasse sind, Toggie«, mischte sich Van ein.

Kendric drehte sich um und sah dem Mann ins Gesicht. »Möchtest du es noch einmal ausdiskutieren?«

Van starrte Kendric einen Moment lang an und rieb sich das Handgelenk. Dann senkte er die Augen und drehte sich schulterzuckend um.

»Na, komm schon. Schauen wir, daß wir einen Platz finden, wo du dich hinplumpsen lassen kannst. Die nächste Schicht ist nicht mehr fern, und die Custies sollen uns nicht in der Nähe des Fahrstuhlschachtes antreffen!«

Ihnen blieb ein wenig Zeit, um sich in den dunklen Lehmbodenhöhlen zu unterhalten. Der Name der Frau lautete Terra Chenetta Lloyd. »Aber alle nennen mich T. C.«, fügte sie hinzu. Kendric konnte es verstehen, nachdem er Zeuge geworden war, wie Van auf seine Uniform reagiert hatte. ›Terra‹ war in der imperialen Diaspora ein beliebter Name, aber nicht innerhalb der weniger privilegierten Klassen des TOG. T. C. war seit fast einem Jahr Sklavin auf Sohle 3 in der Mine 12. Sie wußte es nicht genau, weil es keine Möglichkeiten zum Aufzeichnen gab, aber die Arbeitsschichten auf Grod liefen nach einem strikten Zeitplan von zwanzig Arbeitsschichten unten und vier Schichten oben ab. Den ›Himmel‹, wie sie es nannte, hatte sie achtundzwanzigmal gesehen, seitdem sie im Kopf mitrechnete. Wenn man davon ausging, daß jede Arbeits- und Ruheschicht jeweils sechs Stunden betrug, zwanzig Arbeitsschichten zehn Tagen entsprachen und der ganze Zyklus zwölf ergab. Nur zwei aus der Gruppe waren noch länger da, Van und eine graue, verhutzelte Frau namens Ellen.

Kendric war überrascht, daß die Aufseher, die die Mine leiteten, den Untertagarbeitern den Zugang an die Oberfläche überhaupt gestatteten.

»Ich denke, das ist ein Bestandteil der Psychologie dieses Ortes«, erklärte T. C. »Wenn uns außer dem Versprechen des Todes nichts am Leben hielte, würden die Arbeiter sich nach einiger Zeit einfach hinlegen und sterben. Warum sollte man diese Dinge verlängern, siehst du?

Also haben wir Alternativen. Es gibt oben Dreifüße, falls wir nicht gehorchen, uns weigern zu arbeiten oder was auch immer. Wenn wir arbeiten und uns benehmen, gibt es ... Hoffnung.«

Kendric stieß ein bitteres Lachen aus. »Hoffnung? Hier?«

»Sicherlich. Sie lassen uns alle zwanzig Schichten an die Oberfläche, und das hilft. Du wirst nicht glauben, daß es hilft, bis du es selbst erlebt hast. Und wir wissen, daß wir die Wahl haben. Wenn wir nicht mehr können, können wir ... einen Spaziergang machen.«

»Du meinst, die Mine verlassen?«

»Sie werden dich nicht aufhalten. Keiner weiß etwas Genaues, da niemand zurückkommt, aber es kann keinen langsameren Tod als in den Dreifüßen geben. Und es müßte Klippen, Lavateiche oder Tiere geben, die das Ende beschleunigen können.«

»Und das nennst du Hoffnung?«

»Nachdem du eine Weile hier gewesen bist, wirst du es verstehen. Du kannst nicht weitermachen, wenn du nicht weißt, daß das hier nicht alles ist.«

Der mißtönende Klang einer Trillerpfeife beendete das Gespräch, und mit elektrischen Ruten bewaffnete Custies eilten herbei, um den Schichtwechsel einzuleiten.

Die meisten Sklaven der Mine 12 waren mürrisch, der Ausdruck ihrer Gesichter variierte zwischen dumpf und leer und trübe und leer. Sie sprachen wenig und wirkten wie Roboter, die zusammenkamen, wenn man es ihnen sagte, arbeiteten, wenn man es befahl, und sie schienen den gleichen individuellen Enthusiasmus zu haben, wie eine Bovoherde auf den Weiden des Hochlandes von Alba.

T. C. war eine Ausnahme. Kendric begriff schnell, daß sie einer jener Menschen war, deren beste Waffe ihr rauhes Benehmen darstellte. Hinter dem schmutzigen Gesicht verbarg sich ein schneller Verstand und das Verlangen, über die Welt außerhalb dieser höllischen engen Tunnel zu reden. Er nahm an, daß ihr Ritual des ›Himmelsehens‹ für sie mehr war als ein Mittel, um die Zeit zu messen. Sie schien begierig zu wissen, daß der Himmel und die Welten dahinter noch existierten.

Während der Arbeitszeiten konnten sie nicht miteinander reden, aber T. C. hatte ihn regelrecht adoptiert. Sie erklärte, daß sie dies immer mit Neuankömmlingen und Frischfleisch machte; sie zeigte ihm die Arbeitsabläufe und half ihm, damit vertraut zu werden. Nachdem die einzelnen, langen Arbeitsperioden vorüber waren, saßen sie gemeinsam auf dem Lehmboden von Baracke D 12-3 und redeten.

Langsam und schmerzhaft lernte Kendric, was es hieß, ein Kristallbergarbeiter zu sein.

19

Das Licht, das die Sterne unseres Sternhaufens verbreiten, ermöglicht alle Dinge.

– Altes gälisches Sprichwort

»Das Sternsystem heißt Narbon«, erklärte Elliot. »Es liegt dort, im Orion-Sagittarius-Wirbel, etwa achttausend Lichtjahre entfernt.«

Diesmal war Elliot zu Morganen gekommen. Die beiden befanden sich in Morganens Büro an Bord der *Gael Warrior*. Das Schlachtschiff lag noch immer im Hafen von Alba, obwohl täglich neue Gerüchte umgingen, daß die Schwadron bald wieder eingesetzt würde. Elliot war als Imperialer Gesundheitsinspektor von Alba Port an Bord gekommen und hatte verlangt, mit dem Captain zu reden.

Morganen beugte sich vor und folgte Elliots ausgestrecktem Finger. Er hatte den optischen Eingang seines Schreibtischcomputers auf den Holoprojektor umgeleitet. Die Oberfläche wurde zur Zeit von einer dreidimensionalen Projektion, die ein Viertel der Galaxis umfaßte, verdunkelt. Weiße Punkte, die Sternhaufen markierten, hingen wie eingefroren am Ende Dutzender speichenähnlicher Gebilde. Grüne Lichter markierten die Lage von Sol nahe der Orionlinie, den Gälischen Sternhaufen am äußeren Ende der Speichen und Trothas genau entgegengesetzt, recht nahe den blaßrot glänzenden Zeichen des KessRith-Raums, das sich auf dem ersten Drittel des Weges zwischen Alba und Terra befand.

»Während Sie von Trothas nach Alba reisten, hat

man ihn an Bord eines Frachters geschafft, der eine langsamere, verschlungenere Strecke flog und hier auftauchte.« Elliots Finger verharrte neben dem Bild, das als Narbon auf der Karte eingezeichnet war. »Haetai-Aleph ist der größte Mond von Narbon IV, dem inneren Gasgiganten des Systems. Der Gigant heißt Haetai, der Mond Haetai-Aleph. Er ist an einem Ort – genauer gesagt, in einem Berg –, der Grod genannt wird, in einem der Bergwerke.«

Er berührte die Computertastatur, und das Hologramm der Galaxis verblaßte und wurde durch einen Verband von düster leuchtenden Planeten und den glitzernden Spuren Dutzender Monde in der Umlaufbahn ersetzt. Elliot deutete auf einen der inneren Orbits, der sich knapp vor dem puderartigen Ring, der den Giganten umgab, befand.

»Welche Verteidigungsanlagen gibt es dort? Örtliche Schiffe? Raumpatrouillen?«

»Es gibt natürlich militärische Einrichtungen auf Aleph, Grod und sonstwo. Üblicherweise gibt es Raumeskorten, wenn ein Erzkonvoi aufgestellt wird, aber soweit meine Informanten berichten, sind die einzigen Raumschiffe des Systems eine Handvoll leichter Schiffe. Jagdflieger, Korvetten, bewaffnete Shuttles und dergleichen.«

Wieder berührte er die Computertastatur, und der Gasgigant wurde augenblicklich zu einem Lichtpunkt. Andere Lichtzeichen erschienen inmitten der strahlenden Linien, die ihre Umlaufbahnen um die orangefarbene Sonne markierten.

»Narbon II ist bewohnt«, sagte Elliot und deutete auf den zweiten Planeten. »Terra, oder, was Sie besser kennen, Alba ähnlich. Ein wenig trockener, aber mit großen Wüsten. Das meiste Wasser ist in kleinen, polaren Eisschollen gebunden. Die Atmosphäre ist dünn. Es gibt Städte, einschließlich eines Handelspostens.«

»Handelsposten?«

»Nennen Sie es einen häufig besuchten Haltepunkt auf den galaktischen Handelsstrecken, insbesondere für die Unabhängigen.«

»Ist es dem TOG nicht unangenehm, wenn sich derartige Dinge im selben System wie die Bergwerke befinden?«

Elliot zuckte mit den Schultern. »Ich bezweifele es. Sie profitieren in Wirklichkeit davon. Die Sternfrachter, mit denen die Sklaven gebracht werden, sind häufig Unabhängige. Narbon II ist ihre Nahrungs- und Vorratsquelle für Haetai-Aleph.«

»Okay. Wir gelangen mit einem Schiff dorthin. Wie finden wir einen Mann, der irgendwo auf dem Planeten ist?«

»Ich kann Ihnen sagen, wo er ist. Mein Informant berichtete, daß er in Mine 12 auf Sohle 3 eingeteilt wurde. Nach dem, was wir in Erfahrung bringen konnten, bleibt ein Sklave bis zu seinem Lebensende auf der ihm zugeteilten Sohle.«

»Kommen sie nie an die Oberfläche?«

»Sie haben einen Schichtplan. Zehn unten, zwei oben, so läuft es ab, glaube ich. Wenn sie an der Oberfläche sind, hält man sie in Barackenbereichen in der Nähe des Eingangs. Dort bietet man ihnen die Möglichkeit, sich zu waschen und ein paar anständige Mahlzeiten zu essen.«

»Aha. Kann Ihr Informant Kendrics Schichtplan herausfinden? Es wäre gut, wenn wir dort eintreffen, wenn er an der Oberfläche ist. Denn ich sehe keine Möglichkeit, wie wir an ihn herankommen sollen, wenn er drei Sohlen tief unter der Erde ist.«

Elliot schüttelte den Kopf. »Diese Art von Information wird auf Grodport, wo mein Mann die übrigen Informationen erhielt, nicht bekanntgegeben. Es wird von den einzelnen Aufsehern bei den verschiedenen Arbeiten festgelegt.«

»Kann er an einen dieser Aufseher herankommen?«

»Commander, mein Informant ist ein Frachtercaptain, der mir eine Gefälligkeit schuldet. Er wurde vor einigen Jahren, trotz Schmuggels, nicht nach Grod oder an einen ähnlichen Ort geschickt, weil ich mich für ihn eingesetzt habe. Aber Sie können mir glauben, daß er mit der Lieferung dieser Informationen seine Schulden bezahlt hat. Ich kann nicht verlangen, daß er in einer abgesperrten TOG-Minenanlage herumschnüffelt. Es wäre Selbstmord oder noch schlimmer. Anstatt ihn einfach zu töten, könnten sie sich entscheiden, ihn dortzubehalten.«

»Dann ist es hoffnungslos! Es sei denn, wir riskieren es und hoffen, daß Kendric, wenn wir ankommen, in den Baracken an der Oberfläche ist. Eine Erfolgschance von zwanzig Prozent!«

Elliot schüttelte den Kopf. »Ich habe mich an Sie gewandt, Commander, weil Sie ein Soldat sind. Ich bin Zivilist, ein Bürokrat. Ich kann die Informationen eines zivilen Bürokraten liefern, aber Taktik und Strategie sind etwas anderes. Sie als Soldat können doch sicherlich einen Plan entwerfen, um Kendric dort herauszuholen.«

Morganen seufzte. »Ich weiß es nicht, Bürger. Es ist nicht die militärische Seite, die mich beunruhigt. Es ist die schiere Tatsache, einen Mann in einem Ameisenhaufen von unterirdischen Gängen und Tunneln suchen zu müssen. Wir haben noch nicht einmal eine anständige Karte der unterirdischen Anlagen!«

»Sie sagen, es ist nicht machbar?«

»Oh, wir können es versuchen.« Morganen lächelte humorlos. »Die Chancen stehen immerhin eins zu fünf, daß wir ihn an der Oberfläche finden – wenn seine Wachen ihn nicht zuerst erschießen, oder wir ihn aus Versehen umbringen. Lassen Sie mich einen Blick auf diese Pläne werfen, und ich werde später weiter mit Ihnen reden.«

»Wann ist später?«

»Gute Frage. Sagen wir besser morgen, um 0900

oder früher. Die Gerüchte gehen um, daß unsere Schwadron abmarschieren soll. Bis jetzt habe ich noch keine Befehle bekommen ...«

»Ich kümmere mich darum.« Elliot stand auf. »Ich weiß aus dem Büro des Gouverneurs, daß Arada Ihre Schwadron aufteilen will. Falls ich irgendwas hören sollte, lasse ich es Sie wissen. Bis morgen dann. Ich komme wieder als Gesundheitsinspektor, um ihre Kombüse zu überprüfen.«

»Fein. Ich sage Purcell, daß er Sie erwarten soll. Äh, noch eine Sache, Bürger.«

»Ja?«

»Bevor wir uns noch weiter vorwagen, muß ich wissen, was Sie vorhaben, nachdem wir Kendric aus Grod herausgeholt haben. Wir können nicht einfach nach Alba zurückkehren. Sie haben Möglichkeiten erwähnt, aber, verdammt noch mal, ich sehe keine, die Sinn ergeben!«

Elliot lächelte. »Ich arbeite noch daran, Commander. Das Schwierigste ist, die Vorkehrungen für die Familien der Besatzung zu treffen.«

»Familien?«

»Um dem langen Arm des TOG zu entkommen, benötigen wir ein Schiff.«

Morganen schloß die Augen. »Eins von unseren. Eine Korvette vielleicht?«

»Denken Sie großzügig, Commander. Wenn wir dem Zugriff des TOG entkommen wollen, benötigen wir ein Schiff, das groß genug ist, um eine entsprechend lange Reise zu machen. Eine sehr lange Reise. Und das bedeutet, daß wir ein großes Schiff mit einer großen Besatzung benötigen.«

Morganen riß die Augen auf. »Sie reden von diesem Schiff! Der *Gael Warrior!*«

»Genau.«

»Aber gütiger Himmel, Mann, ein imperiales Schlachtschiff!«

»Wie ich bereits sagte, das Schwierigste ist es, die Vorkehrungen für die Familien der Besatzung zu treffen. Die meisten von ihnen haben Angehörige auf Alba, ein paar von ihnen auf den anderen Welten des Sternhaufens. Frauen, Geliebte, Eltern. Ich bezweifele, daß die Besatzung der *Gael Warrior* bereit wäre, den Sternhaufen für immer zu verlassen, wenn ihre Familien der Gnade des TOG ausgeliefert wären!«

»Darüber habe ich nicht nachgedacht.«

»Es gibt eine Reihe von Dingen zu berücksichtigen«, erklärte Elliot fröhlich.

»Im Augenblick überlegen Sie sich einen Weg, wie wir Kendric, wenn wir ihn brauchen, an die Oberfläche kriegen! Ich lasse die ganzen Computerdaten hier, Tabellen, Navigationspunkte und so weiter. Und ich sehe Sie morgen früh.«

»In Ordnung. Bis dann.«

Verdammt sollte er sein!

Er hatte die Antwort schon wieder vermieden. Wo will er hingehen – und das mit einem imperialen Schlachtschiff! Vielleicht können wir morgen darüber reden. Verdammt! Fraser hätte auch an die Familien der Besatzung gedacht, und er hatte auch nicht mehr Familienangehörige hier als ich. Ich fange an, mich zu fragen, ob ich überhaupt das Zeug dazu habe, ein derartig großes Schiff zu befehligen.

Nach einer Weile beugte er sich vor und berührte den Intercomschalter an seiner Schreibtischkonsole. »Personal. Hier ist der Captain.«

»Personaloffizier Craig, Sir.«

»Ich möchte einen Suchlauf über die Offiziere der Warrior. Und auch über die dienstältesten Mannschaftsgrade. Suchen Sie mir die vier oder fünf Leute mit der größten Kampferfahrung.«

»Kampferfahrung, Sir?«

»Das ist richtig, Mr. Craig. Die Priorität liegt nach Möglichkeit bei den Leuten, die bei Bodeneinsätzen gekämpft haben. Ich brauche den Bericht so schnell wie möglich. Heute nacht.«

»Ich mache mich sofort daran, Captain.«

Nachdem er abgeschaltet hatte, lächelte Morganen zufrieden. Craig war vermutlich der Ansicht, daß er verrückt sei, wenn er Kampferfahrung innerhalb der Mannschaft und der Offiziere der *Gael Warrior* suchte. Für ein Volk von Kämpfern waren die Gälen während der letzten Jahrhunderte bemerkenswert friedlich gewesen. Trotzdem hatte jede der Fünf Welten ihre gesetzlosen oder rebellischen Elemente, und die Miliz von Alba umfaßte ein kleines Kontingent an Marine und eine etwas größere Sondereinheit für Spezialaufträge. Es war möglich, daß es an Bord Leute gab, die Erfahrung in Bodenangriffen hatten. Und Morganen benötigte sie, wenn er die kleinste Chance zur Ausarbeitung eines funktionsfähigen Planes haben wollte.

20

Die Pläne des TOG im Gälischen Sternhaufen scheinen beschleunigt zu werden. Es ist nun ganz deutlich, daß es beabsichtigt, jede Möglichkeit auszuschließen, daß die Fünf Welten eines Tages zu einer Opposition der Regierung werden oder andere potentielle Rebellen ermutigen. Unter den hochrangigen Offiziellen des TOG wurde die Einäscherung aller fünf Planeten erwogen, aber – zumindest im Augenblick – vertagt. Man hat das Gefühl, daß es fruchtbarer ist, eine andere Strategie anzuwenden …

– Bericht von Agent ›Clarity‹ an den
Commonwealth-Geheimdienst
auf Cathandra, Quelle als streng geheim eingestuft,
1. September 6830.

Kendric gewöhnte sich schnell an die neue Routine. Der erste Appell des Tages lautete: aufwachen – obwohl es in der unterirdischen Welt von Grod nichts gab, wovon man die tatsächliche Tages- oder Nachtzeit ableiten konnte. Die Sklaven, über vierzig allein in dieser Unterkunft, sammelten sich außerhalb der Unterkunft zum Anwesenheitsappell eines der virgaschwingenden Custodes, und die Sklaven, die während der Nacht gestorben waren, wurden von den anderen Gefangenen fortgetragen. Während Kendrics erster Nacht waren drei Leute, zwei Männer und eine Frau, gestorben, verschrumpelte und ausgemergelte Kreaturen, die kaum noch menschliche Züge trugen.

Wie lange wird es wohl dauern, bis ich so aussehe, fragte er sich. Bei T. C. und den anderen erkundigte er sich, was mit den Leichen geschehen würde, aber niemand wollte darauf antworten. Selbst T. C. sagte nur: »Sie bringen sie weg. Vielleicht haben sie nun etwas Frieden.« Sie kümmerte sich um Ellen, die augenscheinlich krank war und keine Anzeichen einer Besserung zeigte. Kendric hatte in T. C.s Augen die Angst gesehen, als sie das Gesicht und die Lippen der älteren Frau mit einem angefeuchteten Stirnband abtupfte.

Sobald die Leichen der Nacht entfernt waren, trieb man die Gruppe in eine Erweiterung des Haupttunnels, die schönrednerisch als Speisesaal bezeichnet wurde. Das Essen ähnelte dem, das sie an Bord des Schiffes bekommen hatten, Hafergrütze oder Eintopf in Plastikschüsseln, mit den Fingern zu essen. Vor jedem Arbeitsabschnitt wurde eine Mahlzeit gereicht, ein augenscheinliches Zugeständnis, das schwache, hungrige Sklaven nicht so gut arbeiten wie kräftige Sklaven.

Man gewährte den Inhaftierten zwanzig Minuten Zeit zum Essen, bevor sie von den Custodes mit den Schutzanzügen zum Schacht gebracht wurden. Der Höllenschacht war eine 100 Meter breite, tief ausgehöhlte Schüssel am Ende des Haupttunnels. Der Boden war mit Geröll und Schlamm bedeckt. Die Decke war eine offene Ausbuchtung und mit unzähligen Fluorröhren bestückt, die den Arbeitsbereich beleuchteten. Drei flache, offene Förderbänder erstreckten sich in der Grubenmitte auf offenen Metallgestellen; ihre von Kettenrädern bewegten Antriebsriemen ratterten unermüdlich und mit Getöse. Von einer Felswand ragten zwei massive Säulen herab, deren schwarze Öffnungen bis auf ungefähr zwei Meter an die Förderbänder heranreichten. Es handelte sich hierbei um besondere Förderanlagen: Tunnelbänder, die Einfüllstutzen versorgten und mit dem schrillen Klirren einer Hochgeschwindigkeitsmaschine in die über ihnen wabernden Sprühnebel hineinschrien.

Die Sklaven stiegen die aus gepreßtem Kies bestehenden Rampen in die Grube hinab, wo sie in knie-

und hüfttiefem, schlammigem Wasser standen, mit Schaufeln das Gestein aus dem Schlamm schippten und es auf eines der offenen Förderbänder warfen. Andere Sklaven standen an den waagerechten Förderbändern und benutzten Schläuche, die an den oben verlaufenden Rohren hingen, und sprühten Wasserstrahlen über die Schlamm- und Steinhaufen auf den Förderbändern, die, schneller als ein Mensch laufen konnte, an ihnen vorbeirasten. Am anderen Ende standen erfahrene Sklaven und sammelten bestimmte, vom Wasser gereinigte Felsbrocken vom Band und warfen sie in die Öffnung einer senkrecht stehenden Röhre, während die Förderbänder die übrigen Steine direkt in die danebenliegende Öffnung beförderten.

Man erzählte Kendric, daß die Grube in regelmäßigen Abständen geräumt und die Maschinerie abgebaut werde, wenn das lose Gestein bearbeitet worden war. Dann würde eine neue Gruppe Sklaven, in Begleitung einiger TOG-Bergbauingenieure, in die Grube hinabsteigen und die massiven Befestigungen für die Felsbrecher mitbringen. Dabei handelte es sich um torpedoförmige Laserbohrer mit Plastiksprengstoff, der hinter den Bohrköpfen befestigt war. Mächtige Schwerkraftfelder in den Bohrerröhren feuerten die Schüsse seitlich ab und leiteten die Schockwellen nach unten und außen, aber nicht aufwärts. Der Boden der Grube wurde auf diese Art in zehn Meter tiefes, loses Geröll verwandelt. Die Rampe vom Haupttunnel wurde mit Schutt erweitert, und die Aufzüge und Förderbänder wurden erneut aufgebaut, damit die Arbeit von neuem beginnen konnte. Schicht um Schicht, eine trostlose Schicht nach der anderen, während Grods Höllengruben tiefer und tiefer wurden.

Zu jeder Zeit befanden sich an die zweihundert Sklaven in der Grube; sie schaufelten Lehm, reinigten Gestein und sortierten es auf die drei waagerechten Förderbänder. Aufseher in ihren schwarzorangenen

Regenjacken und Schutzanzügen aus Duraled überquerten die Grube auf Laufstegen mit Handläufen, die das Loch auf verschiedenen Ebenen umrandeten und zum Teil überspannten.

Die Arbeit war entsetzlich hart und nahm nicht ab. Kendric wurde, wie es aufgrund seines Status als neu angekommenes Frischfleisch üblich war, als Dreckschaufler eingeteilt, und er stand mit einer Schaufel hüfthoch im dampfendem Schlamm und stocherte blindlings zwischen Steinen und Matsch herum. T. C., die offensichtlich viel erfahrener war, wechselte zwischen der relativ einfachen Arbeit des Lehmabspritzens und der verantwortungsvollen, aber auch sehr geschätzten Tätigkeit des Auswählens jener Steine, die sie aufgrund ihrer Erfahrung als erzhaltig einordnen konnte. Diese warf sie auf das rechte, senkrechte Förderband. Kendric konnte sie beobachten; das Schweißband hatte sie schützend über die Ohren gezogen, um sich gegen den ohrenbetäubenden Lärm der von ihr gefütterten Maschine zu schützen.

Die Arbeit dauerte, wie es anfangs schien, unendlich lange, bis endlich einer der Aufseher in eine Pfeife blies und den Schichtwechsel ankündigte. Obwohl die Förderbänder weiterliefen, legten die Sklaven ihr Werkzeug nieder und schleppten sich hinaus, während eine andere Gruppe Sklaven ihre Plätze einnahm.

Wenngleich Kendric das Gefühl hatte, daß seine erste Arbeitsschicht den ganzen Tag andauerte, glaubte er inzwischen, daß sie zwischen vier und sechs Stunden andauerte.

Nun folgte eine Pause, die ebensolang war wie die vorhergehende Arbeitsschicht, und die Sklaven nahmen im Speisesaal eine kleine Mahlzeit zu sich oder sanken in den Unterkünften in erschöpften Schlaf. Kendric und der junge Mann, der sich später als Joric Casadren vorstellte, waren während einer solchen Ruheschicht eingetroffen.

Der Pause folgte eine ebenso schreckliche Arbeitsschicht wie die erste, gefolgt von einer weiteren Ruheperiode, die allgemein als Nacht bezeichnet wurde. Es gab im Untergrund natürlich keine echte Nacht, da die Fluorröhren immer leuchteten. Es gab keinen Beweis dafür, daß der Arbeitsplan nach dem üblichen vierundzwanzigstündigen Tag ablief, aber Kendric nahm an, daß die Schichten aus sechs Arbeitsstunden, gefolgt von sechs Ruhestunden, und so weiter bestanden. Er stellte fest, daß die Grube niemals verlassen war, da immer frische Arbeitsgruppen eintrafen, um die Plätze einzunehmen, wenn er und seine Gefährten in die Unterkünfte zurückkehrten. Außerdem erfuhr er, daß die Grube nur eine von mindestens dreißig ihrer Art war, die aus dem Vulkankrater gegraben worden waren. Derzeit gab es vielleicht hundert solcher Vulkane auf Haetai-Aleph, die ebenso bearbeitet wurden. Außer den Grubenarbeiten gab es in jeder Mine Dutzende von anderen Tätigkeiten. Waagerechte Sohlen mußten in den Berg gegraben, Tagebauunternehmungen im Tal durchgeführt werden oder auch das Sortieren und Lagern von seltenen Erzen, die an die Oberfläche geschickt wurden. Wenn man alles zusammenrechnete, waren die Arbeiten, die auf Haetai-Aleph durchgeführt wurden, von ungeheueren Ausmaßen, aufrechterhalten durch unvorstellbar schwere körperliche Arbeit und menschliches Leiden. *Wieviele andere dieser Welten gab es wohl noch innerhalb der TOG-Galaxis? fragte sich Kendric.*

Am Ende seiner dritten Arbeitsschicht war er so müde und kaputt, daß er sich kaum noch rühren konnte. Mittlerweile war er ebenso nackt und schmutzig wie die übrigen Minenarbeiter von 12-3. T. C. hatte recht gehabt. Alte Tabus oder nicht, ihn störte seine Nacktheit ebensowenig wie die anderen.

In der Tat verhalf ihm seine Erscheinung zu einer gewissen bequemen Anonymität. Während er sich durch die schwarze Uniform und die Stiefel vom Rest der Gefangenen abgehoben hatte, war er nun – im wahrsten Sinn des Wortes – ein Bandenmitglied geworden. Selbst Van hatte aufgehört, ihn grollend anzuschauen. Kendrics Uniform war seine Eintrittskarte in eine exklusive Gruppe gewesen. Indem er zuließ, daß man sie in Streifen riß, hatte er der gesamten Gruppe neue Stirnbänder verschafft, das einzige Kleidungsstück, ohne das kein Kristallbergarbeiter je angetroffen wurde. In der unaufhörlichen, fast hundertprozentigen Luftfeuchtigkeit in der Höhle hielten die Bänder den Schweiß und Dreck aus den Augen. Häufig zogen die Sklaven sie auch über die Ohren, um die heftigen Stöße und das Rattern der schweren Maschinen abzumildern. Die Stirnbänder einiger Arbeiter waren fast völlig verrottet, und Kendric lernte, daß die einzige Möglichkeit, Ersatz zu bekommen, das Zerreißen der Kleidung von Neuankömmlingen war.

Die Wohnmöglichkeiten waren mehr als primitiv. Die sanitären Anlagen in den Unterkünften bestanden aus einem dünnen Wasserstrahl, der aus einer Röhre in eine Rinne im Boden lief. Das Wasser konnte mit den Händen zum Trinken aufgefangen werden, oder man benutzte es, um den Schlamm aus den armseligen Stirnbändern zu waschen. Das Rinnsal diente auch dazu, den Urin und die Exkremente aus der Rinne in eine Spalte zu spülen, die sich einige hundert Meter in den Berg zog. Das war aber nur möglich, wenn die Rinne nicht – wie üblich – mit Schlamm und Abfall verstopft war. Die übliche Strafe für Gruppen, die ihre Quoten an zur Oberfläche zu schickendem Erz nicht erreichten, bestand darin, das Wasserrinnsal abzustellen. T. C. erklärte, daß die Minenarbeiter nach einer Woche gezwungen seien, das faule Schwefel- und schlammverseuchte Wasser aus der Grube zu trinken, und daß der Gestank in den Baracken unerträglich werde.

Wenn schon die sanitären Anlagen schlecht waren, so war die Gesundheitsvorsorge nicht existent. Wenn ein Arbeiter zu krank zum Aufstehen war oder sich so schwer verletzte, daß er nicht mehr arbeiten konnte, kamen zwei Custodes und trugen ihn fort, und man sah ihn nie wieder. Jede Unterkunft war für die Pflege ihrer Kranken und das Saubermachen zuständig. Unterkunft D sah gut aus, eine Tatsache, die Kendric T. C.s sanfter Anleitung zuschrieb. Der Lehmboden wurde, so gut es ging, saubergehalten, und die Hinterlassenschaften und das Erbrochene von Arbeitern, die zu krank waren, wurde von abwechselnden Arbeitsgruppen, die T. C. einteilte, entfernt. Die Zustände in anderen Unterkünften waren weitaus schlimmer und für die hohen Sterberaten und den Arbeiterverschleiß verantwortlich.

T. C. war nicht die offizielle Leiterin der Unterkunft D, aber sie war mit Sicherheit diejenige, die sich am stärksten verausgabte und vermutlich den stärksten Überlebensdrang in der Gruppe hatte. Selbst wenn er erschöpft war, freute sich Kendric auf seine Gespräche mit T. C., weil sie die einzige in der Berghölle zu sein schien, die es ihm ermöglichte, weiterzuleben. Allerdings schien auch sie froh zu sein, mit ihm reden zu können.

»Also sind wir tatsächlich in einem erloschenen Vulkanschlund?« fragte Kendric eines Abends nach Beendigung der Arbeitsschicht.

»Oh, Kendric, er ist keinesfalls erloschen. Höchstens schlummernd. Er schläft.«

»Wo ist der Unterschied?«

»Gute Frage. Wenn er erloschen wäre, würde er nie wieder ausbrechen. Wenn er nur schlummert, wird er eines Tages wieder ausbrechen.«

Kendric unterdrückte ein Schaudern. »Wie häufig werden Minen auf diese Art stillgelegt?«

Sie zuckte mit den Schultern. »Das weiß keiner von uns. Wir sehen unsere Herren niemals, weißt du.«

»Hä? Was ist mit Lynch und seinen Aufsehern?«

Sie zog eine Grimasse. »Die? Wußtest du es nicht? Die sind, genau wie wir, Sklaven.«

»Aber sie haben Kleidung und Nahrung. Ich dachte …«

»Das bedeutet lediglich, daß sie die Vorräte, die wir bekommen sollen, austeilen. Wieso hat Lynch wohl all die Narben und den Haarausfall bekommen? Er war zwei Jahre lang ein Minenarbeiter auf Sohle 1. So sagt man zumindest. Die Narben stammen von Säureverbrennungen. Da oben ist der Säuregehalt des Wassers deutlich höher als hier unten.«

»Wie wurde er dann … der Leiter von all dem?«

»Er überlebte. Er wurde Gruppenführer, dann Aufseher, und dann wählten die Toggies ihn als ihren hiesigen Repräsentanten aus. Du glaubst doch nicht etwa, daß irgendein TOG-Bürokrat seine kostbare Haut riskiert und sich auf einem Vulkan niederläßt? Nein, diese Anlagen gehören zu hundert Prozent den hiesigen Leuten, also uns Sklaven, und sie werden auch von uns bearbeitet. Nicht, daß uns dies irgend etwas erleichtert.« Sie schaute nachdenklich drein.

»Das könnte ein Teil ihres Ansporns sein. Überlebe lange genug, und du kannst deinen Weg nach oben machen. Lynch hat es auf alle Fälle geschafft.«

In den folgenden Stunden dachte Kendric ständig darüber nach. Die Feststellung, daß Sklaven eingesetzt werden konnten, um über andere Sklaven zu herrschen, war schockierend. Noch schockierender waren die Änderungen in seinen Gedanken über TOG. Seine Eindrücke über das TOG-Imperium waren durch die frühen Tage der TOG-Ankunft im Gälischen Sternhaufen geprägt und während der Jahre in Kathlandi Primus und Grelfhaven verstärkt worden. Er war keineswegs von den Fehlern des TOG unberührt geblieben. Einer dieser Fehler, die fast überall verbreiteten Vorurteile des TOG gegen Provinzielle, berührte ihn direkt.

Trotzdem schienen die Ordnung und der Wohlstand, das TOG der Galaxis brachte, diese kleinen Systemfehler wettzumachen.

Nun erkannte Kendric, zum erstem Mal in seinem Leben, daß er längst nicht alles gesehen hatte, was im TOG-Imperium vorging. Obwohl er wußte, daß es Sklaven gab, hatte er die Sklaverei nie als eine Institution gesehen. Er hatte gehört, daß etwa ein Viertel der Bevölkerung des Imperiums aus Sklaven bestand, aber er hatte die Bedeutung dessen nie verstanden. Während seiner gesamten Raumfahrtkarriere hatte er nur wenige Sklaven gekannt und nur gewußt, daß ihnen der Zutritt zu imperialen Kriegsschiffen verwehrt blieb und sie auch nur selten in militärischen Einrichtungen zu sehen waren. Eigentlich waren die einzigen Sklaven, die Kendric je gesehen hatte, die Hausbediensteten von einigen seiner wohlhabenderen Klassenkameraden in der Schule und an der Akademie gewesen. Aufgrund der Vorurteile gegenüber Provinzlern wurde er nicht häufig in die reichen Häuser eingeladen, die über eine große Anzahl von Hauspersonal verfügten. Kendric hatte sich auch nie zuvor Gedanken über die Gewinnung von Erz für die Erzeugung von Laserkristallen gemacht.

Das Erz Gennarit bildete die Grundlage – ein stumpfes, graubraunes Gestein von weicher, krümeliger Struktur. Es war eine komplexe Verbindung aus Gennium – in sich bereits eine Verbindung aus Germanium und Hafnium – und einer bestimmten Arsenverbindung, die in porösem Basalt eingeschlossen war. Die Verbindung konnte künstlich hergestellt werden, aber nur unter großem Kostenaufwand. Es war billiger, das Gennarit in großen Mengen dort abzubauen, wo es natürliche Vorkommen gab.

Gennium-Arsenid entstand in den relativ niedrigen Temperaturen und dem hohen Druck auskühlender Vulkanschächte. Das Erz war instabil und neigte dazu, unter den hoch säure- und schwefelhaltigen Bedingungen, die üblicherweise an vulkanisch aktiven Stellen herrschen, zu zerfallen. Diese Tatsachen hatte Kendric auf der Akademie gelernt, da Gennium-Arsenid ein wertvoller Rohstoff der imperialen Ökonomie war. Gereinigtes Gennium-Arsenid, in gelöster Form, wurde benutzt, um Kristallkammern in speziellen schwerelosen Anlagen zu ›besäen‹. Die Produkte dieser ›Kristallgärten‹ ergaben außerordentlich hochwertige Kerne für Laserwaffen und -werkzeuge, thermische Zünder für Fusionssprengköpfe und Impulsgenerator-Modulatoren für VLC-Antennenanlagen. Was Kendric nicht in der Schule gelernt hatte, war die Tatsache, daß die Produktion dieser Kristalle von der Arbeit der Millionen Sklaven überall in der Galaxis abhing, die sich unermüdlich unter schlimmsten Bedingungen abrackerten.

Kendrics Ansichten über das TOG veränderten sich sehr schnell.

Elliot und Morganen benutzten erneut den Holoschirm in Morganens Kabine. Ihnen gegenüber, auf der Projektionsplatte, war ein schüsselförmiger Eindruck auf einem konisch geformten Berg zu erkennen. In dem Krater konnten sie auch die zusammengewürfelten Gebäude und einen provisorischen Flughafen in fotografischer Genauigkeit erkennen.

»Der einzige Weg in den Berg führt durch die Gruben hier im Krater«, sagte Morganen. »Wir haben den Hauptzugang identifiziert; es handelt sich um eine Rampe, die zur Schachttüre in der Mitte führt, und wir haben den Lagerbereich für Frachtcontainer mit rohem Genniumerz ebenfalls ausfindig gemacht.«

Er deutete auf die Reihen der kistenförmigen Objekte, die gerade noch am Rand des Bildes zu sehen waren: Man hatte sie in einer entlegenen Ecke des Komplexes aufgestapelt. »Die Container werden vor der Lagerung versiegelt. Das muß so sein, da der Regen auf Haetai-Aleph hochgradig säurehaltig und die Luft mit wer-weiß-wie-vielen Anteilen Schwefel gesättigt ist. Beides läßt Gennium sehr schnell zerfallen. Anscheinend kommen die Frachter sehr häufig, um das Zeug abzuholen.«

»So ist mein Informant an diese Holografie gekommen«, sagte Elliot leise. »Er hatte einen Vertrag, einen Teil der Ladung innerhalb eines Konvois nach Talgore zu bringen. Er schoß diese Bilder bei seinem Anflug.«

»Und zog sich die Computerinformationen über Kendric beim Anzapfen des Landecomputers heraus.«

Elliot lächelte. »Er ist ein sehr talentierter Mann. Wenn er halb soviel Energie in legale Dinge stecken würde wie in ...«

»Ja, gut! Wir haben beschlossen, das Erzdepot an der Oberfläche zum Schlüssel unserer Unternehmung zu machen. Augenscheinlich gibt es keine Möglichkeit zu erfahren, wann Kendric an der Oberfläche ist, und selbst wenn dem so wäre, wäre es höllisch, ihn zu finden und freizubekommen. Also, hier ist der Plan:

Wir nehmen für den Anflug einen Zerstörer und eine kleinere Maschine, entweder eine Fregatte oder Korvette. Zur Zeit drehen sich unsere Pläne um die *Gaidheal* und die *Damadas*. Die *Gaidheal* dient uns als bewaffnete Raumunterstützung und als Startplattform für eine Jägerschwadron. Die Fregatte *Damadas* wird die Bergspitze anfliegen.«

»Ah, Sie planen also einen Handel. Die Fregatte wird Truppen absetzen, um die Container in ihre Gewalt zu bringen?«

»Ich weiß nicht, ob wir Truppen bekommen können, Bürger. Die Spezial-Miliz von Alba wäre ideal für eine derartige Operation, aber sie befindet sich mittlerweile direkt unter dem Befehl des TOG-Gouverneurs, und ich weiß nicht, wie wir sie einsetzen könnten, ohne großes Aufsehen zu erregen.«

»Stimmt.«

»Alles, was wir tun müssen, ist, zu drohen, daß wir diese Container zerstören. Gennium-Arsenid ist selbst im Rohzustand unglaublich wertvoll. Wenn die *Damadas* nahe genug an das Zeug herankommt, werden es die örtlichen Verteidiger nicht wagen, das Schiff zu beschießen, da sie befürchten müssen, Erz im Wert von einigen Millionen Tals mit zu vernichten. Und vielleicht können wir einen Verantwortlichen überzeugen, daß er Kendric lebendig und unversehrt nach oben bringt, wenn die Bauchbatterien der *Damadas* auf diese Container zielen.«

»Ein verzweifelter Plan«, sagte Elliot leise und rieb sich das Kinn. »Verzweifelt, aber er könnte funktionieren. Haben Sie Ihre Flucht geplant?«

»Die *Damadas* wird Kendric nach Möglichkeit am Boden aufnehmen. Natürlich könnte es auch geschehen, daß die *Damadas* in der Luft verharren muß, um die Drohung gegen das Erz aufrechtzuerhalten. Wir haben einen freiwilligen Shuttlepiloten, der von der *Damadas* ablegen und in der Nähe landen wird. Er kann dem Captain helfen, falls dieser verletzt werden sollte, und einen sicheren Rückzug vom Planeten gewähren, falls die *Damadas* beschädigt wird oder nicht landen kann.«

»Gut«, Elliot kniff die Augen zusammen. »Eine gute Überlegung.«

»Wenn wir die Zeit haben, wird der Captain im Orbit auf die *Gaidheal* geschickt. Wenn er auf dem Shuttle anlangt, müssen wir ihn sowieso transferieren, und außerdem hat die *Gaidheal* eine weitere T-Raum-Reichweite als die *Damadas*. Wir brechen in den T-Raum auf und steuern entlang der Alba entgegengesetzten Flugbahn. Dann verändern wir den Kurs wieder und fliegen nach Hause. Wenn wir Glück haben, werden sie denken, daß wir eine völlig andere Richtung eingeschlagen haben. Wie werden den letzten Sprung in das

Haetai-System so planen, daß er möglichst kurz und der größte Teil unseres Leuchttaus bereits abgebaut ist. Das ermöglicht uns die größtmögliche Reichweite und Flexibilität, wenn wir nach Hause fliegen.«

»Das klingt, als ob Sie alles bedacht hätten.«

»So weit wie möglich. Können Sie uns diese beiden Schiffe freistellen?«

»Ich habe als ziviler Berater in Aradas Büro gearbeitet. Es sollte mir möglich sein, diese beiden Schiffe auf eine Mission mit der imperialen Flotte zu schicken. Diese Befehle werden sowieso früher oder später eintreffen. Wir werden die Dinge also so einrichten, daß sie uns als Deckung dienen. Es kann natürlich ein wenig brenzlig werden, wenn Sie nach Alba zurückkehren ...«

Morganen schaute besorgt drein. »Was ich immer noch nicht verstanden habe, ist folgendes: Warum wird der Captain überhaupt zum Gälischen Sternhaufen zurückgebracht? Die TOG-Leute, die Sie fürchten, werden doch genau das erwarten. Und wie lange wird es dauern, bis jemand bemerkt, daß der Überfall von der *Gaidheal* und der *Damadas* ausgeführt wurde und daß sie wenige Tage später wieder im Gälischen Sternhaufen sind?«

»Wir müssen ihn zu einer Verabredung herbringen, Commander. Die *Gaidheal* und die *Damadas* müssen zu der kleinen Flottille stoßen, die ich hier organisiert habe.«

»Flottille? Welche Flottille?«

»Sie haben recht, wenn Sie sagen, daß Kendric nicht hierbleiben kann. Nach diesem Überfall können wir es auch nicht. Wir müssen dauerhaft verschwinden. Eine neue Heimat finden.«

Morganen nickte langsam. »Ich dachte mir, daß Sie das vorhaben, Bürger, nach Ihren Reden über die Familien der Besatzung. Haben Sie sich schon entschieden?«

»Wofür?«

»Ob Sie mir sagen, wohin wir gehen. Irgendwann müssen Sie es mir sagen ... vielleicht wollen Sie aber auch nicht riskieren, daß ich gefangengenommen werde und etwas Wichtiges verrate.«

»Mein Freund, wenn man Sie gefangennimmt, ist der gesamte Plan gefährdet.«

»Verdammt, ich muß es wissen!«

»Ich stimme Ihnen zu. Aber von diesem Plan hängt mehr ab, als Ihnen klar ist.«

»Was zum Beispiel?«

Elliots Gesicht zeigte eine ernste, besorgte Miene. »Die Dinge verändern sich schnell im Büro des Gouverneurs. Es gibt Pläne, die Regierung der Gälen-Konföderation zu übernehmen, Ihr Parlament abzuschaffen ...«

»Warum, um Gottes willen?«

»Um mehr Kontrolle auszuüben. Schauen Sie, das TOG kann es sich nicht leisten, den Gälen weiterhin ihre Autonomie zu gestatten und damit das Bewußtsein zu fördern, daß sie eher Gälen als Bürger des Imperiums sind. Die Gefahr von Unzufriedenheit und Revolten ist zu groß.«

Morganen riß die Augen auf. »Sie haben mir einmal gesagt, daß das TOG daran dachte, den gesamten Sternhaufen zu evakuieren.«

»Ich hatte geglaubt, daß es noch Jahre dauern würde. Aber ich habe mich getäuscht. Die Planungen laufen bereits.«

»Aber Sie sind Sonderbeauftragter! Können Sie das nicht stoppen?«

Elliot lachte. »Ich bin ein Mann, der im Büro des Gouverneurs arbeitet, und ich muß verdammt vorsichtig sein mit dem, was ich sage und tue. Nein, ich kann gar nichts machen. Mit Sicherheit kann ich nicht die Politik verändern, die von einem der Overlords des Cäsaren festgelegt wurde.«

Die Ungeheuerlichkeit von dem, was Elliot sagte, drang nur langsam in Morganens Bewußtsein ein. Seine gesamte Kultur befand sich am Rand der Zerstörung, und er stand dem hilflos gegenüber.

»Also, was machen wir dagegen? Große Güte, Mann, Sie würden doch nicht mit mir darüber reden, wenn es nichts gäbe, was wir dagegen tun könnten!«

»Wir müssen verschwinden«, erklärte Elliot einfach. »Aber zuerst will ich Kendric Fraser retten. Er könnte der Schlüssel zur Rettung Ihrer Leute sein.«

21

Die Gälische Operation steht unmittelbar vor dem Anfang. Zwei Frachter der Aldebaran-Klasse sind von Freumgar nach Alba abberufen worden, während man eine große Werbekampagne gestartet hat, um den Bürgern der Konföderation klarzumachen, daß es für sie das Beste ist, wegzusiedeln.

Der größte Teil der Bevölkerung scheint das zu akzeptieren, vielleicht, weil ihnen nicht völlig klar ist, was eine Verteilung über Millionen von Welten bedeuten würde.

– Bericht von Agent ›Clarity‹ an den Commonwealth-Geheimdienst auf Cathandra, Quelle als streng geheim eingestuft, 18. September 6830.

»Was hältst du vom TOG?«

T. C. starrte Kendric mit einer Mischung aus Überraschung, Ärger und Erschöpfung an. Dann stieß sie ein kurzes, bitteres Lachen aus. »Das kann nicht dein Ernst sein!«

Der Ausdruck in ihren Augen ließ ihn sich abwenden und zu den gezackten Berggipfeln um sie herum schauen. Es war die erste von Kendrics Zwanzigerschichtpausen, das erste Mal, daß er ›den Himmel sah.‹ Er hatte T. C. gebeten, ein wenig Zeit mit ihm zu verbringen.

Sie hatte zugestimmt, aber ihre Stimmung war gedrückt. In der letzten Nacht war eine der Frauen aus der D-Unterkunft qualvoll in T. C.s Armen gestorben. Die Frau, die lange in der Baracke gewohnt hatte, schien in den Fünfzigern gewesen zu sein. Dann hatte

Kendric erfahren, daß sie gerade Anfang Dreißig gewesen war; eine kommerzielle Navigationsprogrammiererin, die ein TOG-Agent als Agentin der Abtrünnigen im Untergrund bezeichnet hatte.

Als er T. C.s tiefe Trauer spürte, bemerkte Kendric, wie sich seine eigene Erschöpfung und Hoffnungslosigkeit verstärkten. Die Tatsache, das T. C.s Verstand kurz vor dem Zusammenbruch schien, saugte seine eigene, kleine Hoffnung auf. Sie hatten die ersten Stunden ihrer Pause damit verbracht, sich den Schmutz von den Körpern zu waschen, etwas zu essen und dann in einen langen, tiefen Schlaf auf den dünnen Matratzen zu fallen.

Jetzt, viele Stunden später, wanderten sie von den Baracken fort und auf eine leichte Anhöhe zum nächstgelegenen Bergrand hinauf. Der Himmel hatte sich violett gefärbt, und der Zenit schimmerte im tiefsten Indigo; eine frische Brise schien die Luft vom schlimmsten Schwefelgestank und der Asche befreit zu haben. Die Sterne waren trotz der entfernt schimmernden Sonne deutlich sichtbar, aber sie schienen verstreut und schwach, wenn man sie mit dem Funkeln einer hellen Nacht auf Alba verglich.

Natürlich gab es auch hier, an der Oberfläche, Gefahren. T. C. warnte Kendric vor der einheimischen alephianischen Kreatur, einem sogenannten Fleischling, einem Krebstier mit drei Zentimeter breiten Flügeln, das ungeschütztes Fleisch wie eine Kugel durchdrang und sich seinen Weg in den Wirtskörper hineinfraß, bis dieser ihn vergiftete. Aus ungeklärten Gründen überlebten die Larven der Brut bedeutend länger. Die einzige Möglichkeit, um sie zu bekämpfen, lag in der Bestechung eines freundlichen Custodes, daß dieser die Wunde mit seiner Energiepistole auf niedriger Stufe ausbrannte. Es schien, daß es sogar hier möglich war, Wachen zu bestechen. Sexuelle Gefälligkeiten waren die allgemeingültige Währung dafür.

Gefahr hin, Gefahr her, Kendrics Erleichterung beim erneuten Anblick der Sterne und des Himmels war überwältigend. Nun konnte er verstehen, was T. C. ihm einst erzählt hatte. Hier war die Stelle auf Grod, wo man über Steinwände und hoffnungslose Gesichter, Schlamm, Vulkangeröll, überfüllte dreckige Unterkünfte und selbst das Grauen der Dreifüße mit ihren Opfern hinwegsehen konnte. Der einzige Ort Grods, an dem die Phantasie eine andere Welt erblicken konnte.

Das Wissen um diese Dreifüße hätte Kendric beinahe soweit gebracht, daß er auf seine Zeit an der Oberfläche verzichtet hätte.

Das TOG verwandte eine nicht besonders subtile Psychologie, um den Gefangenen in den Ruhephasen zu zeigen, wer Herr über Leben und Tod auf Grod war. Obwohl es den Sklaven, unter Androhung der gleichen Strafe, während ihrer zwanzigstündigen Pause nicht gestattet war, sich dem Ort, an dem die anderen Sklaven langsam starben, zu nähern, war das Stöhnen überall im Krater zu hören.

Als T. C.s Trübsinn nicht nachließ, versuchte Kendric, sie über Ellens Tod hinwegzutrösten. Sie hatten jetzt den Kraterrand erreicht, der den Dreifüßen abgewandt lag, und der Wind wehte die schlimmsten Schreie davon. Von hier aus sahen sie den Horizont in blutigem Rot erstrahlen und die ferne, düstere Sichel von Haetai darüber stehen. Bei genauem Hinsehen konnten sie die schwachen, dunklen Linien über dem Äquator von Haetai erkennen, die Spuren eines dunklen Rings. Viele Gasgiganten hatten Ringe, die zumeist aus Eisstücken im Orbit bestanden. Die Hitze des Gasriesen mußte schon vor Jahrhunderten viel Eis weggekocht und nur kohlschwarzes Meteoritengeröll zurückgelassen haben. Während seiner Beobachtungen glomm ein Meteorit auf, zog über den Himmel, verglühte lautlos und ließ einen brennenden grünen Funken zurück. Kendric ertappte sich bei dem Gedanken, daß es sich vielleicht um die Wiedereintrittspur eines Raumschiffes handelte. *Ein Rettungsschiff.*

Er ballte die Fäuste. Es war sinnlos, an so etwas zu denken. Wenn es irgendeine Möglichkeit gab, seine Situation zu verbessern, mußte er die Sache selbst in die Hand nehmen. Kendric drehte sich um und bemerkte, daß T. C. ihn noch immer anstarrte.

Er lächelte. »Ernst? Ja, es ist mein Ernst. Ich bemerke, wie sich meine eigenen Gefühle gegenüber dem TOG verändern.«

»Welche Gefühle?«

Er versuchte es auf andere Weise. »Du haßt das TOG, nicht wahr?«

»Merkt man es so deutlich?«

»Für gewöhnlich nicht. Du bist eine bemerkenswerte Frau. Verurteilt zu dieser Hölle. Aber du zeigst nicht oft, was du empfindest. Wäre es indiskret, wenn ich fragen würde, was dich hierhergebracht hat?«

»Wir stellen diese Fragen nicht. Wir sind das, was wir heute sind, nicht, was wir einmal waren.«

»Aber ...«

»Es macht doch keinen Unterschied mehr, nicht wahr?«

»Doch«, sagte Kendric. »Doch, es macht einen Unterschied. Was hier mit den Leuten gemacht wird, ist nicht richtig.«

»Die Vergangenheit ist egal, weil es nichts gibt, was wir ändern könnten. Wir sind tot. Wir alle.«

Kendric betrachtete sie in dem roten Licht. Selbst schmutzbeschmiert war T. C. für ihn aufgrund ihrer Haltung, ihres Betragens und des Willens, in dieser höllischen Existenz zu überleben, anziehend gewesen. Nun, da der Schlamm verschwunden war, fand er sie wunderschön. Die harte Arbeit und das wenige Essen hatten sie nicht zerstört. Noch nicht. Obwohl ihr Körper fest und stark war, strahlte sie noch immer eine gewisse sanfte Weiblichkeit aus.

Das war der Grund, warum ihm ihre Worte mißfielen. T. C.s Entschlossenheit, der Zug um ihren Mund, ihr eiserner Wille – alles war verschwunden oder irgendwie verwandelt. Sie schien geschlagen und so fern wie die rote Sonne zu sein, die sich hinter Haetai auf die Eklipse zu bewegte.

Es war nicht nur diese plötzliche Veränderung, die ihn störte. Es waren die Auswirkungen auf die Entscheidung, die er über sein eigenes Schicksal getroffen hatte. Vor einigen Tagen hatte er beschlossen, das Angebot von Lynch anzunehmen und den Berg hinabzusteigen. Das Leben auf Grod war zur Qual geworden, eine Hölle, die durch das Wissen, daß die nächste Schicht genau wie letzte sein würde, wie auch die nächste und nächste und die nächste immer weiter verschlimmert wurde. Es gab keine Hoffnung auf eine Änderung unten in der Mine, aber in der Wildnis wäre er zumindest frei.

»Aber wir sind nicht tot«, sagte er sanft.

»Nein? Dann sind wir, noch schlimmer, Sklaven, die sich weigern, sich selbst zu befreien.« Sie betrachtete den Himmel jenseits des Kraters. Der Schwefelnebel schien wie etwas Lebendiges über dem Tal zu liegen, von den letzten Sonnenstrahlen berührt und blutrot gefärbt.

»Hast du eine Ahnung, wie oft ich hier gestanden und darüber nachgedacht habe, über den Rand und den Berg hinab zu steigen?«

Kendric schüttelte den Kopf.

»Achtundzwanzigmal. Ich komme in jeder zwanzigsten Schicht hierher, schaue den Himmel an und sage mir, daß ich es diesmal machen werde, daß ich anfange zu marschieren.«

Kendric wollte etwas Tröstliches sagen, aber er konnte keine Worte finden.

»Was halte ich vom TOG?« fuhr T. C. fort. »Daß es das größte Übel ist, das jemals hervorgebracht wurde.

Es ist ein monströses, aufgeblasenes, grausames Untier, das diese Galaxis verschlingt. Das – wenn man es nicht aufhält – jeden freien Geist und jedes denkende Wesen und jeden freien Willen im gesamten Universum verschlingen wird.«

Dann schwieg sie so lange, daß Kendric zusammenzuckte, als sie leise zu sprechen begann und er sich ganz nah zu ihr herab beugen mußte.

»Ich war ebenso wie du in der Raumflotte, Ken. Ich war auf Daeremon stationiert, um Computeraufzeichnungen zu betreuen. Der Kommandant der Basis war irgendein kleiner Adliger ... ich weiß heute nicht einmal mehr, wie er hieß. Er war schrecklich reich, furchtbar gutaussehend, und ich denke, daß ich ein wenig in ihn verliebt war.

Eines Tages rief er mich zu einem kleinem Gespräch in sein Büro. Er erinnerte mich daran, daß ich, was die Raumfahrt anging, am Ende meiner Karriereleiter angekommen war. Ich war Leutnant – *Archikeleustes* – und konnte nicht weiter aufsteigen.

Wiederum die verdammte Patria potestas.«

Kendric nickte. Die Gesetze, nach denen die Frauen zum angeblich Besten für die Menschheit ihrer Rechte beraubt wurden, behinderten jede Frau, die mehr als Geliebte oder Mutter sein wollte, in ihrer Karriere.

»Wie dem auch sei, er machte mir ein großzügiges Angebot!« Sie lachte, und Kendric konnte den dahinterliegenden Schmerz spüren. »Er bot mir an, seine Geliebte zu werden, bot an, sich um mich zu kümmern, mir genügend Geld, Kleidung und einen Landsitz zum Leben zu geben. Ich habe später herausgefunden, daß er für seinen eigenen Aufstieg das passende Beiwerk benötigte, ein hübsches Mädchen am Arm, das – mit Diamanten und Edelsteinen behängt – sich mit ihm auf Botschaftsbällen zeigte.«

»Das war ein gutes Angebot.«

»War es das? Ich weiß es nicht mehr. Ich habe ihn abgewiesen. Tatsächlich habe ich ihm meinen Drink ins Gesicht geschüttet.« Sie lachte erneut. »Vielleicht war das ein wenig zu viel des Guten, zumal drei seiner Dienstboten, sein Privatsekretär, zwei seiner Geliebten und der ein oder andere Graf ebenfalls im Raum anwesend waren.«

»Oh, Gott ...«

»Ja. Ich hatte schon immer Probleme, anständig nein zu sagen. Er versprach mir, daß es mir noch sehr leid tun würde.«

»Tut es dir denn leid, daß du sein Angebot nicht angenommen hast?«

»Himmel, ich bin mir nicht mehr sicher.« Sie wischte die Tränen vom ihrem Gesicht. »Du willst davon nichts hören.«

»Doch, ich will, T. C. Es ist wichtig. Für mich.«

»Nun, es geht weiter. Was denke ich vom TOG? Nachdem ich festgenommen war, haben Agenten der Internen Sicherheit meine Eltern aufgesucht. Vielleicht wollten sie noch weitere Dinge herausfinden, um mich zu belasten. Ich weiß es nicht. Sie ... sie haben sie befragt. Sie gefoltert. Sie starben.«

»Wie hast du es erfahren?«

»Ich habe einen Bruder, Carl. Er war nicht zu Hause, als der IS kam, aber er hat die Leichen gefunden, die sie als Warnung zurückgelassen hatten. Durch Freunde gelang ihm die Flucht, und er ist in den Untergrund gegangen. Ich weiß nicht, wo er jetzt steckt, aber er hat mir mitteilen lassen, daß er in Sicherheit sei, unsere Eltern aber tot wären.«

»Was ... hier? Wie?«

Schmerz zuckte um ihre Augen und den Mund. »Ellen.«

»Die Frau, die letzte Nacht gestorben ist?«

»Sie war im Untergrund, bevor sie erwischt wurde. Ich nehme an, daß sie es noch immer war, weil der Untergrund selbst in den Minen die Möglichkeit hat, über

Sklavennetze Nachrichten zu verschicken. Irgendwie hat Carl herausgefunden, in welche Mine, Sohle und Unterkunft man mich geschickt hat, und durch Ellen eine Nachricht gesandt.«

Das erklärte, warum T. C. so stark an Ellen gehangen hatte und ihr Tod sie derartig verletzte.

Der Rebellenuntergrund war das Thema endloser Spekulatioen unter denjenigen Sklaven, die es wagten, während der Ruheschichten in den Unterkünften darüber zu diskutieren. Es war eigentlich nur bekannt, daß der Untergrund existierte und unermüdlich versuchte, Flüchtlinge, Gefangene, entlaufene Sklaven und andere auf den Weg in die Freiheit zu bringen.

Wie groß und mächtig war wohl der Untergrund? Kendric hatte seit langem Abstand von jenen Plänen genommen, die er während der ersten Tage in der Mine 12 entworfen hatte; der Idee, mit dem revolutionären Untergrund Kontakt aufzunehmen, einen Sklavenaufstand anzuzetteln, zu fliehen. Aber das TOG war viel zu mächtig für derartige melodramatische Dinge. Mit nackten, unbewaffneten Grubensklaven und einem einzigen Aufzug, der jeweils nur eine Handvoll Leute transportieren konnte, standen die Chancen eines erfolgreichen Aufstandes gleich Null.

»Ich hoffe, daß er es mittlerweile ins Commonwealth geschafft hat«, fügte sie mit einem Blick auf das rubinfarbene Sonnenlicht hinzu. »Dort ist er vielleicht in Sicherheit.«

»In Sicherheit?« Kendric schaute sie scharf an und entspannte sich wieder. »Tut mir leid. Ich bin es nicht gewöhnt, das Commonwealth als sicheren Hafen zu betrachten.«

Viele Jahre lang war das Hauptziel der militärischen TOG-Bemühungen das Commonwealth der Menschen und Baufrin, ein weitverstreutes System von vielleicht 40 000 bewohnten Welten, die am Ausläufer des Orionarmes lagen. An den TOG-Militärakademien waren etliche Stunden der Geschichte des Commonwealth gewidmet – wie die Menschen von den entfernt entymoiden Baufrin dominiert wurden, wie ganze Welten in einer Anarchie verhungerten, die jegliche soziale, politische und ökonomische Hilfestellung des Imperiums ablehnte, wie die Kriegsherren des Commonwealth trotz alledem jahrhundertelang Verschwörungen schmiedeten, um das TOG niederzuwerfen und die Menschheit zurück in eine von Außerirdischen beherrschte Barbarei zu führen. So jedenfalls sah das Bild aus, das seine Ausbilder in Grelfhaven zeichneten. Seit seiner Ankunft auf Grod fragte sich Kendric, wie wirklichkeitsnah diese Stunden gewesen waren.

Trotzdem war es für ihn unmöglich, an das Commonwealth zu denken, ohne es in Gedanken mit dem Begriff des Feindes zu verbinden.

»Steht dieser Untergrund in Verbindung mit dem Commonwealth?« fragte er leise.

»O ja. Hast du von der Rebellenlegion gehört?«

Kendric nickte, obwohl er nur wenig Genaues gehört hatte. Die Rebellenlegion war eine Einheit des TOG-Imperiums gewesen, die vor einigen Jahrhunderten zum Verräter und Feind geworden war und sich dann dem Commonwealth angeschlossen hatte. Die Legion, oder zumindest deren Abkömmlinge, kämpften weiterhin von Raumbasen innerhalb des Commonwealth aus, am anderen Ende der Galaxis.

»Das Beispiel der Legion gab denen Hoffnung, die ebenfalls von der Tyrannei des TOG genug hatten. Der Untergrund hat den Namen Rebellen aufgegriffen und verwendet dasselbe Symbol ...«

Die Tatsache dessen, was T. C. sagte, überschwemmte Kendric mit einer Welle von Hoffnungslosigkeit. Unter dem Gewicht brach er fast zusammen. »Das TOG ist zu mächtig«, sagte er nach einem Augenblick und haßte sich für seine Bemerkung. »Es gibt keine Möglichkeit zu hoffen, daß irgendein Rebellenuntergrund TOG zu Fall bringen könnte. Die – die Verwaltungsapparate, die Leute, die alles kontrollieren, die Triebkraft – alles das wurde in Tausenden von Jahren aufgebaut ... es ist zu groß, zu mächtig.«

»Wenigstens unternehmen die Rebellen etwas ...«

»Was? Was kann irgendeiner von ihnen ... Rebellenlegion, Rebellenuntergrund, was können sie machen? Außer Selbstmord zu begehen ...«

»Nein! Ellen hat sich nicht getötet! Das TOG hat es getan. Und es war Ellen, die mir Antrieb gab, mich darin erinnerte, daß Carl am Leben war, auch wenn man unsere Eltern ermordet hatte! Verdammt, Ken, wenn ich in dem letzten Jahr irgend etwas gelernt habe, dann ist es das, daß du nicht lebst, wenn du nur existierst! Wenn man einem Ungeheuer wie dem TOG gegenübersteht, setzt man sich nicht einfach auf den Hintern und sagt: Da kann man nichts machen! Man unternimmt etwas ...«

Und dann begann T. C. zu weinen, ihr ganzer Körper bebte, als sie zwischen den Schluchzern nach Luft rang. Kendric griff nach ihr und zog sie an sich. Lange Zeit waren die einzigen Geräusche, die er hören konnte, ihr Weinen, der Wind und der weit entfernte Chor der Leidensschreie.

Zum Schluß zog sie sich zurück, obwohl sie in seinen Armen blieb.

»Ich hätte es nicht sagen sollen«, meinte er. »Es tut mir leid.«

Sie schüttelte den Kopf. »Nein, du hast recht. Das TOG ist zu groß. Aber das heißt nicht, daß es nichts zu tun gibt.«

»Du meinst ... davongehen? So wie Lynch gesagt hat?«

Sie nickte. »Achtundzwanzigmal bin ich hierhergekommen, fest entschlossen, es zu Ende zu bringen. Neunundzwanzigmal, wenn du heute mitzählst. Aber diesmal ist es anders.«

»Inwiefern?«

»Ich merkte vor einiger Zeit, daß ich diesmal nicht weggehen wollte.« Ihre Augen suchten die seinen und hielten sie fest. »Das ist das erste Mal, daß ... daß jemand da ist, den ich nicht zurücklassen wollte.«

Es dauerte einen Augenblick, bis ihm bewußt wurde, daß sie von ihm sprach. Seine Antwort bestand in einer inneren Wärme, einem Gefühl, das er seit sehr langer Zeit nicht mehr verspürt hatte.

»Warum macht dich das unglücklich?«

»Verstehst du nicht? Welche Chancen haben wir hier für eine Beziehung? So wie jetzt?« Sie befreite sich aus seiner Umarmung, schob ihn weg und drehte sich um. »Ich bin eine Sklavin. Leider bin ich ein zu großer Feigling, um mich selbst zu befreien, es ein für allemal hinter mich zu bringen ...«

»Darf ich dir was sagen?« fragte Kendric leise. Sie nickte, schaute ihn aber nicht an. »Ich bin hierhergekommen, um heute nacht Lebewohl zu sagen. Ich wollte fortgehen.«

»Das sagst du nur so.«

»Nein. Es fällt mir schwer, es zu sagen. Ich habe nicht halb soviel erlebt, was du durchgemacht hast, noch nicht einmal ein neunundzwanzigstel von dem – um genau zu sein ...« Er zögerte. Sie schaute ihn an, ihre Augen und ihr Gesicht schimmerten feucht. Er atmete tief durch, weil seine Entscheidung den fliegenden Puls und die rasenden Gedanken beruhigte. »Sollen wir einen Pakt besiegeln, du und ich?«

»Was für einen Pakt?«

»Etwas für uns zu tun. Füreinander.«

»Was?«

»Weiterzuleben ... wenigstens für eine Weile. Alle zwanzig Arbeitsschichten können wir hierherkommen, um die Dinge neu zu betrachten. Und wenn wir beide entscheiden, daß es sich nicht mehr lohnt, weiterzumachen, dann machen wir uns gemeinsam auf den Weg.«

Lange Zeit betrachtete sie sein Gesicht. Die Sonne war mit einem letzten orangefarbenen Strahl hinter dem Gasgiganten verschwunden. Das einzige Licht stammte nun von der düsteren, rotleuchtenden Masse auf Haetais Nachtseite. Die Sterne schienen jetzt heller und näher.

»Das klingt stark nach einem alten Hochzeitsschwur, Ken. Bis daß der Tod uns scheidet ...«

»Wenn du es so möchtest.« Er erinnerte sich an ähnliche Worte, als er vor zehn Jahren Cara geheiratet hatte.

Sie schüttelte den Kopf, der Zauber verflog. »Nein.« Sie winkte mit der Hand, zeigte auf die vulkanische Häßlichkeit, die erbärmlichen Gebäude auf der Oberfläche von Grod, das Grauen des entfernten Dreifußwaldes. »Nein. Das ist alles, was wir haben. Alles, was es gibt. Welche Hoffnung haben wir?«

Sanft streckte er die Hand aus, berührte ihr Kinn und führte ihren Kopf herum, bis sie ihm wieder ins Gesicht schaute. »Das glaubst du nicht wirklich, T. C. Ich habe gesehen, was du für die Leute hier getan hast.«

»Nichts ...«

»Falsch. Ich weiß, daß ich diesen Ort ohne dich unerträglich fände.«

T. C. schüttelte den Kopf. »Es gibt hier keine Möglichkeiten für eine *körperliche* Beziehung«, sagte sie schließlich. »Keine, die irgendeine Bedeutung hat. Das ist nur etwas für die Custies, damit sie das Wasser wieder anstellen oder besseres Essen bringen, um ... um ...«

In ihren Worten lag soviel Bitterkeit, daß Kendric innerlich zusammenzuckte. Die Beschützerinstinkte gegenüber Frauen, die er aufgrund seiner gälischen Herkunft hatte, und seine ganz besonderen Gefühle dieser Frau gegenüber, deren Geist ihm geholfen hatte, die erste Woche im Grodlager zu überleben, vertieften seine Ablehnung gegenüber dem TOG und allem, für das es stand. Es war, als würden sämtliche inneren Werte, Gedanken und Gefühle der letzten zwanzig Jahre zusammenstürzen.

»Nein«, sagte er. »Nicht so etwas. Aber wir können Freunde sein.«

Sie weinte erneut, allerdings leise. Sie nickte »Freunde, Ken. Ich ... Ich will es so sehr.«

Er wollte sie erneut in die Arme nehmen, tat es aber nicht. Es lag nichts Sexuelles oder Leidenschaftliches in dem Blick, den sie wechselten. Was sie in diesem Augenblick verband, war tiefer und dauerhafter als Leidenschaft.

Aber sie hielten sich an den Händen, als sie den Hügel zu den Baracken hinabstiegen.

22

Welcher Narr wäre lieber ein Einzeller als eine Zelle in einem höheren Lebewesen?

– TOG-Sprichwort

»Wir haben große Probleme, Lenard«, sagte Elliot. »Es könnte bereits alles vorbei sein.«

Elliot war an Bord der *Gael Warrior* gekommen, wieder als Gesundheitsinspektor aus dem Stab von Port Alba verkleidet. Sein ständiges Kommen und Gehen war zu einer Art Witz auf dem Unterdeck der *Warrior* geworden, als die Mannschaft lauthals darüber schwadronierte, ob dies nun der Beweis dafür sei, daß die Messecrew der *Warrior* ihnen Kadaver und Ratten serviert und das gute Essen für skandalösen Profit auf dem Schwarzmarkt verhökert habe. »Das würde mich nicht stören«, lautete ein verbreiteter Spottsatz, »wenn sie mich an dem Profit beteiligen würden. Dann ginge ich für eine gute Mahlzeit ins High Side und würde etwas von meinem Eigentum zurückbekommen!«

Die Geschichte hatte Morganen auf verschiedenen Wegen erreicht, und er und Elliot hatten sie amüsant gefunden. Doch im Moment lachte keiner der beiden Männer. Caius Elliot war immer auf seine Selbsteinschätzung als perfekter, ruhiger Rationalist stolz gewesen, heute jedoch nicht. Seine Inspektorenuniform saß nicht richtig, der formelle blaue Mantel hing schief über der Schulter, und er atmete schwer. Er hatte Angst. Die Dinge entwickelten sich zu schnell.

»Vielleicht sollten Sie mit dem Anfang beginnen, Caius«, sagte Morganen. »Es gibt nichts, was man nicht in Ordnung bringen kann.«

Elliot schaute nacheinander die anderen in der Kabine an, jeden einzelnen. Commander Kelly MacCandless, Commander Lee Fairfax, Lieutenant Commander Jaime Douglass und Chief Wemyss waren die vier Männer, die Morganen gebeten hatte, als taktischer Planungsstab für die Rettungsmission zu dienen. Der Personaloffizier des Schiffes hatte MacCandless, Douglass und Wemyss als Männer mit intensiver Kampferfahrung identifiziert. Fairfax war zum ersten Mal als Feuerkontrolloffizier auf der Brücke der *Warrior* in der Schlacht von Trothas im Gefecht, doch Morganen war so vom Auftreten des Mannes beeindruckt gewesen, daß er ihn für die Mission gewollt hatte. Fairfax selbst wollte es auch nicht anders, als er erst einmal erfahren hatte, warum man ihn anheuerte.

Douglass hatte soviel Jägerkampferfahrung wie jeder in der Abfangjägergruppe und war nach dem Tod von Lieutenant Commander Haldane zum Gruppenführer berufen und zugleich zum Lieutenant Commander befördert worden. Seine Ergebenheit gegenüber Kendric Fraser hatte etwas von der Intensität eines Heiligen Krieges an sich, eine hitzige Leidenschaft, die er aus seiner Stimme fernhielt, aber nicht aus den Augen verdrängen konnte. Als Ops-Direktor der *Warrior* brachte Kelly MacCandless den Vorteil seiner umfangreichen taktischen Ausbildung in die Gruppe ein. Morganen hatte zuvor nicht gewußt, daß der schlanke, stille Mann vier Jahre nach dem Captain die gleiche Flottenakademie besucht hatte. Er hatte auch drei Jahre in der Imperialen Raumflotte gedient, bevor er wieder zur Gälischen Miliz wechselte und eine Position an Bord des neuen Schlachtschiffes des Sternhaufens erhielt.

Obgleich das Vorhaben inzwischen lässig mit dem Codenamen ›Alter Mann‹ betitelt worden war und eigentlich streng geheim sein sollte, hatte sich das Wissen darum bereits auf der *Gael Warrior* verbreitet, und es war ohne Zweifel inzwischen auch auf den Unterdecks der anderen Schiffe der Schwadron bekannt. Wie? Gerüchte bewegten sich bekanntermaßen schneller als das Licht; schon lange bevor der Mensch das Geheimnis des T-Raumes entdeckt hatte. Ihre Verbreitung schien oft die Gesetze der Physik, der Kausalität und des gesunden Menschenverstandes zu durchbrechen, doch Morganen fragte sich, ob die sich ausbreitenden Gerüchte auch an die falschen Ohren gedrungen waren.

Elliot atmete tief ein. »Der Zeitplan des TOG ist drastisch beschleunigt worden!«

»Was meinen Sie damit?«

»Das Gerücht stammt direkt aus dem Büro des Gouverneurs.« Seit einiger Zeit arbeitete Elliot in Gouverneur Malatyas Büro als Verbindungsmann zwischen der TOG-Bürokratie und dem Gälischen Parlament. Für ihn war das ein nützlicher Posten. Sein Plan, einige der gälischen Schiffe zur Rettung von Kendric Fraser abzustellen, war nur durchführbar, wenn er Zugang zum bürokratischen Apparat des TOG hatte – zu den Computern und Datenbänken, zur Kommunikation über VLCA Alba und zum Ohr des provisorischen Gouverneurs selbst. Die Befehle, zwei Schiffe der Gälischen Schwadron abzuordnen, waren bereits durchgelaufen.

Doch inzwischen konnte es zu spät sein: »Ich komme heute morgen gerade von dort. Das TOG leitet das Projekt ›Gälen‹ ein.«

MacCandless runzelte die Augenbrauen: »Sie verteilen die Schwadron?«

»Mehr als das. Sie setzen die Propagandamaschinerie in Gang, um die Fünf Welten zu evakuieren. Unverzüglich.«

»Was?« Douglass' Gesicht konnte sein Erschrecken nicht verbergen. »Das ist unmöglich!«

»Ich denke, daß Lieutenant Commander Douglass

die Details noch nicht kennt«, bemerkte Morganen. »Erzählen Sie es ihm, Caius.«

Elliot atmete tief ein. »Das Imperium mag keine übersichtlichen, eigenständigen und autarken Bevölkerungen von, sagen wir, Nationalisten. Das ist ein alter Terminus aus der Zeit, als eine einzelne Welt zwischen verschiedenen Regierungen aufgeteilt sein konnte. Isolierte Gruppen, die ihre größte Loyalität einander entgegenbringen statt dem TOG.«

»Verständlich«, warf Fairfax ein. »Was hat das mit uns zu tun?«

Er blickte zu Douglass hinüber. »Sagen Sie mir, Commander, sind Sie ein Gäle oder ein Bürger des Imperiums?«

»Wieso? Beides.«

Elliot schüttelte den Kopf. »Wenn Sie so empfinden, sind Sie ein Gäle. Der Planet Ihrer Geburt sollte überhaupt keine Bedeutung haben, wenn Sie Ihre erste Loyalität dem TOG entgegenbrächten.«

»Ich bin nicht sicher, daß ich den Unterschied erkenne«, sagte Douglass. »Daß ich ein TOG-Bürger bin, kann nichts daran ändern, wer ich bin oder wo ich geboren wurde.«

»Nein? Eines Tages müssen wir über die Realitäten der Bürokratie sprechen, junger Mann ... aber nicht jetzt. Der springende Punkt ist, daß sich das Imperium sicherer fühlt, wenn die Gälen der Fünf Welten irgendwo anders leben ... verstreut über eine paar hundert andere Welten der Galaxis.«

»Guter Gott, warum?« fragte Fairfax. »Wir sind keine Bedrohung für das Imperium!«

»Vielleicht sehen der Caesar und einige seiner Overlords die Dinge anders. In jedem Fall wurde es bereits vom Obersten Distriktverwalter Lord Grethan selbst angekündigt. Es sollen Meldungen über beunruhigende Störungen, die in einer der größeren und heißeren Sonnen des Gälischen Sternhaufens bemerkt wurden, verbreitet werden. Innerhalb der nächsten paar Wochen wird ein voll aufgeblähtes Gerücht mit dem Inhalt umgehen, daß sich Cridhe zur Supernova entwickelt.«

»Götter im Himmel. Das ist nahe genug an der Wahrheit, um eine echte Panik zu erzeugen …«

»Natürlich. Die besten Lügen enthalten immer ein Körnchen Wahrheit. Ich vermute, daß Cridhe eines Tages wirklich explodieren wird … Aber nach menschlichen Maßstäben wird das noch eine ganze Weile auf sich warten lassen. Doch *wenn* die Sonne explodierte, würde sich die Strahlenwelle mit Lichtgeschwindigkeit ausbreiten. Nach fünfzig Jahren wäre jede Welt im Sternhaufen steril.«

Morganen lehnte sich in seinem Sessel zurück und verschränkte die Arme. »Wann werden sie mit der Evakuierung der Leute beginnen?«

»Es ist noch kein Datum festgelegt, doch ich habe die Anforderung für zwei Transporter der *Aldebaran*-Klasse gesehen.«

Douglass stieß einen Pfiff aus: »*Aldebarans!* Das sind riesige Dinger …«

»Groß genug für die Beförderung von jeweils fünftausend Leuten, die im Kälteschlaf liegen.« Er zögerte, als ob er nicht sicher wäre, was er sagen sollte. »Und ich habe einen anderen Befehl gesehen.«

»Welchen?«

»Der Gouverneur hat eine Computersuche durchgeführt. Alle Familien der Offiziere und Mannschaften der gälischen Schiffe … Sie wurden herausgepickt.«

Douglass' Augen verengten sich. »Was soll das heißen … ›herausgepickt‹?«

»Ich glaube, daß sie die ersten sein sollen, die zur … Umsiedlung zusammengetrieben werden.«

»Nein …«

Morganen schüttelte seinen Kopf. »Das muß ein Bluff sein. Etwas, um uns zu beeindrucken. Vielleicht haben sie Angst, daß die Schwadron kämpfen wird.«

»Vielleicht«, sagte Elliot. »So, wie ich es sehe, wird bald ein Befehl an die Gälische Schwadron erlassen werden, daß sie aufgeteilt und verstreut wird ... vielleicht innerhalb der nächsten paar Wochen. Bis die Befehle kommen, werden eure Familien an Bord der Transporter sein. Falls es auch nur ein Widerwort der Schwadron gibt ...«

Er ließ die Konsequenzen unausgesprochen.

»Warum bombardieren sie nicht einfach unsere Welten, so wie Trothas?« fragte Douglass nach einem Moment der Stille.

»Weil trotz dem, was mit Trothas geschah, das TOG nicht einfach so nur zum Spaß Planeten vernichtet. Es gab einen Grund für das, was mit Trothas geschehen ist. Sie würden auch eine oder mehrere der gälischen Welten zerstören, wenn sie glauben, damit etwas zu erreichen ... Macht zu beweisen, die anderen einzuschüchtern – was auch immer. Doch wenn das Imperium fünf neue Welten zum Preis einiger alter Kolonietransporter bekommen kann, nimmt es das wahr.«

»Aber unsere Planeten sind gar nicht so reich«, protestierte Fairfax. »Eigentlich eher das Gegenteil.«

»Vielleicht, aber eine Welt ist immer noch ein großer Ort. Und egal, wie simpel sie auch ist: Eine Welt, auf der Menschen ohne Schutzanzüge oder Atemgeräte umherlaufen können, ist immer noch eine kostbare Sache in dieser Galaxis. Sie haben sich bestimmt schon eine Verwendung für eure Welten überlegt, da könnt ihr sicher sein.«

Morganen runzelte die Stirn. »Ich verstehe es so, daß Ihrer Meinung nach die Beschleunigung der Umsiedlung vermutlich der Operation ›Alter Mann‹ in die Quere kommt?«

»Das bedeutet, daß bald weit mehr imperiale Truppen hier sein werden ... Vielleicht sogar, ehe die Rettungsschiffe wieder zurück sind. Sie haben bereits die meisten Soldaten aus VLCA Alba abgezogen und sie hierher nach Alba Port gebracht.«

»Warum?«

Elliot zuckte die Achseln. »Zum Teil, um ein Auge auf euer Volk zu haben. Aber auch, um eine kampfbereite Reservetruppe zu haben, die an den Brennpunkten auf Alba landen kann, wenn die Proklamationen beginnen. Das bedeutet, daß es schwerer wird, die *Gaidheal* und die *Damadas* loszueisen und zu erklären, wo sie hin sind, wenn Admiral Arada nach ihnen zu suchen beginnt.« Er fuhr sich mit der Hand über das Gesicht; was er nun sagen mußte, schmerzte. »Ich beginne zu glauben, daß wir ›Alter Mann‹ abblasen sollten, um uns auf die Entführung der Schiffe, die Befreiung eurer Familien und unsere baldige Flucht konzentrieren zu können.«

Es tut mit leid, Kendric! Ramsay … Das Gefühl, daß er sie verriet, schockierte Elliot zutiefst. Kendric wäre heute kein Sklave in einer Kristallmine, wenn er sich nicht zuvor in die Karriere des Jungen eingemischt hätte. Er hatte versucht, die Dinge auszugleichen und in Ordnung zu bringen, doch nun stand das Leben von Hunderten gegen die Freiheit eines einzelnen.

»Nein.« Morganen schüttelte langsam seinen Kopf. »Nein.«

»Aber, Lenard …«

»Verdammt, wir brauchen ihn. Die Männer brauchen ihn. Sie haben nicht miterlebt, wie sie ihm bei Trothas zugejubelt haben.«

Elliot nickte und starrte auf seine gefalteten Hände vor sich auf dem Tisch. Er *wollte* gern zustimmen …

»Ein Anführer, um sie zusammenzuhalten; jemand, dem die Leute folgen. Vielleicht ist das der Grund, warum sie ihn als erstes Opfer ausgesucht haben. Sie fürchteten ihn, sie fürchteten seine Fähigkeiten, die er bei Tallifiero gezeigt hat.« Seine Augen suchten Morganens Blick. »Es ist nicht so, daß Sie nicht fähig wären, Len …«

»Zum Teufel, ich kenne meine Grenzen. Wenn sonst nichts, so weiß er, was die Imperialen tun werden, wie sie reagieren, wenn sie sich für eine militärische Option entscheiden. Ich kann damit nicht umgehen.«

»Es mag sein, daß Sie es versuchen müssen. Diese Rettung ist nicht narrensicher. Und Sie riskieren nicht allein die Schwadron, sondern Tausende unschuldiger Leben – die Familien der Männer ...«

»Nicht, wenn wir schnell genug vorgehen. Nein! Wir müssen es versuchen! Sie sind der Bürokrat mit den Verwaltungskenntnissen. Sie arbeiten im Büro des Gouverneurs. Sie werden ein Mittel finden, um die Dinge zu verzögern, bis wir mit Kendric Fraser zurückkommen.«

Erleuchtung durchzuckte Elliot. Es war ihm vorgekommen, als wären Kendrics Befreiung und die Rettung der Gälen zwei einander ausschließende Operationen geworden, doch vielleicht war das überhaupt nicht der Fall. Er wußte jedoch um das Risiko, seinen Verstand seinen Gefühlen unterzuordnen. Für sie alle stand dafür viel zu viel auf dem Spiel.

»Hmmm«, sagte der Administrator. »Vielleicht. Es wird bestimmt den Versuch wert sein. Es fällt mir schwer, an diesem Punkt eine andere Lösung zu erkennen.«

Morganen streckte die Hand aus und bediente einen Schalter an seiner Schreibtischkonsole. »Kommunikation.«

»Kommunikation, zu Befehl.«

»Senden Sie eine Nachricht hinüber zur *Gaidheal*, auf kleiner Welle und verzerrt. Für Captain Neal persönlich. Inhalt: ›Es geht los. Denken Sie an Ihre Freiheitsparties und warten Sie auf Besucher. Lenard.‹ Dann schicken Sie das gleiche an Captain Lyle auf der *Damadas*. Das ist alles.«

Der Kommunikationsoffizier wiederholte die Nachricht und verabschiedete sich dann. Morganen schaute zu den Offizieren in seiner Kabine. »Meine Herren, ich glaube, das ändert nichts. Es erlegt unseren Unternehmungen aber ein Zeitlimit auf. Wir hatten geplant, in einem oder zwei Monaten zu handeln. Nun müssen wir in Tagen agieren. Ich schlage vor, wir fangen an!« Er wandte sich an Elliot. »Sie haben befürchtet, daß Ihnen jemand gefolgt ist. Besteht das Problem noch? Ich könnte Ihnen ein paar von unseren Leuten abtreten ...«

»Nicht notwendig. Wenn sie bislang noch nichts gegen mich unternommen haben, halten sie wohl nur ein Auge auf mich.« Er seufzte. »Außerdem sind wir beinahe soweit. Ihr befreit Kendric, und ich werde sehen, was ich tun kann, um eure Leute von diesen Transportern fernzuhalten.

Aber wir beeilen uns besser. Glaubt mir! Die TOG-Bürokratie ist schwerfällig, doch wenn sie sich erst einmal in Bewegung setzt, ist sie wie ein schwarzes Loch. Sie verschlingt alles in ihrer Bahn ... und nichts hält sie auf!«

Stunden später schritt Caius Elliot den Tunnel hinab, der vom Transplex-Vorsprung der *Gael Warrior* zur Promenade von Alba Port jenseits der Andockbucht führte. Er fühlte sich nach seinem Gespräch mit den Offizieren der *Warrior* besser. Seine Agenten hatten ihm präzise und detaillierte Informationen geliefert. Nun, wenn sich die geplanten Ereignisse in Gang setzen ließen, konnte er immer noch Erfolg haben. Inzwischen würde Operation ›Alter Mann‹ fortschreiten, wobei der Aufbruch der zwei Schiffe auf den frühestmöglichen Moment nach Erreichen der Flugtauglichkeit festgelegt war. Er würde zurückbleiben und daran arbeiten, einige spezielle Befehle zu arrangieren, welche die Gälische Schwadron zu einem besonderen Begleitschutzeinsatz abkommandieren würde.

Ihm war eine neue Idee gekommen. Es sollte möglich sein, die Familien der Schwadronsbesatzung zu sammeln und an Bord eines Transporters zu bringen – und dann den Transporter offiziell der Obhut einer Eskorte aus gälischen Schiffen zu übergeben! Wenn der Schwadron befohlen wurde, einen der Frachter aus dem Sternhaufen zu eskortieren, wären all ihre Probleme gelöst. Die TOG-Bürokratie würde helfen, den Weg für eine Veränderung freizumachen!

Ja, es gab noch Hoffnung und immer noch eine sehr gute Erfolgschance. Er beschleunigte seine Schritte zu den Verwaltungsbüros von Alba Port.

Elliot war so mit seinen Plänen beschäftigt, daß er die beiden Männer nicht bemerkte, die gegenüber der Andockbucht der *Gael Warrior* auf der Promenade standen. Einer schaute auf, als Elliot vorbeiging, und nickte dann seinem Partner zu. Der erste Mann schlenderte nunmehr durch die Menge und folgte dem Administrator. Der zweite senkte den Kopf und begann, hastig in ein kleines Funkgerät zu sprechen, das im modisch plissierten Kragen seiner Tunika verborgen war. Kein Passant kam ihm nahe genug, um seine Worte zu hören oder auch nur zu erkennen, daß er redete. Als der Mann seinen Bericht beendet hatte und auf die Antwort lauschte, die er aus den Empfänger in seinem Ohrclip hörte, erschien ein kaltes Lächeln in seinem Gesicht.

Endlich, nach Wochen der Beobachtung, war es Zeit, zuzugreifen.

23

Die Aktivität der TOG-Raumflotte im Gälischen Sternhaufen ist im Verlauf der letzten fünf Tage um beinahe 30 Prozent angestiegen. Zwei Frachter der Aldebaran-Klasse sind eingetroffen, und es gibt einen Anstieg der Anzahl der Flotteneinheiten auf und bei den bewohnten Planeten zu verzeichnen. In allen größeren Städten befinden sich die TOG-Legionäre im Alarmzustand. Besonders beunruhigend ist der Befehl, die Familien der Besatzungen der Gälischen Schwadron zu versammeln und sie an Bord von Flottentransportern zu schaffen und in die Umlaufbahn zu bringen. Dies könnte ein Versuch des TOG sein, die Kontrolle über die Gälische Schwadron aufrechtzuerhalten und offene Meuterei zu verhindern, wenn der Befehl zur Auflösung der Einheit kommt.

Ich fürchte, daß meine eigenen Aktivitäten bereits beobachtet werden. Es kann sein, daß ich nicht mehr lange berichten kann.

– Bericht des Agenten ›Clarity‹ an den
Commonwealth-Geheimdienst,
Cathandra, Quelle als streng geheim eingestuft,
20. September 6830.

Zu Beginn von Kendrics zweiter Zwanzigerschicht traf eine weitere Lieferung Frischfleisch ein, und Kendric tauschte seine Schaufel gegen einen Schlauch. Sechs Stunden hintereinander würde er neben einem der waagerechten Förderbänder stehen und einen Wasserstrahl auf die Felsbrocken richten, die sich an ihm vorbeiwälzten. Aufgrund einer unausgesprochenen Übereinkunft, standen Kendric und T. C. Seite an Seite, als er seine neue Arbeit kennenlernte. Felsen zu waschen erforderte keine größeren körperlichen oder geistigen Fähigkeiten, doch T.C. konnte ihm beibringen, das graubraune Gennarit zu erkennen, wenn es freigelegt wurde, und den Packern am Kopfende des Förderbandes eine Warnung zuzurufen, daß erzreiches Gestein nahte.

Es oblag den Packern, das Erz zu identifizieren und es vom Förderband zu nehmen, ehe es die senkrechte Röhre an der rechten Seite erreichte. Dieser Aufzug trug wertloses Geröll aus der Mine und schleuderte es auf die Erzabfallhaufen an der Seite des Berges. Der Aufzug an der rechten Seite trug das Erz auf die oberste Sohle und warf es auf die wartenden Waggons, die für die Aufnahme durch einen Raumfrachter bepackt wurden. Dennoch betäubte die Arbeit nach einiger Zeit den Verstand, und die Warnung ›Erz auf Nummer 2‹ half, die Packer aufmerksam zu halten. Jede Grube hatte ihre Quote, die in Kilogramm Gennarit pro Schicht gemessen wurde. Wurde diese Vorgabe verfehlt, entzog man in der Regel jeder Unterkunft auf dieser Sohle für eine Zwanzigerschicht das Wasser. Es gab auch die Drohung des Wechsels auf eine der ›unangenehmeren Sohlen‹, wie sie euphemistisch genannt wurden, oder die Möglichkeit der Todesstrafe für jeden auf der Sohle.

Die Todesrate unter den Bergwerkssklaven war hoch, wenn auch nicht aufgrund solcher spektakulären Tragödien wie Einstürze oder Eruptionen, wie Kendric zuerst vermutet hatte. Gerüchte – die einzige Nachrichtenquelle für die Bergleute – behaupteten, daß die Unterkünfte G und K auf Sohle 3 beide in einer einzigen Zwanzigerschicht von einer Krankheit ausgelöscht worden waren, hinter der die Cholera vermutet wurde. Im gleichen Zeitraum starben in Unterkunft D vier Leute: drei an einem nassen, stoßweisen Husten, den T.C. für Lungenentzündung hielt, und der vierte, als ihn die gleiche Krankheit zu schwach zum Arbeiten machte. Die anderen Sklaven in seiner Gruppe hatten ihn bei der Musterung gestützt, doch der Mann wurde während der Arbeitsschicht immer wieder ohnmächtig, so daß schließlich zwei Aufseher durch den Schlamm wateten, ihn bei den Armen nahmen und fortschleiften.

Sieben weitere starben in Unterkunft D ohne erkennbaren Grund, außer daß ihre Willenskraft schwächer als ihre Körper geworden war. Kendric hatte mit leichter Überraschung bemerkt, daß die Rationen der Bergleute zwar nicht groß waren, doch ausreichten, um sie bei Kräften zu halten. Viele Sklaven schienen bei der Kombination aus schlichter Kost und harter körperlicher Arbeit sogar zu gedeihen. Vielleicht hielten ihre Meister sie aufgrund der Theorie recht wohlgenährt, daß ein verhungernder Sklave nicht genügend Arbeit leisten konnte, um seinen Unterhalt zu rechtfertigen.

Verzweiflung tötete mehr Bergleute als Verhungern und Krankheiten. Ohne Hoffnung auf Begnadigung wanderte ein Sklave nach dem anderen ›den Hügel hinab‹ und wurde nie wieder gesehen. Es wurde gemunkelt, daß der Berg von einem Wall aus schwefelverkrusteten Knochen umgeben war, doch es kam nie jemand zurück, um diese Behauptung zu bestätigen. Zahllose andere hörten einfach zu essen und zu trinken auf und verfielen, bis sie tot oder zu schwach zum Arbeiten waren. Einige wenige weigerten sich, zu arbeiten, oder griffen einen Aufseher an oder wurden schlicht unter Kreischen und Lallen wahnsinnig. Sie alle wurden den Custodes überantwortet und fortgeschleppt, um nie wiederzukehren.

Am schlimmsten von allen waren die, die einfach aufgaben. Kendric erinnerte sich an eine Arbeiterin in Unterkunft D, eine junge Frau namens Lani, die nicht älter als zwanzig Jahre gewesen sein konnte. Sie war bereits erschreckend dünn, als Kendric in die Mine kam. Zwei Wochen später arbeitete sie immer noch, aß sogar, doch sie wurde immer dünner und dünner. Am Blick ihrer Augen erkannte Kendric, daß die Auszehrung mehr in ihrem Geist als in ihrem Körper steckte.

Eines Morgens stand sie beim Weckruf nicht auf, und die Custodes schleppten sie fort. Kendric erfuhr niemals, ob sie tot war, als man sie gepackt hatte, oder nur unfähig – oder unwillig – zu stehen.

»Erzähl mir etwas!« rief T. C. eines Tages, als sie nebeneinander am Förderband 2 arbeiteten. Das Gerassel der Förderbänder und Aufzüge erzeugte einen solchen Lärm, daß sie schreien mußten, um gehört zu werden, obwohl ihr Gespräch recht privater Natur war. Eigentlich arbeitete jeder Sklave in einer privaten Welt für sich allein, taub für alles, außer der Monotonie aus Hitze, Wasser und Arbeit. »An deinem ersten Tag hier … Hat Lynch deiner Gruppe erzählt, daß die Lebenserwartung von zwei Tagen nur ein Mythos wäre?«

Kendric nickte, während er mit seinem Schlauch auf Schlamm und Geröll spritzte. »Etwas in der Art. Lynch sagte uns, es sei eine Lüge.« Kendric hatte oft über Lynchs Worte nachgedacht und entschieden, daß der Aufseher die Wahrheit gesagt hatte. Selbst das TOG-Imperium konnte sich nicht die Extravaganz leisten, Tausende von Kriminellen durch die ganze Galaxis zu fliegen, wenn sie nur die Arbeit zweier Tage oder noch weniger als ›Gegenleistung‹ einbrachten. Sklaverei machte als Einrichtung nur Sinn, wenn dabei ein Profit heraussprang.

»Ich habe darüber nachgedacht«, sagte T. C. »Ich habe gedacht, daß ich es zwei Tage aushalten würde. Dies … die Wahrheit … ist schlimmer.«

Kendric hatte sie verstohlen angeschaut. Durch das fortwährend aus den Schläuchen spritzende Wasser waren die Wäscher nicht so sehr mit klebrigem, grauschwarzem Schlamm bedeckt wie jeder andere in der Grube, zumindest oberhalb der Taille. T. C.s Gesicht war sauber, mit Ausnahme von Schmutzflecken an ihrer Nase und ihrem Kiefer.

Er konnte sehen, wie sich der Schmerz und die Resignation eingeätzt hatten.

»Erinnere dich an unseren Pakt, T. C.«, sagte er. »Wir haben eine Abmachung, du und ich!« Sie schaute ihm in die Augen, doch er sah dort kein Leben, keinen Funken einer Reaktion. Er erinnerte sich an den Ausdruck auf Lanis Gesicht, kurz bevor sie starb, und fühlte einen Schock des Wiedererkennens und der Furcht.

Das Beben begann als kaum wahrnehmbares Zittern unter ihren Füßen. Es wurde von Schlamm und Wasser gedämpft, und nur wenige Sklaven fühlten es, bis die ersten Steine aus der nebligen Dunkelheit über ihnen fielen. Als ein paar kopfgroße Felsbrocken in den Schlamm stürzten, schrie eine Frau auf. Dann wurde aus dem Zittern ein donnerndes Brüllen. Die Wände der Kaverne schienen zu wanken und zu schwanken, und das schlammige Wasser begann um sie herum zu schäumen.

Kendric hielt nicht inne, um nachzudenken. Er ließ seinen Schlauch fallen, legte den Arm um T. C.s Taille und zog sie unter den Schutz des Förderbandes. Der Boden des Bandes war gerade hoch genug, daß sie ihre Köpfe über das Wasser heben konnten. Das Spritzen und der prasselnde Gesteinhagel hindurch hielt Kendric T. C. fest und blickte sich auf der Suche nach dem besten Fluchtweg verzweifelt in der Grube um. Etwas Schweres traf das Förderband über ihnen, und die gequälte Maschine protestierte kreischend.

Beim ersten Einsturz des Felsens waren drei Viertel der Sklaven in Panik verfallen und fortgelaufen – jeder von ihnen eilte zu dem schmalen Eingang des Haupttunnels. Inzwischen war die Rampe, die zur Sohle des Tunnels führte, vollgestopft mit nackten, schlammigen Körpern, die darum kämpften, dem Unheil zu entkommen. Kendric sah einen Custodes, der mit dem Rücken gegen den massiven Fels gepreßt wurde, sah über der Menschenmenge seine noch immer fest um die Virga gepreßte Faust zucken, Blut spritzte, und der Mann glitt die Wand hinunter, in die Menge hinein.

Das Donnern nahm an Stärke zu und übertönte das besinnungslose Kreischen der Sklaven. Ein Felsbrocken von der Größe der Unterkunft D stürzte trudelnd aus der Dunkelheit herab. Er riß einen Laufsteg und ein paar schreiende Custodes mit sich, als handele es sich um Spinnweben und landete dann inmitten der dichtgedrängten Menschenmasse am Fuß der Rampe. Das schäumende Schlammwasser in der Grube färbte sich blutrot.

Das Grollen endete so plötzlich, wie es begonnen hatte. Obwohl die Hauptbeleuchtung erloschen war, glühten auf wundersame Weise noch zahlreiche Fluorröhren in der Luft, die schwer von Staub und Nebel war, und Funken sprühten von den Kieseln, die in Sturzbächen von oben herabfielen und -prasselten. Das Donnern fallender Felsbrocken wurde vom anhaltenden Schreien und Stöhnen der Verwundeten, der Sterbenden und der Entsetzten abgelöst. Eines der Förderbänder lief weiterhin klappernd und rasselnd auf die Aufzüge zu, die beide noch immer funktionierten. Die Stromkabel waren gut abgeschirmt und anscheinend noch intakt.

Kendric half T. C. unter dem Förderband hervor, das sie geschützt hatte. Als er den großen Felsbrocken sah, der das Band getroffen hatte, erkannte er, daß der Fels groß genug gewesen war, um sie beide zu zermalmen, wenn er nicht statt dessen die Rahmenverstrebungen des Bandes getroffen hätte. Die Luft war verpestet von einem unbeschreiblichen Geruch und schien sogar heißer als normalerweise zu sein. War die Arbeit der Luftpumpen unterbrochen worden?

Kendric bemühte sich, trotz des Lärms der Menge,

zu lauschen. Er war nicht sicher, doch es klang, als ob die Pumpen noch in Betrieb waren. Dann waren sie vermutlich auch nicht überflutet, und es würde weiterhin frische Luft von der Oberfläche einströmen. Alles in allem hatten sie das Beben leidlich überstanden. Dann sah er den riesigen Felsbrocken, der herabgestürzt war, und die Farbe des Wassers ringsumher und erschauderte.

Die sich windende Sklavenmenge fuhr damit fort, sich einen Weg zum Tunneleingang freizukämpfen. Der riesige Brocken hatte die Rampe jedoch völlig blockiert, und die einzige Methode, zum oberen Ende der Rampe zu gelangen, bestand darin, die nahezu senkrechten Seiten der Rampe emporzusteigen oder über den Felsbrocken zu klettern – keines von beidem war eine einfache Aufgabe. Diejenigen, die den Tunneleingang erreicht hatten, waren noch immer in Gefahr, von ihren Gefährten erdrückt zu werden. Viele Sklaven, die der Felsbrocken verfehlt hatte, hatten den Versuch aufgegeben, sich dem Strom entgegenzustemmen, und waren in das Wasser der Grube zurückgedrängt worden. Sie bewegten sich mit grimmiger und unerschütterlicher Zielstrebigkeit, wateten und kletterten über das frisch abgestürzte Geröll und halfen denen, die verletzt und in Gefahr waren, zu ertrinken.

Kendric schätzte, daß von den vielleicht zweihundert Männern und Frauen, die in der Grube gearbeitet hatten, fünfzig oder mehr gestorben waren. Er klopfte T. C. auf den Arm und watete dann auf die Mitte der Grube zu, um den Verwundeten zu helfen. Nach einer Sekunde des Zögerns folgte ihm T. C.

In diesem Moment erkannte Kendric die riesenhafte Gestalt Vans, der mit einem Felsbrocken von seiner eigenen Größe nahe der Grubenmitte kämpfte. Er bemühte sich abwechselnd, den Fels zu bewegen und nach unten zu greifen, um einen Kopf über Wasser zu halten. Als Kendric näher kam, sah er, daß der gefangene Sklave Casadren war, der junge Mann, der mit ihm am ersten Tag in der Mine den Aufzug verlassen hatte.

»Laß mich helfen!« Er schloß sich Van an und preßte die Schulter gegen den Felsbrocken, doch ohne erkennbaren Erfolg. Auf Vans Vorschlag hin beugte er sich nach unten und konzentrierte sich darauf, Casadrens Kopf über Wasser zu halten, so daß sich der Riese ganz damit befassen konnte, den massiven Fels beiseite zu schieben.

»Wo tut es weh?« schrie Kendric in das Ohr des jungen Mannes. Angesichts der Größe des Felsbrockens schätzte er, daß Casadrens Beine zerquetscht und zermalmt waren und er verbluten würde, während sie noch um seine Befreiung kämpften. Verzweifelt fragte Kendric sich, was sie zum Stillen der Blutung verwenden konnten. Sein Stirnband konnte dazu dienen, wenn er nur eine Möglichkeit fand, es an die richtige Stelle zu legen.

Casadren hob seinen Kopf und spuckte Schlamm aus. »Tut nicht weh«, brachte er heraus. »Knöchel zwischen den Steinen eingeklemmt ... tut nicht weh.« Dann schaute er verwirrt um sich. »Es wird furchtbar heiß hier unten, obwohl ...«

Kendric fragte sich, ob Casadrens Beine überhaupt zerquetscht waren. Konnte es sein, daß er blutete und nicht spürte, daß sein Unterkörper zermalmt war? Dann fühlte er selber, wie heiß das Wasser wurde, und begriff, daß der eingeklemmte Mann recht hatte. Es wurde immer heißer.

Der Fels bewegte sich unter dem Druck von Vans angespannten Muskeln. Casadren schrie auf.

»Habe ich dein Bein erwischt?«

»Nein! Nimm ihn weg! Ich verbrenne! Ich verbrenne!«

Das Wasser rund um den Felsbrocken explodierte in wilden, siedenden Blasen, und Casadren schrie erneut.

Kendric fühlte eine Welle sengender Hitze seine Beine entlangstreichen, als Dampf von einem Geysir aufwallte, der nur ein paar Meter entfernt emporstieg.

Der Felsbrocken bewegte sich erneut und begann zu rollen, doch eher entgegen Vans Bemühungen als mit ihnen. Kendric nahm undeutlich wahr, daß das Grollen erneut begonnen hatte, und die Felswände der Grube zitterten und bebten, als ob die Faust eines unsichtbaren Riesen daraufhämmerte. Casadrens Kopf wurde in das kochende Wasser gerissen, als der Felsbrocken über ihn rollte. Sein Arm blieb über Wasser und schlug machtlos gegen die Felswand. Kendric griff nach der Hand und zog, doch der schlammbedeckte Körperteil entglitt seinem Griff, als der Felsbrocken unaufhaltsam weiterrollte.

Die Schreie der Sklaven in der Kaverne wurden doppelt so laut, als es Felsen von der Decke regnete. Der Nebel verdichtete sich mit jeder Sekunde, bis Kendric kaum noch zu den Wänden der Grube sehen konnte.

Dampf! Das Wasser in der Grube kochte an mehreren Stellen und füllte die Höhle mit Dampf!

Er schaute wild um sich und suchte T. C. Er sah sie in der Nähe, wie sie an den Armen eines Mannes zog, der unter einem Erdrutsch begraben war. Ihr Gesicht war von ihm abgewandt, und sie wußte nicht, was Kendric sehen konnte: daß der Körper des Mannes unterhalb der Taille abgetrennt war.

Er ergriff ihre Schulter und zog sie fort. »Er ist tot! Laß ihn!« Irgendwie taumelte er mit ihr durch den Schlamm, der heftig dampfte und von den fallenden Felsstücken aufspritzte. Auch wenn das Wasser nur an einigen unzusammenhängenden Stellen kochte, wurde es doch schnell unerträglich heiß. Die Überlebenden, die um die Flucht aus der Grube kämpften, verstopften den Weg zum Tunneleingang oberhalb der Rampe. Der Geruch nach verfaulten Eiern, der vom brennenden Schwefel hervorgerufen wurde, machte die Luft stickig.

Eines der Förderbänder war in der Nähe und lief noch immer. Kendric hob T. C. hoch und warf sie auf das laufende Band, dann kletterte er neben sie. Er schaute sich nach Van um und sah, daß der Hüne in Richtung der Rampe unterwegs war und sich einen Weg durch die Sklaven zum Tunnel freikämpfte.

»Van!« schrie er. »Nein, Van! Hier herüber!« Es konnte auf jenem Weg keine Flucht möglich sein. Falls der Aufzug dort noch immer funktionierte, wäre er mit zehn bis zwölf Menschen bis an die Grenze seines Fassungsvermögens ausgelastet ... und auf jeder Sohle würden Hunderte Sklaven sich bekämpfen, um die Aufzugkabine zu erreichen und hineinzugelangen. Es gab einen anderen Weg.

Gebaut, um gigantischen Belastungen zu widerstehen, lockten die Zwillingsröhren der Erzaufzüge, deren Förderkörbe noch immer mit Strom von der Oberfläche versorgt wurden und weiter liefen. Wie lange sie noch laufen würden, war reine Vermutungssache, doch sie boten eine bessere Chance als die Fluchtversuche des zu blinder Raserei getriebenen Mobs im Tunnel. Die Röhre auf der rechten Seite führte, wie Kendric wußte, zum Geröllhaufen an der Flanke des Berges, die linke zu den Reihen der Frachtcontainer auf der obersten Ebene der Mine.

Die Röhre zur Rechten bot einen schnellen Fluchtweg, doch Kendric scheute davor zurück. Dutzende ähnlicher Röhren überall im Berg würden weiterhin in Betrieb sein, und die Wahrscheinlichkeit war viel zu groß, daß sie aus der Öffnung auf den Berghang geschleudert und sofort unter Tonnen von Fels begraben würden. Wenn sie nicht zuvor kopfüber einen Abhang hinunterstürzten.

Die linke Röhre war sicherer. Der Aufzug bewegte sich langsamer und war kleiner, da er für den Transport der weit geringeren Ladungen erzreichen Gesteins zur Oberfläche entworfen worden war. Wenn noch immer Felsen von den Aufzügen in die Loren fielen, würden es größtenteils kleinere Stücke sein, die sich nicht so schnell bewegten.

Kendric nahm T. C.s Hand, deutete nach links und bereitete sich zum Sprung vor, ehe das Förderband das Ende seines Weges erreichte und sie in die falsche Öffnung schleuderte. Ein neuerliches Anschwellen der Schreie ließ ihn den Kopf wenden. Nun strömten Sklaven zurück in die Grube und zertrampelten dabei weitere ihrer langsameren, schwächeren oder verletzten Leidensgenossen. Der Tunnel hinter ihnen leuchtete rot, und ein tödlicher gelber Nebel quoll aus der Öffnung. Kendric sah das schwarz verkrustete, rotglühende Fließen flüssigen Gesteins den Tunneleingang ausfüllen, als sie das Ende des Förderbandes erreichten.

Er und T. C. sprangen gemeinsam, als das in der Grube verbliebene Wasser hinter ihnen zu Dampf explodierte. Das Brüllen des Dampfes übertönte das Schreien der Menschen, die urplötzlich verbrannt wurden, als Lava aus dem Tunnel in die Grube strömte.

Der Einfüllstutzen war klein, wenig mehr als ein Eimer, der an der Seite an einem Metallband befestigt war, das in die Schwärze über ihnen aufstieg. Der Abstand zwischen einem Stutzen und dem nächsten war so gering, daß T. C. und Kendric sich zusammenkauern mußten, um hineinzupassen, wobei T. C. auf Kendrics Schoß hockte und ihre Knie beinahe ihre Ohren berührten. Die Ferriplast-Abdeckung des Aufzugs raste beunruhigend schnell vorbei, und sie rückten noch mehr an das Stahlband hinter ihnen heran, um nicht die tödliche Wand zu berühren und dabei vielleicht einen Fuß oder eine Hand zu verlieren. Sie konnten in der heißen, schweren Finsternis nichts sehen, aber sie konnten die rasende und tödliche Bewegung in wenigen Zentimetern Abstand spüren.

Geräusche hüllten sie ein – das Klappern des aufsteigenden Aufzuges und das dunklere, kehligere Grollen des Berges um sie herum und über ihnen. Nach dem letzten Dampfschwall schien es, daß sie in Sicherheit vor der endgültigen Explosion der Grube waren, doch die Luft in dem Aufzugschacht versengte ihre Lungen und ließ sie nach Atem ringen. Sie waren sich der Zuckungen bewußt, die weiterhin den Berg erschütterten, doch diese schienen nun weiter entfernt zu sein und eher von unten zu kommen.

»Was ist, wenn der Aufzug kaputtgeht, während wir drin sind?« brüllte T. C. Kendrics ins Ohr.

Die Wände der Röhre waren in der Dunkelheit nicht zu erkennen, doch er konnte ihren nackten Rücken und ihre Schulter bedrohlich nahe der Wand des Aufzugschachtes ahnen, während sie den Schacht emporrasten. Es gelang ihm, sich ein wenig zurückzubeugen und sie näher an sich zu ziehen, ehe er mit einem eigenen Schrei antwortete.

»Dann müssen wir weit klettern!« Er versuchte, nicht über die Schwierigkeiten nachzudenken, die mit dem Klettern von Förderkorb zu Förderkorb, den ganzen Aufzugschacht hinauf, verbunden waren. Wie viele Meter tief waren sie auf Sohle 3 gewesen? Hunderte? Tausende? Er konnte es nicht wissen, und er wollte nicht raten. Die Schwärze um ihn herum war absolut. T. C. war dicht an seine Brust gepreßt, und er konnte ihre kurzes, nasses Haar in seinem Gesicht fühlen. Aber ganz gleich, wie er es auch versuchte, er konnte sie nicht sehen und mußte mehrmals blinzeln, um sich davon zu überzeugen, daß seine Augen tatsächlich offen waren.

Der Berg bebte und zitterte wieder. Eine Schockwelle schlug wie eine Peitsche durch den Aufzugschacht und riß Kendric und T. C. von dem Förderkorb, in dem sie gehockt hatten, und schleuderte sie gegen den Förderkorb dicht über ihren Köpfen. Sie prallten gemeinsam zurück und fielen nach außen, gegen die Tunnelwand. Für einen entsetzlichen Augenblick blinder Angst glaubte Kendric, daß sie nun von der ratternden Maschinerie in Stücke gerissen würden.

Das geschah jedoch nicht. Der Aufzug war plötzlich an Ort und Stelle steckengeblieben. Sie klammerten sich einen Moment lang aneinander und horchten in die Dunkelheit. Noch immer drang dumpfes Grollen von unten herauf, doch der Berg war zur Zeit ruhig.

Nach ein paar Atemzügen löste Kendric den Griff um T. C. ein wenig. Er fühlte sie zittern, dann fiel ihm auf, daß er selbst ebenfalls bebte. »Bist du in Ordnung?« Er spürte ihr Nicken. »Gut. Wir fangen besser mit dem Klettern an.«

24

AN: Morganen, Amtierender Flaggcaptain der Gael Warrior
VON: Arada, Vizeadmiral, Cdr Alba
DATUM: 20. Sep. 2830
UHRZEIT: 0945 U. (Ortszeit Alba Port)
INHALT: Befehle

1. *Sie werden angewiesen, die abschließenden Vorbereitungen zu treffen, um den Zerstörer* Gaidheal *(GIS 2) und die Fregatte* Damadas *(GIS 8) einem unabhängigen Kommando zu unterstellen.*
2. Gaidheal *und* Damadas *werden angewiesen, ihren Flug nicht später als 1500 Uhr am 22. September 6830 zu beginnen. Kurs und T-Raum-Geschwindigkeit werden nicht später als 1200 Uhr am 22. September 6830 auf ihre Schiffs-Navigationscomputer überspielt.*
3. Gaidheal *und* Damadas *haben sich nicht später als am 29. September 6830 bei der Imperialen Schwadron 373 in der Nähe von Targath zu melden. Mit der Meldung geht das Kommando auf Admiral Hogarth, Kommandant der Imperialen Schwadron 373, über.*
4. *Morganen,* Gael Warrior, *wird angewiesen, persönlich die Bereitschaft beider Raumschiffe zu überprüfen und weitere Befehle in einer Woche zu erwarten.*
5. *Viel Glück – C. E.*

(Unterzeichnet)
Marius Arada, Vizeadmiral
Flottenkommando im Gälischen Sternhaufen

Lenard Morganen blickte ein letztes Mal auf die Befehle, die auf seinem Konsolenbildschirm angezeigt wurden, und schaute dann wieder zum Hauptmonitor der Brücke. Es war angenehm, wieder im Kommandosessel der *Gaidheal* zu sitzen. Sie war sein Schiff gewesen, ehe er der amtierende Kommandant der *Gael Warrior* geworden war, und er empfand sie als vertrauter und angenehmer, als es das Schlachtschiff ihm je gewesen war.

Außerdem war es gut, den Navigationscomputern ein Ziel eingegeben zu haben und die Brückenoffiziere zu hören, wenn sie ihre Stationen bereit zum Abflug meldeten. Er war hier eigentlich nicht als Kommandant vorgesehen gewesen, doch sie hatten die Risiken abgewogen und entschieden, daß MacAllister und die anderen ihm auf der *Gael Warrior* bis zu seiner Rückkehr ein Alibi verschaffen konnten.

Nachdem er seinen Plan so weit vorangetrieben hatte, war Lenard Morganen keineswegs bereit zurückzubleiben!

Das einzige, was nicht nach Plan lief, war Caius Elliots Fehlen bei ihrem letzten geplanten Treffen vor dem Abflug und das Ausbleiben einer Nachricht, um seine Abwesenheit zu erklären. Das beunruhigte Morganen und blieb ihm störend im Bewußtsein. Er neigte dazu, die Zwangsvorstellung des Bürokraten von ›denen‹, die ihn beschatteten, entweder als eine melodramatische Beigabe zu betrachten, um seine gälischen Gefährten von der Dringlichkeit ihrer Mission zu überzeugen, oder als den wilden Auswuchs seiner Vorstellungskraft einzustufen. Obwohl Morganen die üblichen ständigen Dockwachen an jedem Schiff der Schwadron verdoppelt hatte, war keine Meldung über geheimnisvolle Herumlungerer oder verdächtige Fremde gekommen. Die wahrscheinlichste Erklärung für Elliots Ausbleiben schien die, daß der TOG-Administrator mit seinem Plan beschäftigt war, die Familien der Männer der Schwadron zu retten, und entweder nicht in der Lage oder nicht bereit war, mit den Gälen Kontakt aufzunehmen, um seine Arbeit nicht zu gefährden.

Elliots Warnung, daß viele enge Familienmitglieder der Schwadronsbesatzung herausgepickt würden, hatte sich als zutreffend erwiesen. TOG-Agenten hatten bereits viele von ihnen zusammengetrieben und die planetarische Miliz und das Parlament anscheinend gezwungen, sich dem imperialen Druck zu beugen. Es gab noch keine genauen Informationen, doch viele Besatzungsmitglieder der Schwadron empfingen hektische Nachrichten über die Kommunikationseinrichtungen von Alba Port, bis die Regierung die Verbindungen vom Planeten zur Umlaufbahn stillegte. Die Sperre war erst vor wenigen Stunden aufgehoben worden.

Wenn Männer der Flotte nun Nachrichten nach Hause senden wollten, antwortete nur Stille aus den Stützpunktbehausungen rund um Port Balmarin und aus Wohnungen anderenorts auf Alba. Morganen hatte keine Familie mehr auf Alba, wohl aber die meisten anderen Brückenoffiziere. Es wurde gemunkelt, daß ihre Familien alle nach Port Balmarin gebracht, in einen Kälteschlaf versetzt und wie Schiffsladungen Tiefkühlfleisch an Bord der zwei Transporter aufbewahrt wurden. Sie sollten dort bleiben, so ging das Gerücht, um in den folgenden Wochen die Zusammenarbeit mit der Gälischen Schwadron zu garantieren.

Wir werden ihnen Zusammenarbeit zeigen, sagte sich Morganen. *Und wenn wir Kendric Fraser zurückgeholt haben, zeigen wir ihnen eine Zusammenarbeit, die sie sich nie erträumt hätten.* Er war sich nicht sicher, was sie mit oder ohne Fraser tun konnten, aber sie würden etwas tun!

Die Alternative wäre, alles abzublasen und zu warten. Falls TOG-Agenten Elliot gefangengenommen hatten, mochte das der vernünftigste Kurs sein. Aber Morganen und seine Mitverschwörer glaubten nicht, daß es ihnen helfen würde. Die Pläne des TOG für den Sternhaufen würden vorangetrieben werden. Die

Schwadron würde zerschlagen und Fraser ein Gefangener bleiben, wie auch ihre Familien Geiseln blieben. Die einzige Alternative war die, anzunehmen, daß noch Hoffnung für ihr Vorhaben bestand und daß Elliot frei, aber außerstande war, sich mit ihnen in Verbindung zu setzen. Jetzt alles abzusagen wäre das Eingeständnis der vollständigen Niederlage, eine regelrechte Kapitulation vor dem TOG gewesen.

Mit Elliots Hilfe konnten ihre Familien noch zu retten sein. Die offiziellen Befehle aus Admiral Aradas Amt enthielten Zeichen von Elliots Manipulation. Der fünfte Abschnitt trug Elliots persönliche Unterschrift, ein Beweis, daß er die Befehle selber arrangiert hatte. Der Hinweis, daß weitere Befehle in einer Woche zu erwarten waren, bildete Elliots Warnung an Morganen, daß er ›Alter Mann‹ vollenden mußte, bevor die neuen Anweisungen eintrafen. Wenn Morganen es nicht schaffte, sie zu bestätigen, würde seine Abwesenheit auffallen.

Eine Woche reichte gerade aus, um zum Narbon-System und zurück zu fliegen, sofern sie sowohl den Hin- wie den Rückflug in zwei Sprüngen machten. Der erste Sprung war notwendig, um imperiale Beobachter davon zu überzeugen, daß ihr Ziel der Treffpunkt war, den die Befehle nannten. Sie würden jedoch plötzlich von der vorgeschriebenen Richtung abweichen, wenn sie erst einmal die Grenzen des Gälischen Sternhaufens verlassen hatten. An einem vorbereiteten Punkt, direkt jenseits der Grenze, würden sie den T-Raum verlassen, den Kurs wechseln und *g* aufbauen, bis sie 180 km/s übertrafen. Das würde ihnen eine ausreichend hohe Trans-C-Geschwindigkeit verleihen, um Narbon in drei Tagen zu erreichen.

Der vorausgeplante zweiteilige Rückflug würde sie zuerst in eine Richtung führen, die imperialen Beobachtern auf Haetai-Aleph nichts über ihr wahres Ziel verraten konnte, und sie dann sechs Tage nach ihrem Aufbruch zurück nach Hause bringen.

Hofften sie.

Bis die *Damadas* und die *Gaidheal* eine Woche später nach Alba zurückgekehrt wären, hätte Caius Elliot hoffentlich im Büro des Gouverneurs die Befehle der Schwadron abgeändert und sie den Transportern als Begleitschutz zugewiesen. Wenn Elliot diesen Akt bürokratischer Manipulation vollbringen konnte, waren sie bereit für die endgültige Flucht. Und danach? Gerüchte über ihr letztliches Ziel hatten bereits in der Schwadron zu zirkulieren begonnen, und sie erwogen alle vom KessRith-Territorium bis hin zu anderen Galaxien. Für den Moment war Morganen bereit, diese Frage dem TOG-Bürokraten zu überlassen. Der Mann hatte bereits Wunder vollbracht, indem er Kendric gefunden und den Rettungsversuch arrangiert hatte.

»Kommunikation.« Die Brücke des Zerstörers war klein genug, daß er mit dem Kommunikationsoffizier neben sich ohne Sprechanlage reden konnte.

»Ja, Sir!«

»Öffnen Sie bitte einen Kanal zur *Gael Warrior*.«

»*Gael Warrior*, zu Befehl, Sir.«

Einen Moment später wurde Morganen von seiner eigenen Stimme überrascht, die aus dem Brückenlautsprecher drang. »Hier ist die *Gael Warrior*, Morganen.« Jemand an Bord des Schlachtschiffes hatte einen Übersetzungscomputer mit seiner Stimme programmiert, eine Tarnung der Tatsache, daß er ohne Erlaubnis für mehrere Tage seinen Posten verlassen hatte. Nichtsdestoweniger war es irritierend, die Stimme zu hören.

»Hier *Gaidheal*. Wir haben die Freigabe zum Abflug. Ich wollte nur sagen, daß es schön wahr, mit euch zu fliegen.«

»Für uns auch«, hörte Morganen sich selbst sagen. »Ach ja ... die Commander Fairfax und MacCandless senden beide ihre besonderen Grüße, *Gaidheal*. Viel Glück.«

Morganen lächelte. Der Ops-Direktor und der oberste Feuerkontrolloffizier der *Warrior* waren auf dem Schiff geblieben, und nur der junge Jaime Douglass hatte Morganen auf den Zerstörer begleitet. Es hatte eine Auseinandersetzung über diese Entscheidung gegeben, sogar eine lange und bittere. Morganen hatte die Angelegenheit beigelegt, indem er seinen höheren Rang ausspielte und darauf bestand, daß die Brückencrew der *Warrior* nicht stärker umorganisiert wurde, als unumgänglich war. Die *Warrior* würde in einer Woche bereit sein müssen, innerhalb eines Augenblicks aufzubrechen. Wenn alles gut ablief.

So viel konnte noch schiefgehen, und das Fehlen einer persönlichen Nachricht von Elliot war irritierend. Wichtiger noch blieb jedoch, ob sie ihre Mission bei Grod wie geplant ausführen konnten. Alles hing davon ab, ob Kendric sich dort befand, wo Elliots Informant behauptet hatte, ob die Frachtcontainer voll Gennarit da waren, wie vermutet wurde, und ob der Bergwerksaufseher bereit war, angesichts der Kanonen der *Damadas* zu verhandeln …

»Wir haben von Alba Port Control die Freigabe zum Abflug erhalten«, meldete der Kommunikationsoffizier.

»Bestätigen Sie.«

In seinem Kopfhörer meldete Commander Neal, wieder auf seinem Posten als Erster Offizier in der Gefechtszentrale, daß alle Mannschaftsstationen und -sektionen bereit zum Abflug waren. Schwerkraft, Elektronik und alle anderen Systeme waren auf intern gestellt und die Ablegevorrichtungen gesichert worden. Der junge Neal hatte nicht mit der Wimper gezuckt, als er erfuhr, daß Morganen wieder auf dem Kommandositz des Zerstörers Platz nehmen würde. »Vielleicht ist es das Beste, Sir«, hatte er leise gesagt. »Um des ›Alten Mannes‹ willen.« Jeder in der Schwadron, so schien es, war für Kendric Fraser und wollte, daß das Unternehmen gelang.

»Sehr gut«, sagte Morganen und schaute sich ein letztes Mal auf der Brücke um. »Laßt uns aufbrechen. Signalisieren Sie der Hafenkontrolle, daß die Verankerungen gelöst werden.«

Außen am Rumpf des Zerstörers lösten sich magnetische Klammern und schwenkten zur Seite.

»Steuermann, langsam voraus.«

»Langsam voraus, zu Befehl, Captain.«

Die *Gaidheal* glitt aus der Orbitalstation Alba Port hinaus.

25

AN: Agent Clarity
VON: HQ
NACHRICHT: Beenden Sie sofort Ihre Mission. Es gibt Beweise, daß Ihre Unternehmungen bekannt sind und vom TOG-Sicherheitsdienst beobachtet werden. Viel Glück. Ende der Nachricht.

– Entschlüsselter Text einer Spezialnachricht, die vom Militärischen Nachrichten-Direktorat Cathandra gesendet wurde. Quelle als streng geheim eingestuft, 21. September 6830.

Wie sich herausstellte, mußten Kendric und T. C. nicht weit klettern. Als der Aufzug, der sie aus dem Innern des Berges herauftrug, blockiert wurde, hatten sie begonnen, sich den Tunnelschacht emporzuarbeiten, indem sie von Förderkorb zu Förderkorb kletterten. Bereits nach wenigen Minuten hörten sie Schreie und Stimmen, die von der Dunkelheit über ihnen gedämpft wurden. Sie hatten zu schreien begonnen, und es wurde ihnen geantwortet. Ein letztes, berstendes Geräusch erklang, dann kämpften sie sich hoch in ein Licht, dessen Helligkeit sie blendete, als sie aus dem Schacht stiegen. Das Gleißen stammte von einer Reihe Arbeitslampen auf dem Kavernenboden der obersten Ebene, wo eine Menge Sklaven den dringlichen Anweisungen der kleinen Armee von Custodes folgten. Sie waren gerade dabeigewesen, den Erzlift von Sohle 3 zu öffnen, als sie die Rufe der Überlebenden hörten und Laserfackeln benutzt hatten, um den Schacht aufzubrechen.

Von nahezu siebentausend Bergleuten und Wachen waren Kendric und T. C. anscheinend die einzigen, die aus den unterirdischen Anlagen der Gennaritmine entkommen waren. Sie waren sich dessen nicht unmittelbar bewußt, da sich viele der anderen Sklaven in der Kaverne um sie drängten und mit einem Schwall von Fragen erfahren wollten, wie sie entkommen waren und was mit den anderen passiert war.

Die versklavten Bergleute, die in den verschiedenen Höllengruben des Vulkans arbeiteten, waren in der Tat nur eine Minderheit der Sklaven im Bergbaukomplex. Allein in den oberen Anlagen wurden Tausende Sklaven beschäftigt, um die Maschinerie in Gang zu halten, das aus der Grube geförderte Erz zu sortieren und die regelmäßig landenden Raumfrachter zu beladen. Tausende weiterer Sklaven arbeiteten in herkömmlichen Tiefbauminen an den Flanken des Berges, während andere mit Schaufeln und ihren bloßen Händen auf den Erzabfallhaufen schufteten. Ihre Aufgabe war es, die schwarzen Öffnungen der Aufzüge aus den Tiefen des Berges freizuhalten, damit weiterhin wertloses Geröll aus dem Berg den Hang hinabgeschleudert werden konnte.

Beinahe alle Arbeitskräfte auf Grod waren zu der Kaverne auf der obersten Ebene gerufen worden, als die Nachricht kam, daß das zweimal an diesem Morgen verspürte Beben den Strom von Erz und Geröll aus den Höllengruben zum Erliegen gebracht hatte. Ihre Befehle hatten gelautet, alles Erz zu bergen, das im Aufzug von Sohle 3 bei dessen Stillstand eingeschlossen worden war. Sie hatten nicht damit gerechnet, zwei nackte, verbrannte und schlammbedeckte Überlebende zu finden, die den Schacht zu ihnen heraufkletterten.

Die höchstrangige Aufseher am Ort hatte sich mit seinen Vorgesetzten über Funk beraten und dann seine Befehle gebellt. Beide Überlebende waren sofort per

Raumwagen in Handschellen und bewacht zur Villa Lynch zu bringen.

Die Villa Lynch war ein Gebäudekomplex auf einer kühlen Hochebene, weit entfernt von Mine 12. Der Luftwagen, der Kendric, T. C. und ihre zwei Unteraufseher-Eskorten beförderte, raste eine Stunde lang über eine zerrissene und gepeinigte Landschaft, während der Horizont hinter ihnen die aufgeblähte Halbkugel Haetais verschlang. Da der größte Teil der Hitze auf Haetai-Aleph vom übergroßen Gasriesen Haetai stammte und eine Seite ständig diesem Himmelskörper zugewandt war, wies die Welt Extremtemperaturen auf: Die dem Gasriesen zugewandte Seite war unbewohnbare Wüste, die abgewandte Seite lag unter kilometerdicken Gletschern begraben. Zwischen den beiden Extremen lag ein breiter Streifen mit einem Klima, das Menschen ertragen konnten – heiß in Wüstennähe, kühler zum Eis hin.

Der Gezeitensog Haetais, der die Kruste seines Satelliten hob und senkte, während Haetai-Aleph seiner leicht elliptischen Umlaufbahn um seinen Planeten folgte, war für den Vulkanismus der Welt verantwortlich. Obwohl ein Großteil von Alephs Oberfläche von Vulkanen verheert worden war, gab es eine Hochebene am Rande der Eisfelder, die weit genug entfernt lag von den wichtigeren Zonen ihrer Aktivität, so daß die Luft vollkommen frei von der Verschmutzung durch Schwefeldämpfe und schwebende Asche war.

Hier besaßen die Verwalter der Grodminen ihre Landgüter und Villen, dreitausend Meilen entfernt von den schwefligen und vulkanischen Ebenen, wo die Berge brannten und Sklaven in ihren Höllengruben schufteten. Auf dem Plateau war die Luft frisch und kühl genug, um in der Kehle zu brennen, kühl genug, um die aggressiven Lebensformen der dampfenden Dschungel am Fuße des Grod abzuschrecken.

Der Himmel zeigte ein fortwährend klares und sternenreiches Halbdunkel, selbst wenn die ferne Sonne hoch am Himmel stand. Kendric schauderte, als er auf einem kleinen Landeplatz, nahe der Villa von Lynch, aus dem Raumwagen stieg. Der scharfe Wind brachte plötzliche Erinnerungen an die Eisfelder Pomonas und an den Winter auf Alba mit sich.

Der imperiale Bergwerks-Supervisor hatte es für bequemer erachtet, auf Narbon II zu bleiben, wo er seine eigene Villa besaß. Da Addis Lynch die Mine 12 so umsichtig und ertragreich leitete, hatte der Supervisor seine Unterkunft und Rationen auf Aleph seinem Untergebenen zugewiesen. Supervisor Clovis kam nur nach Haetai-Aleph, wenn unerfüllte Quoten oder Arbeitsprobleme seine persönliche Aufmerksamkeit erforderten. Ansonsten blieb er im abgeschirmten Komfort seines Schlupfwinkels am Meer auf Narbon II, während Lynch mehr Macht und Luxus genoß, als ein imperialer Sklave erhoffen durfte. Es war ein gutes Arrangement, das Addis Lynch um jeden Preis beibehalten wollte.

Mit noch immer auf den Rücken gefesselten Händen wurden Kendric und T. C. in den Empfangsraum der Villa zu Lynch gebracht. Dieser lag auf einem grünen Diwan, unter tropischen Bäumen und blühenden Pflanzen, trug eine leichte Toga, offensichtlich in Nachahmung der herrschenden Klassen des TOG, und knabberte von Zeit zu Zeit an kleinen Häppchen, die er von einem silbernen Tablett nahm. Drei junge Frauen, die nur mit Armreifen und schmalen Goldkettchen um ihre Hüften bekleidet waren, saßen auf dem Boden zu Lynchs Füßen und betrachteten die Neuankömmlinge aus großen dunklen Augen. Neben einer nahen Säule stand eine Ssora-Leibwache und versuchte, so unauffällig zu sein, wie es einem grünschuppigen warmblütigen Reptil mit glitzernden Augen möglich war. Die klauenbewehrten Hände des

Wachpostens umklammerten eine scharfspitzige Pike, die offensichtlich mehr als nur zeremonielle Funktion hatte. Kendric sah keine weiteren Waffen, außer den Virgae und Messern der Aufseher, die an ihren Gürteln befestigt waren.

Aufseher Lynch schaute von seinem Diwan lächelnd auf Kendric und T.C. hinab, warf den Kopf zurück und lachte. »So, das sind unsere zwei glücklichen Überlebenden. Dreckig, nicht wahr?«

Lynch lachte wieder, daß seine fetten Wangen bebten. »Wir werden den Haushälter rufen müssen, um hinter ihnen aufzuwischen! Ha! Die einzigen Überlebenden, sagten Sie?«

»Sie behaupten, sie seien einen Erzaufzug hinaufgeklettert, Aufseher«, erklärte einer der Unteraufseher.

»Das will ich wohl glauben. Gut ... Sklave. Wer bist du?«

»Kendric Fraser.«

Der hinter Kendric stehende Aufseher schwang seine Virga und traf Kendrics Schulter mit einem stechenden Schlag. Kendric wandte sich schnell um, und der Aufseher schlug wieder zu, diesmal aus der Hinterhand, und die Rute traf Kendric im Gesicht. Ehe er sich erholen konnte, hatte der andere Mann Kendrics Handgelenk gepackt, das hinter seinen Rücken gekettet war, und drehte es herum, um die Nummer dort zu lesen. »Sklave 12/30-023744, Aufseher.« Er ließ Kendrics Handgelenk mit einem verächtlichen Stoß los. »Und du, Grubenwurm, wirst den Aufseher als *Meister* anreden!«

»Sanfter, Juvin, sanfter! Ich bin sicher, unsere glücklichen Überlebenden werden mit uns zusammenarbeiten wollen, nicht wahr?«

»Jawohl, Sir.«

»Entfernt ihre Handschellen.«

Lynch wandte seine Aufmerksamkeit wieder Kendric zu, während sich die Unteraufseher mit den

Schloßöffnungen der Handschellen abmühten. »Siehst du, Sieben-vier-vier, es scheint, daß du auf einmal recht wichtig bist. Der Supervisor für Mine 12 kommt hierher. Wir haben ihn natürlich hergebeten, sobald wir von der unterirdischen Katastrophe gehört hatten. Als wir ihm mitteilten, daß wir zwei Überlebende aus der Grube hätten, äußerte er seinen Wunsch, mit euch persönlich zu sprechen.«

»Haben Sie ihm gesagt, daß der ganze verdammte Berg bald in die Luft fliegt?« fragte Kendric und rieb seine Handgelenke, die von den Handschellen aufgeschürft waren.

Lynch gluckste. »Barris, Sie sagten mir über Funk, daß er etwas von Lava und Dampf brabbelte. Gibt es an der Oberfläche irgendeinen Beweis dafür?«

»Nee, Aufseher. Gar nichts.«

»Und weitere Beben?«

»Ein paar. Aber nichts Ungewöhnliches.«

»Nein! Sie machen einen Fehler!« rief Kendric. Er fühlte Juvin hinter sich seine Virga heben. »Meister«, fügte er hinzu, wenn auch durch zusammengepreßte Zähne. »Dort ist Magma in dem Berg, zumindest bis zur Sohle 3 hoch! Sie haben ich weiß nicht wieviel Sklaven oben auf dem Berg. Wenn Sie schnell sind, können Sie sie bergen, ehe ...«

»Unsinn! Lava in eurer Grube? Ihr hättet das nicht überlebt!«

»Wir sind auf eines der Förderbänder geklettert, um zu entkommen.« Er hob sein rechtes Bein und drehte sich leicht. Teile seines Fußes und seiner Wade waren hellrot und mit Blasen bedeckt. »Aber ich habe das als Andenken zurückbehalten.«

Er senkte den Fuß und richtete sich auf. Kendric hatte nicht gemerkt, daß er sich verbrannt hatte, ehe einige Zeit nach ihrem Aufstieg aus dem Aufzugschacht zur obersten Ebene die Schmerzen begonnen hatten.

»Hmmm ... hmm ...«, Lynch rieb sich mit plumpen

Fingern über das Gesicht und schaute zu dem Aufseher hinter Kendric. »Nun, vielleicht hat das Beben eine Dampfblase geöffnet, Juvin?«

»Könnte sein, Aufseher. Wir waren an der Oberfläche. Aber ich weiß, daß alle Aufzüge kaputt sind ... Und ich meine *kaputt*. Boyce glaubt, das Beben hätte die Maschinerie verbogen und die Schächte verstopft. Wir müssen mit neuen Ausschachtungen anfangen, wenn wir die Mine wieder öffnen wollen.«

»Nun, das fällt Caesar sei Dank nicht unter meine Verantwortung!« Lynch schaute wieder zu Kendric, einen Ausdruck des Abscheus in seinen Mundwinkeln. »Aber du könntest mit deiner Geschichte meinen Gönner aufregen. Nun komm schon, Mann, du kannst da unten keine Lava gesehen haben! Du wurdest von etwas Dampf verbrannt, der beim Beben aus einer heißen Blase freigesetzt wurde. Du hast schreckliche Dinge hinter dir, aber du bist nun in Sicherheit.« Seine Mund öffnete und schloß sich für einen Moment lautlos. »Du hast keine Lava gesehen. Das kann gar nicht sein!«

Kendric versuchte sein Gesicht ausdruckslos zu halten, als er das Entsetzen seines Gegenübers erkannte. Aber warum?

»Ich habe es gesehen, ... Meister. Ich habe es mir nicht eingebildet.«

Lynch wandte sich von Kendric ab und starrte T. C. an, als sähe er sie zum ersten Mal. »Gut, und wer ist das? Schafft sie näher.«

Der Unteraufseher packte T. C.s Arm und schob sie zwei Schritte nach vorne. Lynch streckte die Hand aus und streichelte leicht über ihr Gesicht. Dann streifte er mit einer schnellen Bewegung ihr Stirnband ab. »Das wirst du nicht mehr brauchen, Schätzchen.«

Kendric trat mit geballten Fäusten einen Schritt vor. Ein warnendes Zischen des Ssora an der Säule brachte ihn zum Stehen.

»Ah!« sagte Lynch und streichelte weiter T.C.s Wange. »Die hier bedeutet dir also etwas?«

»Wir sind ... Freunde.«

Lynch lachte schallend mit geschlossenen Augen, während er sich mit einer Hand auf den Schenkel klopfte. »Ha! Freunde! Kann ich mir vorstellen!«

Kendric stand reglos, mit geballten Fäusten, da. Der Ssora beobachtete ihn mit einem kalten und völlig fremdartigen Starren, die Klauen um den Stiel seiner Pike geschlossen.

Lynch hatte sich wieder unter Kontrolle und wischte sich die Augen. »Ho! Ha! Nun ... Ich sage dir etwas, Sieben-vier-vier. Wir schließen ein Geschäft ab! Bürger Clovis will mit Überlebenden sprechen ... und das bist du. Wenn er aber hierherkommt, müssen wir ihm mitteilen, daß leider, bedauerlicherweise, eine der Überlebenden ihren Verletzungen erlegen ist.«

»Nein!« T.C. wehrte sich, doch der Unteraufseher hielt noch immer ihren Arm gepackt.

»Vira«, sagte Lynch zu einem der Mädchen zu seinen Füßen. »Du kümmerst dich um unseren neuen ... Gast.«

»Nein, warten Sie ...«

»Oh, du brauchst keine Angst zu haben! Dein ... ha! Freund! Dein Freund wird völlig sicher sein. Hier! Vira!«

Eines der Mädchen erhob sich vom Boden neben dem Diwan, die Augen niedergeschlagen. »Meister?«

»Vira, du bringst dieses ... dieses liebliche Ding zu den Sklavenquartieren. Laß sie reinigen. Und desinfizieren! Ich schaue später rein.«

T.C. versuchte, sich von dem hinter ihr stehenden Mann loszureißen. »Nein! Bitte! Laßt mich bleiben ...«

»Du wirst Vira folgen! Nun, meine Liebe ... Oder soll Barris dich eskortieren?«

Kendric schaute hilflos zu, als das Sklavenmädchen T.C. aus dem Raum führte. T.C. warf ihm noch einen

Blick zu, ehe sie ging. Er erkannte blankes Entsetzen darin.

»Nun, Sieben-vier-vier. Ich denke, du kannst erraten, welchen Handel ich meine. Du wirst Bürger Clovis all seine Fragen beantworten, wenn er hierherkommt, nicht wahr?«

»Ja ... Meister.«

»Und ich will nicht, daß du ihn mit deinen Geschichten über Lava auf Sohle 3 beunruhigst. Siehst du, wenn er das hört, könnte er sich entschließen, die Mine 12 stillzulegen, und das wäre eine Tragödie. Ich habe sehr hart gearbeitet, um das zu werden, was ich nun bin. Sehr hart! Wenn die Mine 12 aufgrund einer verrückten Geschichte über Lava in den unterirdischen Anlagen geschlossen wird, könnte es der Supervisor für klüger halten, das ganze Unternehmen zu beenden.«

»Ich habe es gesehen, Meister. Er muß sie stillegen! Es gibt keinen Weg, dort ein neues Bergwerk zu errichten. Wenn Sie Glück haben, können Sie vielleicht noch Ihre Leute von dort fortbringen.«

»Sei still!« Der fette Mann stand kurz vor den Tränen. »Hör zu! Deston Clovis ist nämlich krank. Deshalb läßt er mich hier die Geschäfte führen, während er in seiner Villa auf Narbon bleibt. Aber er hat einen Bruder, Felis, der drei Bergwerke in der Nähe der Mine 12 besitzt.

Nun hat der alte Clovis manchmal davon gesprochen, seine Besitzungen auf Grod an seinen Bruder zu verkaufen und sich zur Ruhe zu setzen. Wir dürfen das nicht zulassen! Denn dann würde er mich seinem Bruder überlassen, und der junge Felis Clovis ist ein sadistisches Monster, das alles persönlich überwacht ... und seine Sklaven zu Tode schuften läßt. Du kennst die Bergwerke des jüngeren Clovis nicht, aber ich! Er würde uns alle zurück in die Minen schicken oder sogar in einem Dreifuß umbringen, nur weil er glaubt, uns nicht trauen zu können!

Großer Caesar, sogar wenn mich der alte Clovis für sich behielte, wäre das als Diener oder Hausklave … Ich habe hier ein gutes Leben, und ich werde es nicht aufgeben!«

Er hielt einen Moment inne und atmete heftig. Als er weitersprach, klang seine Stimme sanft, beinahe freundlich. »Ich möchte nicht verlieren, was ich hier aufgebaut habe. Das würde dir auch nicht gefallen! In der uns verbleibenden Zeit, während Clovis mit seinem Bruder verhandelt, könnten wir gezwungen sein, etwas … hmmm … Interessantes mit deiner ›Freundin‹ anzustellen.« Er schaute nachdenklich vor sich hin. »Ja, wir könnten dich in eine Zelle im Keller sperren, damit du zuschaust. Barris ist eine Art Experte in solchen Dingen, mußt du wissen. Dann, wenn er fertig ist, würde ich ihn an dir weitermachen lassen …

Alles, was du tun mußt, ist, mit mir zusammenzuarbeiten, und das Mädchen überlebt. Mehr als das: Ich kann dein Leben angenehm machen. Sehr angenehm! Würdest du es mögen, ein Aufseher zu sein? Nicht wie Barris und Juvin. Wie ich! Du wärest mein Assistent! Möchtest du gerne wie ich leben? Gutes Essen, ein schöner Platz zum Wohnen? Deine Ration schöner Mädchen, frisch von den Sklaventransportern? Das würde dir gefallen, nicht wahr?« Lynch lächelte, und Kendric unterdrückte ein Schaudern.

»Nun?«

»Sie lassen mir nicht viel Möglichkeiten.«

»Das hatte ich auch nicht vor. Juvin! Führe unseren Gast zu seiner Unterkunft! Laß ihn säubern, und suche etwas an Kleidung für ihn. Sorge dafür, daß er bei seinem Gespräch mit Bürger Clovis gut aussieht!«

Als sie ihn fortbrachten, dachte Kendric, wie gut es war, Aufseher Lynch und seinem widerlichen Lächeln zu entkommen.

Administrator Deston Clovis war ein dürres Männchen mit säuerlichem Gesicht, eisig blauen Augen und einem trockenen Husten, der ihn immer wieder schüttelte, besonders, wenn er erregt war. Seine interplanetarische Fähre war mit einem schrillen Summen auf dem Landeplatz der Villa niedergegangen, einige Zeit nach Kendrics Gespräch mit Lynch. Durch eine transparente Stelle schauend, konnte Kendric sehen, wie Lynch und ein Paar bewaffneter Leibwächter den Supervisor am Hafen begrüßten. Eine der Leibwachen hatte sie zurück zum Haus begleitet, während die andere außerhalb der Fährenluke Wache stand. Über ihnen kreiste ein Sextett *Spiculum*-Jagdflieger des TOG. *Eine Jägereskorte,* dachte Kendric. *Der Kerl muß ganz schön mächtig sein, um eine solche Eskorte zu bekommen!*

Augenblicke später erschien Unteraufseher Barris, um Kendric in den Empfangsraum zu führen. Als sie sich näherten, konnte Kendric ein Gespräch mitanhören: »Sie können beruhigt alles mir überlassen, Bürger Clovis!« sagte Lynch schmeichelnd. »Wir werden die Mine 12 in kürzester Zeit wieder in Betrieb nehmen. Sie werden überhaupt keinen Ärger damit haben!«

»Ich weiß nicht, Lynch. Ich bewundere deine Energie und Loyalität, aber ich habe ernsthaft erwogen, meine Besitzungen hier zu verkaufen und mich dauerhaft in meine Villa zurückzuziehen.«

»Oh, das können Sie nicht machen, Meister! Unser Unternehmen läuft gerade so gut ...«

»Ich weiß. Und du warst mir ein wunderbarer Verwalter. Ich bin sicher, daß du meinem Bruder Felis die gleiche Hingebung und Loyalität erweisen wirst!« Er schaute auf, als Kendric eintrat. »Ah, das ist der Überlebende, den du erwähntest?«

»Ja. Ja, Meister.«

»Du hast Glück gehabt, diesem ...« Er verfiel in

einen heftigen Hustenfall. »Ah! Entschuldigung! Wie ich sagen wollte, hattest du Glück, diesem Inferno entkommen zu sein.«

»Ja, Sir.« Bis zu diesem Augenblick hatte Kendric nicht gewußt, was er bei diesem Gespräch tun sollte. Aber irgend etwas in Clovis' Augen verhieß ein gewisses Maß an Verständnis. Vielleicht lag es daran, daß der Mann so offensichtlich krank war. Das machte ihn natürlich verletzlicher und auch menschlicher. Vielleicht, nur vielleicht, würde Kendric an seine Vernunft appellieren können.

Lynch lächelte wieder: »Ich habe gerade Bürger Clovis berichtet, daß wir keine Probleme mit der Ausschachtung neuer Gruben in der Mine 12 oder sogar mit der Wiedereröffnung der alten haben sollten. Und daß wir in ein paar Wochen wieder Gennarit produzieren können. Stimmt das nicht, Sieben-vier-vier?«

Kendric richtete sich gerade auf und sprach mit fester und sicherer Stimme: »Sir ... Mine 12 wird vielleicht bald einen regelrechten Vulkanausbruch erleiden. Als ich während eines größeren seismischen Bebens von Sohle 3 flüchtete, sah ich unverkennbar geschmolzenes Gestein aus dem Aufzugschacht in die Sohle einströmen. Ich wurde auf der Flucht von heißem Dampf verbrüht und kann Ihnen die Verbrennung als Beweis zeigen. Wenn Sie schnell handeln, können Sie hoffentlich noch die Leute retten, die auf der Oberfläche über der Mine arbeiten ...«

»Lügen! Lügen! Er ist ... Vergebt mir, Meister. Der Sklave ist geistesgestört, ganz offensichtlich ...«

»Ich sage die Wahrheit, Sir, wie ich sie Lynch erzählt habe. Dieser Schmarotzer hält eine Sklavin als Geisel, um sicherzugehen, daß ich Sie anlüge. Er hat angedroht ...«

»Barris! Schaff diesen Sklaven fort!«

Kendric hörte, wie sich Barris hinter ihm bewegte. Er ging schnell in die Hocke und schwang den rechten Fuß nach hinten. Der Karatetritt erwischte Barris direkt unter dem Knie und schlug das Bein des Mannes zurück. Barris kreischte auf und stürzte zu Boden, wobei er sein Knie umklammerte.

Kendric richtete sich auf und schaute direkt in die Mündung einer Laserpistole, die von Clovis' Leibwächter gehalten wurde, einem stämmigen, hart aussehenden Mann, der bislang bewegungslos in den Schatten an der Tür gestanden hatte.

Kendric verharrte reglos und hielt seine Hände mit offenen Handflächen im Blickfeld des Wächters: »Es leben Tausende Leute auf dem Berg, Sir ... Und Sie sind für ihr Wohlergehen verantwortlich! Wenn der Vulkan ausbricht, während sie dort oben sind ...«

»Wer bist du?«

»Kendric Fraser, Sir. Früher Navarchos Fraser in der Raumflotte Seiner Imperialen Majestät.«

»Meister, ich kenne seine Akte!« sagte Lynch. »Der Mann ist ein Krimineller! Ein Meuterer und Rebell! Er hat versucht, in der Imperialen Raumflotte eine Rebellenzelle zu organisieren!«

Die hellen blauen Augen richteten sich auf Kendric. »Du hältst wohl sehr viel von dir, junger Fraser. Du sagtest, du hättest dich verbrannt?«

Kendric nickte. Mit langsamen Bewegungen zog er das Hosenbein seines Overalls hoch genug, daß Clovis die Blasen an seiner Wade sehen konnte.

»Selbst verursacht, Meister«, sagte Lynch. »Er versuchte, sich seiner Arbeit zu entziehen ...«

»Sei still, Lynch.« Clovis war nicht lauter geworden, doch Lynch verstummte sofort und ließ nur noch seinen schnaufenden Atem hören. Clovis machte eine Bewegung, und die Wache hinter ihm entspannte sich, doch nur ein wenig. »Nun, was auch immer du sein magst, du bist ein tapferer Mann.«

»Nein, Sir. Aber ich verabscheue Verschwendung und Dummheit. Tausende von Menschen werden sterben, wenn nicht bald etwas dagegen getan wird!«

Clovis spitzte die Lippen und nickte. »Das muß untersucht werden. Lynch? Wir werden in deinem Raumwagen zur Mine 12 fliegen. Du, ich und einer meiner Wächter. Ich möchte mir den Ort gerne selbst anschauen.«

»Meister ... Sir ... Ich ...«

»Wir werden die Behauptungen dieses jungen Mannes überprüfen. Wenn er lügt, vertraue ich auf dein Urteil, um mit dieser Angelegenheit fertig zu werden. Wenn er jedoch die Wahrheit sagt ...«

»Sir!« sagte Kendric und trat einen Schritt vor. Er hielt wieder inne und hob langsam die Hände, als Clovis' Leibwächter wieder seine Pistole in Anschlag brachte. »Sir ... Wenn Sie bitte befehlen würden, daß meine Freundin und ich – die Arbeitssklavin, die ich erwähnte – zusammenbleiben, während wir warten.«

»Du fürchtest ... äh ... eine Art Vergeltung?«

»Ja, Sir, das tue ich. Er hat es sogar bereits angekündigt.«

Clovis wandte sich Lynch zu. »Lynch, die Sicherheit dieser Leute lastet auf deinen Schultern. Wenn sie in irgendeiner Weise verletzt worden sind, wenn wir zurückkommen, wirst du es zu büßen haben. Hast du mich verstanden?«

»Ja ... ja, Meister.«

»Gib den Befehl. Jetzt.«

Barris war wieder auf den Beinen, obgleich er sein linkes Bein bevorzugte und Kendric mit einem bösartigen Blick anstarrte.

»Los, Barris. Tu, was er sagt. Bring ihn zu seiner ›Freundin‹.«

Barris knurrte etwas Unverständliches.

»Und keine Gewalttätigkeiten, ehe wir zurückkommen.« Lynch schaute Kendric düster an. »Du wirst dich dafür verantworten, Sklave, du und deine hübsche Spielgefährtin. Das verspreche ich dir!« Mit diesen Worten drehte er sich auf dem Absatz um und stampfte aus dem Raum.

26

Kein Plan überlebt die erste Berührung mit dem Feind.

– Zitat eines unbekannten Militärkommandanten,
Frühe Interregnum-Periode, Terra

»In drei Minuten verlassen wir den T-Raum, Captain.«

Morganen nickte. »Sehr gut. Maschinenraum, I-K-Antrieb bereitstellen.«

»Antrieb läuft und ist flugbereit, Captain.«

»Kommunikation, schalten Sie mich auf Intercom.«

»Intercom, zu Befehl, Captain.«

»Hört alle zu. Hier spricht der Captain. Wir stehen weniger als drei Minuten vor dem Eintritt ins Narbon-System. Laut den uns gelieferten Informationen sollten wir in der Nähe unseres Zieles hineinkommen, am Mond eines Gasriesen im äußeren System des Sternes.

Wir rechnen nicht mit einem Kampf, aber wenn es sein muß, werden wir kämpfen. Die haben unseren Captain, und wir werden ihn uns zurückholen. Alle Mann auf Gefechtsstation.«

Das mißtönende Blöken des Generalalarms hallte durch das Schiff, während auf dem Hauptbildschirm die Sekunden auf Null zuliefen. Der einzig größere Schatten in dieser seltsam leeren Weiße des T-Raumes, war eine einzelne schwarze Scheibe, beinahe direkt vor ihnen – die Sonne Narbon. Dann blitzten Farben über den Bildschirm, und Morganen fühlte das vertraute Ziehen der Schwerkraft, als die *Gaidheal* wieder in die normalen Dimensionen des rationalen Weltraums eintrat.

»Scanner einsetzen!« ordnete Morganen an. Lange

und spannungsgeladene Minuten folgten, als die Scanner der *Gaidheal* ein immer größeres Raumgebiet rund um den Zerstörer absuchten. Die *Damadas* wurde auf ihrer Position einige hundert Kilometer über und hinter der *Gaidheal* gemeldet. Haetai erschien als ein heller Stern auf dem vorderen Bildschirm, dicht neben dem grellen orangefarbenen Gleißen Narbons.

Es ist leer hier, dachte Morganen. *Ich wäre glücklicher, wenn mehr Sterne um mich herum wären.*

»Entfernung zum Ziel knapp unter zwei Lichtminuten«, informierte ihn der Scanner-Offizier. »Wir empfangen Neutrinoquellen auf einem der Monde des Gasriesen. Wir haben sie vorläufig als gravitische Fusionsreaktoren auf Haetai-Aleph identifiziert. Wir haben keine Großkampfschiffe entdeckt.«

»Abfangjäger?«

»Wir sind noch zu weit entfernt, um das sagen zu können, Captain. Es gibt einige Spuren, die auf interplanetarische Transporter hinweisen, und eine große Menge Strahlung, die von Transportern oder Frachtern in der Nähe eines der inneren Planeten stammen könnten.«

»Das wird Narbon II sein«, sagte Morganen und beugte sich nach vorn. »Das ist hier in der Gegend so eine Art Handelszentrum.« Er dachte eine Weile nach. »Sieht aus, als hätten wir die Ereignisse gut abgepaßt«, meinte er dann. »Steuermann, halten Sie sich für Gefechtsmanöver bereit. Wir nähern uns unserem Ziel. Scanner, halten Sie die Augen offen. Wenn dort Kriegsschiffe sind … Zum Teufel, wenn dort auch nur ein Erzfrachter ist, der zuvor vom Planeten oder einem seiner Monde verdeckt wurde, will ich das in dem Moment wissen, wo Sie ihn sichten.«

Die schlanke Form der *Gaidheal* glitt durch die Dunkelheit, gefolgt von ihrem kleineren Begleiter. Die Radiatoren beider Raumschiffe glühten im weißen Licht des Leuchttaus. Vor ihnen raste die Wellenfront aus Cherenkovstrahlung, die ihre Ankunft im System verkündete, mit Lichtgeschwindigkeit auf Haetai-Aleph zu. Beinahe zwei Minuten nach ihrem Eintreten traf sie auf die Detektoren robotischer Beobachtungssatelliten in der Umlaufbahn um Haetai-Aleph und löste auf der Welt darunter Alarm aus.

Der Zeitpunkt, entschied Clovis, hätte nicht besser gewählt sein können – oder schlechter. Der Raumwagen, der Lynch, ihn und ihre Leibwächter über die öden Wüsten aus Schwefel und Basalt trug, war gerade erst auf dem Landeplatz der Mine 12 zu Boden gegangen, als die Sirenen zu heulen begannen und der Alarm über das Funkgerät des Raumwagens erklang.

Er öffnete den Funkkanal. »Clovis.«

»Caesar sei Dank, daß Sie hier sind, Sir!« sagte eine von Dringlichkeit angespannte Stimme. »Hier spricht das Haetai-Aleph-Bodenverteidigungskommando! Ihr Flugplan sagt aus, daß Sie mit einer persönlichen Jägereskorte angekommen sind. Ist sie bei Ihnen, Sir?«

»Nicht im Moment. Ich bin bei Mine 12, auf Grod. Sie ist im Gebiet meiner Villa auf dem Plateau.«

»Wir haben einen Notfall, Sir, und erbitten die Kontrolle über Ihre Jagdflieger!«

Clovis' Jägereskorte war strenggenommen keine imperiale Einheit, sondern bestand aus privaten Leibwächtern, die die Schiffe gegen Geld flogen. Das Imperiale Recht war jedoch hinsichtlich der Verpflichtungen Imperialer Bürger angesichts einer militärischen Bedrohung von TOG-eigenen Einrichtungen, wie etwa den Minen von Haetai-Aleph, eindeutig. Der Chef des Bodenkommandos zeigte ungewöhnliche Höflichkeit, wenn er die Benutzung dieser Jäger erbat, doch das lag daran, daß Clovis ein ziemlich hochrangiger Würdenträger in der TOG-Hierarchie war. Wer Gennium-Arsenid-Betriebe leitete, besaß beträchtliche Macht, weshalb auch viele dieser Männer ihre eigene Jägereskorte für die interplanetarischen Flüge besaßen.

»Um welchen Notfall handelt es sich, Control? Hier in Mine 12 gab es gerade einen Alarm.«

»Sir! Unbekannte Schiffe nähern sich Haetai-Aleph! Der Computer der Basis berechnet eine Wahrscheinlichkeit von 90 Prozent, daß es Kriegsschiffe sind, Sir!«

Clovis runzelte seine Augenbrauen. »Kriegsschiffe? Imperiale Kriegsschiffe?«

»Unbekannt, Sir. Es sind keine für einen Besuch gemeldet.«

Verdammt, verdammt, verdammt, dachte Clovis. Was nun? Rebellentrupps überfielen gelegentlich Gennium-Arsenid-Bergwerksanlagen, doch Haetai-Aleph lag fern des Gebietes, das von diesen Räubern bedroht wurde.

»Haben Sie Schiffe in diesem Gebiet?«

»Keine Kriegsschiffe, Sir. Die Bodenverteidigung ist alarmiert, aber wir wissen noch nicht, was das Ziel dieser Schiffe ist.«

Clovis wußte, daß es einige Momente dauern konnte, bis das abgeschätzt werden konnte. Es gab weit über hundert Bergwerke auf Haetai-Aleph. Jedes davon konnte das Ziel der Räuber sein – oder alle.

»Sehr gut. Ich übertrage das Kommando über meine persönliche Jägereskorte auf Sie, Kommando. Warten Sie. Ich übertrage den Verzerrercode auf Ihren Kommunikationscomputer.« Es dauerte nur Millisekunden, um den in Clovis' PC gespeicherten Code über das Komm-Netz des Haetai-Aleph-Bodenverteidigungskommandos zu schicken, damit sie mit seinen Jagdfliegern Kontakt aufnehmen konnten.

Augenblicke später verließen Clovis' sechs *Spiculums* ihr Patrouillengebiet und rasten ostwärts.

Die *Damadas* trat hoch über der kalten Seite des Mondes in Haetai-Alephs Atmosphäre ein, und das Flackern der Ionisationsspur des Schiffes erleuchtete die halbdunklen Eisflächen mit einem kalten und lautlosen Licht. Commander Uillam Lyle beobachtete, wie das Eis auf dem kleinen Brückenmonitor heller wurde, als das Raumschiff über Haetai-Alephs Terminator huschte und ins schwache Tageslicht vordrang. Momente später wurde das Eis von zerklüfteten Cañons voller zerborstener Felsen, Ebenen aus gelbem Schwefel und einer endlos weiten gebirgigen Wüstenei abgelöst. Graue Wolken waren hoch über dem Horizont aufgetürmt, wiesen auf aktive Vulkane hin und verhüllten die Halbkugel Haetais.

»Wir haben Radarkontakt zur *Gaidheal*«, meldete der Scanner-Offizier.

»Bestätigt«, sagte der Steuermann. »Kurspeilung überprüft – und verbunden.«

»Komm-Kanäle … verbunden«, meldete der Kommunikationsoffizier einen Augenblick später.

Die Kommunikation nahe Haetai-Aleph stellte sie vor gewisse Probleme: Der Gasriese und seine weiten, kraftvollen Strahlengürtel wurden gemeinsam zu einem gigantischen Störsender, der den umgebenden Raum mit schrillem Heulen, Zischen und Knacken auf jeder Frequenz füllte. Obwohl das Magnetfeld und die Ionosphäre des Satelliten stark genug waren, um die Oberfläche vor den schlimmsten Folgen der Strahlung und des Lärms zu schützen, war die Kommunikation außerhalb der Atmosphäre von Haetai-Aleph – zu einem Raumschiff in der Umlaufbahn etwa – auf Mikrowellen-Nachrichten und Laser-Kommunikationssysteme beschränkt, die eher mit gebündeltem Licht als mit Radiowellen arbeiteten. Mit anderen Worten: Die Leute konnten Funk benutzen, um miteinander auf der Oberfläche von Haetai-Aleph, unweit des Äquators, zu reden, doch Schiffe und Einrichtungen in der Umlaufbahn waren nicht zu erreichen, wenn ihre Antennen nicht genauestens ausgerichtet und computergesteuert waren.

Der Kommunikationsoffizier der *Damadas* hatte gerade eine Laserverbindung zum Zerstörer in der Umlaufbahn hergestellt.

»Signal von der *Gaidheal,* Captain«, meldete der Komm-Offizier. »Zielanlage in Sicht. Bereit, die Navigationsdaten zu übertragen.«

»Bestätigen. Steuermann, sind Sie bereit für eine Kursdatenübertragung?«

»Bin bereit, Captain.«

»Datenverbindung öffnen.«

Zweitausend Kilometer über Haetais Mond fungierte die *Gaidheal* als Navigationssatellit und behielt sowohl die Bergspitze der Mine 12 wie auch die tieffliegende *Damadas* in Sicht, während ihre Computer der Fregatte Daten übertrugen, die beide zusammenführen würden. Die Navigationscomputer der *Damadas* veranlaßten kleinere Kurs- und Geschwindigkeitskorrekturen, um die Fregatte nahe genug an die Oberfläche von Haetai-Aleph zu bringen, daß die Schallmauer mit Donnergetöse durchbrochen wurde.

»Meldung von der *Gaidheal*«, fuhr der Kommunikationsoffizier des Schiffes fort. »Bestätigt: Keine Großkampfschiffe in Sensorreichweite. Keine Raumschiffe in der Umgebung des Ziels.«

»Das sind endlich mal gute Nachrichten.« Lyles größte Sorge hatte der Möglichkeit gegolten, daß eine oder zwei Jägerschwadronen bereits Angriffsposition bezogen hatten, wenn er eintraf, um sein Ultimatum zu stellen. »Wir könnten ...«

»Sir! Neue Meldung! *Gaidheal* hat Neutrinoquellen in Bewegung identifiziert!«

»Feuerleitstelle! Waffen bereithalten!«

»Feuerleitstelle bereit, Captain.«

»Haben wir taktische Informationen?«

»Kommen gerade, Captain. Auf dem Bildschirm!«

Der Anblick der gepeinigten schwarzen Felsen, die unter dem Bauch des Schiffes vorbeiglitten, wurde ersetzt durch eine detaillierte Konturenkarte der Planetenoberfläche. Die Position der Fregatte war durch eine goldene Raute in der Bildschirmmitte markiert. Andere Objekte – Fusionsreaktoren auf der Oberfläche, Wärme- oder Strahlungsquellen in Gestalt kleiner Luftfahrzeuge, das thermische Glühen einer Vulkankette – erstreckten sich auf tausend Kilometer um sie herum.

Sechs rote Dreiecke in geschlossener Formation rasten über die Landschaft, tausend Kilometer entfernt und schnell näher kommend. Angaben über ihre Flugrichtung, Masse und Beschleunigung huschten über den Brückenbildschirm.

»Der Computer identifiziert die Ziele als mittelgroße Jagdflieger, Captain. *Spiculums*, mit einer Wahrscheinlichkeit von 80 Prozent.«

Lyle kniff die Augen zusammen, als er die Karte studierte. Er konnte abbremsen und kämpfen. Oder er konnte beschleunigen und versuchen, das Ziel zu erreichen, ehe die imperialen Jäger ihn stellten. Den Kampf würde er wahrscheinlich gewinnen, doch sein Schiff konnte dabei beschädigt werden. Wenn er jedoch zuerst diese Erzcontainer erreichen konnte …

Er wartete nicht lange mit seiner Entscheidung. »Steuermann! Fliegen Sie mit allem, was wir haben!« Das entfernte Poltern der I-K-Antriebe der *Damadas* wuchs in Ton und Lautstärke in der stählernen Halle irgendwo unter der Brücke. Er wechselte den Kanal. »Douglass? Bereithalten! Wir kriegen Gesellschaft … Sechs Jäger folgen uns zu unserem Ziel.«

»Ich habe sie auf meinem Gerät, Captain.«

»Sieht so aus, als wenn wir euch am besten rauswerfen, wenn wir gerade das Ziel erreicht haben. Wir geben euch Feuerschutz, während ihr landet und über Fraser verhandelt. Mit etwas Glück werden sich die Jäger zurückhalten, wenn sie uns über ihren kostbaren Erzcontainern hocken sehen!«

»Bestätigt«, antwortete Douglass. »Ich breche auf, wenn Sie es sagen.«

»Gut. Wir nähern uns dem Ziel. Zehn Sekunden. Viel Glück, Pilot ...« *Wir alle werden es verdammt nötig haben!*

Die Fregatte traf mit einem Überschallknall über der Mine 12 ein, der so laut und überraschend war wie eine Salve hochexplosiver Sprengköpfe. Lynch sackte neben dem Administrator zusammen, die Hände auf den Ohren, bebend vor Angst.

Clovis ignorierte ihn. Sie hatten Lynchs Leibwächter Juvin beim Raumwagen zurückgelassen und waren über das offene Gelände zum Hauptquartier des Stützpunktes hinübergegangen. Von diesem günstigen Punkt aus hatte er klare und unbehinderte Sicht auf das Raumschiff, das einen halben Kilometer über seinem Kopf erschienen war, als hätte es sich aus dem Nichts materialisiert. Es besaß die ebenmäßigen Linien und die Haiflossen einer imperialen Fregatte.

Imperial! Vielleicht ein erbeutetes Schiff? Clovis wußte nicht, was er mit der Erscheinung anfangen sollte. Es war nicht groß genug, um eine sehr schwere Last zu befördern. *Was können seine Insassen wollen?*

Sonnenlicht glänzte auf einer kleinen Form, die sich von der größeren löste. Auch die Fähre war von imperialem Design und ähnelte seiner eigenen Fähre: groß genug, um ein halbes Dutzend Personen oder vielleicht eine Tonne Ladung hineinzustopfen. Als es nach unten glitt, konnte er ein imperiales Abzeichen auf dem Rumpf erkennen, aber keine anderen Markierungen.

Wer waren diese Leute?

Clovis beobachtete die Fährte so angespannt, daß er zuerst die Ankunft seiner Jäger gar nicht bemerkte. Mehrfaches Überschallknallen hallte über den Kraterboden. Dann ertönte das weit dunklere Geräusch eines explodierenden Sprengkopfes, als dieser die umgebenden Kraterwände mit einem handfesten Donnerschlag traf, der die Sklaven und Arbeiter, die noch auf der

Oberfläche des Kraterbodens standen, in Deckung hasten ließ.

Laserstrahlen blitzten auf. »Nicht ins Licht schauen!« warnte er Lynch, doch der Sklave war bereits fort und rannte, so schnell ihn seine fetten Beine trugen, über den Landeplatz zu dem Raumwagen, der in fünfzig Metern Entfernung stand. Lynchs Leibwächter stand in dem Fahrzeug und gestikulierte heftig.

Sein eigener Leibwächter regte sich neben ihm. »Wir sollten uns in Deckung begeben, Sir!«

»Sehr gut, Merrit. Aber wir gehen. Diese Beine sind zu alt und steif, um neue Sprintrekorde anzustreben.« *Und es mag helfen, die Panik zu vertreiben, die all diese Arbeiter ergriffen hat.* Die Schreie und Rufe ringsumher übertönten das Knallen der Laserstrahlen und das Kreischen der Hochgeschwindigkeitsjäger über ihren Köpfen.

Die Fregatte bewegte sich wieder und erwiderte das Feuer aus ihren eigenen Laserwaffen. Eine *Spiculum* stürzte sich von oben auf die Fregatte, und ihre Zwillingslaser flackerten in schnellem Impulsfeuer aus blendendem Licht. Die Fregatte jagte zur Seite und schoß zurück. Die *Spiculum* stürzte vorbei, immer noch feuernd. Laserstrahlen trafen den Landeplatz und schleuderten Brocken aus schwarzem Gestein in die Luft. Ein Gebäude aus Blechplatten, zwanzig Meter hinter Clovis' Rücken, explodierte als weißglühender Feuerball.

Ein rotierendes, messerscharfes Metallfragment hätte Clovis' Leibwächter fast in zwei Hälften geschnitten, während die Explosion den Bergwerksadministrator von den Beinen riß und ihn nach vorne hinabschleuderte. Clovis erlebte nur noch einen turbulenten Moment erstickender Schwärze. Er war schon tot, ehe er spürte, daß er getroffen worden war.

»Was geht da vor?« bellte Morganen. »Warum haben wir sie verloren?«

»Sorry, Captain!« sagte der Komm-Offizier der *Gaidheal*. Seine Lippen formten eine lautlose Verwünschung, ehe er hinzufügte: »Ihre Manöver haben unsere Laserverbindung unterbrochen.«

Morganens Finger trommelten auf die Lehne seines Kommandosessels. Der Plan hatte vorgesehen, um jeden Preis einen Kampf zu vermeiden, doch es war klar, daß der Kampf so oder so begonnen hatte. Lyles letzte, fragmentarische Nachricht hatte gelautet: »Wir sehen sie! Sie schießen! Warten ...« *Verdammt noch mal! Es sollte doch keine Jäger auf diesem Planeten geben!*

Er erinnerte sich an eine uralte Redensart in der Militärstrategie, die er einst irgendwo gelesen hatte: Kein Plan überlebt die erste Berührung mit dem Feind ...

Das Verfluchte war, daß die *Gaidheal* nicht eingreifen konnte. Je größer und massiger ein Raumschiff ist, desto mehr Kraft benötigten seine Grav-Generatoren, wenn es in der Atmosphäre eines Planeten manövrieren soll. Ein Zerstörer konnte – gerade noch – mit seinen Gravs durch die Atmosphäre fliegen, doch das würde soviel Energie verbrauchen, daß er nahezu wehrlos in jedes Gefecht gehen würde. Größere Schiffe waren sogar noch schlechter dran und drangen deshalb niemals in eine Atmosphäre vor. Laut Plan war es die Aufgabe der *Gaidheal*, die Mission auf der Planetenoberfläche vor Angriffen aus dem Weltraum zu schützen. Es gab nichts, was er nun tun konnte, um der Fregatte beizustehen.

»Wir verfolgen die *Damadas* auf dem Radar«, meldete Morganens Scanner-Offizier. »Sie scheint direkt über dem Ziel zu sein.«

»Großartig!« murmelte Morganen, mehr zu sich selbst als zu seiner Brückencrew. »Was haben die vor? Fraser aus dem Bergwerk freizuschießen?«

»Kontakt wiederhergestellt, Sir!« Der Kommunikationsoffizier sprang in seiner Aufregung von seinem

Platz auf. »Sie haben uns mit einem Laser-Komm-Strahl erwischt!«

»Schalten Sie es herüber! Schnell, Mann, ehe wir sie wieder verlieren!«

Der Komm-Offizier bediente einen Schalter, und Commander Lyles Stimme drang aus den Brückenlautsprechern. »Der Plan ist gescheitert, *Gaidheal* ... Versteht Ihr? ›Alter Mann‹ ist gescheitert ... Ich wiederhole, gescheitert!«

Morganen betätigte eine Kontrolle an seiner Konsole. »Hier spricht Morganen. Wir verstehen dich, Uillam. Wo ist das Problem?«

»*Gaidheal!* Hier stimmt gar nichts! Wir sind über dem Berg ... Aber hier sind keine Container ... Ich wiederhole ... es sind keine Frachtcontainer an der Stelle, die auf den Nachrichtenhologrammen markiert ist!«

Morganen lief ein eisiger Schauer den Rücken hinab. Unter allen möglichen militärischen Problemen war das Versagen der Aufklärung immer das ärgerlichste – und das tödlichste. Alles hing davon ab, daß die *Damadas* einen großen Vorrat Gennium-Arsenid als Pfand nehmen konnte!

»Eine Schwadron mittelgroßer Jäger greift uns an. Kein Problem, sie abzuhalten, aber wir stehen unter zunehmendem Beschuß von Geschützstellungen am Boden. Wir haben unsere Forderungen nicht übermitteln können. Die Fähre wurde bereits ausgesetzt ... wiederhole ... Fähre ausgesetzt ... aber wir haben noch keinen Kontakt zu irgendeinem Verantwortlichen hergestellt!«

Morganen schloß die Augen und traf die einzig mögliche Entscheidung: »Gut denn, *Damadas!* Verlassen Sie den Ort und stoßen Sie zur *Gaidheal.*«

»Bestätigt, *Gaidheal!*« Dann übertönte ein Donnerhallen Lyles Stimme. »Die Fähre ist gelandet. Wir versuchen, ihn zu erreichen, ehe wir ...«

Der Schwall atmosphärischer Störungen toste wie

ein Wasserfall über die enge Brücke und trennte Lyles Worte ab. »Wir haben ihn verloren«, meldete der Komm-Offizier. »Ich glaube, er hat sich wieder bewegt und den Strahl unterbrochen.«

»Was nun?«

Lynch hatte zu seinem Wort gestanden, und Kendric war tatsächlich zu T. C. gebracht worden. Sie teilten nun eine Zelle, einen engen Käfig aus geschweißten Stahlstangen im Keller der Villa. Es war gerade Platz genug für eine Pritsche, ein Waschbecken und – wenn sie sich drängten – zwei Leute. T. C. war nun sauber, und ihr Haar schimmerte nach der ersten, richtigen Wäsche seit Jahren. Sie trug den gleichen grauen Overall wie Kendric. Er fand sie wunderschön.

Wenn bereits die Zelle nicht allzu große Hoffnungen auf die Zukunft machte, so verschlimmerte der in der Nähe wachestehende Ssora die Lage noch mehr. Er sagte oder unternahm nichts als Reaktion auf ihre Versuche, sich mit ihm zu verständigen. Stattdessen beobachtete er sie einfach mit einer kalten, unablässigen Intensität.

Kendric versuchte, seine Stimme optimistisch klingen zu lassen. »Hier geht es uns besser als in der Mine 12, T. C. Glaubst du nicht? Es gibt viele Möglichkeiten.«

»Ich würde sagen, zur Zeit sind eure Möglichkeiten eher begrenzt.«

Beide drehten sich beim Klang der neuen Stimme um. Barris stand neben dem reptilischen Ssora im Türrahmen und hielt einen flachen, häßlichen Nadler in der Hand.

»Nun, Barris«, sagte Kendric vorsichtig. Der Ausdruck in den Augen des Aufsehers gefiel ihm noch viel weniger als die bösartige kleine Handwaffe in seiner Faust.

»Du wirst deinem Boss jetzt nicht den Gehorsam

verweigern, oder? Administrator Clovis hätte vielleicht etwas dagegen einzuwenden.«

»Clovis ist tot«, Barris spuckte auf den Boden. »Der Boss hat gerade über das Funkgerät des Raumwagens gesprochen. Die Mine 12 wird angegriffen, und Clovis ist verreckt.« Langsam breitete sich ein Lächeln auf Barris' Gesicht aus. »Der Boss sagte, daß wir loslegen und mit euch beiden anfangen sollen, aber wir sollten uns keine Sorgen machen, da er und Juvin so schnell wie möglich zurückkommen!«

Ein Angriff! »Was für ein Angriff?« verlangte Kendric zu wissen. »Wer greift an?«

»Ach, was sollte dich das kümmern?« Barris benutzte die Code-Diskette, um die Zellentür zu öffnen, der Ssora folgte ihm dichtauf. »Ja ... das Mädchen zuerst, denke ich. Beobachte sie, Hesh ...«

27

Das Wunderbare an Abfangjägern ist ihre Fähigkeit, nahe an den Feind heranzugelangen und in den Nahkampf zu gehen. Im modernen Schiff-zu-Schiff-Kampf kann eine Schwadron mittelgroßer Jagdflieger ein kleines Großkampfschiff mit guten Chancen auf einen Sieg angreifen, wenn sie nahe genug herankommen.

– *Aus* Taktiken am Himmel: Moderne Raumfahrttaktiken *von Lawrence Iversson, Imperiale Raumfahrt-Akademie, Grelfhaven, A.I. 6809.*

T. C. schrie und warf sich auf eine Seite der Zelle, dann versuchte sie, an Barris vorbeizuhuschen. Grinsend drehte sich der Mann nach ihr um, um sie zu packen, wobei er seine Pistole schwenkte. Im selben Augenblick stieß Kendric seinen Fuß seitlich vor.

T. C. war bereits über Barris, bevor er den Boden berührte, ihre Panik nur ein Trick, um den Unteraufseher abzulenken und Kendric eine Gelegenheit zu geben. Kendrics Fuß traf Barris' Schläfe. Der Mann brach unter T. C. zusammen, wobei Kendric nicht sagen konnte, ob er nur bewußtlos oder tot war.

Von einem zischenden Geräusch gewarnt, schaute er auf. Der Ssora näherte sich der Zellentür, die Pike in den Klauen seiner dreifingrigen Hand erhoben. Kendric sprang durch die geöffnete Zellentür, landete auf den Schultern und rollte sich ab. Der Ssora drehte sich schnell herum, um die Bewegung zu beobachten. Obwohl der Ssora etwas kleiner war als Kendric, hatte er ungefähr dieselbe Körpermasse, wobei sein sehr muskulöser Greifschwanz den größten Teil des Gewichtes ausmachte. Die rasiermesserscharfe Pike surrte, als er sie schwang, und schlug Funken, als sie krachend gegen die Stäbe der Zelle prallte. Kendric stieß mit dem Fuß zu und fiel beinahe hin, als der erwartete Treffer ausblieb. Der Ssora drehte sich um die eigene Achse und tänzelte außer Reichweite, während die langstielige Pike glitzerte, als sie zum zweiten Angriff herumschwang.

Der Nadlerstrahl schnitt diagonal über die schuppige Brust des Reptils, aus der eine spritzende Gischt orangefarbenen Blutes hervorquoll. Die Pike zitterte mitten im Angriff und schepperte neben Kendric auf den Steinboden. Der Mund des Ssora öffnete sich und zeigte eine Reihe von nadelspitzen Zähnen. Er stieß ein scharfes »Sssaah!« aus, brach zusammen und starb.

T. C. kam aus der Zelle,in den erhobenen Händen hielt sie Barris' Nadelstrahler.

»Wo hast du derartig gut schießen gelernt?« fragte er.

»Imperiale Raumflotte … erinnerst du dich? Aber es ist schon einige Zeit her, daß ich mich mit einer Handwaffe qualifiziert habe.«

»Ich bin nur froh, daß du auf meiner Seite bist. Komm schon!«

»Wohin?«

»Clovis' Fähre. Ich will etwas über den von Barris erwähnten Kampf wissen.«

Sie eilten die Treppe hinauf und aus der Türe hinaus. Mit schnellen Bewegungen umrundeten sie das Haus, bis sie in Sichtweite der Fähre gelangten, die auf dem Boden des kleinen Geländes hinter der Villa stand.

»Was jetzt?« fragte T. C.

Clovis' zweiter Leibwächter war noch auf seinem Posten. Er stand an der Rampe, die aus der Unterseite der Maschine ragte, zwischen den heruntergelassenen, teilweise eingeklappten Tragflächen. Der Mann ging ständig auf einem kleinen Streifen an der Rampe auf und ab, ein Lasergewehr im Arm haltend.

»Wir wollen sehen, ob wir hineingelangen können. Es sollte uns möglich sein, ihre taktische Frequenz zu finden und abzuhören.«

»Warum?«

»Wenn jemand Grod angreift, würde ich gern wissen, wer es ist.«

»Erzpiraten?«

»Vielleicht ... obwohl ich es für fraglich halte. Wenn dies ein Ort wäre, der schon mal von Erzpiraten angegriffen wurde, wäre er dann nicht besser verteidigt?« Er deutete auf den entfernten Wachposten und dann auf das Schiff über ihm. »Wir können das Funkgerät im Schiff benutzen, wenn wir an ihm vorbeikommen.«

»Nun, es ist zwar eine weite Schußdistanz, aber vielleicht ...« Sie erhob den Strahler.

»Nein«, sagte Kendric, während er die Hand auf ihren Arm legte. Die Wache war mindestens 150 Meter entfernt, ein äußerst schwieriger Schuß für eine Handwaffe mit einem so kurzen Lauf. Die Genauigkeit hing bei einer solchen Waffe von der Entfernung zwischen vorderer und hinterer Zieleinrichtung ab, aber Nadelstrahler waren derartig kurz, daß sie nur selten Zielvorrichtungen irgendeiner Art hatten. Ein Treffer auf diese Entfernung hing allein vom Glück ab, und darauf wollte Kendric nicht alles setzen.

»Wenn du vorbeischießt, werden wir ihn nie kriegen«, sagte Kendric. »Dann verschanzt er sich in der Fähre. Laß mich machen.«

Kendric stand auf, strich seinen Overall glatt und ging mit forschen, geschäftsmäßigen Schritten auf die Wache zu.

Der Mann sah ihn, bevor er zwanzig Meter gegangen war, aber Kendric veränderte seine Schritte nicht. Er hoffte, daß er durch die Art Uniform, die Lynch ihm gegeben hatte, einem Hausdiener so weit ähnelte, daß die Fährenwache ihn nicht gleich niederschießen würde.

Kendrics Plan enthielt subtile Psychologie: Wenn er mit ausdruckslosem Gesicht und abgemessenen, kontrollierten Schritten weiterging, würde die Wache annehmen, daß er das Recht hatte, hier zu sein und auf ihn zuzugehen. Zumindest war das wahrscheinlich.

Näher. Als Kendric zehn Meter von der Wache entfernt war, hob der Mann das Gewehr. Zwar zielte er nicht in seine Richtung, aber er richtete es auch nicht von ihm fort.

»Hallo! Sind Sie der Mann von Administrator Clovis?«

Das Gewehr bewegte sich, und der Lauf senkte sich etwas. »Was geht dich das an, Sklave?«

»Er hat auf dem Hausfunkgerät angerufen. Er sagte, daß er mit der Fährenwache reden will. Er meinte, Sie könnten das Fährenfunkgerät, Kanal 20, benutzen.«

Die Wache schaute unsicher. »Der Aufseher will mich sprechen?«

Kendric zuckte gleichgültig mit den Schultern. »Das ist es, was man mir sagte. Wenn Sie also nicht reden wollen ...«

»Warte! Warte! Welcher Kanal, sagst du?«

Kendric hatte den Eindruck, daß die Wache nicht genau wußte, wie ein Funkgerät aussah, aber er nickte und lächelte. »Zwanzig. Er sagte, daß er warten würde, aber daß Sie sich beeilen sollen.«

Diese Worte schienen die letzten Zweifel der Wache auszuräumen. Einem angeheuerten Mann wie Clovis' Leibwächter stand es nicht an, einen so wichtigen Mann wie Clovis warten zu lassen. Er wendete Kendric den Rücken zu, während dieser die letzten drei Schritte auf die Wache zu machte.

T. C. eilte herbei, als Kendric den Wachposten von der Fähre wegzog und sich dann bückte, um das Lasergewehr aufzuheben. »Laß uns gehen, T. C.«

Die Fähre war die zivile Luxusausgabe der *Stella Errans*-Klasse, die er für kurze Zeit nach seinem Akademie-Abschluß geflogen hatte. Sie war sowohl mit Gravs und stromlinienförmigen Tragflächen für Manöver in einer Atmosphäre wie auch mit einem kraftvollen I-K-Antrieb ausgestattet, der vielleicht vier *g* Beschleunigung erreichen konnte. Da sie ausschließlich für Boden-Orbit-Reisen zwischen den Welten eines einzigen Sternsystems entworfen worden war, besaß sie keinen T-Raum-Antrieb. Nichtsdestoweniger verfügte sie über ein Funkgerät auf der kleinen Zweipersonenbrücke.

T. C. rutschte auf den Copilotensitz neben Kendric, während er Regler bediente und das Funkgerät bei seinen Bemühungen knisterte und brummte.

»Versuchst du, die Angreifer abzuhören?« fragte sie.

»Ich bezweifele, daß ich sie empfangen kann. Sie senden vermutlich gebündelt und verschlüsselt. Die Verteidiger haben ihre Nachrichten wohl auch verschlüsselt, aber falls wir großes Glück haben, nehmen die Jagdflieger von Clovis am Kampf teil.«

»So?«

»Wenn sie ihre Nachrichten verschlüsseln, wird der Fährencomputer mit dem Dechiffriercode ausgestattet sein. Ha!«

Eine Drehung des Einstellknopfes übertrug elektronische pulsierende Klopfgeräusche. Hinter dem Pulsieren waren Stimmen hörbar, aber die Worte waren nicht zu erkennen. »Verschlüsselt«, sagte Kendric. »Ich frage mich, ob das wohl eines der Piratenschiffe war? Ah, das ist schon was anderes!«

»Eskorte 3 … hier ist Eskorte 1!« Die Stimme war durch atmosphärische Störungen und das Antriebsgeräusch des kleinen Schiffes verzerrt und verzogen. »Sind Sie schon nah genug? Können Sie eine Identifizierung vornehmen?«

»Positiv, Eins. Ich denke, daß es eine imperiale Fregatte der *Velox*-Klasse ist.«

»Imperial? Sind Sie sicher? Das ergibt keinen Sinn!«

»He, ich sage Ihnen, was ich sehe. *Velox*-Klasse. Vielleicht etwas kleiner als die üblichen, aber ich kann die ID nicht erkennen.«

Kendric hatte seine Hände bereits an der Steuerung der Fähre, während die Piloten weiterredeten. Von achtern ertönte das wehklagende Wimmern der Gravs des Schiffes wie eine Totenklage. Hinter ihnen schwang die Bodenrampe empor und wurde verriegelt, während grüne Lichter über die Konsole huschten und das Schiff luftdicht und abflugbereit meldeten.

Die Fähre erhob sich vom Boden. Ihr Gravfeld wirbelte überall, wo es hinüberstrich, eine Staubwolke auf. Kendric hatte sich ihre Flugrichtung gemerkt, als sie mit dem Raumwagen hier entlang gekommen waren. Nun richtete sich der Bug der Fähre auf eine bestimmte Kerbe in dem Gebirge am Horizont, an die er sich erinnerte, und die Fähre begann, vorwärtszugleiten, erst langsam, dann schneller und schneller. Er stieg absichtlich nicht höher, außer um Hindernisse zu überwinden, als sich der Boden unter ihrem kleinen Raumschiff hob.

Als das Plateau hinter ihnen endete, drückte Kendric die Grav-Beschleunigungskontrolle allmählich nach vorne. Der sich bereits schnell bewegende Boden wurde zu einem graubraunen Flirren unter dem stromlinienförmigen Schiff. Hinter ihnen explodierte die schwefelüberzogene Landschaft zu einem langen, senkrechten Vorhang aus kochendem, gelbem Staub, der direkt hinter der Schockwelle eines ohrenbetäubenden Überschallknalls herraste.

»Ich hoffe, du weißt, wie man dieses Ding fliegt!« überschrie T. C. das Winseln der Gravs.

»Wenn nicht, muß ich zurück nach Grelfhaven, zu einem Auffrischungslehrgang!« brüllte Kendric zurück, und T. C. lachte.

»He!« schrie sie noch einmal. »Ich glaube, ich bin gerade befreit worden!«

»Warte noch einen Moment mit den Glückwünschen. Ich will sehen, wer hinter der angreifenden Flotte steckt.«

Schneller als der Schall näherte sich die rasende Fähre den vertrauten Wolken aus wogender Asche. Kendric schätzte den Winkel zwischen zwei Gipfeln ab und änderte dann leicht den Kurs der Fähre. Als sich eine imperiale Fregatte langsam über den Berg erhob, stürzten *Spiculum*-Jäger nieder, strebten nach guten Schußwinkeln und schleuderten bei jedem Vorbeiflug Laserstrahlen gegen das Kriegsschiff.

Kendric stieß einen schrillen Kriegsruf aus, als er sich wieder auf die Kontrollen der Fähre stürzte.

»Kendric! Was ...?«

»Das ist die *Damadas!*« rief er. »Wiiiuuuu! Das ist die *Damadas!* Ich erkenne ihre Nummer! Sie sind hier, um uns zu befreien!«

Jaime Douglass hielt seine Laserpistole stets zwischen den beiden und fragte sich, was er als nächstes tun sollte.

Er hatte die Fähre nur Augenblicke, nachdem der Himmel von künstlichen Donnerschlägen und blitzenden *Spiculum*-Jagdfliegern ausgefüllt wurde, gelandet. Es war klar, daß der ursprüngliche Plan nicht mehr durchführbar war. Warum hatte die *Damadas* nicht das Versteck der Erzcontainer lokalisiert und war dorthin geschwebt? Statt dessen schien die Fregatte über den ganzen Himmel ausgebreitet zu sein, während sechs mittelgroße Jagdflieger sie umkreisten und zustießen wie glänzende, bösartige Raubvögel.

Er hatte versucht, die *Damadas* über Funk zu erreichen, aber keine Antwort erhalten. Es war deutlich genug, daß sie oben beschäftigt waren, und vielleicht sprachen sie über Funk mit den Verantwortlichen des Bergwerks.

Von seinem Aussichtspunkt, direkt oberhalb des

Kraterbodens, sah Jaime einen bemerkenswert fetten Mann langsam zu einem am Boden liegenden Raumwagen rennen, die Hand ausstrecken und sich hineinquetschen. Der Raumwagen war ein unverkennbar teures, ziviles Modell und nicht von der Sorte, die man im Tagebaubereich einer Gennaritmine anzutreffen erwartete. Er konnte den Mann auf dem vorderen Passagiersitz sehen, während er in ein Mikrophon sprach.

Aha! Vielleicht war der fette Mann der Verwalter der Anlage oder ein anderer hochgestellter Offizieller. Wenn er Befehle vom Sitz eines teuren Raumwagens aus erteilte, mußte er jemand Wichtiges sein.

Jaime entschloß sich, zu improvisieren. Falls die *Damadas* nicht mit der Minenleitung verhandelte, war es möglich, daß der fette Mann eine Alternative bot. Er ließ die Fähre weiter hinabgleiten. Der Raumwagen wurde von dem Mann, der auf dem Fahrersitz gewartet hatte, gesteuert und stieg vom Kraterboden auf. Jaimes Fähre packte die kleine Maschine unter einem breiten Schrägflügel und brachte sie wieder zu Boden.

Die Landung war sehr rauh. Jaime öffnete die Seitenluke der Fähre bereits, während das Summen der Schiff-Gravs noch verklang, und sprang mit einer Mark XXIV-Laserpistole auf den Boden, bevor die Rampe aufsetzte. Der Raumwagen hing in den Backbordflügel-Stabilisatorinduktoren fest, die Insassen waren bereits frei und unbewaffnet aus ihrem Fahrzeug entkommen. Jaime riß seine Pistole hoch, und sie blieben auf der Stelle stehen, als sie ihn sahen.

»So ist's richtig!« Er mußte brüllen, um über dem Kreischen eines niedrig fliegenden Abfangjägers verstanden zu werden. »Rein mit euch beiden!«

Er hatte nur eine vage Idee, was er als nächstes tun sollte. Wenn diese Leute wichtig waren, könnte er sie vielleicht zu einem Waffenstillstand und zum Austausch von Kendric Fraser überreden. Wenn schon nichts anderes, konnte er sie zumindest in der relativen Stille und Sicherheit seiner Fähre verhören.

Grinsend deutete er mit der Pistole in ihre Richtung. Vielleicht konnte er die Mission noch retten!

Die Fähre stieg zum Grat der Berge empor und verlangsamte ihre Geschwindigkeit, als Kendric den Schub zurücknahm. Blitze aus gebündelten Lichtstrahlen stachen und schossen zum Kraterrand und trugen zum Feuerwerk oberhalb der Fregatte am Himmel über ihnen bei.

Auf dem Kraterboden erhaschte Kendric einen Blick auf einen Sonnenstrahl, der ein weiteres bekanntes Schiff enthüllte. Das orange-blaue Muster auf den Flügeln und die Nummer an seiner Schwanzflosse ließen keinen Zweifel an der Herkunft.

»Eine von unseren Fähren!« schrie er in T. C.s Ohr. »Ich glaube, von der *Damadas!* Sie suchen mich wohl!«

T. C.s Augen strahlten, als sie sich Kendric zuwandte. »Dann sind wir gerettet!«

Licht blitzte am Cockpit auf, und die Fähre schwankte. »Noch sind wir es nicht!« Die Erleichterung schlug in eiskalte Angst um, als ihm klarwurde, daß der Beinahetreffer von der *Damadas* gekommen war, die nun einen halben Kilometer über ihm war. »Diese verdammten Idioten wissen nicht, daß ich es bin!«

Er wendete die Fähre abrupt und drehte den Kopf, um die gelandete Fähre der *Damadas* zu suchen. *Warum war sie gelandet? Vielleicht, um nach ihm zu suchen?* Es war eine weithergeholte Vermutung, aber die einzige, die im einfiel. Vielleicht konnte er nahe genug herankommen …

T. C. schrie auf.

Über ihnen ergoß sich weißes Licht über die Unterseite der *Damadas,* breitete sich über jede Naht der Panzerung aus und verschlang die Zwillings-Geschütztürme der Laser auf der Bauchseite. Ihr Schild pulsierte einmal und versagte, als ein blendender Lichtblitz gegen das Schiff hämmerte und kräftig seitlich wegschleuderte. Kendric konnte Brocken feurigen Metalls erkennen, die nach außen und abwärts flogen, zu Boden trudelten und Wolken aus kreisendem, schwarzem Qualm hinter sich herzogen.

Die Schockwelle der Raketenexplosion traf ihre Fähre einen Moment später, und Kendric kämpfte mit dem gewaltig bockenden Flugzeug. Gezackte Felsbrocken flimmerten am Cockpitfenster vorbei, als er das bebende Gefährt herumriß und die Bugspitze nur mit Willenskraft und nackter, blinder Furcht hochziehen konnte. Er reduzierte mit einer langen, schlingernden Wende die Geschwindigkeit der Fähre und drehte ihre Gravs am Heck auf, als sie ein paar Meter über dem Kraterboden rückwärts rutschte.

Über ihnen explodierte die *Damadas,* und ihre Energiesysteme entfesselten im Maschinenraum die Hitze einer kleinen Sonne, als magnetische Behälter zerbrachen und Fusionsdruck und -hitze freigesetzt wurden.

Brennend und trudelnd stürzte die *Damadas* auf den Kraterboden.

28

Ein häufig bei der Gewinnung von Gennium-Arsenid anzutreffendes Problem besteht in dem hohen Niveau seismischer und vulkanischer Aktivität, die von den gleichen Bedingungen verursacht wird, die zuerst einmal das Erz erzeugt haben. Die Verluste unter den Minenarbeitern können schwerwiegend sein …

– Aus ›Sozial- und Wirtschaftsstrukturen, ein Überblick über Methoden und Möglichkeiten‹, Imperiale Raumflotten-Akademie-Lehrbücher, Grelfhaven, A.I. 6809.

Jaime begriff nicht, warum der fette Mann so sehr lachte. »Was ist so lustig?«

Sein Gefangener schnappte nach Luft und wischte sich mit dem Handrücken die Tränen von den feisten Wangen. Sie befanden sich nun in Jaimes Fähre, und der Lärm der Schlacht wurde von der Schallisolierung des kleinen Raumschiffes zu einem dumpfen Grollen gedämpft.

»Sie … Sie sind hier, um Kendric Fraser zu befreien?«

»Genau. Lassen Sie ihn von jemandem aus diesen Gruben herausholen, und ich muß Sie und Ihren Freund nicht hiermit aufschlitzen!« Er gestikulierte mit der Pistole, doch mehr, um sie an ihre Anwesenheit zu erinnern. Er traute dem finsteren Ausdruck in den Augen des Leibwächters nicht.

»Unnötig, mein Freund, das versichere ich. Fraser ist schon oben und aus der Mine heraus … und in Sicherheit. Ich habe ihn, nicht weit von hier!« Er kicherte etwas hysterisch. »Obwohl wir uns besser etwas beeilen, oder er ist nicht mehr lange sicher!«

Jaime blickte finster. Der Mann, der sich als ›Aufseher Lynch‹ vorgestellt hatte, war entschieden zu kooperativ. Er öffnete den Mund, um zu fragen, was Lynch meinte, als ein Schuß den Rumpf der Fähre wie eine Flutwelle traf und das Fahrzeug brutal auf die Seite warf. Jaime fiel seitlich gegen ein Schott und schlug sich den Kopf an. In einer Woge blendenden, betäubenden Schmerzes ließ er die Pistole fallen, die klirrend über das Deck auf das Cockpit zu rutschte.

Lynchs Leibwächter taumelte, blieb aber auf den Füßen, als er sich umdrehte und den Öffnungsknopf für die Seitentür der Fähre drückte. Heiße Gase und Staub wirbelten durch die Öffnung, vermischt mit unstetem Licht. Dann packte der große Mann Lynch am Arm, zog ihn vom Deck hoch, auf das er gefallen war, und schleifte ihn die Rampe hinunter.

Jaime erhob sich auf Hände und Knie und wäre beinahe wieder gestürzt, als sich der Schmerz verdoppelte. Mit einer Hand berührte er den Hinterkopf und betrachtete sie dann. Sie war blutverschmiert.

Verdammt! Er konnte seine Gefangenen über das trümmerübersäte Gelände zur Haupttür eines der größten Gebäude hasten sehen. *Dort verschwindet mein Wegweiser zum Captain!*

Jaime hatte es gerade geschafft, auf die Füße zu kommen, als ihn die nächste Explosion wieder zu Boden schleuderte.

Die *Damadas* schlug am östlichen Rand des Kraters auf. Ihr Rumpf durchschlug die recht unsolide gebauten Lagerhäuser und schnitt durch meterdickes Ferriplast und gepreßtes Geröll, bis er die Lagerräume erreichte, die von TOG-Ingenieuren direkt unter der Oberfläche in den Boden des Kraters gegraben worden waren. Als er aufprallte, stand bereits das ganze Schiff in Flammen. Der massige Komplex der Fusionsreaktoren und I-K-Antriebsgeneratoren riß aus seinen Verankerungen und krachte vorwärts, durch ein Schott nach dem anderen, als wären diese nur aus Seidenpapier. Der Antriebskern hatte bereits das ganze Schiff durchschlagen und war in den Kavernen der obersten Ebene gelandet, als er explodierte.

Es war einfach Pech, daß in diesem Teil der Kaverne etwa fünfzig Tonnen des hochexplosiven Sprengstoffes gelagert wurden, der benutzt wurde, um die Steinböden der Höllengruben aufzusprengen. Normalerweise ist Plastiksprengstoff sehr stabil. Er kann gestoßen, hingeworfen und sogar angezündet werden, ohne daß eine Detonation droht. Die Explosion der Triebwerke der *Damadas* setzte jedoch weit mehr reine Energie frei als jedes herkömmliche Feuer.

Daraufhin explodierte die gesamte Kaverne.

Die gestohlene Fähre reduzierte ihre Geschwindigkeit mit einer Welle Grav-Impulse, schwebte in der Luft und senkte sich dann zum Kraterboden nahe der Fähre mit den abgeschrägten Tragflächen, die bereits gelandet war. Beim Absturz des flammenden Wracks der *Damadas,* weniger als einen Kilometer entfernt, wurde das Schiff stark nach backbord geschleudert und von einer Druckwelle mit einer Wucht ähnlich der bei einer kleinen Atombombenexplosion getroffen. Die gleiche Welle schüttelte die Fähre mit aller Macht, drohte die Flügel vom Rumpf zu reißen und das kleine Gefährt über den Kraterrand und in Richtung der tief darunter liegenden Felsen trudeln zu lassen.

Irgendwie gelang es Kendric, die Kontrolle über die Fähre zurückzugewinnen und sie auch beizubehalten, als sich die Windrichtung umkehrte und die Luft zu der pilzförmigen Flammensäule, die vom Scheiterhaufen der *Damadas* aufstieg, zurückwirbelte.

Die bereits gelandete Fähre war beschädigt. Die

linke Landevorrichtung hatte dem Überdruck der Explosion nachgegeben, der linke Flügel war verbogen und zerfetzt. Wäre das der einzige Schaden gewesen, hätte sie vermutlich noch fliegen können. Gravitationsfluggeräte brauchen zum Fliegen weder Stromlinienform noch Tragflächen, wenn sie Kraft und Zeit haben.

Kendric konnte jedoch Schlimmeres erkennen: Hoch oben, achtern, waren entlang des Rumpfes, über den Zuleitungen zu den Grav-Spulen, zahlreiche Rumpfplatten wie Papierfetzen abgerissen worden, so daß das freigelegte Gewirr der Drähte und Stromkreise wie ein Haufen Spaghetti heraushing. Sogar aus der Luft, auf fünfzig Meter Entfernung, war deutlich zu sehen, daß die Fähre nicht ohne größere Reparaturen wieder fliegen würde – Reparaturen, wie sie nur an Bord eines gutausgestatteten Versorgungsschiffes oder im Dock eines größeren Raumhafens möglich sind.

Kendric landete die Fähre nahe an dem angeschlagenen Raumfahrzeug. Der Rauch vom brennenden Wrack der *Damadas* breitete ein Leichentuch über den ganzen Krater, doch der Boden und die Schiffsrümpfe wurden von den unstet prasselnden Flammen erleuchtet.

Er drückte die Kontrolltaste, durch die sich die Seitenluke an Steuerbord öffnete. »Bleib hier!« gebot er T. C. »Ich bin gleich wieder zurück!« Er rannte über den aufgerissenen Boden auf das beschädigte Schiff zu. Zweimal mußte er anhalten, weil der Grund unter seinen Füßen schwankte, eine bedrohliche, bebende Bewegung, teils ein Zittern, teils ein weites, anschwellendes Dröhnen.

Die Seitenluke der beschädigten Fähre stand offen, doch die Rampe war, da die Fähre nach backbord Schlagseite hatte, in einem ungünstigen Winkel geneigt. Die einzige Weise, wie er sich zur Rampe vorarbeiten konnte, bestand darin, daß er sich Griff um Griff am Schutzgeländer hochhangelte. Es war dunkel auf dem Flugdeck, und die Energieversorgung und die Beleuchtung waren offensichtlich defekt, doch es fiel genügend Licht durch die offene Luke und das Cockpitfenster, daß er den Körper sehen konnte, der mit dem Gesicht nach unten auf dem Deck lag. Er beugte sich hinunter, drehte den Mann um und erkannte ihn.

Wie lautete sein Name? Douglass. Das war er. Jaime Douglass ... Der junge Jägerpilot, der Geschwaderführer geworden war, als Haldane bei Trothas starb.

Es gefiel ihm nicht, einen bewußtlosen Mann zu bewegen, ohne das Ausmaß von dessen Verletzungen zu kennen, doch das Beben wurde immer stärker und ließ bereits das Deck des beschädigten Schiffes mit unheilverkündendem Knallen und Bersten erzittern. Kendric hob Douglass hoch und legte ihn sich wie ein Feuerwehrmann über die Schulter, dann stolperte er aus dem Schiff. Statt das Risiko einzugehen und Douglass die steil abfallende Rampe hinabzutragen, wollte er den Mann lieber auf dem bebenden Steg nach unten gleiten lassen. Dort angekommen, legte er sich Douglass wieder über die Schulter und rannte schwerbeladen zu seinem Schiff zurück.

Minuten später raste die Fähre durch die dünner werdende Atmosphäre, während sich der Himmel von Violett zu Schwarz verfärbte.

»Kendric!« schrie T. C. von der Konsole des Copiloten neben ihm. »Schau auf den Heckbildschirm!« Sie hatte ihren Hauptmonitor auf den Blick nach achtern eingestellt. Der Bergkamm hinter ihnen wurde von grauem Rauch eingehüllt, der sich als eine sich drehende, flammendurchsetzte Masse erhob. Während sie zuschauten, schien die gesamte Südseite des Berges zu zerfallen und stürzte in einer trägen Kaskade aus Felsbrocken nach außen. Kendric sah, wie das weiße Gleißen innerer Feuer freigesetzt wurde. Eine Reihe von Explosionen pulsierte im feurigen Herzen des neuen Vulkans.

Die abschließende Explosion bewies, daß die Natur die Zerstörungsfähigkeiten des Menschen noch immer in den Schatten stellen konnte. Zwar besaß die Fähre keine Instrumente, die die Wucht der Explosion hätten messen können, doch Beobachtungsstationen anderswo auf Haetai-Aleph würden schließlich feststellen daß diese eine Explosion etwa 8×10^{19} Joule freigesetzt hatte – das Äquivalent von 20 000 Megatonnen TNT und damit weit mehr als jede von Menschen geschaffene Atombombe.

Die Schockwelle des explodierenden Berges war als ringförmige Druckwelle sichtbar, die sich mit Schallgeschwindigkeit vom Berg ausbreitete. Direkt hinter dieser Schockwelle folgte die Erschütterung des Bodens, die, nach außen rasend, das Gelände in einen Alptraum von Vernichtung verwandelte. Dann wurde das Zerstörungswerk durch Wolken und die Rundung des Mondes den Blicken entzogen. Kendric studierte die Instrumente und deutete dann auf einen weißen Lichtpunkt, der auf seinem Hauptscanner flackerte. »Sie sprachen von angreifenden Schiffen – im Plural«, sagte er. »Ich möchte wetten, daß die Befreiungstruppe ein weiteres Schiff umfaßt.«

»Irgend jemand war offensichtlich bereit, für deine Rettung eine Menge Ärger auf sich zu nehmen«, sagte T. C. und klang beeindruckt. »Gibt es da etwas an dir, wovon du mir nichts erzählt hast?«

Er zuckte die Achseln und grinste: »Ich bin nur ein armer Junge vom Lande, der sich abmüht, mit all diesen raffinierten Galaktikern zurechtzukommen. Ist nicht gerade leicht!«

Das Ziel, das sie nun ansteuerten, war weniger als tausend Kilometer entfernt und kam schnell näher.

»Wir haben nur ein letztes Problem«, sagte er zu T. C., »und das besteht darin, wie wir uns ihnen nähern können, ohne daß sie uns für Feinde halten. Sie können gar nicht wissen, daß wir unbewaffnet sind.«

»Kannst du nicht über Funk mit ihnen sprechen?«

»Nicht bei all den Störungen von dort drüben.« Er deutete mit dem Daumen auf die aufgeblähte, lachsfarbene Scheibe Haetais. »Und sowohl unsere Mikrowellenantenne wie auch unser Kommunikationslaser sind fort. Sie wurden wahrscheinlich von der Schockwelle der letzten Explosion abgerissen.«

»Wie nah werden sie uns herankommen lassen?«

Er griff hoch über den Kopf und betätigte mehrere Schalter. »Ziemlich nahe, hoffe ich. Ich habe nur gerade unsere Landeleuchten, unsere Navigations-Lauflichter und alle anderen Außenlampen eingeschaltet, die ich finden konnte. Mit etwas Glück denken sie sich, daß dies kein Angriff ist, und es macht sie so neugierig, daß sie uns überprüfen, ehe sie schießen. Vielleicht können wir sie so interessiert machen, daß sie uns längsseits gehen lassen ... oder nahe genug herankommen, daß wir unsere Antenne mit ihrem Rumpf abschirmen und es mit herkömmlichem Funken versuchen können.«

Es vergingen mehrere Minuten, bis T. C. einen hellen Stern bemerkte und ihr auffiel, wie er sich, im Gegensatz zu den blasseren Sternen, bewegte. Augenblicke später hatte der Stern eine eindeutig lange, schlanke, haifischflossenbewehrte Gestalt angenommen. Kendric benutzte eine Telefoto-Linse, um die Darstellung auf seinem Konsolenbildschirm zu vergrößern, und seine Blicke galten dabei besonders dem hinteren Rumpf, wo eine mit weißer Farbe auf das graue Metall gemalte Zahl erkennbar war.

Er grinste. »Ich hätte es wissen müssen. Das, T. C., ist ein Zerstörer meiner Schwadron. Sein Name ist *Gaidheal,* und ich wette um fast jede Summe, die du einsetzen willst, daß ihr befehlshabender Offizier ein gewisser Commander Lenard Delmor Morganen ist.«

»Ein Freund von dir?«

Kendric zupfte sich nachdenklich am Ohrläppchen.

»Ich bin mir nicht sicher. Aber wenn die *Gaidheal* hier ist, dann garantiere ich, daß Morganen in ihrem Kommandosessel sitzt. Sie war lange genug sein Schiff.«

Navigationsleuchten pulsierten mit der Intensität stroboskopischen Lichtes, als sich die Fähre dem Zerstörer weiter näherte. Die Scanner zeigten, daß der Himmel über ihnen ansonsten frei war.

»Kendric!« sagte T. C. plötzlich, »Überprüfe deine Scanner!«

»Ich sehe sie.« Weitere Lichtpunkte erschienen, diesmal weit hinter ihnen. Es war schwierig, die Meldungen des Radars zu entwirren, doch dort hinten befanden sich zumindest vier kleine Schiffe, vielleicht auch mehr. »Die überlebenden Jagdflieger ... oder sonstwelche, die von einer anderen Basis auf Haetai-Aleph gestartet sind.«

»Hinter wem sind sie her – hinter uns oder dem Zerstörer?«

»Keine Ahnung. Sie können kaum wissen, wer wir sind, und vielleicht glauben sie gar, wir seien die feindliche Fähre, die während der Schlacht da unten gelandet ist. Andererseits gibt die *Gaidheal* da oben einen viel größeren Lichtpunkt ab als wir.«

»Können wir dein Schiff erreichen, ehe sie uns einholen?«

»Gute Frage. Tu mir einen Gefallen, T. C.: Geh nach achtern und überprüfe Douglass. Ich habe ihn nur sehr eilig angeschnallt.«

»Natürlich.«

»Wir müssen vielleicht sehr bald einige sehr unfährenhafte Manöver ausführen. Wenn unsere Grav-Kompensatoren versagen, möchte ich ihn nicht an der Decke verteilt sehen.«

T. C. war einige Minuten lang fort. Als sie zurückkehrte und sich selbst in ihrem Sitz angurtete, war der Zerstörer viel größer geworden und sah von der Seite bedrohlich aus. Durch die Kameravergrößerung konnten sie die Geschütztürme der mehrfachen Laserwaffen an der Unter- wie Oberseite sich auf ihre Fähre richten sehen.

»Wir sind in Reichweite«, sagte Kendric. »Wenn sie uns noch nicht abgeschossen haben ...«

In diesem Moment geschah das Unerwartete: Kendric hatte sich auf die Möglichkeit eingestellt, daß die *Gaidheal* das Feuer eröffnete, und sich darauf vorbereitet, die Fähre zur einen oder anderen Seite zu reißen und dadurch vielleicht die Zielerfassungscomputer des Zerstörers lange genug von ihrer Spur abzubringen, um einen neuen Anflug zu versuchen. Womit er nicht gerechnet hatte, war die plötzliche, geisterhafte Strahlung beim unerwarteten Aufflackern der Plasmatriebwerke am Heck der *Gaidheal,* als das schlanke Schiff zu beschleunigen begann, um die Umlaufbahn zu verlassen.

»Nein!« brüllte Kendric, und beinahe hätte er in seiner Enttäuschung auf das Armaturenbrett eingeschlagen. »Nein! Haut jetzt bloß nicht ab!«

Weiter beschleunigend, entfernte sich der Zerstörer auf einem völlig anderen Kurs von der Fähre. Kendric stellte ein paar schnelle Berechnungen im Kopf an und gab dann den Wunsch auf, die *Gaidheal* zu verfolgen. Der Zerstörer war bereits auf fünf *g* und flog nahezu rechtwinklig zur Flugrichtung der Fähre. Da diese nur vier *g* erreichen konnte, und auch nur für kurze Zeit, war es nicht möglich, den Zerstörer einzuholen.

Kendric und T.C. beobachten, wie die *Gaidheal* schnell kleiner wurde, bis sie nur noch als ein sehr heller, unregelmäßiger Stern in der Ferne zu sehen war, wo ihr I-K-Antrieb Photonen und Wasserstoffplasma ausspie. Kendric fühlte ein Brennen in den Augen und führte die Hand zum Gesicht. Als er sie wieder senkte, waren seine Finger naß. Neben ihm ergriff T.C. seine andere Hand und drückte sie fest.

»Wir sind bis hier gekommen, Ken«, sagte sie. »Das ist doch etwas.«

»Besser, wir sterben hier als in der Mine, meinst du?« Er schaffte es, zu lächeln. »Du hast damit wohl recht, schätze ich, aber ich bin noch nicht soweit, einfach aufzugeben.« Sein Lächeln vertiefte sich. »Wir brechen hier gerade aus, meine Dame, wir gehen nicht den Berg hinab!«

Augenblicke später verschwand das Bild der *Gaidheal* von seinem Scannerbildschirm, als sich vier schnelle imperiale Jäger von achtern näherten.

29

NARBON (ISC 465-9112-2003)
Spektraltyp: K0
Masse: 0,78 Sol;
Helligkeit: 0,4 Sol;
Durchmesser: 0,85 Sol
Planetensystem: fünf größere Himmelskörper, drei Asteroidengürtel

Planet II: Narbon
Radius der Umlaufbahn: 0,64 AE
Umlaufzeit: 0,58 Jahre
Masse: 5,79 x 10^{27} gm (0,97 Terra)
Durchmesser am Äquator: 11 352 km (0,89 Terra)
Dichte: 5,35 g/cm^3 (0,97 Terra)
Oberflächenschwerkraft: 0,86 g

Planet IV: Haetai
Radius der Umlaufbahn: 4,2 AE
Umlaufzeit: 9,75 Jahre

NAVIGATIONSWARNUNG: Haetai-Aleph, der große innere Mond von Planet IV, wurde zum Sperrgebiet erklärt. Schiffe müssen sich die Annäherung durch die Haetai-Aleph-Bodenkontrolle freigeben lassen, ehe sie sich nähern und landen dürfen.

– Ein Auszug aus dem
Galaktischen Piloten-Handbuch,
Terranischer Sektor, Ausgabe 36.

Groß und düster wuchs Haetai vor den Fenstern der Fähre heran. Seine Atmosphäre wurde von Stürmen durchtobt, die groß genug waren, um eine ganze Welt von der Größe Albas zu verschlingen.

»Wir haben zwei Probleme«, erklärte Kendric T. C., nachdem sie sorgfältig eine Inventarliste der Vorräte, des Treibstoffs und der Lebenserhaltungskapazitäten erstellt hatten, gemäß der Auskunft des Computers. »Zuerst müssen wir versuchen, unsere Freunde hinter uns abzuschütteln. Danach müssen wir entscheiden, was wir dann tun ... wo wir hinwollen.«

»Ich überlasse das Flüchten dir«, sagte sie und lächelte. »Du hast das bisher großartig gemacht, und ich würde dich nur ungern unterbrechen!«

»Tatsächlich bin ich besorgter über den zweiten Teil unseres Problems«, sagte er. »Dieses Schiff ist ausschließlich interplanetarisch zu verwenden. Wir sitzen in diesem System fest, sofern wir nicht etwas Größeres finden, das einen Sprung in den T-Raum machen kann.«

»Von wo kommt dieses Schiff denn nun?«

»Es ist in Diralen auf Narbon II registriert. Der Gasriese dort ist Planet IV in diesem System. Planet II ist, laut der Computerliste, albaähn ..., oh, ich schätze, du würdest ›terraähnlich‹ sagen.« Er betrachtete die Computerdarstellung und blätterte von Bildschirm zu Bildschirm voller enggeschriebener Beschreibungen und Datenlisten. »Ein bißchen trocken allerdings. Die Luft ist ziemlich dünn, aber es gibt dort Menschenstädte, und Diralen ist ein größerer Raumhafen. Der Computer führt im Hafen siebenundzwanzig unabhängige Frachtunternehmen mit Anlagen und Handelsniederlassungen auf.«

T. C. nagte an der Unterlippe, während sie ihm über die Schulter schaute. »Du hast vor, einen Händler zu finden, der uns irgendwo anders hinbringt? In ein anderes System?«

Kendric wandte sich von Bildschirm ab und schaute sie an. »Ich habe nicht vor, am Marktplatz von Diralen einen Laden zu eröffnen, nein!« Er zögerte. »T. C. … Ich wollte jemanden finden, der uns beide mitnimmt und den Jägerpiloten natürlich auch. Hast du für dich selbst ein bestimmtes Ziel im Sinn?«

Sie schüttelte den Kopf. »He, ich bin gerade erst vor einer Stunde befreit worden, erinnerst du dich? Ich habe nicht so weit vorausgeplant!«

Er lachte. »Ich auch nicht. Aber wir sollten allmählich darüber nachdenken … Und ich meine wirklich ›wir‹. Macht es dir was aus, wenn ich dich noch ein wenig länger rette?«

»Wie ich schon sagte, du machst das fabelhaft.« Er hörte ein Stocken in ihrer Stimme und schaute schnell wieder auf. »Was ist los, T. C.?«

»Nichts. Nun ja … Ich schätze … Oh, verdammt, Ken … Ich habe Angst. Ich will mich nicht an dir festklammern und dich aufhalten, aber ich habe keinen Schimmer, was ich tun soll!«

»Würde es dich stören, wenn ich dich einlade, mitzukommen?« Er betrachtete einen Moment lang ihre Augen. »Es würde mir gefallen.«

»Ich werde dir nur im Weg sein.«

Er lachte. »Das bezweifle ich ernstlich. Als erstes kannst du den Computer der Fähre nach allem abfragen, was er über Narbon II weiß. Dieses Schiff ist dort registriert. Du weißt schon, um was es geht: Müssen wir einen Flugplan einreichen und um Landegenehmigung ersuchen? Werden sie mit Haetai-Aleph Rücksprache halten und herausfinden, daß Clovis tot ist und wir entsprungene Sklaven sind?« Er schüttelte den Kopf. »Es dürfte alles in den Dateien zu finden sein, doch ich werde sehr beschäftigt sein. Du hast mir einmal gesagt, daß du dich mit Computeraufzeichnungen auskennst. Nun, jetzt kannst du dir deinen Unterhalt verdienen!«

»Von Freunden ... zu Partnern«, sagte sie leise.

Er griff hinüber und nahm ihre Hand. »Ab jetzt Freunde und Partner.«

»Freunde und Partner.« Sie nahm kurz seine Hand und lächelte, doch ihre Augen zeigten noch immer eine Spur der Angst. »Gut, Partner. Was hast du mit unserer Eskorte da hinten vor?«

»Eigentlich nichts.«

»Bitte?«

»Wir müssen nichts tun. *Spiculums* haben eine große Beschleunigung 8 *g*, wenn du sie antreibst. Aber ihre Ausdauer ist nicht so besonders. Diese Kerle hätten uns schon vor einer Weile erreichen können, aber ich glaube nicht, daß sie riskieren werden, uns dort hinein zu folgen.« Er zeigte nach vorn. Haetai war nun eine aufgeblähte Halbkugel, die einen großen Teil des Cockpitfensters ausfüllte. Der dünne schwarze Schatten ihres Ringes sah gegenständlicher aus, als er von Alephs Oberfläche aus gewirkt hatte. Von hier war er ein gerader, nachtschwarzer Strich über dem Äquator des Gasriesen, der von Flecken aus reflektiertem Licht umrahmt wurde.

Die Fähre raste auf diesen Rand zu, als Radarkontakte auf Kendrics Scannerbildschirm zu erscheinen begannen. Haetais Ringe bestanden nur aus Felsbrocken, da alles Methan- und Wassereis schon vor langem in der Hitze verdampft war, die der übergroße Gasplanet abstrahlte. Zurückgeblieben war nur Geröll – pechschwarze Felsklippen, die den düster leuchtenden Riesen umkreisten.

Der Schatten wuchs an und breitete sich über den Raum aus. Dann wurde er zu einem durchsichtigen, flirrenden Wall an Steuerbord, durch den weiterhin die Sterne leuchteten, während die Fähre durch die Orbitalebene der Ringe raste. Ihre Geschwindigkeit war zu groß, um einzelne Brocken zu unterscheiden. Kendric konzentrierte sich mit beinahe fanatischer Hingabe auf den Scannerbildschirm. T. C. arbeitete auf einem separaten Computerkanal, um die von Kendric erbetene Information zu finden, und ging von Zeit zu Zeit nach achtern, um den bewußtlosen Passagier zu überprüfen. Sie blieb jedoch still, weil sie Kendrics Konzentration nicht stören wollte.

Bei der Geschwindigkeit, mit der die Fähre an diesen Felsklippen vorbeiraste, waren menschliche Reflexe äußerst unzulänglich. Unterstützt durch die Computer der Fähre und die erweiterten Sinne ihrer Scanner, konnte Kendric jedoch seine eigene Einschätzung und Erfahrung den Entscheidungen der Computer hinzufügen, wie nahe die Fähre an den beinahe unsichtbaren Wall aus vorbeirasenden Felsbrocken herangehen durfte. Die Gefahr bestand darin, daß nicht jeder Felsklumpen exakt auf der messerscharfen Ebene der Ringe vorbeiflog. Störungen der Gravitation, Zusammenstöße, sogar der reine Zufall konnten dazu führen, einzelne Brocken aus den Ringen in – größtenteils zeitweilige – Umlaufbahnen zu schleudern, die die Ebene der Ringe in einem Winkel schnitten. Die meisten Bruchstücke würden von den Schilden der Fähre abgedrängt werden, doch einige würden hindurchgleiten. Es bestand die kleine, aber schreckenerregende Möglichkeit, daß die Fähre auf einen dieser umherstreunenden Felsen treffen würde. Bei einer in Zehntausenden Sekundenkilometern gemessenen Geschwindigkeit würde ihr Tod ebenso spektakulär wie unverzüglich eintreten.

Diese Gefahr war den Jägern, die sich von achtern näherten, zu groß. Obwohl sie dreimal so schnell wie die Fähre fliegen konnten, hatten sie die Verfolgung erst spät aufgenommen und waren nicht in der Lage, in einem Gebiet, das mit faustgroßen Felsstücken angefüllt war, ihre volle Beschleunigung zu erreichen. Außerdem waren sie keine Militärpiloten, sondern private Angestellte eines TOG-Administrators, die nur zeitweilig einer planetarischen Verteidigungsanlage unterstellt worden waren. Ihre Bereitwilligkeit, für einen unbekannten Bodenkontrolloffizier, der sicher auf der Welt hinter ihnen saß, Risiken einzugehen, war nicht gerade groß. Noch bevor die Fähre mehr als den Rand des äußeren Ringes von Haetai erreicht hatte, fingen alle vier Jäger bereits an, das Tempo zu drosseln. Zu dem Zeitpunkt, als die Fähre endgültig in Haetais äußere Atmosphäre eintauchte, waren die *Spiculums* umgekehrt und auf dem Rückweg.

Der dichte Flug über die Rundung Haetais war ein höllischer Alptraum aus Hitze, peinlich genauen Kalkulationen und ständiger Konzentration auf versprengte Felsstücke. Die Flimmerschilde der Fähre vibrierten weiterhin sechzigmal in der Sekunde und reduzierten damit deutlich die Temperatur und die ionisierende Strahlung des Gasriesen. Auf eine Warnung des Bordcomputers hin suchte T. C. die Erste-Hilfe-Ausrüstung der Fähre hervor und setzte sich, Kendric und Douglass Injektionen mit Thyrotriphenylamin gegen die Strahlung, die unvermeidlich durch die Flimmerschilde sickerte. Das Innere der Fähre wurde so heiß, daß ihnen das Atmen schwerfiel.

Dann rasten sie im Tiefflug über die Nachtseite des Gasriesen, und ihr Schiff bockte und bebte an der Spitze der von ihm erzeugten Turbulenz, die über die dünne obere Atmosphärenschicht aus versprengten Wasserstoffatomen wirbelte. Das Schiff kämpfte gegen den Sog der Schwerkraft, während sie vorwärtsschossen, aber ihre Geschwindigkeit war so groß, daß Haetais Gravitation nur ausreichte, um ihren Kurs in einer scharfen Kurve um den Planeten zu ziehen. Diese Kurve schleuderte sie weit über die Ringebene auf der anderen Seite des Planeten hinaus und brachte sie auf einen neuen Kurs in Richtung auf das ferne Herz des Narbon-Systems zu.

Erst als sie fest auf dem Kurs zum neuen Ziel waren,

überließ Kendric die ganze Kontrolle wieder dem Computer. Er lehnte sich zurück, das Gesicht gezeichnet vom Schlafmangel und der unmenschlichen Belastung, den Bordcomputer durch die nötigen Schritte zu zwingen, so eng am Ringsystem vorbeizufliegen. Er stand auf und brach beinahe zusammen.

Ohne ein Wort ergriff T. C. Kendrics Arm und führte ihn nach achtern, zur Kabine des Besitzers, half ihm aus dem schweißnassen Overall und geleitete ihn zu dem Schwerelosigkeits-Suspensorfeld, das als recht luxuriöses Bett diente. Kaum hatten seine Füße den Boden verlassen, als er in einen Schlaf fiel, der mehr mit Bewußtlosigkeit als mit Erholung gemein hatte.

T. C. beobachtete ihn einen Moment und verließ ihn dann, um das Schiff zu überprüfen, das nun sicher unter der Kontrolle des Bordcomputers stand. Dann schaute sie wieder einmal bei Douglass hinein, der noch immer bewußtlos war, aber von den medizinischen Systemen der Fähre überwacht wurde. Sie gab dem Bordcomputer die Anweisung, bei jeder Abweichung von der Routine Alarm zu geben und kehrte dann in die Eignerkabine zurück, zog ihren tropfnassen Overall aus und begab sich zu Kendric in die schwerelose Umarmung des Suspensorfeldes.

Einmal erwachte Kendric und spürte, wie sie im Schlaf seinen Arm umklammerte, als hätte sie Angst, ihn loszulassen. Seine Brust war feucht von ihren Tränen. Sie war so wunderschön, daß er von Verlangen und Begierde erschüttert wurde. Trotz aller Kraft, die sie auf Grod bewiesen hatte, wußte er doch, daß T. C. in ihrem tiefsten Inneren verletzt war.

Er legte die Arme um sie und schlief wieder ein. Lange Zeit lagen sie schlafend beieinander.

Jaime Douglass erwachte, als sie nur noch ein paar Stunden von Narbon II entfernt und die letzten Manöver für den Anflug und die Landung bereits eingeleitet waren. Der Flug von Haetai zum zweiten Planeten war ereignislos verlaufen und nur von zwei Mahlzeiten und beinahe fünfzehn Stunden dringend benötigten Schlafes ausgefüllt worden. Jaime wirkte ein wenig mitgenommen. Das medizinische System hatte seine Verletzung als leichte Gehirnerschütterung diagnostiziert, und die Behandlung hatte in wenig mehr als den grundlegenden Unterstützungsfunktionen und einer Routineuntersuchung auf Brüche oder Hirnschäden bestanden. Sein Hinterkopf blieb wund, wo er auf das Stahldeck seiner Fähre aufgeschlagen war, aber es gab keine Anzeichen dauerhafter Schäden. Als er schließlich das Bewußtsein wiedererlangte, war Jaime mehr als angenehm überrascht, sich zusammen mit einer lieblichen Frau namens Terra und dem Mann, den er hatte befreien wollen, an Bord einer Fähre wiederzufinden.

»Aber wie, verdammt noch mal ... uh ...« Er stockte und zögerte. Die traditionelle Kultur Albas gewährte Frauen so viel Schutz, daß selbst milde Flüche in ihrer Gegenwart als fehl am Platze galten. »Entschuldigung T. C. Aber, Captain, wie kommt es, daß am Schluß *Sie* mich gerettet haben?«

Sie berichteten ihm von den Ereignissen der vergangenen Wochen und fragten ihn nach seinen Erlebnissen.

»Alles geht zum Teufel ... Oh, tut mir leid, T. C. ...«

»Ich vermute, ich kenne ein paar Worte mehr als du, Jaime«, sagte T. C. »Also hör auf, dich für dein verdammtes Mundwerk zu entschuldigen, und erzähl uns, was zum Teufel, passiert ist!«

»Oh ... natürlich. Captain, sie lösen die Schwadron auf. Es heißt, daß das TOG alle zehn Schiffe auf zehn verschiedene Flotten verteilen und dann all unsere Leute auf andere Schiffe versetzen wird. Damit sie sich innerhalb der Flotte verlieren, sozusagen.«

Kendric nickte. »Ich habe mich schon gefragt, ob sie

darauf aus waren. Die imperiale Doktrin hält nichts von kleinen, engverbundenen Gruppen, die zusammen Dienst tun. Machen sie mich dafür verantwortlich?«

»Nun ... einige. Die Geschichte über Ihr Kriegsgerichtsverfahren lief natürlich in allen Nachrichtensendungen in Alba, nachdem wir zurückgekehrt waren. Komisch allerdings. Es dauerte ein paar Tage, bis irgend etwas darüber gemeldet wurde ... als ob sie sich noch anstrengen mußten, um die Geschichte zusammenzukriegen.«

»Das TOG kontrolliert inzwischen zweifellos jede Nachrichtenagentur im Sternhaufen. Propaganda und Nachrichtenkontrolle scheinen zu ihren Lieblingswaffen zur Wahrung der Ordnung zu gehören.«

»Ja, nun ... da ist noch mehr.«

»Nämlich?«

»Es heißt, daß sie vorhaben, die Fünf Welten zu evakuieren.«

»Was?«

»Das wird zumindest behauptet. Die Geschichte geht um, daß bald einer der Sterne im Sternhaufen zur Supernova wird. Wenn das passiert, würde die Strahlungsfront jede Welt im Sternhaufen steril machen, und das TOG will anfangen, die Leute auf andere Welten umzusiedeln, ehe das geschieht.«

»Ich schätze, wir bekommen nicht einfach einen neuen Planeten, um dorthin umzuziehen?«

»Das weiß ich nicht, aber es klingt eher so, als ob sie ein paar von uns über eine ganze Reihe von Planeten verstreuen wollen. Die Unterhaltungssender zeigen in letzter Zeit viele Dokumentationen über kleine menschliche Enklaven auf verschiedenen Welten, wie sie ihre Traditionen aufrechterhalten, neue Dinge lernen und das ganze Zeug.«

»Und unser Volk akzeptiert das?«

»Nun, das ist recht kompliziert. Sie müssen verstehen, Sir, daß es recht unruhig wurde, nachdem Sie ... äh ... uns verlassen haben. Es hat noch keine Meuterei gegeben ... aber um ein Haar! Das TOG hat eine verdammte Menge imperialer Marinesoldaten auf Alba Port und auf allen Stützpunkten auf der Oberfläche stationiert. Es ist schlimmer geworden, nachdem das TOG angefangen hat, auf allen Fünf Welten unsere Familien zusammenzutreiben.«

»Oh, nein ...«

»Die offizielle Version lautet, daß die Regierung für die erste Aussiedlerwelle um Freiwillige gebeten hat.« Er erzählte ihnen von der Ankunft der *Aldebaran*-Klassen-Transporter und schnitt eine Grimasse. »Nichts Freiwilliges dran, Captain. Sie haben unsere Leute als Geiseln für unsere Wohlverhalten genommen.«

Die Gefühle hinter Douglass' Antwort waren so stark, daß Kendric die Hand ausstreckte und den jungen Mann an der Schulter berührte. »Haben sie auch jemand aus Ihrer Familie gepackt?«

Er schüttelte den Kopf. »Meine Eltern sind tot. Aber da gibt es ein Mädchen. Sie ist die Tochter von Commander Burns, dem kommandierenden Offizier der *Iolaire*. Ich habe seit zwei Wochen nichts mehr von ihr gehört, und Sean Burns auch nicht. Er glaubt, daß man sie weggeholt hat, und auch seine Frau und seinen Sohn.«

»Mein Gott!« murmelte T. C.

»Solange wir nicht wissen, was mit ihnen passiert ist, kann das TOG so ziemlich mit uns tun, was es will ... und mit der Schwadron.«

»Wir müssen wieder dorthin zurück«, sagte Kendric und ballte die Hände zu Fäusten. »Wir müssen wieder dorthin zurück.«

T. C. legte ihre Hand auf die seine. Ihre Augen glänzten. »Warum? Was kannst du dort erreichen?«

»Das weiß der Himmel, aber wir können nicht einfach dasitzen und sie mit uns umspringen lassen, wie es ihnen gerade paßt.«

»Ich glaube, ich weiß nun, warum Administrator Elliot so entschlossen war, Sie zurückzuholen, Captain.«

»So?«

»Unser Volk ist, na ja, verwirrt. Commander Morganen ist ein guter Mann und ein guter Captain und all das … aber die Leute legen sich für ihn nicht so ins Zeug wie für Sie. Die meisten Leute in der Flotte würden Ihnen selbst durch die Hölle folgen …« Er zögerte, warf einen schuldbewußten Blick auf T. C. und fuhr dann fort. »Sie würden für Sie direkt durch die Hölle fliegen, Captain. Sie wissen, was Sie für uns bei Trothas getan haben.«

Kendric blickte für einen Moment nachdenklich drein, dann entschuldigte er sich und verließ die Kabine. T. C. schaute ihm nach. »Was hat er denn bei Trothas getan, Jaime?«

»Ich schätze, er hat Ihnen nichts erzählt, meine Dame. Er hat sich mit dem ganzen Oberkommando des TOG angelegt, und das auf eine Weise, daß sie nur ihm und nicht uns ans Leder konnten. Ich vermute, man kann sagen, daß er uns alle gerettet hat.« Er zuckte mit den Achseln. »Ich glaube nicht, daß irgendeiner der Jungs überhaupt weiß, warum er das getan hat, aber sie verehren ihn deshalb nur noch mehr.«

»Ja, das kann ich mir denken.« Sie drehte sich um und betrachtete die Tür, durch die Kendric gerade verschwunden war. »Das kann ich mir sehr gut denken.«

30

Ein verheerender Vulkanausbruch hat – Berichten zufolge – vor zwei Tagen auf dem inneren Mond von Narbon IV zu enormen Verlusten an Menschenleben und Material geführt. Es werden Bergungsaktionen organisiert, außerdem hat das TOG jegliche Annäherung an den Mond untersagt.

Die imperialen Bevollmächtigten ließen verlautbaren, daß es zu früh sei, zu Berichten Stellung zu beziehen, die besagen, daß nicht identifizierte Plünderer die imperiale Anlage auf dem Satelliten zum Zeitpunkt des Ausbruchs attackiert hätten, aber sie bestätigten, daß Untergrund- oder Alien-Aktivitäten in der Region vermutet und untersucht werden.

– Text einer elektronischen Nachrichtensendung,
Diralen, Narbon II, 27. September 6830.

T. C. hatte herausgefunden, daß nur wenige Formalitäten erfüllt werden mußten, bevor man Narbon II anfliegen und dort landen durfte. Falls sie ein Schiff gewesen wären, das gerade erst von außerhalb ankam, hätten sie vermutlich mehr Fragen beantworten und Formulare ausfüllen sowie die üblichen unnützen Unannehmlichkeiten einer großen, überbürokratisierten und ineffektiven Verwaltung erdulden müssen.

Clovis' Fähre war jedoch im Hafen wohlbekannt und durch ihr Transpondersignal bereits lange Zeit identifiziert, bevor sie mit Diralens Raumhafenbehörde Kontakt aufnahmen, wie es nach dem Pilotenhandbuch des Systems nötig war. Clovis hatte, den Aufzeichnungen im Fährencomputer zufolge, eine Alpha-Freigabe, die es ihm erlaubte, zu kommen und zu gehen, wie er wollte, ohne sich der Hafen- oder Zollüberprüfung zu unterwerfen. Dem Wachoffizier im Tower stand es nicht an, einen so hohen Regierungsangestellten wie Administrator Clovis wegen geringfügiger Verfehlungen in Bereichen wie der Routineflugbestimmungen oder des Protokolls zu belästigen. Es war wohlbekannt, daß niederrangige Offiziere, die sich offiziell in das Kommen und Gehen der TOG-Elite einmischten, nur selten zu höheren Offiziersgraden in einer Flotte gelangten, in der ein einzelner ungünstiger Eintrag in der Personalakte einem Mann im günstigsten Falle einen langsameren Aufstieg auf der Karriereleiter und im schlechtesten die völlige Vernichtung bringen konnte.

Kendric wußte, daß die sie verfolgenden Jagdflieger ihre Fähre vielleicht identifiziert und dies den Verantwortlichen auf Narbon II mitgeteilt hatten. Wenn das der Fall war, würde man sie in dem Moment, wo sie die Fähre verließen, verhaften.

Diese Möglichkeit schien allerdings recht unwahrscheinlich zu sein. Mit derartig zahlreichen Funkgeräuschen in der Nähe von Haetai waren die Jagdflieger bestimmt nicht in der Lage gewesen, eine feste Transponderverbindung herzustellen. Auch waren sie nicht nahe genug herangekommen, um visuellen Kontakt aufzunehmen. Außerdem herrschte auf Haetai-Aleph seit der Explosion von 20 000 Megatonnen in der Mine 12 völliges Chaos. Die Erdstöße mußten den Planeten schwer getroffen und vielleicht auch weitere Eruptionen verursacht haben. Tausende Sklaven in Hunderten verschiedenen Anlagen waren von der Furcht aus ihrer Apathie gerissen worden und hatten sich vielleicht sogar gegen ihre Herren erhoben. Es war also eher wahrscheinlich, daß die Bodenverteidigung irgendwelche Meldungen von angeheuerten Jagdfliegerpiloten aus den Diensten des nun verschwundenen Administrators Clovis ignorierte und nicht weiterleitete.

So kam es, daß Clovis' Fähre für den Routineanflug auf Diralen vorbereitet wurde. Es gelang T. C., über das Funkgerät ein Leuchtfeuer anzufordern, das die Fähre auf den eigentlich vertrauten Ankerplatz bringen sollte. Um ihre Unkenntnis zu rechtfertigen, behauptete sie, daß ein neuer Fährenpilot auf Haetai-Aleph die Kontrolle übernommen hätte und daß der Herr den Befehl gegeben hätte, nicht gestört zu werden. Der junge Wachoffizier im Tower kannte die Konsequenzen, die die Nichtbefolgung eines solchen Befehles hatte.

Kendric landete die Fähre von Hand. Unter der Anleitung des mobilen Leuchtturms ließ er die Fähre einen Meter über der Ferriplastoberfläche des Hafens auf eine cañonartige Bucht, die deutlich als Dock 34 gekennzeichnet war, zuschweben. Weder Polizei noch Hafenbehörden waren zur Stelle, um sie zu verhaften. Es gab keine Befehle, daß sie sich ergeben und mit erhobenen Händen hinauskommen sollten. Schon bevor sie die Klappe öffneten, schien es, als ob der Geruch von Freiheit, ein seltener, wilder und berauschender Duft, in der Luft läge.

»Was jetzt?« Kendric stand hinter T. C. und beobachtete, wie sie auf eine Computertastatur einhieb und zwischendurch innehielt, um die über den Bildschirm laufenden Daten zu studieren.

»Ich habe den Computer der Hafenbehörden durchstöbert«, sagte sie. »Ich habe eine Liste der Frachter, die zur Zeit im Hafen sind.«

»Wie viele sind das?«

»Im Augenblick fünfzehn. Dieser hier«, sie zeigte auf den aufblinkenden Namen *Roshenka,* »ist versiegelt und wartet auf die Freigabe zum Abflug.«

»Mmm ... mmm ... die wollen wir sowieso nicht. Das ist ein großes Handelsschiff der Imperial HiLines. Wir wollen einen kleinen, schmutzigen, selbständigen Herumtreiber. Einen Unabhängigen.«

T. C. tippte einige Zeilen und schaute erneut auf den Bildschirm. »Acht Unabhängige, Ken.«

»Sind Ziele aufgelistet?«

»Bei fünfen. Die anderen haben sie noch nicht bekanntgegeben.«

»Oder sie wissen es noch nicht, bis sie sehen, was sie auf Narbon II ergattern können ... vielleicht wollen sie auch einfach nicht, daß die Regierung zuviel über sie weiß. Wenn ich darüber nachdenke, ist vielleicht einer dieser drei am besten für uns. Welche sind es?«

»*Zeta Rianni,* 22 000 Tonnen, von Malabar.«

»Zu groß. Zu meinen Bedingungen gehört auch, daß die Besatzung möglichst klein ist.«

»Wählerisch, was? Okay, was ist mit der *Yanisuthstra,* 5000 Tonnen, von Tralanith?«

»Möglicherweise.«

Jaime beugte sich an Kendric vorbei und deutete auf den Monitor. »Nein«, sagte er. »Die da.«

»*Corrine*«, las T. C. »Sechstausend Tonnen und in Dorelai IV registriert.«

Kendric schaute schnell auf. »Warum diese? Kennen Sie die?«

»In gewisser Weise. Ihr Kapitän wird sich gewiß nicht mehr an mich erinnern, aber er ist mit ziemlicher Sicherheit ein Schmuggler. Zumindest dringt er in Systeme ein, ohne sich darum zu kümmern, die rechtmäßigen Verwaltungsbehörden zu benachrichtigen!«

»Wirklich?«

»Sicher. Er ist daheim schon heimlich in und aus dem Argriansystem geflogen.«

»Das wird ja immer besser.«

»Klar. Meine Schwadron jagte ihn gerade, als wir für den Dienst auf der *Gael Warrior* abberufen wurden. Man könnte also sagen, daß er und ich alte Freunde sind.«

Captain Zannifred White ließ sich nur zu bereitwillig von Kendric und T. C. auf einen Drink ins Black Hole auf der Dschubbastraße einladen, das innerhalb des Gewirrs von billigen Herbergen, Wohnungen, Bars und Freudenhäusern in Diralens Rotlichtviertel lag. Es war ihnen gelungen, ihm mittels des Bordcomputernetzes die Nachricht zu schicken, daß sie geschäftlich mit ihm verhandeln wollten, und White hatte das Black Hole als Treffpunkt vorgeschlagen. Sowohl T. C. als auch Jaime hatten Kendric zu der Verabredung begleiten wollen, aber er hatte das Gefühl, daß es zu gefährlich wäre, wenn sich mehr als einer von ihnen hervorwagte. Zum Schluß willigte Jaime ein, beim Schiff zu bleiben, hauptsächlich, weil er als Lieutenant bereit war, Kendrics Befehle zu akzeptieren, da dieser einst ein Captain der TOG-Flotte gewesen war.

T. C. hingegen brach in schallendes Gelächter aus, als er vorschlug, daß sie seinem Befehl gehorchen sollte. »Ich gehe entweder mit dir oder folge dir heimlich«, sagte sie. »Ich bin seit einem Jahr kein TOG-Offizier mehr! Sollen wir gehen? Oder sollen wir hier im Hafen Wurzeln schlagen?«

Zum Schluß gab Kendric nach.

Die Dschubbastraße hatte das Erscheinungsbild eines Alien-Ghettos. Innerhalb von fünf Minuten sah Kendric Angehörige von mindestens einem Dutzend unterschiedlicher Xeno-Arten, darunter Ssora, Kess-Rith, Hlachuk und Vandali, und mindestens ebenso viele, die er nicht kannte.

Einstmals hatten die Xenos fast die gesamte Galaxis regiert. Das Terranische Imperium basierte in der Tat auf der Eroberung von kriegsgeschüttelten Alien-Reichen. Zu verschiedenen Zeiten in der Geschichte der Galaxis hatten die Xenos zahlreiche menschliche Welten erobert und versklavt. Kendrics Treueschwur als Offizier des Imperiums war dem Cäsar, dem TOG und dem *Praeceptum Princeps* – dem Ersten Prinzip der menschlichen Oberherrschaft in einer von der Xeno-Herrschaft bedrohten Galaxis – geweiht.

Kein Imperialer konnte einem Xeno trauen oder sich völlig sicher fühlen, wenn einer in der Nähe war. Zum einen hinterließ die imperiale Ausbildung bei allen die feste Überzeugung, daß Nichtmenschen niemals den Standard menschlicher Intelligenz oder Moral erreichen konnten. Für Kendric war es noch schlimmer. Als er einen herumlungernden, in Grün und Gold gekleideten KessRith-Händler sah, erinnerte er sich an die verstümmelten KessRith auf Trothas. Schuldgefühle mischten sich in sein Unbehagen. *Sind sie wirklich irgendwie unsauber ... oder liegt es an mir?*

Die Black Hole Bar wies allerdings deutliche Schilder auf, auf denen stand ›HIER WERDEN NUR MENSCHEN BEDIENT‹. Wenn man von den Schiffsaufnähern der uniformierten Gäste ausging, waren die meisten von ihnen menschliche Raumfahrer. Der Ort war verraucht, schwach beleuchtet und stank nach den betäubenden Gerüchen von diversen narkotischen Rauchmitteln. Im Strahl heller Scheinwerfer wirbelten nackte Frauen zu den Takten einer schnellen Melodie, die fast völlig im Murmeln und Gröhlen der Gespräche, wildem Gelächter und gelegentlichen Faustkämpfen unterging, über eine Bühne.

Kendric stellte amüsiert fest, daß die Definition ›Mensch‹ im Black Hole ziemlich großzügig ausgelegt wurde. Obwohl er in seinen zehn Jahren bei der Flotte viele verschiedene menschliche Körpertypen getroffen hatte, überwog bisher seine Erfahrung im Umgang mit hellhäutigen Menschen, die nicht größer als zwei Meter waren und auf den Fünf Welten und in der TOG-Elite lebten. Hier jedoch waren Individuen zu sehen, die bestimmt drei Meter hoch aufragten und sich bücken mußten, um sich nicht die Köpfe an den hölzernen Deckenbalken zu stoßen, während andere hoch auf einem Berg von Kissen sitzen mußten, um die

Getränke vor sich auf dem Tisch erreichen zu können. Die Hautfarben erreichten alle Färbungen und Tönungen, von Albinoweiß, das nur zwischen den Falten von Spezialkleidung, die den Träger vor direkter Sonneneinwirkung schützen sollte, zu erahnen war, bis zu der glänzend blauschwarzen Hautfarbe der Bewohner einer extrem ultraviolett bestrahlten Welt. In vier Jahrtausenden der Raumfahrt hatte sich der *Homo sapiens* durch angewandte Genetik, isolierte Genpools und kybernetische Prothesen explosionsartig verändert, um sich den fremden Umgebungen, Schwerkraftfeldern und Sonnen anzupassen.

Als Kendric und T. C. diesen Ort betraten, erwies sich das Gedränge der Menge als irritierend, doch sie brauchten mehrere Momente, um den Grund zu erkennen. Das letzte Mal, daß sich Kendric von derartig vielen Fremden umgeben fühlte, war in den Minen von Grod gewesen. Er hatte sich noch immer nicht an seine wiedergewonnene Freiheit gewöhnt, und ihm schien, als ob diese verrauchte, überfüllte Bar sich jeden Moment in das Grauen der Mine 12 zurückverwandeln könnte. Mit etwas wackeligen Knien mußte Kendric auf jeden seiner Schritte achten, während er den Raum durchquerte.

Ein Blick auf T. C. zeigte ihm, daß sie selbst im Halbdunkel der Bar totenbleich wirkte. Sie war viel länger als er eine Gefangene unter Fremden gewesen, und die Anspannung mußte für sie noch schlimmer sein. Kendric beugte sich zu ihr hinüber und flüsterte ihr ins Ohr. »Bist du sicher, daß du nicht auf dem Schiff auf mich warten willst?«

Sie schüttelte den Kopf, offensichtlich fest entschlossen, weiterzugehen.

Das mit Captain White vereinbarte Kennwort zur gegenseitigen Erkennung lautete ›zwei Farrera‹, als Bestellung an den Barkeeper. Der Barkeeper, ein schmieriges, unaufhörlich schielendes Individuum mit Händen, die aussahen, als ob sie für gewöhnlich Steine zerschmetterten, nickte und deutete auf eine Nische unweit der Tür.

Sie konnten erkennen, daß Zannifred White ein junger Mann war, der augenscheinlich einiges durchgemacht hatte: sein linkes Auge und der größte Teil dieser Kopf- und Gesichtshälfte waren, ebenso wie sein linker Arm und beide Beine, Prothesen. Was Kendric am interessantesten fand, waren allerdings die beidseitigen Schläfenbuchsen, Steckdosen aus Plastik mit Metallegierung, die Anschlüsse der Computeranlage eines Raumschiffs aufnehmen konnten.

»Ihr seid diejenigen, die mich angerufen haben?« fragte White ziemlich kameradschaftlich. Bevor sie antworten konnten, kam der Barkeeper dazu, um zu fragen, ob alles seine Richtigkeit hätte, wobei er White mit ›Sir‹ ansprach. Der Frachterpilot hatte als Treffpunkt anscheinend einen Ort ausgewählt, wo er auf Freunde rechnen konnte. White bestellte für sie alle Getränke mit dem Namen ›Ereignishorizont‹ und nickte dem Wirt kaum merklich zu.

»Wir sind es«, sagte Kendric. »Wir brauchen für uns drei eine Passage.«

»Wohin?«

»Wir … äh … haben Grund zur Annahme, daß Sie vielleicht bei einer Welt mit dem Namen Alba vorbeischauen.« Kendric bemerkte bei der Namensnennung das Interesse und den plötzlichen forschenden Blick im gesunden Auge des Mannes. »Es handelt sich um einen neuerschlossenen Bereich … im Gälischen Sternhaufen …«

»Ich weiß davon.« Die Worte klangen zurückhaltend, und White wartete, bis die Bedienung die Getränke gebracht hatte, bevor er weitersprach. »Wie kommt ihr darauf, daß ich dort je vorbeigeschaut habe?«

Kendric fragte sich, ob er vielleicht etwas Falsches gesagt hatte. Er war nicht gerade ein Fachmann in diesen Dingen. Er nippte an seinem Drink, und der scharfe, brennende Geschmack ließ ihn das Gesicht verziehen. Dann fragt er: »Ist das so wichtig?«

»Vielleicht«, sagte White mit einem Schulterzucken, offensichtlich bereit, das Thema einen Augenblick ruhen zu lassen. »Habt ihr Geld? Es ist ein langer Weg nach Alba. Kostspielig.«

Das war der Augenblick, den Kendric gefürchtet hatte. »Nein ... eigentlich nicht ...«

»Eigentlich nicht? Was glaubst du, wer ich bin, Mann?« White kniff das gesunde Auge zusammen. »Mein Freund, du kommst mir wie ein Imperialer Raumflottenoffizier vor. Wenn du versuchst, mich wegen etwas dranzukriegen, vergiß es einfach. Ich gehorche den Gesetzen. Ich ehre den Cäsar. Ich liebe das TOG ...«

»Was wir haben«, fuhr Kendric fort, »ist eine zivile Luxusfähre, die wir nicht länger brauchen. Ich weiß nicht genau, welchen Marktwert sie hier hat, aber ihr Verkauf deckt sicherlich die Kosten für drei Überfahrten nach Alba.«

»Könnte sein.« White betrachtete seinen eigenen Drink. »Gestohlen, nehme ich an.«

»Mmm.« Kendric wußte, daß es nicht gut war, dies zu leugnen, nicht, wenn man für einen legalen Verkauf Dokumente benötigte, zu denen sie keinen Zugang hatten. »Sagen wir mal so, der ursprüngliche Besitzer braucht sie nicht mehr. Haben Sie gehört, was auf Haetai-Aleph vorgefallen ist?«

Das letztere war ein vorsichtiger Test. Kendric wollte wissen, ob die Nachrichten von Grod bereits bis zu dieser Welt vorgedrungen waren.

White beachtete Kendric und seine Begleiterin einen Augenblick lang kaum. Dann sagte er langsam: »Wie ich bereits sagte, ich liebe das TOG und Caesar. Ich zahle meine Steuern. Was ist es also, das die Flotte von mir will?«

Während der Mann sprach, lenkte irgend etwas in der Art, wie er sich bewegte und seinen Körper hielt, Kendrics Aufmerksamkeit auf seine rechte Hand. Der erste und zweite Finger von Whites Hand waren verschränkt, und er klopfte nervös mit ihnen auf den Tisch.

Kendric hörte ein Geräusch, fast schon ein Japsen, von T. C. an seiner rechten Seite. Er schaute sie an und sah, wie sie ihre Augen auf Whites Hand richtete.

Sie tauchte ihren Zeigefinger entschlossen in die kleine Kondenswasserpfütze neben ihrem unberührten Drink. Sie benutzte die Feuchtigkeit, um ein Zeichen auf die dunkle Tischoberfläche zu zeichnen: einen einfachen geraden Strich, dann einen zweiten, zickzackförmigen darüber, um das Symbol in ein grobes ›R‹ zu verwandeln.

»Wir sind nicht von der Imperialen Flotte, Bürger White«, sagte sie. »Wir sind es beide gewesen, aber mittlerweile sind wir entflohene Sklaven. Und wir brauchen Ihre Hilfe.«

Der Schock von T. C.s Geständnis ließ Kendric fast ersticken. Hatte ein Drink bereits ausgereicht, um ihren Verstand zu umnebeln? In dieser Bar mußte es Dutzende von Männern geben, die sie nur zu bereitwillig an den örtlichen Sicherheitspräfekten ausliefern würden, um die ausgeschriebene Belohnung für entflohene Sklaven zu kassieren. Wieviel größer mußte die Belohnung für ein Sklavenpaar sein, das eine interplanetarische Luxusfähre gestohlen hatte?

White beugte sich lässig vor und verwischte das ›R‹-Symbol mit dem Ärmelsaum seiner Tunika. »Ich habe mich bereits gefragt, ob es um so etwas ging«, sagte er sehr leise. »Es gehen Gerüchte über eine gestohlene Fähre um, die von einer Villa auf Aleph verschwunden ist, aber ich hatte keine Ahnung, daß ihr es bis Diralen geschafft habt.«

»Ein Gerücht?« Kendric runzelte die Stirn. Diese

Gerüchte konnten verschiedene Quellen haben, die Jagdfliegerpiloten, die sie bis zu Haetais Ringen verfolgt hatten, der von ihm ohnmächtig geschlagene Wachposten auf Lynchs Landebahn, irgendein Operator des planetarischen Anflug-Kontroll-Radars auf Haetai-Aleph, der ihr Verschwinden während des Kampfes aufgezeichnet hatte ... Die Frage war nur, wenn man ihre Flucht in Clovis' Fähre bemerkt hatte, warum hatten die Behörden dann nicht bereits auf sie gewartet, um sie bei ihrer Ankunft auf Diralen festzusetzen?

White schien Kendrics Gedanken zu lesen. »Es handelt sich nicht um ein offizielles Gerücht, Sir.« Kendric bemerkte die geringfügige Veränderung in Whites Tonlage und Verhalten, ebenso seinen Gebrauch der Anrede ›Sir‹ und den besonderen Beiklang, den er ihr verlieh. Vielleicht hatte T. C. doch recht gehabt, indem sie dem Mann die Wahrheit anvertraut hatte.

»Sie unterscheiden hier zwischen offiziellen und inoffiziellen Gerüchten?«

»Nun, wollen wir mal sagen, daß dies nicht aus den offiziellen Quellen kam.« White verschränkte erneut seinen ersten und zweiten Finger in einer schnellen Bewegung. »Wir haben auch Informationsquellen auf Aleph.«

»Wer ist ...« Kendric wollte gerade weiterreden und »wer ist wir?« fragen, aber T. C.s Hand auf seinem Handgelenk warnte ihn. T. C. hatte an White eine gewisse Verbundenheit oder Vertrautheit wahrgenommen und mit dem ›R‹-Symbol auf dem Tisch geantwortet. White mußte annehmen, daß Kendric ein Mitglied dieser Gemeinschaft war. Ein falsches Wort konnte das zerstören, was T. C. aufgebaut hatte, mit höchst unerfreulichen Resultaten. Er würde ihr und ihrer Eingebung trauen müssen.

»... der Besitzer Ihres Schiffes?« fragte Kendric stattdessen und beendete den Satz etwas schleppend. »Können Sie uns darauf eine Passage anbieten?«

»Natürlich bin ich der Besitzer. Und ich hätte nicht eingewilligt, mit euch zu reden, wenn ich es nicht könnte.« Er verharrte einen Augenblick und strich sich mit der gesunden Hand über das Kinn.

»Es ist irgendwie komisch. Ich habe in den letzten zehn Jahren eine Reihe von Sprüngen in und aus dem Gälischen Sternhaufen unternommen, und das ist das erste Mal, daß ich jemals Leute auf der Straße hinein- statt herausschmuggele!«

»Die Rebellen-Legion«, sagte T. C., als sie mit Kendric Hand in Hand durch die engen Straßen des Rotlichtviertels schlenderte. Sie sprach mit stark gedämpfter Lautstärke, obwohl es unwahrscheinlich war, daß jemand aus der Menge der gehenden, rennenden, krabbelnden oder schlitternden Wesen um sie herum sie oder ihre Gespräche überhaupt bemerkte. »Wir haben bereits früher über sie gesprochen. Du erinnerst dich?«

Er nickte. Was sie ihm früher erzählt hatte, paßte mit den Erklärungen zusammen, die sie ihm seit Verlassen des Black Hole gegeben hatte. Wie konnte er all das glauben? Kendric hatte nie an die Geschichten über die Rebellenlegion geglaubt, weder an diejenigen, die er in Grelfhaven, noch die, die er später als Imperialer Flottenoffizier gehört hatte. Schließlich war niemand in der Lage, sich lange gegen die unglaubliche Macht des TOG aufzulehnen!

Und dennoch schien es, als ob die Rebellen es gewagt hätten. Ihr Beispiel hatte, laut T. C.s Erklärungen, eine Untergrundorganisation hervorgerufen, die sich durch die gesamte TOG-Galaxis ausbreitete. Sie hatten den Namen ›Rebellen‹ für sich selbst als eine Art Talisman übernommen. Das TOG-Imperium konnte besiegt werden.

»Denk daran, daß wir in Wirklichkeit von zwei Gruppen reden. Die Rebellenlegion ist die militärische

Einheit, die auf der Seite des Commonwealth kämpft. Der Rebellenuntergrund ist hier. Innerhalb des Imperiums. Er ist eine riesige Organisation«, fuhr sie fort. »Neben anderen Dingen unterhält er eine Art Netzwerk, eine Untergrund-Eisenbahn, um Leute aus dem Imperium zu schmuggeln. Geflohene Sklaven, befreite politische Gefangene, einfache Leute, die schlicht genug von der Tyrannei des TOG haben. Sie nennen das die ›Straße der Freiheit‹«.

»Das war es, was Captain White meinte, als er davon sprach, daß er Leute von Alba wegschmuggele«, sagte Kendric nachdenklich. Für einen Augenblick fragte er sich, welche Leute das wohl gewesen waren, dann erinnerte er sich an die gepeinigte politische Vergangenheit seiner eigenen Heimatwelt und den jakobitischen Widerstand gegen das TOG-Imperium. Die auffälligsten und lautesten Jakobiter waren von Alba verschwunden, bevor Kendric mit Cara nach Grelfhaven abgereist war. Waren sie vom TOG verhaftet worden, oder waren sie vielleicht auf Zannifred Whites ›Straße der Freiheit‹ ausgereist?

»Es gibt überall Menschen, die das Imperium nicht mögen, Ken ... die die Dinge, für die es steht oder was es tut, nicht leiden können.« T. C.s Stimme war ernst, und ein undefinierbares Gefühl prägte ihr Gesicht – besonders im Bereich der Augen und des Mundes.

»Irgend etwas stimmt nicht«, sagte er.

»Es ist nur ... Ken, ich muß wissen, wie du zu dem Ganzen stehst. Ich kann ansonsten nicht darüber reden. Ich kann es nicht!«

»Du meinst, über diesen Rebellenuntergrund?«

»Äh, ja. Schau mal, du bist jetzt nicht mehr bei der Imperialen Raumflotte, stimmt's? Dein Schwur bindet dich nicht mehr an die Dienste des Caesaren, nicht nach deiner Zeit auf Grod!«

»Nein ... ich glaube nicht.«

»Nicht glauben, Ken!« Sie ließ seine Hand los. »Entscheide dich! Und dann sag es mir, weil ich es wissen muß!«

»Das ist nicht so einfach, T. C. Ich habe nicht …«

»Ken! Willst du mir sagen, daß du jetzt zurückgehst, um dem TOG zu dienen? Deine Loyalität Caesar und Terra schenkst?« In ihren Augen stand nacktes Entsetzen.

»Gott, nein! Aber es gibt Dinge … einige Dinge, die ich überdenken muß. Vergiß nicht, daß ich mit der Überzeugung aufgewachsen bin, daß das Terran Overlord Government die Rettung der menschlichen Rasse sei. Daß es vielleicht Machtmißbrauch gibt … Fehler …«

»Fehler!«

»Ja, Fehler! Und böse Menschen, die ihre Macht mißbrauchen, und Korruption und Ungerechtigkeit und all das andere! Aber ich war überzeugt, daß die Idee hinter dem Imperium gut … und richtig sei!«

»Und jetzt?«

»Erinnerst du dich an das Gespräch während unserer ersten gemeinsamen Himmelsbetrachtung?«

Sie nickte.

»Ich denke, daß ich da angefangen habe, alles, was ich bislang so einfach hingenommen habe, neu zu betrachten.«

Danach schwiegen sie für lange Zeit und hingen ihren eigenen Gedanken nach. Die Dschubbastraße führte zum Marktplatz von Diralen, und sie wählten die breite Straße, die zum Raumhafen zurückführte. Hier gab es ebenso Menschen wie auch Aliens, einige in den Buden, die die Straße säumten, aber die meisten in der sie umgebenden Menge. Die Atmosphäre wurde von eifriger Geschäftemacherei, wohlwollendem Feilschen und kleineren Streitereien über Preise bestimmt. Kendric sah einen kessRithischen Händler, der sich seine imperiale Handelsberechtigung deutlich an den großen Plattenpanzer auf der Brust geheftet hatte. Der Alien debattierte mit einem Menschen über den Preis einer großen, unappetitlich aussehenden Frucht.

»Mittlerweile scheint es mir, als ob das TOG alles verdreht, was die Menschheit seit ihren Anfängen geschafft hat«, sagte er zum Schluß. »Der Befehl, Trothas zu zerstören ... die gleichgültige Verstümmelung von KessRith-Gefangenen, die ich dort gesehen habe ...« Er schüttelte den Kopf, als ob er sich davon befreien wollte. Er hatte nie zuvor gewußt, daß Gedanken, oder die einfache Anwendung des Verstandes, so weh tun konnten. »Das TOG muß gestoppt werden. Gott steh' mir bei, ich weiß nicht, wie. Aber das TOG muß gestoppt werden, und ich werde es bekämpfen.«

T. C. schob ihre Hand erneut in die seine. »Das genügt mir, Ken.«

Eine Weile schritten sie schweigend einher. »Das Symbol, das du dort auf den Tisch gezeichnet hast«, sagte er schließlich, »das ist das Emblem der Rebellen?«

»Ja. Es ist eine Möglichkeit, sich gegenseitig zu erkennen zu geben, wenn es zu gefährlich ist, es offen zu tun. Dieses Zeichen ebenfalls.« Sie hielt ihm ihre schlanke Hand so hin, daß er erkennen konnte, daß ihr erster und zweiter Finger überkreuzt waren. »Das ist der Buchstabe ›R‹ in einer alten, alten Zeichensprache. Als White es verwendete, wußte ich, daß er ein Rebell war und er schauen wollte, ob wir es verstanden. Darum habe ich geantwortet.«

Kendric schüttelte den Kopf. »Es war gefährlich, T. C. Er hätte ein Informant sein können ... ein Spion.«

»Der Löwe von Tallifiero hat Angst vor Risiken?«

Er drehte sich um, um sie anzuschauen und ihren spöttischen Ton abzuschätzen. T. C.s Lächeln nahm dem Spott die Schärfe.

»Wo hast du davon gehört?«

»Von Jaime natürlich. Er redet immer nur von dir.«

»Er hat eine große Klappe. Auf jeden Fall ist meine Kampferfahrung jetzt nicht unser Thema.«

»Ich denke schon. Deine Bereitschaft, abschätzbare Risiken einzugehen, ist es. Ich war mir meiner Identifikation Whites so sicher, wie es nur möglich war. Natürlich nicht hundertprozentig. Aber wenn wir von diesem Planeten fortwollen ... wenn du zurück nach Alba willst ... dann müssen wir einige Risiken eingehen!«

»Ich nehme an, du hast recht.«

»Du weißt, daß ich recht habe.« Sie zögerte. »Willst du immer noch zurück nach Alba?«

Er nickte. Er fühlte sich allerdings unwohl bei dem Gedanken und wußte nicht, weshalb. »Ich ... muß es.«

»Was stimmt mit dir nicht?«

»Es ist eigenartig, aber ich habe eigentlich nie eine besondere Loyalität gegenüber Alba selbst empfunden. Oder gegenüber dem Gälischen Sternhaufen. In der Imperialen Schule, die ich besuchte, wuchs ich damit auf, daß das TOG und die Menschheit in der Galaxis als ein Ganzes zu betrachten seien und nicht Alba als ... Heimat.« Er schüttelte den Kopf. »Sich selbst als Bewohner einer bestimmten Welt zu sehen wurde ... zu unterbinden versucht.«

»Das TOG kann uns nicht daran hindern, an zu Hause zu denken«, sagte sie sehr leise.

Er schaute sie an und konnte fast ihre Gedanken lesen. »Du denkst an deinen Bruder.«

»Bin ich so leicht zu durchschauen? Oder bist du der Telepathie mächtig?«

»Ich dachte nur daran, daß du davon sprachst, daß dein Bruder sich einer Untergrundorganisation angeschlossen hätte. Den Rebellen?«

»Ja. Wie White bereits andeutete, ist der Rebellenuntergrund sehr weit verbreitet. Erinnerst du dich an Ellen?«

Kendric zog die Augenbrauen zusammen, als er

einen Augenblick überlegte. »Du hast mir erzählt, daß sie eine Rebellin war und daß du die Nachricht von deinem Bruder durch sie auf Haetai-Aleph erhalten hättest.«

Sie nickte. »Ja. Sie hat mir vom Untergrund erzählt … einige ihrer geheimen Zeichen gezeigt. Ich denke, daß ich dort in Unterkunft D eine von ihnen wurde. Vermutlich, weil ich an etwas anderes als mich selbst denken mußte. Ellen … Ellen und ich kamen uns sehr nahe. Es hat sehr weh getan, … als sie starb.« Sie drückte seine Hand fester und schaute ihm in die Augen. »Ich glaube, deine Freundlichkeit mir gegenüber hat damals viel dazu beigetragen, meine Gefühle für dich zu erwecken.«

»Glaubst du, daß du deinen Bruder finden kannst?«

»Ich weiß es nicht. Ich hoffe es. Vielleicht kann mir Captain White während der Reise sagen, an wen ich mich wenden kann.«

Er schwieg einen Augenblick. »Du weißt, daß du nicht mit mir mitkommen mußt«, erinnerte er sie. »Ich denke, daß wir es mit White irgendwie absprechen können, daß er dich irgendwo anders absetzt. Ich will nicht, daß du dich mir oder dem, was ich zu tun habe, verpflichtet fühlst.«

»Ich bin mir nicht sicher, ob ich weiß, was das ist, Ken.«

»Das ist das Teuflische daran. Ich weiß es auch nicht. Nach dem, was Jaime sagt, ist das TOG in einer ruhigen und berechnenden Art dabei, meine Welt und meine Leute auseinanderzureißen. Ich weiß nicht, was ich dagegen tun kann. Ich weiß nur, daß ich etwas tun muß. Und ich kann es nicht von hier aus machen. Ich muß … nach Hause gehen.«

Sie blieb stehen und zwang ihn, ebenfalls anzuhalten. Sie nahm seine Hände und drehte ihn so, daß er ihr direkt ins Gesicht schauen mußte. »Willst du damit sagen, daß du mich nicht dabeihaben willst?«

Er stand da und schaute in ihre strahlenden blauen Augen. »T. C., ich sage, daß ich dich mehr als alles andere in diesem Universum bei mir haben will. Ich sage, daß ich dich liebe. Aber ich habe einen … Weg vor mir. Einen Ort, wo ich hin muß. Ich will, daß du bei mir bist, aber ich würde es verstehen, wenn du nicht mitkommen kannst …«

Sie trat auf ihn zu und fiel ihm in die Arme. Sie küßten sich lange und innig und ignorierten das Gedränge der Menschen und Außerirdischen in der Straße um sie herum. Dann ließ sie ihn los, trat einen Schritt zurück, hielt aber seine Hände fest.

»Ich will, mehr als alles andere in diesem Universum, mit dir mitkommen«, sagte sie.

Sich an den Händen haltend, kehrten sie zu der Fähre zurück.

DRITTES BUCH

31

Die Vorstellung von einer sogenannten ›Straße der Freiheit‹ ist pure Phantasie. Wie könnte eine derartige Organisation existieren? Wie sollte sie aufrechterhalten werden? Versorgt werden? Wie sollte sie vor den wachsamen TOG-Sicherheitskräften verborgen bleiben? Und, am wichtigsten, welchen Existenzgrund sollte sie haben, wenn der größte Teil der Menschen innerhalb der Galaxis einen Stand der Freiheit, Frieden und persönlicher Erfüllung genießt, wie er noch nie zuvor in der Geschichte der Menschheit erreicht war?

– Der Illustris Senator Quintus Maximilian des Terranischen Distrikts in einer Rede vor dem Imperialen Senat, Neu Rom, Terra, am 13. August A.I. 6830.

Die Reise von Narbon II zum Gälischen Sternhaufen dauerte lange, mit vielen Zwischenstopps auf verschiedenen Welten. Es war lebenswichtig, daß der Frachter *Corrine* auf dem Weg über die Sternstraßen der Galaxis seinen üblichen Geschäften nachging. Im Verlauf der Tage war es Kendric möglich, allerhand über die geisterhafte Wesenheit der sogenannten Freiheits-Straße in Erfahrung zu bringen.

Niemand wußte, wie groß die Organisation wirklich war, selbst jene nicht, die einzelne Bereiche des Untergrundes leiteten und organisierten. In ihren Reihen fanden sich Soldaten und Raumfahrer, Geschäftsleute und Lehrer, unabhängige Frachterpiloten wie Captain Zannifred White und selbst Politiker und Bürokraten innerhalb des TOG. Sie umfaßte Imperiale Bürger, Plebejer und Sklaven. Außerdem gab es Mitglieder aus mehr als hundert nichtmenschlichen Rassen.

Als einer von unzähligen tausend Schiffsführern, die Menschen schmuggelten, war Captain Zannifred Whites Rolle im Untergrund ebenso einfach wie gefährlich. Er gab zu, daß er zeitweise auch andere Güter schmuggelte, aber Menschen waren seine Spezialität. Bestimmungsort: das Commonwealth.

Es fiel Kendric immer noch schwer, das Commonwealth als einen Ort potentieller Freunde und Verbündeter zu betrachten. Das erste Mal, daß er je von ihm gehört hatte, war während eines besonders schmerzlichen Zwischenfalls auf Kathlandi Primus gewesen, als einige ältere Jungen ihn allein erwischt und blutig geprügelt hatten. »Heh, Provie!« hatte der Anführer bei seinem letzten Tritt in Kendrics Magen ausgerufen. »Du solltest bei den käferliebenden Wealthern leben! Commonwealth-Leute lieben alles!«

Die Geschichtsaufzeichnungen, die er ebenso wie die soziologischen Berichte während seiner ersten vier Jahe in Grelfhaven verschlungen hatte, hatten diesen ersten akademischen Eindruck bestätigt: daß die Menschen im Commonwealth den Xenos gegenüber unterwürfig waren und danach trachteten, die Überlegenheit des *Homo sapiens* zugunsten ihrer eigenen dunklen, fremdartigen Götter zu stürzen. Die Menschheit im Commonwealth war verdreht und pervertiert. Konnte es wirklich stimmen, daß alles, was Kendric gelernt hatte, seitdem seine Ausbildung vom TOG kontrolliert wurde, nur Lüge und Erfindung war?

Auf dem Weg nach Alba sahen sie nur wenig von Zannifred White. Captain White war eines der Individuen, die verschiedentlich als ›Schiffsreiter‹ oder ›Steckdosenpiloten‹ bezeichnet wurden, eine Person mit einer chirurgisch implantierten Vorrichtung, die es ihm erlaubte, sich direkt in das Kontrollsystem eines Raumschiffes einzuschalten. Wenn White mit den Datensteckern in jeder Schläfenseite sein Schiff flog, war er in gewisser Weise eins mit ihm, da er direkt durch die elektronische Wahrnehmung der *Corrine* sah und fühlte.

Kendric hatte von dieser Technik gehört, aber noch nie jemanden mit Implantaten getroffen. Die meisten Flottenoffiziere verachteten dieses System, das weithin als eine Art von Droge galt, die emotionelle und physische Abhängigkeit erzeugte. White verbrachte die Flugzeit der *Corrine* eingeschlossen auf der Brücke, vergaß die anderen um sich herum, sein Gehirn in das Netz von computerübersetzten Empfindungen verstrickt, die ihm die Systeme der *Corrine* ständig lieferten.

Das änderte sich etwas, als die *Corrine* auf einem kleinen Raumhafen auf Daphne landete, einer kleinen Welt, die irgendwo zwischen Narbon und Albas Sonne Argrian lag.

Die drei Besatzungsmitglieder der *Corrine* hatten die Ladung des Frachters, duftendes Menachiholz, gegen eine Ladung Jil und Gewürze ausgetauscht und einen kleinen Profit in Talenten eingestrichen.

Die Besatzung hatte für den Abend frei, und der Abflug war auf die örtliche Morgendämmerung festgesetzt worden, und so trafen sich der Captain und die drei Passagiere im Gemeinschaftsraum der *Corrine*. White wirkte älter und dünner als zuvor. Obwohl das medizinische System des Schiffes ihn, solange er mit dem Computer verbunden war, mit Flüssigkeit und Nährstoffen versorgte, erklärte er, daß es ihn immer einige Kilo Körpermasse kostete, wenn er mit dem Schiff verkabelt war. In den Zeiträumen zwischen den T-Raum-Sprüngen mußte er große ›Reserven‹ durch kohlehydrat- und proteinreiche Nahrung aufbauen.

»Ich habe Neuigkeiten von deinem Bruder, T. C.«, sagte White gutgelaunt, während er das blutige Argus-Steak auf seinem Teller anschnitt.

T. C. fuhr zusammen. »Was … hier?«

White nickte und schluckte. »Ein Untergrund-Agent hier auf Daphne war in der Lage, durch jemanden in der Residenz des Imperialen Gouverneurs einen Computercheck durchführen zu lassen. Es scheint, als ob vor acht Monaten ein Carl Chavez Lloyd Port Liberty auf Rilus V erreicht hätte.«

T. C. hatte bei der Nennung des Namens die Augen geschlossen. »Das ist er«, sagte sie. »Ist er in Sicherheit?«

»Er ist im Commonwealth. Und so sicher, wie man in diesen Tagen sein kann. Ein ganzes Stück sicherer als wir, das kann ich dir sagen!«

»Gott sei Dank.«

Kendric sprach seine eigenen Gedanken nicht aus. Er hatte immer noch nicht aussortieren können, was er glauben mußte und was man ihm beigebracht hatte.

Von Daphne nach Kelgar. Von Kelgar nach Vestus III. Von Vestus III aus gesehen, war der Juwelenhort-Sternhaufen ein sanfter Fleck milchiger Strahlung, der fast so groß wie der Mond von Vestus war und weniger als dreihundert Lichtjahre entfernt lag. Der letzte Sprung brachte sie direkt in den Gälischen Sternhaufen und tief in das Argrian-Sternsystem. Kendric und Jaime standen im gedrängt vollen Kontrollraum, jeweils auf einer Seite von Whites Kommandocouch. Während er mit dem Computer der *Corrine* verbunden war, konnte White weder normal hören noch sprechen, aber sie konnten ihre Stimmen mit dem Brückenmikrophon aufnehmen, und White konnte über den Innenlautsprecher antworten. Bei diesem Arrangement fühlte sich Kendric unwohl. Es vermittelte zu sehr das Gefühl, neben einer Leiche zu stehen und mit einem körperlosen Geist zu reden. Als die großen schwarzen Schatten der Sonnen des Gälischen Sternhaufens an ihnen vorbeizogen, wurden das Mißfallen und die

Angst durch Aufregung verdrängt. Dort war seine Heimat, und er war fast angekommen!

»Austritt in dreißig Sekunden.« Whites körperlose Stimme ertönte aus dem Brückenlautsprecher. Die Stimme klang etwas unstabil. White hatte einmal versucht, Kendric und T. C. zu erklären, was es hieß, das Universum direkt mit den elektronischen Sinnen eines Raumschiffes zu erfassen, tatsächlich ein Raumschiff zu sein, mit den Sternen im Tachyonenmeer zu treiben. Kendric fragte sich nun, ob die so häufig wiederholte Erfahrung einen Teil von Whites Bewußtsein beschädigt hatte und es ihm dadurch erschwerte, mit anderen Menschen zu kommunizieren oder sie zu verstehen. Trotzdem bekämpfte er das Imperium auf die einzige ihm bekannte Weise, indem er Flüchtlinge aus den Fängen des TOG in die mutmaßliche Sicherheit des Commonwealth brachte.

Dann verwandelte sich die milchige Weiße plötzlich in Schwärze, als die *Corrine* die Dimensionen hinab in den rationalen Weltraum stürzte. Vor ihnen verbreitete Argrian gelbes Licht, als die Cherenkovstrahlung vom Leuchttau der *Corrine* im Weltraum verbrannte. Kendric sah, wie Douglass einen Eintrag in seinen PC machte. Jaime hatte den überschüssigen Tau von seiner Reise von Alba nach Narbon abgebaut, als sie an Bord der *Corrine* gegangen waren, also konnten diese Werte auch für Kendric und T. C. verwendet werden, bis sie wieder ihre eigenen PCs hatten. Mit all ihrer Zeit innerhalb und außerhalb des T-Raums, betrugen ihre Leuchttauwerte seit Narbon II etwa vierzehn Tage. Das würde kein Problem sein, es sei denn, daß sie in den nächsten Wochen einen langen Raumsprung machen mußten.

»Ich scanne«, sagte Whites Stimme aus dem Lautsprecher. »Wir sind eine halbe Milliarde Kilometer von Alba entfernt. Nein … oh, oh …«

Douglass warf hastig ein: »Was ist?«

»Eine Patrouille, ungefähr zehn Lichtminuten entfernt. Sie haben uns natürlich noch nicht gesehen, aber das werden sie, sobald unser Leuchttaublitz sie erreicht.«

»Lassen Sie mich eine Einspeisung sehen.«

Auf der Konsole neben Jaime flackerte ein Bildschirm auf. Kendric beugte sich vor, um auf die Anzeige zu sehen. Sechs Lichtpunkte bewegten sich vor dem sternengefüllten Hintergrund.

»Imperiale«, sagte Douglass nach einer Minute. »Es könnten dieselben sein, die mich auf der Peripherie-Patrouille abgelöst haben.«

»Sie haben keinen Grund, uns anzuhalten«, sagte White. »Wir sind sauber und schmuggeln nicht.«

Lange hatten die vier die Situation diskutiert, bevor sie den letzten Sprung gemacht hatten. Jaime hatte White natürlich sagen können, was er über die derzeitige Patrouillen-Anordnung im Argrian-System wußte. Sobald Douglass zugegeben hatte, daß er der Anführer der TOG-Verfolger gewesen war, die die *Corrine* bei ihrem letzten Schmuggelflug von Alba verfolgt hatten, waren die beiden Piloten in eine dreistündige detaillierte Analyse verfallen – über ihre jeweiligen Manöver und über die Dummheit der imperialen Schiffe, die Douglass abgelöst hatten.

Noch wichtiger als die Patrouilleneinsätze war jedoch das Wissen, daß die TOG-Jagdflieger die *Corrine* vermutlich auf ihrem Weg in das System nicht herausfordern würden. Es gab keinen Grund, warum man sie des Schmuggels verdächtigen sollte. Bei seinem vorigen Besuch waren Whites Probleme dadurch verursacht worden, daß er nicht gewillt gewesen war, imperiale Inspektoren an Bord zu lassen, um eine überraschende Überprüfung vor Ort durchzuführen. Er hatte Passagiere an Bord gehabt, die es sich nicht leisten konnten, von Agenten der IS aufgegriffen zu werden. Also hatte er sein Heil in der Flucht gesucht.

Der Name der *Corrine* war vor dem letzten Sprung übermalt worden, nur für den Fall, daß sich jemand genau wie Douglass daran erinnern würde. Sie war nun die *Agravender II*, einer aus einer ganzen Reihe registrierter Tarnnamen, die White von Zeit zu Zeit verwendete, wenn die Situation es erforderte. Die Chance, daß ein TOG-Bürokrat in Alba Port den Namen und die Nummer des ankommenden Frachters überprüfen würde, war zu gering, um sich darüber Sorgen zu machen. Warum also schlossen diese Jagdflieger nun zum Frachter auf?

Die Jagdflieger hatten sich auf einer Standard-Umlaufbahn um Argrian befunden, als die *Corrine* sie gesichtet hatte. Zehn Minuten später erreichte die Nachricht von der Ankunft der *Corrine* – über das Leuchttaulicht – die Patrouille. Sechs Schiffe, die sie als schwere imperiale *Gladius*-Jagdflieger identifizierten, änderten sofort den Kurs und flogen los, um sie zu treffen.

»So, kämpfen oder flüchten wir?« fragte Douglass.

»Wir können nicht flüchten«, antwortete Whites Stimme. »Ich bin immer noch dabei, die Parameter für einen anderen T-Raum-Übergang festzulegen. So tief in einem derartig dicken Sternhaufen wird es einige Zeit dauern.«

»Wie lange?« fragte Kendric.

»Oh ... fünfzehn Stunden ... irgend etwas in der Richtung. Es ist ein komplexes Problem.«

»Also kämpfen wir«, sagte Douglass.

»Mit einigen Korkengewehr-Geschütztürmen«, sagte White. »Das klappt nicht lange.«

Kendric schüttelte den Kopf und beobachtete den Schirm. »Ich würde sagen, wir halten den Kurs und finden heraus, was sie wollen.«

»Wir haben sowieso keine andere Wahl, nicht wahr?« sagte Jaime. »Wißt ihr, ich bin mir nicht sicher, ob es mir gefällt, Empfänger einer Schmuggler-Patrouille zu sein.«

Minuten verstrichen. T. C. gesellte sich auf der nun überfüllten Brücke zu ihnen. Die *Gladius*-Jagdflieger nahmen eine geringfügige Kursänderung vor, glitten dann in die Flugbahn der *Corrine* und umringten sie von allen Seiten.

»Achtung, Frachter«, erklang eine Stimme auf der Langstreckenverbindung. »Identifizieren Sie sich.«

»Frachter *Agravender II*«, antwortete White. Seine Antwort wurde über den Brückenlautsprecher übertragen, so daß alle es hören konnten. »Unabhängig, von Vestus III nach Alba, mit einer Ladung von Eisen, Zinn und Uran. Gibt es ein Problem?«

»Kein Problem, *Agravender*. Alle Handelsflüge in und aus dem Argrian-System werden für die Dauer des Ausnahmezustands eskortiert.«

»Ausnahmezustand? Welcher Ausnahmezustand?«

»Der militärische Ausnahmezustand natürlich. Die Gälische Schwadron hat gemeutert. Die Flotte wurde hierhergerufen, um damit fertig zu werden.«

32

AN: Direktor COMINT
VON: COMINT-Kommunikationszentrale

NACHRICHT: Gefangennahme von Agent Clarity durch IS bestätigt. Keine Info über derzeitigen Aufenthaltsort. Bestätigung der Quelle Subagent, Alba, Zuverlässigkeit unbekannt. Situation unbekannt.

– Dekodierte Übertragung an COMINT-Hauptquartier, Cathandra. Quelle als streng geheim eingestuft, 15. Oktober 6830.

Rannic Colby seufzte, als er den Bildschirm seines Laptops löschte, und drehte seinen Schwebestuhl auf den ausgewogenen Nullfeldern so herum, daß er sich zurücklehnen und aus dem Transplex-Fenster seines Büros schauen konnte. Der Raum wurde von goldenem Sonnenlicht durchflutet. Der riesige, kraterübersäte Mond des Planeten zeigte sich vor dem tiefblauen Himmel als eine weiße Sichel, die vom Horizont bis zur halben Höhe des Zenits reichte.

Colbys Gedanken reichten über den Nachthimmel hinaus. Er hatte gerade die Bestätigung gelesen, daß ein COMINT-Agent, einer *seiner* Agenten, vom TOG-Geheimdienst festgenommen worden war. Clarity hatte sich seit vielen Wochen nicht mehr in Colbys Büro gemeldet. Obwohl das mit ziemlicher Sicherheit darauf hindeutete, daß man Clarity gefaßt hatte, war die Bestätigung ein herber Schlag, selbst wenn sie aus einer Quelle mit nicht überprüfter Zuverlässigkeit kam.

Bis zu Claritys Verschwinden hatten sich die Ereignisse innerhalb des weit entfernten Gälischen Sternhaufens entlang einiger Linien entwickelt, die Colbys Abteilung interessierten. Der Commonwealth-Geheimdienst hatte ein aktives Interesse an jeder Welt, die Anzeichen von Unabhängigkeit, Nationalismus oder den Willen zeigte, sich im Kampf um die Freiheit gegen die Übermacht des TOG zu stellen. Mit der zeitweiligen Entspannung der üblichen TOG-Restriktionen gegen lokale Autonomie im Gälischen Sternhaufen hätte COMINT ihn vielleicht für seine eigenen Zwecke nutzen können. Nun schien es, als ob für die Gälische Konföderation die kurze Zeitspanne der Freiheit unter der Oberherrschaft des TOG zu Ende ginge. Noch viel schlimmer war, daß Colby einen wertvollen Vor-Ort-Agenten verloren hatte.

Donner ertönte von dem Raumhafen, der unter Colbys Fenster sichtbar war. Eine Schwadron von schweren *Guardian*-Abfangjägern flog himmelwärts und kämpfte um Höhe und Geschwindigkeit.

Und wie lange wird es dauern, bis das TOG sich auf das Commonwealth stürzt? Colby drehte sich vom Fenster weg und kehrte an seinen Schreibtisch zurück. Agent verloren oder nicht, das Bürokratie-Ungeheuer mußte mit seiner täglichen Ration Berichte und Anforderungen gefüttert werden.

Falls das TOG uns nicht fertigmacht, wird es die Bürokratie tun, sagte er sich traurig.

Es war unmöglich, weitere Informationen von den sie begleitenden Jagdfliegern zu bekommen. Wie Kendric feststellte, hatte der Anführer der Schwadron eigentlich bereits zu viel gesagt, als er Fremden gegenüber zugab, daß es in Alba Port eine Meuterei gab.

Meuterei! Kendric konnte nur ahnen, wie die gegenwärtige Situation aussah.

»Wir müssen herausfinden, was da unten vorgeht«,

sagte er zu den anderen. Immer noch von ihrer Eskorte begleitet, mußte die *Corrine* auf weniger als fünfzehn km/s verlangsamen und befand sich nun im Schlußanflug zur Umlaufbahn Albas. Der Anführer der Eskortenschwadron hatte sie angewiesen, ihre Umlaufbahn zwanzig Kilometer hinter der Station zu wählen und diesen Abstand einzuhalten. Eine Lösung des Problems werde in Kürze erwartet. Sobald dies geschehen sei, könne der Frachter sich der Station nähern und normal andocken. Das Tiefscan-Radar hatte bereits eine Reihe von Raumschiffen mit kommerziellen Transponder-IDs gezeigt, die am angegebenen Punkt auf den Zugang zu Albas Umlaufhafen warteten.

»Sie lassen uns noch nicht einmal die Station betreten?« fragte T. C.

»Keine Chance.« White war noch immer mit seinem Schiff verbunden, aber seine Stimme piepste durch einen Lautsprecher in der Schiffsmesse. »Ich habe versucht, mich direkt mit den Verantwortlichen im Hafen zu verständigen. Alles, was ich erreicht habe, war eine Frau, die mir sagte, daß alle Kommunikationseinrichtungen zur Zeit ausgeschaltet sind. Ich habe allerdings einen anderen Frachtercaptain erreicht.«

»Aha?«

»Einen Skipper, den ich auf einem Herumtreiber namens *Elsinore* kenne. Er parkt dort draußen, wie der Rest von uns. Er sagte mir, daß ein Gerücht umgeht, daß sie einen Overlord dort haben, der die Meuterer zur Aufgabe überreden soll.«

»Wer ist es?« fragte Kendric beunruhigt.

»Magnan Domitius Gracchi«, erwiderte Whites Stimme. »Man kennt ihn als Carnifex ... den Schlächter.«

Kendrics Entscheidung, nach Alba zurückzukehren, war fast unbewußt gewesen, teilweise aus der Besorgnis über das, was Jaime sagte, was dort geschehe, und teilweise aus dem Verlangen nach einer Heimat, die er fast vergessen hatte. Dorthin zurückzukehren würde ihn direkt in Konflikt mit dem TOG bringen. *Das sollte nichts ausmachen,* dachte er. *Nicht nach Grod.*

Aber es machte etwas aus. Selbst nach Wochen in der Hölle der Minen von Grod konnte er die Verpfändung seiner persönlichen Ehre durch den Imperialen Schwur nicht auslöschen, den er einst, einige Wochen nach Caras Tod, in Grelfhaven geleistet hatte. War diese Ergebenheit ein Teil der Liebe, die er für Cara empfunden hatte?

Sie hatten ihren offiziellen Ehevertrag kurz nach Kendrics vierjähriger Ausbildung an der Akademie besiegelt. Sie war weniger als einen Monat vor seinem Abschluß gestorben. Vielleicht erschien ihm daher die Rücknahme seines Imperialen Eides noch schlimmer als die Aufkündigung seiner Kriegerehre. Es wäre ein Eingeständnis, daß es ein Fehler gewesen war, seine Braut nach Grelfhaven zu bringen, da sein Aufenthalt dort von Anfang an ein Fehler gewesen war.

Nun lag eine andere Frau in seinen Armen. Erschöpft von ihrem Liebesspiel, hingen die beiden aneinander – in der größeren Umarmung des Suspensorfeldes der Kabine. Kendric hatte sie schon sehr lange begehrt, aber er hatte befürchtet, daß seine Gefühle T. C. erschrecken würden. Die Grauen von Grod hingen ihr auch nach ihrer Flucht nach, und er wollte nicht an alte Wunden rühren. Es war T. C. gewesen, die ihm schließlich von ihrem eigenen Verlangen erzählte, als er ihr wenige Stunden vor ihrer endgültigen Ankunft im Orbit von Alba von seinen Plänen berichtet hatte.

»Wir könnten fortgehen«, flüsterte T. C. Ihr Gesicht glänzte im dämmrigen Licht feucht von Tränen. »Zan ist nicht wild darauf, hierzubleiben, nicht, wenn die Hafenbehörden ihn vielleicht als bekannten Schmuggler erkennen. Er bringt uns ins Commonwealth.«

»Das kann ich nicht tun, Liebling. Nicht wenn ...

meine Leute da drüben in Schwierigkeiten stecken. Ich muß gehen.«

»Was kannst du tun, um ihnen zu helfen«?

»Ich weiß es nicht«, gab er zu. »Aber sie haben versucht, mir auf Haetai zu helfen. Wenn ich mich nun abwenden würde und sie im Stich ließe, wie könntest du dann mit mir leben, wissend, daß ich es getan hätte? Wie könnte *ich* mit mir leben?«

»Ich verstehe.« Sie flüsterte so leise, daß er kaum die Worte verstand.

»Wirklich?«

Sie nickte. »Wie oft habe ich mich gefragt, ob meine Eltern noch leben würden, wenn ich ... wenn ich eine andere Wahl getroffen hätte, als mein Kommandant mir dieses ... Angebot machte.«

»Du hast das getan, wovon du wußtest, daß es richtig war. Du konntest nicht wissen ...«

»Nein. Aber ich weiß auch, was es bedeutet, wenn man sein Leben lang eine Entscheidung in Frage stellt und sich fragt, ob man sich falsch entschieden hat.« Ihr Arme schlossen sich um Kendric, als sie sich an ihn drückte. »Oh, Ken, vielleicht sehe ich dich nie wieder.«

»Wir finden einen Weg. Irgendwie. Ich verspreche es.«

Sie küßte ihn. »Irgendwie«, sagte sie.

Ihre Geschwindigkeit war auf ein Kriechen reduziert, ihre Eskorte war längst in das äußere System zurückgekehrt, als sich die *Corrine* der Wartezone hinter der Raumstation näherte. Alba Port war auf dem vorderen Bildschirm als kleine silberne Scheibe zu erkennen. Die anderen Schiffe in dieser Region, durch Kilometer von Weltraum voneinander getrennt, waren, wenn überhaupt, nur entfernt erkennbar, wenn die Sonne auf ihrem Metall glitzerte. Zum größten Teil waren sie nur als Computergrafiken auf der taktischen Darstellung auf der Brücke zu sehen.

Kendric, Jaime und T. C. standen im Salon der *Corrine.* Kendric trug einen Notfallraumanzug, den er sich von einem Besatzungsmitglied ausgeliehen hatte, das ungefähr seine Figur und Größe hatte. Wie auch die Notfalldruckanzüge, die von den Flottenoffizieren getragen wurden, war dieses Modell ein fester, persönlicher Überlebensanzug. Es handelte sich eher um einen Overall mit eingearbeiteten Stiefeln als um ein Kleidungsstück für den Weltraum: Der Anzug war paßgenau mit Handschuhen und Helm, die Handgelenke und Halsöffnung abdichteten. Ein kleiner Behälter an seinem Rücken würde ihn für etwa zwei Stunden mit Luft versorgen, wenn er sich nicht verausgabte.

»Captain«, sagte Jaime. »Wenn Sie einen Freiwilligen wollen ...«

»Habe ich nach einem gefragt?« Kendric schaute zu T. C. Sie schien gelassen und ruhig, aber ihre Augen strahlten. »Ich muß da hin«, sagte er. »Das ist die einzige Möglichkeit, die mir einfällt, wie ich es schaffen kann. Es sollte sicher genug sein.«

Sein Kurs war ihm klar genug vorgekommen, nachdem er ihn ernsthaft analysiert hatte. Douglass war in der Lage gewesen, ihm zu erzählen, was in Alba Port und auf den Schiffen der Schwadron seit seinem Kriegsgerichtsverfahren auf Trothas vorgefallen war, aber seit der Rückkehr der *Gaidheal* waren ihm die neueren Entwicklungen unbekannt. Die *Gaidheal* und die *Damadas* waren aus dem Nichts über Haetai-Aleph erschienen, um ihn zu retten. Was war geschehen, als die *Gaidheal* zurückgekehrt war? War der Befreiungsversuch ein so ernster Verstoß gegen die Befehle, daß die ganze Gälische Schwadron zu Meuterern erklärt wurde? Was ging da vor?

Offensichtlich war die einzige Möglichkeit, das herauszufinden, die, daß er persönlich an Bord der *Gael Warrior* ging. Nachdem die *Corrine* nicht an Alba Port andocken konnte, mußte Kendric auf andere Weise zur *Gael Warrior* gelangen.

»Zehn Minuten, Captain Fraser«, sagte Whites Stimme über das Intercom der Messe. »Bringen Sie sich besser in Position.«

»Bin schon da.« Er nahm seinen Helm und wandte sich zum Gehen. T.C. stand in seinem Weg.

»Es wird mir schon nichts passieren, T.C.«, sagte er. »Schlichte Physik. Solange Captain White keine falschen Berechnungen macht. Aber das ist nicht sehr wahrscheinlich, oder?«

Sie schüttelte den Kopf.

Kendric schaute zu Jaime. »Paß auf sie auf, Junge, hörst du?«

Der junge Pilot grinste. »Hey, Sie vertrauen mir das Mädchen vom Captain an?«

Der Witz blieb aus. »Ich bin niemandes Mädchen«, sagte T.C. ruhig.

»Paß nur auf sie auf«, sagte Kendric. »Glaub mir, sie kann für sich selbst sorgen, aber ich würde mich besser fühlen, wenn ich wüßte, daß jemand anderes auch für ihre Interessen eintritt.«

»Ja, Sir.« Auf Jaimes Gesicht kämpften widerstrebende Gefühle gegeneinander an.

»Captain … sind Sie sicher, daß es so eine gute Idee ist? Die Station hat Verteidigungsanlagen. Die schießen Sie ab, wenn Sie herangehen.«

»Nicht, wenn ich so langsam bin, daß die Computerwachhunde keinen Alarm auslösen.« Er schüttelte den Kopf. »Hier fliegt zur Zeit zuviel Müll herum, als daß jedesmal ein Alarm ertönen würde, wenn ein Stück Dreck mit relativ niedriger Geschwindigkeit vorbeitreibt.«

»Nun … dann das Schiff. Sie werden denken, daß Sie einer der Leute des Overlords sind, der eindringen will.«

»Ich glaube nicht. Laut dem, was wir aufschnappen

konnten, sind sie dort drin irgendwie in die Enge getrieben. Sie werden es mit Sicherheit nicht riskieren, mich im Weltraum zu erschießen und damit die große Schlacht einzuleiten!«

»Es gefällt mir nicht, Sir.«

»Was muß man daran mögen?« Kendric wendete sich zu erneut an T. C. Sie war seit ihrem vorherigen Liebesspiel so ruhig und zurückgezogen. Wäre es wirklich so schlimm, wieder hinauszugehen und White zu sagen, daß sie alle drei ins Commonwealth gehen wollten? Morganen war ein guter Mann. Er würde in der Lage sein, die Dinge zu regeln, einen Kompromiß auszuarbeiten. Vielleicht ... Nein!

Kendric wußte, was er tun wollte. Es war so einfach. Er streckte eine behandschuhte Hand aus und legte sie T. C. auf die Schulter. »Es wird mir nichts geschehen. Ich verspreche es dir, T. C. Aber das ist der Weg, von dem ich dir erzählt habe: dies ist der erste Schritt. Ich muß dorthin zurückgehen, zu meinen Leuten. Danach weiß ich, was ich tun muß ... wohin ich gehen soll.«

Dann lag sie weinend in seinen Armen. Der Helm in seiner linken Hand geriet zwischen sie, und er drehte sich weg, legte ihn zur Seite. Sie umarmten sich für eine lange Minute.

»Fünf Minuten, Fraser. Ich habe meine Schilde heruntergefahren.«

»Auf dem Weg, Captain.«

Die vordere Zugangsluke war ein Notzugang, um eine schnelle Flucht sowie Arbeiten an der Elektronik der Mikrowellenantenne achterlich der platten Nase der *Corrine* zu ermöglichen. Als die Luftschleuse die Luft aus dem schrankgroßen Raum drückte, blies sich Kendrics Anzug auf und versteifte sich um ihn herum, und er fragte sich, ob er vielleicht für sein Vorhaben zu schwerfällig sein würde. Die Schwerkraft erlosch in der Luftschleuse und verdrehte ihm den Magen und das Innere der Ohren. Die Veränderung ließ ihn schwanken, aber er schaffte es, seinen aufgewühlten Magen zu beruhigen. Die äußere Klappe öffnete sich lautlos, nicht mehr über, sondern vor ihm – und er bewegte sich hinaus in den Weltraum.

Die *Corrine* bewegte sich nun schleichend, relativ zu Alba Port. Sowohl die Station wie auch der Frachter umflogen Alba mit einer orbitalen Geschwindigkeit von mehr als sechs Kilometern pro Sekunde in dieser Höhe. Trotzdem gab es einen Unterschied in der Geschwindigkeit zwischen den beiden – die relative Geschwindigkeit der *Corrine* – der bei nur mehr drei Metern in der Sekunde lag. Captain White beobachtete all diese Variablen durch seine direkte Verbindung mit dem Schiffscomputer und dem Scanner. Alba Port lag zwanzig Kilometer entfernt und in einem Winkel, daß seine runde ›obere‹ Fläche der *Corrine* zugewandt war.

Komisch, wie klein alles von hier aussah. Vom Inneren des Schiffes, eingerahmt durch die Seiten des vorderen Schiffsmonitors und der von Instrumenten überladenen Brücke, hatte der Hafen ziemlich groß und nahegelegen ausgesehen.

Von Kendrics Platz auf der äußeren Hülle des Frachters schien Alba wenig mehr als ein glitzerndes Spielzeug zu sein, umringt von Sternen, der überwältigenden blauweißen Sprenkelung von Alba sowie jeder Menge Nichts.

Es gab keine Anzeichen von Bewegung. Das einzige Gefühl der Bewegung kam, wenn man Alba von der Backbordseite des Schiffes aus betrachtete. Wolkenfetzen, Meere und Kontinente bewegten sich dort mit verwirrender Geschwindigkeit, als Alba Port und das ihn begleitende Raumschiff die Welt umrundeten.

Kendric öffnete den privaten Funkkanal zwischen White und sich. »Es sieht nicht wie ein besonders großes Ziel aus, Captain«, sagte er.

»Meine Sinne sind etwas schärfer als Ihre, Fraser«,

sagte White. »Sie können die *Gael Warrior* überhaupt nicht ausmachen, nicht wahr?«

Kendric blinzelte durch das Visier seines Helmes gegen das Glänzen des Sonnenlichtes auf dem glatten Metall an. »Ich kann sie gerade so erkennen.« Sie war das größte der Schiffe, die in Alba Ports vielen Andockbuchten lagen, und er konnte ihren außergewöhnlichen Brückenturm erkennen.

»Nun, ich kann ihren Namen und ihre Nummer auf dem Brückenturm lesen. Wir sind perfekt auf ihre Luke Nummer 10 ausgerichtet.«

»Geschwindigkeit?«

»Drei Meter pro Sekunde.«

»Reisedauer?«

»Von meinem Kommando bis zur Freigabe eine Stunde und einundfünfzig Minuten.«

»Und ich bin unter Lebenserhaltung für ...«

»Eine Minute, zwanzig Sekunden. Sie haben noch Zeitreserven.«

Zeitreserven, ja, aber keinerlei Reserven im Falle eines Mißlingens. Er hatte T. C. immerhin nicht alle Befürchtungen mitgeteilt. Er konnte sie kaum selbst ertragen.

Das Lebenserhaltungssystem seines Anzugs besaß Chemikalien, die das CO_2 entfernten und für etwa zwei Stunden – bei Bedarf – Sauerstoff freigaben. Natürlich würde seine Luftversorgung nicht plötzlich verschwinden. Sobald das Recycling aufhörte, würde seine Atemluft ärmer und ärmer an Sauerstoff und reicher und reicher an CO_2 werden. Wie lange würde es dauern, bis er ohnmächtig wurde? Es gab keine Möglichkeit es zu wissen. Wenn er die *Gael Warrior* erreichen und innerhalb von zwei Stunden nach Verlassen der Luftschleuse der *Corrine* an Bord klettern konnte, war er in Sicherheit.

Wenn irgend etwas schiefging und er nicht hineingelangte, würde Kendric Augenblicke nach dem Stoppen seiner Luftzufuhr sterben. Er fand einen festen Haltegriff neben der Luftschleusenluke und schwang die Füße ins Nichts. Als er nach unten schaute, gab es natürlich kein Gefühl von ›unten‹, nun war er schwerelos, und er konnte die Scheiben von Alba Port zwischen seinen Stiefeln erkennen.

»Ich berechne Ihre endgültige Flugbahn«, sagte White. »Halten Sie sich gut fest. Ich führe ein schwerkraftniedriges Manöver nach steuerbord aus.«

Kendric fühlte, wie er nach rechts gezogen wurde, die Beine und der Unterkörper wurden verdreht. Er spannte die Schultern an und brachte seine Beine zurück in Position.

»Wir sind jetzt auf dem Ziel … direkt vor uns. Sie können nun jederzeit loslassen.«

Für einen erschreckenden, furchtbaren Augenblick war Kendric nicht in der Lage, loszulassen. Dann tat er es, und nichts geschah. Der Schiffsrumpf der *Corrine* hing unbeweglich neben ihm. Natürlich. Er fing fast an, laut zu lachen, als ihm klarwurde, daß er erwartet hatte, von dem Frachter zu fallen, wenn er losließ. Der Übergang zur Schwerelosigkeit machte seinem Innenohr noch immer zu schaffen, und er hatte das Gefühl, zu fallen. Das geschah auch tatsächlich, er fiel auf eine Umlaufbahn um Alba mit sechs Kilometern pro Sekunde. Und die *Corrine* fiel mit ihm, in der gleichen Geschwindigkeit.

»Ich bin frei, Captain White«, sagte er. »Auf Wiedersehen.«

»Auf Wiedersehen, Captain«, sagte Whites Stimme. »Und viel Glück. Ah … eine persönliche Nachricht von der jungen Dame.«

»Ja?«

»Sie sagte, daß sie Sie liebt und daß Sie vorsichtig sein sollen.«

»Vielen Dank. Sagen Sie ihr, daß ich es sein werde … und daß ich sie ebenfalls liebe.«

»Bestätigt. Bereithalten. Ich gebe abschließenden Trennungsschub in vier ... drei ... zwei ... eins ... jetzt!«

Die *Corrine* beseitigte ihre Drei-Meter-pro-Sekunde-Geschwindigkeit mit einem sanften Schub ihrer Gravgeneratoren. Aus Kendrics Blickwinkel fing der Frachter an, mit drei Metern pro Sekunde wegzugleiten, oder, besser gesagt, mit zehn Kilometern pro Stunde, ein langsames Rennen für einen Mann. Von seinem Blickwinkel aus war es allerdings viel zu schnell.

Das Härteste am Fallen im Weltraum war die Notwendigkeit, zwei Stunden lang relativ bewegungslos zu verharren. Er hatte sich mit den Füßen auf sein Ziel ausgerichtet, als White ihn losgelassen hatte. Wenn er mit den Füßen zuerst auf die *Gael Warrior* aufprallte, würde er in der Lage sein, den Landungsaufprall mit den Knien und einem kontrollierten Zusammenkauern abzufangen. Das sollte ihm ermöglichen, relativ bewegungslos nahe am Schlachtschiff entlangzuschweben, in Reichweite der zahlreichen Verschlüsse, Antennen und Handgriffe, die entlang des Schiffsrumpfes montiert waren.

Wenn er während des Fluges die Orientierung verlöre, wenn er zum Beispiel zuerst mit dem Kopf auf dem Schlachtschiff aufträfe, würde seine Landung zu ganz anderen Konsequenzen führen. Er könnte sich den Hals brechen. Selbst ein geringfügiges Mißgeschick könnte ihm einen gebrochenen Arm oder ein ausgerenktes Bein bescheren.

Er wagte es weder, der nach ›oben‹ verschwindenden *Corrine* nachzuschauen, noch auf die Station, die unter seinen Füßen anwuchs: Wenn er sich weit genug vorbeugte, um das ein oder andere zu sehen, würde er riskieren, sich zu drehen. Obwohl die Akademie Nullschwerkrafttraining angeboten hatte, war Kendric nicht besonders in den Übungen bewandert, mit denen man den Körper im freien Fall kontrollieren konnte. Raumschiffe erzeugten Schwerkraft gewöhnlich auf

Befehl. Üblicherweise gab es keinen Grund, warum sich Offiziere mit dieser Art von Akrobatik, wie Kendric sie gerade versuchte, abgeben sollten. Selbst etwas so Einfaches wie das Bewegen eines Armes würde seinen Schwerpunkt verändern. In der gewichtslosen Domäne, wo Newtons altes ›jede Kraft hat eine Gegenkraft von gleichem Betrag, aber entgegengesetzter Richtung‹ regierte, konnte die leichteste Bewegung ihn ins Taumeln bringen. Glücklicherweise machte sein aufgeblasener Anzug die Gelenke so steif, daß er sich entspannen konnte, sanft in der Position fixiert, die Arme noch immer über dem Kopf.

Sein Helm war ein billiges Überlebensmodell, ohne den Luxus von schönen Instrumenten, aber eines von Whites Besatzungsmitgliedern hatte eine kleine digitale Uhr oberhalb des Visiers angebracht ... Mit ihrer Hilfe konnte er beobachten, wie die Sekunden und Minuten in nervenzerreibender Langsamkeit verstrichen. Zehn Minuten. Zwanzig. Vierzig. Eine Stunde. Seine Arme schmerzten mittlerweile, verkrampft in ihrer ungewohnten Position, aber er wagte nicht, sie herunterzunehmen, aus Angst, daß er anfangen könnte zu trudeln.

Es gab natürlich keinen Funkkontakt. Seine letzten Verbindungen mit der *Corrine* waren Übertragungen mit extrem niedriger Kraft gewesen, die nur sehr unwahrscheinlich in Port Alba aufgeschnappt wurden. Stärkere Signale wurden vermutlich überwacht. Das einzige Geräusch war das ständige Rascheln seines Atems über dem leisen Zischen von frischer Luft, die aus seinem Rucksack in den Helm gelangte.

Als er die halbe Strecke zurückgelegt hatte, fühlte Kendric die Krämpfe in den Beinen und im Rücken. Der Versuch, sich zu entspannen, war wahrhaft schwierig, wenn er es nicht wagte, sich zu rühren.

Noch dreißig Minuten Weg.

Es war heiß. Im Weltraum war das größte Problem

für kleine Raumschiffe oder jemand im Raumanzug das Abbauen von überschüssiger Hitze. Obwohl sein Anzug silberbeschichtet war, um das Sonnenlicht zu reflektieren, schirmte er die Hitze, die sein Körper durch einfachen Stoffwechsel erzeugte, unzureichend ab. Der Schweiß lief ihm über das Gesicht und den Rücken und setzte sich im Inneren seines Visiers ab. Würde er überhaupt in der Lage sein, etwas zu sehen, um dort, wo er hinmußte, irgendwelche Manöver durchzuführen?

Noch fünfzehn Minuten bis zum Ziel. Ohne den Kopf zu bewegen, bemerkte er, daß die Station nun den Himmel in der Richtung seiner Füße ausfüllte. Er konnte bereits Landehilfen und Antennenbüschel aus der Scheibe der Station in sein Sichtfeld ragen sehen.

Sie schienen sich schrecklich schnell zu bewegen. Hatte White auch richtig gerechnet? Wenn seine relative Geschwindigkeit nur ein wenig abwich, würde Kendric sich auf einer der Antennen aufspießen oder die *Gael Warrior* vollständig verpassen. Er würde dann seiner eigenen Umlaufbahn um Alba folgen, aber die Aussicht nur etwa zehn Minuten lang genießen können, bis seine Luft zu Ende war.

Die verstrichene Zeit betrug eine Stunde, fünfzig Minuten. Langsam veränderte er den Blickwinkel, bis er zwischen seinen Füßen hindurchschauen konnte. Die *Gael Warrior* war deutlich sichtbar. Die Station und das Schlachtschiff waren nicht völlig in einer Linie gewesen, als Kendric die *Corrine* losgelassen hatte, und so geschah seine Annäherung in einem Bogen. Weniger als zwanzig Meter entfernt erstreckte sich der Schiffsrumpf der *Gael Warrior* weit nach links und rechts und verschwand in dem massigen Cañon des Andockplatzes der Station auf Kendrics rechter Seite. Auf der linken Seite konnte er die Haiflosse des Oberseiten-Tau-Radiators der *Warrior* sehen, die Komplexität ihrer Brücke. Sie zeigte noch immer schwere Schäden von den schlimmsten Treffern, die sie bei Trothas erlitten hatte. Das Eintrittsloch der Rebellenrakete starrte ihn wie eine leere Augenhöhle an. Darunter waren Lichter auf der Promenade vor der Brücke. Er konnten die Schatten von zehn Leuten ausmachen, die dort umhergingen.

Sekunden und Meter bis zum Ziel! Zwischen seinen Füßen tauchte die Plattform der Nummer-eins-Oberseiten-Batterie auf, um mit der Geschwindigkeit eines rennenden Mannes auf ihn zu treffen, obwohl Entfernung und Geschwindigkeit nur schwer abzuschätzen waren. Antennen und die Säulen der Hitzeradiatoren streckten sich aus, um ihn zu rammen oder aufzuspießen. Die Läufe der Laser zogen vorbei ...

Beinahe da! Er schaute hinunter, entspannte die Knie, ließ die Arme sanft herabsinken, machte die Hände bereit. *Entspann dich!* Wenn er aufschlug und abprallte, würde er wieder in den Weltraum trudeln, ohne eine Möglichkeit zur Rückkehr.

Aufprall!

Kendrics Knie knickten unter ihm zusammen, als er auf das Deck schlug. Er hörte nichts, aber brennende Schmerzen durchzogen sein rechtes Bein vom Knöchel bis zum Oberschenkel. Als er blindlings um sich griff, fand seine Hand eine niedrige Umrandung um die Geschützplattform. Eingeengt durch die Preßluft in seinem Anzug, steif und verkrampft von zwei Stunden stetiger Inaktivität, glitten Kendrics Finger ab, und er ließ beinahe los. Er stieß mit seiner anderen Hand vor, packte die Reling und hielt sich um des Lebens willen fest, als der Rückstoß ihn vom Deck abstieß.

Er war nicht sicher, wie lange er dort hing, die Arme um die zerbrechliche Reling geschlungen, die Beine durch den Rückstoß vom Deck frei im Raum schwingend. Die Schmerzen im Bein ließen etwas nach. Allerdings verdoppelten sie sich bei jedem Versuch, es zu bewegen. War es gebrochen? Oder verstaucht?

Das war egal. Die Oberseitenschleuse 10 lag nur ein paar Meter entfernt. Captain White/*Corrine* hatte mit dem Ziel recht gehabt. Er begann sich Stück für Stück dorthin zu hangeln. Die Schalter der Luftschleuse waren einfach zu bedienen, sie befanden sich in einer Nische neben der Klappe. Sie waren dafür geschaffen, daß Raumarbeiter, die draußen arbeiteten und eilig in das Innere des Schiffes gelangen mußten, sie notfalls schnell bedienen und öffnen konnten. Kendric mußte nur den Schutzdeckel hochheben, den Handgriff nehmen und daran ziehen. Einfach zu bedienen oder nicht, der Handgriff ließ sich nicht ziehen.

Kendric zog erneut, diesmal fester. Er stützte sich mit dem gesunden Bein auf dem Deck ab und zog so stark, wie er konnte, ohne irgendeine Wirkung. Entweder war der Schließmechanismus eingefroren, oder, was noch wahrscheinlicher war, man hatte die Luke von innen versiegelt oder abgeschlossen, vermutlich, um zu verhindern, daß ein oder zwei Gruppen imperialer Marinesoldaten von Alba Port das Schlachtschiff Stück für Stück entlang des Rumpfes überquerten.

Wenn die Besatzung der *Warrior* diese Luke versiegelt hatte, hatten sie die anderen, an den oberen und unteren Decks, ebenfalls versiegelt. Es gab eine Maschinenzugangsklappe, weiter hinten am Heck, gerade oberhalb des großen und tiefen Lochs einer der I-K-Antriebsdüsen des Schiffes. Jeder Soldat, der diese Klappe erreichen wollte, mußte über die gesamte Seite der *Warrior* klettern, und er würde vermutlich aufgeben, wenn er merkte, daß die ersten fünf bis zehn Luken der Brücke alle verschlossen waren. Ob die Besatzung wohl auch die Heckluke verschlossen hatte?

Kendric dachte nicht über diese Frage nach. Er bewegte sich bereits so schnell wie möglich nach hinten. Die Handgriffe gingen nur bis zum unteren Rand des Brückenturmes. Er suchte sich eine Position bei einer Gruppe Sensorrelais an Backbord, knickte das linke

Bein gegen einen passenden Pfosten und drückte sich ab. Er befand sich erneut im freien Fall, flog niedrig über den Schiffsrumpf der *Warrior* und breitete die Arme aus, um die Relais im Vorbeifliegen zu ergreifen. Er verlor fast den Halt. Das rechte Bein schlug gegen den Schiffsrumpf, und er schrie vor Schmerzen auf, aber dann hielt er seinen Flug an, zwinkerte die Tränen aus seinen Augen und sah die Türöffnung.

Er hörte ein dumpfes Klicken, und das Zischen der Frischluft versagte. *Zeit? Zeit?* Er war durch das System des Anzugs für eine Stunde und sechsundfünfzig Minuten versorgt worden, aber durch seine Anstrengungen der letzten fünf Minuten hatte er die verbliebene Luft schneller als üblich verbraucht. Sehr gut – er hatte noch ungefähr eine Minute Anzugluft übrig.

Die Maschinenluke lag weiter zum Heck hin, als er gedacht hatte. Er zog sich an den Handgriffen am Deck entlang. *Pack einen. Vergewissere dich, daß du gut zupackst. Zieh dich nach vorn. Finde einen neuen Handgriff. Vergewissere dich, daß du gut zupackst.* Er kam nur im Schneckentempo voran.

Kendric konnte nur noch schleppend atmen, die Luft war heiß und verbraucht, ranzig vor Schweiß und völlig unzureichend. Jeder Atemzug ließ ihn nach dem nächsten verlangen, ließ ihn härter kämpfen, um einzuatmen.

Er keuchte nun. Eigenartig, die Klappe schien zurückzuweichen. Je näher er herankam, desto weiter schien sie entfernt zu sein. Wenn er nur klar sehen könnte …

Er war an der Luke, seine Hand fingerte nach dem Verschluß. Wenn der blockiert war, war er tot. Kendric hatte nicht genügend Luft, um eine weitere Luke zu probieren.

Die Abdeckung ging auf, und er zog am Griff. Für einen quälenden Augenblick weigerte er sich, sich zu bewegen. Dann hatte Kendric das Gefühl, daß der

Griff in Zeitlupe nach vorn kam, und die Luke ging auf.

Innen tastete er an den Schaltern herum, die die Außenklappe schlossen und die Schleuse mit Luft füllten. Schon bevor die Deckenleuchten grün leuchteten, zerrte er an seiner Helmverbindung. Er merkte, wie seine Lungen nach Luft schrien und das Blut in seinen Schläfen pochte.

Die Schwerkraft kam unerwartet zurück. Er landete auf seinem verletzten Bein, und die Qual schien ihn zu verschlingen. Als sich die innere Luftschleuse öffnete, schaffte er es, auf den Füßen zu bleiben, sich an einem Handgriff am Schiffsrumpf festhaltend. Sein verschwommener Blick richtete sich auf drei gälische Matrosen, die in eine Art Marinerüstung gekleidet waren und Energiewaffen trugen, die mit schweren Energierucksäcken auf ihrem Rücken verbunden waren. Das Öffnen der Klappe hatte wohl einen Alarm ausgelöst, denn sie erwarteten ihn mit schußbereiten Waffen.

Sein Helm löste sich. Bevor er von den Schmerzen ohnmächtig wurde, hörte Kendric einen der Matrosen aufschreien.

»Ein Geist! Es ist ein Geist!« schien der Junge immer und immer wieder, in voller Lautstärke zu kreischen. Dann hatte die Ohnmacht Kendric eingeholt, und er hörte nichts mehr.

33

Seine höchst huldreiche Imperiale Majestät, Caesar Julianus, gewährt den Bittstellern die Erlaubnis, auf der unter dem Namen Greshem bekannten Welt eine neue Bergbauanlage zu eröffnen. Planetografische Untersuchungen haben ergeben, daß der Abbau von Gennium-Arsenid auf Greshem bei genügend hohem Arbeitseinsatz äußerst ergiebig sein kann.

Die Bereitstellung dieser Arbeitskräfte liegt im Verantwortlichkeitsbereich des Büros des Vorläufigen Gouverneurs von Alba.

– Auszug aus einem offiziellen Bewilligungsschreiben via VLCA- Übertragung vom Imperialen Büro für Galaktische Ressourcen an Vindicus Malatya, Vorläufiger Gouverneur, Alba, 6830.

Kendrics Bein war an drei verschiedenen Stellen gebrochen, einmal direkt unter dem Knie und zweimal in der Nähe des Fußknöchels. Nach der Untersuchung und dem Richten der Brüche erklärte der Leitende Medizinische Offizier der *Warrior* Kendric, daß er vermutlich versäumt hätte, sich in dem Augenblick, als er auf das Raumschiff prallte, vollständig zu entspannen.

Daraufhin hatte Kendric erwidert: »Fein, Doktor. Erklären Sie mir irgendwann einmal, wie man es schafft, entspannt zu bleiben, wenn man aus einem Raumschiff aussteigt und zwanzig Kilometer fällt.«

Hutchison und seine Assistenten benutzten ein knochenheilendes Osseotexor-Feld, um die Frakturen zu kitten, eine Prozedur, die ungefähr fünfundvierzig Minuten dauerte. Danach versorgten sie Kendrics Unterschenkel mit einem leichten Stützverband, der es ihm erlauben sollte, sich fast normal zu bewegen, obwohl er für ein oder zwei Wochen einen Stock benötigte, bis die Empfindlichkeit vorüber war.

»Und keine Sprünge mehr aus Raumschiffen!« hatte Hutchison ihn mit spöttischem Ernst gewarnt. »Selbst Flottencaptains können sich ihren verdammten Narrenhals brechen, wenn sie derartige Tricks vollführen wollen!«

Lenard Morganen war in der Krankenstation angekommen, während die Ärzte noch an Kendric arbeiteten. Als die Türen zur Seite glitten, hörte Kendric ein lautes Gemurmel, als stünde eine große Menschenmenge draußen im Durchgang. Als Morganen durch die Türe trat, erhaschte Kendric einen Blick auf mindestens ein Dutzend Raumfahrer, die sich hinter zwei gepanzerten Männern drängten.

Morganen stand neben dem Behandlungstisch und betrachtete Kendric mit einem unergründlichen Gesichtsausdruck. »Nur noch ein paar Minuten, Captain«, sagte Hutchison und schaute von dem Holoschirm über Kendrics Knie auf.

Morganen nickte, fuhr aber fort, Kendric zu beobachten.

»Nun ... Äh ... Captain?« Kendric unterbrach die Stille als erster. Es gab einen kurzen, peinlichen Augenblick. Morganen war Captain der *Gael Warrior* geworden, nachdem er, Kendric, abgesetzt worden war, obwohl er noch immer den Rang eines Commanders hatte. Die TOG-Rangstrukturen schienen im Augenblick nicht mehr länger unwichtig zu sein. »Ich nehme an, ich hätte um Erlaubnis bitten sollen, an Bord kommen zu dürfen.«

»Gütiger Himmel, Sir. Wo zum Teufel kommen Sie her?«

Kendric grinste. »Per Anhalter von Haetai-Aleph. Wir hätten die *Gaidheal* dort fast erreicht, aber dann ist sie abgedreht und raste davon, bevor wir nahe genug heranakommen konnten, um ihnen zu sagen, wer wir waren.«

Widerstreitende Gefühle spiegelten sich auf Morganens Gesicht.

»Diese Fähre ...«

»Das war ich.«

»Wir dachten, es sei ein Trick ... die Benutzung einer zivilen Fähre und das Aktivieren der Navigationslampen, um nahe genug an uns heranzukommen und uns zu identifizieren.«

Er schüttelte den Kopf. »Wir konnten es uns nicht leisten, daß uns jemand als gälisches Schiff identifiziert. Nicht, wenn wir hierher zurückkommen mußten. Es tut mir leid ... Captain ...«

»Das braucht es nicht. Sie haben genau das Richtige getan.«

»Wir wußten es nicht! Wir waren uns sicher, daß Sie tot wären! Unsere Instrumente zeigten eine größere Eruption an, genau dort, wo Sie sich, unseren Berichten zufolge, aufhielten. Niemand konnte überlebt haben.«

»Nun, wir waren nicht dort. Es dürfte Sie vielleicht interessieren, daß wir Lieutenant Commander Douglass aufgelesen haben, bevor wir in die Luft gingen.«

»Douglass! Er ist bei Ihnen?«

Kendric nickte. »Er ist an Bord des Frachters, mit dem wir angekommen sind.«

Morganen blickte verwirrt. »Wer ist wir, Sir?«

»Eine Freundin von mir, aus den Grodminen. Terra Chenetta Lloyd. Oder T. C. für ihre Freunde. Sie werden sie später kennenlernen, wenn wir sie an Bord holen.«

Morganen zog die Brauen zusammen. »Das wird ein Problem werden, Captain.«

»Man hat uns gesagt, daß die Schwadron gemeutert hätte. Warum setzen Sie mich nicht über die Situation ins Bild?«

Es waren keine guten Neuigkeiten.

Die *Gaidheal* war allein nach Alba zurückgekehrt, bevor das TOG-Militärkommando Morganens Abwesenheit hatte bemerken können, aber der Verlust der *Damadas* konnte nicht verborgen bleiben. Admiral Arada hatte die neue VLCA im albastationären Orbit verwendet, um mit Admiral Hogarth Kontakt aufzunehmen, der die Schwadron 373 in Tarshibul befehligte. Die *Damadas* und die *Gaidheal* waren ganz offensichtlich nicht in Tarshibul aufgetaucht, um sich der Imperialen Flotte anzuschließen. Als Morganen seinen Bericht eingereicht hatte, daß die *Damadas* aufgrund einer unbekannten Antriebsstörung im T-Raum verschwunden und die *Gaidheal* zurückgekehrt sei, um diese Tatsache zu melden, gab es nur wenige, die an die Geschichte glaubten.

Es war nur eine Frage der Zeit, bis genügend imperiale Bürokraten über ihre galaktischen Kommunikationsrelais miteinander redeten und ihnen klarwurde, daß es vielleicht eine Verbindung zwischen dem Verlust der *Damadas* und der Zerstörung einer angreifenden Fregatte der *Velox*-Klasse während eines Überfalls auf Haetai-Aleph gab.

Morganen hatte anhand der Tarngeschichte, die er mit Elliot ausgearbeitet hatte, improvisiert, um zu erklären, warum die beiden Schiffe nach dem Abflug zum Treffen in Tarshibul nach Alba zurückkehrten. Der Administrator hatte geglaubt, daß er die Geschichte von einer unerwarteten Fluktuation in der Antriebskonvertermatrix benutzen könnte, um weitere Einsätze der Gälischen Flotte hinauszuzögern, während gälische Antriebstechniker den ganzen Vorgang untersuchten. Morganens Bericht an Admiral Arada hatte festgestellt, daß eine Feldschwankung an Bord des Zerstörers die *Gaidheal* gezwungen hatte, nach Alba zurückzukehren, und daß sie den Verdacht hegten, ein ähnliches Problem an Bord der *Damadas* habe die Fregatte zerstört.

Morganen hatte gehofft, daß er die Verzögerung nutzen konnte, um Elliot zu finden, damit er wüßte, was ihr nächster Zug sein sollte. Doch allen Bemühungen zum Trotz war Elliot unauffindbar. Mehrfache Anrufe in seinem Büro auf Alba blieben unbeantwortet, und im Büro von Admiral Arada hieß es nur, daß er ›nicht verfügbar‹ sei. Die Neuigkeit hatte Morganen erschreckt. Angenommen, die IS hatte Elliot zu einem Verhör mitgenommen. Angenommen, das TOG wußte von Elliot bereits alles über den Plan. Was hatte das TOG mit der Gälischen Schwadron vor?

Es gab noch Schlimmeres. Von Jaime hatte Kendric erfahren, daß – kurz bevor die *Gaidheal* und die *Damadas* das System verlassen hatten – der Befehl gegeben worden war, die Familien aller Besatzungsmitglieder der Gälischen Schwadron zusammenzutreiben und sie auf zwei gerade im System angekommene Frachter der *Aldebaran*-Klasse zu schaffen. Es wurde geschätzt, daß mehr als dreitausend Menschen – Eltern, Brüder und Schwestern, Ehefrauen und selbst Geliebte – in Port Balmarin an Bord dieser Transporter geschafft, dann in Kälteschlaf versetzt und in die Umlaufbahn geschickt worden waren. Augenscheinlich hatte Elliots Plan, die Maßnahmen des TOG-Gouverneurs hinauszuzögern, nicht funktioniert, oder, schlimmer noch, sein Plan, die Transporter einzusetzen, um die Lieben der Schwadron in Sicherheit zu bringen, war fürchterlich schiefgelaufen.

Die *Gaidheal* war sechs Tage nach ihrem Abflug nach Narbon zurückgekehrt und hatte die beiden Transporter im Orbit vorgefunden. Dann begann die Wartezeit. Alle Aufforderungen zur Klärung, zur Kommunikation mit den TOG-Verantwortlichen, blieben unbeantwortet.

Eine Woche bevor die *Corrine* zurückgekehrt war, hatten die beiden Transporter der *Aldebaran*-Klasse aus dem System heraus beschleunigt. Die Scanner der *Gael*

Warrior hatten ihren Vektor und ihre Geschwindigkeit festgestellt, als sie in den T-Raum wechselten, aber ihr Ziel war noch immer unbekannt.

Zur selben Zeit, als die Transporter Albas Orbit verlassen hatten, war ein Boden-Orbit-Transporter von Alba eingetroffen und hatte Overlord Gracchi und eine unbekannte, aber große Anzahl seiner persönlichen Truppen mitgebracht. Zivilisten und unwichtiges Personal waren von Alba Port nach Alba evakuiert worden, während das Militär die Station absicherte. Gracchi war auf einer Vid-Übertragung der Alba Port-Kontrolle erschienen und hatte verlangt, daß man seinen Technikern den Zugang zu den gälischen Schiffen ermöglichen sollte, damit sie die Antriebe persönlich untersuchen konnten.

Morganen hatte sich geweigert. Er hatte verlangt, daß die als Geiseln genommenen Familien der Gälischen Schwadron zurückgebracht würden, andernfalls wolle er Alba Port zerstören. Gracchi hatte ihn vom Bildschirm aus angelächelt und ihn aufgefordert, es zu tun. Die Gälen würden vielleicht auf diese Art und Weise einen Overlord umbringen, aber dann hätten sie jegliche Möglichkeit verloren, ihre über dreitausend Familienangehörigen wiederzufinden, die sich nun irgendwo da draußen an Bord der zwei Transporter befanden.

Die Situation hatte während der letzten Woche auf diesem toten Punkt verharrt. Abordnungen der anderen Schiffe der Schwadron hatten verlangt, daß Morganen irgend etwas unternehmen sollte, aber was sollte er tun, wo fast alle Aktionen vermutlich die gesamte imperiale Flotte gegen sie aufbringen würden? Mittlerweile befanden sich drei Schwere Kreuzer auf Alba, und es konnte jederzeit mit einer weit größeren Flotte gerechnet werden. Sicherlich hatte Gracchi schon zu Beginn der Krise über die VLCA Verstärkung angefordert. Im Moment lag der einzige Vorteil der Schwadron darin, daß die TOG-Imperialen das Feuer auf die Gälischen Schiffe nicht eröffnen konnten, ohne Alba Port zu zerstören, was sie bislang noch hinauszögerten.

Wie lange würden sie wohl noch abwarten, bis sie sich entschieden, diesen letzten Schritt zu gehen?

Das Verschwinden von Caius Elliot beunruhigte Kendric am meisten. Nach dem Tode seines Vaters war der TOG-Administrator derjenige gewesen, der der dreizehnjährigen Waise die Türen zu einem völlig neuen Universum geöffnet hatte. Während seiner Schulzeit und später an der Akademie, als der Unmut gegenüber dem provinziellen Emporkömmling dem stolzen jungen Gälen kaum erträglich schien, war Caius Elliot wie die Verkörperung der Dinge erschienen, für die das TOG-Imperium wirklich stand. Elliot hatte an das TOG geglaubt, an das, was es getan hatte und für die Menschheit tun konnte, und an seine Bestimmung in der Galaxis. Elliots sichtbare Desillusionierung hatte Kendric erschüttert, aber er hatte die Symptome ignoriert. Nun war ihm klar, daß Elliot hart daran gearbeitet hatte, die Gälische Schwadron und ebenso den gesamten Gälischen Sternhaufen zu beschützen. Um das zu tun, war der Mann bereit gewesen, gegen das TOG zu arbeiten.

Warum hast du das getan? Für Vater? Für mich?

Oder lag es daran, daß du bereits lange vor mir gesehen hast, was aus dem TOG geworden ist?

Kendric lenkte seine Gedanken zurück zu dem aktuellen Problem, dem Patt zwischen der Gälischen Schwadron und einem Imperialen Overlord.

»Es ist sicher, daß sie sich nicht rühren werden, bis sie eine größere Flotte hier haben«, sagte Kendric stirnrunzelnd und starrte zur Decke der Krankenstation der *Warrior*. »Aber Sie haben recht. Sie werden lieber diese

Station halten, als sie zu zerstören und eine andere zu bauen. Das Problem ist nur, daß sie es sich – im Gegensatz zu uns – leisten können, es da draußen auszusitzen. Jede Stunde bringt diese Transporter weiter weg nach … wohin auch immer.«

Morganen schaute verdrießlich drein. »Die Schiffsbesatzungen sind bereit, gegen die Meuterei zu meutern. Sie sind alle gegen das TOG und was es unseren Leuten antut. Aber sie können nicht einfach dasitzen und zusehen, wie ihre Angehörigen weggeflogen werden. Ich hatte bereits verschiedene Besatzungsdelegationen da, die vorgeschlagen haben, daß wir Gracchi im Ausgleich für die sichere Rückkehr unser Familien unsere Kapitulation anbieten.«

»Ich habe das Gefühl, daß Gracchi das nur zu gerne akzeptieren würde.«

»Eh? Wissen Sie, wohin sie fliegen?«

»Sagen wir es einmal so, ich habe einige neue Perspektiven über die Methoden des TOG gewonnen und wie es mit dickköpfigen Leuten umgeht. Wir werden vielleicht mehr wissen, sobald ich an eine Datenbank herankomme.«

Morganens Gesicht wurde noch länger. »Ich fürchte, ich habe die Dinge in ein ziemliches Chaos laufen lassen, Captain.«

»Sie haben getan, was Sie konnten, Lenard«, sagte Kendric, und er meinte es auch so.

»Ich war ein Idiot … in vielen Dingen. Aber ich kenne nun meine Grenzen.« Morganen blickte auf und in Kendrics Augen. »Ich habe Ihnen nie gesagt, daß Cara nur sehr lobend von Ihnen redete. Sie hat Sie sehr geliebt.«

Kendric preßte die Lippen zusammen. »Ich weiß. Und ich habe sie geliebt.«

Morganen nickte. »Vielleicht habe ich das damals nicht verstanden. Ich habe nicht verstanden, was für eine Sorte Mann Sie sind und warum sie Ihnen nach

Grelfhaven folgen wollte.« Er zeigte ein kleines Lächeln. »Es gibt an Bord dieses Schiffes, an Bord jedes der Gälischen Schiffe, keinen Mann, der Ihnen jetzt nicht überallhin folgen würde.« Er nahm Haltung an und zeigte einen vorbildlichen gälischen Militärgruß. »Ich übergebe das Kommando über die Gälische Schwadron an Sie, Sir.«

»Angenommen.« Kendric schaute an seinem Bein hinunter, wo ein medizinischer Assistent gerade die letzten Anpassungen der Stütze vornahm. Etwas peinlich berührt, entschloß er sich, das Thema zu wechseln. »Und mein erster Befehl an Sie, Captain, ist der, mir meinen Stock zu geben. Ich denke, ich sollte besser auf die Brücke gehen.«

Der Gang vor der Krankenstation war überfüllt mit Männern, die meisten in ihren Arbeitsoveralls, viele in ihren grauen Anzügen. Die Bordsicherheitsabteilung hatte vollständig versagt, als es darum ging, das Deck zu räumen, und Kendrics Auftauchen an der Tür des Krankenquartiers traf sie völlig überraschend. Captain Morganen mußte sich nach vorne schieben, um einen Weg für Flottencaptain Fraser zu schaffen. »Laßt uns durch! Geht zur Seite, Männer! Macht eine Lücke! Laßt den Mann durch!«

Zuerst klatschten drei oder vier Leute. Dann schwoll der Applaus an wie die Brandung an den Culloden-Klippen oberhalb des Cuan Gorm. Jemand jubelte, und dann fielen andere Stimmen ein. Langsam setzte Kendric den Weg durch die überfüllten Gänge fort, stützte sich bei jedem Schritt auf seinen Stock, während in den Korridoren die ohrenbetäubenden Jubelschreie der laut rufenden Männer widerhallten.

Die Besatzung der *Gael Warrior* stand auf jedem Gang zwischen der Krankenstation und der Brücke, quetschte sich auf jeden Platz, außer den Aufzügen und dem kleinen Freiraum, den Captain Morganen für

Kendric schuf, während sie sich durch die Menge drängten.

Als er sich der Brücke näherte, fingen die Männer um ihn herum an zu singen: »Ken-dric! Ken-dric! Ken-dric!« Eine derartige Vertrautheit war gegen sämtliche Vorschriften, sowohl militärisch wie auch imperial, aber es war nicht zu stoppen. Im Hintergrund und als Kontrast zu dem Gesang erschollen weiterhin Jubelrufe. »Ken-dric! Ken-dric!«

Die Brückentür glitt zur Seite, und Kendric humpelte hindurch, sein Bein schmerzte durch die Anstrengungen. »Flottencaptain auf der Brücke!« verkündete die Wache mit einer so zittrigen Stimme, daß die Gefühle des jungen Mannes deutlich wurden. Auf der Brücke traf Kendric auf eine weitere Klangwand; die Brückenoffiziere stellten sich in einem Halbkreis um ihn herum auf und applaudierten mit dem gleichen Enthusiasmus wie die jubelnde Menge in den Gängen.

Morganen wandte sich Kendric zu, als der Applaus verklungen war.

»Willkommen an Bord, Flottencaptain Fraser!«

Dreidimensionaler Weltraum wurde auf dem vorderen Hauptschirm der *Warrior* angezeigt, die Sterne weiße Punkte in der Dunkelheit. Eine gerade, rotglühende Linie lief durch das Nichts.

»Erweitern«, sagte Kendric, und der Navigationscomputer paßte den Maßstab an. Die Entfernung zwischen den Sternen wurde geringer, und Hunderte von neuen erschienen auf dem Bildschirm.

»Ich sehe nur eine Möglichkeit«, sagte Morganen. Er stand an Kendrics Seite neben dem Kommandoplatz. »Dieser rote Zwerg. Ungefähr viertausend Lichtjahre in Richtung der galaktischen Rotation.«

Kendric gab einen weiteren Befehl, und die Computerdarstellung erweiterte sich mit rasanter Geschwindigkeit, bis nur ein einzelner Lichtpunkt in der

Mitte des Schirmes verblieb. Der rote Pfad lag sehr nah bei dem Stern.

Daten glitten über den Bildschirm neben der Darstellung. »ISC 783-098-3679«, las Kendric laut vor. »M3. Drei Planeten ...«

»Das kann nicht sein, Captain!« protestierte Morganen. »Die äußeren beiden sind Gasriesen, ihre Satelliten unbewohnbare Stein- und Eiskugeln!«

»Der innere Planet – Greshem – wird als Standort eines Imperialen Außenpostens aufgeführt, der vor zwei Jahren von einer Vermessungsexpedition begründet wurde.«

»Natürlich, ein Vermessungsaußenposten! Aber ... schauen Sie ihn sich doch an! Der Gezeitenwirkung seiner Sonne unterworfen! Die Tagseite ist eine Wüste mit kochendem Wasser, während die Nachtseite Eisberge und gefrorenes Kohlendioxyd aufweist. Die Atmosphäre ist atembar, allerdings nur gerade eben und auch nur wegen der TOG-Atmosphären-Fabriken. Trotz der Anlagen erwähnte die ursprüngliche Untersuchungskommission giftige Schwermetalle und Schwefelverbindungen in der Luft ...«

»Ganz genau.«

»Aber Sie glauben doch nicht, daß das TOG unsere Leute dahin bringt!«

»Genau das glaube ich, Commander. Greshem hat genau die richtigen Faktoren, daß es vermutlich über Gennarit-Lagerstätten verfügt.«

»Gennarit!«

Kendric kratzte abwesend an seinem Handgelenk. Die Tätowierung juckte unerträglich. »Denken Sie dran, Lenard, ich bin jetzt so etwas wie ein Experte, was Gennium-Arsenid angeht. In der Tat gehe ich davon aus, daß Planeten wie Greshem viel häufiger sind, als bewohnbare Satelliten wie Haetai-Aleph. Achtzig Prozent der Sterne dieser Galaxis sind rote Zwerge. Gasriesen, die warm genug sind, um Menschen beherbergen zu können, sind sehr selten. Aber Greshem hat alles, was Haetai-Aleph hatte. Sein exzentrischer Orbit sorgt für beträchtliche Spannung ... Biegungen in der Erdkruste, und das bedeutet Vulkane. Die Schwermetalle in der Luft deuten unter anderem auf Arsen und Arsenidverbindungen hin. Ich würde sagen, das Imperiale Galaktische Vermessungsbüro hat eine neue Quelle für Laserkristallerz entdeckt.«

»Und unsere Familien werden dorthin geschafft, um die Minen aufzubauen!«

Er starrte voller Grauen auf die rote Linie, die an der Sonne von Greshem vorbeiführte. Es war der Kurs, den der Computer aufgrund der Richtung und Geschwindigkeit, die die Transporter beim Abflug vor Tagen aufwiesen, projiziert hatte. Es gab keinen Beweis, daß Greshem ihr Ziel war, aber die Übereinstimmung schien unheilverkündend.

Kendric glaubte nicht, daß dies ein Zufall war. Von dem, was er über die aufgeklärten Bergbaumethoden und -techniken des TOG wußte, konnte er die erschreckende Todesrate nur schätzen, die mit der Eröffnung einer neuen Laserkristallmine auf einer feindlichen Welt verbunden war.

»Es bedeutet auch, daß Gracchi nicht vorhat, mit uns über ihre Freilassung zu verhandeln. Oder, falls er es tut, wird es so eine Art Versprechen sein, daß wir sie begleiten können!«

»Oh, mein Gott ...«

»Aber ich denke, daß wir Bürger Gracchi eine kleine Überraschung bescheren können.«

34

Alle Imperialen Legionäre und Marinesoldaten an Bord dieser Anlage werden sich auf Befehl von Overlord Gracchi für einen unverzüglichen Angriff auf die meuternden Schiffe bereithalten. Besondere Aufmerksamkeit ist auf das Schlachtschiff, die Gael Warrior, *zu richten, das als der Schlüssel zu den Plänen der Rebellen zu betrachten ist.*

– Aus den Befehlen des Vorläufigen Gouverneurs Malatya an die Imperialen Marinesoldaten unter seinem Kommando, Alba Port, 19. Oktober 6830.

›Taktische Darstellung.‹

Der Hauptbildschirm zeigte das Argrian-System. Farbige Rauten, Quadrate und Dreiecke stellten die verschiedenen Klassen von Zielen in verschiedenen, weitgefaßten Umlaufbahnen dar. In der Mitte des Bildschirms war die blaue Scheibe Albas zu sehen, mit Alba Port in einem niedrigen Orbit, gefolgt von einer kleinen Parade wartender kommerzieller Raumschiffe. Dort war auch die *Corrine*.

Ich liebe dich, T. C.!

Weiter draußen, beinahe 38 000 Kilometer von Alba entfernt, lief die massige VLCA – Very Large Communications Array – auf ihrer albastationären Umlaufbahn in genau einem Alba-Tag um den Planeten und schien daher stets über Albas Hauptstadt stillzustehen.

Drei Kreuzer – zwei Leichte Kreuzer der *Mercenarius*-Klasse und einer der schweren *Mars*-Klasse – hielten ihre Umlaufbahnen um Argrian einige AE weiter außen. Symbole, die sich sammelnde Jägerschwärme bezeichneten, schwebten näher.

Im Moment besaß die Gälische Schwadron eine überwältigende zahlenmäßige Überlegenheit über die TOG-Schiffe im System. Wenn es jedoch zum Kampf kam, wäre er nicht so einseitig, wie es den Anschein hatte: Die drei Korvetten und drei Zerstörer der Schwadron zusammen waren kein echter Gegner für den einen *Mars*-Kreuzer. Wenn *Reannruadh* und *Gael Warrior* gemeinsam agierten, würden sie die TOG-Kreuzerschwadron besiegen können, doch zu welchem Zweck? Damit die sieben anderen Schiffe entkommen konnten? Wie lange könnten diese sich dann der Verfolgung durch die Verstärkung entziehen, die innerhalb von Tagen – vielleicht sogar Stunden – Alba erreichen würde?

»Hier liegt für uns der Schlüssel«, sagte Kendric und vergrößerte die taktische Darstellung, um sich auf einen kleinen Teil der Situation zu konzentrieren. »Die VLCA im Orbit um Alba.«

»Sie haben bereits Verstärkungen angefordert«, stellte Morganen fest.

»Das stimmt. Aber wenn wir das System verlassen, wird diese Komm-Station diejenige sein, die alle Versuche koordiniert, uns aufzuspüren und zu stellen.«

»Wir verlassen also das System?«

»Haben wir eine andere Wahl?«

»Das frage ich mich.« Morganen ballte die Hände zu Fäusten. Sein langes Gesicht zeigte für einen Moment undeutbare Gefühle. »Unsere Heimatwelt zu verlassen ...«

»Wenn wir bleiben, wird eine TOG-Flotte über uns herfallen, ehe wir ›Hallo‹ sagen können. Sie waren bei Trothas, Lenard. Sie wissen, welche Chancen wir gegen eine solche Macht hätten.«

»Aye. Ich war bei Trothas dabei. Ich erinnere mich auch, was sie dem Planeten angetan haben.«

»Ja. Das Problem wird sein, sie davon abzuhalten, unsere eigenen Heimatwelten in Schutt und Asche zu legen, nachdem wir fort sind.« Er öffnete seine Sprechanlage. »Kommunikation?«

»Ja, Sir!«

»Hallo, Alec. Wie ist die Situation im Langstreckensprechfunk?«

Normalerweise konnten Schiffe im Raumhafen über das Kommunikationszentrum der Hafenkontrolle miteinander Verbindung halten. Es war möglich, aber nicht üblich, daß sich Schiffe direkt miteinander über Funk unterhielten. Das Kommunikationszentrum der Station würde bestimmt beide Arten der Kommunikation abhören. Üblicherweise war das kein Problem. Nun jedoch ...

»Wir haben direkte Funkverbindungen für Routinemeldungen offengehalten«, sagte Munro. »Sachen, über die das Zentrum nichts wissen soll, haben wir per Laser von Schiff zu Schiff übertragen.« Laserstrahlen, die Kommunikationskanäle trugen, konnten präzise genug ausgerichtet werden, um Nachrichten von einem Schiff zu dem daneben angedockten zu senden, ohne daß die Stellen im Hafen sie irgendwie hätten abfangen oder abhören können. »Es sind auch eine Menge inoffizieller Nachrichten verbreitet worden.«

»Inoffiziell?«

»Ja, Sir. Mannschaftsmitglieder mit Taschenlampen, die einen Code verwenden. Ich wage zu behaupten, daß man inzwischen auf jedem Schiff der Schwadron weiß, daß Sie wieder hier sind, Captain.«

Kendric lachte in sich hinein, als er sich an den alten Witz erinnerte, daß sich Gerüchte schneller als das Licht durch die Flotte bewegen – und ohne dafür VLCAs zu brauchen. Die Besatzungsmitglieder von Raumschiffen waren schnell dabei, eigene Codes und eigene Methoden zu deren Beförderung zu entwickeln. Es war nahezu unmöglich für einen Flottencaptain oder Commodore, einem Schiff einen unangemeldeten Inspektionsbesuch abzustatten und dann sein Erscheinen auf einem anderen Schiff noch Überraschung auslösen zu lassen. Das Wissen über sein Vorhaben breitete sich zu schnell und auf zu gewundenen Wegen aus.

»Sehr gut. Stellen Sie mir einen ›offiziellen‹ Kanal zur Verfügung, aber sichern Sie ihn ab. Wir müssen einiges planen.«

Der Legatus Maximus bellte einen imperialen Gruß. *»Ave, Supradomine!«*

»Um was geht es, Legat?«

»Es ist gerade gemeldet worden, Eure Exzellenz, daß die Operation auf der Planetenoberfläche erfolgreich abgeschlossen wurde.«

»Gut. Gut! Die Meuterer sind also allein und ohne Hilfe.«

»Ja, Eure Exzellenz.«

»Öffnen Sie einen Kanal zur *Gael Warrior*. Das dürfte sie interessieren.«

»Ad tuum imperatum.«

»Und melden Sie das auch meiner Garde. Lassen Sie sie eingreifen ... sofort!«

An Bord der neun Schiffe der Schwadron wurden inzwischen hektische Vorbereitungen für den Aufbruch unternommen. Morganen besprach gerade die Manöver, die Kendric für die *Gael Warrior* plante, als Alec Munro sich über die Bordsprechanlage meldete. »Commander Morganen? Overlord Gracchi ist auf dem Hafen-Komm-Kanal und verlangt nach Ihnen.«

Morganen und Kendric tauschten Blicke. »Los doch, melden Sie sich, Lenard. Ich werde mithören, aber außerhalb des Aufnahmebereichs der Videokamera.«

Er erhob sich aus dem Kommandosessel und ließ Morganen Platz nehmen. Einen Augenblick später erschien das Gesicht von Gracchi auf dem Hauptbildschirm der Konsole.

»Hier ist Overlord Gracchi. Ich habe Neuigkeiten für Sie, Commander.«

»Ja?« Morganens Stimme blieb vorsichtig neutral.

»Jetzt, um 0930 Alba Port-Ortszeit, hat eine Revolution auf dem Planeten unter uns stattgefunden. Die Bürger Albas haben sich in Balmarin und an anderen Orten gegen ihre Herren erhoben. Sie haben, Berichten zufolge, Premierminister Alisdair gelyncht, indem sie ihn aus einem hochgelegenen Fenster im Regierungsgebäude stießen.

Ein Sprecher der Revolutionäre hat sich eine Stunde später mit dem Vorläufigen Gouverneur Malatya getroffen und seine Treue zum TOG beschworen. Er hat vom TOG militärische Hilfe angefordert, um eine freie Regierung des Volkes unter Leitung des TOG zu errichten.«

»Eine Marionette des TOG, meinen Sie ...«

»Ich meine, Commander, daß Ihre pathetische Meuterei nun keinerlei Unterstützung von Alba mehr erhoffen kann. Sie sind abgeschnitten und allein. Ich gebe Ihnen eine letzte Chance, zu kapitulieren.«

»Was ist mit unseren Familien?«

Das Gesicht auf dem Bildschirm lächelte. »Ich verspreche, daß Sie bald, sehr bald mit Ihren Familien wieder vereint sein werden.«

»Wir ... wir lassen Sie es wissen.«

»Denken Sie nicht zu lange nach, Commander«, sagte Gracchi, als Morganen herübergriff, um die Verbindung zu unterbrechen. »Sie haben eine Stunde.«

Kendric trat ins Erfassungsfeld des Bildschirmes, ehe Morganen seine Bewegung zu Ende bringen konnte. »Gracchi!«

Der Overlord starrte einen langen Moment vom Bildschirm herüber, ehe er sein Gegenüber erkannte und die Augen weit aufriß. »Sie! Wie in Caesars Namen sind Sie ...?«

Kendric ignorierte die Frage. »Ihr Ultimatum kommt zu spät, Gracchi. Wir verlassen das System. Jetzt.«

»Zu welchem Zweck, Fraser? Ihre pathetische Meuterei ist nun sinnlos. Der Gälische Sternhaufen ist unser.« Der Overlord hob zur Bekräftigung die Faust. »Unser, und wir können mit ihm tun, was uns beliebt.«

»Wie mit Trothas? Ich wäre vorsichtig damit, wenn ich Sie wäre, Overlord. Planeten zu zerstören kann zu einer üblen Angewohnheit werden. Werden Ihre Bosse sich nicht früher oder später über eine solche Verschwendungssucht ziemlich aufregen?«

»Ich muß nur diese Welten für rebellisch erklären, Fraser.«

»Dann tun Sie das. Wir werden nicht hier sein.«

Kendric bewahrte eine Maske eisiger Ruhe. Sein Inneres hatte sich, angesichts dieser entsetzlichen Gefahr, verkrampft. Die Sicherheit von Milliarden Menschen hing nun von seiner Fähigkeit ab, seinen Gegner zu bluffen.

Bei Trothas V war er von dem Wissen gepeinigt worden, daß nichts, was er tat oder unterließ, den Bewohnern der todgeweihten Welt hätte helfen können. Hier lagen die Dinge jedoch anders. Overlord Gracchi – Carnifex der Schlächter – war absolut in der Lage, die gälischen Welten, eine nach der anderen, in Asche zu verwandeln, und das nur, um Kendrics Kapitulation zu erzwingen. Wie lange würde es dauern, wenn eine große Imperiale Flotte Alba aus dem Orbit bombardierte, bis für Kendrics eigene Männer der Reiz der Heldenverehrung verblaßte und sie sich gegen ihn wandten oder ihn um die Kapitulation anflehten, um die weitere Zerstörung ihrer Welt zu vermeiden?

Der einzige Weg, den Kendric sehen konnte, um Gracchi davon abzuhalten, seine unterschwellige Drohung auszuführen, lag darin, die rebellische Schwadron so schnell wie möglich aus dem System zu führen. So lange die Schwadron hier war, konnte

Gracchi die Zerstörung von Alba und jeder anderen gälischen Welt als Gegenschlag rechtfertigen. Wäre die Flotte fort, hatte das keinerlei Sinn. Es würde nicht einmal als ›Lektion‹ für andere potentielle Rebellen dienen können, wie die Begründung für die Vernichtung von Trothas und seinen Bewohnern gelautet hatte. Ein vom TOG eingefädelter Staatsstreich hatte die Regierungsgewalt auf Alba und vermutlich auch den anderen Welten ergriffen. Bis jetzt wußte niemand sonst in der Galaxis von der Meuterei der Gälischen Schwadron. Und selbst wenn sie davon gehört hatten, würden sie annehmen, daß das ein internes Problem der TOG-Raumflotte war. Nachdem die Schwadron erst einmal geflohen wäre, könnte die Zerstörung Albas nur Gracchi und dem TOG schaden.

Das sollte den gälischen Welten eine gewisse Sicherheit belassen.

Außerdem: Wenn die Schwadron das Argrian-System verlassen hatte, würde Overlord Gracchi sie nach Kendrics Meinung eiligst verfolgen. Gracchi konnte Abflugspuren ebensogut lesen wie Kendric, und er würde abschätzen, daß das Ziel der Schwadron Greshem und die Aldebaran-Transporter waren.

Das hatte Kendric sowohl allein durchdacht wie auch in stundenlangen Diskussionen mit Morganen, MacCandless und den anderen Beteiligten während einer schlaflosen Nacht erörtert. Doch nur mit Vernunft konnte er die Aufgewühltheit in seinem Inneren und seinen Gedanken nicht dämpfen. Nur mit Vernunft konnte man nicht unbedingt einem Mann beikommen, der schon einige Dutzend Male Milliarden Leute ermordet hatte. Es gab keine Garantie, daß der Carnifex überhaupt Vernunft besaß, wie Kendric den Begriff verstand.

»Sie können nicht fortlaufen.« Die Stimme des Schlächters war so kalt wie seine Worte. »Es gibt keine Zuflucht für Sie oder die Ihren irgendwo in dieser ganzen Galaxis. Wir werden Sie jagen und zur Strecke bringen.« Das Gesicht beugte sich näher zum Bildschirm, als wollte Gracchi Kendric besser beobachten und das Entsetzen in dessen Seele studieren. »Ich werde Sie jagen und zur Strecke bringen. Sie und jeder, der mit Ihnen ist, wird sterben. Ich biete Ihnen diese eine Chance an. Kapitulieren Sie jetzt. Öffnen Sie Ihre Schiffe für meine Truppen. Ich verspreche Ihnen und Ihren Männern gute Behandlung.«

»Wie auf Haetai-Aleph? Oder wie Sie es Trothas versprochen haben? Daran glaube ich nicht, Gracchi. Sie müssen uns vorher einfangen.«

Kendric unterbrach die Verbindung. Erst danach begannen seine Hände zu zittern. Morganen berührte ihn am Ellenbogen. »Sind Sie okay, Captain?«

»Alles in Ordnung, Lenard, alles in Ordnung. Danke. Aber dieser Mann ... Ihr Götter im Himmel, die KessRith sind menschlicher, als er es ist!«

Im Hauptkorridor außerhalb der Stationsschleuse, die zur Andockstelle der *Gael Warrior* führte, bewegten sich Männer in Rüstungen. Die meisten trugen die weiße Panzerung und die zweckdienlichen Kunstlederuniformen der Imperialen Marinesoldaten. Sie hatten ihre zeremoniellen Laser*pila* zugunsten massiver, stark aufgeladener Energiegewehre zurückgelassen, die sich besser für den Nahkampf in geschlossenen Räumen eigneten.

Der für die Operation verantwortliche Centurio Maximus öffnete seine Kommunikatorverbindung zum Kommandierenden Legaten. »Alle Gruppen in Position, Sir! Es gibt keine Anzeichen, daß das Ziel gewarnt ist.«

»Exzellent. Positionen halten. In Bereitschaft bleiben.« Es folgte eine lange Pause, während der die Männer in ihren Rüstungen schwitzten und die wiederaufbereitete Atemluft von Hitze und Furcht ranzig wurde. »Sonderstoßtrupp, Achtung, eure Befehle! Angriff beginnen! Ich wiederhole ... der Angriff beginnt!«

»Bestätigt!« Der Centurio schaltete auf die taktische Angriffsfrequenz. »Alle Einheiten! Auf geht's! Scharfschützen fertigmachen! Pioniere, öffnet die Luke!«

Ein Pionier manipulierte eine Kontrolle, und die Luke fuhr zischend auf. Dahinter waren die Transplex-Wände der Röhre zu sehen, die Alba Port mit der Haupt-Achterdeck-Luke der *Gael Warrior* verband. Am anderen Ende des Tunnels standen zwei Männer der *Gael Warrior* Wache, gekleidet in Wartungsraumanzüge und bewaffnet mit Energiegewehren aus der Waffenkammer des Schiffes.

Zwei Marinescharfschützen, die vor der Luke warteten, hatten ihre Ziele im Visier, noch ehe die Luke sich ganz geöffnet hatte. Laserstrahlen schossen aus der Station und trafen die Helmvisiere der Gälen und überhitzen Fleisch und Knochen, bis Wasser zu Dampf wurde. Keiner der Männer hatte eine Chance, auch nur zu schreien, ehe ihre Köpfe im Inneren der versiegelten Helme lautlos explodierten. Zwei Leichen sackten neben hinabgefallenen Energiegewehren zusammen, als die Marinesoldaten durch die durchsichtige Röhrenbrücke auf die Hauptschleuse der *Gael Warrior* zustürmten.

Die Luke war verschlossen und versiegelt, doch die Marinesoldaten waren darauf vorbereitet. Einer trug eine flache graue Kiste, aus der ein Wald von elektronischen Sonden und Drähten ragte, während ein anderer seinen Handscanner benutzte, um die unter der Außenhaut der *Warrior* verborgenen Schaltkreise aufzuspüren. Der zweite Marinesoldat markierte einen Punkt auf dem Rumpf neben der Luke, und der erste positionierte die Box und befestigte sie mit magnetischen Klammern.

Es dauerte nur zehn Sekunden, bis das Schaltkreis-Lesegerät das Rumpfmetall durchdrungen und sein kleines, aber zielstrebiges Computergehirn die Lukenschaltkreise entdeckt und ihnen genauestens berechnete Stromstöße verabreicht hatte. Die Luke zischte und glitt zur Seite. Dahinter lag die Hauptluftschleuse, deren innere Luke offenstand. Zwanzig imperiale Marinesoldaten waren auf dem Achterdeck der *Gael Warrior*, ehe Alarm ausgelöst werden konnte.

Alarmsignale heulten durch das Schlachtschiff, und eine Computerstimme intonierte »Gefechtsstationen, Gefechtsstationen« im gelassenen Tonfall eines Holovid-Meteorologen.

Kendric betrachtete seinen Konsolenmonitor, der Übertragungen von einer Kamera auf dem Hauptdeck wiedergab. Morganen beugte sich über die Armlehne seines Sessels und deutete auf den Schirm.

»Sie sind vom Achterdeck aus durchgebrochen«, sagte er. »Das ist ein Großangriff.«

»Vermutlich gegen die Brücke und den Maschinenraum zugleich gerichtet«, stimmte Kendric zu. »Irgendwelche Berichte über Angriffe auf die anderen Schiffe?«

»Nein, Sir. Ich alarmierte sie wegen der Geschehnisse hier, wie Sie angeordnet haben.«

»Gut. Sie gehen besser ins Gefechtszentrum, Len. Wir müssen eine ungewöhnliche Ausschiffung durchführen!«

Die Vorbereitungen waren schon lange zuvor beendet worden. Kendric bereute, daß die Schiffe keine zusätzlichen Vorräte an Geschossen und Verbrauchsgütern hatten aufnehmen können, doch die Schwadron war vollständig ausgerüstet, und jedes Schiff war in der Lage, sich für zumindest zwei Monate im Weltraum zu halten.

Morganen eilte fort, und Kendric beobachtete die

Schlacht auf dem Bildschirm. Es war bestenfalls ein ungleicher Kampf. Die Männer der *Gael Warrior* waren nur sehr oberflächlich im Nahkampf ausgebildet, waren ungerüstet und trugen nur relativ leichte Waffen aus dem kleinen Arsenal der *Warrior*. Die Angreifer waren Marinesoldaten – die allerbesten –, vorzüglich ausgebildet für Einsätze an Bord von Raumschiffen, schwer gerüstet und mit schweren Energiegewehren bewaffnet, die bei jedem direkten Treffer menschliches Fleisch in verkohlte und qualmende Klumpen verwandelten. Nachdem sie das Achterdeck gestürmt hatten, hielten sie es als ihren Brückenkopf. Die Mannschaft der *Warrior* hatte alle Korridore versiegelt, die dorthin führten, aber die Angreifer waren bereits dabei, die versiegelten Türen zu durchbrechen und das ganze Schiff zu besetzen. Sie hatten bereits eine kleine Thermalbombe benutzt, um eine Tür zu öffnen, und Kendric konnte sie vorsichtig entlang Gang 12 vordringen sehen, sorgfältig über die verbrannten, reglosen Gestalten steigend, die einmal Besatzungsmitglieder der *Warrior* gewesen waren.

Er fluchte lautlos. Die Dinge entwickelten sich zu schnell!

»Alle Abteilungen melden sich bereit zum Start«, berichtete Logan von der Maschinenraumkonsole. »Sie haben volle Gravleistungen, wenn Sie sie brauchen, Captain.«

»Sehr gut«, sagte Kendric. »Lieutenant Munro, melden Sie an alle Schiffe: Wir werden gleichzeitig ablegen, auf mein Kommando. Erinnern Sie sie daran ... bitte vorsichtig! Wir wollen ja nicht Alba Port in Stücke reißen.«

»Alle Schiffe melden sich bereit, Captain«, antwortete Munro einen Moment später.

»Melden Sie an alle Männer: Wir verlieren vielleicht Druck auf dem Hauptdeck. Alle Männer sollen sich schützen!«

Die Männer der *Gael Warrior* hatten ihre Notfalldruckanzüge abgelegt, als zuerst die Gefechtsstationen aufgerufen worden waren. Mit der ungesicherten Rampe abzulegen war ein schreckliches Risiko, doch dazubleiben wäre eine Einladung an die Marinesoldaten, das Schiff zu übernehmen. Die Gruppe, die er auf dem Bildschirm beobachtete, deponierte gerade eine weitere Thermalbombe an einer Luke. Sie waren eindeutig zum Maschinenraum unterwegs.

Das winselnde Brummen der Gravgeneratoren der *Warrior* klang nun höher. Von irgendwoher unter ihnen klang das gedämpfte Donnern der schieren Energie auf, die durch die Konverter des Schlachtschiffes jagte. Auf dem Bildschirm hielt einer der Marinesoldaten inne und blickte auf. Er ergriff die Schulter eines Kameraden und gestikulierte. »Sie wissen, daß etwas passieren wird«, sagte Morganen. Er betrachtete das gleiche Bild auf seinem eigenen Monitor.

»Sie können hören, wie sich die Gravs erwärmen«, antwortete Kendric. »Alle Stationen! Bereit für Notfallablösung! Kommunikation, übertragen Sie den Countdown an alle Schiffe! Ablösung in fünf ... vier ... drei ... zwei ... eins ... Jetzt!«

Die durch die magnetischen Klammern in den Andockstellen des Hafens fließende Elektrizität wurde durch einen übergeordneten Befehl von jedem der Schiffe unterbrochen. Leblos schwangen die großen Klammern fort, als die Schiffe unter leichten Schüben ihrer Manövriergravs davonglitten.

Kabel und Leinen, die die *Gael Warrior* noch wie Nabelschnüre mit Alba Port verbanden, rissen sich los. Außerhalb des Rumpfes verdrehte sich die Transplex-Röhre zwischen Stationsschleuse und Schiffsschleuse und erzitterte, die gepanzerten Marinesoldaten wurden plötzlich zu Boden geschleudert, als das Schiff sich zu bewegen begann. Aus beiden Schleusen schossen Luftwolken, und die Atmosphäre ergoß sich in Stürmen aus kristallisierendem Eis in den Weltraum, während gepanzerte Gestalten in der plötzlichen, luftleeren Schwerelosigkeit zappelten und ins Schwimmen kamen.

Auf der *Warrior* schleuderte der explosionsartige Druckverlust Marinesoldaten vom Achterdeck trudelnd in den Weltraum. Einen übelkeiterregenden Moment lang kämpften die Schwerkraftfelder des Schiffes und der Station in einer taumelnden Folge von magenumkehrenden Impulsen gegeneinander an. Dann war die *Warrior* der künstlichen Schwerkraft der Station entkommen und glitt ruhig, Heck voran, ins All.

Notfallschotts schlossen sich und isolierten das nun luftleere Achterdeck. Überall hielten Marinesoldaten mit dem inne, was sie gerade taten, schauten einander an und begannen, ihre Waffen abzulegen. Isoliert an Bord eines feindlichen Kriegsschiffes, ohne Hoffnung auf Verstärkung, war die Kapitulation ihre einzige Möglichkeit.

Der Masseverlust an der Peripherie der Station war ungleichmäßig. Kendric beobachtete die Anlage, die sich auf dem vorderen Bildschirm entfernte. Nach einem Moment war unbestreitbar, daß die Station nun schlingerte, wenn auch so langsam, daß es kaum zu erkennen war. Die TOG-Verwalter würden alle Hände voll zu tun haben, die Station zu stabilisieren, aber das Problem war nicht wirklich gefährlich. Gut.

Jedes der neun Schiffe entfernte sich von der Station, schwang herum und richtete seinen Bug auf einen unsichtbaren Punkt, weit an Alba vorbei. Kendric gab den Befehl, und die *Gael Warrior* beschleunigte, während sich die anderen Schiffe der Schwadron dem Schlachtschiff anschlossen. Hinter ihnen entfernte sich die Raumstation, dem Blick durch die weißen Plasmaflammen ihrer I-K-Antriebe entzogen.

»*Reannruadh!*« Gebündeltes Licht pulsierte zwischen

den Schiffen und übertrug Worte und Bilder. »Hier spricht Fraser, *Gael Warrior!*«

Iann Sinclairs Gesicht schaute ihn von seinem Konsolenbildschirm an. »Flottencaptain! Es ist gut, Sie zurückzuhaben, Sir!« Während der Planungen waren Nachrichten an den Captain des Kreuzers übermittelt worden, doch immer nur auf umständlichen Wegen. Dies war nun das erste Mal, daß Kendric direkt mit einem der Captains unter seinem Kommando reden konnte.

»Danke, Iann. Es ist gut, zurück zu sein. Aber nun muß ich wieder gehen. Sie haben solange das Kommando über die Schwadron.«

Sinclair nickte. Der Plan war bereits diskutiert und im geheimen von Schiff zu Schiff übermittelt worden. »Recht haben Sie, Sir. Seien Sie nur pünktlich an unserem Treffpunkt!«

»Wir werden kommen, wenn wir können. Wenn nicht, nutzen Sie Ihr eigenes Urteilsvermögen. Aber unsere Leute auf Greshem müssen befreit werden.«

»Verstanden, Sir.«

»Gut so, weitermachen. *Warrior* Ende!«

Die *Gael Warrior* hatte auf dem gleichen Kurs wie die acht anderen Schiffe der Schwadron beschleunigt, doch nun, unter Commander Logans sanftem Druck, beschleunigte das Schlachtschiff sogar noch stärker und schneller, bis es mit voller Flankengeschwindigkeit flog. Ihr Kurs trennte sich von dem der anderen Kriegsschiffe und richtete sich auf die glatte, blaue und perlmuttfarbene Rundung Albas.

Kendric unternahm ein ähnliches Manöver wie bei Haetai, indem er das Schiff nahe am Planeten vorbeiflog, um die Schwerkraft der Welt dazu zu nutzen, ihn bis knapp oberhalb der Atmosphäre nach innen zu ziehen und dann wieder auf einem neuen und genau berechneten Kurs nach außen zu katapultieren. Er hatte die Details zusammen mit MacCandless im Ops ausgearbeitet. Zu dem Zeitpunkt, als das Schlachtschiff wieder hinter Alba auftauchte, zog es mit einer Geschwindigkeit von mehr als zwölf Kilometern in der Sekunde dahin.

In weniger als einer Stunde würde die *Gael Warrior* in der Nähe der TOG-VLCA eintreffen.

35

Die Meuterei der Gälischen Schwadron scheint vollständig zu sein. Das Schlachtschiff scheint einen Kurs zu dieser Anlage einzuschlagen. Dies könnte meine letzte Meldung sein. Immer noch keine Berichte über das Schicksal von Clarity.

– Entschlüsselte Sendung an das Hauptquartier des Commonwealth-Geheimdienstes, Cathandra. Quelle als streng geheim eingestuft, 19. Oktober 6830.

Die VLCA konnte das anfliegende Schlachtschiff natürlich erkennen, doch seine Besatzung konnte wenig dagegen tun. Die Anlage verfügte über zwei *Gladius*-Jagdflieger und eine Menagerie von Fähren und Wartungsschiffen. Die ganze Station besaß sieben Batterien, die jeweils aus schweren Beschleuniger- und Laserkanonen bestanden, die in Geschütztürmen mit überlappenden Schußfeldern angeordnet waren. Diese Waffen waren so angebracht, daß zumindest drei Türme zugleich gegen ein Kriegsschiff eingesetzt werden konnten, ganz gleich, aus welcher Richtung es sich näherte.

Das Schlachtschiff, das auf die VLCA zusteuerte, war jedoch kein einzelnes Ziel. Beinahe tausend Kilometer bevor die *Warrior* die VLCA erreichte, katapultierte sich Jäger um Jäger aus ihrem Rumpf. Die *Gael Warrior* war immer noch unterhalb ihrer vollen Anzahl von 72 Jagdfliegern, da die Verluste von Trothas nur teilweise durch vier Schwadronen *Spiculums* ausgeglichen wurden, die ihr kurz nach Trothas zugewiesen worden waren.

Es gab jedoch mehr als genug Jäger, um die Verteidigungsanlagen der Station zu überwältigen. Zudem war, wie Elliot Morganen bei ihrem letzten Treffen gesagt hatte, der Großteil des Militärpersonals der VLCA schon vor Wochen nach Alba Port transferiert worden. Zurückgeblieben waren vor allem imperiale oder gälische Zivilisten – Techniker und Verwaltungsleute –, die kein besonderes Verlangen verspürten, für den Caesar zu sterben, ganz gleich, was der befehlshabende Präfekt sagen mochte.

»Öffnen Sie eine Verbindung zum Ziel, Mr. Munro.«

»Verbindung geöffnet, Captain.«

»Achtung, VLCA Alba! Hier spricht das Schlachtschiff *Gael Warrior!* Sie haben dreißig Sekunden, um zu kapitulieren, sonst eröffnen wir das Feuer!«

Die Sekunden verstrichen ohne Antwort der Station.

Beim Anflug auf die VLCA hatte Kendric vor der Wahl zwischen zwei Vorgehensweisen gestanden: Er konnte einen Großangriff beginnen, mit dem einzigen Ziel, die Anlage zu zerstören, oder er konnte versuchen, sie zu erobern. Obwohl ihre Zeit begrenzt war, hatte er sich entschieden, zuerst die Eroberung der Station zu versuchen, trotz der Einwände aus seinem Stab. Eine große Schlacht würde vermutlich viele Verluste unter den Jägern der *Warrior* fordern und die sehr reale Gefahr einer Beschädigung der *Gael Warrior* selbst mit sich bringen – und sie würden so bald keine Gelegenheit haben, solche Schäden zu reparieren. Es bestand die große Wahrscheinlichkeit, daß die VLCA kapitulieren würde, wenn sie von einem Schlachtschiff und fast sechzig Jagdfliegern konfrontiert wurde. Wenn nicht, bestand immer noch die Möglichkeit, sie anzugreifen und zu zerstören.

Kendric wußte, daß im Falle einer Schlacht die *Warrior* auch nicht zur Verfügung stehen würde, wenn der Rest der Schwadron mit den patrouillierenden Kreuzern im äußeren System zusammenstieß.

»Hier Ops, Captain! Ihre Flimmerschilde erlöschen!«

»Nachricht auf Langstreckenverbindung«, fügte Munro hinzu. »VLCA Alba möchte kapitulieren. Sie sagen, sie schwenken alle Geschütztürme in Richtung zwei-acht-null Grad plus zwanzig, weit entfernt von unserer Richtung, Sir!«

Kendric löste den nahezu krampfhaften Griff um die Lehnen seines Sessels. Schritt eins war vollbracht! »Sagen Sie ihnen, daß ich mit ihrem Kommandanten sprechen möchte.«

Munro schaute von seiner Konsole auf, während er mit einer Hand den Ohrhörer dicht gegen seine Kopfseite drückte. »Oh ... Sie sagen, daß Präfekt Vallens tot sei, Captain. Es scheint, daß zur Zeit niemand das Kommando ausübt. Im Hintergrund klingt es wie ein Aufruhr. Die Dame, mit der ich spreche, verspricht uns, daß sie jemand finden werden ... Sie bitten, daß wir nicht schießen, bis sie einen Sprecher gefunden haben, Sir.«

Tatsächlich hielt Kendric die Feuerkraft der *Warrior* auch noch zurück, nachdem sich die Techniker und Kommunikationsspezialisten an Bord der VLCA auf einen Repräsentanten geeinigt hatten. Die *Gael Warrior* kam nahe der VLCA zum Stillstand, nur ein paar hundert Meter entfernt, und setzte eine Fähre aus, während sich die Jäger zur Wiederaufnahme bereitmachten. Er und seine Männer hatten die Anlage mit einem einzelnen Schuß erobert – dem Schuß, der den Kommandierenden TOG-Präfekten der Station getötet hatte.

»Die letzten Jäger sind wieder an Bord, Captain.«

»Gut. Irgendeine Meldung vom Rest der Schwadron?«

MacCandless schüttelte den Kopf auf dem Monitor. »Nichts, Sir. Der Scanner-Offizier meldet, daß sie auf Kurs aus dem System sind, Entfernung etwa zwei

Lichtminuten. Die TOG-Kreuzer nähern sich auf einem Abfangkurs. Geschätzte Begegnungszeit fünfunddreißig Minuten.«

»Danke«, sagte Kendric, der wußte, daß ihm nicht viel Zeit blieb. Er drückte den Komm-Kanal-Selektor. »Alec? Sagen Sie unserem Entertrupp, er soll sich beeilen. Wir haben eine Verabredung, die wir unbedingt einhalten müssen!«

Einhundert Raumfahrer der *Warrior*, bewaffnet und gepanzert mit der Ausrüstung der Legionäre, die nun in einem der Vorratsräume des Schlachtschiffes gefangengehalten wurden, waren hinübergeschickt worden, und die VLCA zu zerstören.

»Captain? Hier Munro.«

»Ja, Alec?«

»Chief Grant meldet sich von der VLCA, Sir.«

»Schalten Sie ihn durch.«

Chief Allen Grant war als Kommandant des Entertrupps hinübergeschickt worden. Sein Gesicht erschien auf Kendrics Bildschirm. Im Hintergrund konnte Kendric Konsolen und ein Stück sternbedeckten Himmel sehen. Grant meldete sich anscheinend aus dem Kontrollraum der VLCA.

»Captain. Alles in Ordnung. Aber wir haben vielleicht ein Problem.«

»Und das wäre, Chief?«

»Hier sind vielleicht fünfzig ... sechzig Zivilisten an Bord, die behaupten, daß sie Gälen von Alba sind und nicht zurückbleiben wollen.«

»Können wir es arrangieren, daß sie per Fähre nach Alba gebracht werden?« Kendric dachte an die eigenen Fähren und planetarischen Transporter der Station.

»Ja, Sir, aber sie würden lieber mit uns kommen. Die leitende Dame ...«

»Warten Sie ... Dame?«

»Ja, Sir. Sie sagt, Sir, daß sie es lieber mit uns versuchen wollen, anstatt als Verräter des TOG gebrandmarkt zu werden.«

»Chief. Warten Sie eine Minute. Wie viele von diesen Leuten sind Frauen?«

»Habe ich nicht gezählt, Sir. Vielleicht die Hälfte.«

Kendric runzelte die Stirn. Sechzig Leute, und die Hälfte davon Frauen! Er konnte ihre Abneigung dagegen verstehen, zurück nach Alba befördert zu werden. Nun, wo das TOG dort die Kontrolle hatte, mußten die Zivilisten, die einen Präfekten ermordet und eine VLCA ausgeliefert hatten, sehr wohl mit Vergeltungsakten rechnen, wenn sie im Argrian-System blieben.

Aber was sollte er mit sechzig Zivilisten an Bord der *Gael Warrior* anfangen? Was, wenn darunter TOG-Agenten waren? Noch drängender war die Frage, wo an Bord er Unterkünfte für dreißig Frauen finden sollte. Er wußte nur, daß er sie nicht Gracchis gnädigem Urteil ausliefern würde. Die anderen Probleme mußten gelöst werden, wenn es soweit war.

»O. K., Chief. Bringen Sie sie an Bord. Aber beeilen sie sich! Wir haben nicht viel Zeit.«

»Die Jungs kümmern sich um die Komm-Geräte, wie Sie befohlen haben, Captain.«

Kendric konnte tatsächlich Schreie und dumpfe, krachende Laute im Hintergrund hören, begleitet vom Klirren zerbrochenen Glases und dem Scheppern stürzender elektronischer Ausrüstung. Gracchi würde sicher sein, daß er, Kendric, erraten hatte, was die zwei Transporter vorhatten. Er würde wissen, was das nächste Ziel der Gälischen Schwadron war ... ein unwichtiger roter Zwerg, der von einer Welt namens Greshem umkreist wurde, 10 000 Lichtjahre entfernt.

Doch Gracchi konnte nur dann einen Vorteil aus diesem Wissen ziehen, wenn er mehrere TOG-Flotten oder -Schlachtschiffschwadronen koordinierte, die bereits in der Region operierten – und dafür benötigte er eine VLCA. Wenn VLCA Alba außer Betrieb war, hatte der Overlord nur zwei Möglichkeiten: Er konnte auf das Eintreffen der TOG-Verstärkungen auf Alba warten und dann die Gälische Schwadron nach Greshem verfolgen oder aber ein Schiff zu irgendeinem anderen System mit einer VLCA besteigen und von dort die Errichtung einer Falle bei Greshem koordinieren.

»Eine Sache noch, Chief.«

»Ja, Sir?«

»Es sollte dort eine Art Karte oder Übersicht geben, auf der die anderen VLCAs in diesem Teil der Galaxis aufgelistet sind. Suchen Sie sie. Lassen Sie sich von einem der Techniker helfen, wenn es nötig ist.« Kendric konnte besser planen, wenn er wußte, wie lange Gracchi brauchen würde, um die nächsten VLCAs zu erreichen.

Die Zerstörung der VLCA Alba dauerte weniger als fünfzehn Minuten. Kontrollen und Konsolen wurden eingeschlagen und ihre Elektronik herausgerissen. Der Hauptcomputer der Anlage und seine Speicherkerne wurden gelöscht. Als abschließende Abschiedsgeste hatten Raumfahrer in Raumanzügen eine kleine Plastiksprengstoffladung an der kilometerlangen Antenne draußen befestigt, die explodieren würde, wenn Strom durch die Antennenzuleitung floß. Mit etwas Glück würden Gracchis Leute in der Lage sein, die Station in mehreren Tagen harter Arbeit wieder betriebsbereit zu bekommen. Sofern sie aber nicht die anscheinend unbeschädigten Außenanlagen absuchten, würden sie voraussichtlich ihre eigenen Antennen im dem Moment sabotieren, wenn sie sie ausprobierten.

Inzwischen waren die Fähren der *Warrior* damit beschäftigt, vierundsechzig zivile Techniker von der Station zum Schlachtschiff zu befördern. Immer wenn eine Fährenbemannung an Bord kam, geleiteten Mannschaftsmitglieder die Flüchtlinge zu den Mannschaftsquartieren, die zu räumen Kendric befohlen hatte, eines für die Männer, das andere für die Frauen. Die aus ihren Quartieren vertriebenen Besatzungsmitglieder konnten für eine Weile mit den anderen die Unterkunft teilen.

Der Flüchtlingsverkehr bewegte sich in beide Richtungen. Von den 1160 Besatzungsmitgliedern der *Warrior* hatten 221 ihre Vorgesetzten informiert, daß sie nicht an Bord bleiben wollten. Diese Männer drängelten sich nun, ihre Besitztümer in Tuchbeuteln über die Schulter geworfen, an Bord der Fähren, die zur VLCA zurückflogen. Der Transfer verlief reibungslos, mit nur wenigen Spannungen zwischen denen, die gingen, und denen, die an Bord blieben. Kendric wünschte niemanden an Bord der *Gael Warrior,* der nicht dort sein wollte, und anscheinend dachte seine Mannschaft genauso.

Die Kommunikationsstation hatte eine Besatzung von über 350 Leuten, die zivilen Techniker nicht eingerechnet. Dazu kamen nun die 221 der *Warrior*. All jene, die nicht an Bord der *Warrior* kommen wollten, wurden in ein Unterkunftsmodul getrieben und durch die einfache Methode eingesperrt, die Türelektronik zu schmelzen. Danach flogen die letzten Leute des Entertrupps zurück zur *Gael Warrior.*

Das Schlachtschiff traf die letzten Vorbereitungen für die Beschleunigung, als Kendric erneut angerufen wurde.

»Captain! Hier Ops! Unsere Scanner haben ein unidentifiziertes Schiff aufgefangen, das sich vom Planeten her nähert, Sir. Es scheint eine interplanetarische Fähre zu sein.«

»Irgendein Kontakt zu ihnen?«

»Nein, Sir. Wir haben etwas Atmosphärenverlust registriert. Falls sie beschädigt sind, *könnte* ihr Funkgerät aus sein.« Der Mann klang zweifelnd. Eine einzelne Fähre mochte weitere Flüchtlinge von Alba Port bringen, oder es war eine ferngesteuerte oder von einem Freiwilligen gelenkte Fähre, deren Frachtraum mit Sprengstoff vollgestopft oder die mit einem kleinen nuklearen Sprengkopf beladen war.

Kendric entspannte sich. »Kelly? Können Sie ihr Aquisitionslicht bereits erkennen?«

»Ja, Sir. Sie haben Standard-Lauflichter ... und auch ihr Landeanflugsleuchtfeuer ist normal. Sieht aus, als wollten sie von uns gesehen werden ...«

»Nehmen Sie Kontakt mit der Anlegestelle auf und lassen Sie sie landen, Kelly. Landebucht Alpha.«

»Sir?«

»Sie stehen auf unserer Seite, Commander. Lieutenant Jaime Douglass ist an Bord.« Kendrics Lächeln wurde breiter. »Und eine Freundin.«

»Es war überhaupt nicht meine Idee«, gab Jaime später zu. »Sie sagten mir, sie könne sich um sich selbst kümmern, aber ich hatte keine Ahnung, daß sie so ... überzeugend sein kann!«

Kendric war gerne bereit, das zuzugestehen. Es war T. C.s Vorschlag an Captain White gewesen, ein paar Minuten nach der Flucht der Gälischen Schwadron Alba Port anzufliegen und angesichts der offenkundig größeren Katastrophe, in deren Folge explodierte Luken aufklafften und Leichen im Weltraum trieben, seine Hilfe anzubieten. Als die *Corrine-alias-Agravender II* angedockt hatte, näherten sich auch andere kommerzielle Raumschiffe, bestrebt, den TOG-Herren der Station ihre Unterstützung zu offerieren und zu beweisen, daß sie zumindest nichts mit den Ereignissen zu schaffen hatten, deren sie gerade Zeuge geworden waren!

Die Explosion mehrerer Luken, die nicht als Drucktüren ausgelegt waren, hatte die Lage auf der Orbitalstation für einen Moment sehr ernst aussehen lassen. T. C. und Douglass hatten sich frei in den Korridoren bewegen können und sich denen angeschlossen, die den TOG-Ärzten nach Verwundeten und dem TOG-Schadenskontrolltrupp nach Lecks suchen halfen.

Auf T. C.s Drängen hatte Douglass eine kleine Fähren-Landebucht auf einer der unteren Ebenen aufgespürt. Sie fanden dort auch Fähren, aber ebenso eine unangenehme Überraschung: Es sah so aus, als ob jemand vor einiger Zeit Sprengladungen in der Bucht gezündet hätte. Ohne Zweifel hatten die TOG-Herren versucht, die flugbereiten Fähren meuternden gälischen Raumfahrern unzugänglich zu machen, die vielleicht eindringen, die Soldaten überwältigen und dann zum Planeten unter ihnen in die Anonymität flüchten könnten.

Von fünf Fähren in der Landebucht waren drei unreparierbar zerstört, und eine vierte war so schwer beschädigt, daß es Stunden dauern würde, sie wieder raumtüchtig zu machen. Die fünfte war den schlimmsten Konsequenzen der Explosion entgangen. Ihre Gravs funktionierten noch, wenn auch unruhig, und eine schnelle Überprüfung der Schaltkreise zeigte, daß das Startsystem noch arbeitete. Die Druckverschlüsse waren jedoch beschädigt, und die Kabine der Fähre würde ihre Atmosphäre nicht lange halten können. Schlimmer noch war, daß ein Trümmerstück das Kommunikationssystem zerschmettert hatte, als es den Rumpf der Fähre direkt über der Schalttafel durchschlug, die alle Kommunikationssysteme kontrollierte.

Wieder war es T. C. gewesen, die vorgeschlagen hatte, daß Jaime die Lauflichter der Fähre überprüfen sollte.

»Warum?« hatte der Pilot protestiert. »Das ist die letzte Sache, um die wir uns Sorgen machen müssen!«

»Falsch, Jaime. Diese Lichter sind unser behelfsmäßiges Kommunikationssystem. Aber ich glaube, du hast geschlafen, als wir sie das letzte Mal benutzt haben, nicht wahr?«

Sie hatte diese Behauptung nicht erläutert, bis sie die Flimmerschilde der *Warrior* erlöschen sahen. Für Jaime war die Reise von Alba Port zum VLCA voller Sorgen gewesen. Es gab einfach keinen Grund, weshalb das Schlachtschiff eine Fähre herankommen lassen sollte, die sich nicht angemessen identifiziert hatte!

Kendric und T. C. lösten sich behutsam aus ihrer ersten Umarmung. »Willkommen an Bord, Lieutenant«, sagte er sanft. Er blickte über ihre Schulter auf Jaime, der unbeholfen im Korridor zur Landebucht Alpha stand. »Sie auch, Commander. Ich bin froh, daß Sie es geschafft haben!«

»Begrüßt du all deine Offiziere auf diese Weise, Captain?« fragte T. C. mit einem Kichern.

Kendric lachte und sagte dann: »Jetzt, wenn meine offiziellen Pflichten als Empfangschef erfüllt sind, gehe ich wieder nach oben auf die Brücke. Wemyss hier wird dich zu deiner Unterkunft führen, T. C. Jaime, ich denke, du wirst deine Leute im Bereitschaftsraum finden.«

»Ja, Sir. Schon unterwegs!«

Die *Gael Warrior* beschleunigte bereits, als Kendric die Brücke erreichte. Morganens Befehle hatten gelautet, zu starten und loszufliegen, sobald die beschädigte Fähre an Bord genommen war.

Sie rasten zu ihrem vereinbarten Treffpunkt.

Da die Gesetze der Physik nun einmal feststehen, gibt es eine bestimmte Mindestentfernung zwischen Übergängen in den T-Raum, die etwa einem Fünftel eines Lichtjahres entspricht. Kendric spielte auf Risiko. Ihre Verfolger vom TOG würden wissen, daß die *Gael Warrior* versuchte, sich so schnell wie möglich mit dem Rest der abtrünnigen Schwadron zu treffen, da Kendric es nicht wagte, seine winzige Flotte länger als unbedingt nötig aufzuteilen. Die TOG-Schiffe würden sich nun der Gälischen Schwadron genähert haben, geleitet durch ihre T-Doppler-Spürgeräte.

Der Trick bestand darin, daß die *Gael Warrior* gerade im richtigen Augenblick am Treffpunkt erscheinen würde.

»... zwei ... eins ... Los!«

Das vertraute Gefühl des Fallens und Zerrens beim Übergang in den T-Raum breitete sich in Kendric aus, und der Weltraum auf dem vorderen Bildschirm veränderte sich zu der charakteristischen milchigen Weiße. Ein Reihe roter Digitalzahlen begann ihren Countdown von zehn nach eins in einer Ecke des Bildschirms.

»Alle Stationen auf Bereitschaft!« befahl Kendric. »Mr. Fairfax, bereiten Sie sich vor, die günstigsten Ziele anzugreifen!«

Es gab keine Methode herauszufinden, was sie nach ihrem Rückeintritt in den normalen Raum vorfinden würden. Ebensowenig war es möglich, ihren Eintrittspunkt relativ zu den anderen Schiffen festzulegen – weder den eigenen noch denen des TOG. Die mit den anderen Schiffen vor deren Abflug von Alba ausgetauschten Koordinaten engten das Zielgebiet beträchtlich ein, doch ...

Die Sekunden bis zum Übertritt rasten vorbei, und im Moment des Überganges wurde Kendric wieder von Übelkeit geschüttelt. Als der Moment vorbei war, sah er, daß ihre Schätzungen wohlbegründet gewesen waren!

Die Schlacht tobte nur wenige zehntausend Kilometer entfernt.

»Gut gemacht, Steuercrew!« brüllte Kendric. »Feuerleitstelle! Ziele!«

Fünfzig Kilometer vor ihnen vollführte ein Leichter Kreuzer des TOG eine langsame Kehrtwende, während seine Laser und Beschleunigerkanonen auf die Backbord-Flimmerschilde der *Abu* einhämmerten. Die kleine Fregatte war bereits beschädigt. Auf der Vergrößerung konnte Kendric Risse und Trichter im Metallrumpf an ihrer Rücken- und Steuerbordseite erkennen. Dahinter spielte sich der Schußwechsel zwischen dem zweiten Leichten TOG-Kreuzer und der *Reannruadh* ab, während alle drei gälischen Korvetten feuernd das Heck des Feindes umkreisten. Überall manövrierten und feuerten Raumschiffe, und der Weltraum war gefüllt mit den pulsierenden, schnellen I-K-Spuren der Geschosse.

Die gälischen Schiffe hatten ihren direkten Kurs in gerader Linie aus dem System nicht beibehalten können, aber die Geschwindigkeit aller Schiffe war so hoch, daß eine Wendung erhebliche Energie und Zeit benötigt hätte. Die meisten Schiffe flogen mehr oder minder parallel weiter. Die *Gael Warrior* hatte die Schlacht auf dem gleichen Vektor, aber mit höherer T-Raum-Austrittsgeschwindigkeit erreicht. Sie raste durch die Gefechtszone wie eine erschreckte Herde Throgs von Skye durch lichtes Unterholz.

Die *Warrior* feuerte mit allen Waffen ihrer Haupt-Unterseiten-Geschütze auf das Heck des feindlichen Kreuzers. Weißes Licht überstrahlte das Flackern der Triebwerke, als die Flimmerschilde des Kreuzers Energiestürme von vielfachen Treffern abstrahlten. Noch hellere Blitze glitten über das Hinterteil des Schiffes, als Treffer um Treffer die Schilde durchdrang und in weiche Panzerung einschlug. Bruchstücke der Panzerung platzten von klaffenden Kratern ab und spritzten fort in den Weltraum. Atmosphäre strömte in glitzernden Wolken aus Eiskristallen heraus, als Wasser kondensierte und gefror.

»Halten Sie die Hauptwaffe für den nächsten zurück, Mr. Fairfax«, warnte Kendric. »Ich will die *Reannruadh* so schnell wie möglich freibekommen!«

»Aye, Sir. Wir haben eine volle Ladung auf dem Hauptbeschleuniger. Wir feuern, wenn Sie es anordnen.«

Eine weitere Salve schlug in den ersten Leichten Kreuzer ein, schmetterte gegen die Brücke und die geschwungene Tau-Radiator-Flosse hinter dem Brückenturm. Daraufhin begann das TOG-Schiff von der fliehenden Abu abzulassen. Ein Radargehäuse brach zusammen, und dann schlugen Flammen aus dem ganzen oberen Brückenturm, die sofort vom Vakuum erstickt wurden. Der ganze Weltraum war voller trudelnder Bruchstücke.

»Sein hinterer Steuerbord-Schild versagt«, meldete MacCandless vom Ops. Das war seine Bitte um eine Verfolgung.

»Kurs beibehalten, Mr. Kirkpatrick«, befahl Kendric dem Steuermann. »Kümmern Sie sich um den zweiten!«

Dieser – ein Leichter Kreuzer der *Mercenarius*-Klasse mit dem auffallend an der Flanke eingravierten Namen *Assassine* – wechselte weiterhin Schüsse mit der *Reannruadh* auf eine Entfernung von dreißig Kilometern. Der gälische Kreuzer hatte bereits schwere Schäden an der Backbord- und Oberseite erlitten. Kendric konnte die zerschmetterten Ruinen mehrerer vorderer Geschütztürme erkennen, deren Geschütze wie betrunken in unsinnige Richtungen zeigten.

»Die Hauptkanone, Mr. Fairfax. Feuer!«

»Hauptkanone, Feuer!«

Die Lichter auf der Brücke wurden schwächer, als unvorstellbare Energiemengen den Kern-Beschleuniger des Schlachtschiffs durchzogen. Es gab einen kaum zu bemerkenden Blitz, als die Hauptwaffe des Schlachtschiffs feuerte. Dann wurde der Bildschirm vollständig schwarz, als der Computer die unheimliche novaähnliche Strahlung eines Blocks aus Stahl und Thorium abschirmte, der in schlichtes, meterdickes Rumpfmetall einschlug. Dieser Aufprall setzte kinetische Energie mit einer Temperatur frei, wie sie üblicherweise eher im Herzen einer Sonne zu finden ist.

Der feindliche Kreuzer schien zerknüllt zu werden und faltete sich um die Einschlagstelle, als wäre er aus Aluminiumfolie. Seine Flimmerschilde versagten nach einem Augenblick, als Wrackteile in einer gezackten kugelförmigen Schale in den Weltraum hinaus explodierten. Die Lichter, die Türen und Bullaugen anzeigten, flackerten auf und erloschen immer wieder im Gleichklang und blieben dunkel, als die Hauptgeneratoren des Schiffes versagten. Ihre Geschütztürme hörten auf, die Haiform der *Reannruadh* zu verfolgen, und die dreifache Flamme, die tief in den Hauptantriebsdüsen des feindlichen Schiffes brannte, erstrahlte in sekundenlanger gleißender Helle und erstarb dann.

»Guter Schuß, Lee!« brüllte Kendric. »Ops! Wo ist der Schwere?«

»Fliegt in Richtung zwei-sieben-drei minus fünf, relativ, Captain. Entfernung 18 000 Kilometer.«

Auf Kendrics Befehl bremste die *Gael Warrior* etwas ab und schwenkte rasch nach backbord. Die Sterne zeichneten Feuerstreifen über den vorderen Bildschirm, als die *Warrior* ihren Kurs änderte. Der letzte feindliche Kreuzer lag nun direkt vor ihnen, verstrickt in einen fliegenden Schußwechsel mit drei Zerstörern.

Die gälischen Zerstörer waren kraftvolle Schiffe. Leichtgepanzert, aber schwerbewaffnet, besaßen sie für ein Großkampfschiff eine hohe Beschleunigungsfähigkeit, verbunden mit vorzüglicher Lenkbarkeit. Ihr Gegner war ein Schwerer Kreuzer der *Mars*-Klasse, die *Iulio,* langsamer und weniger wendig, aber mit weit schwereren Waffen bestückt und mit härterer Panzerung und kräftigeren Flimmerschilden versehen. Die *Iulio* war stark genug, um der *Gael Warrior* in einem ausgewogenen Kampf ein harter Gegner zu sein. Ein Zerstörer – sogar drei Zerstörer – hatte kaum eine Chance gegen ein solches Ungeheuer.

Es war unverkennbar, daß der Captain der *Iulio* seinen Vorteil auf das beste ausnutzte und die Angriffe von zwei Zerstörern ignorierte, um sich statt dessen völlig auf ein Ziel zu konzentrieren, das er schon früher ausgewählt hatte. Dieses Opfer war der Zerstörer *Galad*. Die *Gaidheal* und die *Iolaire* rasten dicht über den Schweren Kreuzer hinweg und schnappten mit ihren Waffen nach seinen Panzerplatten und Schilden, doch die *Iulio* ignorierte ihre unablässigen Angriffe und feuerte wohlgezielt Salve um Salve auf die Flanke der *Galad*.

»Hauptwaffe bereithalten!« befahl Kendric.

»Geladen und bereit, Sir!«

»Ruhig ...« Die Entfernung verringerte sich. »Feuer!«

Wieder wurden die Lichter schwächer, und Kendric fühlte das leichte Zittern von einem Dutzend Decks unter seinen Füßen empordringen, als der Massenbeschleuniger sein Projektil hinausschleuderte.

»Alle Waffen«, bellte Kendric. »Feuer!«

»Hauptwaffe verfehlt ihr Ziel«, meldete Fairfax. Er wirkte ruhig, beinahe gelangweilt, obwohl auf der Brücke die Spannung knisterte wie die aufgeladene Luft eines heraufziehenden Gewitters.

»Laden Sie die große Kanone wieder, Lee. Lassen Sie die anderen Waffen weiterschießen!«

Ein Schwerer Kreuzer konnte Zerstörer für eine kurze Zeit ignorieren, aber nicht ein Schlachtschiff. Die vorderen Schilde der *Gael Warrior* kreischten schrill und pfeifend auf, als sie gebündeltes Licht und heranrasende Materie abwehrten. Ein Laser-Geschützturm verschwand in blauen und grünen Flammen und ließ nur Leere und ein funkensprühendes Loch zurück.

Alle drei Zerstörer feuerten nun auf den hinteren Steuerbord-Schild des Kreuzers. Die *Warrior* schoß erneut, und wieder raste die Massenbeschleunigerladung vorbei.

Aber dennoch drangen viele Schüsse durch. Vereinzelte Jubelrufe begrüßten das helle Aufblitzen und die hervorquellende Flamme, die einen Treffer achterlich der feindlichen Brücke bezeichnete. Sie würden diesen Hieb spüren, bei Gott!

Kendric bellte weitere Befehle. Geschosse rasten aus den Geschützen und webten grüne Fäden über die Taktikschirme des Schiffes. Nukleares Feuer blühte auf, wunderschön und tödlich. Die Strahlung überlastete wichtige Schaltkreise, überwand die Dämpfungsrelais, schlug durch pannensichere Nebenleitungen.

»Ihre Schilde versagen, Captain!« meldete der Ops.

Kendrics nächster Befehl folgte der Meldung auf dem Fuße: »Hauptwaffe ... Feuer!«

Fairfax wiederholte den Befehl, und die Hauptwaffe feuerte erneut. Der Schild über der hinteren Steuerbordseite der *Iulio* verblaßte, stabilisierte sich, begann sich neu aufzubauen. Bevor er vollständig stabilisiert war, drang jedoch eine weitere Ladung aus ultradichtem Metall ein, mit einer Geschwindigkeit von einigen tausend Sekundenkilometern. Der Schuß durchschlug den Rumpf des Kreuzers und zerriß die Panzerung wie Seidenpapier. Explosionen rissen drei Decks auf und verdampften die Haupt-Konverter-Einrichtung. Feuer tobte in Lagerraum Nummer 2 und zerschmolz die Stützen, die das darüberliegende Deck trugen. Ein Leck entstand, und Wasserstofftreibstoff mit extrem tiefer Temperatur strömte aus geborstenen Kältespeicherkugeln in die heiße Luft und die Flammen.

Eine zweite Explosion, unmittelbar nach der ersten, verstümmelte die *Iulio*. Ihr Antrieb erlosch zuerst, dann auch die Notenergieversorgung. Licht, Schwerkraft, Lebenserhaltungssystem, Waffen und Energiereserven versagten im gleichen Augenblick. Auf ihren Turmdecks schrie die Besatzung sinnlos oder griff nach Notfallhelmen, als die Luft explosionsartig in den Weltraum ausströmte. Zwar gelang es einigen, ihre Helme rechtzeitig anzulegen, doch die meisten schafften es nicht.

Anderswo hatte das Gefecht aufgehört. Ein weiterer

Leichter Kreuzer war nichts mehr als ein treibendes, zerdrücktes Wrack. Mit ausgeschalteten Schilden und nutzlosen Waffen gaben der überlebende Leichte sowie der Schwere Kreuzer ihre Kapitulation bekannt.

»An alle Schiffe, hier spricht Fraser!« Kendric sprach auf dem Langstreckenkanal. Er wußte nicht, daß Tränen auf seinem Gesicht standen, als er die entsetzlichen Schäden betrachtete, die der *Galad* zugefügt worden waren und die nun erkennbar waren, als das Schlachtschiff dicht neben den angeschlagenen Zerstörer flog.

»Beschleunigung reduzieren und Formation einnehmen!« Er zwinkerte mit brennenden Augen. »Wir haben gewonnen!«

36

Im Namen Caesars ist Ihr Raumschiff für die Dauer dieses Notfalles beschlagnahmt.

– Sendung der Alba Port-Kontrollbehörde an den unabhängigen Frachter Hyperion, Alba Port, 19. Oktober 6830.

Die Fregatte *Abu* und der Zerstörer *Galad* waren von allen neun Schiffen der Schwadron am schwersten beschädigt. Alle gälischen Schiffe hatten mehr oder minder schwere Treffer einstecken müssen, und nur die *Iolaire* und die *Teachdair* hatten keine Gefallenen zu beklagen. Es war ein düsteres Vorspiel zu einem tödlichen Unternehmen.

Kendric gab den erschöpften Schiffsbesatzungen keine Gelegenheit, über die Gefallenen nachzudenken. Sobald die dringlichste Schadenskontrolle abgeschlossen war, hatte er jeden Schiffscaptain angewiesen, seine Männer zu befragen. Diejenigen, die der Schwadron nicht in ein so unsicheres Vorhaben folgen wollten, hatten die Freiheit, zurückzubleiben. Schadenskontrolltrupps von der *Gael Warrior* hatten der TOG-Besatzung an Bord der *Iulio* geholfen, Feuer und Luftlecks unter Kontrolle zu bekommen. Es würde an Bord des *Mars*-Klassen-Kreuzers Platz sein für diejenigen, die im Argrian-System bleiben wollten.

Beinahe dreihundert Männer hatten sich entschieden, zurückzubleiben, und sie wurden so schnell wie möglich zum Schweren Kreuzer transportiert. Um die auf manchen Schiffen entstandenen Personalengpässe auszugleichen, war noch eine weitere Umgruppierung der Mannschaften notwendig. Kendric blieb die ganze Zeit über auf der Brücke, nach außen kühl, innerlich aber kochend. TOG-Verstärkungen konnten in jedem Moment im System eintreffen, und er wollte nicht hier gestellt werden, wenn sie ankamen.

Schließlich aber war alles bereit. Besatzungsmitglieder waren überstellt und zugeordnet worden, so gut dies in so kurzer Zeit möglich war, und sie hatten es geschafft, die schlimmsten Schäden an allen Schiffen zu reparieren. Als Kendric den Befehl gab, zu beschleunigen, bewegte sich die ganze Flotte wie ein einziges Schiff, ihre Bugspitzen auf einen unsichtbaren Punkt ausgerichtet, den die Navigationscomputer am Himmel ausgesucht hatten.

Als ihre Geschwindigkeit schließlich groß genug und die Navigationsberechnungen vollendet waren, wurde ein Befehl erteilt, und alle neun Schiffe glitten zusammen in die milchige Weiße des T-Raumes. Auf der Brücke der *Warrior* sackte Kendric erleichtert in seinem Kommandosessel zusammen.

Der Flug nach Greshem dauerte acht Tage. Kendric hatte aus dem Lager der *Warrior* einen neuen PC erhalten und ihn auf seine eigene Tau-Zeit eingestellt. Die vierzehn Tage Tau auf der Reise von Narbon nach Alba minus einen Tag Tau auf Alba Port plus acht Tage mehr auf dem Weg nach Greshem ließen ihn mit 21 Tagen Tauüberschuß zurück, wenn sie erst einmal ihr Ziel erreicht hatten. Das würde begrenzen, wie weit sie danach reisen konnten, sofern sie nicht in der Lage waren, den T-Raum bei hoher Geschwindigkeit zu erreichen. Daran war aber nichts zu ändern – nicht, wenn sie eine Gelegenheit haben wollten, die Gälen an Bord der zwei Transporter zu retten.

Von größerer Bedeutung war die Frage, wo genau die Transporter sein würden, wenn die Schwadron das Greshem-System erreichte. Es gab keine Methode, das genau zu erfahren, doch Kendric konnte sich auf gute Schätzungen stützen. Die *Warrior* hatte den Abflug der Transporter von Alba überwacht, und so wußte er, welche Geschwindigkeit sie bei ihrem Übergang in den T-Raum gehabt hatten. Die *Aldebaran*-Klasse war nicht für hohe Beschleunigung oder schnelle Flüge gebaut, weder innerhalb noch außerhalb des T-Raumes. Der Nav-Offizier hatte berechnet, daß die Transporter zwölf Tage benötigen würden, um die 10 000 Lichtjahre zwischen dem Gälischen Sternhaufen und Greshems Sonne zurückzulegen. Mit anderen Worten, sie würden in dem System um den roten Zwergstern etwas weniger als vierundzwanzig Stunden vor der Gälischen Schwadron eintreffen.

Was weder ermittelt noch geschätzt werden konnte, war die exakte Position der Transporter in diesem System. Die *Warrior* mochte aus dem T-Raum auftauchen und feststellen, daß die Transporter bereits gelandet waren und ihre Fracht aus gefrorenen Sklaven entladen wurde. Oder die Transporter bewegten sich noch langsam auf den bebengeschüttelten inneren Planeten des Systems zu.

»Alle Stationen und Abteilungen melden sich bereit zum Austritt«, meldete Morganen von der Hilfsbrücke.

»Exzellent.« Kendric atmete tief durch, um die aufsteigende Nervosität und Furcht niederzukämpfen. Angenommen, er hatte sich doch verschätzt? Angenommen, es war eine Falle, entworfen von Gracchi, um sie in dieses System zu locken? Angenommen … »Captain an Jäger. Seid ihr alle zusammen da unten, Jaime?«

»Zu allem bereit, Captain«, erwiderte Douglass.

»Wir geben euch unsere taktischen Daten, sobald wir sie haben. Aber macht euch nicht verrückt. Ich hoffe, wir brauchen euch gar nicht.«

»Spielverderber. Oh, Spielverderber, Sir. Wir sind bereit, wenn Sie den Befehl geben, Captain.«

Er wechselte die Frequenz. »Hier Fraser. Alle Waffen bereit, Lee?«

»Alle Waffen bestückt, geladen und bereit, Captain. Hauptwaffe bereit.«

»Ich hoffe, die brauchen wir nicht.« Die Transporter würden keine Ziele für die zentrale Waffe der *Gael Warrior* sein. Ein Treffer des riesigen Massenbeschleunigers würde den Transporter zerfetzen – und jeden einzelnen seiner gefrorenen unfreiwilligen Passagiere töten. Dennoch mußte die Waffe einsatzbereit sein – nur für alle Fälle.

»Zwanzig Sekunden bis zum Austritt, Captain«, meldete Lieutenant Commander Campbell. Die Sekunden flackerten bereits auf dem Hauptbildschirm vorüber. Der Schatten von Greshems Sonne war als kleine blasse Dunkelheit vor dem weißen Gleißen zu erkennen, direkt voraus, mit jedem Augenblick größer werdend. Dann begann Campbell, zu zählen. »Drei ... zwei ... eins ... Austritt!«

Das Schiff fiel, und Kendrics Hände schlossen sich krampfhaft um die Armlehnen. Das Weiße wurde von Dunkelheit verschluckt. Ein düsterer roter Stern, dessen Oberfläche eine gesprenkelte, körnige Struktur aufwies, hing weniger als eine halbe AE entfernt im Weltraum.

Nervöse Sekunden folgten. Auf der taktischen Darstellung zeigten graphische Computersymbole die anderen acht Schiffe der Schwadron sowie Felsbrocken und Trümmerstücke in größerer Entfernung an, als die Radarsysteme der Schiffe Sekunden später aktiv wurden. Das Greshem-System war reich an Asteroiden und Kometen. Kendric konnte die geisterbleichen Kleckse eines Kometenpaares auf dem Bildschirm sehen, nicht weit von der Sonne. Sie waren rot getönt, da sie das Licht des roten Zwerges reflektierten.

»Captain! Hier Ops! Wir haben sie!«

»Wo, Kelly?«

»Beim inneren Planeten. Wir haben eine starke Anzeige im Orbit. Die Sensoren zeigen uns eine Masse an, die mit einem Transporter der *Aldebaran*-Klasse übereinstimmt, und wir empfangen den Neutrinoausstoß seines Reaktors. Wir haben andere Quellen auf dem Planeten.«

»Wie viele?«

»Schwer, die zu lesen. Die meisten scheinen Atmosphärenfabriken zu sein, aber es existiert eine starke Neutrinoquelle in der Dämmerungszone, die vermutlich ihr Hauptstützpunkt ist. Es gibt eine andere Neutrinoanzeige in der Nähe, vermutlich der andere Transporter, Sir.«

»Wie viele Schiffe sind im System?«

Pause. »Keine, Captain. Wir haben zwei Transporter, einer im Orbit, der andere gelandet … und mehrere Energiequellen auf dem Planeten. Das ist alles.«

»Dann haben wir sie.« Er war beunruhigt. Ein Transporter auf dem Boden. Hatten sie bereits ihre Fracht abgeladen? Und der eine im Orbit? Hatte er bereits entladen und die Umlaufbahn angeflogen, um auf den anderen zu warten? Oder wartete er noch darauf, entladen zu können?

Die Schwadron beschleunigte in Richtung Sonne. Einschließlich der Zeit, um vor ihrem Ziel abzubremsen, würde der Flug weniger als vierzig Minuten dauern.

Jaime Douglass betrachtete die sich aufbauende Taktik-Darstellung auf seinem Konsolenbildschirm. Felsen … Trümmer … das System war mit Abfall verseucht. Er schaute mit gebanntem Interesse zu, als sich Zahlen und Worte auf dem Schirm anordneten und blinkende Symbole klassifizierten, die Energiequellen und Radarreflektionen bezeichneten. Ein Transporter lag in der Umlaufbahn, eindeutig. Andere Symbole waren über den Planeten verstreut. Er befragte den Bordcomputer und erfuhr, daß Greshem bei seiner Entdeckung ein Aschenbrocken ohne Atmosphäre gewesen war, nun aber fusionsgetriebene Gasausstoßsysteme seit einigen Jahren in Betrieb waren. Die Atmosphäre war für eine kurze Zeit ohne Anstrengung atembar.

Und in dem Zeug sollen Sklaven Minen ausschachten? Jaime war erschüttert.

Ein rotes Licht blinkte auf seiner Konsole. »Bereit halten, Jaime.« Die Stimme des Captains erklang in seinen Helmlautsprechern. »Ich überstelle Sie hinüber zum Abfangjäger-Kontrolloffizier.«

»Gut. Was ist los, Captain?«

»Ops hat Anzeichen aufgefangen, daß der Transporter in der Umlaufbahn vielleicht vorhat, abzuhauen.«

»Vielleicht haben sie unsere Leute bereits hinausgeworfen.«

»Vielleicht. Vielleicht auch nicht. Ich will, daß Ihre Leute sie davon abbringen, nur für alle Fälle.«

Jaime schaute bereits über seine Konsolenanzeigen und überprüfte, ob alle Systeme bereit waren und grünes Licht gaben. »Geben Sie den Befehl, Captain.«

»Haltet euch bereit.«

Douglass benutzte die angespannten Minuten, um die beiden anderen Kommandanten unter seinem Befehl zu kontrollieren. Seit Trothas war er der Gruppenführer der *Warrior*. Geschwader und Schwadronen waren hin- und hergeschoben worden, um eine bessere taktische Mischung zu ergeben. Schwadron Gold, Gruppe Alpha, war seine alte Schwadron, aber sie saßen nun in *Spiculums* statt in den älteren, langsameren *Pilums*.

Lieutenant Bill Kimball würde Gruppe Beta anführen, während Lieutenant Roger MacKennie Gamma leitete. Es hatte seit Trothas andere Veränderungen gegeben. Die ganze Abfangjägergruppe des Schlachtschiffes war nun eine engverbundene Familie. Das Gefühl war verschwunden, daß die alten Gyrfalken

Außenseiter seien. Sie waren keine Gyrfalken mehr – sondern Krieger der *Warrior*.

Alle Jäger meldeten sich startbereit.

»Da sind sie!« schrie jemand über Funk. Auf seinem Bildschirm konnte Jaime erkennen, wie die zwei Symbole, die für die Transporter standen, vom Planeten fortschwenkten. Zahlen gaben ihre Beschleunigung an – langsam und schwerfällig. Nichtsdestoweniger würden sie nicht lange brauchen, um die Mindestgeschwindigkeit für den Übertritt zu erreichen.

»AJ-KO an alle Jäger. Bereit halten für Alarmstart.«

»Hier Gruppenführer, AJ-KO«, antwortete Jaime. »Alle Jäger halten sich bereit.«

Die Tore der Landebucht schwenkten auf. Douglass konnte die rote Sonne direkt vor ihnen sehen und den Planeten als schlanke Sichel an einer Seite erkennen.

»Alpha, starten, wenn bereit.«

»Alpha … starten!«

Der vertraute Sog der Beschleunigung durchdrang für einen Moment die internen Felder und preßte ihn in seinen Sitz. Der Rumpf der *Gael Warrior* raste vorbei, ein graues Flirren, Meter über seinem Kopf. Dann war er allein, umgeben von Sternen und Schwärze, während das Raumschiff wie ein Spielzeug achtern zusammenschrumpfte.

»Gruppenführer, hier spricht der AJ-KO. Wir übermitteln Ihnen Abfangdaten an alle Jäger.« Zahlen und Buchstaben stürzten über seinen Bildschirm. Er benutzte seine Gravs, um die *Spiculum* auf einen anderen Kurs zu bringen, der den fliehenden Transporter abfangen würde. Er entschloß sich, es vorsichtig anzugehen und alle Möglichkeiten abzudecken. Die Beta- und Gamma-Gruppen sollten den Planeten umkreisen, nach Fallen Ausschau halten, als Reserve dienen und den gelandeten Transporter beobachten. Douglass' Gruppe Alpha würde sich dem Transporter nähern und dabei die vier Schwadronen verteilen, um an das flüchtende Schiff aus einem anderen Winkel heranzugehen. Wenn der Transporter plötzlich den Kurs zu ändern versuchte, wäre bereits jemand in Position, um ihm den Fluchtweg zu versperren. Douglass' eigene Gold-Schwadron näherte sich direkt von achtern. Bei 7 *g* holten sie, dem schwerfälligen Transport gegenüber, schnell auf.

»*Aldebaran*-Klasse-Transporter, hier spricht Gold-Schwadron«, meldete sich Douglass auf der allgemeinen Langstreckenfrequenz. »Stellen Sie die Beschleunigung ein, oder wir eröffnen das Feuer.«

»Schieß nur, Rebell«, antwortete eine Stimme Sekunden später. »Mach so weiter und schieß, wenn du all deine eigenen Leute umbringen willst!«

Der Transporter füllte sein vorderes Cockpitfenster aus. Seine graue, aufgeblähte Walgestalt war, für die Größe der einzelnen brennenden Antriebsflamme achtern, ziemlich überdimensioniert. Die Brücke war eine simple Plattform mit einem winzigen beleuchteten Turm auf der Oberseite des Rumpfes, weit vorne.

»He, Rebell!« erklang die Stimme wieder. »Soweit ich weiß, platzen Frosties, wenn man sie ins Vakuum wirft! Willst du das wirklich herausfinden?«

Douglass ignorierte den Hohn, aber er wußte, daß ihm die Zeit davonlief. Ein Großangriff mochte genau das herbeiführen, was die höhnische Stimme angekündigt hatte: den Transporter zu zerstören und jeden an Bord zu töten, entweder durch das Vakuum oder durch den Energieverlust in den Gefriereinheiten des Frachtraums. Doch der Transporter flog bereits mit beinahe acht Kilometern in der Sekunde. In jedem Moment konnte der Pilot das Schiff in den T-Raum schleudern. Bis die *Warrior* den Flugwinkel, die Übertrittsgeschwindigkeit und die mutmaßliche Zielbestimmung des Schiffes berechnet hatte, wäre der Transporter lange fort.

Jaime öffnete eine Verbindung zu seinem Flügelmann. »Flankiere ihn steuerbord, Dav! Ich gehe näher ran!«

Er zwang seinen Jäger näher an den Transporter, dicht unter dessen flammendem Plasmaausstoß hindurchfliegend. Die Brücke war vor ihm sichtbar, fröhlich mit blauen und weißen Streifen bemalt, die sich scharf vom grauen Hauptrumpf abhoben.

Laserstrahlen blitzten auf, und das Aufflackern von Jaimes vorderem Schild hinterließ gleißende Flecke vor seinen Augen. Die *Aldebaran* besaß nur einen einzelnen kleinen 5/5-Laserturm, der unter ihre Brücke geklemmt war, aber das reichte aus, um ihn Vorsicht wahren zu lassen.

Jaime ließ sich Zeit beim Zielen, benutzte sein HUD-Fadenkreuz und erfaßte das Ziel mit dem Feuerleitcomputer der *Spiculum*. Als das rote Blinklicht eine erfolgreiche Zielerfassung anzeigte, hielt er den Atem an und preßte den Feuerknopf am Steuerknüppel.

Die 7,5/4-cm-Laserpaare auf jedem Flügel ließen grünes Licht aufblitzen, das kräftig vom Bauch des Frachters widergespiegelt wurde. Ein Strahl verschwand aufflammend am Schild des Transporters, aber der andere traf sein Ziel mit Licht und Hitze. Luft verströmte glitzernd in den Weltraum, wo Wassertröpfchen zu Sternenfeldern aus Eis wurden. Im roten Licht der Sonne sahen sie wie ausströmendes Blut aus.

Die *Spiculum* raste unter der blutenden Nase des Transporters vorbei, und ihre Manövrier-Gravs stampften, als sie abbremste und sich zu einem weiteren Vorbeiflug umwandte. »Transporter!« rief Douglass. »Hier spricht der Führer der Gold-Schwadron! Ich habe gerade Ihren Geschützturm beseitigt! Mein nächster Schuß wird direkt auf Ihrer Brücke landen! Danach werde ich Ihre Reaktionsmassen-Tanks aufschlitzen, bis Ihr Schiff aus Mangel an Treibstoff liegenbleibt. Kapitulieren Sie?«

Als keine Antwort kam, begann Jaime seinen nächsten Schuß vorzubereiten. Sogar in einer Ära, in der die mächtigen Waffen der Schlachtschiffe und Schweren Kreuzer oft über den Verlauf eines Schiffskampfes entschieden, spielten Abfangjäger noch eine zentrale Rolle. Nur sie besaßen die punktgenaue Präzision, die nötig war, um einzelne, winzige Ziele auf einem feindlichen Schiff herauszupicken. Douglass hatte versprochen, die Brücke des Transporters zu verbrennen, und das war ein Versprechen, das er halten konnte, ohne das Leben der hilflosen Schiffspassagiere zu gefährden.

»Nicht schießen, Führer Gold!« antwortete die Stimme, aus der sämtlicher Hohn verschwunden war. »Wir geben auf!«

Der Antrieb des Transporters flackerte und erlosch einen Moment später. Dann begann das Schiff die schwerfälligen Wendemanöver, so daß es unter Jägerbegleitung nach Greshem zurückkehren konnte.

Der Jubel hatte lange Zeit angedauert, bis Kendric schließlich Ruhe und Beachtung der Dienstpflichten befahl. Die von Alba entführten Gälen waren gerettet und in Sicherheit, aber viel Arbeit und eine Reihe wichtiger Entscheidungen standen noch an.

Der Transporter am Boden war gerade dabei, seine Fracht zu entladen, als die Gälische Schwadron eintraf. Kendric hatte von der *Warrior* und der *Reannruadh* Landetrupps zur Oberfläche ausgeschickt, um die Verladung der gefangenen Gälen zu überwachen, die vorläufig im Kälteschlaf bleiben würden. Solange sie sich im Kälteschlaf befanden, würden sie sich weder Sorgen wegen des Zieles machen, noch bräuchten sie Essen oder Getränke. Es war zweifelhaft, ob Kendric Platz genug gehabt hätte für die fast dreitausend Leute an Bord der beiden Transporter, wenn diese wach wären. Die beste und einfachste Lösung war es, sie so lange schlafen zu lassen, bis die Schwadron ihr Ziel erreicht hatte.

Das wurde ironischerweise zum zweiten, sogar noch größeren Problem. Wie Overlord Gracchi bereits gesagt hatte, gab es keinen Ort in der Galaxis, wohin die abtrünnigen Gälen fliehen konnten, kein Ziel, wo das TOG sie nicht früher oder später aufspüren würde. Kendric hatte beschlossen, eine Stabssitzung einzuberufen, um Ratschläge einzuholen. Er wollte auch T. C.s Rat haben, damit sie erneut einige Fragen über das Commonwealth beantworten könnte.

Inzwischen wurden die TOG-Besatzungen von den Transportern in der neugegründeten Minenkolonie auf Greshem ausgeladen. Das beanspruchte die Ressourcen weiter, da sie für jeden der Transporter weitere fünfzehn Männer aus der Flotte abziehen mußten, um die Transporter zu fliegen und die Lebenserhaltungsanlagen der Gefrorenen zu überwachen. Als die Landetrupps bereits sechshundert Sklaven in den Anlagen vorfanden, hatte Kendric sie vor die Wahl gestellt, daß sie entweder auf Greshem bleiben oder im Kälteschlaf an Bord der Transporter mitkommen könnten.

Die meisten von ihnen wollten mit der Flotte mitkommen, was Kendric ihnen nicht verdenken konnte. Es dauerte fast sechs Stunden, bis diese neuen Passagiere an Bord des gelandeten Transporters und in den Gefrierröhren waren, dann zwei weitere, um den anderen, bereits im Weltraum befindlichen Transporter herunterzurufen, um die restlichen Flüchtlinge aufzunehmen, die nicht mehr an Bord des ersten gepaßt hatten. Eine weitere Personalverschiebung verteilte die Zivilisten, die in der VLCA zur *Gael Warrior* gestoßen waren, über die gesamte Schwadron. Die meisten von ihnen waren Elektronik- und Kommunikations-Spezialisten, Männer und Frauen, deren Fähigkeiten für die Flotte lebenswichtig sein konnten. Die ursprünglichen Befürchtungen von Kendric und den Captains der übrigen Schiffe davor, auch Frauen in die Mannschaft zu integrieren, erwiesen sich als grundlos: Die männlichen Mitglieder der einzelnen Besatzungen zeigten ein einhelliges und manchmal übertriebenes Interesse am Wohlergehen der Frauen. Selbst nach einigen Tagen gab es keine Meldungen über die Eifersüchteleien oder Probleme, die einige Offiziere vorhergesagt hatten.

T. C. blieb natürlich an Bord der *Gael Warrior*. Es mochte sein, daß ihre Erfahrungen mit dem Untergrund sich später als nützlich erweisen würden, wenn die Schwadron mit dem Rebellenuntergrund Kontakt aufnehmen mußte, um Vorräte zu bekommen, oder eine Passage aus dem TOG-Weltraum benötigte.

Schließlich waren beide Transporter im Weltraum und bereit für den Sprung. In der Zwischenzeit war die letzte Fähre wieder an Bord und auch der letzte Jäger an seinem Platz in den Landebuchten der *Warrior*. Es war Zeit, aufzubrechen.

Kendric hatte sich für ein willkürliches Ziel als die nächste Etappe ihrer Reise entschieden, einen Dreierstern, der in den Aufzeichnungen als Gamma Sacculus bezeichnet wurde. Es gab Planeten dort, aber keine Aufzeichnungen über menschliche Bevölkerung. Er hatte ihn ausgewählt, weil er ein geeignetes Navigationsziel war und er innerhalb seiner persönlichen Terminplanung problemlos erreicht werden konnte. Bei mittlerem Schub würde die Flotte in sechs Tagen auf Gamma Sacculus ankommen. Das ließ Kendric, T. C. und Jaime mit einem Tau-Überschuß von 27 Tagen zurück – nur drei unterhalb der Höchstgrenze. Kendric wurde in der letzten Zeit immer wieder von der Erinnerung an den Mann verfolgt, dessen Inneres sich vom Leuchttau nach außen gekehrt hatte. Das Bild verfolgte ihn selbst in seinen Träumen. Siebenundzwanzig Tage waren die maximale Belastung, die Kendric einzugehen bereit war.

Ansonsten gab es jedoch keine Zweifel. Sie mußten springen. Wenn sie noch länger im Orbit um Greshem verweilten, würden die Verstärkungen eintreffen, die

Overlord Gracchi sicherlich in Alba organisierte. Diese würden mit Sicherheit stark genug sein, um die Gälische Schwadron an Masse und Feuerkraft weit zu übertreffen. Wenn die Schwadron springen konnte, bevor die Verstärkungen eintrafen, würde Gracchi niemals erfahren, wohin sie verschwunden war. Am weiten Himmel konnte der Overlord jahrhundertelang suchen, bis er den richtigen Ort fand.

Das war ebenfalls ein Grund, warum sie Gamma Sacculus als ihren nächsten Treffpunkt ausgewählt hatten. Da er auf der anderen Seite der Sonne von Greshem lag, war das zurückgelassene TOG-Personal auf Greshem nicht in der Lage, den Kurs der Schwadron zu sehen und aufzuzeichnen, selbst wenn es über die Instrumente verfügen sollte, um ihren Abflug zu beobachten. Mochte Overlord Gracchi ruhig suchen. Auf Gamma Sacculus hatten Kendric und seine Leute die Zeit, die sie brauchten, um ihr nächstes Ziel zu planen.

»Captain! Ops!«

»Ja?«

»Wir haben einen T-Doppler-Kontakt. Aus Richtung eins-sechs-drei Grad plus fünfzig.«

»ID?«

»Schwer zu sagen, Sir. Es ist sehr weit weg, aber es sieht kommerziell aus.«

Frachter und Erzbarken waren übliche Kontakte. Der T-Doppler konnte die Wellen eines Schiffes entdecken, das im T-Raum reiste, aber weder konnte er die Ziele noch den Punkt feststellen, wo diese in den rationalen Raum austreten würden.

»Behalten Sie es im Auge.«

»Äh ... Entschuldigung, Sir. Wir haben es verloren.«

»Austritt?«

»Möglich. Vielleicht sind sie auch außer Reichweite. Es war nur ein schwacher Kontakt.«

Vermutlich ein Frachter, der aus unserer Reichweite flog, dachte Kendric. *Wenn wir anfangen, jeden T-D-Kontakt zu verfolgen, dann werden wir hier Jahre verbringen.*

»Okay«, sagte er laut. »Richten Sie Ihr Augenmerk auf Cherenkovstrahlung. Wir fahren mit unserem eigenen Sprung fort.«

Verdammt. Wir kommen vermutlich glatt weg, aber es wäre schon gut, es mit Sicherheit zu wissen.

»Alle Stationen. Die Bereitschaft zum Übertritt in den T-Raum bestätigen.«

Stunden später materialisierte sich am äußeren Rand des Greshem-Sternsystems ein einzelnes Schiff aus dem T-Raum. Das gleißende Leuchten der Cherenkovstrahlung zeigte seinen Übergang zur Unterlichtgeschwindigkeit an. Es war alt und rostig, und sein Name war in kaum sichtbarer, verblassender Farbe entlang seines Rumpfes aufgemalt: *Hyperion*.

Auf der dunklen, beengten Brücke starrte Overlord Gracchi in die Scannerkabine, sein Gesicht unheimlich vom Schein der Kabine erleuchtet. »Dort!« sagte er, und der als sein Stabschef fungierende Legat nickte.

»Das ist die abtrünnige Flotte, Eure Exzellenz.« Das Licht, das sie sahen, war bereits Stunden alt.

»Pilot!«

»Ja, Eure Exzellenz!« Der Captain der *Hyperion* war alt, spindeldürr und sehr ängstlich. Er zweifelte nicht daran, daß die Männer, die sein Schiff in Alba Port beschlagnahmt hatten, selbst in der Lage waren, es zu fliegen. Je weniger sie ihn beachteten, desto besser fühlte er sich.

»Richten Sie Ihre Scanner auf dieses Ziel. Verfolgen Sie es und zeichnen Sie auf.«

»A … aufzeichnen, Eure Exzellenz!«

»Reichweite?«

»Dreizehn AE, Eure Exzellenz.«

»Fast zwei Lichtstunden«, fügte der Legat hinzu.

»Gut. Sie haben uns noch nicht gesehen und werden es auch die nächsten Stunden nicht! Erfassen Sie ihren Kurs. Schnell!«

»Möglicherweise haben sie uns auf dem T-Doppler gesehen.«

»Vielleicht. Es spielt keine Rolle. Schauen Sie, sie beschleunigen bereits zum Übertritt!«

Es würde zwei Stunden dauern, bis das Licht von ihrer Ankunft die fliehenden Schiffe erreichte. Ebenso war das Licht, das sie sahen, bereits zwei Stunden alt, die Ereignisse, deren sie Zeuge wurden, bereits vorbei. Augenblicke später verschwanden die elf Schiffe außer Sichtweite.

»Habe sie, Eure Exzellenz!« sagte der Legat lächelnd. »Wir haben jeden Moment eine Projektion für Sie, Sir!«

Es schien Gracchi, daß er gerade noch rechtzeitig gekommen war. Die Transporter waren offensichtlich von Frasers Schiffen übernommen worden, aber das hatte er erwartet. Da die Kriegsschiffe im Argrian-System außer Verfügung und die Verstärkungen noch nicht eingetroffen waren, hatte der Overlord einen alten, sich nur langsam bewegenden Frachter beschlagnahmen müssen. Der erste Transporter, den er requiriert hatte, war nicht verfügbar gewesen: Der Steckdosenpilot hatte Gracchi bedauernd mitgeteilt, daß sein Schiff, die *Agravender II,* Antriebsprobleme habe, die eine mehrtägige Überprüfung und Reparatur notwendig machten. Statt dessen hatte sich Gracchi die *Hyperion* ausgesucht und dem Piloten einen langsamen Tod angedroht, wenn er nicht die Maschinen bis zum äußersten ihrer Leistungsfähigkeit treiben würde. Wenn sie nur Minuten später angekommen wären, hätte Gracchi es niemals geschafft, den Kurs zu verfolgen, den Frasers Flotte eingeschlagen hatte.

Aber diese paar Minuten waren ihm vergönnt worden, und nun wußte er es! Er wußte es!

»Ich habe ihre Flugrichtung, Eure Exzellenz«, sagte der Legat. »Auf dem Schirm …«

Der Hauptbildschirm des Frachters wurde schwarz, um dann eine dreidimensionale Karte zu zeigen, auf die der Kurs der Gälischen Schwadron als eine rote Linie projiziert war.

»Sie steuern in allgemeiner Richtung auf den Kern der Galaxis zu, Overlord«, sagte der Legat. »Es wird schwer sein, zu entscheiden, zu welchem System sie unterwegs sind …«

»Nicht so schwierig«, sagte Gracchi. »Fraser ist vermutlich erst kürzlich aus den Minen von Haetai-Aleph zurückgekehrt. Er muß beträchtliche Mengen von überschüssigem Tau haben, und er wird kaum in der Lage sein, eine lange T-Raum-Durchquerung zu überleben.«

»Das stimmt, Eure Exzellenz!«

»Er wird … hm … sagen wir, nicht mehr als fünfundzwanzig, aber auch nicht weniger als acht Tage Plus-Tau haben. Das bedeutet, daß die Schwadron im T-Raum nicht länger als zwölf Tage reisen kann. Das und die langsame Reisegeschwindigkeit, die sie bei ihrem Eintritt in den T-Raum hatten, wird ihre möglichen Ziele drastisch einschränken. Alles, was wir tun müssen, ist, denkbare Ziele auf einer Linie anhand ihrer Eintrittsgeschwindigkeit in bis zu zwölf Reisetagen Abstand von hier festzulegen!«

»Pilot!«

»J-ja, Eure Exzellenz?«

»Sie nehmen Kurs auf Dorlennion.«

»Dorlennion, Eure Exzellenz?«

»Richtig. Es ist ein kurzer Sprung, nur zwanzig Lichtjahre von hier entfernt.«

»Ja, Eure Exzellenz.«

»Es gibt eine VLCA auf Dorlennion«, sagte Gracchi,

mehr zu sich selber als zu einem anderen auf der Brücke. »Sobald wir wissen, in welchem System die Abtrünnigen vielleicht auftauchen werden, können wir die Flotten entsprechend einsetzen.« Er ballte die Faust zusammen, daß die Knöchel weiß hervortraten. »Und dann haben wir sie!«

37

Wir glauben, daß wir die möglichen Ziele der abtrünnigen Flotte auf fünf Sternsysteme einschränken können. Von diesen wurde dem Gamma-Sacculus-System Priorität eingeräumt.

– Auszug aus einer Übertragung von VLCA Dorlennion an den Kommandierenden Vizeadmiral der 112. Imperialen TOG-Flotte, Tholman. 28. Oktober 6830.

Die Haupt-Offiziersmesse der *Gael Warrior* war mit Stühlen, rund um einen niedrigen mittelgroßen Tisch, versehen worden. Das Licht war abgedunkelt, und man hatte einen großen holografischen Projektor aufgestellt, um Bilder in den Raum über dem Tisch zu projizieren. Kendric hatte die ranghöheren Brückenoffiziere eingeladen, sich mit ihm zu treffen, und auch T. C. aufgefordert, sich dazuzugesellen. Er wollte, daß sie auch ihren Teil zu der Entscheidung beitrug, was ihr nächstes Ziel sein sollte, da niemand das TOG-Imperium besser kannte als sie.

Im Halbdunkel zeigte der Projektor das Abbild der Galaxis: einen verschwommenen, blau leuchtenden Spiralnebel aus Licht von zwei Metern Durchmesser. Obwohl das Bild wie eine Holografie aussah, handelte es sich in Wirklichkeit um eine Computerprojektion, die aus der Datenbank der *Warrior* stammte. Auf Kommando konnte der Computer einzelne Teile der Galaxiskarte vergrößern und sowohl Kurse wie auch die ungefähren Grenzen zwischen den noch nicht vom TOG beherrschten Gebieten anzeigen.

»Wie es scheint, haben wir nicht allzu viele Möglichkeiten.« Morganen lehnte sich mit finsterem Blick in seinem Sessel zurück und verschränkte die Arme. Das Licht des Projektors tauchte seine Gesichtszüge in ein frostiges Licht. »Wir haben alles, um irgendwo eine neue Kolonie zu begründen. Ich würde sagen, daß wir irgendeine, abseits der Wege liegende Welt mit passenden Bedingungen finden und dort anfangen sollten, uns eine neue Heimat zu schaffen.« Er deutete auf den ausgefransten Rand der Galaxiskarte. »Vielleicht können wir irgendwo am Rand einen Sternhaufen finden.«

»Aber sicher«, sagte Logan. »Und wie lange wollen Sie danach suchen, Mr. Morganen? Wenn er nicht bewohnt ist, wird er nicht in unseren Aufzeichnungen auftauchen, nicht wahr? Wie lange können wir von System zu System stolpern, bis uns eine TOG-Patrouille entdeckt?«

Lee Fairfax grinste. »Das ist es, was die Reise nach M-31 so attraktiv macht. Dort werden sie uns niemals finden, und dann können wir so lange herumstöbern, wie wir wollen!«

»Vorräte, Lee«, warf MacAllister ein. »Selbst wenn die meisten unserer Leute auf den Transportern im Kälteschlaf liegen, braucht der Rest von uns eine Reihe weiterer Transporter, die mit Essen und Wasser beladen sind, ansonsten kommen wir niemals so weit!«

»Dann müssen wir einen TOG-Außenposten finden und ihn plündern.«

Die Diskussion zog sich über Stunden hin, wobei Kendric sich nur wenig einmischte und sie reden ließ. Die Debatten wogten hin und her, und er hörte sich alles an, wobei er die Sprecher wie auch deren Argumente sorgsam abwog. Die Commander MacCandless und Logan bevorzugten den Kampf, obwohl sie zugaben, daß die Chancen nur gering waren, dem TOG eine ernsthafte Niederlage zuzufügen. Lenard Morganen und MacAllister hingegen wollten beide eine neue

Welt suchen, sie kolonisieren und dabei sämtlichen Kontakt mit dem TOG vermeiden.

Der größte Teil der Diskussion hatte zwischen diesen beiden Möglichkeiten hin und her geschwankt, aber Kendric hatte an beiden seine Zweifel. Niemand in der Flotte würde sich weigern, gegen das TOG zu kämpfen, wenn er es befehlen würde, aber es schien nicht durchführbar. Die Flotte würde Nachschub, Kriegsmaterial, eine Operationsbasis und eine Quelle von neuen Rekruten und Schiffen benötigen, um einen derartigen Kampf länger aufrechterhalten zu können. Bislang hatte noch niemand einen Vorschlag gehabt, wie man all das organisieren sollte.

Der Gedanke, irgendwo am Rand der Galaxis eine neue Heimatwelt zu suchen, wo sie eine neue Kolonie gründen konnten, hatte seine guten Seiten. Seine Nachteile lagen in der Zeit, die es dauern würde, einen solchen Planeten zu finden, und der Notwendigkeit, ihre Anwesenheit dort vor dem TOG zu verbergen. Es gab genügend Welten in der ganzen Galaxis, darunter einige hunderttausend, auf denen menschliches Leben möglich war. Im Verhältnis zu den Milliarden von Sternen waren diese potentiellen Welten allerdings selten und lagen weit auseinander. Selbst wenn sie die Ressourcen hätten, eine zu finden ... konnten sie es überhaupt schaffen, ohne vorher mit einer TOG-Patrouille aneinanderzugeraten?

Selbst wenn es ihnen gelänge, eine Kolonie zu begründen, wären sie der ständigen Gefahr ausgesetzt, daß eine TOG-Patrouille, eine Galaktische Vermessungsexpedition, ein herumstreunender Frachter oder anderer ungebetener Gast den Planeten aufspüren und den TOG-Behörden melden würde, um die Entdeckungsprämie zu kassieren. Die Kolonie wäre darüberhinaus in ihren Fortschrittsmöglichkeiten eingeschränkt. Neutrinoemissionen von Raumschiffen oder Kraftwerken, Radiosender, Jagdflieger, selbst landwirtschaftlich genutzte Flächen, die vom Orbit aus sichtbar waren, würden die Welt als einen Planeten mit intelligentem Leben preisgeben, bevor allzu viele Jahre vergangen wären. Konnten sie einen Planeten mit dem Wissen kolonialisieren, daß sie und ihre Kinder zu einer steinzeitlichen Lebensweise verdammt wären – vielleicht für immer?

Kendric für seinen Teil war nicht unbedingt bereit, Antibiotika, Computer und Kunststoffe gegen Feuersteinklingen und die Felle erlegter Tiere einzutauschen!

Der gewagteste Vorschlag war von Lee Fairfax gekommen. Die derzeitige Obergrenze der Reisegeschwindigkeit war durch die Physik des Irrationalen und die moderne Technologie auf etwas weniger als 0,23 Lichtjahre pro Minute oder auf 10 000 Lichtjahre in dreißig Tagen, etwa ein Zehntel der Breite der Galaxis, beschränkt. Sobald ein Raumschiff und seine Besatzung die kritische Taugrenze von dreißig Tagen erreicht hatten, mußten sie den überschüssigen Tau im rationalen Raum abbauen, mit einer Rate von eins zu eins, d. h. für jeden Tag im T-Raum einen im rationalen Weltraum verbringen.

Für Reisende innerhalb der Galaxis stellten Reisen, die auf das Ausmaß der Milchstraße beschränkt waren, kein besonderes Problem dar. Eine Reise über die Grenzen der Galaxis hinaus, zum Beispiel zu den Magellanischen Wolken, erforderte viele T-Raum-Sprünge. Irgendwo in den Wolken gab es menschliche Kolonien, aber man wußte wenig mehr über sie, als daß sie mit dem Commonwealth verbündet zu sein schienen. Die meisten von Kendrics Leuten fühlten sich bei dem Gedanken entschieden unwohl, das Commonwealth-Gebiet erreichen zu wollen.

Fairfax hatte vorgeschlagen, daß sie lieber völlig aus der Galaxis fliehen sollten, als sich auf den riskanten Versuch einzulassen, eine Welt zu suchen, die das TOG nicht so bald entdeckte. Die Magellanischen Wolken waren zwei Trabantengalaxien, die durch die Schwerkraft mit der Milchstraßengalaxis verbunden und ungefähr 180 000 Lichtjahre entfernt waren. Die nächste Galaxis war der Andromedanebel, ein Spiralnebel wie die Milchstraße, M-31, aber Andromeda war etwa zwei Millionen Lichtjahre entfernt.

Fairfax hatte angeregt, daß die Flotte 30 Tage mit Höchstgeschwindigkeit in Richtung Andromeda fliegen und dann in den normalen Weltraum zurückfallen sollte. Es schien unwahrscheinlich, daß das TOG sie zehntausend Lichtjahre außerhalb der Galaxis verfolgen würde, und es bestand noch weniger Gefahr, daß die Schwadron in dem immensen Zwischenraum zwischen den Galaxien gefunden wurde. Nachdem sie ihren überschüssigen Leuchttau abgebaut hätten, könnten sie weitere zehntausend Lichtjahre in dreißig Tagen schaffen ... und dann weitere zehntausend.

Es war eine verlockende Idee. In einigen Jahren könnte die Gälische Schwadron irgendwo inmitten der Milliarden Sterne von Andromeda sein. Die Kolonien, die sie begründeten, könnten für Jahrhunderte, vielleicht sogar Jahrtausende, wachsen und gedeihen, bevor irgendeine Gefahr bestand, daß das TOG von ihrer Existenz erfuhr. Innerhalb der Milchstraße war das TOG vielleicht fast unschlagbar, aber selbst Caesars Imperium hatte nicht die Ressourcen, um seinen Machtbereich in andere Galaxien auszudehnen. Außerdem war das Verlangen des TOG, die absolute Kontrolle über seine Untertanen zu behalten, eine ziemlich gute Garantie dafür, daß sie nicht sobald danach streben würden, ihr Imperium über den Rand der Galaxis hinaus auszuweiten.

Das Schlüsselproblem des Planes waren die Vorräte, wie der Erste Offizier des Schiffes deutlich gemacht hatte. Jedes Schiff hatte zur Zeit genügend Vorrat für ungefähr zwei Monate. Als absolutes Minimum würde die Schwadron zweitausend Leute benötigen, um alle Schiffe zu bemannen, und diese Besatzungsmitglieder brauchten Essen. Ohne Transporter, die mit Nahrung gefüllt waren, oder Schiffe, die riesige Wasserkulturfarmen transportierten, würden sie alle verhungern, bevor sie auch nur angefangen hätten, die Leere zwischen den Galaxien zu durchqueren. Außerdem benötigten sie Wasserstoffquellen für die Fusionskonverter und um Reaktionsmasse für die I-K-Triebwerke zu bekommen, ganz zu schweigen vom Sauerstoff, um die Atmosphäre aufrechtzuerhalten und ihn mit dem Wasserstoff zu mischen, um Wasser zu erzeugen. Es gab andere, subtile Notwendigkeiten, die der Mensch zum Überleben brauchte, Nahrungsbestandteile, die während der Durchquerung völlig fehlen würden und deren Aufspüren in Andromeda zeitaufwendig sein würde – Spurenelemente wie Phosphor und Zusatzstoffe wie Vitamin C. Die Liste schien endlos, aber Kendric hatte das Gefühl, daß nur dieser letzte Vorschlag wirklich die Hoffnung auf Freiheit für sie verhieß.

T. C. war die meiste Zeit der Diskussion über ruhig gewesen. Nachdem die Debatten schließlich dem Ende zu gingen, ergriff sie die Möglichkeit, zu reden. »Verzeihung, aber warum sind die Herren derartig voreingenommen gegen das Commonwealth?« Obwohl sie diese Möglichkeit zuvor vorgeschlagen hatte, war ihre Erwähnung von niemand ernsthaft beachtet worden.

»Mit allem Respekt, meine Dame«, sagte Morganen. »Wir wissen nicht genug über diese Möglichkeit.«

»Ihr Leute sprecht davon, mehr als drei Jahre auf einen Flug ohne Wiederkehr zur Andromeda zu gehen, und sagt trotzdem, daß das Commonwealth zu groß und unbekannt ist?« Sie lachte. »Gott im Himmel … niemand ist je in Andromeda gewesen!«

»Das ist es doch gerade, Miss Lloyd«, sagte MacCandless. »Wir haben die Gelegenheit zu einem völligen Neuanfang in Andromeda. Dort gibt es zwar bestimmt einheimische Zivilisationen, aber wir werden es schaffen, ihnen aus dem Weg zu gehen. Aber alles, was wir über das Commonwealth wissen, ist schlecht ... Menschen, die den spinnenähnlichen Aliens unterworfen sind, zum Beispiel.«

Sie schüttelte ungläubig den Kopf. »Habt ihr immer noch nicht gemerkt, daß vermutlich nichts von dem stimmt, was man euch über das Commonwealth erzählt hat? Das TOG verzerrt aus Prinzip die Wahrheit, um die Kontrolle über die Dinge zu behalten.«

»Es ist mehr als das«, fügte Fairfax hinzu. »Schon das Problem des Anfluges macht es unmöglich. Was glauben Sie, wie weit wir in das Commonwealth vordringen können, bevor wir – eine Schwadron von TOG-Kriegsschiffen – von einer seiner Patrouillen entdeckt werden? Sie werden kaum glauben, daß wir freundlich gesinnt sind! Sie würden uns auslöschen, bevor wir es schaffen, daß irgend jemand uns zuhört!«

»Wir könnten etwas ausarbeiten ...«

»Entschuldigen Sie, Miss Lloyd«, sagte MacAllister. »Aber woher wissen Sie, was für ein Empfang uns dort erwartet? Waren Sie schon einmal im Commonwealth? Können Sie uns sagen, wie es dort wirklich ist?«

»Nein. Aber ich stelle mir nicht vor, daß dort nur Ungeheuer leben. Nicht, nur weil das TOG es behauptet! Wenn schon alles andere versagt, so ist doch jeder Feind des TOG ein Freund von ...«

»Wir können nicht auf Vermutungen aufbauen!«

»Und wir können uns nicht von unvernünftigen Ängsten versklaven lassen!«

»Ich denke, wir sollten für den Augenblick abbrechen«, unterbrach Kendric den Streit. T. C. zur Besprechung der Brückenmannschaft einzuladen war ein Bruch mit den alten Traditionen und mit ziemlicher Sicherheit ein Fehler gewesen. Ihre Opposition konnte seine eigene Position bei den anderen Offizieren der

Warrior schwächen. »Wir haben viel zu überdenken, und der Austritt ist nur noch zehn Stunden entfernt.

Unser erster Punkt der Geschäftsordnung auf Gamma Sacculus wird sein, mehr Reaktionsmasse aufzunehmen. Ich beabsichtige, für mindestens drei Wochen im System zu bleiben, damit diejenigen unter uns, die einen hohen Tau-Überschuß haben, wieder mit dem Rest von euch in Gleichschritt kommen können.« Er lächelte entwaffnend. »Ich weiß nicht, ob ihr es schon bemerkt habt, aber T. C. und ich leuchten im Dunkeln! Das hindert uns am Schlafen, und wir würden gerne etwas dagegen unternehmen!« Es erklang ein freundliches Gelächter am Tisch, und die Spannung von einigen Minuten zuvor war verschwunden. Kendric griff nach einem Regler, und die Projektion der Galaxis verschwand. Das Treffen war beendet.

»Das war eine dumme Bemerkung.«

Kendric drehte sich zu T. C. um, erstaunt über den wütenden Tom in ihrer Stimme.

»Was war?«

»Der Witz darüber, daß wir im Dunkeln leuchten. Verdammt, Ken, jeder an Bord dieses Schiffes denkt bereits, daß ich mit dir schlafe, und Bemerkungen wie diese machen es nur noch schlimmer. Es bringt mich in eine dumme Position!«

»Oh?« Er zeigte einen Gesichtsausdruck von übertriebener Neugier. »Welche Position ist dir denn lieber?«

»Hör damit auf, verdammt noch mal!« Sie zitterte vor Wut.

»T. C., es tut mir leid! He, was ist denn los?«

»Was los ist? Jeder auf diesem Schiff geht davon aus, daß ich die Geliebte des Captains bin, und sie sehen mich als nichts anderes. Es geht darum, daß du mich aus einem Sklavenlager befreit hast und ich dir dafür dankbar bin, aber ich bin nicht dankbar genug, um einen Gebieter gegen einen anderen einzutauschen!«

Er streckte die Hände aus und griff nach ihren Schultern. »T. C., ich …«

Sie entwand sich seinem Griff, stürzte durch die Tür und ließ Kendric allein in der Messe zurück.

Austritt!

Das Gamma Sacculus-System hatte nur deshalb einen Namen, weil es Teil einer auffälligen Konstellation am Nachthimmel von Delphius Major war. Von diesem Knotenpunkt des imperialen Handels und der Verwaltung in diesem Sektor aus erschien der Sacculus-Adamantis-Nebel genau als das, was sein galatinischer Name aussagte: ein kleiner schwarzer Sack, aus dem ein Wasserfall von glitzernden Diamanten hervorquoll. Gamma Sacculus war der dritthellste dieser Diamanten, aber wenn er nicht so deutlich in der Delphischen Konstellation zu sehen gewesen wäre, hätte er nur eine Nummer und keinen Namen erhalten.

Gamma Sacculus war eine Dreifachsonne: zwei leuchtende, blauweiße A3-Sterne, die einander in einer engen Umlaufbahn umkreisten, während ein dritter, etwas kühlerer A7 das Paar in einer Distanz von einigen hundert AE umkreiste. Es gab keine bewohnbaren Planeten in dem System und wenig von Interesse für das TOG-Imperium. Kendric hatte das System aus eben diesen Gründen ausgewählt. Es würde keine Außenposten, keine militärischen Einrichtungen, keine Garnisonen oder patrouillierende Jagdflieger geben, die über die Ruhepause der Gälischen Schwadron berichten konnten.

Das System verfügte über eine Reihe von Planeten: Die meisten von ihnen waren fast kahle, sonnenverbrannte Ascheklumpen oder, in den von Kometen durchzogenen Leeren des Außensystems, kalte, einsame Gasriesen.

Die meisten Gasriesen hatten Ringsysteme der einen oder anderen Gestalt, doch diese bestanden aus düsteren und kohlschwarzen Herumtreibern aus Asteroidenmaterial und Geröll, den Überresten von Monden, die nie entstanden waren, als sich der Planet entwickelte. Haetai hatte ebenso wie Sol V im Terra-System solche Ringe. Einige wenige, wie zum Beispiel Discus und Sol VI, waren vergleichsweise Seltenheiten, Gasriesen mit ausgedehnten, an Wasser und Methan reichen Eisringen. Diese Art von Ringsystemen war relativ instabil und hielt nur einige Millionen Jahre, bevor sie von den Gravitationsunruhen und den Auswirkungen der ionisierenden Strahlung innerhalb der Magnetosphäre des Riesen zerfiel.

In der Zwischenzeit waren diese Eisringe allerdings kostbare Schätze, wo sich Raumschiffe mit zusätzlichem Wasser und Materie eindecken konnten. Dank der Fusionskraft war es eine einfache Sache, Methan und andere Verunreinigungen von reinem Eiswasser zu trennen, dann spaltete man die Wassermoleküle in Wasserstoff für den Plasmaantrieb und die Fusionsreaktoren und Sauerstoff für die Atmosphärenerzeuger des Schiffes.

Gamma Sacculus C VII, ein Gebilde von wundervoller, mythischer Schönheit, füllte den vorderen Monitor aus. Der Planet selber war eine orangefarbene und gelbe Halbkugel, deren gold- und silberfarbene Ringe sehr grell leuchteten, wo sie vom blauweißen Licht des entfernten Sternes bestrahlt wurden.

»Sehr starke Strahlung von den Sternen, Captain«, meldete MacCandless über die Schiffssprechanlage. »Der Scanner-Chief sagt, daß er sehr viel Funkgeräusche und Strahlungsmüll von dort und auch vom Planeten empfängt. Aber es gibt keine Anzeichen von Großkampfschiffen.«

»Gut! Das wird ein guter Platz sein, um etwas Luft

zu schnappen.« *Ein guter Ort, um unseren nächsten Schritt zu planen.*

Kendric erließ unverzüglich Befehl an die Schwadron, sich zu verteilen und dem Riesen zu nähern. Die gälischen Schiffe würden Positionen entlang des äußeren Randes der Ringe einnehmen. Die *Abu* und die Korvetten waren gut geeignet, um den größeren Schiffen Eisklumpen zuzutreiben. Punktgenaue Laserstrahlen würden dann eingesetzt, um die Klumpen zu zerschneiden, damit sie in die Ladebuchten manövriert wurden, die man zu Nottankstationen umfunktioniert hatte.

Ihre Annäherung an Gamma Sacculus C VII blieb nicht unbeobachtet.

Eine MOBASTAT oder Mobile Bataillonsstation ist ein Kompromiß-Entwurf, der oft mit einem Trägerschiff ohne Motoren verglichen wird. Weder mit I-K-Antrieb ausgestattet noch T-Raum-tauglich, ist sie im Prinzip ein riesiger, selbstversorgender Abfangjäger-Hangar, der von Flottentransportern der *Legion*-Klasse überall dort hingeschleppt und abgesetzt wird, wo er benötigt wird. MOBASTATs sind groß und schwerfällig, nur leicht bewaffnet und dürftig gepanzert, doch jede einzelne kann ein volles Jagdflieger-Geschwader tragen – 360 Jäger und mehr als 1200 Männer, um sie zu fliegen und zu versorgen. Nach der TOG-Militärdoktrin wurden sie als örtliche Verteidigungsanlagen eingesetzt, zeitweilige Garnisonen für Systeme, die keine längerfristigen oder permanenten Verteidigungsvorposten benötigten.

Vor nur zwei Tagen waren drei davon in den Ringen von Gamma Sacculus C VII ausgesetzt worden. Sie hatten dort abgewartet und den Gasriesen inmitten der Myriade glitzernder Fragmente aus Fels und Eis umkreist. Sie wurden von altmodischen Plutonium-Kernspaltungsreaktoren mit Energie versorgt, veralteten, unsauberen und gefährlichen Kraftwerken, die nichtsdestoweniger nichts von der Anwesenheit der Station durch Neutrinoströme verraten würden.

Eine der MOBASTAT-Einheiten bemerkte den Austritt der Gälischen Schwadron in dem Moment, als die herankommende Cherenkovstrahlung von ihren Detektoren registriert wurde, und verständigte die anderen mittels genau fokussierter Laser-Kommunikations-Relais.

Ihre Befehle waren detailliert: Es bestand eine eindeutige Chance, daß Gamma Sacculus das Ziel der flüchtenden Rebellen war, und wenn diese sich dem Dreifachstern näherten, dann würden sie Reaktionsmasse bei C VII aufnehmen wollen. Die drei MOBASTAT-Einheiten sollten den Anflug der Gälischen Schwadron überwachen, aber keine Aktionen ergreifen, bevor diese nicht mit den Auftankmanövern begonnen hatte.

Doch dann würden mehr als tausend TOG-Jagdflieger starten, um in einem Großangriff die abtrünnige Gälische Schwadron vollständig auszulöschen.

38

Eine große Anzahl TOG-Flottengruppen scheint im Sagittarius-Arm des Terranischen Sektors mobilisiert zu werden. Wir haben zu diesem Zeitpunkt keine deutlichen Anhaltspunkte hinsichtlich des Zweckes dieser Manöver.

– Routinebericht von COMINT, Cathandra,
an das militärische Geheimdienst-Komitee,
Parlamentarische Versammlung des Commonwealth,
als geheim eingestuft, 31. Oktober 6830.

»Captain! Hier spricht der Erste Offizier!«

»Was ist los, Lenard?«

»Jäger, Captain! Ops empfängt Hunderte davon! Im Anflug!«

»Gefechtsstationen aufrufen! Ich bin schon unterwegs!«

Kendric rollte sich aus seinem Bett und streifte sich noch die Uniform über, als er den Korridor vor seinem Quartier erreichte. Die Auftankoperation war gemäß der Routine verlaufen, und er hatte die Gelegenheit ergriffen, sich für ein paar Momente hinzulegen … Ein Blick auf seinen PC zeigte ihm, daß aus den Momenten drei Stunden geworden waren. *Ich muß müder gewesen sein, als ich dachte.*

»Flottencaptain auf der Brücke!« meldete der Wachposten, als Kendric eintrat. Er ging direkt zu seinem Sessel, wo er einen guten Blick auf die taktische Darstellung des Hauptbildschirms hatte.

Eine Welle farbiger Symbole näherte sich seiner winzigen Flotte aus drei Richtungen, eine von jeder Seite der Schwadron auf der Ebene der Ringe, und die dritte über dem Nordpol des Planeten von der abgewandten Seite.

»Ops, Captain«, erklang MacCandless' Stimme aus dem Konsolenlautsprecher. »Wir erkennen etwas mehr als tausend Jagdflieger aller Klassen, die sich aus drei Richtungen nähern.«

»Wieviel Zeit haben wir, Kelly?«

»Fünf Minuten, Captain. Die beiden ersten Wellen werden uns gleichzeitig treffen. Die dritte Gruppe wird zwei Minuten später eintreffen.«

»Alle Abteilungen auf Gefechtsstation«, fügte Morganen über die Verbindung hinzu.

»Flottenzustand?«

»Alle Abteilungen auf Gefechtsstation, Captain.«

»Optische Darstellung!«

Der Hauptbildschirm wechselte zu einer Aussicht auf den Weltraum. Die *Warrior* schien in einem flachen, schimmernd weißen See zu treiben, die Ringe waren messerscharf und gewellt in der Ferne, wo sie sich von der goldenen Rundung des Gasriesen abhoben, und verschwommen und zerfasert aus der Nähe. Das Ringsystem war ein gewaltiges Exemplar, und seine einzelnen Partikel reichten von faustgroßen Klumpen bis zu Eisbergen mit einigen Kilometern Durchmesser. Die Schwadron hatte ihre Umlaufbahn entlang der dünnen und zerrissenen äußeren Ränder des Ringsystems eingenommen, wo die Brocken größer waren und weiter auseinander lagen. Die nächstliegenden waren noch Kilometer entfernt.

Kendric dachte nach. Die Standardtheorie forderte, daß er seine Schiffe vom Planeten weglenkte, um Manövriergelegenheit und Platz zur Flucht zu haben. Die Ops-Vorhersage für den Ankunftsmoment der Angreifer machte die Standardtheorie jedoch unsinnig. Die ersten feindlichen Jäger würden eintreffen, während die Schwadron noch versuchte, sich aus dem Gebiet der Ringe zu manövrieren. Warum gegen die

Ringe ankämpfen? Vielleicht konnten sie zum Vorteil der Schwadron benutzt werden.

»Langstreckenfunk!«

»Kanal geöffnet, Captain.«

»Alle Schiffe, nähern Sie sich der Position der *Warrior!* Wir halten sie hier fest!«

»Captain? Hier Commander Jardine. Sollen wir die Abfangjäger starten?«

»Nein, Frank. Holen Sie die Piloten zusammen und halten Sie sie in Bereitschaft, aber lassen Sie niemanden starten.« Es ergäbe ein Gemetzel, wenn sie weniger als siebzig Jagdflieger gegen tausend ausschickten, wobei die Gegenwart der rasenden Ringfragmente alles noch gefährlicher machte. Dennoch mochten die Jäger dringend benötigt werden ... später.

Die verstreuten Schiffe der Schwadron manövrierten näher zueinander, und die Impulse ihrer Manövrierantriebe strichen über versprengte Eisbrocken und schickten sie taumelnd in die Dunkelheit. Die Transporter stellten den kritischen Faktor in der Verteidigungsstrategie der Schwadron dar. Die *Reannruadh* näherte sich den zwei Transportern dicht von hinten, während die *Gael Warrior* sie direkt nach vorne abschirmte. Die Zerstörer verteilten sich an Steuerbord, weiter außerhalb zum Rand der Ringe hin. Die *Abu* und die Fregatten gruppierten sich um die Transporter.

Kendrics Strategie hing davon ab, ob es ihnen gelang, die Wellen der feindlichen Jäger zu zerbrechen. Sie würden bei ihrem ersten Vorbeiflug vereint und koordiniert angreifen und damit am tödlichsten sein. Wenn die Schwadron ihnen ausreichend Verluste zufügen und die vereinigten Angreifer in eine Horde individuell manövrierender und angreifender Jagdflieger verwandeln konnte, hatten Kendric und seine Leute vielleicht eine Gelegenheit, zu flüchten.

Er sah keine andere Option, die eine Erfolgschance

bot – oder auch nur eine Überlebenschance gegen eintausend feindliche Jäger.

»Da kommen sie!« meldete Lee Fairfax. Der Hauptbildschirm schaltete auf taktische Darstellung. Solide Wände aus roten Symbolen näherten sich von vorn und hinten.

»Ruhig, Mr. Fairfax.« Die Stimme des Geschützoffiziers hatte viel zu aufgeregt geklungen. »Unabhängige Zielauswahl.«

»Ziele in Reichweite, Captain. Alle Batterien melden sich feuerbereit.« Das war schon besser. Fairfax' Erfahrung gewann die Oberhand, und die nackte Angst und die Aufregung wurden von kühler Geschäftsmäßigkeit unterdrückt.

Kendric gestattete sich ein Lächeln. *Laß sie sehen, daß du keine Angst hast!* »Ich sehe keinen Grund, zu warten, Mr. Fairfax. Sie dürfen das Feuer eröffnen.«

Die Hauptwaffe der *Warrior* rührte sich als erste, als Magnetfelder die ganze Länge der zentralen Bestückung des Schlachtschiffes entlangliefen. Das Projektil des Materiebeschleunigers raste voraus durch den Weltraum und kollidierte mit einem TOG-*Gladius* an der vorderen Front der herannahenden Jägerwand. Der Jagdflieger hörte zu existieren auf, es blieb nur glühender Staub übrig.

Die Unterseiten-Geschütze des Schlachtschiffes feuerten, und ihre einzelnen Laser- und Beschleunigergeschütze spürten einzelnen Zielen nach, als ihre Schußfelder plötzlich von Zielen überschwemmt wurden. Das erste feindliche Feuer traf den vorderen Flimmerschild der *Warrior*. Andere Treffer folgten Sekunden später. Das Schiff neigte sich leicht, als der Materiebeschleuniger eines Jägers sein Metallprojektil durch die Schilde und tief in die Rumpfpanzerung vorne an Backbord schoß.

›Optisch.‹ Die taktische Darstellung war nicht mehr notwendig, da jede Station ihre eigenen taktischen

Daten direkt vom Ops erhielt. Die riesige Darstellung von hundert und aberhundert anfliegenden Jägern lenkte ab ... und machte nervös. Die rein optische Darstellung schien im Vergleich friedlich. Die feindlichen Jäger waren noch nicht zu sehen, aber die grellen Blitze ihrer Geschütztreffer blitzten lautlos in der Ferne auf. Die blendenden Blitze gelegentlicher Beinahetreffer auf den vorderen Schilden der *Warrior* wurden unverzüglich durch den Computer gedämpft, der die optische Übertragung überwachte. Die vorderen Geschütztürme waren am unteren Rand des Bildschirms zu sehen, wie sie sich leicht zur Seite und auf und ab bewegten, während ihre Waffen die anfliegenden Ziele verfolgten. Ihre Strahlen waren lautlos und unsichtbar, und wären nicht die fernen Blitze und die Spannung, die die Brücke durchzog, gewesen, hätte man leicht vergessen können, daß die *Warrior* sich inmitten einer Schlacht befand.

Es gab wenig, was Kendric nun tun konnte, um aktiv an der Schlacht teilzunehmen. Er hatte die Schiffe der Schwadron nach besten Kräften angeordnet. Von jetzt an hing der Kampf von den verschiedenen Schiffsabteilungen ab, insbesondere von Commander Fairfax und dem Rest der Feuerleitabteilung sowie Commander MacCandless und seinen Leuten, die unten im Ops Ziele herausfilterten.

Er blickte auf die taktische Darstellung auf dem Konsolenbildschirm. Die feindliche Jägerwand war ungebrochen und kam immer näher.

»Ziele sind nun in Sekundärreichweite.« Fairfax' Stimme war von eisiger Ruhe. »Sekundärgeschütze, eröffnen Sie das Feuer!«

Die Wand war 150 Kilometer entfernt und näherte sich noch immer in geschlossener Formation. *Zerbrich, verdammt ... Zerbrich!*

Die Angreifer erlitten furchtbare Verluste. Die *Gael Warrior* war mit Waffen bestückt, die feindliche Jägerschwadronen einfach beiseite fegen konnten, sechs Schiffe zugleich, mit Schüssen reiner Energie, die Flimmerschilde und Rumpfpanzerungen mit beinahe verächtlicher Leichtigkeit durchbrachen. Das Problem war, daß die Feinde so *zahlreich* blieben …

Dann erreichte die feindliche Jagdfliegerwelle die *Gael Warrior*. Die auf dem Bildschirm sichtbaren Geschütztürme schwangen wild herum, als ihre Ziele auf jeder Seite am Schlachtschiff entlangrasten, darüber und darunter.

»Anfliegender Jäger, dreimal null plus fünf!« MacCandless' Stimme warnte ihn auf der allgemeinen Gefechts-Komm-Frequenz. »Paßt auf! Es ist ein Taucher …«

Da war er! Ob nun außer Kontrolle oder gesteuert von einem Piloten, der entschlossen war, sein Schiff in den Turm der *Gael Warrior* zu schmettern, verfolgte der Jäger einen Kurs direkt auf die Brücke zu. Auf Fairfax' Befehl schwenkten die Oberseiten-Geschütztürme auf dem vorderen Deck zurück, um sich auf diese neue Bedrohung einzustellen. Der Jäger war ein kaum zu erkennender, silberner Fleck, der in der Entfernung zur Größe eines Spielzeuges heranwuchs. Kendric erkannte die Bauchflosse und die beiden vorwärtsgerichteten Gondel-Laserlafetten einer *Spiculum*.

Der TOG-Jagdflieger löste sich unter dem massiven Sperrfeuer vom Vorderdeck der *Warrior* auf, nur noch zehn Kilometer vom Schiff entfernt.

Einen Augenblick später sprühten Hunderte von punktgroßen Lichtkugeln über den vorderen Bildschirm, als winzige Brocken der zerfetzten *Spiculum* auf die Turmschilde des Schlachtschiffes prallten.

In der erleichterten Stille, die darauf folgte, erklang eine Stimme über den taktischen Kanal. »He … draußen regnet's *Spiculums!*«

»Achtung auf den Stationen«, sagte MacCandless. »Jäger nähern sich von achtern …«

Kendric ließ den Bildschirm zurück zur taktischen Darstellung wechseln, damit er die ganze Situation gleichzeitig erfassen konnte. Eine Sache war eindeutig: Die angreifenden Wellen hatten nachgegeben. Die beiden Jägerwände, eine von vorne, die andere von achtern angreifend, hatten sich an der Position der Schwadron vereinigt und waren wie Ozeanwellen an Felsen zerschellt. Einzelne TOG-Jagdflieger rasten in jede denkbare Richtung davon. Schwerbeschädigte Schiffe verfolgten schnurgerade Kurse fort von der Schwadron. Die meisten davon verschwanden im Weltraum, während ein paar mit spektakulärem Aufflammen gegen Eisbrocken stießen, die auf ihrem Kurs lagen. Die große Mehrheit bremste ihre Geschwindigkeit genügend ab, um zu einem zweiten Angriff herumschwenken zu können, doch diese Attacken waren unzusammenhängend und nur selten koordiniert.

Einige wenige Jägergruppen fuhren fort, ihre Attacken mit der bisherigen Koordination zu fliegen. Ein mitgenommener Haufen von mindestens fünfundzwanzig *Gladius*-Jagdfliegern näherte sich der *Gael Warrior* von backbord. Ihre Silhouetten waren vor dem Leuchten des Planeten und dem funkelnden Schimmer der Ringpartikel in der Ferne beinahe unsichtbar. Projektile aus Materiebeschleunigern schlugen gegen die Backbordschilde der *Warrior,* flammten in gewaltigen Lichtausbrüchen auf und drangen gelegentlich durch, um die Panzerung zu durchlöchern. Die Hauptgeschütze auf der Oberseite der *Warrior* schwenkten nach backbord und feuerten Salve um Salve ab. Grüppchen feindlicher Jäger flammten kurz und grell auf, doch die übrigen näherten sich weiter und beschleunigten dabei stärker, als Kendric gedacht hatte, daß sie es inmitten der treibenden Gefahren der Ringtrümmer wagen würden.

Auf eine Entfernung von nur noch zwanzig Kilometern rückten die Überlebenden zusammen und feuerten Strahl um Strahl aus ihren Elektronenpartikel-Kanonen, die auf ihren Rückstoßgondeln an Backbord und Steuerbord befestigt waren. Das strahlende Gleißen dieses Feuers legte sich wie eine Decke über das Vorderdeck der *Warrior,* als die Panzerung in riesigen, flachen Stücken verdampfte. Verglichen mit anderen Waffen, besaßen Elektronenkanonen keine große Durchschlagskraft, aber sie konnten große Abschnitte Oberflächenpanzerung in Wolken aus strahlendem Metalldampf auflösen.

Die Geschütze an der Unterseite der *Warrior* schlugen zu, und die angreifenden *Gladii* blitzten eine nach der anderen auf und verschwanden. Weitere Lichtblitze trafen die Angreifer, als die vorderen Batterien der *Reannruadh* von weit achtern eingriffen und die Angreifer ins tödliche Kreuzfeuer nahmen. Die letzten fünf TOG-Jagdflieger rasten tief über das Deck der *Warrior* auf einem flachen, unerschütterlichen Kurs, der anzeigte, daß entweder ihre Piloten tot oder ihre Manövrierkontrollen zerstört waren ... oder beides zutraf. Bruchstücke von zerstörten Jägern lösten sich Augenblicke später an den Backbordschilden auf.

»Captain? Hier Ops!«

»Ja, Kelly?«

»Ich dachte, Sie würden es wissen wollen, Captain: Wir haben drei Korvetten aufgespürt, die aus dem System heraus beschleunigen.«

»Korvetten?«

»Jawohl, Sir. Ich vermute, daß es Kuriere sind.«

»Unterwegs, um andere Flottenelemente über unsere Anwesenheit zu informieren.«

»Etwas in dieser Art, Sir.«

»Kelly, warum sollte das TOG hier drei MOBASTAT-Einheiten absetzen?«

»Die übliche Prozedur, um ein System zu verteidigen ...«

»Ja, aber warum hier? Hier gibt es nicht zu beschützen, außer dem Gasriesen.«

»He, das würden sie nicht ... Es sei denn, sie erwarten, daß ein Feind ...«

»Genau. Aber es gibt hier draußen keine Feinde. Außer uns.«

»Also eine Falle. Sie wußten, daß wir hierher, in dieses System, kommen würden und haben die Jäger hier postiert! Aber wie konnten sie das wissen?«

»Ich weiß es nicht. Vielleicht hat jemand bei Greshem unseren Kurs erfaßt. Vielleicht haben sie ihn auf ein paar gute Möglichkeiten eingegrenzt ... und dies ist eine davon.«

»Wenn das stimmt, Sir, dann kann eine große Flotte nicht allzufern sein.«

»Das ist genau, was ich befürchte, Kelly. Wenn diese Korvetten in den T-Raum springen, sind sie vielleicht unterwegs, um die eigentliche Falle auszulösen!«

»Was können wir dagegen tun, Captain?«

»Ich weiß es noch nicht. Wie lange haben wir, ehe uns die dritte Gruppe erreicht?«

Eine Pause folgte. »Sie kommen jetzt in Reichweite, Sir.«

Die dritte Jägerstaffel hatte den Nordpol des Gasriesen mit hoher Beschleunigung überflogen und schwang auf einen Kurs herum, um sich von ›oben‹ auf die Schwadron und die Transporter zu stürzen. Nur die Hälfte der Waffen der Flotte konnte so auf sie gerichtet werden, da die Unterseitengeschütze jedes Schiffes vom eigenen Rumpf behindert wurden.

»Steuermann!« befahl Kendric. »Schiff neunzig Grad nach backbord drehen! Geschütze bereithalten, um die Unterseitenwaffen nach steuerbord zu richten!«

Auf dem vorderen Bildschirm schwenkte die Rundung des Planeten von der linken Seite zur Oberkante der Darstellung und hing dort wie eine riesige geschwungene Decke aus gehämmertem Gold. Kendric hörte Fairfax seiner Mannschaft Befehle zubellen. Strahlen und Projektile rasten in den Weltraum und suchten die neuangekommenen Abfangjäger mit ihrem tastenden Feuer.

Dann fegte die dritte Staffel durch die Schwadron und löste sich beim Durchflug in Wolken einzelner Jäger auf. Auf ihrem Kurs, der fast rechtwinklig zur Ebene der Ringtrümmer verlief, gingen viele in spektakulären Kollisionen mit dahinziehenden Eisbrocken verloren, während andere in grellen Lichtblitzen verglühten, als die gälischen Kriegsschiffe wieder und wieder zuschlugen.

Die Atmosphäre auf der Brücke war noch immer angespannt, aber völlig geschäftsmäßig, und jeder Mann widmete sich seiner Pflicht bei einem Mindestmaß an Konversation und Hast.

Vielleicht können wir sie zurückhalten ...

»Hier Munro, Captain.«

»Ja?«

»Meldung von der *Taisgealach,* Sir. Captain MacAllister meldet, daß sein Schiff brennt. Außerdem meldet die *Galad* schwere Angriffe auf die Transporter.«

Verdammt! »Verstanden. Melden Sie an *Reannruadh:* Geschwindigkeit erhöhen, um Transporter zu unterstützen.«

»Zu Befehl, Sir.«

»Steuermann! Langsamer werden und das Schiff nach backbord treiben lassen. Lassen Sie die Transporter längsseits gehen.«

Dieses Manöver barg ein gewisses Risiko: falls die Transporter zu nahe kamen, würden sie dadurch einen großen Teil des Schußfeldes der *Gael Warrior* blockieren. Wenn die Schwadron aber die Transporter verlor, hatte es wenig Sinn, den Kampf fortzusetzen. Das TOG hätte gewonnen. Kendric fragte sich, ob die Jagdfliegerpiloten wußten, was die ›Fracht‹ dieser dicken Transporter war.

Das Weltraumgebiet, durch das die Schwadron gerade flog, wurde immer weniger echtes Vakuum. Eisbrocken, die von verirrten Strahlen und Geschossen getroffen worden waren, zerberstende Jäger und andere Stücke Raummüll füllten das Areal mit einem glitzernden Nebel aus winzigen Partikeln. Atmosphäre, die aus aufgerissenen Materietanks strömte, und Wolken aus Trümmern von faustgroßen Brocken aus Rumpfmetall bis zu mikroskopischen Farbflecken trugen zu dieser immer dichter werdenden Atmosphäre aus diffuser Materie bei.

Diese Wolken hatten wenig Auswirkung auf die Schiffe der Schwadron, wenn man davon absah, daß die Flimmerschilde von zahllosen Aufschlägen Funken sprühten. Doch waren Laser- und Partikelstrahlen in der Pseudo-Atmosphäre als Lanzen aus farbigem Licht sichtbar geworden, die durch den leuchtenden Schlachtennebel huschten.

Die gleißende Helligkeit einer Sonne erstrahlte an Steuerbord, wo ein Höllensprengkopf an den Schilden eines Zerstörers detoniert war. Nukleardämpfer hatten der Explosion bereits viel von ihrer Wirkung genommen, doch das Licht und der Druck mußten dort erhebliche Verwüstungen angerichtet haben. Kendric konnte hören, wie Fairfax den Mannschaften in den Geschütztürmen den Befehl gab, anfliegende Raketen zu zerstören, ehe sie einschlugen.

Weiter an Steuerbord näherten sich die Transporter der *Warrior*. Einer der beiden wies klaffende Krater im Heckbereich und den Radiatoranlagen auf. Der andere hatte massive Schäden in den Mannschaftsmodulen, direkt hinter der Brücke, erlitten.

»Notsignale treffen von der *Taisgealach* ein, Sir« meldete Munro. »›Schilde versagen‹.«

»Speichern Sie das und bestätigen Sie.« Es gab wenig, was sie derzeit tun konnten. Die beschädigte Korvette war auf sich selbst gestellt, bis einer ihrer größeren Begleiter vom Druck des Gefechtes befreit war. »Alle Schiffe ... konzentrieren Sie sich auf die Feindjäger, die die Transporter angreifen!«

»Bestätigt!«

Ein sanftes Schwanken zeigte das Abfeuern der Hauptwaffe der *Warrior* an. Fairfax hatte eine dichtgedrängte Gruppe schwerer Jäger identifiziert, die sich vor der Flotte versammelten, und hatte in sie hineingeschossen, um einen Angriff aus dieser Richtung zu verhindern.

»Anfliegender Jäger, zwei-neun-neun plus 20!«

Die Panik in der Stimme lenkte Kendrics Aufmerksamkeit nach backbord. Im gleichen Moment traf der beschädigte Jäger die *Gael Warrior* und krachte durch ihren vorderen Backbord-Schild und bohrte sich in ihren Bug. Metallteile spritzten in den Weltraum, als der Jäger explodierte, und die geschmolzenen Metallbrocken webten ein Muster von spektakulärer und tödlicher Schönheit. Die *Warrior* taumelte stark nach steuerbord, und mehrere stehende Offiziere stürzten auf das Deck. Kendric hörte jemanden über die Kommunikationsschaltkreise nach einer Schadenskontrollüberprüfung rufen, doch das Schiff kämpfte weiter.

Die taktische Darstellung zeigte, daß die angreifenden Wellen nun völlig zusammengebrochen waren. Die Frage blieb allerdings, ob die Schwadron selbst zu schwer beschädigt oder desorganisiert war, um unter so verheerendem Beschuß weiter manövrieren zu können.

»Kommunikation! Meldung an alle Schiffe! Kursänderung um plus sieben-fünf. Maximale Beschleunigung. Alle Schiffe bleiben dicht bei den Transportern.«

»Alle Schiffe bestätigen, außer der *Taisgealach,* Sir. Keine Antwort von dort.«

»Verstanden. Übertragen Sie meinen Befehl ... drei ... zwei ... eins ... Los!«

Wie ein Schiff änderte die Schwadron ihren Kurs. Ihre Triebwerke spien weißglühendes Plasma, als sie die schwerfällig dahingleitenden Schiffe auf eine neue Bahn zwangen. Die gälischen Schiffe erhoben sich aus der Ringebene. Kendric hatte so lange wie möglich gewartet, damit sich die Wolke aus Jagdfliegern über einige tausend Kubikkilometer Weltraum verteilte. Wenn er jetzt den Kurs änderte, waren nur wenige der angreifenden Jäger in der Position, um koordinierte Angriffe zu fliegen. Das Ausmaß des Feuers, das die Schilde der *Warrior* traf, ging fast sofort gegen Null.

»Geschwindigkeit bei acht km/s«, meldete Lieutenant Kirkpatrick vom Steuer. »Wir beschleunigen weiter.«

»Wir erfassen anfliegende Jäger von achtern«, bemerkte MacCandless, als würde er darauf antworten. »Die Verfolgung geht los.«

»Manövrieren! Lassen Sie uns hinter die Transporter zurückfallen. Legen Sie uns zwischen die Jäger und unsere Leute!«

»Manövrieren … zu Befehl!«

Weißes Licht füllte den Himmel aus – ein lautloses Aufblühen des Todes achtern unter ihnen.

»Was war das? Ops! Was war das für ein Blitz?«

»Die *Taisgealach,* Sir. Sie sind fort. Schilde und Dämpfer unten. Ich schätze, eine Atomrakete hat sie erwischt.«

Jetzt waren sie noch zehn: acht Kriegsschiffe und zwei Transporter.

»*Aichbheil* und *Abu* melden beide schwere Gefechtsschäden, Captain«, berichtete Munro. »Auch die *Gaidheal* meldet Schäden von einem nuklearen Beinahetreffer, und die *Iolaire* meldet einen Kollisionsschaden.«

»Verstanden.« *Verdammt!* Seine Flotte wurde rund um ihn in Stücke geschossen, und er konnte nichts tun, als die Meldungen zur Kenntnis zu nehmen!

Kendrics Fäuste liefen über den Knöcheln weiß an. Die Flotte wurde vor seinen Augen vernichtet.

39

Kann mich jemand hören? Kann mich jemand hören? Imperiale Spiculum, *systemauswärts fallend, Gamma Sacculus. Richtung eins-sieben-neun plus zwei-eins. Antrieb aus, Hilfssysteme aus. Lebenserhaltung versagt. Ich wiederhole, kann mich jemand hören? Verdammt … Kann mich irgend jemand hören? Bitte, mein Gott … Kann mich irgend jemand hören?*

– Funkübertragung, die in der Nähe von Gamma Sacculus aufgefangen wurde, 3. November 6830.

»Anfliegende Jäger, Captain. Achtern, tief, 150 Klicks.«

»Verstanden, Ops. Lee, haben Sie gehört. Packen Sie sich die!«

»Wir zielen schon, Captain. Unterseiten-Geschütz feuert …«

Explosionen blühten vor dem Gesicht des fernen, ringumgebenen Planeten auf. Von hier aus konnten sie die Ringe deutlich wie eine immense Zielscheibe rund um den Planeten ausgebreitet sehen, leicht zu einer Seite geneigt. Auf der Nachtseite schnitt der Schatten des Planeten ein großes halbrundes Stück aus dem Gold und Silber der Ringe.

»Navdep!«

»Navdep, zu Befehl! Hier Ayres, Captain!«

»Lösen Sie ein Problem für mich. Ich brauche einen Blindsprung in den tiefen Weltraum.«

»Ein … ein Blindsprung, Captain?«

»Genau. Ich will, daß Sie einen schnellen Parametersatz berechnen, den wir an die ganze Flotte ausstrahlen können. Und das sollte besser in fünf Minuten erledigt sein, oder *wir* sind alle erledigt!« Kendric zögerte, dann traf er eine schnelle Entscheidung.

»Gehen Sie bis zu einem Maximum-Plus-Tau von drei Tagen. Nicht mehr.«

»Sofort, Captain!«

Die Navigation im T-Raum wurde berechnet, ehe das Schiff übertrat, denn offensichtlich konnten Schiffe nicht manövrieren, wenn sie erst einmal im T-Raum waren, ohne sich selbst auf recht spektakuläre Weise zu zerstören. Die Navigationsberechnungen konnten Stunden, sogar Tage in Anspruch nehmen, je nachdem, wie weit und wie schnell das Schiff springen sollte.

Blindsprünge wurden ohne die notwendigen Kalkulationen ausgeführt und waren möglich, aber niemals empfehlenswert. Je größer die mit einem Blindsprung zurückgelegte Entfernung, desto wahrscheinlicher wurde es, daß sich die T-Raum-Schnittstelle des Schiffes mit dem Schatten eines größeren Sternes überschneiden würde. Die Konsequenzen einer solchen Überschneidung waren sogar noch übler als die Versuche, im T-Raum zu manövrieren – oder die Dreißig-Tage-Grenze zu überschreiten.

Das war der Teil, vor dem sich Kendric am meisten fürchtete. *Drei Tage!* Das würde den Tau-Überschuß bei ihm selbst, T. C. und Jaime Douglass bis zur Dreißig-Tage-Grenze anheben. Er schloß die Augen und erschauderte, als er sich an den Tod des unbekannten Sträflings an Bord des Gefangenentransporters erinnerte.

»Captain? Hier Ayres.«

»Reden Sie.«

»Wir werden in ein paar Minuten eine Eintrittsgeschwindigkeit von 150 km/s haben. Bei dieser Geschwindigkeit kann ich Ihnen eine Lichtwoche pro Tag geben ... drei Wochen in drei Tagen.«

»Das ist alles? Drei Licht*wochen?*«

»Das ist alles, was wir können, Sir. Wir könnten länger beschleunigen, eine höhere Geschwindigkeit aufbauen ...«

Kendric dachte einen Moment nach. Immer mehr Jagdflieger näherten sich von achtern. Je länger die Schwadron im normalen Raum flog, desto größeren Schaden würden die TOG-Jagdflieger ihr zufügen und desto größer wurde die Wahrscheinlichkeit, daß eines der Schiffe oder mehrere nicht mehr in der Lage waren, den Sprung in den T-Raum überhaupt zu unternehmen. Kendric wollte jedoch so weit springen wie möglich, da er sicher war, daß in der Nähe eine große Anzahl von TOG-Großkampfschiffen lauerte. Es würde genügend Messungen ihrer Geschwindigkeit und Flugrichtung geben, daß die Verfolger den Zufluchtsort der Schwadron abschätzen konnten.

Nach galaktischen Maßstäben waren drei Lichtwochen überhaupt keine Entfernung: weniger als eine halbe Billion Kilometer. Aber das war immer noch ein abschreckend großes Gebiet für die Suchenden. Kendric wußte, daß er noch einen wichtigen Vorteil hatte. Der Sprung, den er plante, würde sie in den leeren interstellaren Raum führen, statt auf eine kosmische Landmarke gerichtet zu sein, wie es üblicherweise gemacht wurde.

Obwohl es dadurch weit schwieriger für die Schiffe der Schwadron sein würde, sich miteinander im leeren Weltraum zu treffen, war es nahezu unmöglich für ihre Verfolger, zu erraten, wo sie wieder aus dem T-Raum auftauchen würden. Drei Lichtwochen sollten genug sein, selbst wenn die ganze Imperiale Raumflotte direkt nebenan lauerte.

»Drei Lichtwochen sind in Ordnung. Speichern Sie die Zahlen und übermitteln Sie sie auf Munros Konsole. Ich will, daß alle Schiffe zugleich springen, mit synchronen Countdowns auf ihren Rechnern.«

»Zu Befehl, Sir.«

Indem er sie zeitgleich für eine festgelegte Sprungdauer in den T-Raum gehen ließ, reduzierte Kendric das Risiko auf ein Minimum, daß die Schwadron versprengt wurde – verstreut über ein Weltraumgebiet mit einem Durchmesser von Millionen Kilometern, wenn sie wieder auftauchten.

Die Jäger näherten sich. Die Heckgeschütze der *Warrior* nahmen sie in Empfang und verwandelten sie in Lichtblitze. Anfliegende Geschosse verfehlten die *Warrior* nur knapp, als die Abwehrlaser am Schiffsheck sie kurz vor dem Aufschlagen zerstörten.

»Alle Schiffe bestätigen. Nachricht von der *Abu*, Captain.«

»Ja?«

»Die Nachricht lautet: T-Raum-Flugkontrollen zerstört, Energieversagen. Navigationscomputer zerstört. Keine Möglichkeit zum Springen. Wir halten sie hier auf. Viel Glück, Gälen. Unterzeichnet, MacGorry.«

Kendric schloß die Augen. »Verstanden«, sagte er. *Noch eins!* »Fügen Sie hinzu: ›Wir werden eurer gedenken, *Abu*. Ihr habt eurem Namen Ehre gemacht. Unterzeichnet, Fraser‹.«

»Ja, Sir.«

Abu war gälisch für ›Kriegsruf‹, das Schlachtgeschrei angreifender Stammeskrieger in Zeiten, als die Waffen nicht komplizierter als Speere und Schleudern waren und ein Gefecht im persönlichen Nahkampf bestand, der Mut und Begabung erforderte.

Die Sekunden krochen vorüber, als sich die TOG-Jagdflieger zu einem weiteren Angriff sammelten. Kendric kämpfte gegen seine Unentschlossenheit an. Wenn sie ein wenig länger aushalten konnten und nur ein bißchen mehr Geschwindigkeit aufbauten, ehe sie den Übertritt wagten, könnten sie weiter springen … sicherer sein …

Nein. Er schüttelte den Kopf. *Nein, wir können keinen weiteren geordneten Angriff riskieren.* Im Ops wurde geschätzt, daß die Schwadron nicht weniger als 30 Prozent der Angreifer vernichtet hatte, doch ihre eigenen Beschädigungen waren schwer genug, daß bald sogar die größeren gälischen Kriegsschiffe die Konsequenzen eines solchen Beschusses verspüren würden. Der Rumpf der *Warrior* war an mehreren Stellen aufgerissen und die Energieversorgung mehrerer vorderer Geschütztürme unterbrochen worden, als die Kollision mit den Jagdfliegern Stromleitungen und Kontrollschaltkreise zerschnitten hatte. Einige Treffer mehr davon, und die *Gael Warrior* würde nicht mehr in der Lage sein, weiterzukämpfen.

»Steuermann, Captain. Wir haben die Geschwindigkeit erreicht. Halten uns bereit.«

»Sehr gut. Geben Sie den Countdown an die anderen Schiffe durch … und dann los.«

Der Hauptbildschirm zeigte ›00:00:10:00‹ und begann dann rückwärts die Sekunden abzuzählen. Als die Darstellung nur noch Nullen zeigte, setzte der Computer die Zusatztriebwerke der Schiffe in Gang. Im gleichen Moment verschwand die Gälische Schwadron im Licht.

»Dann haben sie den Übertritt in den T-Raum durchgeführt, Eure Exzellenz, und sind aus unserem Sichtfeld verschwunden. Eines ihrer Schiffe, eine Fregatte, blieb zurück, um uns zu beschäftigen.«

»Ein Lockvogel?«

»Möglich, Eure Exzellenz. Das Schiff zeigte deutliche Beschädigungen im Antriebs- und Maschinenbereich. Wir glauben, daß es vielleicht nicht in der Lage war, in den T-Raum zu springen, und aufgegeben wurde. Wir haben es zerstört.«

»Ich verstehe«, sagte Gracchi sanft, obwohl er innerlich fluchte. Wenn es ihnen gelungen wäre, die Fregatte zu entern, hätten sie vielleicht herausfinden können, wohin Fraser zunächst unterwegs war. Er konnte dem verantwortlichen Kommandeur der Gamma Sacculus-

Operation allerdings keine Schuld zuschieben. Seine Befehle hatten gelautet, die abtrünnige Flotte zu zerstören, und nicht, sie gefangenzunehmen. Gracchi fragte sich, ob er diese stehenden Befehle modifizieren sollte, in der Hoffnung, Fraser zu fangen. Seine Finger trommelten auf den Tisch vor ihm. Möglich ... Möglich ...

»Sie haben natürlich die Sprungdaten.«

»Natürlich, Eure Exzellenz. Der merkwürdige Faktor war ihre sehr langsame Eintrittsgeschwindigkeit. Commodore Valdine glaubt, daß ihr Kommandant einen weiteren Angriff befürchtete und frühzeitig in den T-Raum ging, um weitere Zerstörungen zu vermeiden. Eine Reihe ihrer Schiffe war schwer mitgenommen.«

»Stimmt das? Nun, dann haben wir sie vielleicht!«

»Eure Exzellenz?«

»Sie können nicht mehr als höchstens vier oder fünf Tage gesprungen sein. Ihr Kommandant hat einen großen Tau-Überschuß. Und wir haben ihnen nicht die Zeit gelassen, um bei dem Gasriesen ihre Tanks komplett zu füllen. Das heißt, daß sie immer noch mit zuwenig Reaktionsmasse unterwegs sind. Sie werden nicht die Möglichkeit haben, zuerst in die eine und dann in eine andere Richtung zu springen. Sie müssen sich an ihre Absprungrichtung halten!«

Die Augen des Legaten leuchteten auf. »Ich verstehe, Eure Exzellenz! Bei dieser Geschwindigkeit und einem derartig kurzen Sprung können sie nicht mehr als ein paar Lichtwochen oder -jahre von Gamma Sacculus entfernt sein!«

»Genau! Darüber hinaus gibt es uns das, was wir benötigen, um sie festzusetzen!«

Er griff nach einer Schalterreihe am Ende seiner Konsole.

»Kommunikation! Weitergeben an alle Schiffe! Sammeln bei Gamma Sacculus, Punkt Alpha. Schiffe, die wenig Reaktionsmasse haben, müssen dort sofort auftanken. Alle Kommandanten haben sich für weitere Befehle bereit zu halten!«

»Ad tuum imperatum, Domine!«

Er hatte sie! Bei Caesar, er hatte sie!

Austritt!

Kendric hielt die Hand vors Gesicht und versuchte, die innere Angst zu ersticken. Die Hand, Zentimeter von seinen Augen entfernt, schien zu flimmern, als ob er sie durch Lagen von heißer Wüstenluft betrachtete. *Leuchttauhitze.* Beliebte Mythen schrieben den Schimmer der Reibung von Tachyonen oder ähnlichen lächerlichen Ursachen zu. In Wirklichkeit strömten T-Raum-Tachyonen aus der dreidimensionalen Matrix seines Körpers, da sich dieser der Taugrenze näherte. Ihr überlichtschneller Austritt in den normalen Weltraum erzeugte geringe Mengen Cherenkovstrahlung. Noch mehr Zeit im T-Raum, und sein Körper würde nach seinen eigenen Vorgaben in den normalen Raum zurückkehren – mit den Konsequenzen, die er an Bord des Sklaventransporters vor einigen Monaten miterlebt hatte.

Ihm wurde plötzlich klar, daß er T. C. seit einigen Tagen nicht mehr gesehen hatte – in der Tat nicht mehr seit ihrer Ankunft auf Gamma Sacculus. Vielleicht betrachtete sie ebenfalls ihre Hände und stellte sich Fragen …

Es klopfte an der Kabinentüre. Das alte Gesicht von Greggs, seinem persönlichen Steward, blickte durch die teilweise geöffnete Kabinentür. »Captain, Sir? Kann ich irgend etwas für Sie tun?«

Kendric lächelte. »Nein, Greggs. Vielen Dank. Ich gehe auf die Brücke.«

»Es ist noch nicht Zeit für Ihre Wache, Sir. Sie verbringen zuviel Zeit dort, Captain.«

»Es ist mein Schiff, Greggs. Ich denke, daß ich an Bord tun kann, was ich will!« Er drückte sich an dem

Soldaten vorbei und ging den Korridor zur Brücke entlang. Obwohl Greggs' Nervosität irritierend war, hatte er die Dinge in die richtige Perspektive gerückt. Der Steward machte sich mehr Sorgen über Kendrics Zustand als Kendric selber. Vielleicht hatte der Mann hereingeschaut und damit gerechnet, einen Haufen Asche vorzufinden …

Kendric schüttelte sich und verbannte den Gedanken, diese Erinnerung, aus seinem Gedächtnis.

Es war ungewöhnlich ruhig auf der Brücke. Der Hauptschirm zeigte die optische Darstellung, aber der Himmel vor ihnen war leer.

Der Fluch der Gälen. Der Gedanke traf Kendric mit überraschender Stärke. Er hatte noch nicht einmal über diese Merkwürdigkeit nachgedacht, bis er die leichte Beklemmung auf dem Herzen spürte, als er soviel leeren Weltraum sah. Dieser war natürlich nicht völlig leer. Das Schiff war mehr oder weniger auf den Sacculus-Nebel ausgerichtet, eine zusammengerollte, unregelmäßige Masse aus Staub und Gas, ohne Licht von den in der Nähe liegenden Sternen und deshalb schwarz genug, um wie ein Loch im Weltraum auszusehen, das von den weiter entfernten Sternen der Milchstraße umrandet wurde. Einige Sterne waren selbst durch die Schwärze hindurch sichtbar, aber sie schienen sehr schwach und sehr weit weg zu sein.

»Lassen Sie uns nach hinten schauen«, sagte er und trat neben seinen Kommandosessel. Lieutenant Commander MacAllister zuckte zusammen. Der Wachhabende war nicht auf seinem Posten gewesen und hatte nicht die formelle Ankündigung »Flottencaptain auf der Brücke« hören lassen.

»Captain!«

»Wo ist die Wache?«

»Ihm … ihm ist übel geworden, Sir.«

»Übel geworden?«

Der First Lieutenant zeigte in Richtung des Nebels auf dem Schirm.

»Der Fluch der Gälen, Captain.«

»Nun, man muß doch nicht dahin schauen, oder? Wollen wir lieber nach hinten blicken.«

Die Ansicht wechselte. Die *Reannruadh* hing dort, einen Kilometer achtern. Hinter ihr war Gamma Sacculus als ein diamanten klarer, blauweißer Punkt zu erkennen. Der Eindruck dessen, was sie vor sich gesehen hatten, lastete auf der Brücke.

Gott! Und Lee Fairfax wollte nach Andromeda springen. *Wie sollen wir das schaffen, wenn die Aussicht auf einen dunklen Nebel ihnen das antut?*

»Wo ist der Erste Offizier?«

»Es ist noch nicht Zeit für seine Wache, Captain.« Aber der unsichere Ausdruck des Mannes zeigte, daß Morganen vor kurzem noch auf der Brücke gewesen war.

Nicht auch Lenard …

»Rufen Sie ihn. Rufen Sie alle ranghöheren Brückenoffiziere … und Doktor Hutchison. Sie sollen mich in der Offiziersmesse treffen. In zehn Minuten.«

Das müssen wir klären!

»Es ist eine Kombination von verschiedener Faktoren«, sagte Hutchison eine halbe Stunde später.

»Zum Beispiel?« fragte Kendric.

»Erschöpfung, mehr als alles andere, Captain. Sie wissen, wie sehr sich die Offiziere und Besatzung verausgaben, seitdem wir Alba verlassen haben.«

»Einige von uns haben sich lange vor Alba verausgabt. Was noch?«

»Depressionen, denke ich. Wir haben auf Gamma Sacculus zwei Schiffe verloren, und eins von ihnen wurde bewußt zurückgelassen. Natürlich konnten wir nichts anderes machen, aber es ist menschlich, Schuldgefühle, Angst und Trauer bei so einem Verlust zu verspüren. Die allgemeine Depression, die durch die Ereignisse der letzten Tage verursacht wurde, kann die Reaktion des einzelnen auf den Zustand, den wir als den ›Fluch der Gälen‹ kennen, stärker beeinflussen als üblich.«

»Was ich wissen will«, sagte Kendric und schaute sich am Tisch um, »ist, wie wir erwarten können, die Schwadron nach Andromeda zu bringen, wenn die Dinge derartig aus dem Ruder laufen, wie es auf der Brücke geschehen ist! Wenn wir an einen leeren Ort springen und der Weltraum vor uns verlassen wirkt, warum hat dann niemand den Schirm abgeschaltet oder ist zur taktischen Darstellung übergegangen?«

MacAllister rutschte unruhig hin und her. »Meine Verantwortung, Sir. Ich hatte Wache, und ich wollte sehen, wie der Nebel aussieht. Ich wußte nicht, daß er diesen … diesen starken Einfluß auf alle haben würde.«

»Nun, vielleicht haben wir dadurch etwas gelernt. Vielleicht haben wir gelernt, daß wir es nicht wagen können, über unsere Galaxis hinaus vorzudringen!«

»Verzeihen Sie, Captain, aber haben wir eine andere Wahl?« fragte Logan.

»Das wird dieses Treffen festlegen«, Kendric legte eine Hand vor die Augen. Er war so müde.

»Alles in Ordnung, Captain?«

Er öffnete die Augen und bemerkte, daß ihn alle anstarrten. Im dämmrigen Licht des Raumes war der Schimmer seiner Leuchttauhitze stärker als je zuvor.

»Mir geht es gut. Wie der Doktor vorhin bereits sagte, sind wir alle ziemlich erschöpft. Aber, müde oder nicht, wir müssen trotzdem unsere Optionen noch einmal untersuchen.«

Overlord Gracchi sah sich den leuchtenden Bildern zehn seiner Schwadronskommandanten gegenüber. Jedes Bild war eine holografische Projektion von weniger als einem halben Meter Größe. Die Aufmerksamkeit dieser Zuhörer richtete sich auf die taktische Darstellung, die auf einen Schirm hinter dem Overlord projiziert war. Sie zeigte einen dreifachen Lichtpunkt, der als Gamma Sacculus bezeichnet wurde und von dem eine gerade rote Linie wegführte.

»So«, sagte Gracchi. »Aufgrund der von mir herausgestellten Gründe müssen sich die Rebellen irgendwo entlang ihrer Abflugslinie aufhalten. Sie können nicht mehr als fünf Lichtwochen von Gamma Sacculus entfernt sein. Sie werden mit ziemlicher Sicherheit weiter als zwei Lichtwochen fort sein.

Hier wird nun unsere Falle zuschnappen. Sie, Admiral Benton, haben das Kommando über die Reserven. Ihr Platz ist hier bei mir auf Gamma Sacculus.«

»Ja, Sir.«

»Sie, Commodore Pushkin, werden Ihre Flotte auf dem genauen Kurs beschleunigen, den die abtrünnige Flotte eingeschlagen hat. Sie machen einen T-Raum-Sprung über die Entfernung von einer Lichtwoche, dann tauchen Sie ... hier wieder auf.« Er zeigte auf einen Punkt auf der Linie, ein kurzes Stück von dem Stern entfernt. »Sie werden weiter dem Flugweg der Rebellen folgen und dabei besonderes Augenmerk auf Ihre Neutrinodetektoren, Ihre Infrarotsensoren und Ihren Langstreckenfunk richten. Sie werden ihren Kurs einen ganzen Tag lang verfolgen, dann erneut den T-Raum für einen weiteren Sprung betreten und dieses Mal hier, eine Lichtwoche weiter, austreten.

Admiral Hogarth, Sie machen das gleiche mit Ihrer Schwadron, aber weiter entfernt. Sie werden zehn Lichttage von Gamma Sacculus austreten, einen Tag reisen und nach Anzeichen der abtrünnigen Flotte suchen, dann gehen Sie zurück in den T-Raum, um an diesem Punkt, siebzehn Lichttage weiter, erneut auszutreten.

Jeder von Ihnen wird ähnlich vorgehen. Sobald die

abtrünnige Flotte aus dem T-Raum austritt, werden sie anfangen, Funk, Infrarot- und Neutrinostrahlen abzusondern, daher sollte es Ihnen möglich sein, etwas von ihrer Anwesenheit zu spüren, wenn Sie Ihren zugewiesenen Punkt im normalen Raum erreicht haben. Wenn Sie nach einem Tag nichts entdeckt haben, springen Sie zu einer neuen Patrouillenposition. Mit zehn Schwadronen, die entlang der Linie fünf Lichtwochen weit operieren, sollten Sie innerhalb weniger Tage den Kontakt gefunden haben.

In dem Augenblick, in dem Sie Anzeichen für die Anwesenheit der Rebellen entdecken, werden Sie ihre genaue Position feststellen. Sie werden dann angreifen, um die Rebellenflotte vor Ort festzuhalten und nach Möglichkeit weiter zu beschädigen. Bevor Sie angreifen, werden Sie jedoch eine Korvette aus Ihrer Schwadron ausschicken, um mir hier auf Gamma Sacculus Ihre Entdeckung mitzuteilen. Admiral Benton und ich werden, sobald wir den endgültigen Bescheid haben, zu Ihrem Standort springen. Dann werden wir die Rebellenflotte zermalmen und vernichten.«

»Eure Exzellenz«, sagte eines der holografischen Bilder. »Kann unsere Schwadron darauf zählen, daß wir eine genügend große Überlegenheit an Feuerkraft über die Rebellen haben? Eine Schlachtschiffschwadron ist immerhin eine großartige Kampfeinheit.«

»Mein Stab hat Ihre Schwadronen in Anbetracht dieser Dinge zusammengestellt, Flottenkapitän. Jede einzelne Ihrer Kreuzerschwadronen sollte ausreichen, um den Feind in seinem derzeitigen Zustand der Beschädigung und Desorganisation zu schlagen. Üblicherweise wäre das feindliche Schlachtschiff selbst für eine Kreuzerschwadron zu stark, aber denken Sie daran, daß das abtrünnige Schlachtschiff in der Schlacht von Gamma Sacculus bereits zahlreiche Treffer einstecken mußte.

Vergessen Sie nicht, daß Sie sie nur aufhalten müssen … sie lange genug festsetzen, bis die Reserven eintreffen. Sie können das erreichen, indem Sie die kleineren Schiffe so schwer beschädigen, daß die größeren Schiffe nicht fliehen können, ohne sie aufzugeben.

Denken Sie auch daran, daß die Rebellen absolut auf ihre Transporter angewiesen sind, die Berichten zufolge bereits ernsten Schaden erlitten haben. Zerstören Sie ihre Transporter oder machen Sie sie manövrierunfähig, dann werden sie nirgendwohin fliehen!

Ihr seid die Männer, meine Schwadronskommandanten, die den Schlüssel zum endgültigen Erfolg in Händen halten! Finden Sie die abtrünnige Flotte, benachrichtigen Sie mich, und halten Sie sie fest, bis ich mit der Hauptflotte ankomme!«

Overlord Gracchi lächelte die aufgereihten holografischen Bilder an, als sie ihm wie ein Mann salutierten und verblaßten. Es war ein guter Plan. Es gab sicherlich Lücken, und die Rebellen konnten immer noch in den T-Raum entweichen, bevor die Schwadron sie stellen konnte.

Diese Möglichkeit beunruhigte ihn allerdings nicht sonderlich, da die Schlüsselfigur dieser Operation Kendric Fraser war. Wenn man Fraser tötete oder gefangennahm, wären die Gälen gebrochen. Sie hatten unter Captain Morganen keine Anzeichen von Einigkeit oder Kampffähigkeit gezeigt. Unter Fraser kämpften sie wie Berserker. Die Schlacht von Gamma Sacculus war Gracchi teuer zu stehen gekommen – 412 Jagdflieger waren zerstört oder vermißt, von insgesamt 1080. Achtunddreißig Prozent Verluste in dieser Operation waren nicht dazu angetan, ihm die Zuneigung Caesars zu sichern.

Die aktuelle Operation würde Frasers Tod oder Gefangennahme sicherstellen. Dem Mann war, ganz einfach und buchstäblich, die Zeit davongelaufen. Er war gezwungen, entweder mit seiner Schwadron zu springen und zu sterben oder sein Schiff aufzugeben und zurückzubleiben, wenn die Schwadron ohne ihn weitersprang. In diesem Falle würde er ebenfalls sterben, obwohl nicht so schnell und angenehm wie durch eine Tau-Dimensionsumkehrung.

Auf die eine oder andere Weise würde Magnan Domitius Gracchi diese Runde gewinnen … und Kendric Fraser würde verlieren.

40

Imperiale Korvette Eins sieben drei. Wir haben die Rebellen … wiederhole, wir haben die Rebellen in Sichtweite! Warnt die Flotte! Verdammt noch mal! Dafür kriegen wir eine Medaille!

– Abgefangene Funkübertragung, Tiefer Weltraum, Umgebung Gamma Sacculus, 6. November 6830.

Jaime Douglass sah sie als erster. »*Warrior!* Hier Anführer von Alpha! Wir haben ein anfliegendes Ziel! Kurs Eins-acht-null plus null … Geradewegs auf unserer Flugbahn von Gamma Sacculus! Wir übertragen unsere Scannerdaten.«

Die Zeit zog sich durch die Zeitverschiebung von mehr als dreißig Sekunden zwischen der Patrouille und der Schwadron hin.

»Wir kopieren, Alpha-Führer!« Die Antwort kam schließlich durch. »Bitte Rückübertragung zur Überprüfung.«

Verdammt! Traut ihr euren eigenen Augen nicht? Oder unseren? »Alpha-Führer, Rückübertragung der Scannerdaten.«

Jaime wartete, innerlich kochend. Die TOG-Schwadron bewegte sich sehr schnell – mit mindestens 500 km/s –, und sie glühte in der charakteristisch flimmernden Leuchttauhitze. Sie waren gerade erst ausgetreten, und bei dem Kurs mußten sie von Gamma Sacculus kommen.

Wie, zum Teufel, hatten sie das genaue Versteck der Schwadron gefunden? Der einzige Sinn ihres Blindsprunges war der gewesen, in der Leere des Gamma-Sacculus-Sternsystems unterzutauchen. Er überprüfte seine Konsole. Die anderen fünf Jagdflieger der Gold-Schwadron hatten in seine Nähe aufgeschlossen, die anderen drei Schwadronen der Alpha-Gruppe in einer engen Formation an Back- und Steuerbord. Es gab nicht mehr zu tun, als auf eine Mitteilung vom Flaggschiff zu warten.

»Alpha-Führer, hier ist die *Gael Warrior*. Wir bestätigen Ihre Scanner-Übertragung. Halten Sie sich bereit. Sammeln Sie Ihre Jagdflieger und warten Sie weitere Befehle ab.«

Der diensthabende Brückenoffizier rief Gefechtsstationen aus und alarmierte Kendric. Als dieser wieder auf der Brücke eintraf, waren die herankommenden Ziele identifiziert worden: zwei Schwere Kreuzer, vier Zerstörer und fünf kleinere Schiffe – Fregatten und Korvetten. Es stand außer Frage, sich zu verstecken oder darauf zu hoffen, daß man sie nicht entdeckt hatte. Der Neutrinoausstoß aus den Fusionsreaktoren der Schiffe würde sich über eine Sphäre von zwei Lichttagen ausgebreitet haben. Die TOG-Schiffe mußten die genaue Position der Schwadron erfahren haben, sobald sie auf diese verräterische Blase gestoßen waren.

»Was können wir tun, Ops? Nennen Sie uns unsere Optionen.«

Das Wortspiel mit den Worten Ops und Optionen war in den letzten Tagen zu einem verbissenen Witz geworden. Kendric hatte Kelly kurz nach ihrem Aufbruch von Gamma Sacculus erklärt, daß er eine Verfolgung durch das TOG befürchtete. Der Witz wurde jedesmal fortgeführt, wenn jemand Kelly MacCandless fragte, welche Optionen vom Ops kämen.

Wenn sie mehr Reaktionsmasse, mehr Zeit und eine höhere Geschwindigkeit bei ihrem T-Raum-Eintritt gehabt hätten, hätten sie es vielleicht geschafft, ihre Verfolger abzuschütteln. Es wäre ein einfacher Trick gewesen, auf dem Kurs A für ein paar Zehntel Lichtjahre zu reisen, in den rationalen Raum zurückzukehren, den Kurs zu ändern, um dann erneut in den T-Raum zu gehen, um eine weitere überlichtschnelle Reise auf Kurs B durchzuführen. Wenn man dieses Manöver einige Male durchgeführt hätte, wäre die Gälische Schwadron unauffindbar gewesen und hätte sich keine Sorgen mehr über Verfolger machen müssen. Aber alle diese ›Wenns‹ konnten das, was geschehen war, nicht rückgängig machen. Und so hatte Ops keine Optionen zu bieten.

»Keine weiteren Optionen, Captain«, erwiderte MacCandless nach einer prägnanten Pause. »Ich würde sagen, nun liegt es an unseren Jagdfliegern.«

»Einverstanden.«

Der Einsatz der Jagdflieger war Kendrics Idee gewesen. Er hatte davon abgesehen, sie auf Gamma Sacculus einzusetzen, aufgrund der augenscheinlichen Nutzlosigkeit, sechzig Jagdflieger gegen eintausend zu schicken. Sobald die Schwadron aber an ihrem augenblicklichen Versteck aufgetaucht war, stellten die Jagdflieger des Schlachtschiffes die beste Verteidigungsmöglichkeit der Schwadron dar, wie auch die beste Möglichkeit, zu erfahren, wann sich TOG-Raumschiffe näherten.

»Frank? Hier spricht der Captain.«

»Ja, Sir!«

»Lassen Sie den Rest der Jagdflieger aufsteigen. Wir müssen diese schweren Burschen verlangsamen, bevor sie uns treffen.«

»Aye, Sir. Alle Jagdflieger in Beta und Gamma meldeten sich schon bereit.«

Alpha war früher gestartet und bereits auf Patrouille. Sie waren es gewesen, die die herannahenden TOG-Streitkräfte zuerst identifiziert hatten. »Sie starten jetzt!«

Jeweils zu zweit wurden die verbliebenen Jagdflieger der *Gael Warrior* in den Weltraum geschleudert.

»Alpha-Führer, hier ist die *Gael Warrior*. Beta und Gamma sind auf dem Weg zu Ihnen. Sie haben den Befehl, anzugreifen … Wiederhole … Feindliche Schwadron angreifen. Versuchen Sie, größtmöglichen Schaden an den feindlichen Antriebs- und Waffensystemen zu verursachen.«

»Juch-huuu!« Jaimes Schrei hallte über den taktischen Kanal. Sein Verstand raste ebenso wie sein Herz. *Endlich! Dann wollen wir mal los, bevor sie ihre Meinung ändern!* »Alpha, hier ist der Geschwaderführer! Kopf hoch, Jungs! Wir haben die Freigabe zum Angriff! Kursänderung nach Null-drei-fünf und beschleunigen, zehn *g*, auf meinen Befehl … drei … zwei … eins … Los!«

Antriebsflammen schossen aus den Antriebsdüsen der drei Schwadronen aus *Pilums* und *Spiculums*.

»*Galad* und *Teachdair!* Sie beschützen die Transporter. Bringen Sie sie auf Null-eins-null minus zwei-null und beschleunigen Sie«, Kendric studierte die taktische Darstellung, als er seine Befehle für den Einsatz der Schwadron gab. »*Iolaire* und *Reannruadh,* bleiben Sie bei der *Gael Warrior*. Wir folgen unserer zweiten Jagdflieger-Welle. *Aichbheil* und *Gaidheal,* entfernen Sie sich und kreisen Sie. Legen Sie Ihren Kurs nach eigenem Ermessen fest. Schauen Sie, ob Sie die Feinde von einer anderen Seite angreifen können, während wir sie festnageln.«

Die *Gael Warrior* beschleunigte bereits auf die entfernte Schlacht zu.

Jaime zündete seine unteren Steuerdüsen. Seine *Spiculum* legte sich nach backbord und stieg scharf in einem Manöver, das die Beschleunigungskompensatoren der Maschine kurzfristig überlastete und ihn in den Sitz quetschte. Sein Druckanzug absorbierte und verteilte die übermäßige Schwerkraft und verhinderte damit, daß ihm das Blut aus dem Kopf strömte. Für einen kurzen, schwindligen Augenblick wurde es ihm rot vor Augen, aber er schaffte es, nicht das Bewußtsein zu verlieren. Einen Augenblick später hatte sich sein Blick geklärt und zeigte ihm die lange, schlanke Form eines Schweren TOG-Kreuzers, weniger als einen Kilometer vor ihm.

Er hatte einen der Zerstörer als Schild benutzt. Während seine Schwadronskameraden Raketen und Strahlen auf den Zerstörer hinter ihm schleuderten, hatte er das Trudeln seines Jägers abgefangen und ihn auf die Brücke des Kreuzers ausgerichtet. Laser griffen nach ihm, unsichtbar im Weltraum, aber deutlich sichtbar auf den Monitoren seiner Konsole. Er drehte sich nach backbord, als gebündeltes Licht seinen Flimmerschild berührte und von seiner Steuerbord-Gondel abspritzte. Ein weiterer Schuß traf ihn direkt vorne in der Mitte, mit einer blendenden Explosion aus purem Licht, aber sein Schild reflektierte und absorbierte den Schuß.

Er war nun sehr nahe, so nahe, daß er einzelne Geschütztürme auf dem vorderen Deck des Kreuzers ausmachen konnte, die sich drehten, um den Kurs seines rasenden Jagdfliegers zu verfolgen. Der Kreuzer war bereits bei einem vorhergehenden Vorbeiflug getroffen worden. Eine transpondergesteuerte Rakete war durch die Schilde des vorderen Kreuzers geglitten und an seiner Rumpfpanzerung direkt achtern der Brücke explodiert. Er konnte nun den Einschlagskrater sehen, er klaffte auf wie eine schwarze Höhle in einer gewundenen Metallklippe.

Ruhig! Eine Hand vollführte millimetergenaue Korrekturen am Kontrollknüppel der *Spiculum,* während die andere die Zielerfassung für sein Backbord-Flügelgeschütz aktivierte. Ein grünes Licht erschien auf seiner Waffenanzeige. ›Hab' dich!‹

Jagdflieger waren im Vergleich zu Großkampfschiffen nur schwach bewaffnet und gepanzert, besaßen aber einen äußerst wichtigen Vorteil: In der Hand eines erfahrenen Piloten konnten sie sich bis in Kernschußweite an ein großes Ziel heranmanövrieren, auf Schwachstellen in der feindlichen Panzerung und sogar bereits beschädigte Bereiche schießen. Auf genau diese Weise richtete Jaime seine Backbord-Rakete auf den gezackten Krater, der zuvor in den Brückenturm gesprengt worden war.

Er drückte die Raketenfreigabe auf dem Steuerknüppel. Ein Strahl orangefarbenes Feuer stieß aus der Geschützlafette, die unter seine Steuerbord-Gondel montiert war, und schüttelte hart an Jaimes Schiff, als er den Knüppel zurückzog und erneut seine Steuerdüsen betätigte. Er hatte einen verschwommenen Eindruck, wie sein Geschoß durch den Flimmerschild des Kreuzers drang, direkt in den anvisierten Krater. Ein Treffer! Die Höhle leuchtete von innen auf wie ein ausbrechender Vulkan. Geschmolzene Metallstücke wurden in den Weltraum geschleudert, als mehrere Explosionen den Turm des Kreuzers zerfetzten.

Jaime zwang die Triebwerke seines Jagdfliegers zu voller Beschleunigung, als sein kleines Schiff tief über das Oberdeck des Kreuzers raste. Laserfeuer folgte ihm. Ein Teil der messerscharfen Bauchflosse schmolz unter der Berührung eines Laserstrahls, der Schaden wurde von Sensoren an Jaimes Cockpit gemeldet, wo rote Lichter vor überlasteten Systemen und Überhitzung warnten.

»Netter Schuß, Gold-Führer!« Davic Marshall klang wild erregt. »Schau, wie der Bastard brennt!«

Der Schwere Kreuzer zog sich aus der Schlachtlinie zurück. Luft entwich aus dem Loch im Turm und ermöglichte es brennbaren Gasen, sich zu entzünden und in einem brennenden Schweif aus der Seite des beschädigten Schiffes zu strömen.

Zwei Schwadronen Gamma näherten sich dem angeschlagenen Kreuzer von achtern. Ein Paar alter

Verutum-Jagdflieger schlug auf Kernschußweite mit seinen Elektronenkanonen zu und löste dann strahlungssuchende Raketen aus. Zwei Explosionen drangen aus den Antriebsdüsen des Kreuzers. Eine ganze Kette innerer Leuchten flackerte mehrmals auf und erstarb, als weite Teile der Bordenergieversorgung versagten. Eine innere Explosion, unheimlich und lautlos, zertrümmerte Teile der Hauptgeschütze und schleuderte ganze Geschütztürme trudelnd und sich überschlagend fort in die Leere.

Jaime überprüfte die taktische Darstellung. Der zweite Kreuzer befand sich in einiger Entfernung und war in ein Gefecht mit Bill Kimballs Beta-Gruppe verwickelt. In der Ferne konnte er die grellen Lichtblitze dieser Schlacht sehen. Dann war plötzlich die *Gael Warrior* da und mit ihr die *Reannruadh* und die *Iolaire*. Die drei Kriegsschiffe, mit wütend aufflammenden Plasmafeuern, bremsten auf Kampfgeschwindigkeit ab. Sie waren ein erschreckender, atemberaubender Anblick, ihre haifischflossigen Radiatoren strahlten noch immer vom unheimlichen Glanz der Cherenkovstrahlung. Es würde noch Tage dauern, bis das vorübergehen würde.

Wenn wir hier versagen, können wir nicht in Sicherheit springen, dachte Jaime. *T. C. und Kendric haben ihre Taugrenze nun erreicht ...*

Für einen kurzen Augenblick wußte Jaime nicht, was er mehr fürchtete. Er wußte, daß es sich die Schwadron nicht leisten konnte, Kendric Fraser zu verlieren, doch war da eine nicht zu leugnende Anziehungskraft, die Jaime bei T. C. empfand, schon lange bevor Kendric ihn gebeten hatte, auf sie aufzupassen. Wenn Kendric Fraser starb, würde die Schwadron niemals ihren Weg aus diesem Schlamassel herausfinden, dessen war sich Jaime sicher. Douglass drehte die Kontrollschalter und glitt flach über den zerschlagenen Rumpf des zerschmetterten TOG-Kreuzers. Kendric mußte seine Schwadron mit zwei *g* auf dem ganzen Flug in die Schlacht geknüppelt haben, um im letzten Moment über den eigenen Bug zu schwenken, da die gälischen Schiffe mit rasender Geschwindigkeit herangestürmt kamen und rasch auf Jaimes Schirmen anwuchsen. Sein Jäger taumelte von der plötzlichen Beschleunigung, als er das Schußfeld der *Warrior* räumte.

Die Hauptgeschütze der *Warrior* zielten bereits, als sie auf Kampfgeschwindigkeit hinunterbremste. Laserfeuer streichelte den angeschlagenen Kreuzer, zog weitere Furchen durch seine angeschlagene Seite, zerschmetterte Waffen, zerriß den Rumpf. Materienbeschleuniger schmetterten einen Metallklumpen nach dem anderen in die aufgerissene Panzerung.

Jaimes Funkgerät spuckte zuerst nur Statik aus, dann wurde es klarer. »Gruppenführer! Gruppenführer! Hier ist das Flaggschiff!«

»Ich höre, Flaggschiff.« Jaime zog hinter dem Helmvisier die Augenbrauen zusammen. Das war nicht der AJ-KO. Das war Kendric Frasers Stimme – der Alte Mann selbst! »Jaime! Wir stellen fest, daß eine Korvette zurück in Richtung Gamma Sacculus beschleunigt. Sehen Sie sie?«

Jaime überprüfte seine taktische Darstellung. Dort! Ein kleines rotes Symbol, das auf dem geraden Kurs zu dem diamanthellen Stern zurückflog. Die taktischen Daten meldeten eine Geschwindigkeit von weniger als 4 km/s, aber rasch zunehmend.

»Er ist unterwegs, um Verstärkung zu holen, Jaime. Sammeln Sie Ihre Schwadron und schnappen Sie ihn!«

»Aye, Sir! Bin schon unterwegs!« Er wechselte auf einen anderen Kanal. »Ho! Beta Rot Eins! Hier ist der Gruppenführer!«

»Rot Eins! O. K., Gruppenführer!«

»Du übernimmst die Gruppe jetzt, Kim! Ich habe einen heißen Kurs!«

»Alles klar. Weidmannsheil!«

»Danke.« Er wählte einen anderen Kanal. »Gold-Schwadron, hier ist Gold-Führer! Abdrehen auf eins-acht-null plus null! Wir gehen jagen, Leute!«

Die Korvette hatte einen großen Vorsprung, aber die *Spiculum*-Abfangjäger besaßen fast die doppelte Beschleunigung des größeren Schiffes und hatten bereits beträchtliche Geschwindigkeit in die korrekte Richtung. Es war das letztere, ihre ›heiße Spur‹, die sie dazu auserkoren hatte, sie als die geeignetste Abfangjägerschwadron hinter der flüchtenden Korvette herzuschicken. Ihr Ziel war gezwungen, anzubremsen, um den Kurs zu ändern, und mußte dann km/s um km/s seine Geschwindigkeit erneut aufbauen. Die Gold-Schwadron war in der perfekten Position und einer fast perfekten Angriffslinie.

Jaime jubelte. Kampfeslust strömte durch seine Adern.

Das Ziel war eine *Cingulum*. Lang und flach, verlieh der breite Schrägflügel an Backbord nach achtern dem Schiff ein eigenartig unfertiges Aussehen. Ein Geschützturm mit Materiebeschleunigerkanonen und 5/4-cm-Lasern schwenkte herum, um den Anflugweg der Schwadron abzudecken.

»Verteilt euch, Jungs! Wir nehmen ihn von steuerbord und backbord.« Die *Cingulum* besaß Waffen, die nach vorne und hinten gerichtet waren, sowie eine häßliche Ansammlung Laser- und Beschleunigerkanonen, die in einem Geschützturm auf der Oberseite saßen. Es war unwahrscheinlich, daß der TOG-Kurier von seinem derzeitigen Kurs abweichen würde, um die Jagdflieger im Nahkampf zu umkreisen. Wenn sie also von backbord und steuerbord angriffen, waren die Waffen am Bug und am Heck der Korvette nutzlos, und der Geschützturm konnte sein Feuer immer nur auf eine Seite richten.

Es bot eine Chance, auch wenn es für die Schwadron schwieriger war, ihr Feuer auf einen einzigen Punkt zu konzentrieren. *Spiculum*-Jagdflieger stürzten davon, nach steuerbord und backbord. Jaime zwang seine eigene *Spiculum* in eine breite flache Kurve und zog auf die Backbordseite der *Cingulum,* die Fadenkreuze seiner HUD auf den Geschützturm der Korvette ausrichtend.

Ein Kranz aus quirligen Flammen umhüllten Jaimes Schild, als Materiebeschleunigerprojektile ihr Ziel erreichten. Eines der Geschosse durchdrang seinen Schild und schlug einen gezackten Riß über seine Steuerbord-Gondel. Rote Lichter tanzten über seine Cockpitanzeige. Seine Steuerbord-Lafette war zerschmettert. Er murmelte ein stilles Dankgebet, daß das Teil seinen leeren Raketentank getroffen hatte. Ihm blieben laut seinen Waffenzustandsanzeigen noch zwei Raketen übrig, beide einsatzfähig.

Näher ... näher ... Er aktivierte seine Zielerfassung und wurde von einem aufleuchtenden grünen Licht an seinem Cockpit belohnt. *Ruhig ... Feuer!*

Die zweite Silhouetten-Scanner-Rakete verließ den Jagdflieger und flog auf die flüchtende Korvette zu. Sie traf das TOG-Schiff direkt vor den Antriebsdüsen auf der Backbordseite. Die Explosion verdeckte kurzfristig den Blick auf die Korvette. Eine zweite und dritte Rakete kamen von Jaimes linker Seite, als eine weitere *Spiculum* der Gold-Schwadron für einen Schuß aufs Heck herüberschwenkte und ihre beiden Raketen auslöste. Der Schild der Korvette fing eine davon auf, doch die zweite schlug in das von Jaimes Schuß erzeugten Leck ein und explodierte.

»Gold-Schwadron, hier ist der Gold-Führer. Das Ziel hat an Backbord und Heck schwere Beschädigungen, direkt bei den Antriebsdüsen. Konzentriert euer Feuer darauf, falls es euch möglich ist.«

Laserstrahlen trafen die Unterseite seines Jägers, und ein Beschleunigerprojektil zerschmetterte den Rumpf, irgendwo direkt unter Jaimes Füßen, mit einem Aufprall, der seine Zähne klappern ließ. Der Geschützturm der Korvette jagte ihn und fuhr fort, zu feuern, als er seinen Jäger in einem flachen Schleifenmanöver auf das feindliche Schiff richtete. Seine *Spiculum* raste unterhalb der *Cingulum* vorbei, als Jaime die Korvette selbst als Schild gegen die feindlichen Geschütze zu nutzen versuchte.

»Gold-Führer, hier ist Gold Zwei. Ich habe Schußfeld, hoch an Backbord!«

»Paß auf den Geschützturm auf, Davic!«

»Keine Sorge, Boss! Ich sehe ihn.«

»Gold-Führer, hier ist Gold Fünf! Ich gebe Zwei bei seinem Anflug Deckung!«

Jaimes Schiff wich dem Rumpf der Korvette aus. Irgend etwas traf seine *Spiculum* hart von hinten und ließ den kleinen Jagdflieger sich überschlagen. In seinem Helmlautsprecher hörte er einen schrillen, langgezogenen Siegesschrei, als Davic drei weitere Raketen in einem engen Verbund auf die beschädigte Flanke der Korvette abschoß.

Die Kriegsschreie der Beteiligten dröhnten in Jaimes Helmlautsprecher.

»Habe ihn!«

»Gold Zwei, hier ist Fünf! Ich bin getroffen!«

»Halt sie, Fünf! Ich gebe Deckung …«

Ein langes, reißendes Krachen der Statik verdrängte die Schreie und Warnungen. Weißes Licht brach aus der Flanke der *Cingulum*, als Gold Fünf, beschädigt und außer Kontrolle, es nicht schaffte, dem flachen Rumpf der Korvette auszuweichen.

Fluchend brachte Jaime sein Schiff wieder unter Kontrolle und flog es in einem weiten Bogen herum, um es für einen weiteren Schuß bereitzumachen. Die *Cingulum* verharrte auf ihrem ursprünglichen Kurs, immer noch beschleunigend. Das TOG-Schiff konnte jeden Augenblick springen. Der Captain wartete wohl voller Hoffnung darauf, daß er ein wenig mehr Geschwindigkeit erreichen konnte. So, wie es zur Zeit war, würde er zwei Tage oder mehr brauchen, um zurück nach Gamma Sacculus zu gelangen. Wenn er schneller fliegen würde, könnte er eine bessere Zeit schaffen und schneller Hilfe rufen …

Nein! Jaime hatte noch eine Rakete in der Geschützlafette unter dem Bug. Er zwang seinen Jagdflieger zu einem weiteren Angriff auf die hintere Backbordseite der *Cingulum.* Aus mehr als zweihundert Kilometern Entfernung erfaßte er das Ziel, dann flog er näher und näher heran und sah zu, wie das Ziel auf dem Schirm anwuchs. Ein Vergrößerungsdisplay zeigte den herumschwenkenden Geschützturm der Korvette, als er näher flog. Laserfeuer flackerte auf den Schilden.

Treffer!

Rote Lichter leuchteten und flackerten über seine Konsole. Der Steuerbord-Laser war tot, kurzgeschlossen. Er drückte auf die Schalter, die die automatischen Schadenskontrollsequenzen einleiten würden. Der Zustand des Schiffes war nicht gut. Der Reaktor war beschädigt, die Beschleunigungsdämpfer abgeschaltet. Kurzschlüsse tobten durch den Normalgeschwindigkeitsantrieb, als er darum kämpfte, das Taumeln der *Spiculum* auszugleichen.

Noch ein Treffer! Die Backbord-Gondel wurde wie Aluminiumfolie zerquetscht. Der Jäger trudelte wild durch drei harte Überschläge, ehe er das Schiff wieder unter Kontrolle bekam.

Noch ein Treffer! Rumpfpanzerung schälte sich nach hinten entlang des Cockpits ab, als würde sie von einem gewaltigen Messer aufgerissen. Das Cockpit war dadurch angeknackst worden, und Luft strömte in den Weltraum. Rote Lichter tanzten auf dem Armaturenbrett und warnten ihn vor dem Versagen des Transponders, vor dem Versagen des Schleudersitzes, vor dem Versagen der Notfallwaffenkontrolle.

War seine Rakete noch mit der Zielerfassung verbunden?

Ja! Er drückte den Auslöser und bemühte sich dann, den Jäger aus dem Schußfeld der Korvette zu ziehen.

Laserstrahlen tasteten in den Weltraum hinaus. Jaimes Reaktor hinkte mit einem Viertel an Kraft, der Normalgeschwindigkeitsantrieb war fast erloschen. Das Schiff begann zu vibrieren, als widerstreitende Kräfte es zu zerfetzen drohten. Dann war es, als ob die Hand eines Riesen gegen die Seite von Jaimes Jagdflieger schlüge und ihn auf einen drehenden Taumelflug um die Querachse schickte.

Jaimes letzter bewußter Gedanke war, daß er immer noch einen 7,5/4-Laser besaß. Wenn er nur das verrückte Kreisen der Sterne und der Korvette vor seinem Gesicht beenden könnte …

VIERTES BUCH

41

Hallo? Hallo? Hier spricht Grün Zwei, Gruppe Gamma, Abfangjäger der Gael Warrior. *Ich brauche Hilfe. Kann mich jemand hören? Gamma Grün Zwei, ich brauche Hilfe! Maschinen zerstört. Cockpitsysteme defekt. He! Wacht auf, ihr Bastarde! Ich krepiere hier draußen, und niemand hört mich!*

– Abgefangener Funkspruch, Tiefes All, unweit von Gamma Sacculus, 6. Nov. 6830.

Mit dem Auftauchen der *Aichbheil* und der *Gaidheal* endete die Schlacht. Verglichen mit der Stärke der TOG-Schwadron, war die Kampfkraft eines Zerstörers und einer Korvette fast unerheblich. Aber zusammen hatten die *Gael Warrior* und die *Reannruadh* die beiden Schweren Kreuzer beinahe völlig lahmgelegt, indem sie Schuß um Schuß aus den Hauptgeschützen und den rückwärtigen Treiberraketenabschußrohren abfeuerten. Einer der TOG-Zerstörer explodierte, als die *Gael* einen Frontalangriff durchführte. Die anderen beiden Zerstörer wandten sich genau in dem Moment ab, als die *Aichbheil* und die *Gaidheal* auf den Gefechtsscannern erschienen. Nach ein paar Augenblicken verwirrter Manöver krachten die beiden Zerstörer gegeneinander und fügten sich schwere Schäden zu. Minuten später schlossen die *Gaidheal* und die *Gael Warrior* von verschiedenen Seiten auf und besiegelten den Untergang der TOG-Schwadron.

Die *Iolaire* und die *Reannruadh* kümmerten sich beinahe beiläufig um die Handvoll Fregatten und Korvetten. In Zusammenarbeit schossen sie Multimegatonnen-Salven aus der Entfernung ab, legten Steuerungen lahm, zerstörten Schilde, ließen Atmosphäre mit wahren Hammerschlägen ins All strömen, durch die die kleineren Schiffe zerknautscht und manövrierunfähig zurückblieben. Luft und Hitze strömten aus, Feuer tobte in den Innenräumen. Eines der gälischen Schiffe erwischte die Korvette, die versuchte, nach Gamma Sacculus zu fliehen, mit einer Scanner-Suchrakete, die ein großes Loch in den Schiffsrumpf riß. Das Geschoß explodierte genau vor dem Kraftfeld der TOG-Korvette. Die Gravitations-Behälter, die den Druck und die Temperaturen kontrollierten, explodierten. Was danach noch übrig war, konnte nicht mehr als Schlachtschiff identifiziert werden, oder auch nur als Bestandteil eines von Menschenhand gefertigten Objektes. Ein paar der Überbleibsel maßen nicht mehr als wenige Mikron im Durchmesser.

»Mein Gott, Captain! Sie haben sie geschlagen!« Ehrfurcht lag in Morganens Stimme. »Sie haben sie geschlagen! Sie haben jeden einzelnen dieser TOG-Bastarde besiegt!«

»Wir haben sie noch nicht geschlagen, Lenard. Wir haben sie bloß aufgehalten – für den Moment.« Sein Blick ruhte auf dem taktischen Display des Hauptmonitors. Reste der Schlacht trieben im All herum. Die beiden Kreuzer trieben parallel zur *Gael Warrior.* Kleinere Teile – tote Soldaten, riesige Metallfetzen der Zerstörer, die gegeneinandergeprallt und explodiert waren, Schilde und verschiedene Bestandteile zerstörter Schiffe – trieben in alle Richtungen davon: eine zerklüftete, wachsende Kugel aus herumwirbelndem Schrott und Leichen.

»Ops. Sind Sie sicher, daß sie keine Gelegenheit hatten, die Hauptflotte zu alarmieren?«

»Ziemlich sicher, Captain. Wir haben bloß die eine Korvette ausgemacht, die auf Gamma Sacculus zusteuerte. Gold-Schwadron meldete die Zerstörung des Schiffes.«

Morganens Stimme mischte sich in das Gespräch. »Wer muß dafür gelobt werden?«

»Commander Douglass' Geschoß hat die Korvette erledigt«, antwortete MacCandless. »Es hörte sich, nach der Beschreibung, so an, als sei das Kraftfeld des Feindes explodiert. Ich denke, das Lob gebührt der ganzen Schwadron.«

»Lenard«, sagte Kendric, »denken Sie doch mal über eine schöne Auszeichnung nach, die wir auch an Bord der *Warrior* herstellen können, um unsere Leute für besondere Taten zu belohnen. Die Gold-Schwadron sollte eine außergewöhnliche Belobigung bekommen, und ich möchte Jaime Douglass ganz besonders auszeichnen.«

»Das wäre gut für die Moral«, stimmte Morganen zu.

»Das dachte ich mir.«

»Da wäre nur ein Problem«, warf MacCandless ein. »Die Medaille an Douglass muß posthum verliehen werden.«

»Was? Nein!«

»Tut mir leid, Captain. Als er die letzte Rakete abschoß, wurde sein Schiff schwer getroffen. Der Jäger wurde zuletzt wild trudelnd gesehen, abseits der Gefechtszone, kurz bevor die Korvette in die Luft ging.«

Die Neuigkeit wirkte so niederdrückend wie eine auf ihn stürzende, graue Mauer. Er mochte den jungen Jägerpiloten. Es fiel ihm schwer, sich vorzustellen, daß er tot war.

»Der Jäger trudelte? Er ist nicht explodiert?«

»Nein, Sir, er ist nicht explodiert. Aber die Chancen, ihn zu finden, sind ...«

»Die Chancen sind mir egal. Len. Sprich mit Commander Jardine die Aussendung eines Suchtrupps ab. Wir brauchen Jäger, die patrouillieren, während wir Reparaturen ausführen. Sie sollen dabei nach verlorenen Jägern Ausschau halten. Nicht nur nach Jaime. Uns fehlen ... wie viele, Ops? Fünfzehn?«

»Zwölf, Sir. Drei wurden gefunden oder sind bereits zurückgekehrt.«

»Dann eben zwölf. Je mehr unserer Jungs ausfindig gemacht werden, um so besser werden sich auch die anderen Jägerpiloten fühlen.«

»Jawohl, Sir. Sie sollen merken, daß wir alles tun, um sie zu finden, wenn sie Schäden erlitten haben, und sie zurückbringen.«

»Das wird nicht immer möglich sein.« Kendric dachte an die *Abu*. »Aber wir versuchen es, soweit möglich. Erteilen Sie den Befehl.«

»Jawohl, Sir.«

Jaime brauchte eine Weile, bis er merkte, daß er noch lebte. Lange Zeit hatte er den Eindruck gehabt, in einem unwirklichen und formlosen Meer weißen Lichtes zu schweben. *So ist es also, wenn man stirbt?* fragte er sich völlig ungerührt. Dann begannen seine Beine zu schmerzen, und irgendwann bemerkte er ein Gesicht ... das Gesicht einer Frau.

»T. C.«, sagte er. »Was machst du hier?«

Sie lachte leise. »Ich denke darüber nach, ob du noch lebst. Ich dachte schon, wir hätten dich verloren.«

»Das habe ich auch gedacht. Was ist geschehen?«

»Dein Flügelmann hat dich gefunden. Er sagte, er käme nicht zurück, bis er dich aufgestöbert hätte. Dein Transponder funktionierte nicht mehr, und die Chance, dich zu finden, war sehr gering, soviel ich weiß.«

»Soweit ich mich erinnere, waren sie sogar äußerst gering. Also hat mich Davic entdeckt?«

Sie nickte. »Nachdem die Korvette, die du gejagt hast, explodierte ...«

»Also haben wir sie gekriegt!«

»Ich glaube, die Gold-Schwadron erhält eine besondere Belobigung für die Vernichtung des Schiffes«, berichtete sie, »und du bekommst dazu noch eine Medaille.«

Er verzog das Gesicht.

»Nun, ob es dir gefällt oder nicht, Medaillen ermutigen die anderen Piloten. Also mußt du damit leben.«

Ein zweites Gesicht erschien neben T. C.

»Doktor Hutchison.«

»Hallo, Jaime. Wie fühlen Sie sich?«

»Als hätte mich ein imperiales Schlachtschiff als Landeplatz benutzt – vielen Dank. Meine Beine schmerzen. Mein Kopf schmerzt. Mein Gesicht schmerzt ...«

»War zu erwarten. Sie haben ein paar Schrapnelle im Bein. Nichts Ernstes, aber Ihr Anzug riß auf, während Ihre Kabine an Druck verlor. Sie waren ziemlich schlimm dran, als man sie rausholte.«

»Glaube ich. Wann fliege ich wieder?«

»T. C., fällt Ihnen auf, daß diese Idioten nicht die erwarteten Fragen stellen? Jede normale Person würde etwas in der Art von ›Bleibe ich am Leben?‹ fragen. Unser Jaime hier fragt, wann er wieder fliegen kann.« Hutchison schnaubte und wandte sich dann wieder seinem Patienten zu. »Ihnen fehlt nichts, das nicht mit ein paar Wochen Ruhe wieder zu kurieren ist. Und diese Ruhe können wir anscheinend erzwingen, da wir uns wieder im T-Raum befinden ...«

Jaimes Augen weiteten sich vor Entsetzen. »T-Raum! Nein ...«

Er hielt die Hände vor die Augen, drehte sie hierhin und dorthin, starrte sie an. Er hatte bereits dreißig Tage überschüssigen Tau gehabt ...

»Keine Sorge wegen des Taus«, beruhigte ihn Hutchison. »Sie waren eine Weile draußen. Nachdem man Sie hergebracht hatte, saß die Schwadron eine ganze Woche fest, während Reparaturen durchgeführt wurden.«

»Eine Woche?«

»Befehl vom Captain.« T. C. schüttelte den Kopf, als könne sie es nicht einmal jetzt ganz glauben. »Alle TOG-Schiffe wurden zerstört und so konnte niemand den Rest der Flotte alarmieren. Wir waren in der Lage, alle Reparaturen abzuschließen – und dich zu finden – bevor wir mit langsamer Geschwindigkeit auf einen neuen Kurs gingen.«

Das erklärte natürlich alles. Die Flotte verfügte über zu wenig Reaktormasse, um die übliche Geschwindigkeit zu erreichen und mehrere Sprünge durchzuführen. Man konnte aber das gleiche Resultat mit langanhaltender, allmählicher Beschleunigung erzielen und den Treibstoff so besser nutzen.

»Danach sind wir gesprungen«, setzte T. C. hinzu. »Der erste Sprung war nur kurz, um Masse zu konservieren. Ken erklärte der Besatzung, daß wir es taten, damit die Überlebenden eines der TOG-Kreuzer nicht den Rest der Flotte auf uns hetzen würden.

Der zweite Sprung brachte uns in ein anderes Sternsystem. Ein unbewohntes, mit einem Gasriesen. Kendric schickte Mannschaften raus, die tagelang Eis von den großen Planetoiden des Gasriesen abschlugen.«

»Tagelang? Mein Gott, wie lange war ich denn bewußtlos?« rief Jaime.

Hutchison schüttelte den Kopf. »Denken Sie nicht drüber nach, mein Sohn. Wir haben Sie eine Weile ruhiggestellt, während Ihr Körper heilte.« Ein durchdringendes Zirpen lenkte seine Aufmerksamkeit ab. »Entschuldigen Sie mich. Man ruft nach mir.«

T. C. legte die Hand auf Jaimes Schulter. »Beeil dich mit dem Gesundwerden.«

Er grinste. »Das werde ich … wenn du versprichst, mit mir essen zu gehen, wenn ich hier raus bin. Ich kann dir nichts netteres als die Offiziersmesse bieten, aber …«

Sie lachte. »Es wird mir eine Ehre sein, Sir!«

»Hey, das ist besser als ein Orden!« Einen Moment

lang fühlte er sich bei dem Gedanken an Lorie Burns, die an Bord eines Transporters im Kälteschlaf lag, schuldig. Aber so, wie es aussah, hatten weder Lorie noch er eine Chance, diese Sache zu überleben.

»Für mich wird es auch gut sein«, meinte T. C.

»Oh?«

»Sicher! Wir werden damit alle Gerüchte beseitigen, daß ich die Freundin des Captains bin!«

Das System war unter CSC 76-9846-7439 aufgeführt, aber man nannte es Haven. Obwohl Haven keine Welt innerhalb der Ökosphäre besaß, um zukünftige Siedler anzulocken, verfügte es über einen anderen kostbaren Besitz. Im äußeren System kreisten zwei Gasriesen langsam im Orbit. Zwischen ihnen schwebten Teile dessen, was eine Welt hätte sein können, wenn nicht das schwerkraftmäßige Tauziehen an diesen Planetenbausteinen gezerrt hätte, als das System von Haven noch jung war.

Die Asteroidengürtel von Haven war dicht mit Schutt übersät. An einigen Stellen lagen Dutzende einzelner Klumpen, wenige Kilometer entfernt die nächsten – viel dichter zusammen als zum Beispiel in den Asteroidengürteln von Sol oder anderen, typischeren Systemen. Man sah auch viele große Asteroiden, felsige Formen mit mehr als tausend Kilometern Durchmesser, von denen die meisten wiederum kleinere Asteroiden wie zeitweilige Satelliten angezogen hatten. Für die Gälische Schwadron war der hohe Prozentsatz von Eisasteroiden wichtig – gleitenden Eisbergen, die fast ausschließlich aus gefrorenem Wasser bestanden. Ein einziges Stück Eis, mehrere hundert Meter dick, würde ausreichen, um sie mit der gesamten Reaktormasse zu versorgen, die von den Schiffen aufgenommen werden konnte, einschließlich des Sauerstoffs, um die Luft zu erneuern, die stellenweise schal geworden war – trotz der fortwährenden Recycling-Bemühungen – und Wasserstoff um die Gravreaktoren zu füttern.

Kendric war nicht sicher, was wertvoller für seine angeschlagene Flotte war – das Eis oder die Möglichkeit, daß sich alle ausruhen konnten.

»Hallo, T. C. Wo hast du dich so lange versteckt?« Kendric lächelte und bemühte sich, sein Verlangen zu unterdrücken. Seit ihrem einseitigen Streitgespräch bei Gamma Sacculus hatte er nicht viel von ihr gesehen. Mehrmals hatte er nach ihr gefragt, aber sie war immer beschäftigt gewesen, das Computerverzeichnis des Schiffes durchzugehen. Ihre frühere Ausbildung in Computersystemen hatte dazu geführt, daß sie Lieutenant Commander Harvey Grierson kennenlernte, den Obersten Programmierer der *Warrior,* der für die Datenbanken des Schiffes zuständig war. Kurz darauf hatte sie bereits inoffiziell auf dem Computerarchivdeck gearbeitet.

»Meistens im Archiv«, erwiderte T. C. und wich Kendrics Blick aus. »Harvey und ich gehen die Indexe der *Warrior* durch.«

»Ich weiß. Ich habe Commander Griersons Berichte gelesen. Er behauptet, er könnte es ohne dich nicht schaffen.«

»Nun, es ist besser, als bloß herumzusitzen.« Sie lächelte kaum merklich. »Anscheinend kommt mir meine imperiale Ausbildung zugute, indem ich aussortiere, was ihr da unten alles habt.«

Kendric nickte. Die Datenbanken der *Gael Warrior* waren auf einfache Weise programmiert worden, indem man bloß die kürzlich auf den neuesten Stand gebrachten Datenbanken eines anderen imperialen Schlachtschiffes kopiert und zur *Warrior* übertragen hatte. Diese Methode war üblich, da die Informationen so umfassend waren, daß man keine Menschen einsetzte, um die Billionen von Daten zu sortieren und zu ordnen. Das einzige Problem lag darin, daß niemand auf der *Warrior* genau wußte, was diese Datenbanken alles enthielten. Einige Informationen wurden für Routinevorgänge benötigt – Statistiken, Schemata und Kampftechniken der Schiffe, denen man unterwegs begegnen konnte, oder die endlosen Beschreibungen und Aufzählungen Millionen bewohnter Welten, die den Menschen bekannt waren.

Selbstverständlich hatte die Datenbank der *Warrior* ein Inhaltsverzeichnis, aber auch das umfaßte tausend und abertausend ausgedruckte Seiten, und niemand begriff alles, was aufgezählt war. Was, zum Beispiel, sollte man sich unter ›XPT00292-09 GAL:SAPSPEC‹ vorstellen? Man konnte es nur herausfinden, wenn man jeden einzelnen Begriff im Archiv heraussuchte. Das Problem war für die Gälen nicht zu bewältigen, da die meisten nicht im Imperium ausgebildet wurden und die Codes und Computersysteme nicht kannten, bis auf die oberflächliche Schulung, die sie von TOG-Offiziellen erhalten hatten, um die Routineabfragen durchführen zu können.

Die Besatzung der Computerabteilung der *Warrior* wußte, wie man die Schiffscomputer bediente, Störungen beseitigte und oft benötigte, spezielle Dateien aufrief. Durch T. C.s Kenntnisse der imperialen Programmierung bedeutete ihr unerwartetes Auftauchen ein Gottesgeschenk für die Computerfachleute. Inzwischen hatten sie eine lange Liste spezieller Themen zusammengestellt – alles, von den Psychogrammen verschiedener, nichtmenschlicher Rassen (die ›GAL:SAPSPEC‹, über die man so lange gerätselt hatte), bis hin zu einer Aufstellung von imperialen VLCA-Relais. Die Entdeckung der letzteren hatte sich bereits bezahlt gemacht, als Kendric sie mit der Liste der lokalen Kommunikationsstationen verglich, die sie an Bord der VLCA Alba entdeckt hatten. Es würde eine große Hilfe sein, zu wissen, wo sich die riesigen VLCA-Stationen des TOG befanden, damit sie diese Sternsysteme vermeiden konnten. In den meisten Systemen, die über VLCAs verfügten, hielten sich ebenfalls große Flottenverbände auf.

»Ich weiß deine Hilfe zu schätzen, T. C.«, sagte Kendric leise. »Was kann ich heute für dich tun?«

»Du hast doch von den Funkwellen gehört, die vom inneren Planeten ausgehen, Captain.« Es war eine Feststellung, keine Frage. Kurz nachdem die *Warrior* das Haven-System erreicht hatte, hatten ihre Antennen ungewöhnliche Signale aufgenommen. Die Signale waren regelmäßig, fast wie bei einem Funkfeuer, schienen aber keine TOG-typischen Frequenzen oder Codes zu beinhalten. Das Ganze wirkte auch keineswegs bedrohlich. Keine Funkstation konnte innerhalb weniger als der zwanzig Jahre mit TOG-Flotten kommunizieren, die das Signal brauchte, um das Haven am nächsten gelegene Sternsystem zu erreichen, angenommen, dort würde es TOG-Flotten geben. Haven lag über der galaktischen Ebene, wo es weniger Sterne und kaum bewohnte Systeme gab. Kendric hegte keine Befürchtungen, daß die Funkwellen das TOG alarmieren würden.

Aber wenn es kein TOG-Signal war, was war es dann? Er hatte der Kommunikationsabteilung Befehle erteilt, weiterhin zuzuhören … und der Sache nachzugehen. Sie hatten zur Zeit sowieso wenig zu tun, da sie nur die Verbindung innerhalb der kleinen Flotte aufrechterhalten mußten.

»Ja, ich weiß Bescheid. Munro hat mir heute morgen einen Wunsch mitgeteilt. Er möchte ein Shuttle zum Gasriesen schicken, um nachzuforschen.«

»Stimmt. Und ich möchte dabeisein.«

»Du, T. C.? Warum?«

Sie verzog das Gesicht. »Sagen wir mal, um mir die Beine zu vertreten. Außerdem habe ich diese Signale gehört. Ich würde sie mir gern aus der Nähe anhören.

Und irgendwer muß den Mist filtern, um ein klares Band für die Computer zu bekommen. Das sollte direkt an der Quelle geschehen, nicht hier.«

Kendric nickte bedächtig. Eigentlich logisch. Ihre Erfahrung mit Computerprogrammen verlieh ihr die notwendigen Kenntnisse, das rohe, weiße Rauschen direkt am Gasriesen zu filtern und es so zu speichern, daß der Computer der *Gael Warrior* es erkennen und aufnehmen konnte. Wenn es ein Funkfeuer war, würden es die Computer der *Warrior* identifizieren.

»Es könnte gefährlich werden«, warnte er.

»Ich glaube kaum, Captain. Es gibt keine Anzeichen von Feindseligkeit, und es hört sich nicht nach irgendeinem der imperialen Signale an, die ich je gehört habe.«

Er zögerte und betrachtete sie. T. C. war in letzter Zeit sehr kühl gewesen. Er wußte, daß ihr Gespräch vor einigen Wochen sie verletzt hatte. Tief in seinem Inneren erhob sich ein verborgenes Etwas und flüsterte: *Was ist, wenn sie fortgehen will … wie damals, auf Grod? Sie ist vielleicht deprimiert, unglücklich …*

Er schob den Gedanken beiseite. T. C. war böse, aber nicht selbstmordgefährdet. Ihre innere Stärke, ihre Fähigkeit, selbst im Sklavenlager Willenskraft und Zielstrebigkeit beizubehalten, hatten dazu beigetragen, *ihn* nicht verzweifeln zu lassen. Würde es ihrer Beziehung nutzen, wenn er ihr verbot, zu gehen? *Nein, nicht bei T. C.*

»Ich habe nichts dagegen«, sagte er schließlich und bemühte sich, lässig zu klingen. »Wieviel Leute gehen?«

»Wir schlagen etwas Neues vor, Captain. Anstelle eines Shuttles wollen die Jungs am Alphadock einen zweisitzigen Jäger umrüsten; die TOG-*Gladius,* die nach dem letzten Kampf erbeutet wurde.«

»Ja, gut.« Sie hatten den Jäger gefunden, als sie nach Douglass und den anderen Piloten gesucht hatten. Der

Pilot und der Waffenoffizier waren von einem kleinen Geschoß getötet worden, das sich durch den Rumpf unter ihren Füßen gebohrt hatte. »Und du wirst die Scanner bedienen?«

»Genau. Man hat mich bereits ausführlich in den Einzelheiten unterwiesen.«

Kendric wußte, daß es besser war, zwei Personen in einem eroberten Jäger aufs Spiel zu setzen, als ein kostbares Shuttle zu riskieren, aber eigentlich wollte er T. C. überhaupt nicht in Gefahr wissen. Sein Verstand sagte ihm jedoch, daß diese kleine Mission sicher genug war.

»Fein«, erklärte er mit gespielter Fröhlichkeit. »Wann wollt ihr los?«

»Wir nehmen an, daß wir morgen gegen 0800 Uhr bereit sind.«

»Ich wünsche dir viel Glück, T. C. Sieh zu, daß du zurückkommst.«

Sie lächelte, und für einen Augenblick sah er die T. C., die er anfangs gekannt hatte. »Wir kommen wieder.« Sie wandte sich zum Gehen.

»Oh, T. C. ...«

»Captain?«

»Hast du schon einen Piloten?«

Sie lächelte erneut. »Ja, Jaime Douglass. Er ist aus der Krankenstation entlassen worden und sagt, er möchte gern eine *Gladius* ausprobieren. Ich weiß nicht, ob das beruhigend klingt oder nicht.«

T. C. verließ den Raum, und er starrte ihr lange nach. Irgend etwas an der Sache gefiel ihm überhaupt nicht. Er konnte nicht sagen, was es war, aber er fand es keineswegs beruhigend, daß Jaime Douglass die *Gladius* fliegen sollte.

42

Ich befürchte, daß das Universum nicht einfach nur seltsamer ist, als wir glauben, sondern seltsamer, als wir glauben können.

– Ausspruch, der von J. B. S. Haldane stammen soll, dem britischen Biochemiker, 20. Jahrhundert, Terra, Interregnum-Periode.

Die *Gladius* erzitterte, als sie die oberen Schichten der weitreichenden Atmosphäre des Gasriesen berührte. Jaime legte das Ruder nach vorn und drosselte die Gravmanöver, die die Schiffsnase langsam nach unten zogen.

»Fliegt sich fast wie eine *Spic*«, sagte er durch das Intercom. »Ein bißchen verschwommen bei den Wendungen, aber die Antigrav ist von Vorteil.«

T. C. saß hinter ihm, in einen Druckanzug gehüllt, mit Sicherheitsgurten an den Sitz geschnallt. Sie merkte, daß Jaime ihr zuliebe redete, und wußte es zu schätzen. Wenn man im hinteren Sitz eines so kleinen Zweisitzers klebt, fühlt man sich wehrlos und ausgeliefert.

Über ihr erhob sich der gigantische, lachsfarbene Gasriese, der den Himmel zu verschlucken drohte und sich scheinbar unendlich in alle Richtungen erstreckte. Die Atmosphäre enthielt Stürme, Wirbel und Strudel, die ganze Planeten mitreißen konnten. Die weißen Streifen waren Wolken – wahrscheinlich Ammoniakeisflocken –, die in einem Meer von Wasserstoff trieben. Die roten und orangefarbenen Flecken erinnerten an tiefe Schluchten und Täler einer irdischen Region, mit dem Unterschied, daß diese Täler Tausende von Kilometern tief waren und aus seltsamen Molekülwolken bestanden, die vom Druck innerhalb dieser Atmosphäre auf hyperschnelle Geschwindigkeiten getrieben wurden. Stellenweise waren dunkle blau-violette Streifen zu sehen, wo sich die oberen Wolkenlagen geteilt hatten, um die darunterliegende, klare Atmosphäre zu offenbaren. Der Zwischenraum zwischen den oberen Lagen klaffte, mochte wohl zwanzigtausend Kilometer breit sein – ein riesiger, unerforschlicher Ozean. Die Wolken oberhalb des Zwischenraums waren von einer Karbonverbindung, die Wasserstoff, Methan und Ammoniak enthielt und von Menschen kaum begriffen werden konnte, orange, rot und gelb gefärbt. Sie bildeten Wirbel und Strömungen, in denen ein Planet von der Größe Albas, ein Schiff, so groß wie die *Gael Warrior,* eine so riesige Konstruktion wie Alba Port, einfach alles, was von Menschenhand gemacht worden war, völlig unscheinbar und verloren wirken würde.

T. C. erschauerte – nicht vor Kälte, sondern vor Staunen.

Das Schiff geriet ins Schwanken, und Jaime korrigierte erneut die Position. In dieser Höhe war die Atmosphäre äußerst dünn, grenzte knapp an ein Vakuum. Durch die Geschwindigkeit der *Gladius* entwickelten sich jedoch ausreichend Moleküle, um sich wie eine Schockwelle um das Schiff zu legen, die von Zeit zu Zeit bemerkbar wurde, wenn ein dumpfes Brummen erklang und schwach sichtbarer Nebel um die Pontons auf beiden Cockpitseiten herum aufstieg.

»Was kannst du empfangen?« erkundigte sich Jaime.

T. C. überprüfte die Ergebnisse des Scanners. »Hier sind noch viel mehr Geräusche«, sagte sie. »Die Signale sind noch da, aber hier empfange ich Laute, die man vorher, im Asteroidengürtel, nicht vernehmen konnte. Es … es sind eigentlich keine Geräusche.«

»Was meinst du damit?«

Sie suchte nach den passenden Worten. Natürlich gab ein Gasriese wie dieser intensive Funkwellen ab, da die von der örtlichen Sonne aufgeladenen Partikel mit höchster Geschwindigkeit durch die weitverbreiteten magnetischen Felder des Planeten jagten. Auf gewissen Frequenzen war das weiße Rauschen dieses enorm großen Radiosenders ohrenbetäubend, ein Wasserfall roher Kraft, der sämtliche Gespräche zwischen dem Jäger und der *Warrior* störte. Das Signal jedoch war völlig anders – gemäßigt, kraftvoll, pochend, gesteuert …

Ihr Verstand scheute davor zurück, den nächstliegenden Schluß zu ziehen. Es gab unzählige mächtige, alltägliche Funkquellen in der Galaxis. Vor fünftausend Jahren, als die Pulsare entdeckt wurden, hatten Wissenschaftler eine Zeitlang geglaubt, daß es sich um interstellare Funkfeuer vernunftbegabter Lebewesen handelte. Man hatte sie sogar ›LGMs‹ genannt – kurz für ›Little Green Men‹.

Obgleich sich die Präzision eines Pulsarsignals so anhörte, als könne es bloß durch künstliche Quellen erzeugt werden, entstand es durch die Mechanik der Supernovas, Synchrotronenstrahlen und das extrem schnelle Drehen von Neutronensternen innerhalb eines magnetischen Feldes. Jedes Funksignal war nichts anderes; der Puls eines Geräusches, das entstand, wenn sich die Quelle der Synchrotronenstrahlen drehte und sie über eine gewisse Grenze hinwegschleuderte.

»Jaime, ich könnte schwören, daß ein Code dahintersteckt«, sagte T. C. »Strukturen innerhalb einer Struktur.«

»Code! Wie ein imperiales Funkfeuer? Ein abgelegener Wachtposten etwa?« Das TOG hatte viele, unbemannte Monitorstationen an weit abgelegenen Stellen postiert, die Schmuggler oder Aliens verraten sollten und deren Bewegungen an eine weit entfernt liegende Militärbasis weitergaben.

»Nein. Ich … ich bin nicht einmal sicher, ob sie künstlich erzeugt werden. Aber es scheint, als unterliegen diese Strukturen einer Ordnung … und zwar lagenweise. Das ist das Pochen … und ein dumpfer Oberton, der Informationen zu bergen scheint … und noch ein Oberton davon, der wiederum noch mehr enthält …«

»Ich habe keine Ahnung, wovon du sprichst, T. C.«

»*Ich* habe auch nicht mehr Ahnung. Was ist das da vorn?«

»Der Terminator.«

Nacht umhüllte den taumelnden Jäger. Zuerst überflutete sie eine strahlend helle Explosion, als hinter ihnen die Sonne leuchtend rot am Rande des Planeten unterging, dann eine Finsternis, die sich allmählich ein wenig auflockerte. Oben konnte T. C. noch immer die Wolken, Täler, Stürme und 10 000-Kilometer-Abgründe sehen, die eine unheimliche, phosphoreszierende Aura verbreiteten.

Mit schmerzverzerrtem Gesicht hob sie die Hand zum Helm und berührte dann die Kontrollschalter, um das Geräusch zu mindern. »Jetzt wird es lauter!« T. C. mußte schreien, um sich verständlich zu machen. Irgendwie war das Geräusch in die schiffsinternen Kanäle gedrungen und drohte jede Unterhaltung zwischen den beiden Insassen unmöglich zu machen. Über ihren Köpfen zuckte ein Blitz von einer Wolke zur anderen, wobei er eine Entfernung von 8000 Kilometern überbrückte. T. C. rang nach Luft. In dieser Welt waren unvorstellbare Kräfte am Werk …

»Mein Gott im Himmel …«

Jaimes ehrfürchtig gemurmelte Worte erregten ihre Aufmerksamkeit. Da vorn war Licht.

Licht! Einen Augenblick lang hatte T. C. den Eindruck, hoch über einer nächtlichen Metropole zu fliegen, einer Stadt, die so hell erleuchtet war, daß ein halber Kontinent hätte in Licht baden können. Nur verwandelte hier das Wirbeln der Luft das Meer der Lichter in einen lebhaften Glorienschein. Kurz darauf überflog die *Gladius* den Wirbel, den Ozean der Helligkeit, der vor Bewegung und lautloser Kraft überquoll. Lautlos? Die Funkempfänger waren durchgebrannt, tot, und sie hatte es nicht einmal gemerkt.

Rings um sie herum vereinigte sich das Licht zu langen Streifen und Lagen, die golden schimmerten. Jetzt bewegten sich die verschiedenen Formen, schwebten um einen Punkt herum, der genau über ihrem Jäger lag. T. C. brauchte einen Moment, bevor sie das Muster erkannte. Die Lichtstreifen waren wie die Speichen eines Rades ... und sie rotierten. In weiter Ferne, am Horizont, konnte sie eine Art Radkranz entdecken, der sie umgab.

Es dauerte noch ein wenig länger, um zu erkennen, daß ihnen das Rad über die Oberfläche des Planeten folgte. So schnell sie auch flogen, die Nabe des geisterhaften, leuchtenden Rades hielt Schritt. Blitze zuckten. Erschienen sie wahllos ... oder waren sie Teil von etwas, das über den Wolken geschah?

Dies war kein Naturereignis, sondern das Ergebnis von Intelligenz. Ein Teil ihres Verstandes schien mit den nicht mehr hörbaren Pulsen im Einklang zu sein. T. C. fühlte sich, als sei sie, anstatt die Signale zu hören, ein *Teil* des Ganzen geworden.

Zuerst durchfuhr sie der Schreck der Erkenntnis, dann ein Glücksgefühl, das ihr noch nie widerfahren war, ein exquisites, überwältigendes, ungezähmtes Glücksgefühl, das sich einen Schritt außerhalb ihres Seins befand. Sie verspürte es ganz intensiv, aber es kam ihr vor, als würde sie beobachten, wie es sich in jemand anderem festigte.

Die Gefühlsskala war unglaublich und ehrfurchtgebietend, übertraf alles, was ein Mensch empfinden konnte. Das Lichtrad überspannte die kombinierten Durchmesser vieler kleinerer Welten. Der wissenschaftliche, nüchterne Teil ihres Verstandes spielte mit dem Gedanken, daß dies, trotz allem, nur eine Naturerscheinung war, ein elektrischer Trick oder Plasmaphysik, die ausgelöst wurde, weil ihr Schiff durch die obere Atmosphäre des Planeten raste.

Die Wirklichkeit dessen, was sie sah, forderte den Gedanken heraus und schleuderte ihn beiseite. Sie sah INTELLIGENZ, und zwar in einer Tiefe und Größe, die sie atemlos machten. Die Gewißheit hämmerte auf T. C.s betäubtes Gehirn ein. Intelligenz! Ja, Intelligenz, aber auf einer Skala, die sie wohl nie in der Lage zu verstehen sein würde, einer Skala, so groß, daß ihresgleichen für immer von diesen Wolkenwesen und ihrem Lichtschein getrennt leben mußten.

»Sogar unser Sprechfunk fiel aus, Captain«, sagte Jaime. Er befand sich mit T. C. in Kendrics Büro. Beide hielten sich gut, aber Kendric konnte nicht übersehen, daß die Erlebnisse sie fast körperlich mitgenommen hatten. Beinahe schien es, als seien sie geschrumpft, oder es lag daran, daß ein Teil ihres Bewußtseins tief nach innen gerichtet war.

»Wir konnten nicht mit der *Warrior* reden, und auch nicht miteinander«, erklärte T. C. »Wir konnten einfach nur … schauen.«

»Aber ihr habt nichts Bedrohliches gesehen? Nichts Feindliches?« *Was bedeutet das für uns? Sind wir in Gefahr?*

Jaime schüttelte den Kopf. »Nein, Sir. Ich hatte das bestimmte Gefühl, sie hätten … uns *bemerkt*. Aber wir waren nicht in Gefahr.«

»Glaubt ihr, sie wollten mit euch Verbindung aufnehmen?« Kendric hatte die holographischen Bilder gesehen, die von der *Gladius* aufgenommen worden waren, als sie über den Planeten flog. Er hatte die Lichter und das riesige, sich drehende Rad erblickt, aber es fehlte etwas, wenn er sich den Bericht anhörte. Aus irgendeinem Grund waren sowohl T. C. als auch Jaime tief berührt, auf eine Art, die weit über das bloße Ansehen eines unerklärlichen Lichtermeers in der Atmosphäre des Gasgiganten hinausging. Er sehnte sich danach, dieses Erlebnis mit ihnen teilen zu können. Jetzt war es ein Geheimnis, das die beiden teilten, von dem er für immer ausgeschlossen war.

»Verbindung?« Douglass sah verwundert drein, als stelle er sich die Frage zum ersten Mal. »Nein, Sir, ich glaube nicht. Oder sagen wir so, wenn sie versucht haben, mit uns zu reden, so haben sie nicht viel gesagt. Ich hatte ... den Eindruck von großem ... äh ... Glück. Freude. Staunen. Überraschung.«

»Überraschung?«

»Als ob sie etwas ... etwas Wundervolles entdeckt hätten. Völlig unerwartet. Eine Offenbarung.«

Kendric schüttelte den Kopf. »Das verstehe ich nicht.«

»Ich auch nicht.«

T. C. sah nachdenklich aus. »Ich fühlte mich genau wie Jaime. Ich bin ... nicht sicher, ob eine Verständigung überhaupt *möglich* ist. Jedenfalls nicht auf eine bedeutsame Art. Es schien, als seien wir vollkommen unscheinbar ...« Sie runzelte die Stirn. »Nein, Ken ... nicht unscheinbar. Aber sehr, sehr, sehr anders. Ich glaube nicht, daß wir irgend etwas gemeinsam haben.«

Kendric dachte eine Weile darüber nach. »O. K. Gut gemacht, ihr zwei. Das wäre dann alles. Ruht euch aus.« Als sie sich zum Gehen wandten, fügte Kendric hinzu: »Oh, T. C.? Würdest du noch bleiben?« Er beobachtete sie, als sie zum Tisch zurückkam. Warum war sie so verändert? Was hatte sie verändert? »Bitte, zieh dir einen Stuhl heran«, sagte er.

»Es tut mir leid, aber ich kann es nicht genauer beschreiben.«

»Du hast es besser gemacht als ich es gekonnt hätte, nachdem ihr plötzlich in so eine Situation geraten seid.

Außerdem wart ihr nicht auf einer wissenschaftlichen Expedition. Was ich mehr als alles andere wissen möchte, ist, ob die ... die Dinge, die ihr gesehen habt, eine Bedrohung für uns, für unsere Schiffe darstellen.«

»Ganz bestimmt nicht, Captain. Da bin ich völlig sicher.«

»Ich glaube dir.« Er zögerte. »T. C. ... was geschehen ist, tut mir leid. Ich ... nun, keine Entschuldigungen. Ich wollte dich um nichts in der Galaxis verletzen.«

»Ich weiß, Ken. Ich weiß das.«

»Da ist noch etwas. Etwas, das du wissen solltest. Ich habe lange darüber nachgedacht, was wir jetzt tun werden und wohin wir gehen.«

»Andromeda?«

»Nein, das ist unmöglich ... wenigstens für uns.« Er schüttelte den Kopf. »Verdammt ... T. C., ich versuche bloß zu sagen, daß ich kein Recht hatte, dich bei der Konferenz zu bevormunden. Zu allem Überfluß hast du die ganze Zeit über recht gehabt, und ich hätte auf dich hören sollen. Ich habe eine Entscheidung getroffen. Wir fliegen zum Commonwealth.«

Kendric hatte eine Reaktion erwartet, ein Zeichen von Freude – und sei es nur die Tatsache, daß sie ihren Bruder wiedersehen würde.

Sie nickte und sagte: »Ist das alles, Sir?« Weder das Gesicht noch die Stimme verrieten irgendwelche Gefühle.

»Ja. Ja, das war's. Sobald die letzten Systemchecks gelaufen sind, starten wir. Wahrscheinlich morgen.«

»Das ist gut.« Mit unbewegtem Gesicht wandte sich T. C. um und ging.

Ich habe sie verloren. Hilflos ballte Kendric die Hände zu Fäusten. *Ich habe sie verloren.*

Kendric hatte seine Entscheidung nach langem Nachdenken getroffen. Der Gedanke, nach Andromeda zu fliehen, hatte ihm gefallen, aber er war vernünftig genug, die außergewöhnlichen Schwierigkeiten zu sehen, die dieses Vorhaben mit sich bringen würde. Wenngleich Wasser aus dem Eis gewonnen werden konnte, das sie als Reaktormasse an Bord nahmen, waren Lebensmittel eine ganz andere Geschichte.

Sie würden mehrere große Transporter benötigen, um Vorräte für alle Besatzungsmitglieder für ein paar Jahre mitzuführen. Außerdem gab es keine Garantie, daß die Schwadron, wenn sie erst Andromeda erreicht hatte, eine Welt finden konnte, deren Biologie menschliches Leben unendlich lange erhalten würde. In der Galaxis gab es menschliche Kolonien, die ausschließlich von interstellarem Handel abhingen, da die örtlichen Lebensbedingungen eine notwendige Aminosäure, ein Protein oder Vitamin nicht hervorbrachten. Er erinnerte sich daran, wie man in Grelfhaven davon berichtet hatte, daß die Menschen einiger Welten während der großen Schneepest, die vor Jahrhunderten gewütet hatte, vollkommen ausgelöscht worden waren – nicht durch die Seuche, sondern weil der galaktische Handel unterbrochen worden war und viele Bevölkerungen keine örtlichen Vitamin-C-Quellen hatten und über keine Möglichkeit verfügten, es schnell herzustellen.

Natürlich konnte man Frachter kapern und Lebensmittel erbeuten, aber die Risiken waren ungeheuer groß.

Der zweite Fakt, der gegen den Flug nach Andromeda sprach, war der Fluch der Gälen. Die jüngeren Offiziere der Flotte – wie zum Beispiel Jaime – hatten keine Anzeichen von großer Beunruhigung beim Anblick des leeren Alls gezeigt. Aber bei den älteren Männern und Offizieren sah die Sache anders aus. Lenard Morganen, beispielsweise, war sehr empfindlich ... und der Zeitraum, in dem die Brückenwache die Leere über den Hauptmonitor gesehen hatte, hätte leicht in einer Katastrophe enden können. Was würde geschehen, wenn sie in die intergalaktische Ödnis sprängen?

Kendric selbst hatte dies noch nie gesehen, aber selbst sein Magen krampfte sich bei dem Gedanken an soviel Leere zusammen. Wie würde Lenard oder jemand wie er reagieren, wenn der Hauptmonitor nichts als sehr dämmrige und weit entfernte Lichtflecke zeigte, die mit bloßem Auge kaum zu sehen waren und die undenkbar abgelegenen Sternansammlungen kennzeichneten, die als Galaxien bekannt waren?

Das Nahrungsproblem und der Fluch der Gälen stellten ausschlaggebende Gründe dar, um nicht in die Andromeda-Galaxis zu springen. Er hatte nach einem guten Grund gesucht, um zu bleiben – jetzt hatte er ihn. Eigentlich war er schon immer da gewesen, aber erst das Erlebnis von T. C. und Jaime hatte ihm geholfen, seinen Wunsch in Worte fassen zu können.

Was würde das TOG tun, wenn es die Intelligenz entdeckte, der Jaime und T. C. begegnet waren? Kendric war nicht sicher, ob er darauf die richtige Antwort wußte, aber er kannte die Vorgehensweise des TOG gegen nichtmenschliche Kulturen. Der Mensch war die höchste Stufe der Evolution und Intelligenz in der Galaxis, der natürliche Herrscher und Verwalter der galaktischen Zivilisation. Diese Aussage wurde als Tatsache hingestellt, als Religion gelehrt und von jedem TOG-Offizier, -Bürokraten und -Soldaten fest geglaubt. Auch wenn jemand nicht daran glaubte, mußte er so tun, als glaube er daran. Wenn man es anzweifelte, litt die Karriere darunter! Ihm fielen die verzweifelten Gruppen der gefangenen KessRith auf Trothas ein, denen man die Sehnen der Knie durchtrennt hatte; die stolzen Körper verkrüppelt – zur *Bequemlichkeit* der menschlichen Sieger. Sogar jetzt, auch nach Grod, machte ihn die Erinnerung krank.

Wie würde das TOG reagieren, wenn es die Wolkenwesen von Haven entdeckte? Kendric fielen ein paar

Möglichkeiten ein, keine davon sehr angenehm. Wenn das TOG einen Weg fand, sie zu *benutzen,* dann würde es das auch tun. Wenn das TOG glaubte, die seltsame Lebensform würde das Imperium oder seine xenophobe Weltanschauung bedrohen, würde es versuchen, die Kreaturen als Gefahr für die Menschheit auszulöschen. Es war schwierig, sich das vorzustellen, und noch schwieriger, daran zu denken, welche Waffen es wohl gegen die Bewohner des Gasriesen anwenden würde. Eine ausreichend starke Bombardierung wäre wahrscheinlich ausreichend, falls die Bewohner des Gasriesen nicht zurückschlagen oder sich verteidigen könnten.

Die Aliens von Haven hatten Kendric den Schlüssel der Erkenntnis gegeben. Wenn die kleine Flotte gälischer Flüchtlinge die Galaxis verließ, gab sie damit zu, daß das TOG unbesiegbar war und das Leben – alles Leben – innerhalb der Galaxis dazu verdammt blieb, ausgelöscht oder zu einem Sklavendasein degradiert zu werden. Hatte das TOG erst einmal die letzten Widerstände in der Galaxis gebrochen – das Commonwealth, die KessRith, die Naram – dann gäbe es nichts mehr, *nichts,* das die Herrschaft des TOG über die Sterne zehntausend dunkle und blutige Jahre hindurch herausfordern konnte.

Die Gälische Schwadron allein konnte diese Herrschaft nicht anfechten. Wenn sie aber gemeinsam mit dem Commonwealth vorgingen, konnten sie mithelfen, es solchen Wesen wie den Wolkenkreaturen von Haven zu ermöglichen, ihr großes und mysteriöses Ballett aus Licht und Bewegung und Freude weiterzutanzen.

Kendric wünschte, T. C. hätte seine Entscheidung mit erkennbaren Gefühlen begrüßt. Er hatte angenommen, sie würde sich freuen.

43

Auf Anordnung Seiner Imperialen Majestät, Caesar Nicholas Julianus, wird hiermit befohlen, daß die Rebellenflotte, die unseren Streitkräften entkommen ist, gestellt und vernichtet wird. Es muß jede Anstrengung unternommen werden, die Flucht der Flotte aufzuhalten und sie entweder zur Kapitulation oder zur Schlacht zu zwingen, die mit der Zerstörung der Rebellenflotte enden muß.

Während der Dauer dieser Krise wird den Sonderbeauftragten Caesars jede Vollmacht eingeräumt.

– Nachricht von Großadmiral Aurulean, Neu Rom, Terra, an alle Flotteneinheiten innerhalb des Terranischen Distriktes, von COMINT-Kommunikation abgefangen, Cathandra, 21. Nov. 6830.

Overlord Magnan Domitius Gracchi war entsetzt.

»Mein ... mein Gebieter!« stammelte er. »Eure Imperiale Majestät! Ich habe nie beabsichtigt, Sie mit dieser Angelegenheit zu belästigen!«

»Das ist Uns völlig klar, Gracchi. Aber Wir denken, daß Wir uns besser damit ... *belästigen,* wie Sie so schön sagen, bevor Sie endgültig die Kontrolle über die Situation verlieren.«

Gracchi schluckte und starrte auf das holografische Bild auf dem Monitor. Caesar Julianus war vierundsechzig Jahre alt, sah aber älter aus. Gerüchte behaupteten, geheime geriatrische Drogen und Behandlungen würden ihn bereits seit Jahrhunderten am Leben halten. Die Augen des Herrschers strahlten so hell, daß sie sich bis in Gracchis Seele zu bohren schienen.

Gracchi hatte überhaupt nicht mit dem Kaiser sprechen wollen. Er hatte die VLCA-Linie zur Erde geöffnet, um Großadmiral Aurulean, der zu Caesars Stab gehörte, um die Zuteilung einiger Flotten zu bitten. Irgendwie war seine Botschaft in den Kaiserpalast geraten, wo sie Julianus selbst empfing. Gracchi war auf die Knie gefallen – die korrekte Stellung, um mit dem Kaiser zu reden und sah nun zu dem meterhohen Bild auf.

»Wir haben Ihre Berichte über den Gälischen Sternhaufen verfolgt, Gracchi. Wir sind nicht erfreut.«

»Eure Kaiserliche Majestät … ich kann Ihnen versichern, daß … das …«

»Sie haben zugelassen, daß diese hergelaufene Bande Abtrünniger den von Ihnen kommandierten Flotten dreimal entkommen ist. Einmal in Alba, zweimal auf Gamma Sacculus. Beim letzten Mal ließen Sie zu, daß eine Unserer Kreuzerschwadronen vernichtet wurde und die Abtrünnigen verschwanden.«

»Sie … sind zweimal dicht hintereinander gesprungen, Majestät. Wir konnten den ersten Sprung verfolgen, den zweiten aber nicht.«

»In der Tat. Das heißt, sie können jetzt überall sein. Sie haben mich verraten, Gracchi.«

Overlord Gracchi gefiel die Endgültigkeit, die in der Feststellung des Kaisers mitschwang, gar nicht. Vor fast dreißig Jahren hatte ihn Nicholas Julianus an die Macht gebracht. Als Overlord verfügte Gracchi über beinahe unbegrenzte Macht. Aber was Caesar gegeben hatte, konnte er auch wieder nehmen. Gracchis Stellung – so wie sein Leben – hing an einem seidenen Faden, und er war sich der Tatsache mit verzweifelter Klarheit bewußt.

»K-Kaiserliche Majestät! Wir wissen zwar nicht, wo sie sich im Augenblick aufhalten, aber wir wissen, wohin sie fliehen! Das war der Grund meines Anrufs – zusätzliche Truppen anzufordern, um die Falle zuschnappen zu lassen!«

»So? Haben Sie etwa Talent zum Hellseher, wovon Wir bisher nichts wußten?«

»Nein. Majestät. Aber ... es liegt doch auf der Hand, nicht wahr? Sie fliehen zum Commonwealth!«

Caesars kurzzeitig interessierter Blick wechselte zu deutlicher Langeweile. »Sie enttäuschen mich, Gracchi. Ich kann mir etliche andere Orte denken. Sie könnten zu den Naram fliehen, zu den KessRith ...«

»Meine Leute und ich ... Majestät ... wir haben das besprochen und glauben nicht daran. Diese Leute sind Kämpfer. Sie werden dahin gehen, wo sie die Chance haben, zu kämpfen!«

»Eine Kriegerkultur, sagen Sie?«

»Ja, Majestät! Ich glaube kaum, daß sie riskieren werden, mit den KessRith Kontakt aufzunehmen ... die sind viel zu fremdartig. Aber sie wissen, daß im Commonwealth auch Menschen leben und daß das Commonwealth das TOG seit Jahren bekämpft. Es bleiben ihnen keine anderen Möglichkeiten. Sie werden zum Commonwealth fliehen! *Ich weiß es!*«

Gracchi konnte nicht ahnen, daß er sofort einen Schluß gezogen hatte, über den Kendric lange nachgedacht hatte; beide waren auf völlig unterschiedlichen Wegen zu diesem Ergebnis gekommen.

»Nehmen wir einmal an, Sie hätten recht«, sagte Caesar langsam, »was gedenken Sie dann zu tun?«

»Ich hatte gehofft, Majestät, daß Großadmiral Aurulean bestimmte Flotteneinheiten herschickt, um die Fläche zwischen Gamma Sacculus und der Commonwealth-Grenze damit überwachen zu können. Ich würde diese Flotten leiten, sie in den Einflugschneisen und über Welten, die über von den Rebellen benötigte Vorräte verfügen, patrouillieren lassen. Fraser muß zwischen Gamma Sacculus und dem Commonwealth auftauchen. Wenn er das macht, sind meine Flotteneinheiten – durch die VLCA-Netze miteinander verbunden – in der Lage, sich ihm zu nähern und ihn zu zerstören!«

»Sie schlagen vor, ganze Flottenverbände zu mobilisieren, um eine einzige Schwadron zu schlagen?« Ein Lächeln zuckte um Caesars Mundwinkel. »Als würde man Moskitos mit thermonuklearen Sprengköpfen bekämpfen, nicht wahr?«

Gracchi war nicht auf Terra geboren, und er wußte nicht, was Moskitos waren. Aber er konnte den Sinn hinter den Worten des Kaisers ahnen. »Nun, Majestät, wir benötigen eine immens große Flotte, um alle möglichen Orte abzuschirmen. Ich schlage vor, daß jeder einzelne Suchtrupp stark genug sein soll, um mit den Gälen fertig zu werden, wenn sie auftauchen. Wir haben Grund zu der Annahme, daß einige ihrer Schiffe schwer beschädigt sind. Wenn wir sie mit einem Schlachtschiff und ein paar Kreuzern in die Enge treiben, oder mit einem Trägerschiff voller Jäger, könnten wir sie schlagen, ohne selbst größere Verluste zu erleiden.«

Caesar nagte mit sehr un-kaiserlicher Geste an der Unterlippe, während er nachdachte. Wenn es ihm an etwas mangelte, dann an einer genauen Vorstellung von der Größe seines ungeheueren Imperiums. Es war gut und schön, Millionen von Legionen zu haben, Milliarden oder noch mehr Schiffe und Welten zu besitzen, aber eigentlich waren die Zahlen bedeutungslos. Hätte irgendwer gewagt, ihn zu beschuldigen, er wisse gar nicht, wie groß die Galaxis sei, hätte er das natürlich empört geleugnet. Schließlich schritt er jeden Morgen über das holografische Bild auf dem Boden des Thronsaales, das den 100 000-Lichtjahre-Durchmesser in 20 Schritten wiedergab. Gerade jetzt überlegte er, weshalb Gracchi so viele Schiffe für etwas brauchte, das wie eine einfache und klare Aufgabe aussah.

Andererseits, wenn Caesar Julianus eine besondere Stärke hatte, dann war es jene, daß er nichts von Halbheiten hielt. Er hatte viele militärische Pläne fehlschlagen sehen, weil ein Bürokrat oder kurzsichtiger Stabsoffizier nicht einsehen wollte, warum zusätzliche Schiffe oder Legionen oder Vorräte notwendig waren, die dann über Sieg oder Niederlage entschieden.

Caesar kam zu einem Entschluß. »Nun gut, mein Overlord! Sie haben noch eine Chance!«

Gracchi fiel beinahe vornüber, als er die magischen Worte vernahm. Es war ihm gar nicht aufgefallen, daß er den Atem angehalten hatte. »Danke, Eure allergnädigste Majestät!«

»Die Schiffe, die Sie anfordern, unterstehen Ihrer persönlichen Kontrolle. Mein Sekretär wird Ihnen eine Vollmacht ausstellen, die Ihnen das Oberkommando überträgt. Was Sie sonst brauchen, bekommen Sie, wenn Sie persönlich meine Leute ansprechen, und Wir, höchstselbst, werden dafür sorgen, daß Sie es erhalten.«

»Danke, Majestät!«

»Ich nehme an, Sie verstehen, warum diese Angelegenheit so wichtig für mich ist?«

»Ich … ja, Majestät! Natürlich!« Eigentlich hatte er sich genau diese Frage gestellt. Er wollte Fraser tot sehen und die Flotte zerstören, als Ausgleich für die Demütigungen, die ihm bereits zugefügt worden waren, aber er war nicht sicher, warum Caesar sich so über eine neun Schiffe zählende Gruppe beunruhigte, da er doch Milliarden besaß.

»In letzter Zeit wurden Wir, wie es scheint, von etlichen Aufständen geplagt, Overlord. Trothas war nur der allerletzte. Es scheint keinen erkennbaren Grund für diese Unruhen zu geben. Vielleicht gibt es auswärtige Anstifter … Agenten des Commonwealth, oder andere, die das Volk gegen uns aufwiegeln. Wahrscheinlicher ist jedoch, daß die Leute sich über die höheren Steuern aufregen und über die Kriege an den Grenzen.

Wenn diese Situation überhaupt etwas Gutes hat, dann, daß diese Aufstände nicht miteinander in Verbindung stehen. Es gab keine Organisation, keinen

Versuch, sich gemeinsam auf, nun, sagen wir mal, einem Dutzend wichtiger Welten zu erheben … oder gar auf hundert. Ein solches Ereignis könnte uns entlang der Commonwealth-Grenze in ernsthafte Schwierigkeiten bringen.

Aber alles könnte passieren, wenn die Öffentlichkeit erfährt, was im Gälischen Sternhaufen geschehen ist.«

»Wir könnten jene Welten zerstören, Majestät, wie ich Trothas zerstörte.«

Ärgerlich verzog Caesar das Gesicht. »Die Vernichtung der Welten ist keine Lösung, und das wissen Sie. Die Leute dort stehen größtenteils unter unserer Kontrolle und sind meist mit der Regierung, die wir eingesetzt haben, zufrieden. Sie zu vernichten würde der Galaxis nichts beweisen … höchstens, wie unberechenbar das TOG sein kann. Es wäre keinesfalls produktiv.

Aber es kann auf der Hälfte aller Welten der Galaxis bekannt werden, daß ein kleiner Trupp imperialer Schiffe gegen Caesar rebelliert hat – wieder einmal – und in das Commonwealth geflohen ist. Verräter, die den geschworenen Eid und mich verraten!«

»Wieder einmal, Majestät? Sprechen Sie von der Rebellenlegion?«

»Genau. Wir haben hart gearbeitet, um die Geschichten von Constantins Rebellion, von den Verräterlegionen, die im Commonwealth agieren, zu unterdrücken, aber sie sind dennoch im Umlauf, wenn auch im Untergrund, bei den Flüchtlingen, innerhalb meiner Legionen. Frasers Flucht wird diese Erinnerungen wachrufen. Sie werden merken, daß jene Sache, die zu Constantins Zeit geschah, wieder geschehen ist, und zwar jetzt. Overlord, sie werden erkennen, daß das TOG nicht unbesiegbar ist. Und diese Erkenntnis müssen wir unter allen Umständen verhindern!«

»J-Ja, Majestät!«

»Und deshalb, Overlord, erkläre ich Ihnen dies alles so ausführlich. Es ist wichtig … ausgesprochen wichtig … daß Fraser gefangen oder getötet und seine Flotte kapituliert oder vernichtet wird. Deshalb lasse ich Sie weitere Einheiten anfordern, die notwendig sind, um die Angelegenheit zu einem guten Ende zu bringen. Aus diesem Grund dürfen Sie nicht versagen!«

»Sie können auf mich zählen, Eure Kaiserliche Majestät!«

»Gut. Gut!« Zum ersten Mal lächelte der Kaiser, und die Zähne, die er dabei zeigte, ließen Gracchis Innereien zu Eis erstarren, brachten ihn fast um den Verstand. »Denn, mein Lieber! Magnan! Domitius! Gracchi! Wenn Sie Uns wieder enttäuschen, werden Wir Sie nach Terra rufen. Und Sie werden Uns hier, in Neu Rom, lange Zeit … oh, *sehr* lange Zeit, unterhalten! Ich habe eine ganze Gruppe Bediensteter – Unterhaltungsfachleute –, die mir treu ergeben und wohlbekannt für ihre Fähigkeit sind, einen Mann unter den *ungewöhnlichsten* Umständen und Qualen am Leben und bei *Bewußtsein* zu halten; Wochen und Wochen! Verstehen Sie mich, Overlord?«

Gracchis zeitweilige Erleichterung verwandelte sich in Entsetzen. Es gab Geschichten über die ›Fähigkeiten‹ der persönlichen ›Unterhalter‹ des Kaisers, und er hatte keine Lust, persönlich ihre Bekanntschaft zu machen.

»Ich verstehe, mein Kaiser. Fraser wird gefangen werden. Er muß auftauchen … um Vorräte zu erlangen, um das Commonwealth zu erreichen, um den Kurs zu überprüfen. Früher oder später muß er ein bewohntes – ein *bewachtes* – System ansteuern, und wenn er das macht, dann haben wir ihn! Ich verspreche es, Majestät!«

»So sei es! Auf meinen Befehl!«

»Ad tuum imperatum, Domine Caesar!«

Gracchi salutierte, und das Bild verschwand vom Monitor. Als er sich von den Knien erhob, zitterte er, und seine Tunika war naß vor Schweiß.

Bei Caesar, kein Provinzgäle würde ihn Caesars Folterknechten ausliefern. Sollte sich Kendric Fraser auch nur einmal zwischen Gamma Sacculus und der Commonwealth-Grenze zeigen, waren er und seine Gälische Schwadron erledigt!

»Hier spricht Captain Fraser.« Kendric wußte, daß seine Stimme auf jedes Deck der *Gael Warrior* und auf allen anderen Schiffen der Flotte übertragen wurde. Er lehnte sich im Sessel zurück und betrachtete die erwartungsvollen, neugierigen Gesichter auf der Brücke. »In den letzten Wochen gab es zahlreiche Diskussionen darüber, wohin wir uns wenden sollen, da uns Caesar nicht länger ... zu würdigen weiß. Ich weiß, daß es viele Gerüchte gegeben hat, daß viele seltsame Ideen herumschwirrten.

Wir haben ein paar Möglichkeiten erwogen und sahen uns gezwungen, die meisten wieder zu verwerfen. Wir können nicht versuchen, eine abgelegene Welt zu finden, auf der wir uns verstecken können – nicht, wenn wir weiterhin als aufrechte Männer gelten wollen, die keine Angst vor dem eigenen Himmel haben. Wir können die Galaxis nicht verlassen, um zu fliehen – nicht, wenn wir damit dem größten Übel, das die Menschheit je gepackt hielt, den Rücken zuwenden. Ich selbst kann das nicht verantworten, kann die Welten, die von Menschen bewohnt werden, nicht unter der Peitsche des TOG leiden lassen und anderenorts nach Sicherheit suchen. Ich kann es nicht. Ich will es auch nicht. Ich habe vor, das TOG, und alles, wofür es steht, bis zum letzten Atemzug zu bekämpfen.

Das ist die Entscheidung, die ich für mich selbst getroffen habe. Ich kann den Männern und Frauen an Bord dieser Schiffe keine Entscheidung abnehmen. Jeder muß die für ihn beste Wahl treffen.

Daher werden wir augenblicklich zum Commonwealth starten.«

Er hielt inne, um die Worte einsinken zu lassen. Auf allen Schiffsdecks würde jetzt Stimmengewirr herrschen, vielleicht sogar Streitgespräche. »Ich weiß, daß die meisten von Ihnen üble Dinge über das Commonwealth gehört haben … daß unsere Rasse von Aliens in Sklaverei gehalten wird. Alles, was ich dazu sagen kann, ist: Ich habe aus zuverlässiger Quelle gehört, daß alles, was man uns gelehrt hat, eine Lüge war. Im Commonwealth leben Menschen, Leute wie Sie und ich, die für das kämpfen, woran sie glauben. Sie kämpfen Seite an Seite mit anderen, Nichtmenschen, die ihre Kultur und Lebensgewohnheiten beibehalten wollen – genau wie wir. Ich werde mich diesen Leuten anschließen, mit ihnen kämpfen.

Für diesen Kampf benötige ich die Hilfe des Commonwealth. Jeder von Ihnen wird diese Hilfe ebenso brauchen, um die eigenen Entscheidungen umsetzen zu können.« Er legte eine Pause ein und rieb sich gedankenverloren das Bein. In letzter Zeit hatte es geschmerzt, und die Stütze rieb Knie und Knöchel wund.

»Ich habe das willkürlich entschieden«, fuhr Kendric nach einer Weile fort. »Es heißt oftmals, daß kein Schiff … und keine Flotte … als Demokratie funktionieren kann. Ich habe diesen Entschluß nach bestem Wissen und mit Ihrem Wohlergehen im Sinn gefaßt. Ich bitte Sie, mich dabei zu unterstützen, bis wir das Commonwealth erreichen. Dann können jene unter Ihnen, die andere Pläne haben, diesen nachgehen.

Das ist alles. Ich danke Ihnen für Ihre Aufmerksamkeit.«

Er schloß den Funkkanal. Ungefähr drei Sekunden lang herrschte absolute, völlige Stille. Würden sie es akzeptieren? Würden sie ihm genug vertrauen, um die Risiken einer Reise in das unbekannte Commonwealth auf sich zu nehmen?

Dann schien die *Gael Warrior* in einem Chor aus Jubelrufen zu explodieren, genau wie an dem Tag, als

Kendric in Alba Port angekommen war. Auf der Brücke klang das Geschrei eher gedämpft, schien sich aber durch das geschlossene Schott zu winden – wie das dumpfe entfernte Gebrüll einer Menschenmenge. Kendrics Brückenoffiziere waren ausnahmslos aufgestanden und applaudierten im Takt mit den hereindringenden Rufen: *»Ken-dric! Ken-dric!«*

Er winkte ab und öffnete den Brückensprechfunk. »Lassen wir mal wieder Ordnung auf diesem Schiff einkehren«, sagte er. »Navigation? Bieten Sie mal ein paar Kurse an!«

44

Seitdem die Gälische Schwadron aus dem Alba-Raum aufgebrochen ist, sind sämtliche Verbindungen mit unserem Agenten auf Alba abgebrochen. Agent Clarity hörte bereits vor einigen Wochen auf, Nachrichten zu übermitteln, und wir gehen davon aus, daß er entweder in Gefangenschaft oder tot ist. Es gab allerdings einen weiteren Agenten vor Ort, einen gebürtigen Gälen, der von Clarity rekrutiert wurde, um die Verständigung mit COMINT zu vereinfachen. Wir haben nach Claritys Verschwinden noch einige Nachrichten von diesem Agenten erhalten, darunter auch die Bestätigung von Claritys Gefangennahme.

Es ist möglich, daß dieser Agent in den Kämpfen in und bei Alba ums Leben gekommen ist, die ausgebrochen sein müssen, als die Gälische Schwadron von Alba flüchtete. Es gibt allerdings auch eine gewisse Hoffnung, daß diesem Agenten die Flucht an Bord eines der Schiffe der Schwadron gelang.

– Bericht der COMINT-Kommunikationsabteilung an Rannic Colby, Direktor des COMINT, Cathandra, 22. November 6830.

Drei Tage nachdem die Schwadron das Haven-System verlassen und wieder den T-Raum erreicht hatte, traf sich Kendric mit Kathryn Ann MacDonald. Sie war eine hübsche, dunkelhaarige Frau Ende Zwanzig und gehörte zu den gälischen Technikern, die sich entschlossen hatten, die VLCA im Orbit um Alba zu verlassen.

Sie stammte ursprünglich aus Stratham, was Kendric aus ihrer Personalakte erfuhr, nachdem Purcell ihm mitgeteilt hatte, daß sie um ein Gespräch mit ihm ersuchte.

Stratham war eine arme Welt, deren Bewohner erst kurze Zeit vor dem Eintreffen der ersten interstellaren Schiffe von Alba ihr langes und blutiges dunkles Zeitalter zugunsten der Industrialisierung hinter sich gelassen hatten. Die regierenden Handelsherren von Stratham hatten die Vorteile schnell erkannt, die der Handel und eine wachsende Technisierung mit sich brachten, und so viel wie möglich von der relativ fortgeschrittenen Technologie Albas übernommen. Das bedeutete allerdings auch, daß Stratham seinerseits in die wachsende Gälische Konföderation Albas eingegliedert wurde. Aufgrund des Bevölkerungswachstums auf Stratham, das der industriellen Revolution unweigerlich folgte, wurden Menschen zum wichtigsten Exportartikel des Planeten: der karge Ackerboden, der niemals durch Vulkanismus oder Eiszeiten angereichert wurde, war kaum in der Lage, die ursprüngliche Bevölkerung zu ernähren. Die Überzähligen wanderten in die Konföderation aus und gaben der Wirtschaft der anderen Gälischen Welten enormen Auftrieb durch den nie versiegenden Strom an billigen Arbeitskräften.

Kathryn MacDonalds Lebensgeschichte unterschied sich allerdings von der der übrigen Emigranten. Sie war Albas Konföderations-Miliz vor vier Jahren beigetreten und für eine Ausbildung in der Weltraumkommunikation akzeptiert worden. Sie hatte sich als fähig erwiesen und war nach einer gleichzeitigen Ausbildung in Kommunikationselektronik auf der Flottenkommandobasis in Port Balmarin eingesetzt worden.

»Es ist zwei Jahre her, daß ich den Mann getroffen habe«, erzählte sie Kendric mit dem breiten und rhythmischen Akzent und dem gerollten R, die zeigten, daß sie eine Eingeborene der Stratham-Highlands war. »Er näherte sich mir in Balmarin und bot mir die Chance, eine Ausbildung in T-Raum-Kommunikation zu absolvieren.«

Sie zögerte einen Augenblick und schaute Kendric an, einen Ausdruck aufkeimender Unsicherheit in den Augen. »Fahren Sie fort,« ermutigte er sie. »Es ist schon in Ordnung. Sie können es mir erzählen.«

»Nun, Sir ... es war eine großartige Möglichkeit.«

Ihre Akte zeigte, daß sie auch das Beste daraus gemacht hatte: Kathryn hatte unter Anleitung von imperialen Ausbildern die Phasenpolarisationstechnik erlernt. Aufgrund der vorzüglichen Empfehlungen ihrer Ausbilder hatte sie eine Stellung als Wartungstechnikerin auf der VLCA von Alba erhalten.

»Ich hatte etwa ein Jahr an Bord der VLCA gearbeitet, als der Gentleman erneut auf mich zutrat. Ich hatte Ausgang in Port Balmarin, als er mich in einer Bar ansprach. Und ... und dort war es, daß er mich fragte, ob ich ihm einen ... Gefallen erweisen könnte.«

»Geschah es damals, daß Sie zu vermuten begannen, er sei ein Spion?«

»Ich weiß nicht, wann ich das vermutet habe, Sir. Um was er mich bat, war ... nun, es schien keine Spionage zu sein!«

Kathy hatte Kendric ihre Aufgaben erklärt: Die kilometergroße Antenne des VLCA mußte mit unglaublicher Präzision eingestellt werden, wenn sie atemporale Nachrichten durch die Galaxis sandte. Diese Nachrichten wurden stets nur von Leuten mit einer Sicherheitseinstufung von AA-Primus gehandhabt, mit anderen Worten, von TOG-Personal. Während der Zeit, in der kein Nachrichtenverkehr über die große Schüssel ging, war es eine der Hauptaufgaben von Leuten wie Kathy MacDonald, die Ausrichtung sowie die Abstimmung und die Modulationskontrollen zu überprüfen. Diese Kontrollen konnten nur durchgeführt werden, wenn man mit anderen, entfernten VLCA-Antennen Verbindung aufnahm und ›Datenmüll‹ übertrug, sinnlose

Auflistungen von verschlüsselten Zahlen, die es den Technikern beider Seiten erlaubten, ihre Kontrollen mit der notwendigen Präzision auszuführen, damit die Schüsseln bereit waren, wenn wichtige Nachrichten übermittelt wurden.

»Um was der Gentleman mich bat, Captain, war, Dinge in den Datenmüll einzuschmuggeln. Er gab mir eine Liste von einigen bestimmten TOG-Kommunikations-Leuchtfeuern. Von Zeit zu Zeit übergab er mir ein verschlüsseltes Band, mit der Aufforderung, es an eine dieser speziellen Zielstationen zu schicken, wenn ich die Schüssel das nächste Mal wieder ausrichtete. Ich habe das Band dann in das VLCA-Übertragungsinterface eingespeist und es, vermischt mit dem Datenmüll, ausgestrahlt.«

»Sehr gerissen. Wer waren die Empfänger dieser ... Übertragungen ... die KessRith?«

»Nein, Captain!« Sie schaute ihn an, als ob er sie gerade einer höchst obszönen Untat bezichtigt hätte. »Der Gentleman war ebenso ein Mensch wie Sie und ich!« Sie beugte sich vor und senkte die Stimme. »Er hat es mir einmal erklärt. Er sagte, daß es etwas mit dem Untergrund und der Weise, wie sie Leute aus dem TOG ins Commonwealth schmuggeln, zu tun hätte.

Sie müssen verstehen, Captain ... ich stamme aus einer Familie mit einer sehr starken jakobitischen Überzeugung. Wir machen uns nicht allzuviel aus dem Imperium. Mein Vater sagte immer, wenn die Leute gehen wollen und sich einen Platz im Commonwealth suchen möchten, warum sollte man sie daran hindern? Auf alle Fälle hat mir der Gentleman versprochen, daß es keine militärischen Geheimnisse wären, die er schickte, sondern nur Frachternamen, Flugpläne und Routen, Annäherungscodes und ID, Paßwörter, eben alles, was für Schiffe, die Leute auf der Straße der Freiheit transportieren, vonnöten ist, um es über die Frontlinie ins Commonwealth zu schaffen.«

Kendric nickte ermutigend. Was Kathy erzählte, ergab Sinn und fügte einige lose Enden in dem Bild zusammen, das er sich in den letzten Wochen vom Rebellenuntergrund gemacht hatte. Eine so weitreichende große Organisation, wie sie T. C. und Captain White beschrieben hatten – ein Untergrund, der in der Lage war, Dissidenten und politische Flüchtlinge von TOG-beherrschten Welten verschwinden zu lassen –, brauchte ein ausgedehntes, schnelles und sicheres Kommunikationsnetz. Es ergab Sinn, daß der Untergrund in der Tat das TOG-eigene VLCA-Netz benutzte, indem er Wartungspersonal und Techniker wie Kathy anwarb.

»Ich verspreche Ihnen, Captain, ich habe es nicht getan, um meinen eigenen Leuten zu schaden.«

Kendric fragte sich kurz, ob Kathys ›eigene Leute‹ die Gälen oder die Eingeborenen ihrer Heimat Stratham waren. Nach einem Augenblick der Überlegung entschied er allerdings, daß diese Frage keine Rolle spielte.

»Warum sind Sie damit zu mir gekommen, Kathy?«

»Nun, Sir, Sie sagten gestern über die Bordsprechanlage, daß wir auf dem Weg ins Commonwealth wären. Es schien mir, daß wir sozusagen auf der Straße der Freiheit sind.«

»Ja.«

»Nun, Captain, ich weiß nicht, was Sie im Sinn hatten, um der Commonwealth-Flotte mitzuteilen, daß wir kommen.«

Er grinste. »Sagen wir einmal, daß ich vorhatte, die *Teachdair* ihrem Namen gerecht werden zu lassen.«

Er hatte dieser Frage einige Überlegungen gewidmet. Das TOG und das Commonwealth verwendeten völlig andere Schiffstypen, und die Frage, wie die Gälische Schwadron sich dem Commonwealth nähern sollte, ohne eine heftige Abwehr durch Commonwealth-Jagdflieger zu riskieren, war schwierig zu beantworten. Kendric verspürte kein Verlangen, Wellen von angreifenden Commonwealth-Jagdfliegern abzuwehren, während er ihnen gleichzeitig erklärte, daß sie nur zu ihnen überlaufen wollten.

Die *Teachdair* bot eine eventuelle Lösung. Der gälische Name der Korvette der *Cingulum*-Klasse lautete übersetzt Botschafter, und es war Kendrics Idee gewesen, das Patrouillenschiff als einen Botschafter einzusetzen, der das Vorhaben der Schwadron melden sollte. Ein Schlachtschiff, das plötzlich aus dem T-Raum in ein fremdes Sternensystem eindrang, war eine echte Bedrohung, die sofortige Gegenschläge herausforderte. Eine einzelne Korvette hingegen wäre harmlos genug, damit die Schiffe, denen sie sich näherte, ihre Kapitulation akzeptieren konnten.

T. C. hatte Kendric erzählt, daß die Patrouillenschiffe des TOG regelmäßig durch die Front sickerten, und so würde das Überlaufen der *Teachdair* nicht so unüblich erscheinen. Die Freiwilligen an Bord könnten den Commonwealth-Streitkräften die Situation erklären und einen Treffpunkt vereinbaren – mit Sicherheitsvorkehrungen für die Commonwealth-Streitkräfte – an den sich die Gälische Schwadron begeben konnte.

Sie würden mutmaßen, daß es sich möglicherweise um eine ausgeklügelte Falle des TOG handelte, um eine Schwadron des Commonwealth ins Gefecht zu locken, aber Kendric glaubte, daß die Möglichkeit zur kampflosen Eroberung eines Imperialen Schlachtschiffes und eines Leichten Kreuzers ein ausreichender Ansporn sein sollte, um die Empfänger der Nachricht der *Teachdair* in Versuchung zu führen.

»Nun, ja«, sagte Kathy. »Nun, Captain, es schien mir, daß Sie vielleicht frühzeitig etwas mit dem Commonwealth ausmachen könnten.«

»Zum Beispiel?«

»Sir, wenn Sie mich zu einer imperialen VLCA bringen, dann kann ich jede von Ihnen gewünschte Nachricht an eines von meinen alten Leuchtfeuerzielen schicken. Es könnte sein, daß die Dinge dann ein wenig glatter laufen.«

»Bestimmt nicht nur ein wenig«, sagte Kendric.

Kathy MacDonald beugte sich über seinen Copilotensitz, um auf den vorderen Bildschirm zu schauen. »Nun, Sir, wir wissen, daß sie nicht mehr als fünfzig oder sechzig Leute an Bord haben können, wie man uns gesagt hat.«

Kendric schaute zu ihr auf. »Sind Sie sich sicher, daß Sie für das, was Sie vorhaben, eine Relaisstation benutzen können?«

Sie grinste ihn an. »Wäre es nicht mittlerweile ein bißchen spät dafür, festzustellen, daß ich gelogen habe?«

Er lachte. »Ich denke schon.«

»Die Instrumente sind die gleichen wie auf der VLCA von Alba«, erklärte sie. »Aber sie übertragen nur routinemäßig die Relaissignale von einer Seite der Galaxis zur anderen.«

Sie befanden sich in einer der Lastfähren der *Gael Warrior* und näherten sich einer imperialen VLCA. Die Arbeit, die T. C. in das Katalogisieren der in der Datenbank der *Warrior* versteckten Informationen gesteckt hatte, zahlte sich aus, als sie herausfinden konnten, daß sich darin auch ein Verzeichnis der galaktischen TOG-VLCA-Stationen einschließlich der verschlüsselten Besatzungsgrößen der Stationen befand. Obwohl Kendric die Entschlüsselung dieser Liste nicht beherrschte, hatte er eine Liste der Kommunikationsstationen, die sich in einem Umkreis von tausend Lichtjahren um Argrian befanden. Sie hatten diese Liste aus der VLCA von Alba mitgenommen, als sie aus dem System geflohen waren. Diese Liste enthielt ein Schema der Zusammenstellung von Besatzung und Verteidigungskräften sowie den Code der einzelnen Stationen. Es war für die Computerabteilung ein leichtes gewesen, diese beiden Computerlisten zu verknüpfen und Kendric eine Liste jener VLCAs zu geben, die ein leichtes Ziel für die Schwadron sein konnten.

Anlagen der H-Klasse befanden sich beispielsweise in abgelegenen Sternsystemen, fernab der Haupthandelsrouten, in Regionen, die nicht von feindlichen Aktivitäten bedroht waren. Derartige Stationen hatten üblicherweise einen vollen technischen Stab an Bord, aber nur wenige Truppen, und wurden selten von mehr als einem oder zwei Geschwadern Jagdflieger geschützt, die auf der Basis stationiert waren. Für Kendrics Zwecke waren Anlagen der R-Klasse noch besser geeignet: Diese waren Relaisstationen, die man an bestimmten strategischen Punkten in der Galaxis verteilt hatte, insbesondere ober- oder unterhalb der galaktischen Ebene, ›über‹ dem galaktischen Kern. Die Mitte der Galaxis selbst wurde auch von der Zivilisation wenig begriffen, die die meisten Sterne in den Spiralarmen ringsherum beherrschte. Der Kern war ein Gebiet komplizierter und wechselhafter Schwerkraftfelder und zusammengeballter Sternhaufen, die die Hypertopologie des T-Raums verzerrten und damit den Durchflug gefährlich und Kommunikation unmöglich machten.

Bei ihrer Suche hatte die Computerabteilung der *Warrior* nicht weniger als sieben Relais der R-Klasse innerhalb der Reichweite der Schwadron identifiziert. Die Reichweite war von zentraler Bedeutung: Es würde an dem Ort der Relaisstation keine Stelle geben, wo sie neue Reaktionsmasse aufnehmen konnten, daher mußte die von ihnen ausgewählte Station so gelegen sein, daß die Schwadron dorthin gelangen konnte und noch genügend Reaktionsmasse hatte, um zum Auftanken zurück in die Galaxis zu springen. Einer der sieben möglichen Orte lag nahe genug, um den Plan durchführbar zu machen: er tauchte in der Codeliste der *Warrior* als VLCA XGALPOL-R/4 auf.

Ein Kommunikationssignal ertönte, und der links

von Kendric sitzende Fährenpilot nahm die Nachricht entgegen. »Ankommende TOG-Fähre, VLCA-R/4 hat Sie auf Landeanflug. Sie werden in Dock 1 andocken. Halten Sie sich bereit, die Fährensteuerung zum Andocken zu übergeben.«

»VLCA-Verkehrskontrolle, hier ist die Fähre. Wir sind bereit, ihnen auf Anforderung die Steuerung zu übergeben.«

»Fernsteuerungssequenz eingeleitet. Wir haben Sie, Fähre.«

Der Pilot ließ zögernd den Kontrollknüppel los und lehnte sich dann zurück, schaute Kendric an und lächelte. »Sie holen uns von hier aus hinein.«

Der Pilot war Sub-Lieutenant Randy Hays, der jüngste Fährenpilot, den Kendric in den Personalakten der *Warrior* hatte finden können. Dies war eine gefährliche Mission, für die man einen Fährenpiloten mit kühlem Kopf und starken Nerven brauchte. Kendric konnte es sich nicht leisten, jemanden auszuwählen, der bei dem Gedanken an einen sternenleeren Himmel die Nerven verlor.

Kathy zitterte an Kendrics Seite.

»Was ist los?«

»N-nichts, Captain. Es ist nur so ... leer.«

Der Fluch der Gälen.

Selbst Kendric verspürte eine Spur von Unbehagen an diesem Ort, als ob er in eine große, weite Tiefe stürzen würde. Hier, hoch über der galaktischen Ebene, war der Weltraum jenseits des komplexen Geflechtes der Relaisstation absolut und vollständig leer. Die gleißenden Navigationsleuchtfeuer und Anflugslichter der VLCA raubten Menschen die Nachtsicht und verbargen die schwachen Lichtflecken, die ferne Galaxien anzeigten, auch wenn Kendric wußte, daß sie irgendwo am Himmel jenseits der Station sein mußten. Der achtern sichtbare Himmel war ganz anders, doch Kendric wollte sich das jetzt nicht anschauen.

»Halten Sie Ihre Augen auf der Relaisstation,« schlug er vor. »Es hilft, wenn man auf etwas schauen kann. Hays? Wie lange noch?«

»Wir werden in fünf Minuten andocken, Captain.«

»Gut. Ich gehe hinunter zu den Truppen. Kathy, Sie bleiben hier, bis ich Sie rufe.« Er hob die Hand und deutete auf seinen PC. »Sie werden mich hierüber hören. Sie sind unsere VLCA-Expertin, und ich will nicht, daß man Sie versehentlich erschießt. Lieutenant, Sie werden diesen Käfer drehen und zum Abflug bereithalten.«

»Ich werde warten, Captain!«

Kendric verließ das Cockpit und stieg eine sich drehende Wendeltreppe zum Haupt-Frachtdeck hinunter. Zwanzig Männer saßen hier auf behelfsmäßigen Sitzen, mit den Waffen und der Ausrüstung ausgestattet, die sie den Legionären abgenommen hatten, als diese kurz vor ihrer Flucht von Alba Port an Bord der *Warrior* gestürmt waren. Sie standen unter dem Befehl von Chief Trimble, einem sechsundzwanzigjährigen Veteran, der Bodenkämpfe gegen Rebellen und Banditen auf Pomona und Uist erlebt hatte.

»Bereit, Chef?«

»Sagen Sie nur Bescheid, Captain. Sind Sie sicher, daß Sie als erster hinausgehen wollen?«

»Keine Bange, Chef.« Er nahm eine im Halfter steckende Mark XXI-Energiepistole aus ihrer Halterung und schnallte sie um. »Genau, wie wir es geplant haben.«

Die Schwadron war weniger als zwei Lichtminuten von der Relaisstation entfernt aus dem T-Raum ausgetreten, hatte ID-Codes mit den Standard-Transpondersignalen übertragen, die bei Trothas üblich gewesen, vielleicht aber mittlerweile ungültig waren. Kendrics Überlegung ging dahin, daß eine so große und weitreichende Organisation wie die Imperiale Raumflotte des TOG nicht jeden ID-Code über Nacht würde ändern können. Auf einem abgelegenen Außenposten wie der VLCA XGALPOL-R/4, die durch Schiffe von gleichermaßen abgelegenen Hinterwäldler-Welten versorgt wurde, mochte das Eintreffen einer Schwadron mit aktuellen Codes eher eine Ausnahme als die Regel sein.

Kendric hatte seine Schwadron mit der wahrheitsgemäßen Behauptung angekündigt, daß eine abtrünnige Flotteneinheit kürzlich eine Imperiale Schwadron bei Gamma Sacculus besiegt habe und daß vermutet werde, sie sei ins Commonwealth unterwegs. Die Kampfschwadron Caesar Rex, sagte er, sei in die Umgebung der VLCA-R/4 abgestellt worden, um nach Spuren der Abtrünnigen zu suchen und die Anlage gegen den unwahrscheinlichen Fall abzusichern, daß die Rebellen hier zuschlagen würden.

Eine fröhliche Stimme hatte ihnen geantwortet: »Wir haben seit unserem letzten Schichtwechsel niemand mehr gesehen, aber ihr seid uns herzlich willkommen! Wir haben seit 247 Tagen kein neues Gesicht mehr gesehen!«

»Wie stark ist eure Besatzung da draußen eigentlich?«

»Zweiundfünfzig. Hauptsächlich unser technisches Personal. Glaubt mir, man wird sehr schnell die immer gleichen Witze leid.«

»Wie viele Marinesoldaten?«

»Nur zehn. Wir brauchen nicht mehr.«

»Zehn? Mmm ... vielleicht lassen wir euch ein paar mehr da, nur zur Sicherheit.«

»Sie sind uns willkommen. Aber es könnte sein, daß wir eure Vorräte plündern, um sie ernähren zu können. Sagt mal, ihr habt nicht zufälligerweise etwas frisches Obst, das ihr uns schicken könnt, oder? Lovalos oder vielleicht terranische Orangen?«

Kendric hatte gelacht. »Ich rede mit meinem Proviantmeister und schaue, was sich machen läßt. Ich glaube, ich würde gerne persönlich vorbeikommen und eure Anlagen inspizieren.«

»Kommen Sie ruhig. Für Sie klopfen wir sogar den Staub aus dem roten Teppich.«

Kendric hatte seine beste Galauniform angelegt. Sie war schwarz mit silbernen Borten und hatte einen scharlachfarbenen Umhang mit goldenen Kragenecken über der linken Schulter. Der Purpurstern-Orden prangte an seinem Hals auf dem hohen steifen Kragen und glitzerte im Lichte der Decken-Fluoros der Fähre. Die sehr zweckmäßige Mark XXI in dem polierten Lederholster an seiner Hüfte wirkte zwar etwas deplaziert, paßte aber perfekt in das Bild eines Imperialen Flottencaptains auf gefährlicher Mission. Immerhin war es durchaus möglich, daß die Abtrünnigen die VLCA bereits übernommen hatten und nur vorgaben, isoliertes Kommunikationspersonal zu sein, um eine TOG-Flotte in den Hinterhalt zu locken.

Sein Plan war der, sich der Stationsbesatzung zu zeigen, während er sich einen schnellen Eindruck vom Empfang der Fähre verschaffte. Wenn alles so war, wie behauptet, würde er den Befehl über seinen PC geben, und das improvisierte Überfallkommando könnte das Dock stürmen.

Ansonsten würde Kendric weiter improvisieren müssen.

Er überprüfte noch einmal die Sicherheits- und Energieverbindungen der Pistole, betrat dann die Luftschleuse der Fähre und versiegelte sie. Der Plan sah vor, daß er als erster von Bord ging ... Es wäre schließlich nicht so gut, wenn jemand auf dem Deck des Anlegedocks stünde und im Transportraum der Fähre zwanzig bewaffnete Männer bereitstehen sehen könnte. Die Schleuse hatte keine Fenster. Er mußte sich auf Hays' gelegentliche Kommentare über den Bordlautsprecher verlassen, um auf dem laufenden zu bleiben.

»Fast da«, sagte Hays. Kendric hört ein Surren, von dem er wußte, daß es von der Freigabe der Landevorrichtungen stammte. Es gab ein leises Kratzen, als die Fähre den Boden berührte, gefolgt von dem vertrauten Flattern, mit dem die künstliche Schwerkraft der Fähre zugunsten der Schwerkraft der Relaisstation abgeschaltet wurde. Minuten schlichen dahin, als die Station die Docktüren hinter ihnen schloß und die Landebucht sich mit Luft füllte.

Ein grünes Licht leuchtete über der Schleuse auf. »Der Druck ist da, Captain«, sagte Hays. »Das Empfangskomitee kommt herein. Keine Überraschungen.«

»Öffnen Sie die Schleuse, Lieutenant.«

»Gut. Viel Glück, Captain.«

Die Luftschleuse schwang auf. Eine mobile Ausstiegsplattform und eine Rampe waren zur Schleuse manövriert worden. Als Kendric vorsichtig auf die Plattform hinausging, sah er seinen Atem als weiße, kalte Wolken entschwinden. Dieser Raum war noch vor wenigen Augenblicken zum Weltraum hin geöffnet gewesen, und die Oberflächen in ihm waren noch immer kalt genug, um die Atmosphäre abzukühlen und kondensiertes Wasser auf metallenen Oberflächen gefrieren zu lassen. Er trat vorsichtig auf die Rampe. Wenn er auf einer Eispfütze ausrutschte und auf dem Rücken landete, würde das nicht besonders zu dem würdevollen und autoritären Eindruck beitragen, den er erwecken wollte.

Drei imperiale Offiziere salutierten, als Kendric auf das Deck trat, und zehn Marinesoldaten in scharlachroten Ausgehuniformen gingen in Habachtstellung und präsentierten das Gewehr. »Alles scheint in Ordnung«, murmelte er anscheinend zu niemand Bestimmtem. Hinter ihm senkte sich langsam die Bugrampe der Fähre.

»Flottencaptain, Willkommen in unserer Anlage!« Der kleine, kahl werdende Captain lächelte breit zur

Begrüßung. »Seien Sie willkommen, Sir. Ich bin Captain Ventura, der Kommandierende Offizier dieser Einrichtung. Das ist mein Stabschef, Commander Halber, und der Führer meiner Marinesoldaten, Lieutenant Prost. Wenn Sie mir folgen wollen, gehen wir zur Offiziersmesse, wo ...«

»Tut mir leid, Captain«, sagte Kendric mit seinem schönsten Lächeln. Er zog die Mark XXI aus ihrem Holster und richtete sie auf Venturas Stirn. »Es gibt eine Änderung des Programms. Wenn Sie mir folgen würden ...«

Venturas Augen waren nicht länger auf Kendric und die Waffe gerichtet, sondern auf die Doppelreihe bewaffneter Männer, die die Rampe der Fähre herabliefen und sich auf der Landebucht verteilten. Es hallte ein unpassend erscheinendes Geklapper durch das Dock, als die Marinesoldaten der Station, die in der taktisch wertlosen Habachtstellung gefangen waren, ihre Waffen fallen ließen und die Hände erhoben.

VLCA-R/4 wurde ohne einen einzigen Schuß und mit nur einem Verletzten erobert: Als sich Lieutenant Prost mit geballter Faust auf Kendric stürzte, wurde er von einem Schlag mit dem Lauf von Kendrics Pistole getroffen und sackte ohnmächtig auf das Deck. Augenblicke später war die gesamte Besatzung der Station zusammengetrieben und in Dock 3 eingesperrt worden. Zwischenzeitlich hatte man die beiden sicher in ihren Abflugbahnen liegenden, veralteten *Verutum*-Jagdflieger entdeckt und außer Betrieb gesetzt, und dann brachte Kendric Kathy zum Kommunikationszentrum. Dort hatte er ihr beim Justieren einer der großen Antennenschüsseln geholfen, die durch die Sichtluken in der Decke zu erkennen war, während sie ein Band einlegte, das von Kendric selbst für die Übertragung erstellt worden war.

Auf dem Band hatte Kendric sich und seine Schwadron identifiziert, ihr Problem erklärt und um Erlaubnis gebeten, in das Weltraumgebiet des Commonwealth einzudringen. Er hatte den Caracalla-Sternhaufen als möglichen Treffpunkt vorgeschlagen, und darin speziell ein Sternsystem namens Vathlin am äußeren Rand des Sternhaufens. Er erklärte, daß die Gälische Schwadron dort etwa fünfundzwanzig bis dreißig Tage nach der Ausstrahlung ankommen würde.

Falls das Treffen auf Caracalla fehlschlagen sollte, fuhr er fort, würde die Schwadron sich Yanulf, einem Stern des Commonwealth, nähern, der sich innerhalb seiner Grenzen befand. Die Schwadron würde den Kontakt aufnehmen, indem sie eine einzelne Korvette in das System schickte, um die Angelegenheit mit dem Beauftragten des Commonwealth zu besprechen.

Das Band war fast fünfzehn Minuten lang und erklärte alles, was Kendric einfiel. Kathy richtete die Antenne aus und sendete eine Impulskette Datenmüll. Ein Ton an ihrem Pult zeigte, daß die Verbindung mit der entfernten Station stand. Dann drückte sie die Sendetaste. In drei Mikrosekunden war die gesamte Nachricht komprimiert und abgeschickt. Einige Augenblicke später zeigte ein weiterer Ton an, daß diese Übertragung ebenfalls ihr Ziel erreicht hatte.

»Es gibt nichts mehr, was wir jetzt noch tun können,« sagte sie. »Außer zu hoffen, daß jemand diese Nachricht bald empfängt!«

Kendric nickte. Das TOG-Leuchtfeuer befand sich natürlich nicht im Commonwealth-Weltraum. Die richtungsgebenden Daten in der VLCA von Alba hätten zu einfach aufgespürt werden können. Wenn herausgekommen wäre, daß die Anlage Nulldaten in den Commonwealth-Raum übertrug, hätte vielleicht jemand mißtrauisch werden können. Was tatsächlich passierte, war, daß jede Nachricht, die mit einer besonderen Codierung versehen und von Kathy unter den Datenmüll gemischt worden war, von dem relativ einfach strukturierten Computer am Leuchtfeuer aufgenommen und gespeichert wurde. Irgendwann kam dann jemand und entfernte die Datenspeicherbanken physikalisch, überprüfte die Programmierung des Leuchtfeuers und ersetzte die Speichereinheit.

Obwohl nicht zu sagen war, wie lange es dauern würde, bis Kendrics Nachricht empfangen wurde, war eine Sache sicher: Die Schwadron konnte nicht in der VLCA-R/4 auf eine Antwort auf die Nachricht warten. »Lassen Sie uns gehen, Kathy. Löschen Sie den Speicher hier.« Es wäre nicht gut, wenn irgendein neugieriger TOG-Prüfer sich eine Kopie von Kendrics Monolog aus dem Computerspeicher ziehen und damit in Erfahrung bringen konnte, was die Gälische Schwadron vorhatte. »Ich lasse Trimble seine Leute an der Fähre sammeln.« Augenblicke später schloß sich ein ferngesteuertes Relais, und die Tore von Dock 1 öffneten sich. Die Fähre glitt auf leisen Antigravs davon und bewegte sich in den Weltraum.

Als Abschiedsgeschenk hatte Kendric eine Kiste mit frischem Obst in der Kombüse der VLCA zurückgelassen.

Auf dem Rückflug blieben sie still. Irgendwie war der Ausblick nach vorn viel beeindruckender und angsteinflößender als jener, den sie auf dem Hinflug gehabt hatten.

Bei diesem Teil der Reise breitete sich die Galaxis vor ihnen in übernatürlicher Schönheit und Pracht aus. Die Spiralarme waren kaum heller als die Milchstraße, die sich über die Nachthimmel der meisten Welten zog, eine helle, gewundene Staubspur aus Sternen, die als blauer, samtiger Nebel zu erkennen waren. Von diesem Blickwinkel, 20 000 Lichtjahre über dem galaktischen Kern, sahen sie ein deutlich erkennbares Muster: einen Strudel, der den halben Himmel mit blassem Licht füllte. Kendric konnte den Bogen des Cygnus-Carina-Orion-Armes fern zu seiner Rechten erkennen und die

Abzweigung des Orion-Spornes sehen, wie er sich ins Nichts erstreckte. An der Basis dieser Abzweigung, so wußte Kendric, lagen Sol und Terra, die Urheimat des Menschen, die Zentren des Terranischen Overlord-Governments. Auf diese Entfernung war Sol für das bloße Auge völlig unsichtbar, und selbst mit einem Teleskop würde er nur als einer von Millionen dichtgedrängter Sterne erscheinen.

Nach innen, jenseits der kernseitigen Spalte, lag das dichtere Knäuel des Sagittarius-Armes, deutlich aus dem Kern hervorgedreht. Dort, gegenüber Sol und am äußeren Rand des Sagittarius-Armes, lag der Gälische Sternhaufen, der Juwelenhort, doch auch er war nicht zwischen den anderen Sternen zu erkennen. Kendric ertappte sich dabei, wie er statt dessen den Orion-Arm um den Kern herum bis zu seiner Linken verfolgte, wo er in der intergalaktischen Nacht verschwand. Das war ihr Ziel, die Sonnen des Commonwealth. *So fern. So weit entfernt.*

Das Zentrum des galaktischen Kerns lag direkt vor ihm. Das Spiralmuster fesselte den Blick, ließ ihn umher- und nach außen wandern. Das warme, goldene Leuchten uralter roter Sterne der Population II stand in scharfem Kontrast zum kalten Eis der blauen Spiralarme. Die VLCA schien direkt über den Gaswirbeln des Kernes zu schweben, gefroren in Licht und goldenen Nebeln. Die Sterne dort schienen in dem schwerkraftverzerrenden Kontinuum des Gebietes Corona an Corona gedrängt zu sein.

»Fähre! Dringend … hier *Gael Warrior*. Kommen Sie schon, Fähre!«

Das war Morganen persönlich. »Hier Fähre. Was ist los, *Warrior?*«

»Captain! Gott sei Dank! Wir haben Probleme!«

»Was für Probleme?« Kendric brauchte allerdings kaum zu fragen.

»Eine TOG-Kampfflotte im Anflug, und das schnell!

Wir haben sie gerade über den T-Doppler empfangen.«

»Größe?«

»Noch nicht bekannt, Sir. Aber ihr Annäherungsvektor wird ... Mein Gott ...«

»Was ist los, Lenard?«

»Sie sind gerade in den normalen Raum gegangen. Wir haben sie mit 185 km/s aufgefangen, was ihnen eine geschätzte Ankunftszeit in ungefähr zwanzig Minuten gibt.«

»Haben Sie irgendwelche Typen erkannt?«

»Nicht mit Sicherheit, Captain, aber es ist eine große Flotte. Wir haben vier große Schiffe erkannt ... Kreuzer oder Schlachtschiffe ... und möglicherweise einen Träger. Viele Zerstörer und kleines Zeugs.«

Die Pracht der Galaxis schien einiges von ihrer Schönheit zu verlieren. Die *Gael Warrior* wurde gerade sichtbar, die Silhouette eines komplexen Spielzeugs vor dem goldenen Nebel des Kernes dahinter. Die TOG-Flotte war noch nicht zu sehen, aber sie kam aus dieser Richtung und näherte sich schnell.

»So schnell Sie können, Randy,« sagte Kendric ruhig zu dem Fährenpiloten. »Wir wollen nicht hier draußen vom Regen erwischt werden.«

45

Ich will verflucht sein, wenn ich herausfinden kann, was da drüben vor sich geht. Es klingt, als ob sie ihre gesamte Flotte zusammengeworfen hätten, um sich für irgend etwas ganz Großes zu rüsten. Glauben Sie, daß das ihr großer Schlag gegen uns sein könnte?

– Privatmitteilung von Roger Delaney,
Direktor der COMINT-Kommunikationsabteilung,
an Rannic Colby, Direktor des COMINT,
Cathandra, 26. November 6830.

Die erste Welle der TOG-Jagdflieger traf just in dem Augenblick auf die Schwadron, als Kendrics Fähre zum endgültigen Landeanflug auf das Alpha-Dock der *Gael Warrior* ansetzte. Glücklicherweise wurden die Jagdflieger der *Warrior* – gemäß Kendrics Order – nicht losgeschickt, und so gelang es Hays, die Fähre durch das Flackern und Blitzen der ankommenden Strahlen und Geschosse zu steuern.

Es gab einen scharfen Knall von irgendwoher am Heck, als etwas die relativ schwachen Schutzschilde der Fähre durchschlug. Rote Lichter erschienen auf Hays' Cockpit. »Es wird ein wenig eng hier«, sagte der Pilot.

Die *Gael Warrior* schwebte vorn, als die Fähre von hinten zum Schlachtschiff aufschloß. Die Hecktüren des Alpha-Docks glitten auf und ließen die Helligkeit des Inneren in den Weltraum strahlen.

»Anfliegende Fähre, hier ist die *Gael-Warrior*-Anflugkontrolle. Halten Sie sich bereit, um Ihren Anflug mit der Flimmerschild-Freigabe abzustimmen!«

»Wir haben Ihr Signal empfangen, *Warrior*. Annäherungsgeschwindigkeit beträgt derzeit 50 Meter pro Sekunde ... wir verlangsamen ... Schild-Durchkreuzung in vier ... drei ... zwei ... jetzt!«

Die Flimmerschilde der *Warrior* senkten sich, als die Fähre in den Schatten des Schlachtkreuzers huschte und in das offene Dock glitt. Die Flimmerschilde, die von Computern kontrolliert wurden, deren Reaktionsfähigkeit weit über der von Menschen lag, waren Sekundenbruchteile später wieder aufgebaut. Die Fähre raste in das offene Dock, ihre nach vorn gerichteten Grav-Triebwerke zerbrachen die Bodenplatten der Landebucht in glühende, verdrehte Stücke Ferriplast, als Hays damit kämpfte, die letzten Meter abzubremsen.

Hinter ihnen rasten zwei TOG-*Pilum*-Jagdflieger unter dem Rumpf der *Warrior* mit einer Geschwindigkeit von zehn Kilometern pro Sekunde auf die noch immer offenen Docks zu. Eine der Unterseiten-Laserwaffen wirbelte herum, um die rasenden Maschinen zu verfolgen, fing eine in einer guten Zielposition ab und feuerte. Panzerung verkochte unter dem Steuerbordflügel der *Pilum*. Eine Flügelspitze erwischte den Flimmerschild und den Rumpf der *Warrior*. Für einen Augenblick wurde die Unterseite der *Gael Warrior* von Bruchstücken und einer Feuerkaskade erleuchtet, die dann verblaßte. Der überlebende Jagdflieger raste in die Dunkelheit davon.

Kendric rannte auf das Deck des Alpha-Docks, sobald der Druck groß genug war, um die Schleuse aufzureißen. Der brüllende Lärm des Hauptquartiers erfüllte die Luft und hallte von den metallenen Schotten und Decks wider. Er erreichte den Aufzug der Landebucht und Augenblicke später die Brücke.

»Flottencaptain auf der Brücke!« verkündete die Wache. Auf dem Hauptschirm zeigte die taktische Darstellung eine Wand von herannahenden Jagdfliegern und dahinter die farbigen Leuchtfeuer der Großkampfschiffe.

»Steuermann, bringen Sie uns herum. Geben Sie unsere Manöver an die anderen Schiffe weiter, und lassen Sie sie aufschließen! Zustand der Flotte?«

»Alle Schiffe melden Gefechtsstationen«, meldete Munro vom Kommunikationspult. »Keine schwerwiegenden Beschädigungen bis jetzt, aber schwere Verluste werden bei den angreifenden Jagdfliegern gemeldet.«

»Gut, behalten Sie sie im Auge. Rufen Sie jeden, der zurückliegt, beim Namen und sagen Sie ihm, er soll aufschließen.«

»Gut, daß Sie wieder da sind, Captain«, klang Morganens Stimme in Kendrics Ohr, als er seinen Ohrhörer einstöpselte und den Bordlautsprecher öffnete. »Alle Stationen melden Gefechtsbereitschaft.«

»Wir werden uns auf keine große Schlacht einlassen, wenn wir es irgendwie vermeiden können«, sagte Kendric. *Wir müssen nur überleben, um nach Caracalla zu gelangen!* »Steuermann, gehen Sie auf eins-sieben-null. Die höchste Beschleunigung, bei der der Rest der Flotte noch mithalten kann.«

»Steuermann, eins-sieben-null und beschleunigen, jawohl, Sir!«

»Halten Sie mich über die Geschwindigkeit auf dem laufenden. Wir versuchen einen Kurzstreckensprung, sobald es sich lohnt.«

»Sir, wir fliegen geradewegs auf die TOG-Großkampfschiffe zu!« sagte Morganen.

»Wir haben keine Wahl, Lenard. Wir können ihnen nicht wegrennen. Wir versuchen, hinter sie zu gelangen.«

Die Geschwindigkeit der Schwadron stieg langsam unter dem dröhnenden Donnern der I-K-Antriebe der einzelnen Schiffe. Kendric hatte den feindlichen Befehlshaber bei etwas ertappt, das sich als eine ernsthafte Fehlkalkulation erweisen mochte: Um den Sprung von mehr als 20 000-Lichtjahren von der galaktischen Ebene zur VLCA-R/4 in möglichst kurzer Zeit zu schaffen, mußte eine Schwadron eine beträchtliche Geschwindigkeit aufbauen. Die TOG-Schwadron hatte ihren Übergang mit mehr als 185 Kilometern pro Sekunde gemacht. Die Geschwindigkeit eines Schiffes verschwand allerdings nicht auf magische Weise, wenn es in den T-Raum eintrat. Selbst wenn für Reisen im T-Raum die augenscheinlichen physikalischen Gegebenheiten des realen Raumes nicht galten, blieben die traditionellen Regeln wie der Impulserhaltungssatz gültig. Eine Flotte, die in den T-Raum mit einer hohen Geschwindigkeit eintrat, kam mit der gleichen Geschwindigkeit wieder in den realen Raum zurück, und dieser Geschwindigkeit mußte durch die Verbrennung von Reaktionsmasse entgegengesteuert werden, um abzubremsen.

Die Gälische Schwadron hatte Stunden gebraucht, um ihre relative Geschwindigkeit zu der VLCA abzubremsen. Nun befand sich die TOG-Schwadron zu nah an einem unerwarteten Feind, ihre Geschwindigkeit war zu hoch für mehr als einen Angriffsschlag. Um das Problem zu vergrößern, beschleunigte die Gälische Schwadron entgegen der Flugbahn der TOG-Schiffe. Wenn die beiden Schwadronen frontal aufeinanderträfen, wäre die relative Geschwindigkeit zueinander die Geschwindigkeit der TOG-Schwadron *plus* die Geschwindigkeit der Gälischen Schwadron. Selbst bei computergesteuerten Schüssen würden die beiden nur Zeit für einen einzigen Schußwechsel haben.

»Diese Runde wird vom Computer ausgeführt, Lee«, sagte Kendric.

Der Feuerkontrolloffizier nickte von seiner Station unten auf der Brücke.

»Die Ziele sind angesteuert und erfaßt, Captain. Wir synchronisieren unsere Schüsse mit dem Rest der

Flotte. Zeit bis zum Feuern ... fünfundvierzig Sekunden.«

Es war schwer, sich vorzustellen, daß sie sich inmitten einer verzweifelten Schlacht befanden. Da die taktische Darstellung aktiviert war, gab es keine realistischen Bilder, die sie an einen Angriff erinnerten. Alles, was sie sahen, waren bunte Symbole, die über den Monitor krabbelten, vermischt mit computererzeugten Daten über Masse, Vektoren und Feuerkraft. Die Gälische Schwadron war als eine lange dünne Form dargestellt, mit der *Gael Warrior* und den zwei Transportern in der Vorhut. Hinter einer lose zusammenhängenden Gruppe aus drei Zerstören und zwei Korvetten lag die *Reannruadh* weit zurück.

Im Raumkampf werden sämtliche Waffensysteme innerhalb eines gewissen Rahmens vom Computer gesteuert, der die Aktionen eines Zieles innerhalb von Nanosekunden analysieren und darauf reagieren kann. Diese Geschwindigkeit ist notwendig, wenn die relative Geschwindigkeit zwischen dem Schützen und dem Ziel vielleicht in einigen zehn oder hundert Kilometern pro Sekunde berechnet wird. Der einzige Grund, überhaupt einen Menschen in diesen Kreis aufzunehmen, liegt darin, die menschliche Urteilsfähigkeit miteinzubeziehen – wie auch so unbestimmbare Dinge wie Intuition und das ›Gefühl‹, was ein Feind zu tun beabsichtigt.

In der taktischen Situation, die sich nun auf dem Bildschirm abzeichnete, wurde der Schlagabtausch ausschließlich von der Elektronik der Ziel- und Feuerleitcomputer koordiniert. Die beiden Schwadronen befanden sich auf entgegengesetztem Kurs, so daß sie die Schußweite erreichen, schießen und dann wieder außer Schußweite rasen würden – alles innerhalb von Mikrosekunden, viel zu schnell, um von einem menschlichen Hirn auch nur erfaßt werden zu können.

Kendric saß auf seinem Kommandosessel und beobachtete den taktischen Monitor. TOG-Jagdflieger fuhren fort, die Schwadron von hinten und den Seiten zu bedrängen. Die *Reannruadh* meldete einen Raketentreffer auf ihrer Steuerbord-Unterseite, aber keine Schäden an den Antriebssystemen oder Reaktoren. Einmal schwankte die *Warrior* leicht, als ein Höllensprengkopf im nahen Weltraum detonierte, nah genug, daß die Druckwelle des Feuerballs an den Schilden der *Warrior* vorbeistreifte. Die nuklearen Dämpfer und Flimmerschilde hatten die schlimmste Strahlung abgeschirmt, und es wurde kein ernster Schaden gemeldet.

Sekunden verstrichen auf dem taktischen Monitor. Die TOG-Schiffe waren nun deutlich identifiziert – ein Schlachtschiff von ungefähr der Masse und Bewaffnung der *Warrior* und drei Schwere Kreuzer, begleitet von zahlreichen Zerstörern und kleineren Schiffen: eine schwere Schlachtschiff-Schwadron. Sie wandten der *Warrior* ihre Hecks zu und benutzten ihre I-K-Antriebe, um abzubremsen, als sie Heck voran auf den VLCA-Relais-Außenposten zuschossen.

Fünf ... vier ... drei ... zwei ... eins ... Es ging ein Beben durch das Deck, und für einen Augenblick wurden die Lichter schwächer. Die TOG-Schwadron war achtern und verschwand, bereits lang außer Reichweite.

»Alle Waffen wurden programmgemäß abgefeuert«, meldete Fairfax. »Keine Schätzung des feindlichen Schadens.«

»Die Schadensmeldungen kommen herein«, fügte Morganen über den Bordlautsprecher hinzu. »Wir haben einen Treffer eingesteckt, Backbordseite vorne. Es werden Verluste gemeldet und ein Energieverlust an den Geschütztürmen 20 bis 27 ...«

Weitere Schadensmeldungen trafen ein, von den unteren Decks der *Warrior* und den anderen Schiffen der Schwadron. Alle meldeten, daß sie nur wenig durch den Schußwechsel gelitten hatten, und keines der

Schiffe hatte so ernsthaften Schaden erlitten, daß es Probleme mit der nächsten T-Raum-Durchquerung haben würde.

Eine kaltblütige Weise, einen Krieg zu führen, dachte Kendric. *Wie viele haben wir bei diesem Vorbeiflug getötet? Wir werden noch nicht einmal erfahren, was wir ihnen wirklich angetan haben …* Er lehnte sich zurück und rieb sich die Augen. Er war müde … so müde …

Fünf Stunden nach ihrem Flug mitten durch die TOG-Flotte berief Kendric eine Stabsbesprechung ein. Ihre Verfolger lagen jetzt fünf Millionen Kilometer hinter ihnen, den Kurs nun umgedreht, ihre Verfolgungsgeschwindigkeit langsam ansteigend. Kendric hatte es geschafft, ein wenig zu schlafen. Aber er erwachte zwei Stunden später und fühlte sich matt. Die angestaute Erschöpfung der letzten Tage holte ihn langsam ein.

Wie lange würde er wohl noch durchhalten? Und wie lange würden die Besatzungen der Schwadron noch durchhalten? Er saß im Lehnstuhl hinter dem Tisch im Konferenzraum und studierte die Gesichter der Brückenoffiziere, die nach und nach eintrafen. Sie sahen alle müde und völlig abgekämpft aus; Kendric fragte sich, ob es nur die Erschöpfung oder auch noch etwas anderes war.

Er fragte sich, ob es der Fluch der Gälen war, hier, weit außerhalb der galaktischen Ebene, der ihre Moral weiter aushöhlte.

Kendric eröffnete die Stabsbesprechung mit einer positiven Nachricht. Ihr Überfall auf VLCA-R/4 war ein voller Erfolg gewesen und die vorbereitete Nachricht wie geplant an das Commonwealth übermittelt worden. Der Weg sollte nun für die Annäherung an die Commonwealth-Grenzen geebnet sein, so daß sie nicht befürchten mußten, von Schiffen des Commonwealth angegriffen und zerstört zu werden, die sie für

Teile einer TOG-Invasionsstreitmacht hielten. Diese Neuigkeiten heiterten die Stimmung allerdings nicht sonderlich auf. Jedermann im Konferenzraum hatte das bereits vor Stunden gehört, und die offizielle Bestätigung führte nicht dazu, den Alpdruck schleichenden Unheils zu lockern, das sie alle zu packen schien. Die Leiter der einzelnen Abteilungen berichteten über den Zustand ihrer Systeme und ihres Personals, bis die Reihe an Commander MacCandless war. »Es sind die neuesten Computerprognosen von Ops«, sagte er. »Wir haben berechnet, daß wir genug Geschwindigkeit aufbauen können, um in den T-Raum zu flüchten, bei einer vernünftigen Reisegeschwindigkeit, lange bevor die TOG-Schwadron zu uns aufschließen kann.«

»Das ist großartig«, sagte Kendric und versuchte, etwas Gefühl in seine Worte zu legen, aber die Düsternis lastete weiterhin schwer im Raum.

»Wir haben allerdings ein echtes Problem«, fuhr er nach einem Moment des Zögerns fort. »Wir müssen davon ausgehen, daß die TOG-Flotte uns mit T-Dopplern beobachtet. Die Voraussagen zeigen, daß sie, selbst wenn wir zwei oder drei schnelle Sprünge in und aus dem T-Raum machen und jedesmal die Richtung ändern, nah genug hinter uns sein werden, um unseren endgültigen Kurs aufspüren zu können.«

»Mit anderen Worten«, sagte Morganen, »wir können sie nicht abschütteln. Sie werden in der Lage sein, uns zu verfolgen.«

»Darum geht es. Nicht nur das, auch die Kommunikationsanlagen der VLCA sind unbeschädigt. Sobald sie unseren voraussichtlichen Kurs ausgemacht haben, werden sie andere Einheiten auf unserem vorausgesagten Flugweg alarmieren. Egal, wo wir austreten, es besteht die große Gefahr, daß irgendwo in der Nähe TOG-Schiffe sind. Vielleicht nahe genug, daß sie uns auf ihren eigenen T-Dopplern aufspüren können.«

»Verdammt!« sagte jemand und legte alle Inbrunst eines aufrichtigen Gebetes in dieses eine Wort.

»Wir sind so weit gekommen«, fügte Fairfax hinzu.

Kendric rieb sich die Augen. Sein Bein schmerzte wieder und ließ ihn sich fragen, ob er vielleicht noch einmal Hutchison aufsuchen sollte. *Später. Wenn wir Zeit haben.*

»Und wir kommen noch weiter«, sagte er. Die Köpfe am Tisch wandten sich ihm zu. »Verdammt, Leute, wir sind nicht geschlagen. Noch nicht! Wir werden diese pessimistische Routine beenden, hier und jetzt!«

Morganen breitete die Hände aus. »Captain, wenn wir der TOG-Schwadron nicht entkommen können, werden sie uns früher oder später erwischen, wenn wir aus dem T-Raum müssen, weil wir zuviel Tau haben oder Reaktionsmasse brauchen. Wenn nicht vorher. Wenn es soweit ist« – er zuckte hilflos mit den Schultern – »können wir noch nicht einmal daran denken, gegen sie zu *kämpfen!*«

»Es gibt noch einen Weg, um sie abzuschütteln.«

Kirkpatrick zog skeptisch eine Augenbraue in die Höhe. »Die Steuermannschaft kann in dieser Hinsicht keine Wunder vollbringen, Captain. Ich sehe keinen Weg, wie wir schnell genug fliehen können, um außer Reichweite ihrer T-Doppler zu kommen.«

»Sie haben recht«, stimmte Kendric zu. »Wir müssen eine Möglichkeit finden, um sie im T-Raum abzuschütteln.«

Kendrics Feststellung sorgte für verdutzte Gesichter bei seinen Offizieren. Die absolute Grundlage der Navigation im T-Raum blieb, daß es unmöglich war, Kurs oder Geschwindigkeit zu verändern, zu kämpfen oder zu kommunizieren. Und wenn ihre Verfolger ihren Austrittskurs verfolgen konnten …

»Vielleicht haben wir Glück«, gab Morganen zu. »Sie kennen unsere Fluglinie, aber sie können nicht jedes Sternsystem auf unserem Weg abdecken.«

»Oh, das werden sie aber versuchen«, antwortete Kendric. »Wenn sie uns wirklich kriegen wollen, werden sie in jedem Sternensystem auf unserem projizierten Kurs eine Schwadron abstellen. Nein, wir müssen sie im T-Raum abschütteln.«

»Großer Gott ... wie?« Morganen war derjenige, der die Frage stellte, aber Kendric las die gleiche Frage auf jedem Gesicht im Raum. »Es ist unmöglich!«

»Nicht ganz.« Kendric griff hinüber zur Schreibtischkonsole und berührte einen Knopf. Die Wand hinter ihm verwandelte sich zu einem Wiederholungsschirm und zeigte dieselbe Ansicht, wie sie zur Zeit auf dem Hauptbrückenbildschirm zu sehen war.

Die Galaxis öffnete sich vor ihnen, und das Gold und Rot des Zentrums füllte den Bildschirm. Er erschien so groß und nahe, daß nur wenig von den Spiralarmen zu sehen war, außer dort, wo sie sich zu den statischen Bildern wirbelnder Strudel kondensierten, gefrorener blauer Strömungen, gekrönt von goldenen Sternnebeln und dem Schwarz und Scharlachrot und dem ganzen Sternenglanz galaktischer Nebel.

»Hier, meine Herren«, sagte Kendric. »Hier liegt unsere Chance.« Er wartete, bis Verständnis, dann Unglaube jedes der Gesichter überzog. »Wir werden flüchten, indem wir durch den Mittelpunkt der Galaxis selbst fliegen!«

46

Wir müssen diesen Leuten helfen. Mehr als Sie sich vielleicht vorstellen können, hängt davon ab, daß sie es zu uns schaffen! Sie dem Verderben zu überlassen, das sich ihnen nähert, wäre hoffnungslos kurzsichtig ... und wir würden dann das gleiche Schicksal verdienen, das wir ihnen zumessen!

Wir brauchen, was sie haben! Wir brauchen ihre Schiffe! Wir brauchen sie!

– Aus einem Bericht von Rannic Colby,
Direktor des COMINT,
an die Parlamentarische Versammlung,
Cathandra, 15. Dezember 6830.

Als Rannic Colby aus dem Aufzug trat und auf dem polierten Boden im Kommunikationszentrum des Nachrichtendienstes COMINT dahinschritt, fast 300 Meter unter der Oberfläche Cathandras verborgen, hatte er es nicht eilig. Er passierte zahlreiche Büros und Bürotrakte und lächelte und nickte denen zu, die er kannte. Zweimal mußte er an robotisierten Sicherheits-Kontrollpunkten anhalten, um seine ID-Karte in ein Lesegerät einzuführen und sich einer Netzhautüberprüfung zu unterziehen, die bestätigte, daß er der war, zu dem die Karte gehörte.

Die Zentrale Kommunikation war ein Nervenzentrum für den Informationsfluß im ganzen Commonwealth sowie von und zu zahlreichen Orten überall im TOG-Imperium. Hier wurden die Informationen von Colbys verschiedenen Quellen empfangen und ausgewertet, hier war zuerst die Nachricht von Clarity eingegangen, daß eine TOG-Schlachtschiffschwadron aktiv rebellierte.

»Guten Morgen, Direktor«, sagte ein uniformiertes Mitglied des Stabes. »Wir haben den Kanal geöffnet, den Sie wünschten. Sie können Kabine 1 benutzen.«

Er nickte. Immer noch ohne Hast, schlenderte er durch das geschäftige Treiben der Zentrale zu einem Korridor, der an der Wand gegenüber begann, und gelangte in einen anderen großen, schwachbeleuchteten Raum, wo er die Tür zu Kabine 1 fand. Die kleine, kahle Kammer erinnerte Colby an eine Gruft. Sie besaß jedoch einen komfortablen Stuhl, und an einer Wand flimmerte ein Bildschirm, der ein kühles, veränderliches Muster aus abstrakten Farben und Formen zeigte. Er setzte sich und drückte einen Knopf auf der Schalttafel, die in die Armlehne eingelassen war.

Das Gesicht einer jungen Frau erschien auf dem Bildschirm, übergroß durch die vielfache Vergrößerung des großen Bildschirmes. Sie trug die Flottenuniform des Commonwealth mit den Rangabzeichen eines Lieutenant Commanders. »Guten Morgen, Direktor«, sagte sie. »Wir haben Ihren Kanal.«

»Sicherheitsklassifizierung null-null-null«, rezitierte Ran. »Streng geheim. Kodieren und verzerren.«

Sie nickte und überprüfte Anzeigen außerhalb von Colbys Blickfeld. »Kodiert und verzerrt, Sir.« Ihr Gesicht zerfiel in farbige Fragmente.

Obwohl es tief unter Cathandras Oberfläche begraben war, stellte das Kommunikationszentrum von COMINT nur das abschließende Glied in der einer Kette von Relaisstationen dar, die über den Planeten und in den Weltraum verlief. Eine Commonwealth-VLCA im Orbit um Cathandra war auf eine ähnliche Station in beinahe 30 000 Lichtjahren Entfernung ausgerichtet, weit jenseits der Grenzen des Commonwealth.

Colby hoffte, daß die Codes und elektronischen

Schutzmechanismen, die die Übertragungen zwischen den zwei Stationen schützten, wirklich so sicher waren, wie sie sein sollten. Bei der Geheimdienstarbeit durften solche Dinge nie als gegeben hingenommen werden. Dennoch kam immer ein Punkt, an dem eine überflüssige Sicherheitsmaßnahme nach der anderen mehr ein Hindernis als eine Hilfe darstellten. Es gab Zeiten, in denen man Risiken eingehen mußte.

Das formlose Flimmern auf dem Bildschirm verschmolz und nahm allmählich Form an. Alligatorenkiefer teilten sich und enthüllten rasiermesserscharfe Zähne. Pupillenlose rote Augen leuchteten, leer und gefühllos, unter schweren, schuppengepanzerten Augenbrauen hervor. Rückenstacheln richteten sich als Anerkennung und Gruß auf.

»Ich grüße den Sammler der Freude«, sprach Colby formell. Obwohl es Sprachübersetzer auf dem Schaltkreis gab, benutzte er die raspelnden, hustenden und bellenden Geräusche, die er gelernt hatte. Sein Akzent war vielleicht entsetzlich, seine Verwendung der Grammatik primitiv, aber Colby hatte vor langer Zeit gelernt, daß Leute – ganz gleich, welcher Gestalt – es schätzten, wenn ein Fremder versuchte, ihre eigene Sprache zu benutzen. »Mögen Sie nicht in Frieden sterben, g'Ganik. Mögen Ihre Nachfahren den Krieg genießen.«

War da ein Gefühl auf dem Gesicht des Aliens erschienen? Es war nicht zu erkennen. »Ich danke Ihnen, Col-by, Meister-der-Feindlichen-Gedanken.« Das Geschöpf sprach passables Standard, ebenfalls, wie Colby feststellte, ohne einen Übersetzer zu benutzen. »Wie kann Hilfe gewährt werden?«

Colby schwenkte selber auf Standard um. Seine paar auswendig gelernten KessRith-Phrasen konnten ihm nicht mehr weiterhelfen. »Ich muß eine Botschaft – eine wirklich lebenswichtige Botschaft an Flottencommander Davidian übermitteln.«

Die Nickhäute schlossen sich über den ausdruckslosen Augen des KessRith, von innen nach außen, und öffneten sich dann wieder. Die hinter seinem Kopf sichtbaren Stacheln zitterten in einem unidentifizierbaren Gefühl. »Wer dieser Da-vi-di-an ist? Ist Mensch … nicht?«

»Ist Mensch, ja. Er ist der Befehlshaber einer Einsatzgruppe der Rebellenlegion irgendwo in der Nähe von k'Chai.«

»K'Chai innerhalb der KessRith-Territorien liegt. Was die Menschen-Streitmacht tut dort?«

Colby seufzte. »Der Kanal ist sicher, g'Ganik. Oder so sicher wie möglich.«

Es bestand eine Kooperation zwischen dem Commonwealth und den KessRith, aber aus politischen Erwägungen wurde diese Zusammenarbeit geheim- und auf provisorischer Ebene gehalten. Neuere Übereinkünfte zwischen den beiden Mächten erlaubten, daß Einheiten des Commonwealth und der Rebellenlegion im KessRith-Weltraum operierten, solange sie das nicht offen taten. Die trügerische Vorstellung, daß das TOG zwei verschiedene Kriege gegen zwei verschiedene Feinde führte, sollte solange wie möglich aufrechterhalten werden. Offiziell war es unvorstellbar, daß eine menschliche Flotteneinheit im Territorium der KessRith agierte. Und doch …

»G'Ganik«, fuhr Colby fort. »Wir haben ein Problem. Eine imperiale Schlachtschiffgruppe ist abtrünnig geworden und auf dem Weg zu uns. Sie haben angeboten, uns an einem bestimmten Ort zu treffen. Wenn das mißlingt, wollen sie uns bei Yanulf treffen.«

»Yanulf … gefallen ist.« *Und wie, zum Teufel, hatte g'Ganik das erfahren?* Die Information war im Commonwealth nicht außerhalb bestimmter Sicherheitsstufen im Geheimdienst- und Raumflottenstab veröffentlicht worden. Die KessRith waren nicht für ihre Subtilität bekannt, aber die Fähigkeiten ihres Nachrichtendienstes hatten Colby schon früher überrascht. G'Ganik war nicht so zartfühlend, als er Colby an diese Tatsache erinnerte.

»Korrekt. Wir müssen uns mit ihnen am ersten Treffpunkt treffen, oder sie werden in eine Falle laufen. Aber das Verteidigungsministerium befürchtet, daß uns das TOG eine Falle stellt. Es will keine Expeditionsstreitmacht für einen Vorstoß in den TOG-Raum riskieren.

Flottencommander Davidian könnte jedoch den Treffpunkt erreichen. Er operiert im Moment auf eigene Faust und könnte ... äh ... selber die Initiative ergreifen. Zur Zeit haben wir jedoch keine Vorstellung, wo er ist, außer daß er prinzipiell im Gebiet von k'Chai operiert.«

»Wo dieser Treff-punkt ist?«

Colby zögerte. Dem KessRith das mitzuteilen überstieg seine Befugnisse bei weitem, sogar als Direktor des COMINT. Und trotzdem, er hatte seine Befugnisse bereits deutlich überschritten, als er überhaupt diesen Vorschlag gemacht hatte. Anscheinend ging es nun um alles oder nichts.

»Der Caracalla-Sternhaufen. Ein Sternensystem namens Vathlin.«

»Kennen es, tun wir. Wann?«

»Irgendwann zwischen jetzt und ...« Colby konsultierte eine Anzeige auf der Armlehne seines Stuhles. »Einhundertsiebzig Standardstunden ab jetzt. Sie können bereits dort sein, nach allem, was wir wissen. Deshalb dürfen wir keine Zeit damit verschwenden, Davidian über die normalen Kanäle zu erreichen.«

Die klaffenden Kiefer mit den Messerzähnen öffneten und schlossen sich dann mit Entschiedenheit. »Und Bezahlung ist ...?«

»Bezahlung?«

»Rebellen-Schwadron wichtig für Sie ist. Warum? Menschen an Bord? Oder Daten in Com-pu-tern?«

Alles oder nichts? Colby erkannte mit bitterer Gewißheit, daß das geringste, was er zu befürchten hatte, wenn dieser Handel schiefging, der Verlust seines Postens als Direktor des COMINT war. Im schlimmsten Fall würde er erschossen werden. Inoffizielle Verhandlungen und Abmachungen mit einer Alien-Militärmacht wurden in offiziellen Kreisen kritisch beäugt, und was er nun tat, konnte als Verrat betrachtet werden.

»Ja, g'Ganik. Wir wollen die Leute. Aber wir wollen auch ihre Schiffe intakt übernehmen. Ihre Borddatenbanken könnten Informationen enthalten, die wir brauchen.«

Auf imperialen Schiffen war es Standard, daß die Computerabteilung alle Daten in den Rechnern löschte, wenn das Schiff so sehr beschädigt wurde, daß die Kaperung unvermeidlich schien. Tatsächlich löschte sich das Bordcomputersystem sogar automatisch, wenn das von der Brücke oder von einem der zahlreichen Terminals überall auf dem Schiff befohlen wurde. Solche Vorkehrungen wurden getroffen, weil unmöglich zu sagen war, welche noch so harmlosen Daten sich als das fehlende Stück in einem gigantischen Puzzle erweisen mochten, das von einem feindlichen Nachrichtendienstes zusammengesetzt wurde. Das Commonwealth hatte ebenfalls solche Vorkehrungen an Bord seiner Schiffe, wie auch ohne Zweifel die KessRith. Die Chance, die Datenbanken einer ganzen TOG-Schwadron auswerten zu können, war zu gut, um sie verstreichen zu lassen. Unglücklicherweise schien der Verteidigungsminister nicht zuzustimmen!

»Sie ... bereit sind, die Daten zu teilen?«

Alles oder nichts! »Ja, g'Ganik. Wir werden etwas ausarbeiten. Vielleicht werden wir einige Ihrer Mitarbeiter an der Untersuchung beteiligen.« *Da! Es kann nicht schaden, ihn daran zu erinnern, daß wir von den Spionen wissen, die er in den KessRith-Enklaven im Commonwealth hat!*

»Ich verspreche nichts. Da-vi-di-an im T-Raum ist. Aber über-mitt-le ich zu ihm Ihre Nachricht, Col-by.«

Colby antwortete mit einem rauhen Bellen, das hieß: »Ich danke dem Sammler der Freude.«

Der Bildschirm wurde schwarz. *Zumindest hoffe ich, daß es das heißt. Es wäre nicht gut, den Kerl jetzt zu beleidigen!*

»Es könnte genauso gut sein, daß sie die Nachricht nicht rechtzeitig bekommen haben.« Morganen starrte auf den Bildschirm, wo der Ausblick von den dichtgedrängten Sonnen Caracallas beherrscht wurde. Sogar, wenn die Kameraansicht im Maßstab 100 : 1 verkleinert war, füllte der Sternhaufen die Bildschirme von Rand zu Rand und tauchte die Brücke in frostiges Licht.

Kendric schüttelte den Kopf. Sie waren zusammen auf der Brücke, schauten über den unter ihnen liegenden Versammlungsraum und die stille Betriebsamkeit, die dort herrschte, hinweg.

»Ich weiß es nicht. Aber ich war sicher, daß hier irgend etwas auf uns warten würde … eine Korvette … irgend etwas, um zu überprüfen, daß wir diejenigen sind, als die wir uns ausgegeben haben. Ops … Moment mal.«

Kendric griff hinauf, um seinen Ohrhörer fester zu drücken, und lauschte. »Captain! Hier Ops!«

Er kehrte zum Kommandosessel zurück und betätigte den Schalter der Bordsprechanlage. »O. K., Kelly.«

»Etwas nähert sich, Captain. Etwas Großes. Wir haben es auf dem T-Doppler erfaßt, etwa einen Lichtmonat entfernt.«

Kendric schaute zu seinem Ersten Offizier. »Etwas nähert sich, Lenard. Vielleicht sind sie es.« Er öffnete wieder den internen Kanal. »Taktische Darstellung auf den Bildschirm, Kelly. Wir wollen sie uns anschauen.«

»Zu Befehl, Sir.«

Die dichtgedrängten Sonnen Caracallas verschwanden und wurden von computererzeugten Bildern ersetzt. Der Saum der Sternhaufens erschien als Masse aus Lichtpunkten, die in wilder Konfusion am Rand des Bildschirmes angeordnet waren. Ein roter Lichtpunkt näherte sich der Position des Schlachtschiffes in der Mitte des Monitors.

»Ops, verfolgen Sie ihren Kurs zurück und legen Sie ihn auf den Bildschirm bitte.«

»Kommt sofort, Captain.« Eine Linie erschien auf dem Bildschirm, zusammen mit Angaben über den Kurs, den Winkel, die Richtung und die Geschwindigkeit.

»O nein, mein Gott ...«, sagte Morganen.

»Keine Flotte des Commonwealth würde aus dieser Richtung kommen«, stimmte Kendric zu.

»Sie folgen dem gleichen Kurs, der uns hierhergebracht hat, Captain. Sie folgen uns!«

»Sieht so aus.«

»Was jetzt? Springen wir nach Yanulf?«

Kendric überlegte. »Nein. Noch nicht. Sie fliegen langsam genug, daß wir die Möglichkeit haben, in Deckung zu springen und zu beobachten, was sie tun. Steuermann!«

»Steuermann, zu Befehl!«

»Richten Sie uns nach Null-drei-null aus und beschleunigen Sie. Übertragen Sie das an die Schwadron. Maschinenraum!«

»Zu Befehl, Sir!«

»Bereithalten für den Übergang. Wir machen einen kurzen Sprung!«

»Wohin, Sir?« fragte Morganen.

»In den Sternhaufen, Lenard. Wir haben in der letzten Zeit hinreichend Übung erworben, Sternen auszuweichen. Und ich zweifle daran, daß sie das von uns erwarten!«

»Verdammt, Lenard. Wo, zum Teufel, sind sie?« Kendric ging auf dem Deck auf und ab, die Hände auf dem Rücken. Morganen beobachtete ungerührt den Brückenbildschirm, die Arme vor der Brust verschränkt.

Die Schwadron befand sich noch immer im äußeren Bereich des Caracalla-Kugelsternhaufens, und der Himmel schien so mit Sternen vollgestopft zu sein, daß es schwer war, dahinter den Himmel zu sehen. Auf jeder Welt hier war die Nacht beinahe so hell wie der Tag, mit einigen hundert, vielleicht tausend Sternen am Nachthimmel, die in einer Größenordnung von –1 oder heller leuchteten.

Kendric und die Brückenmannschaft der *Gael Warrior* wußten den Anblick nur wenig zu schätzen. Sie saßen hier fest, umgeben von Sonnen, unfähig, sich zu bewegen oder auch nur Entscheidungen zu fällen, ehe die *Gaidheal* zur Flotte zurückgekehrt war. Ihr Fünfzig-Lichtjahre-Sprung in den Sternhaufen hatte beinahe zehn Stunden gedauert. In dieser Zeit hätte die herannahende Imperiale Flotte das Vathlin-System erreichen und den T-Raum verlassen haben können. Das hieß, sofern ihr Ziel Vathlin gewesen war, was wahrscheinlich schien.

Fünfzig Lichtjahre lagen natürlich weit außerhalb der Reichweite der T-Doppler, und es gab absolut keine Methode, mit der die Schwadron Ereignisse bei Vathlin beobachten konnte. Ops konnte jedoch den Austrittszeitpunkt der TOG-Flotte vorhersagen, wenn man die T-Raum-Geschwindigkeit, die sie zuvor gemessen hatten, als Grundlage nahm.

Als sie erst einmal sicher im Sternhaufen waren, hatte Kendric Captain Neal befohlen, die *Gaidheal* wieder nach Vathlin zu führen.

Es war ein gefährlicher Auftrag für den Zerstörer. Ein Berechnungsfehler, und Neal und seine Leute konnten direkt inmitten der dortigen Imperialen Flotte landen. Die Aufgabe der *Gaidheal* war es, am äußersten Rand des Vathlin-Systems aus dem T-Raum zu springen und zu beobachten und zu lauschen. Das Schiff würde weitere zehn Stunden benötigen, um nach Vathlin zurückzukehren, und bis dahin könnte die Imperiale Flotte entschieden haben, daß dort nichts zu finden war, und weitergeflogen sein.

Falls die TOG-Schiffe noch bei Vathlin waren, würden sie vermutlich den Anflug der *Gaidheal* mit ihren eigenen T-Dopplern entdecken, aber sie würden nicht wissen können, wo der Zerstörer den T-Raum verließ. Neal konnte am Rand des Systems aus dem T-Raum austreten und soviel wie möglich aufzeichnen und analysieren. Die Radar-, Licht-, Funk- und Infrarotaufzeichnungen, die er sammelte, würden natürlich Stunden alt sein, je nachdem, wie weit entfernt von den TOG-Kräften er auftauchte. Die Informationen würden aber zumindest Aufschluß darüber geben, ob sich die TOG-Flotte für einen längeren Aufenthalt bereitzumachen schien, ob sie zum Abflug beschleunigte oder ob sie bereits fort war.

So schnell wie möglich würde die *Gaidheal* umkehren, beschleunigen und ein weiteres Mal springen. Der Plan forderte von ihr, einen zweiteiligen Sprung zum Treffpunkt zu machen, damit die TOG-Kräfte die Position der wartenden Gälischen Flotte nicht bestimmen konnten, selbst wenn sie den Zerstörer bemerken sollten. Einschließlich der Zeit, die sie zum Manövrieren bei Vathlin, zum Aufzeichnen der notwendigen Scannerdaten und für zwei T-Raum-Sprünge zurück zur Flotte brauchen würde, sollte die *Gaidheal* eigentlich sechsundfünfzig Stunden nach ihrem Aufbruch mit ihrem Bericht zurückkehren.

Sie war inzwischen beinahe drei Stunden überfällig.

»Wir könnten ein zweites Schiff schicken, Sir«, sagte Morganen. Seine Augen verrieten seinen Schmerz, und Kendric erinnerte sich, daß die *Gaidheal* einst Morganens Schiff gewesen war. Er hatte Neal und die anderen als Schiffskameraden gekannt.

»Nein, Lenard. Noch einmal sechzig Stunden warten?« Und vielleicht noch ein Schiff verlieren? Wir haben jetzt nur noch fünf, die Transporter nicht gezählt ... die Hälfte der Anzahl, mit der wir angefangen haben! »Nein. Wir werden weiter warten ... noch zehn Stunden. Wenn wir nach dieser Zeit immer noch nichts gehört haben, springen wir nach Yanulf.«

Morganen nickte, die Augen auf den Bildschirm gerichtet.

Auf jeden Fall ist es nicht gut für die Moral der Besatzung, hier herumzuhängen. Oder für meine. Ich brauche Ruhe.

»Ich gehe in mein Quartier, Len. Rufen Sie mich, wenn etwas geschieht.«

»Natürlich, Captain.«

»Neal ist ein guter Mann. Er wird es schaffen, wenn es menschenmöglich ist.«

»Ich weiß.«

Obwohl Kendric zwölf Stunden lang unablässig auf der Brücke gewesen war, freute er sich, T. C. wartend in seinem Quartier vorzufinden. Später zog sie ihn an sich und sagte sanft: »Ken, du mußt loslassen. Du hast alles getan, was du konntest.«

Er atmete ihren Duft ein und zog sie noch näher. »Meine Verantwortung ...«, murmelte er. »Ich habe unsere halbe Flotte verloren ... und wofür? So viele Leute ...«

»Verlier nicht die Perspektive, Ken. Was hast du verloren? Zwei Korvetten, eine Fregatte und einen Zerstörer.«

»Ich habe 400 Männer verloren.«

»Von mehr als 2000. Und du hast die Transporter gerettet und die Tausende von Menschen darauf. Wir alle, wir alle schulden dir ihr Leben … und ihre Freiheit.«

»Wenn wir es schaffen.«

»Ken! Du darfst jetzt nicht aufgeben! Wir sind beinahe da! Ein kurzer Sprung nach Yanulf, und wir sind frei und daheim, selbst wenn wir hier keinen Kontakt zum Commonwealth herstellen!«

Er seufzte, ließ sie los und rollte sich auf den Rücken, um an die Decke zu starren. »Ich weiß. Das ist es, was mich gepackt hatte, der Eindruck, daß ich die *Gaidheal* nicht hätte dorthin zurückschicken sollen. Wir hätten direkt nach Yanulf verlegen sollen.«

»Schön. Dann hast du also vielleicht eine falsche Entscheidung getroffen. Niemand erwartet von dir, daß du perfekt bist.« Als er seinen Kopf wandte, um sie anzuschauen, fügte T. C. hinzu: »Wir erwarten einfach, daß du uns führst.«

Er griff nach ihr und zog sie wieder an sich. Ihre Umarmung wurde vom Geräusch der Bordsprechanlage über dem Bett unterbrochen. »Captain zur Brücke!« sagte Munros Stimme. »Captain zur Brücke!«

Er streckte die Hand aus und berührte einen Schalter. »Hier Fraser. Was ist los?«

»*Gaidheal*, Captain. Sie kommt zurück. Wir haben sie auf dem T-Doppler entdeckt und die Sichtung wurde bestätigt, als sie aus dem T-Raum trat. Wir hatten gerade unsere erste Übertragung von dort. Und sie hat Neuigkeiten!«

Kendric und Morganen studierten die taktische Darstellung, basierend auf Scannerbildern, die von der *Gaidheal* aufgenommen worden waren. Sie zeigten das Vathlin-System, wie es aus der Perspektive der *Gaidheal* vom Rand des Systems zu sehen war, etwa acht Lichtstunden vom Planeten entfernt.

Captain Neals Stimme erklang aus den Brückenlautsprechern, als er die übermittelten Bilder erläuterte. »Alles, was wir aufgenommen haben, war natürlich bereits acht Stunden alt. Aber wie Sie sehen können, ist die TOG-Flotte dort, und sie sind in voller Stärke dort.«

Computererzeugte Symbole glitten über die Darstellung. Massen- und Beschleunigungsschätzungen erlaubten es dem Rechner, die Schiffstypen abzuschätzen. Zwölf Großkampfschiffe waren deutlich in der Umlaufbahn des Planeten sichtbar. Drei waren zweifellos Schlachtschiffe. Zwei weitere konnten Trägerschiffe sein oder aber sehr große Schlachtschiffe der *Regnum*-Klasse. Sieben mußten Kreuzer sein, von einem Paar schwerer *Mars*-Klassen-Schiffe bis zu einem, der zur selben Klasse wie die *Reannruadh* gehören mochte.

Es gab zumindest dreißig andere Symbole, die Zerstörer, Fregatten und Korvetten anzeigten. Schwerfällige, langsame Vehikel, die Tanker sein konnten, waren im Orbit über einem äußeren Gasriesen geparkt und wurden von fünf Zerstörern und einer kleinen Wolke Jagdflieger bewacht.

»Wir können da nicht hineinspringen«, sagte Morganen ruhig.

»Da ist noch mehr, Sir«, fuhr Neal fort. »Sie müssen mich natürlich auf ihren T-Dopplern gesehen haben, aber sie wußten nicht, wo ich herauskommen würde. Ich war etwa drei Lichtstunden von ihrer nächsten Schiffsansammlung – bei dem Gasriesen – entfernt aufgetaucht und schätzte, daß ich zumindest so lange Zeit haben würde, bis sie mich entdeckten und jemand schickten, um mich fortzujagen.

Aber es schien mir, als ob die ganze Flotte daran arbeitete, Verteidigungspositionen einzunehmen. Die Großkämpfer waren im Orbit über Vathlin. Ihre Patrouillenschiffe bildeten gerade eine riesige Verteidigungsperipherie, aber sie konzentrierten sich hier drüben.« Ein Gebiet auf der Karte leuchte rot auf. »Das lag deutlich gegenüber im Sternsystem, noch hinter der Sonne. Offensichtlich erwarteten sie, daß jemand aus dieser Richtung kommen würde.

Wir haben zum Scannen auch T-Doppler benutzt und folgendes aufgefangen.« Ein eingerückter Bildschirm zeigte die klumpigen, sich bewegenden Farbbilder einer T-Doppler-Aufzeichnung.

»Eine anfliegende Flotte«, sagte Kendric. »Eine große.«

»Jawohl. Für einen Moment dachte ich, das könnte unser Empfangskomitee aus dem Commonwealth sein, aber sie kommen aus der falschen Richtung.«

»Nicht unbedingt«, sagte Morganen. »Das könnte die Folge eines mehrfachen Sprunges sein, um Verfolger des TOG abzuschütteln.«

»Ja, aber diese Richtung liegt auch genau auf einer geraden Linie von den Territorien der KessRith her – weitere 5000 Lichtjahre in die Richtung!«

»KessRith!« sagte Kendric. »Was haben die damit zu tun?«

»Keine Ahnung, Captain«, sagte Neal. »Aber ich dachte, Sie würden das wissen wollen. Deshalb dehnte ich meinen Aufenthalt dort aus, um zu beobachten, was geschah.«

»Gut gemacht, Captain Neal«, sagte Kendric. »Vielen Dank!«

Er wandte sich Morganen zu. »Nun, Nummer eins? Empfehlungen?«

Morganen starrte auf den Bildschirm. »Hauen wir ab, Captain. Fliehen wir nach Yanulf.«

»Ich bin mir nicht sicher.«

»Sir … unsere Leute sind geschlagen. Sie und unsere Schiffe sind in den letzten Wochen wie durch den Fleischwolf gedreht worden!« Er zeigte mit dem Finger auf die taktische Darstellung. »Wir können da nicht hineinspringen!«

Kendric strich sich über das Kinn, während er auf die Darstellung starrte. Dann dreht er sich zu Morganen um. »Len, betrachten Sie es mal anders. Wenn das die Flotte des Commonwealth ist, die wir treffen wollen, springen sie blind ins Vathlin-System. Was machen sie, wenn sie eine TOG-Schlachtflotte vorfinden, die auf sie wartet?«

»Oh. Sie werden annehmen, daß man sie hereingelegt hat.«

»Richtig. Entweder sie springen direkt hinein und finden sich mitten in einem Kampf ums Überleben wieder, oder sie machen das, was wir getan haben – sie suchen sich einen Warteplatz und schicken Späher. Die Späher werden von den TOG-Patrouillenbooten abgefangen, und die Hauptflotte springt mit allem, was sie hat, ins Aufmarschgebiet des Commonwealth.«

»Nun, ich kann verstehen, warum wir nicht wollen, daß sich das Commonwealth von uns hereingelegt fühlt. Aber was tun wir, wenn sie nicht aus dem Commonwealth, sondern KessRith sind?«

»Wo ist da der Unterschied? Bislang haben das Commonwealth und die KessRith jeder für sich seinen eigenen, separaten kleinen Krieg geführt. Würde es nicht mehr Sinn ergeben, wenn die KessRith und das Commonwealth zusammen gegen das TOG kämpften? Vielleicht können wir helfen und die Bühne für eine KessRith-Commonwealth-Allianz bereitmachen!«

Morganen schüttelte den Kopf. »Oh ... Sie sind mir weit voraus, Captain. Ich hatte nicht vor, den Verlauf des Krieges zu beeinflussen. Ich wollte uns einfach nur in Sicherheit bringen.«

»Das wollen wir alle. Aber ich glaube, wir sollten besser zurückgehen und helfen. Wer immer die Neuankömmlinge sind, wir dürfen sie nicht in eine Falle des TOG rasseln lassen!«

»Captain ... die Frauen und Kinder! Die Familien! wir dürfen nicht riskieren ...«

»Passen Sie auf: Wir lassen die Transporter hier zurück, mit der *Teachdair* als Eskorte. Sie erhalten den Befehl, fünfzig Stunden zu warten. Wenn wir nach dieser Zeit nicht zurück sind, springen sie nach Yanulf, wie wir ursprünglich geplant hatten.

Lenard, wir müssen diesen Leuten helfen! Wenn nicht, könnte sich eine größere Katastrophe für das Commonwealth entwickeln ... eine Katastrophe, für die wir verantwortlich wären!« Kendric richtete sich auf. »Ein Imperialer TOG-Raumflottencommander würde Ihnen zustimmen, Len. Aber nun ist es an der Zeit, daß wir aufhören, uns wie TOG-Offiziere zu benehmen, und anfangen, wie Menschen zu handeln!«

»Ich weiß nicht, Sir.«

»Aber ich. Soll ich den Befehl geben ... oder werden Sie das tun?«

Morganen schaute Kendric lange Zeit an. »Flottencaptain Kendric Fraser ... Sie sind wahnsinnig, Sir.« Er zögerte und fügte dann hinzu: »Sie haben außerdem recht. Verrückt ... aber Sie haben recht. Ich werde die Befehle erteilen.«

47

Es ist Caracalla! Es ist Caracalla! Alle Einheiten treffen sich bei Caracalla, im Vathlin-System!

– Overlord Magnan Domitius Gracchi, Schlachtschiff Caesar Regnum, an andere Flotteneinheiten in Gebiet. VLCA-Übertragung, die von einer COMINT-Kommunikationssonde abgefangen wurde, Tiefer Weltraum, nahe dem Caracalla-Sternhaufen, 25. Dezember 6830.

Für Flottencommander Davidian war offensichtlich, was geschehen war. Irgendwie hatten der Interne Sicherheitsdienst und der Militärgeheimdienst des TOG COMINT wieder einmal hereingelegt. Die Flotte, die bei Vathlin wartete, war keine abtrünnige Schwadron, die überlaufen wollte. Die Einsatzgruppe der Rebellenlegion hatte sich am Rande des Systems materialisiert und dort wartende Patrouillenschiffe und kleine Vehikel vorgefunden, die in einem Verteidigungsgebiet postiert waren, das sich halbwegs um den Stern erstreckte. Seine Scanner hatten bereits den verräterischen Lichtpunkt eines TOG-VL-Schiffes im Orbit um Vathlin entdeckt, das von einem Schlachtschiff der *Regnum*-Klasse bewacht wurde.

Er konnte die Berührung mit den Patrouillenschiffen abbrechen, die die Peripherie des Systems bewachten, und fliehen. Dabei würde er Verluste erleiden, aber den Großteil seiner Flotte retten. Oder er konnte direkt vorwärtsstürmen und den neuen Feind angreifen. Die TOG-Flotte übertraf die seine an Anzahl, Masse und Feuerkraft beträchtlich, doch sie war über das ganze

System, verteilt, um jeden Anflugweg abdecken zu können. Falls er schnell genug zuschlagen konnte, würde er die TOG-Flotte verheeren und genügend beschädigen, daß sich die Flotte der Rebellenlegion siegreich zurückziehen konnte.

Seine Kontakte bei den KessRith hatten ihm von dem Verlust Yanulfs berichtet. Obwohl die Nachricht der Öffentlichkeit des Commonwealth vorenthalten worden war, würde sie nicht lange geheim bleiben. Der moralische Wert eines Sieges tief im TOG-Raum, würde die Neuigkeit über die Katastrophe bei Yanulf vielleicht ausgleichen und mochte sogar die Verluste wert sein, die seine Einsatzgruppe bei dem Angriff erleiden würde.

Die vernünftigste Alternative war, sich zurückzuziehen, solange seine Schiffe noch genügend Treibstoff hatten, um den Kurs zu ändern, zu beschleunigen und die T-Raum-Durchquerung zurück in den Commonwealth-Raum zu unternehmen. Davidian war jedoch ein Anhänger der offensiven Kriegsführung. Das Commonwealth und die mit ihm verbündete Rebellenlegion wurden zu sehr bedrängt und waren zahlenmäßig viel zu unterlegen, um in einem ausschließlichen Defensivkrieg gewinnen zu können.

Es gab eine populäre Redensart, eine Art Slogan, die in den Einheiten der Rebellenlegion umherging: *Kein Mumm – keine Galaxis*. Simpel bis zur Idiotie, und doch beinhaltete diese Redensart den Geist des Erfolgswillens, der Angriffsbereitschaft, des Wagemutes und des Siegesgedankens – um damit sogar das TOG in die Knie zu zwingen. Ein anderes, viel, viel älteres Sprichwort drückte es gut aus: *Wer nicht wagt, der nicht gewinnt.*

Er würde das Risiko auf sich nehmen und angreifen.

An Bord des Imperialen TOG-Flaggschiffs *Caesar Regnum* gab Overlord Magnan Domitius Gracchi seine letzten Befehle an Admiral Octavianus. Die Gälische Schwadron war nicht hier, wie seine Nachrichtenquellen gemeldet hatten. Es war möglich, daß sie noch nicht eingetroffen waren, oder aber sie waren bereits angekommen und weitergeflogen. Es war egal. Die Flotte bei Yanulf war alarmiert worden. Wenn die Gälische Schwadron schon dorthin unterwegs war, würde die Angelegenheit eben dort endgültig beigelegt werden.

Gracchi glaubte nicht, daß die Provinzler bereits dagewesen waren. Das Auftauchen dieser neuen Flotte – anhand der roten ›R‹-Graffitisymbole auf ihren Seiten und Radiatorflossen als Mitglieder der Rebellenlegion zu erkennen – deutete darauf hin, daß das geplante Treffen noch nicht stattgefunden hatte. Gewiß hatten die Schiffe der Rebellenlegion nicht erwartet, das TOG auf der Lauer vorzufinden. Vermutlich waren die Gälen noch unterwegs.

Perfekt! Die TOG-Flotte würde die Rebellenflotte vernichten und immer noch bereit sein, wenn die Gälen eintrafen. »Wir werden sie hier festhalten, Admiral«, sagte er. »Setzen Sie Ihre Hauptflotte ein, aber halten Sie die *Caesar Regnum* in Reserve, um sich um die Provinzler zu kümmern, wenn sie ankommen!«

Admiral Octavianus salutierte. *»Ave, Supradomine! Ad tuum imperatum! Ad gloriam Caesaris Juliani!«*

Die Sekunden tickten vorbei, als sich die Schatten der Sonnen des Sternhaufens ausdünnten.

»Wir kalkulieren diesmal sehr knapp«, sagte Kendric über seine Sprechanlage zu Kirkpatrick. »Irgendwelche Probleme?«

»Es ist nicht möglich, daß unser Austritt exakt festgelegt werden kann, Captain. Die Parameter sind zu unscharf. Aber wir sollten direkt in der Mitte landen können, wenn es das ist, was Sie wollen …«

»Das ist es, was ich will. In diesem Moment ist Überraschung der einzige Vorteil, den wir haben.«

»Wenn überhaupt jemand dort ist.«

Es war ein verzwicktes Problem. Zu dem Zeitpunkt, an dem sie den T-Raum verließen, würden alle Beobachtungen der Gaidheal zwei Tage alt sein. Die Gälische Schwadron könnte in eine systemweite Schlacht geraten, auf eine TOG-Flotte stoßen oder einfach gar nichts antreffen …

Jeder, der sie erwartete, würde den Anflug mit dem T-Doppler wahrnehmen, allerdings gab es keine Methode, um ihren exakten Austrittsort präzise vorherzusagen. Es war die Unfähigkeit des T-Dopplers, genaue Voraussagen über den Austrittspunkt einer Flotte zu treffen, auf die Kendric sich verließ.

»Ops? Sind noch alle bei uns?«

»Vier Kiellinien dicht bei uns, Sir. Die ganzen Übungen zahlen sich aus, Sir!«

»Wollen wir es hoffen!«

Auf dem Schirm vor ihnen verschwanden die letzten Schatten der Haufensterne nach links und rechts, oben und unten.

Austritt!

Kämpfe und gewaltsames Sterben erfüllten das Vathlin-System, obwohl diese Tatsache nur auf dem empfindlichen Scanner der *Warrior* unmittelbar erkennbar war. In der Zeitspanne, die die *Gaidheal* für ihre Runde zurück zum Treffpunkt im Sternhaufen benötigt hatte, hatte sich die Flotte der Rebellenlegion im Vathlin-System materialisiert, direkt außerhalb der Peripherie, und hatte die dort wartenden TOG-Streitkräfte angegriffen.

Die Schlacht hatte sich ausgebreitet, als Schiffe der Rebellenlegion in weiten Bögen in das System geschwenkt waren und von TOG-Reserven abgefangen wurden, die nach außen rasten, um sie mit hoher Geschwindigkeit zu treffen. Die ersten Begegnungen waren Vorbeiflüge mit höchster Geschwindigkeit gewesen, bei denen die Waffen ausschließlich von den Computern bedient wurden. Mit jedem Sturzflug, Wendemanöver und erneuten Angriffsflug hatten sich die Angehörigen der feindlichen Flotten mehr und mehr verteilt, bis das ganze System mit isolierten Schiffen und kleinen Gruppen gefüllt war, die blindlings aufeinander einschossen und sich gelegentlich in lautlos erblühenden Blitzen aus Licht und Tod trafen.

Die *Gael Warrior* verließ den T-Raum weniger als zwanzig Millionen Kilometer von Vathlin entfernt, tief in der weit ausgedehnten Kampfzone der Kombattanten. Ihr Austritt war zeitlich so festgelegt worden, daß sie die äußere Peripherie hinter sich gelassen hatten und ins innere Herz des Vathlin-Systems vordringen konnten.

Dabei bestand allerdings eine Gefahr, die nichts mit der Möglichkeit zu tun hatte, daß TOG-Schlachtschiffe dort als Reserve zurückgehalten wurden: Ein kleiner Rechenfehler oder ein Zögern der steuernden Mannschaft würde genügen, daß sich ein Raumschiff mitten in Vathlins Sonne materialisierte oder auf einem Kurs erschien, der es direkt gegen Vathlin oder einen anderen der inneren Planten schleudern würde, bevor man die Zeit fand, den Kurs zu ändern oder abzubremsen.

Planeten und sogar Sonnen sind allerdings winzig im Vergleich zum gesamten Volumen eines Sternsystems. Die Gefahr einer Kollision war gering. Gefährlicher waren die TOG-Schiffe, die dort lauern würden. Doch selbst wenn die TOG-Schiffe die Peripherie des Systems bewachten, so hatte Kendric überlegt, würde sie ein Sturz aus dem T-Raum nahe bei Vathlin selbst überraschen. Außerdem waren dann ihre eigenen Scannerdaten aktueller, nur einige Minuten anstatt mehrerer Stunden alt. Die Situation konnte eingeschätzt werden, und die Schwadron konnte, wenn nötig, wieder in den T-Raum gehen, ohne ihren Kurs zu ändern. In diesem Fall würden sie anderswo auftanken und einzeln nach Yanulf fliegen, um sich dort mit der *Teachdair* und den Transportern zu treffen, die ihnen schon lange dorthin vorausgeeilt waren.

Vielleicht hatte sich das Glücksspiel doch endlich ausgezahlt.

»Masse- und Neutrinoanzeichen«, meldetet Kelly MacCandless aus dem Ops. »Wir deuten sie als TOG-VLCA-Schiff ... und ein verdammt großes Schlachtschiff im Orbit um Vathlin.«

»Nur zwei?«

»Wir erkennen einige Jagdflieger, vermutlich auf Patrouilleneinsatz für das Schlachtschiff, aber sonst nichts, Captain. Alle anderen sind über das System verstreut.«

»Irgendeine Vermutung, wer gerade gewinnt?«

»Nein, Captain. Wir empfangen Radar und Infrarot von einer Menge Schrott und toten Schiffen. Keine Erkenntnisse, wer wer ist.«

»Wie steht es um den Rest der Schwadron?«

»Sie sind wie geplant ausgetreten. Ein bißchen verstreut. Die *Iolaire* ist uns allen voraus, und die *Reannruadh* hängt 50 000 Kilometer zurück, aber sie kommen zu uns, wie befohlen.«

»Gut. Bleiben Sie auf Position.«

Auf dem Hauptbildschirm hing Vathlin im Weltraum, ein glänzender blauer Halbmond rechts vor ihnen. Ein Schlachtschiff und ein VLCA-Schiff, nebeneinander und vom Rest ihrer Flotte isoliert. Die Situation ähnelte der, auf die er über Trothas gestoßen war. Es war entschieden möglich, sogar wahrscheinlich, daß diese beiden Schiffe das TOG-Hauptquartier in dieser Schlacht darstellten. Das Schlachtschiff müßte dann das Flaggschiff des befehlshabenden TOG-Admirals sein. Die VLCA wäre seine Kommandoverbindung zu anderen Flotten und Schwadronen, die sich in nahegelegenen Sternsystemen versammelten. Vielleicht waren diese anderen Flotten vorgesehen, um im Falle eines TOG-Sieges die Überlebenden einzufangen. Vielleicht wurden sie als Verstärkungen bereitgehalten. Auf jeden Fall würde die Zerstörung dieser VLCA eine Auswirkung auf den Konflikt haben, die in keinem Verhältnis zum Verlust eines einzelnen Schiffes durch die Gegenseite stand. Doch sie mußten an dem Schlachtschiff vorbei, um sie zu erreichen.

Kendric murmelte eine Anfrage in sein Konsolenmikrophon, und Computerschemata und Daten erschienen auf einem seiner Konsolenbildschirme. Die Gefechtsdateien der *Warrior* identifizierten das TOG-Flaggschiff als ein Schlachtschiff der *Regnum*-Klasse, etwas länger als die *Warrior* und weitaus schwerer, mit Geschützbatterien, deren Feuerkraft die des gälischen Schiffes mindestens im Verhältnis 3 : 2 übertraf.

Er drückte einen Knopf. »AJ-KO, hier spricht der Captain. Ich möchte mit dem Gruppenführer sprechen.«

»Die Verbindung ist offen, Captain.«

»Jaime ... hier spricht der Captain. Ich werde euch sehr bald hinauswerfen.«

»Wir sind heiß und bereit, Captain. Geben Sie einfach den Befehl.«

»Habt ihr die taktische Darstellung verfolgt?«

»Ja. Ein verdammt großes Ding, nicht wahr?«

»Gewinnt hier, und wir sind endlich zu Hause, Jaime. Ansonsten ...« Er suchte nach Worten. »Ich wollte nur etwas erklären: Wir müssen alles gegen sie einsetzen, damit sich dieses Risiko auszahlt.«

Die *Gael Warrior* hatte inzwischen nur noch fünfzig Jäger. Das TOG-Schlachtschiff würde zweifellos eine vollständige Gruppe von zweiundsiebzig Jägern haben. Dahinter stand noch die *Regnum* selbst.

»Ich möchte, daß ihr das VLCA-Schiff zu erreichen versucht, Jaime. Vermeidet die *Regnum* und ihren Jägerschirm.«

»Leichter gesagt als getan, Captain. Wir versuchen es.«

»Wir versuchen, für euch ein Loch zu schlagen … und das Schlachtschiff abzulenken. Eure Gruppe wird die beste Chance haben, durchzubrechen und das Kommunikationsschiff zu treffen.«

»Tun wir, Captain.« Ein Zögern folgte. »Captain? Unsere Leute werden in Sicherheit sein?«

»So sicher, wie wir es einrichten können. Die *Teachdair* und die Transporter werden nach Yanulf springen, wenn sie nichts von uns hören. Das Beste, was mir möglich war.«

»Ich bin froh darüber. Ich hoffe, sie finden eine Heimat im Commonwealth.« Ein weiteres Zögern folgte. »Ken?«

»Ja, Jaime?«

»Ich hoffe, Sie finden auch eine Heimat. T. C. … nun, sie ist eine tolle Frau. Ich wünsche Ihnen das Beste.«

Kendric suchte nach der passenden Antwort. Jaimes Pessimismus war deutlich über den Komm-Kanal zu bemerken, und Kendric fühlte plötzliches Grauen bei dem Gedanken, daß der junge Jägerpilot in diesem Gemütszustand startete, um einen zahlenmäßig überlegenen Feind anzugreifen. In Douglass' nächsten Worten hörte er jedoch wieder die harte, kalte Geschäftsmäßigkeit des Offiziers.

»Gruppen der *Warrior,* Geschwader Alpha, Beta, Gamma, melden alle Energie hoch und startbereit. Alle Abfangjäger warten auf Umschaltung der Systeme.«

Jardines Stimme antwortete. »AJ-KO an alle Jäger. Umschaltung der Systeme in drei … zwei … eins … jetzt. Bereit halten für den Start.«

Die *Gael Warrior* und ihre Begleiter näherten sich Vathlin und beschleunigten. Das TOG-Schlachtschiff schien zu zögern, dann beschleunigte es mit grell pulsierenden Plasmaantriebsflammen, verließ den Orbit und begann sich der anfliegenden Schwadron zu nähern. Ihre Jagdflieger bildeten eine Angriffsphalanx, die den Anflug des Schlachtschiffes deckte. In einem sorgfältig berechneten Moment schwenkte das *Regnum*-Schlachtschiff Heck über Bug und bremste ab.

Der Plan des TOG-Admirals zielte offensichtlich darauf ab, die Situation zu vermeiden, die sich Kendric bei der außergalaktischen VLCA geboten hatte. Bis die Schwadron das TOG-Schlachtschiff erreicht hatte, würde es sich auf dem gleichen Kurs mit der gleichen Geschwindigkeit wie seine kleinen Widersacher bewegen. Ein wahnwitziger Sprint außer Reichweite würde diesmal nicht möglich sein. Diesmal gehörte ein wahnwitziger Sprint aber auch nicht zu Kendrics Plan.

Mannschaftsmitglieder hatten bereits Notfalldruckhelme an die Brückenbesatzung verteilt. Kendric hielt seinen auf dem Schoß und trommelte mit den Fingern auf die silberne Oberfläche. Außer, daß die *Reannruadh* angewiesen worden war, sich der *Gael Warrior* mehr zu nähern, und die *Iolaire* hatte zurückfallen müssen, um sich den beiden anderen Zerstörern in einem lockeren Ring achterlich des Schlachtschiffes anzuschließen, wurden keine Veränderungen an der Aufstellung der Schwadron angeordnet.

Dann …

»Ziel in Reichweite!«

»Sehr gut, Mr. Fairfax. Das Schiff ist uns im Weg. Entfernen Sie es.«

Es erklang brüllendes Gelächter auf der Brücke, doch Kendric konnte eine scharfe Hysterie dahinter erkennen. Die *Regnum* war bereits deutlich auf dem Hauptbildschirm zu sehen, ein spielzeugähnlicher, glitzernder Keil nahe Vathlins silberner Sichel, noch in der Ferne, aber von seiner Macht wie von einem Mantel eingehüllt.

Das vertraute Schütteln ließ das Deck erzittern, und die Brückenlichter wurden schwächer. Die Hauptwaffe der *Gael Warrior* feuerte mit höchster Geschwindigkeit Materie gegen den Feind.

»Steuermann! Beschleunigung um Null Komma fünf zurücknehmen«, sagte Kendric. »Geben Sie das an alle Schiffe weiter.« Wenn sie hinter dem Schlachtschiff bleiben konnten, würden sie einen kleinen Vorteil haben. Die *Regnum* konnte dann nicht ihre Hauptwaffe gegen sie einsetzen.

Weißes Feuer und Blitze explodierten am Bug des TOG-Schlachtschiffes. »Treffer!« schrie Fairfax über die Brückensprechanlage, und ein rauhes Jubeln der anderen Offiziere folgte.

»Commander Fairfax!« befahl Kendric. »Programmieren Sie ein Raketensperrfeuer mit Höllensprengköpfen. Richten Sie sie auf die feindliche Jagdfliegerwand. Ich will einen Schirm, damit wir unsere Jäger starten können!«

»Zu Befehl! Raketenrohre drei bis acht bereit zum Feuern.«

»Feuer!«

Geschosse glitten aus ihren Rohren an den Seiten der *Warrior* und wurden zu schnellen Lanzen aus Feuer.

»Hier Ops, Captain. Die Scanner zeigen den Start feindlicher Geschosse. Schätzungsweise zehn Geschosse nähern sich. Datenübertragung an Punktverteidigungsgeschütze.«

Auf dem Hauptbildschirm wuchsen Momente später grelle Flammen von Stecknadelköpfen auf fünf Kilometer große Kugeln intensiv flackernden Lichtes an, eine nach der anderen in schneller Abfolge, alle in absoluter Lautlosigkeit.

»Alle Jäger, sofort starten!« befahl Kendric. Die sich überschneidenden Strahlungsfronten jener sechs 10-Kilotonnen-Sprengköpfe würden die Jagdflieger der *Warrior* vor den Feinden abschirmen, solange sie noch starteten und sich in Position manövrierten. Jäger rasten aus ihren Docks. Rings um sie herum suchten die Laser der *Warrior* nach unsichtbaren anfliegenden Geschossen, die mit einer Beschleunigung von 15 *g* auf das gälische Schiff zurasten. Ein paar wurden getroffen und zerstört, ehe sie zu nahe kamen. Die unversehrten TOG-Raketen schlugen einen Moment später ein.

Jaime Douglass fühlte, wie die Belastung durch seine Wende ihn trotz des Schutzes seiner Kompensatorfelder dicht gegen seinen Sitz preßte. Er hatte die rauhe Barriere durchquert, die vom Raketenfeuer der *Warrior* geliefert worden war, und war auf die erste TOG-Jagdfliegerschwadron gestoßen, ein tödliches Sextett schwerer *Gladius*-Jäger.

»Gold-Führer an alle Goldschiffe!« rief er. »Ich habe hier sechs Banditen!«

Eine *Spiculum* raste mit zustechenden Lasern an seiner Steuerbordseite vorbei. »Behalt sie nicht alle für dich, Boss!« hörte er über seine Helmlautsprecher.

Dann war er auch schon inmitten eines absoluten Chaos, als mächtige Abfangjäger in geschlossener Formation vorbeiflogen, in breiter, geschwungener Wende abbremsten und sich dann erneut zu einem weiteren Vorbeiflug sammelten. Jaime setzte seinen Jäger auf die Spur einer TOG-*Gladius* und ließ das Bild seines Zieles ins Fadenkreuz seiner HUD-Anlage gleiten. Das Bild flackerte schnell, und ein grünes Licht zeigte an, daß eine zuverlässige Zielerfassung bestand. Jaime brüllte, als er den Auslöser drückte und eine strahlungssuchende Rakete auf das Heck seines Zieles abfeuerte.

Er schwenkte seinen Jäger auf einen neuen Kurs, bevor er einen Treffer feststellen konnte. Seine Backbordseite wurde von blendender Strahlung erhellt, als sich eine EPC-Explosion in seine Schilde krallte. Etwas traf sein Schiff von hinten. Sein Körper wurde in den Gurten zurückgeschleudert, verschrammt und aufgescheuert. Er riß sein Schiff erneut herum und schaltete noch die Manövriergravs am Bug hinzu wie auch das

Haupttriebwerk, um etwas mehr Schub zu erreichen. Ein neues Ziel kam in Sicht.

Erfassen! Abschießen! Sein zweites Geschoß raste fort in die Nacht und schwang scharf herum, um den plötzlichen, aufzuckenden, verzweifelten Manövern seines Zieles zu folgen.

»*Warrior*-Gruppe!« rief er ihnen zu. »Laßt euch nicht in den Nahkampf ziehen! Unser Ziel ist das VLCA-Schiff! Fliegt weiter!«

Steuerbord explodierte in gleißenden Flammen aus rotem und goldenem Licht eine *Spiculum*. Jaime war sich nicht sicher, ob es ein TOG-Abfangjäger oder einer der seinen gewesen war.

Die Brücke füllte sich mit Qualm. Kendric hustete und wedelte mit der Hand vor dem Gesicht, als er etwas zu sehen versuchte.

Drei Raketen hatten die Schilde der *Warrior* durchdrungen, und eine davon war irgendwo hinter ihnen in den Brückenturm eingeschlagen. Die Wache an der Tür meldete, daß der Gang draußen in hellen Flammen stand. Das Schott zur Brücke war versiegelt gewesen, wie es die permanenten Gefechtsbefehle vorsahen, doch die Explosion hatte die Tür genügend eingedrückt, daß Qualm durch die zerrissene Isolierung hereinquellen konnte. Kendrics Ohren klingelten noch vom gewaltigen Lärm jener Explosion.

Wenn es ein Atomsprengkopf gewesen wäre, machte er sich klar, *würde es mir nicht mehr in den Ohren klingeln. Außer vielleicht von himmlischen Chören.*

Unten auf der Brücke konnte er Lee Fairfax erkennen. Als der einzige Waffenoffizier, der noch stand, leitete Fairfax seinen Teil der Operation wie ein Dirigent sein Orchester. Die *Gael Warrior* war zugleich an Backbord, an Steuerbord und direkt nach vorne in Kämpfe verstrickt. Ihre Manöver hatten es ihnen ermöglicht, hinter dem feindlichen Schlachtschiff zu bleiben und wiederholt mit dem großen Massenbeschleuniger Schüsse gegen das Heck des schweren Raumschiffes abzufeuern. Auf dem Brückenbildschirm war der Gefechtsschaden des feindlichen Schlachtschiffes zu erkennen: Trichter gähnten im rückwärtigen Teil des Brückenturmes, und eine Antriebsdüse war still, düster rot glimmend, statt blau-weißes Plasma zu speien.

Die zwei Schlachtschiffe waren sich nun recht nahe, nur durch einige zehntausend Kilometer getrennt. Die *Regnum* versuchte, zu wenden, um eine volle Breitseite auf ihren Feind abzufeuern. Die *Warrior* beschleunigte leicht, um mit dem Heck des TOG-Schiffes Schritt zu halten, als dieses fortschwenkte. Der Tanz konnte nicht ewig ausgedehnt werden, aber Kendric war entschlossen, seine Position hier so lange wie möglich zu halten. Der Feind besaß zahlreiche Geschütze entlang seiner Brustwehr am Heck. Das war aber nichts gegen das, was das TOG-Schiff gegen die *Warrior* einsetzen würde, wenn es in die Lage käme, eine volle Breitseite abzufeuern oder, noch weit schlimmer, wenn es der *Warrior* Bug zu Bug gegenüberstand und die kombinierte Kraft seiner Breitseite und seiner Hauptwaffe auf das gälische Schiff richtete.

Vier Schiffe trotzten nun einem Feuersturm. Die *Gaidheal* hinkte mit einem erloschenen Triebwerk. Die *Iolaire* hatte schweren Schaden am Bug erlitten. Die *Reannruadh* flog nun dicht am Heck der *Warrior* und feuerte Salve um Salve auf das TOG-Schlachtschiff, aber bei jeder feindlichen Salve, die sie im Gegenzug hinnehmen mußte, schickte sie Wolken aus Metallbruchstücken rotierend und glitzernd in den Weltraum. Überall schwirrten TOG-Jagdflieger herum. Manche waren abgelenkt worden und verfolgten die Jäger der *Warrior* in Richtung VLCA, aber die Mehrheit umschwärmte das Schlachtschiff und den Kreuzer wie aggressive Insekten.

»Anfliegende Jäger, Null-acht-drei plus zehn! Getroffen! Getroffen!«

Lärm erschütterte die Brücke und hallte in Kendrics Ohren. Er lag auf dem Deck ohne klare Vorstellung, wie er dorthin gekommen war. Irgendwo ertönte ein Alarm, und die monotonen Verlautbarungen einer Computerstimme enthielten Warnungen vor Luftverlust, vor Feuer, vor Schäden an lebenswichtigen Computerkontrollsystemen.

Er rappelte sich wieder auf und klammerte sich am Geländer fest. »Steuermann!« brüllte er. »Achtet auf die Steuerung!« Aber Kirkpatrick war tot, von der Kehle bis zum Schritt von einem zerfetzten Stahlstück aufgeschlitzt, das von der Panzerhülle der Brücke abgerissen und durch das Deck gerast war. Ein halbes Dutzend Feuer brannten auf der Brücke, und Schadenskontrollpersonal mühte sich ab, sie unter Kontrolle zu bekommen. Irgendwo auf der Brücke schrie jemand im Todeskampf.

Commander Campbell war nun an der Steuerstation und programmierte einen neuen Kurs. Der letzte Treffer hatte die *Warrior* herumgerissen. Sie beschleunigte noch, trieb aber zur Seite und näherte sich schwerfällig dem TOG-Schlachtschiff.

Das feindliche Schlachtschiff füllte den Bildschirm aus. Kendric konnte den Namen sehen, der in eckigen galatinischen Großbuchstaben über ihre Flanke gemalt war: *Caesar Regnum*.

Gerade wendete sie scharf, und ihr mitgenommenes Heck schwenkte aus dem Schußfeld der *Warrior*, während die Backbordseite wie ein gewölbtes Metallkliff in Sicht kam. Dann leuchtete der Schirm von einer Feuergarbe auf.

Kendric lag auf den Knien, und Blut tropfte ihm aus einem Riß an der Stirn. Die Brücke war so verqualmt, daß er kaum den Hauptbildschirm sehen konnte. Wo war die *Reannruadh*? Irgendwo achtern. Er griff nach oben und fingerte an den Kontrollen seiner Konsole herum. »Kommunikation! Öffnen Sie einen Kanal zur *Reannruadh!* Kommunikation!«

Er schaute durch den Qualm über die Brücke. Die Kommunikationssektion war wie durch einen riesigen Hammer zerschmettert worden. Unidentifizierbare Fetzen aus Uniformstoff und blutigem Fleisch lagen auf dem Deck, einige Meter rund um die Stelle, wo Alec Munro einen Augenblick zuvor noch gelebt und gearbeitet hatte.

Commander Fairfax war noch auf den Beinen und gab noch immer Befehle, ohne ein Auge für das Blutbad um ihn herum. »Hauptgeschütze, weiterschießen!« hörte Kendric ihn über die Bordsprechanlage. »Hauptwaffe, Statusbericht! Nachladen! Feuer!«

Er öffnete einen anderen Sprechkanal. »Mr. Fairfax! Können Sie einige DFMs auf das Ziel richten?«

Er sah, wie Fairfax nach oben blickte, und gab mit einem Winken seine Bestätigung. DFMs – Dead Fire Missile-Garben – ähnelten eher Schrotpatronen als echten Raketen: Projektile, die selbst einige hundert hochdichte Projektile in einer tödlichen Wolke von höchster Geschwindigkeit freigaben.

Die Brücke erzitterte erneut, und Kendric fühlte, wie er schwankte, als die künstliche Schwerkraft des Schiffes unstabil wurde. Er hörte Fairfax den Befehl geben, eine Salve DFMs auf Kernschußweite abzufeuern. Dann schien sich die Brücke um ihn aufzutun, und Kendric wurde von Dunkelheit umgeben. Um ihn herum explodierte die Luft zu einem Orkansturm, der heulend und kochend ins Weltall hinausschoß.

48

Caesar ist nicht zufrieden ...

– Fragment einer Übertragung, die von einer COMINT-Kommunikationssonde abgefangen wurde, Tiefer Weltraum, nahe dem Caracalla-Sternhaufen, 28. Dezember 6830.

T. C. klammerte sich an die Trägerstrebe eines Schotts, als das Schlachtschiff rund um sie herum sich aufbäumte und krachte. Sie hatte ihre Gefechtsstation auf dem Hauptcomputerdeck der *Warrior* bezogen, in der Hoffnung, dort zumindest ein wenig von Nutzen zu sein, aber es sah so aus, als ob sie im Moment nicht viel tun konnte. Solange die Computer und Datenbanken des Schiffes intakt blieben, wurden die Anfragen nach Berechnungen, nach Informationen über Schiffstypen und Bewaffnung, Masse oder Manövrierfähigkeit, Zugang zu Kommunikations- oder Transpondercodes und all die Tausende anderer Anforderungen, die an den elektronischen Speicher der *Warrior* gestellt wurden, völlig ohne die Einmischung gewöhnlicher Menschen bearbeitet.

Sie war mit sich selbst gründlich ins Gericht gegangen, nachdem die Schwadron den galaktischen Kern verlassen hatte. Für sehr lange Zeit hatte T. C. wie auf Messers Schneide gelebt, unfähig oder unwillig, weit über die Gegenwart hinauszuschauen. Für eine gewisse Zeit, nach ihrer Ankunft bei Caracalla, hatte sie sich den berauschenden Gedanken gestattet, daß sie es vielleicht geschafft hatten, daß sie vielleicht fast in Sicherheit waren. Und wenn sie das Commonwealth erreichten, konnte sie versuchen, Carl zu finden ... sie konnte ... Was immer an Möglichkeiten vor ihr lag, T. C. war sich einer Sache sicher: Seitdem sie am galaktischen Kern gewesen waren, wußte sie, daß sie jede Zukunft – egal, wie unsicher – mit Kendric Fraser teilen wollte.

Commander Grierson schaute von der Konsole auf, an der er saß und den Verlauf der Schlacht überwachte. »Das ist übel«, sagte er.

Die Schwerkraft zog an ihnen, und T. C. stützte sich an der Strebe ab, um nicht hinzufallen. Niemals, in keiner der Schlachten der vergangenen Wochen, hatte die *Warrior* solche Schläge hinnehmen müssen.

»Was ist passiert?« fragte T. C. Sie war überrascht, daß sie keine Angst um sich selbst hatte, obgleich sie wünschte, sie könnte bis zum Schluß dabeisein. Statt dessen war sie bis zur Panik besorgt um Ken ...

Grierson schaute sie an. »Es tut mir leid ...«, sagte er.

»Was ist los?«

»Sie haben das Kommando an das Gefechtszentrum übergeben. Commander Morganen hat übernommen.«

»O mein Gott ...«

»Sieht aus, als hätte etwas Großes die Brücke getroffen. Es gibt hier einen Schadensbericht ... Die Atmosphäre ist entwichen«, sagte er, aber T. C. griff bereits nach ihren Handschuhen und ihrem Helm.

»T. C., Sie können da jetzt nicht hinauf ...«

»Den Teufel kann ich nicht.«

Rennend erreichte sie den Korridor außerhalb des Computerzentrums und verschloß beim Laufen den Helm. Sie rannte noch, als die Schwerkraft aussetzte, die Lichter flackerten und nachließen. Sie drohte in eine völlige Dunkelheit zu stürzen.

Jaime war nicht in der Lage gewesen, die *Gladius* abzuschütteln, die ihm dichtauf folgte. Er hatte seine *Spiculum* zur Höchstgeschwindigkeit getrieben, als er dicht über den Rand von Vathlins äußerer Atmosphäre glitt, während die Welt unter ihm mit weiten und wirbelnden Wolkenfeldern über Urwald und Meer ausgebreitet lag. Warnlichter flackerten auf seiner Konsole. *Geschoß abgefeuert!*

Die Sensoren meldeten Massen- und Strahlungsdaten. »Verdammt!« murmelte er leise. Das tödliche Objekt, das sich seinem Heck näherte, war der Strahlungssucher eines Höllensprengkopfes. Gerade jetzt, da seine Heckschilde herunter waren: Sie hatten versagt, als das letzte Beschleunigerprojektil in den Heckrumpf eingeschlagen war.

Mehr Beschleunigung! Mehr! Jaime zwang seinen Jäger in ein flaches, seitliches Abtauchen in die Atmosphäre. Des Schiff knackte, bockte und erzitterte, als sich die Atmosphäre ringsum verdichtete, dann ruckte es heftig, als es durch die Luft hüpfte wie ein Stein über die Oberfläche eines Weihers. Die Raketen drehten sich und folgten ihm. Jaime wußte, daß er einen Weg finden mußte, an einem seiner Flimmerschilde getroffen zu werden. Wenn er im letzten Moment wenden konnte …

Nun, das war besser! Seine Instrumente hatten etwas Großes identifiziert, das sich auf einer niedrigen Bahn um den Planeten bewegte.

Das VLCA-Schiff war in der Umlaufbahn geblieben, als das TOG-Flaggschiff sich fortbewegt hatte, um die herannahende Schlachtschiffschwadron anzugreifen. Es war jedoch nicht lange allein geblieben. Die Jagdflieger der *Warrior* hatten sich wie hungrige Raubvögel darauf gestürzt. TOG-*Spiculums* waren aufgestiegen, um das Schiff zu verteidigen, und von den anfliegenden abtrünnigen *Spiculums* und *Pilums* überwältigt worden; schließlich waren Geschosse durch den Weltraum auf das Kommunikationsschiff selbst zugerast.

Nun beschleunigte das VLCA-Schiff, seine riesigen, zerbrechlichen Sendeantennen wie Papierfächer zusammengefaltet und für Hochgeschwindigkeitsmanöver verstaut. Sein Captain bereitete sich offensichtlich darauf vor, das Schiff an einen anderen Ort zu verlegen. Der Schiffsrumpf war an mehreren Stellen aufgerissen und verlor zerstörte Einzelteile. Hilfe war fern.

Jaime änderte den Kurs seines beschädigten Jägers und richtete sich auf das lahme VLCA-Schiff direkt vor sich. Seine massige, komplexe Gestalt füllte die Fadenkreuze aus. Eine Rakete übrig ... *Feuer! Jetzt die Laser! Feuer! Feuer!*

Feuer spülte über die Steuerbordflanke des VLCA-Schiffes. Panzerplatten trudelten träge über Vathlins Himmel. Jaime blickte schnell auf seine Instrumente. Das TOG-Geschoß flog dicht hinter ihm, sechzig Kilometer entfernt und schnell aufholend. Er streckte seine Hand aus und schlug die Feldsteuerung herunter, schaltete die Energieweichenkopplung aus und erhöhte die Einspeisung in seinen Gravitationsreaktor. Wenn er seinen Reaktor bis zur Leistungsgrenze und darüber hinaus trieb, konnte er vielleicht ein bißchen mehr Kraft für ein paar *g* mehr an Schub herausholen.

Da! Der Reaktor der *Spiculum* kreischte protestierend, aber er schaltete sein Haupttriebwerk zu und beschleunigte. Die Rakete kam näher ... 30 Kilometer jetzt, ein Lichtpunkt in der Mitte seiner Konsolenanzeigen, die auf Heckansicht gestellt waren.

Das VLCA-Schiff vor ihm wurde so schnell größer, daß Jaime seiner Bewegung nicht mit den Augen folgen konnte. Plötzlich flog seine *Spiculum* unter dem Bauch des riesigen Schiffes durch. Er blickte schnell auf und sah eine endlose Wand aus grauen Panzerplatten hinter dem schwachen, bernsteinfarbenen Schimmern des Flimmerschildes. Er riß seinen Steuerknüppel zurück und schaltete die Manövriergravs zu, um den Jäger hoch um das massige Schiff herum zu bringen.

Während er das VLCA-Schiff als Deckung benutzte, raste Jaime ein paar hundert Meter an dem Gefährt vorbei, als die Rakete ihren Kurs änderte, um seinen weißglühenden Antriebsdüsen zu folgen. Jaimes Schiff stieg hinter dem VLCA-Schiff noch. Die Rakete, einfältig bis zur elektronischen Idiotie, kompensierte die Veränderung in ihrem Zielkurs, bevor sie das TOG-Schiff erreichte.

Das Geschoß krachte mit mehr als 30 km/s in die Flimmerschilde der VLCA und detonierte. Der Höllenfeuerball tauchte die Umgebung in blauweißes Sternfeuer. Der beinahe zweihundertmal in der Sekunde vibrierende Flimmerschild fing die große Mehrheit der Hitze und Strahlung ab. Doch genügend Höllenfeuer drang hindurch, um ein 100 Meter großes Stück Panzerung an der Seite des Schiffes zu verdampfen und sich durch elektronische Schaltkreise und Leitungen darunter zu brennen.

Stromversorgungen und Schaltkreise brachen zusammen. Manövriergravs versagten. Hauptantriebe versagten, Flimmerschilde versagten, erst an der Backbordseite, dann versagte, als System auf System überlastet wurde, jeder Schild auf der ganzen Konstruktion. Die VLCA taumelte unter der Wucht, als riesige Brocken ihrer Rumpfpanzerung vom strahlenden Sturm des sich ausbreitenden Feuerballs ins Weltall gerissen wurden.

Das riesige Schiff sank durch den Stoß tiefer hinab und taumelte durch die dichter werdende Atmosphäre. Rumpfplatten begannen durch die Reibung zu glühen, und brennende Gase und geschmolzene Wrackteile verloren sich hinter dem angeschlagenen Schiff in einer Kaskade aus Feuer. Eine der Antennenhalterungen brach ab und zersplitterte taumelnd in weißer Hitze.

Der Himmel füllte sich mit Feuer, als Jaime um die Kontrolle über seine *Spiculum* kämpfte. Der Thermalblitz der Explosion hatte den Weltraum um ihn herum erhellt, aber sein Schiff war sicher in dem engen Kegel aus Dunkelheit verborgen, der sich vor der Backbordseite des VLCA-Schiffes ausstreckte. Nun rüttelte sein Jäger heftig, als er sich von dem rasch anwachsenden Strudel aus Hitze und Licht unter ihm entfernte. Er schaltete seinen Hauptantrieb und seine Hilfsgravs ein. Sein Reaktor war nur noch auf Viertelkraft, ausgebrannt durch die Überlastung und seine Bemühungen, die Leistung hochzuzwingen. Bei der Überprüfung seiner anderen Schaltkreise und Anzeigen stellte er fest, daß seine Waffensysteme nicht mehr vorhanden waren, da Kurzschlüsse ihre Kontrollen zerstört hatten. Die Lebenserhaltung funktionierte jedoch, und er hatte ein Mindestmaß an Energie für die Steuerung.

Er würde wieder zum Schiff zurückkehren können, wenn es ihm nur gelang, auf dem Weg dorthin Kontakt mit TOG-Jagdfliegern zu vermeiden.

An der Oberfläche von Vathlin, hundert Kilometer weiter unten, beobachtete der Hohepriester von Ral, wie die sternenflammende Pracht den Himmel mit Feuer füllte. Er hörte Gemurmel, dann panisches Schreien von der Gemeinde hinter sich. Gott stand in Flammen und stürzte! Nein, Gott war zornig und schleuderte die Seelen der Leute in Seinem Zorn zurück nach Vathlin. Gott war dabei, die Welt zu verschlingen ...

Dann, als die flimmernden Fragmente den Blicken entschwanden, stellte der Hohepriester mit stiller Befriedigung fest, daß Gott weiterhin am Himmel stand, unverändert, unverdunkelt, unverletzt. Diese fremdartigen Lichtblitze zwischen den Seelen hatten nun aufgehört, und am Himmel herrschte wieder Harmonie.

Der Hohepriester wollte sich nun in seine Gemächer

zurückziehen, um zu fasten und über die Vision zu meditieren, aber er fühlte sich bereits recht sicher, wie seine Verkündigung lauten würde, wenn er das nächste Mal zu seinen Gläubigen sprach. Es hatte einen Krieg im Himmel gegeben, aber diejenigen, die Gott von seinem Platz der Pracht am Sommerhimmel hatten stürzen wollen, waren völlig besiegt und selber aus dem Himmel gestoßen worden. Wenn im Himmel Frieden herrschte, würde der Fluß wieder strömen, und die Sesni-Ernte konnte üppig ausfallen. Vielleicht würden die seltsam geformten Dämonen, die in letzter Zeit immer wieder einmal erschienen waren, zu ihren Domänen am Winterhimmel zurückkehren und die Diener Rals in Frieden lassen.

Dann würde tatsächlich alles wieder gut und in Harmonie sein.

Kendric kam zu sich, als eine Gestalt im Notfallanzug ihn umdrehte, um ihm einen Druckhelm über den Kopf zu stülpen. Die Luft kochte und wirbelte noch um ihn herum, und Eis bildete sich nahe vor seinem Gesicht auf dem Deck.

Die Brücke verlor ihre Atmosphäre! Er bewegte sich schwerfällig und schaute sich um. Er fühlte sich seltsam leicht, schwebend, und begriff dann, daß er schwerelos war. Die Schwerkraft des Schiffes mußte durch den letzten Treffer verschwunden sein.

Wie groß war der Schaden? Das Leck hatte einen Sturmwind erzeugt, aber sonst waren die Beschädigungen nicht so schwerwiegend. Der Rest der Brückencrew trug die Notfallhelme und fuhr fort, seine Pflichten zu erfüllen.

Seine Kehle brannte, und seine Brust schmerzte. Seine Ohren klingelten infolge des partiellen Druckverlustes. Er zwinkerte, bis das Blut und der Schweiß aus den Augen geschwemmt waren, und sah sich dann durch das Helmvisier Morganens Gesicht gegenüber.

Über den Helmlautsprecher hörte er Morganens dringliche Frage: »Captain, sind Sie okay?«

»Was machen Sie hier unten?« wollte Kendric wissen.

»Die Gefechtszentrale hat es wohl hinter sich, Captain. Wir haben die Kontrollverbindungen zum Rest des Schiffes verloren. In den meisten Sektionen ist der Strom weg, außer dem für die Lebenserhaltung. Unsere Waffen sind … Antriebe sind aus. Wir liegen tot im Raum, Captain.«

Kendric schloß die Augen. *Dann ist es vorbei. Es ist endlich vorbei …*

Morganen fuhr fort. »Ich kam hierher und sah, daß die Brücke durch ein Feuer abgeschnitten war. Als ich gerade eine Feuerwehrtruppe zusammensuchte, kam der letzte Treffer. Der löschte das Feuer wirklich sehr schnell.«

»Das kann ich mir vorstellen«, sagte Kendric. Er fragte sich, ob sie das Schiff verlassen mußten und ob der Feind das zulassen würde. »Wie schlimm ist es?«

»Die Schadenskontrolle hat die Dinge im Griff«, antwortete Morganen. Er deutete nach vorne, wo Techniker und Brückenoffiziere an beschädigten Konsolen arbeiteten. Nach ihren Gesten zu urteilen, diskutierten sie heftig, aber weil er nicht auf ihren Kanal eingestellt war, konnte er sie nicht hören. »Unsere Bildschirme sind aus, und wir sind im Moment blind, aber wir werden sie in einer Minute wieder soweit haben. Wir haben Druckverlust auf der Brücke – tatsächlich sogar überall über Deck 02. Die Schwerkraft ist gerade eben ausgefallen, aber Logan wird das in zehn Minuten wieder in Ordnung haben, sagt er. Die Flimmerschilde sind alle aus.«

Großer Gott! Das Schiff war ein Wrack … hilflos … *Was war mit T. C.?* dachte er hektisch, aber dann lenkte er seine Gedanken wieder auf eine noch weit dringendere Gefahr.

»Wir müssen herausfinden, was der Feind tut.« *Er kann uns jeden Moment vernichten, wenn er es will. Warum tut er es nicht?*

»Ah! Dort!«

Inzwischen vom Qualm befreit und tödlich lautlos im Vakuum, wurde die Brücke schwach von Not-Fluoros erleuchtet, nachdem die Deckenbeleuchtung versagt hatte. Es hellte sich nun auf, als der Hauptbildschirm ein- oder zweimal aufblitzte, mit einem stetigen Glühen aufleuchtete und dann einen Blick auf einige Sterne vor der Dunkelheit freigab. Ein Teil des Bildes wurde von einem Gebilde eingenommen, das wie ein zusammengeschossener Wald oder ein zerdrückter metallener Rahmen aus Streben, Trägern und Platten aussah.

»Guter Gott ... was ist mit dem passiert?«

»Wir verloren für einen Moment die Steuerungsenergie, als unsere Brücke den Treffer abbekam«, sagte Morganen. »Aber wir waren bereits auf dem Weg zu dem Bastard. Trafen ihn direkt an der Breitseite.«

»Wir haben ihn gerammt!«

»Eher ein Vorbeirutschen. Er hat aber aufgehört, zu schießen, und seine Schilde sind unten. Wie bei uns ... er ist zu angeschlagen, um weiterzukämpfen, denke ich.«

Kendric wollte sein Schiff wieder flugtauglich bekommen ... und kampfbereit, aber mußte auch herausfinden, was mit T. C. geschehen war! Er vergaß, daß er schwerelos war, und begann, langsam über das Deck zu taumeln. Als Morganen nach ihm griff, um ihn zu stablisieren, hielt sich Kendric am Arm seines Ersten Offiziers fest.

Andere Gestalten betraten die Brücke. Manche davon trugen Notfall-Leinen, um sie von Schott zu Schott zu spannen, damit die Brückenbesatzung weiter zwischen den Konsolen der Brücke hin- und hergehen konnte. Eine Notfalldruckschleuse war achterlich der

Brücke montiert worden und erlaubte nun dem Schadenskontrollpersonal, die Brücke von Teilen des Schiffes zu erreichen, die noch unter Druck standen. Trotz der Schäden ging der Betrieb des Schiffes weiter.

Eine weitere Gestalt schloß sich Morganen an und griff ›nach oben‹, um sich auf das Deck zu ziehen. Kendric drehte sich leicht und fühlte, wie seine Beine mit dem Neuankömmling zusammenstießen.

»Pardon«, sagte er.

»Bist du verletzt, Ken? Bist du okay?« Die Stimme in seinem Helmlautsprecher gehörte T. C.

»Mein Gott!« sagte Davidian.

Das Flaggschiff der Rebelleneinheit, die *Victor*, bremste auf Orbitalgeschwindigkeit ab, während der Planet auf dem vorderen Bildschirm des Schlachtschiffes anwuchs. Eine kleine Jagdfliegerflottille der Rebellenlegion war suchend vorausgejagt. Es waren Guardians, schlanke, schnelle *Cheetahs* und ein Paar schwerere *Avenger*.

Die TOG-Flotte war zerschmettert worden und von ihr nur noch taumelnde Wrackmassen und Schrotthaufen auf zerfetzten Rümpfen zurückgeblieben. Seine eigene Flotte war ebenfalls mitgenommen, aber die TOG-Verteidigung war nach dem Angriff auf ihr VLCA-Flaggschiff, fern im Orbit um Vathlin, zusammengebrochen. Einzelne Teile der Rebellenflotte jagten immer noch TOG-Schiffe überall im System. Viele waren allerdings bereits in den T-Raum gesprungen und verschwunden. Einige TOG-Schiffe, die zu schwer angeschlagen waren, um weiterzukämpfen, zeigten weiße Blinklichter an ihrer Rumpfaußenseite. Ihre Flimmerschilde waren unten, zum Zeichen ihrer Kapitulation.

Davidian hatte einige Zeit gebraucht, um zu entscheiden, daß diese ganzen Wrackteile vor ihm tatsächlich nur der Schrott zweier ineinander verkeilter

Schlachtschiffe waren. Zuerst hatte er gedacht, daß zwei TOG-Schiffe ein zu enges Manöver versucht hatten und dabei gescheitert waren. Als er näher herankam, erkannte er jedoch, daß das kleinere der beiden Schlachtschiffe der abtrünnige Provinzler war, den zu finden man ihn hierhergeschickt hatte. Seine Operations-Abteilung hatte die vier Schiffe entdeckt, als sie zuerst nahe dem Planeten auf dem Schlachtbildschirm erschienen waren, aber sie wurden für TOG-Verstärkungen gehalten. Es schien, daß die abtrünnige Schwadron, die Davidian treffen wollte, endlich doch eingetroffen war. Es sah auch so aus, als seien sie nicht Teil eines ausgefeilten Planes gewesen, um ihn in die Falle zu locken. Offensichtlich hatten sie das Flaggschiff des gemeinsamen Feindes, des TOG, zu einem blutigen, zerfetzten Haufen Schrott geschossen.

Etwas blitzte an der Unterseite eines der Wracks auf, und Davidian hob seine Hand, um den Waffen der *Victor* den Feuerbefehl zu erteilen. Er hielt seinen Befehl jedoch zurück, als er erkannte, daß der Blitz vom Hochgeschwindigkeitsstart eines kleinen Raumschiffes stammte, das eines der Schlachtschiffe mitgeführt hatte. Seine Massen- und Energiewerte zeigten, daß es ein kleines Patrouillenboot, vielleicht eine *Cingulum*, war. Es war entweder als Rettungsboot an Bord des großen *Regnum*-Klassen-Schiffs gewesen, oder es hatte vorher am TOG-Flaggschiff angedockt und war erst jetzt abgekoppelt worden und geflohen.

Er fragte sich, ob er Jäger ausschicken sollte, um es zu zerstören, und entschied sich dann dagegen. Solange immer noch unbekannt war, wie viele TOG-Schiffe den Kampf überall im System fortsetzten, war es besser, die Kräfte der Rebellenlegion als mächtige Gefechtseinheiten zusammenzuhalten.

»Keine Kommunikation mit den beiden Schiffen«, informierte ihn sein Kommunikationsoffizier.

»Das überrascht mich nicht. Schauen Sie sich die

Brückentürme dieser beiden Schiffe an! Zerfetzt! Von dem kleineren ist nicht viel mehr als Schrott übrig.«

Noch immer eine Falle argwöhnend, gab Davidian der *Victor* den Befehl, näher heranzugehen.

Wie es so oft im Raumkampf der Fall ist, nahte das Ende der Schlacht eher als ein langsames Versickern als mit einem klaren und eindeutigen Schlußpunkt. Die Offiziere und Mannschaften der *Gael Warrior* hatten nicht einmal bemerkt, daß die Schlacht vorbei war, so sehr hatten sie ihre titanischen Anstrengungen beschäftigt, die Feuer unter Kontrolle zu bekommen und Reparaturen an den bedrohlichsten Stellen zu improvisieren.

Chefingenieur Logan hatte es geschafft, die Energieversorgung der Hilfs-Manövriergravs wiederherzustellen, da Kendric etwas Distanz zwischen die beiden angeschlagenen Schlachtschiffe legen wollte. Er lenkte das Schiff von der luftleeren, lautlosen und vom Kampf mitgenommenen Brücke aus und fürchtete einen Angriff durch Entertrupps von der *Caesar Regnum*.

Es kamen jedoch keine weiteren Zeichen des Widerstandes von dem feindlichen Flaggschiff. Als die Scanner wieder Energie bekamen, wurde festgestellt, daß die Reaktoren des TOG-Schiffes erloschen waren mit Ausnahme des Notfallbatteriestroms. Das bedeutete, daß ihre Waffen zerstört waren, ganz ungeachtet des übrigen Schadens, den das Schiff erlitten haben mochte. Die eigentliche Überraschung, die von den Scannern enthüllt wurde, befand sich einige hundert Meter entfernt, seitlich an Backbord: das Flaggschiff der Rebellenlegion-Einsatzgruppe, die *Victor*.

Das Schweigen der *Caesar Regnum* wurde erklärt, als die *Victor* später Landetrupps hinüberschickte und diese die mehreren hundert Überlebenden der Besatzung des TOG-Flaggschiffes beim Kampf gegen die tobenden Feuer in ihrem Maschinenraum vorfanden. Alle Energiesysteme waren zerstört außer den Notbatterien; die Hauptbrücke war eine blutverschmierte Ruine. Die letzten wiederholten DFM-Salven der *Warrior* hatten die bereits durchlöcherte und angerissene Panzerung zerfetzt, Stromverbindungen unterbrochen und weite Teile des Schlachtschiffinneren zum Weltraum hin aufgerissen. Admiral Octavianus lag tot auf seiner Flaggbrücke. Overlord Gracchi war zuletzt gesichtet worden, als er mit einem kleinen Trupp seiner persönlichen Leibwache zu einer der Unterseiten-Zugangsschleusen des Schlachtschiffes eilte, wo seine private Korvette angedockt lag. Da alle Brückenoffiziere tot waren und die Hilfsbrücke intakt schien, aber durch das Feuer vom Rest des Schiffes isoliert war, hatte die Besatzung keine Zeit für solche Gesten wie die Fortsetzung des Gefechtes gehabt.

Sie waren zu sehr damit beschäftigt, zu überleben. Es bestand die deutliche Gefahr, daß die intensiven Feuer die Schaltkreise schmolzen, die die Schwerkraftreaktoren der *Caesar Regnum* versorgten. So konnten ihre Fusionskolben freigelegt werden und das Schiff sich in eine kleine, aber sehr helle Sonne verwandeln.

Das Eintreffen der Landetrupps von der *Victor* brachte frische Kräfte zum Einsatz gegen das Feuer. Gemeinsam schafften es die Besatzungen, große Teile des Schiffes, die noch unter Druck standen, zum Weltraum hin zu öffnen und die Feuer zu ersticken.

TOG- und Rebellen-Kräfte arbeiteten nicht oft zusammen, aber in diesem Fall war Kooperation lebenswichtig. Die Explosion des Reaktors der *Caesar Regnum* hätte leicht auch die *Gael Warrior* und die *Victor* zerstören können.

Auf der Brücke der *Gael Warrior* war schließlich der Druck wiederhergestellt worden. Seinen Helm hatte Kendric nun abgesetzt, als er mit einer Gruppe Techniker daran arbeitete, die Hilfs-Kommunikationsschalttafel wieder instand zu setzen. Die Schwerkraft war schon seit einiger Zeit zurückgekehrt, wodurch es noch schwieriger wurde, den großen Schrottklumpen auszuweichen, die überall auf der Brücke lagen. Zumindest aber gab es nun wieder ›oben‹ und ›unten‹, was ihnen ein Gefühl der langsam zurückkehrenden Ordnung gab.

Kendric tauschte Blicke mit T. C., die in seiner Nähe stand. Sie grinsten sich an, froh darüber, es doch endlich geschafft zu haben.

»Admiral auf der Brücke!«

Bei diesen Worten drehte sich Kendric um und schaute hinauf zum Oberdeck. Die Wache hatte Haltung angenommen, als eine kleine Gruppe Offiziere in unbekannten Uniformen an die Brüstung trat. Einer von ihnen trug die breiten, goldenen Streifen, die seine Uniform als die eines Admirals auswiesen.

Kendric war sich nicht sicher, woran ihn der Mann als Captain des Schiffes erkannt hatte. Er trug noch immer einen Notfallanzug, und sein Gesicht war so rußgeschwärzt und blutverkrustet wie das aller Männer, die an seiner Seite arbeiteten.

Als der Admiral ihn erblickte, salutierte er, indem er mit den Fingern die Stirn berührte, statt das steifarmige Ave der imperialen Tradition zu zeigen. »Flottencaptain Fraser?« fragte der Neuankömmling. »Ich erbitte Erlaubnis, an Bord kommen zu dürfen, Sir. Ich bin Admiral Davidian. Ihr Kommunikationssystem war außer Betrieb, und ich konnte nicht formell um die Zutrittsgenehmigung bitten. Ich … äh … habe mir diese Freiheit genommen.«

Kendric zögerte und ahmte dann den unbekannten Gruß nach. »Es ist sehr gut, Sie zu sehen, Sir. Wir haben einen weiten Weg zurückgelegt, um Ihre Bekanntschaft zu machen.«

»Und ich, Sir, bin sehr froh, daß Sie das getan haben.«

Epilog

»Nun, junger Mann, Sie scheinen hier recht viel Wirbel veranstaltet zu haben.« Der Commonwealth-Direktor von COMINT blickte über die Schreibtischplatte zu Kendric hinüber. Das sanfte Licht des Mondes von Catandra floß durch die hohen, nach Osten weisenden Fenster. Vom Raumhafen drang das Heulen einer Fregatte herüber, die ihre Gravs anwarf. Als das unsichtbare Schiff zu beschleunigen begann, veränderte sich das Geräusch zu einem dumpfen, gedämpften Brummen. Die Druckwelle ließ die Fensterscheiben klirren.

Kendric blickte an sich hinunter und rang sich ein Lächeln ab. »Ich weiß, daß ich mich hätte umziehen sollen, bevor ich herkam.« Seine Uniform war schmutzig und zerrissen, aber er besaß nichts mehr außer den Kleidern, die am Leibe trug, nachdem ein Angriff seine Unterkunft in ein Flammenloch verwandelt hatte.

»Na, ich denke, wir lassen es Ihnen durchgehen, mein Sohn«, lächelte Colby. »Dachte, es würde Sie interessieren, daß Ihr Schiff gut angekommen ist und unsere Leute sich bereits darum kümmern.«

»Vielen Dank, Sir.«

Kendric wußte, daß die *Gael Warrior* nie wieder eine Schlacht bestreiten würde. Die Schilde waren an unzähligen Stellen durchlöchert, die meisten Waffen zerstört, und der Antrieb mußte mit kilometerweise Draht zusammengeflickt werden und bestand nur noch aus mürben Einzelteilen, die beinahe nicht einmal mehr die Reise von Vathlin nach Cathandra überstanden hätten. Kendric fühlte beim Gedanken an das Schlachtschiff tiefe, fast nostalgische Trauer in sich aufsteigen. Die *Warrior* hatte ihre Heimat nur zweimal verlassen, aber an genügend Schlachten teilgenommen, um als stolzes Schiff zu gelten. Außerdem war sie Herz und Seele der Gälischen Schwadron gewesen, und sie hatte die gälischen Rebellen schließlich in Sicherheit gebracht.

Dazu kam, daß sie gewissermaßen noch immer kämpfte. Als die Techniker von Cathandra sie überprüften, entdeckten sie, daß die Computerbasis intakt geblieben war. Sämtliche wertvollen Aufzeichnungen wurden nun von den Fachleuten kopiert und übertragen.

Aber die gewonnenen Schlachten hatten einen hohen Preis gefordert. Die Hälfte der Besatzung war bei Vathlin umgekommen. Die *Reannruadh* hatte den Kampf überstanden, war bei dem Gefecht mit der *Caesar Regnum* aber so stark beschädigt worden, daß man sie verschrotten mußte. Viele der zusammengewürfelten Teile, mit denen die *Gael Warrior* geflickt worden war, stammten vom halb zerstörten Maschinenraum der *Reannruadh*. Von der fünfhundertköpfigen Mannschaft waren einhundertfünfzig Männer mit ihrem Schiff gestorben. Der tapfere Captain der *Gaidheal* – Captain Neal – war, gemeinsam mit dem größten Teil der Brückenoffiziere, auf dem Kommandodeck seines Schiffes umgekommen, obwohl der Rest des Zerstörers nur leichte Schäden davongetragen hatte. Nachdem die Überlebenden der *Warrior* von den drei alten Rebellenschiffen an Bord genommen worden waren, hatte Captain Morganen seinen ursprünglichen Platz wieder eingenommen und brachte den Zerstörer nach Cathandra.

Der Zerstörer *Iolaire* hatte anscheinend Glück gehabt. Trotz zahlreicher Treffer am Rumpf hatte er weitergekämpft, bis auch die letzten TOG-Angreifer abdrehten und flohen. Die gleiche *Iolaire* war mit Commander Burns zum Treffpunkt innerhalb des kugelförmigen Sternhaufens zurückgekehrt, um der *Teachdair* und den wartenden Transportern neue Koordinaten mitzuteilen. Die Nachricht, daß Yanulf vor wenigen Wochen vom TOG erobert worden war, hatte sie alle erschüttert. Ihre Flucht durch die Galaxis hätte auch ein ganz anderes Ende nehmen können, denn die Verfolger waren ihnen dicht auf den Fersen gewesen.

Ein Summen ertönte, und Colby drückte einen Knopf auf dem Kontrollpult, um die Tür zu öffnen. Kendrics Herz schlug ein wenig schneller. Zwar weilte er seit einigen Tagen auf Cathandra, hatte sich aber noch immer nicht an *sie* gewöhnt ...

Einen Meter hoch, mit etwas weniger Körpermasse als ein Mann, krabbelte der Xeno auf vielen miteinander verbundenen Beinen wie eine Spinne herein. Der Körper ragte nach vorn und aufwärts, hatte einen breiten, gepanzerten Kopf und vier gegliederte Arme. Außerdem verfügte er über zwei gerippte, nach unten gebogene Hörner, und der Teil, den man als Gesicht bezeichnen konnte, war unaufhörlich in Bewegung – Fühler, Scheren und die schwarzen, rasiermesserscharfen Mundwerkzeuge. Sechs pupillenlose Augen waren in einer Reihe auf dem Kopf angeordnet. Das Außenskelett war smaragdgrün, nur an der Unterseite des Bauches glänzten grellrote Flecken. Colby hatte erklärt, daß J'kla'!'k ein Weibchen war – im Gegensatz zu den Männchen oder den Müttern der Rasse – und daß sich das Außenskelett immer rot färbte, kurz bevor sie die Haut abstreifte und dann wieder Interesse an einer Paarung zeigte.

In dreien ihrer Händen trug sie einen Datenblock, und sie wurde von einem Geruch von Zimt und Leder begleitet. Kendric stand auf, als sie den Raum betrat. Wenngleich er sich noch nicht an die Baufrin gewöhnt hatte, so erwies er doch allen weiblichen Wesen den bei den Gälen üblichen Respekt. Außerdem war Höflichkeit immer angebracht, besonders in einer so ungewohnten Situation.

»Tut mir leid, daß ich mich verspätet habe, meine Herren«, sagte sie. Die Stimme gab eine Reihe von klickenden, piepsenden und schnarrenden Lauten von sich, aber der am Rückenpanzer befestigte Sprachumwandler übertrug die Worte in deutliches Galstandard. »Die Ratssitzung dauerte länger, als ich angenommen hatte.« Ausdruckslose Augen richteten sich auf Kendric. »Man interessiert sich sehr für Sie, Captain.«

Die Schönheit der Farben ihres Außenskeletts überraschte Kendric zutiefst, als sie im Licht, das durch die Fenster fiel, aufleuchteten. Allerdings waren diese Wesen äußerst gewöhnungsbedürftig, entschied er. Soweit er es bisher beurteilen konnte, wurden die Menschen weder von den Xenos beherrscht (wie es die TOG-Propaganda behauptet hatte), noch hielten sie untergeordnete Stellungen inne (wie es die Soziologen des TOG vermutet hatten). Der derzeitige Regent des Commonwealth war ein Mensch, aber seine Vorgänger waren Baufrin und Naram gewesen und irgendwann einmal auch ein KessRith.

Jakla stellte die Verbindung von Sektor COMINT und Cathandras Parlament dar und war somit eine wichtige und angesehene Persönlichkeit.

»Captain, ich würde sagen«, fuhr die Baufrin fort, »daß Sie jene Nichtstuer so in Wallung gebracht haben, wie es schon seit ein paar Jahrhunderten nicht mehr geschehen ist. Und das war längst überfällig! Meinen Glückwunsch!«

»Äh, hm ... Danke.«

»Keine Ursache, Captain«, winkte die Baufrin ab. »Und bitte, *setzen* Sie sich doch. Sie machen mich ganz nervös, wenn Sie so über mir stehen.«

War es Gelächter, das Kendric durch den Sprachumwandler hörte? Sollte das die Horrorgestalt des von Insekten beherrschten Commonwealth sein, von der er sein Leben lang gehört hatte? *Nein, nicht möglich ...* Er schüttelte den Kopf und nahm wieder Platz. Kendric mußte lernen, seine ganze Denkweise völlig umzustellen.

Colby wandte sich an Jakla. »Ich war gerade dabei, über unsere zukünftigen Pläne betreffs Captain Frasers zu sprechen.«

»Wunderbar. Dieser Ort könnte ein wenig Aufregung gut gebrauchen.«

Was sollte das nun wieder bedeuten? fragte sich Kendric.

Colby sah ihn grinsend an. »Die Baufrin sind für ihre ... äh ... unabhängige Gesinnung bekannt. Ihre Kultur ist stark auf die Familienverbände bezogen, und sie haben wenig Sinn für Bürokratie und Regierungen!«

Der Sprachumwandler übermittelte etwas, das wie ein Schnauben klang.

»Auf jeden Fall«, fuhr der Direktor fort, »stehen Ihnen und Ihren Leuten mehrere Möglichkeiten offen. Zuerst einmal möchte ich jedoch betonen, daß Sie hier sehr willkommen sind, egal, wofür Sie sich entscheiden.«

Seit dem Sieg bei Caracalla hatte diese Frage Kendrics Gedanken beherrscht. »Genau darüber habe ich lange nachgedacht, Sir«, sagte er laut.

Colby nickte bedächtig. »Es gibt vieles, das Sie tun können. Wir könnten Ihnen eine Stellung innerhalb der Commonwealth-Truppen anbieten ... oder Sie könnten sich der Rebellenlegion anschließen. Nach dem, was Davidian von Ihrer Arbeitsweise bei Vathlin gesehen hat, wäre er sicher überglücklich, Sie aufzunehmen. Wenn Sie aber genug von den Schlachten haben, gibt es hier bei uns oder anderswo genügend Arbeit für Sie.«

Was sollte er sagen? Einerseits kam es Kendric vor, als seien seine Leute und er wie Bettler zum Commonwealth gekommen. Sicher, sie hatten die imperiale Datenbank hergebracht, hatten aber nicht einmal mehr die restlichen drei Schiffe. Diese waren umgehend zum

Dienst in Davidians Flotte abkommandiert worden. Da das Commonwealth einen niemals endenden Krieg gegen einen Feind führte, der über einen unendlichen Vorrat an Schiffen und Waffen verfügte, wurden alle verfügbaren Raumschiffe und Ausrüstungen dringend benötigt.

Kendric hatte angenommen, daß wenigstens er einen Platz im Commonwealth finden würde, um den Kampf gegen das TOG weiterzuführen. Die Handvoll Männer, die von der Schwadron noch übrig waren, stellten keine besonders große Kampftruppe dar, und möglicherweise würden sie alle über die ganze fremde Flotte verteilt werden und sterben, während sie fremde Planeten verteidigten. Er hatte gesehen, daß Cathandra ein wunderschöner, mit dichten, grünen Wäldern bewachsener Planet war, auf dem es wilde Meere und hohe Gebirge gab. Er vereinigte die Schönheit und abwechslungsreiche Natur jeder albaähnlichen Welt und wurde vom silbrigen Licht eines Mondes beschienen, der sich fünfundvierzig Grad weit über den Himmel erstreckte. Cathandra war ein Hauptsektor, nicht weit von den Orten entfernt, an denen Männer um ungezählte Welten, die entlang der Commonwealth-Grenze lagen, kämpften und starben. Es war ein Platz, der es wert war, darum zu kämpfen, aber es war nicht das Zuhause.

Jetzt, da er sich im Exil befand, überraschte ihn die Intensität seiner Träume von Alba. Seitdem er die Gälische Konföderation verlassen hatte, war keine Nachricht über jene vom TOG beherrschte Ecke der Galaxis zu ihm durchgedrungen. Die letzte COMINT-Verbindung zu den gälischen Welten war Kathy MacDonald gewesen. Kendric merkte, daß Colby auf eine Antwort wartete. »Äh, danke, Sir. Das ist ... sehr freundlich von Ihnen.« *Verdammt, was soll ich denn noch sagen? Ich möchte nicht undankbar klingen.*

Gestern abend hatte er ein langes Gespräch mit T. C.

geführt. Stundenlang waren sie durch das violette Gras oberhalb eines Kliffs gewandert, das die Silbersee überragte, hatten über die Vergangenheit, die Zukunft und sich selbst gesprochen. Dabei war ihre Entscheidung gefallen. Die Entscheidung war keineswegs maßgebend für die anderen Überlebenden der Gälischen Schwadron, sondern sagte das aus, was sie beide fühlten. Trotzdem befürchtete Kendric, daß die Commonwealth-Regierung den Entschluß als Zurückweisung ihrer Gastfreundschaft sehen könnte.

Die Baufrin bewegte sich mit scharrenden Beinen. »Wir wollten Ihnen mitteilen, welche Möglichkeiten Sie hier haben.«

»Ja?«

»Wie Sie sich sicher denken können, Captain, hat Ihre Flucht durch die Galaxis viel Aufsehen erregt«, erklärte Colby. »Wir erwarteten eine überwältigende Offensive auf einem wichtigen Sektor, nachdem das TOG Yanulf eingenommen hatte. Diese Offensive wurde nicht durchgeführt, und wir hoffen sogar, daß wir Yanulf zurückbekommen können.« Warnend hob er den Finger. »Davon darf außerhalb dieses Raumes nicht geredet werden.«

»Natürlich.«

»Wir glauben, daß sich das TOG zurückgezogen hat, weil ... es andere Probleme hatte.«

»Wie zum Beispiel eine Schwadron abtrünniger Schiffe im Rücken«, fügte Kendric hinzu, dem jetzt einiges klarwurde.

Colby nickte. »Genau. Es sieht so aus, als habe einer der Overlords ein Viertel der gesamten Raumflotte losgeschickt, um Sie zu fangen. Während jener Wochen befand sich die größte Schlachtflotte der Geschichte der Menschheit auf Ihrer Spur, mein Sohn. Es ist unglaublich, daß er Sie nicht fangen konnte.«

»Die Galaxis ist groß«, meinte Kendric, erinnerte sich aber an die näherkommenden imperialen Jäger.

»Durch Ihren Wagemut sind Sie dem TOG entkommen, würde ich sagen«, mischte sich Jakla ein. »Wir möchten Ihnen ein Angebot machen.«

Ich muß es ihnen sagen. »Äh … Ma'am, Sir, ich glaube, ich sollte Ihnen mitteilen, daß ein paar von uns bereits eine Entscheidung gefällt haben.«

»Ja?« Kendric glaubte, Interesse im Blick der Baufrin zu lesen.

»Jedenfalls haben sich zwei von uns entschieden zurückzugehen.«

»Zurück?« fragte Colby. »Zurück zum TOG?«

»Natürlich brauchen wir dazu Ihre Hilfe. Um den Weg auf der Straße der Freiheit rückwärts gehen zu können. Und wir brauchen noch ein wenig Zeit. T. C. versucht gerade, ihren Bruder zu erreichen, der zur Rebellenlegion gehört.«

Colby nickte. »Davon hörte ich bereits. Ich glaube, daß sich einer von Davidians Leuten darum kümmert.«

»Das wissen wir zu schätzen. Aber … nun, wir finden, es wäre am besten, in die TOG-Gebiete zurückzukehren, um im Untergrund zu arbeiten.«

Colby und die Baufrin wechselten einen unergründlichen Blick.

»Das hätten wir nicht von Ihnen erwartet«, stellte Jakla fest. »Zum einen bedeutet es den sicheren Tod. Wir haben in letzter Zeit zu viele Agenten dort drüben verloren.«

»Der Himmel weiß, daß wir mehr Spione im TOG-System gut gebrauchen könnten«, setzte Colby hinzu. Dann verdüsterte sich seine Stimme: »Vor kurzem haben wir einen guten Mann in den gälischen Welten verloren. Seine Berichte haben uns über Ihre Schwadron und die Vorgänge dort informiert.« Er zuckte die Schultern. »Jetzt wissen wir nicht, ob unser Agent noch am Leben ist. Mit Hilfe des Rebellenuntergrundes können wir es vielleicht herausfinden. Ja, Captain, dort drüben wären Sie uns eine unschätzbare Hilfe.«

»Sie sprechen von Caius Elliot.«

Colby stimmte nicht zu, widersprach aber auch nicht. Statt dessen wölbte er die Lippen und starrte an Kendric vorbei auf den Raumhafen. »Aber wir hätten Ihnen auch einen Vorschlag zu machen. Noch etwas, mit dem Sie uns helfen würden. Mehr als alles andere müssen wir einen Weg finden, wie wir das TOG weiterhin bekämpfen können. Ein paar Leute hier haben erkannt, daß wir diesen defensiven Krieg nicht unendlich lange fortsetzen können, nicht, wenn das TOG eine solche Menge Schiffe, Männer, Energien und sonstige Dinge besitzt, die nötig sind, einen Krieg zu führen.«

»Ja?« fragte Kendric. *Anscheinend haben sie einen eigenen Plan,* dachte er. *Aber welchen?*

»Zufällig stießen kürzlich drei neue Schiffe zu uns. Nun, vielleicht nicht gerade neu ... aber noch wurden sie nicht formell in unsere Flotte aufgenommen.«

Kendric hob die Brauen. »*Gaidheal, Iolaire* und *Teachdair?*«

»Genau. Wie würde es Ihnen gefallen, diese drei zu kommandieren ... in einer ganz besonderen Mission?«

Zurück in den Kampf! »Ich bin nicht sicher, ob ich Sie richtig verstehe ...«

»Sie würden direkt für uns arbeiten – für mich und COMINT. Sie wären unabhängig, könnten nach eigenem Gutdünken handeln, müßten nur von Zeit zu Zeit ein paar besondere Wünsche meines Büros erfüllen.«

»Aber was soll ich tun?« *Drei Schiffe gegen das TOG? Worauf wollte Colby hinaus?*

»Die offizielle Meinung geht dahin, daß wir nicht genügend Männer und Schiffe haben, um in den TOG-Raum vorzudringen«, fuhr Colby fort, »auch wenn wir den Druck, der auf unseren Welten und Flotten liegt, mindern könnten, indem wir das TOG auf seinem eigenen Gebiet angreifen. Und ausnahmsweise hat die offizielle Meinung, bis zu einem gewissen Grade, recht.«

»Wie sie überhaupt immer recht hat«, warf Jakla ein.

Colby beachtete sie nicht. »Wenn wir Flotten zum Angriff in den TOG-Raum schicken ... Nun, es würde nicht lange dauern, bis sie uns durch aggressives Verhalten und schwere Gefechte ausgeblutet hätten. Aber unter uns gibt es ein paar Leute, die der Meinung sind, daß wir angreifen *müssen,* um zu gewinnen. Sie haben Admiral Davidian doch kennengelernt, nicht wahr?«

»Ein bemerkenswerter Mann.«

»Ja. Seine Urahnen sind mit Constantin und der ursprünglichen Rebellenlegion hierher gekommen, und seine Familie bekämpfte das TOG seit damals. Die meisten der KessRith-Stämme glauben, daß man auf den Feind zugehen müsse. Ihre gesamte Philosophie rankt sich um die vielfältigen Aspekte von Krieg, Ehre und dem Zugehen auf den Feind. Sie können sich vielleicht vorstellen, was *die* von defensiver Kriegsführung halten!«

Kendric nickte schweigend. Er kannte den Kampfeswillen der KessRith.

»Was halten Sie davon, Captain? Wie denken Sie über defensive Kriegsführung?«

Kendric hatte keine Ahnung, worauf der Mann hinauswollte. »Wenn man auf dem Hintern sitzen bleibt und darauf wartet, daß sie einen fangen, dann werden sie das früher oder später auch tun, Sir.«

»Ja, ich dachte mir schon, daß Sie das sagen würden. Also, ich möchte Ihnen vorschlagen, daß Sie hier nicht auf Ihrem Hintern herumsitzen brauchen. Sie nehmen sich Ihre drei Schiffe und greifen den Feind an.«

Kendric schüttelte verwirrt den Kopf. »Mit drei Schiffen?«

»Wir hatten geplant, kleine Einheiten zu bilden, die Überfälle und Spezialaufträge auf TOG-Gebiet ausführen.«

»Mit dem Untergrund. Und der Straße der Freiheit.«

Colby nickte. »Sie würden die erste militärische Untergrundangriffsbewegung bilden. Wenn Sie Erfolg haben, werden wir weitere Einheiten ausschicken.« Er hieb mit der Faust auf den Tisch. »Aber wir *müssen* in die Offensive gehen, verdammt noch mal, oder wir sind verloren!«

Langsam begann Kendric zu verstehen. Eine kleine, erfahrene Truppe. Keine Leute, die sich mit großen Flotten herumschlugen … die aber kurze, schnelle Angriffe durchführten. Die Handelsstationen überfielen. Die T-Doppler-Stationen und kleinere Posten angriffen. Die Agenten absetzten oder an Bord nahmen. Die dabei halfen, Leute in die Freiheit zu schmuggeln …

»Einverstanden«, sagte er. Dann, mit mehr Inbrunst: »Einverstanden!«

»Es wird sehr gefährlich werden. Wir nehmen es Ihnen nicht übel, wenn Sie es ausschlagen.«

Kendric dachte an Möglichkeiten, an Probleme, an Lösungen. »Wir bräuchten Vorräte … einen Ort, an dem die Schiffe gewartet werden können …«

»Wir hoffen, daß wir eine Reihe von Stationen auf dem TOG-Gebiet einrichten können. Nichts Großes oder Besonderes. Bloß kleine Einrichtungen, die auf Asteroiden oder luftleeren Monden oder auch innerhalb der Bahnen eines Gasgiganten liegen können. Kleine Basen, die Sie mit Lebensmitteln, Medikamenten und Waffen versorgen können. Auf denen die Schiffe wieder instand gesetzt werden. Diese Stationen würden entlang der Straße der Freiheit liegen. Vorüberfliegende Frachter könnten Vorräte und Botschaften befördern …«

»Wir wären dann also Freibeuter.«

»So könnte man es nennen.«

»Wenn wir uns nahe bestimmter TOG-Linien aufhalten, könnten wir unbewachte Konvois überfallen, Planeten angreifen, den Handel stören. Und vielleicht auch viele TOG-Leute damit beschäftigen, nach uns zu suchen.« Kendric grinste über das ganze Gesicht. »Verflucht, wir könnten die ganze verdammte TOG-Flotte dazu bringen, nach uns zu suchen ... und damit hätten Sie die Schweine vom Hals!«

»Ken, es ist sehr gefährlich«, warnte Colby erneut.

»Aber das gilt auch für das Herumsitzen und Zusehen, wie sie von Tag zu Tag größer, mächtiger und gefährlicher werden!«

»Dann wollen Sie uns also helfen?«

Was würde T. C. sagen? Vor weniger als einer Woche waren sie an Bord der *Gaidheal* in einer einfachen Zeremonie getraut worden. Lenard Morganen hatte die Trauung vollzogen, nachdem das Schiff ›humpelnd‹ eingelaufen war. Zur Zeit befand sich T. C. im Hafen, um den Familien der gälischen Besatzungsmitglieder zu helfen, die wieder zum Leben erweckt wurden, zu einem brandneuen Leben. Viele dieser Menschen würden beim Aufwachen große Trauer durchmachen müssen, und T. C. wollte versuchen, ihnen ein wenig Trost zu spenden ...

Kendric würde natürlich alles mit ihr und den Überlebenden der Schwadron besprechen müssen. Bei einer solchen Mission durften nur Freiwillige mitmachen. Er glaubte zu wissen, was die meisten Schwadronsmitglieder sagen würden. Und nach seinem gestrigen Gespräch mit T. C. war er sich ihrer Reaktion ebenfalls sicher.

»Glaubst du etwa, ich würde hier sitzen bleiben?« würde sie mit blitzenden Augen und wehenden Haaren fragen. *»Die getreue Ehefrau dee Patria potestas, die darauf wartet, daß du zurückkommst? Wenn du überhaupt zurückkommst? Nein, verdammt noch mal! Wir gehen oder wir bleiben, aber wir tun es zusammen!«*

Er lachte und reichte Colby die Hand. »Wir sind dabei!«

ANHANG

Anhang I

Das TOG-Imperium

Die Wiederbelebung des Römischen Reiches der alten Erde ist sicherlich eine der interessantesten und unerwartetsten Wendungen der menschlichen Sozial-, Politik- und Kulturgeschichte. Sie ist zugleich ein hervorragendes Beispiel, wie Geschichte passend zu den politischen Bedürfnissen und gesellschaftlichen Verschrobenheiten einer beliebigen Zeitepoche oder Kultur geschrieben – oder neu geschrieben – wird.

Den Geschichtsschreibern der Erde vor dem 30. Jahrhundert zufolge ging das Römische Reich im Jahr 476 n. Chr. unter, als ein Barbarenfeldherr namens Odoaker den Marionettenkaiser in Rom absetzte und sich zum König von Italien ausrief. Das Oströmische Reich überlebte unter verschiedenen Namen, bis Konstantinopel im Jahre 1453 an die Osmanen fiel.

Das alte Römische Reich überlieferte der westlichen Zivilisation jedoch ein Erbe der Verwaltung, der Gesetze, der Bildung, der Sprache und der Identität, das Jahrtausende überdauern sollte. Zahllose Aspekte der späteren Zivilisationen hatten ihre Grundlage in römischen Gesetzen und Bräuchen – von der Tradition der Hochzeitstorten und Eheringe bis hin zum Prinzip, daß man bis zum Beweis des Gegenteils als unschuldig gilt.

Die Wiedererweckung Roms als lebendiger politischer Einheit war eine Folge der Verstreuung des Menschen über die Galaxis während des Jahrtausends, das auf die Entdeckung des überlichtschnellen Raumfluges im 22. Jahrhundert folgte. Die Probleme, denen sich planetarische Gouverneure gegenübersahen, ähnelten denen, die römische Gouverneure 3000 Jahre früher in den eroberten Provinzen hatten. Die Entwicklung der VLCAs ermöglichte die Kommunikation in der ganzen Galaxis – nahezu ohne Zeitverlust – und erlaubte die Schaffung einer starken interstellaren Regierung, während die bloße Größe einer beliebigen Provinz und die Anzahl und Verschiedenheit der zu Regierenden die Notwendigkeit einer imperialen Struktur vorgaben. Auf Terra ging die Vereinigung der zahlreichen Nationalstaaten nur langsam voran und wurde erst erreicht, als die Menschheit von einem interstellaren Krieg bedroht wurde. Obwohl diese Einigung nicht von allen Menschen akzeptiert wurde (was z. B. die Flucht vieler Schotten nach NGC 4755 belegt) widmete sich eine Stadt auf der Insel Sizilien ausschließlich der Regierung der weitverstreuten Kolonien und Besitzungen des Terranischen Imperiums. So ist es nicht überraschend, daß sich das neue menschliche Reich mit seinem antiken römischen Vorgänger identifizierte und der Name der Stadt zur Erinnerung daran gewählt wurde.

Wie nun behauptet wird, war das Römische Reich nie untergangen. Statt dessen habe der Fall Konstantinopels damals im Jahre 1453 zum Beginn des Interregnums geführt, eines 1500 Jahre andauernden, dunklen Zeitalters, das bis zur *Praedicatio Imperii* von 2980 dauerte, als der Terranische Senat zum ersten Mal in Neu Rom zusammenkam, um das neue Reich auszurufen.

Dieses neue Römische Imperium bestand in den folgenden Jahrtausenden in verschiedenen Formen. Während der meisten Zeit war es eine echte Republik, die von einem Senat regiert wurde. Die Senatoren wählten einen Caesaren aus ihrer Mitte, doch dieser war eher eine recht machtlose Galionsfigur als ein Herrscher, und manchmal gab es überhaupt keinen Caesaren. Doch ob es nun als Republik oder Imperium bezeichnet wurde: Das neue Staatsgebilde erlebte sowohl Phasen der Expansion und des Wachstums wie auch Perioden der Rezession und des drohenden Zusammenbruchs. Naturkatastrophen wie die Schneepest und Konflikte mit aggressiven Alien-Zivilisationen wie den KessRith und den Ssora brachten das Imperium mehr als einmal an den Rand des Zusammenbruchs.

Die entscheidenden Stärken des Imperiums waren jedoch seine Vielfalt und seine Größe. Da sich die Menschheit über Hunderttausende von Welten überall in der Galaxis ausgebreitet hatte, mochten zwar große Bereiche durch Nichtmenschen versklavt oder von Seuchen verheert werden, doch schien das Überleben der menschlichen Art sichergestellt. Während dieser Zeit war es nicht die Stärke des Imperiums, sondern die *Idee* des Reiches, die der Menschheit erlaubte, ihr Selbstbild als ein einziges Volk zu bewahren, das durch ein einheitliches Gesetzeswerk und gemeinsame Traditionen zusammengehalten wurde. Tatsächlich hatten Historiker bereits begonnen, das Imperium als eine ununterbrochene Tradition von Recht und Ordnung zu betrachten, die sich über mehr als 6500 Jahre von Kaiser Augustus bis in die Gegenwart erstreckte und nur eine kleineres Schwanken von 1500 Jahren aufwies – dieses Schwanken war das Interregnum der Dunklen Zeiten von A. I. 1423 bis 2950 (1453 bis 2980 n. Chr.)

Trotz Veränderungen seiner Gestalt und Verschiebungen in Charakter und Politik, trotz der wachsenden Bedeutung des Amtes und der Befugnisse des Caesaren blieb das Imperium praktisch unverändert bis zum Jahre A. I. 6680, als der neugewählte Caesar Buntari seine Macht durch die Schaffung der Overlords festigte. Die letzten Überreste der Terranischen Republik wurden fortgewischt, als der Caesar mit der Unterstützung der Overlords das *Ius populorum* (Gesetz

[Recht] des Volkes) abschaffte und es durch das *Lex Caesaris* (Gesetz [Befehl] des Caesaren) und das Terranische Overlord Government ersetzte.

Die Edikte und Erlasse, die auf die Errichtung des TOG folgten, hatten weitreichende und verwirrende Konsequenzen für alle Bürger und Nichtbürger im ganzen Reich. Das gilt besonders für die *Patria potestas* (6691), welche die Rechte der Frauen beseitigte und sie auf den Rang von Besitztümern herabstufte.

Die meisten dieser Gesetze wurden allgemein als Notfallmaßnahmen betrachtet. Das zuerst im Jahre 6690 veröffentlichte *Praeceptum Princeps* beschrieb die offenkundige Bestimmung der Menschheit: Der Mensch war das abschließende und höchste Produkt der Evolution der Intelligenz im Universum, und andere vernunftbegabte Rassen waren der natürlichen Ordnung der Dinge zufolge der Menschheit unterlegen und untertan. Nach dem *Praeceptum* wurde die Menschheit als ständig im Kampf um ihre Bestimmung – und sogar um ihr Überleben – in einer Galaxis voller fremder Kulturen und Zivilisationen begriffen, die sie zahlenmäßig weit übertrafen. Die *Patria potestas* war geschaffen worden, um im andauernden Konflikt mit den zahlenmäßig überlegenen Aliens eine hohe Geburtenrate zu sichern.

Indem sie sich diesen und anderen repressiven Maßnahmen im Namen der Zweckmäßigkeit unterwarf, gab die breite Mehrheit der Menschen, die im Imperium lebten, ihr Recht auf Selbstbestimmung auf, und sie wurde vom neuen Regime so versklavt, als gehörte sie zu den unterworfenen Mitgliedern einer nichtmenschlichen Art.

Bis 6830 hatte das TOG seine Kontrolle über den Großteil der Galaxis weiter ausgedehnt und vertieft. Einige kleine Staaten entlang der Grenzen blieben halbautonom, während zwei – das nichtmenschliche KessRith-Reich und das Commonwealth der Menschen und Baufrin – einen verzweifelten und ungleichen Krieg gegen das TOG in einem verlorenen Kampf ums Überleben führten.

Es muß daran erinnert werden, daß die Struktur des Terranischen Imperiums nicht in sich schlecht ist, trotz der propagandistischen Bemühungen des Commonwealth und anderer Feinde Terras. Tatsächlich kann sich die große Mehrheit der Menschen gar keine andere Regierungsform als das Imperium vorstellen, so lange schon hat es die Regierung, Ideale und Geschicke der Menschen bestimmt. Das TOG hingegen ist ein Emporkömmling, eine politische Idee, die den Körper des Imperiums übernommen hat, um Ziele zu erreichen, die der allgemeinen Richtung der beinahe 7000 Jahre alten Geschichte des Reiches der Menschheit zuwiderlaufen.

Gegen das TOG richten sich die Rebellenlegion, der Rebellenuntergrund und die Legionen des Commonwealth.

Sprachen

Übereinstimmend mit den unterschiedlichen Grundlagen der zahllosen menschlichen Kolonien in der Galaxis besitzen die meisten von Menschen besiedelten Welten ihre eigene Sprache oder auch mehrere Sprachen. Dies ist die Folge eines natürlichen Vorgangs, bei dem sich Sprachen durch den allgemeinen Gebrauch entwickeln und im Lauf der Jahrhunderte und Jahrtausende zu immer weniger verständlichen Dialekten des Originals werden. Gegen Ende des Zweiten Jahrtausends versuchten die Menschen, die Souveränität ihres Imperiums durch die Schaffung einer künstlichen Sprache zu stärken, die als Galaktisches Latein oder Galatin bekannt wurde.

Mit dem allmählichen Aufstieg des galaktischen Imperiums kam die Erkenntnis, daß eine gemeinsame

Sprache vonnöten war, um die Abertausende verstreuter Siedlungen der Menschheit in der ganzen Galaxis zusammenzuhalten. Galatin begann als Sprache des Handels und der interstellaren Diplomatie. Schließlich, im Verlauf der nächsten tausend Jahre, wurde es so verbreitet wie Anglic, Russki und Pu Tong Hoa (eine chinesische Verkehrssprache), die drei großen Sprachen des Weltalls. Durch offizielle Förderung ersetzte Galatin sie schließlich als die offizielle Sprache der Regierung und Verwaltung. Händler stellten fest, daß die Verhandlungen mit der Imperialen Regierung durch den Gebrauch von Galatin vereinfacht wurden, und im Lauf der Zeit wurde es auch die wichtigste Sprache des Wirtschaftslebens.

Galatin ist grundsätzlich mit dem klassischen Latein identisch, allerdings sind Grammatik und Satzbau vereinfacht und das Vokabular erweitert, um wissenschaftliche, kommerzielle und andere spezialisierte Verwendungen zu ermöglichen. Wie die meisten künstlichen Sprachen eignet es sich nicht gut für die poetische und künstlerische Verwendung, und viele halten es darum für seelenlos. Manche Autoren (erwähnenswert etwa Gaeaphilos der Philosoph in den letzten Jahren) haben den Ausdruck der eigenen Persönlichkeit auf galatin zur neuen Kunstform erhoben und sind berühmt für die sonore Schönheit ihrer glänzenden Formulierungen in dieser Sprache.

Die einzelnen Welten benutzen weiterhin ihre eigenen Sprachen und Dialekte. (Denn es wäre zuviel erwartet, wenn Hunderte Milliarden von Menschen über Nacht eine neue Sprache lernen sollten!) An zweiter Stelle hinter dem Galatin steht die Verkehrssprache, die als Standard-Anglic, Galaktischer Standard oder Galstandard bekannt ist und vor allem im Commonwealth allgemein gebräuchlich ist. Wo weiterhin Sprachbarrieren existieren, können PCs und Übersetzungsgeräte darauf programmiert werden, ein Speichermodul aufzunehmen, das sie als Übersetzer fungieren läßt, solange beide Seiten das passende Sprachprogramm besitzen.

Anhang II

Die Gälen

Die Gälen der Gälischen Konföderation sind Nachkommen von Europäern der alten Erde, insbesondere von Bewohnern Nordenglands und Schottlands. Der im 20. und 21. Jahrhundert erhebliche Macht- und Ansehensgewinn der Drittweltländer in den Vereinten Nationen in Verbindung mit dem Zusammenbruch mehrerer vormaliger irdischer Supermächte hatte zum Niedergang vieler alter, etablierter Nationen und zum Aufstieg neuer geführt.

Obgleich die gälischen Überlieferungen in dieser Hinsicht sehr undeutlich sind und die TOG-Aufzeichnungen dieses Ereignis überhaupt nicht erwähnen, scheint es doch so gewesen zu sein, daß Schottland während des 23. Jahrhunderts den Rang einer unabhängigen Weltmacht erlangte und ihn etwa vier Jahrhunderte später wieder verlor, als die diversen Vereinten Nationen ihre Autonomie an eine neue Weltregierung abtreten mußten. Der Gälische Exodus scheint sich während dieser düsteren und chaotischen Periode der irdischen Geschichte ereignet zu haben.

Zwar sind nur wenige Aufzeichnungen gälischer Quellen erhalten, doch die menschliche Besiedlung des Gälischen Sternhaufens begann vermutlich im späten 27. Jahrhundert, als eine kleine Gruppe von Flüchtlingen die Erde verließ, um der politischen oder weltanschaulichen Unterdrückung in ihrer Heimatwelt zu entkommen. Es ist nicht eindeutig, ob sie von Anfang an willentlich alle Verbindungen zu Terra abbrachen (wie von ihnen behauptet wird) oder ob sie den Kontakt zur Erde verloren, als ein größerer interstellarer Krieg ausbrach (wie das Terranische Imperium erklärt). Auf jeden Fall war ein offener Sternhaufen wie der Juwelenhort (NGC 4755) ein sehr ungewöhnlicher Ort, um nach erdähnlichen Welten zur Besiedlung zu suchen. Wenn die ersten Siedler damals wirklich eine neue Heimat finden wollten, in der sie für Jahrtausende der Entdeckung entgehen konnten, so hatten sie sich keinen besseren Ort aussuchen können.

Denn tatsächlich besitzt NGC 4755 erdähnliche Welten, wenigstens fünf davon, die fünf verschiedene Sterne der Klassen G und K umkreisen. Die derzeitige Vermutung geht dahin, daß diese fünf Sternsysteme, die weit älter als die jungen, heißen Sonnen des Sternhaufens sind, durch das Schwerkraftfeld des Sternhaufens eingefangen und mitgezogen wurden, als dieser durch die Galaxis wanderte.

Alba und Skye wurden als die ersten beiden Welten kolonisiert, Stratham, Pomona und Uist sind spätere Kolonien, die während der folgenden Generationen erforscht und besiedelt wurden. Es stellte sich heraus, daß sowohl Alba als auch Skye arm an bestimmten natürlichen Ressourcen, insbesondere an Schwermetallen, waren, eine Tatsache, die zum schlußendlichen Zusammenbruch der Zivilisation führte.

Ob der Abbruch aller Verbindungen zu Terra nun beabsichtigt oder aber die Folge des Ausbruchs eines größeren interstellaren Krieges war, auf jeden Fall erwiesen sich die gälischen Kolonien als zu klein und zu arm, um als industrielle Zivilisationen ohne Außenhandel nur auf sich selbst gestützt zu überleben. Bis zum 30. oder 31. Jahrhundert waren im ganzen Sternhaufen die technischen Zivilisationen durch Hungersnöte, Seuchen und endlose Kriege um die schwindenden Ressourcen und Vorräte an Schwermetallen zusammengebrochen.

Auf allen fünf Welten überlebten die Menschen jedoch. In einigen Fällen entwickelten sich isolierte Gruppen zu völlig neuen Kulturen, während sie sich an die harten Umweltbedingungen anpaßten. (Besonders das eisumschlossene Pomona stellte eine Herausforderung an die Überlebensfähigkeit und den Erfindungsreichtum der Menschen dar.) Die vorherrschenden Kulturen auf Alba, Skye und Stratham jedoch bewahrten ihre Identität und ihren Zusammenhalt, indem sie viele der Traditionen und Ideale beibehielten, die sie während mindestens 2000 Jahren der irdischen Geschichte zu einem eigenen Volk gemacht hatten.

Die barbarische Periode des Gälischen Sternhaufens dauerte beinahe 4000 Jahre. Die Wiedergeburt der industriellen Zivilisation auf Alba ging langsam voran, da die Ressourcen begrenzt waren. Angetrieben durch die Erkenntnis, daß die notwendigen Metalle vielleicht anderswo im Sternsystem zu finden sein mochten, gelang es den Bewohnern Albas, mittels ihres primitiven Raumfahrtprogrammes den Mond des Planeten zu erreichen. Nicht viel später wurde ein intaktes Raumschiff aus den Jahren vor dem Niedergang entdeckt. Das Fahrzeug wurde auf den Namen Longluath (Schnelles Schiff) getauft und ermöglichte es den Gälen Albas, den Kontakt zu den vier anderen Welten wiederherzustellen. Im Verlauf des nächsten Jahrhunderts wurden die Verbindungen zwischen den fünf Welten verstärkt. Stratham und Skye schlossen sich mit der Gründung der Gälischen Konföderation freiwillig Alba an, während Uist und Pomona einige Zeit den ›Invasoren aus dem Weltall‹ Widerstand leisteten, doch im Jahre A. I. 6800 waren die ›fünf Welten‹ Mitglieder der Gälischen Konföderation.

Ein interessantes Merkmal der gälischen Geschichte besteht im ungleichmäßigen Verlust ihrer eigenen Überlieferungen: Während Aufzeichnungen über die Flucht von Terra und den Abbruch der Verbindung zur Heimatwelt, der zum Zusammenbruch der Zivilisation im Sternhaufen geführt hatte, erhalten blieben, war jegliches astronomische Wissen verlorengegangen. Auf allen Seiten von den dichtgestreuten Massen der Sterne und Nebel des Sternhaufens umgeben, hatten die Gälen im Verlauf der 4000 Jahre einfach vergessen, wie riesig das Universum wirklich war. Die Astronomie wurde als Wissenschaft auf Alba nicht vor dem 65. Jahrhundert (Imperiale Zählung) wiederbegründet. Infolgedessen glaubten die Gälen, das Universum bestände nur aus dem, was sie sehen konnten: aus einer eiförmigen Masse aus Sternen und glühenden Gasen von etwa 50 Lichtjahren Durchmesser.

Die Wahrheit wurde nicht entdeckt, ehe die *Longluath* im Jahre A. I. 6709 die Grenzen des Sternhaufens durchdrang. Diese Reise brachte grundlegende Änderungen der gälischen Zivilisation mit sich, da die Gälen in diesem Jahr nicht nur die Größe des Universums, sondern auch das TOG-Imperium entdeckten.

Gaedhlig

Die Alte Sprache der Gälen stammt direkt vom schottischen Gälisch ab, einer altehrwürdigen und schwierigen Sprache, die auf der Erde von schottischen Nationalisten während des Wiedererwachens des schottischen Nationalismus im 21. und 22. Jahrhundert bewahrt wurde. Obwohl von vielen Gälen Anglic gesprochen wird, ist Gaedhlig doch die gemeinsame Sprache der Fünf Welten.

Verschiedene gälische Konsonantengruppen werden unterschiedlich ausgesprochen, je nachdem, welche Buchstaben ihnen vorangehen oder folgen. Obwohl hier für eine vollständige Aussprachehilfe einfach kein Platz ist, sollen doch einige Beispiele gegeben werden:

bh: Am Anfang oder Ende eines Wortes wird bh wie ein deutsches w ausgesprochen. In der Mitte eines

Wortes spricht man es wie ein englisches w oder wie u aus, manchmal bleibt es auch stumm.

c: Wird immer wie k ausgesprochen.

ch: Wird niemals wie im englischen ›cheer‹ ausgesprochen, sondern genauso wie das deutsche ch (*ich*, Na*ch*t; vgl *dh* und *gh*).

chd: Wie ein sehr hartes deutsches ch, beinahe wie chk.

dh und **gh:** Wenn es vor oder hinter einem dunklen Vokal (a, o, u) steht, wird es wie das gälische ch ausgesprochen (wie das deutsche Na*ch*t). Vor oder hinter einem hellen Vokal (e oder i) klingt es wie ein j. Am Ende eines Wortes bleibt es stumm oder wird sehr, sehr sanft wie ein h ausgesprochen.

g: Ein hartes g, wie in *g*ut. Hinter oder zwischen hellen Vokalen (e oder i) wird es wie k ausgesprochen.

mh: Entweder als w oder stumm.

nn: Ein betontes n, wie im englischen o*n*ion.

s: Neben einem dunklen Vokal (a, o, u) wird es wie das scharfe (englische) s betont, neben einem hellen Vokal (e oder i) wie sch. (So auch im gälischen Sean, der ja im Englischen auch als Shawn umschrieben wird.)

Die Vokale werden ähnlich wie im Englischen ausgesprochen und kommen in langen und kurzen Formen vor. Das **i** wird oftmals wie ein langes i im Deutschen ausgesprochen. Bei Diphthongen (zwei Vokalen hintereinander) werden beide Laute betont und sanft zusammengezogen.

Einige gälische Wörter und Redewendungen, die in diesem Roman erscheinen, sind mit ihrer Aussprache und Bedeutung nachfolgend aufgeführt.

Abu (ah-buh): Ein alter gälischer Kriegsruf.

Aichbheil (a-ich-el): Rache oder Vergeltung.

Claidheamh mor (kläi-eh mor): Wörtlich ›Großes Schwert‹, der ›Claymore‹, das lange zweischneidige

Zweihänderschwert der schottischen Geschichte und Legende.

Cridhe (kri-jeh): Herz. Der Name des auffälligsten Sternes im Gälischen Sternhaufen, eines roten Riesen. Der Name bezieht sich auf ein Sternbild, das früh in der Geschichte Albas benannt wurde.

Damadas (da-ma-das): Kühnheit.

Gaidheal (ga-jihl): Bewohner der Highlands und später jeder Schotte und Gäle.

Gaedhilg (gäi-lik): Gälisch, die Alte Sprache der Gälen.

Galad (ga-lad): Champion oder Vorkämpfer.

Iolaire (i-o-la-ir): Roter Stern, ein Hinweis auf Cridhe, den hellsten der Gälischen Sterne.

Teachdair (teh-ach-ka-ir): Bote, Beobachter oder Spion.

Taisgealach (tah-isch-ge-al-ach): Entdecker.

Der Name *Gael Warrior* würde auf gälisch eigentlich **Gaidhealchadh** (ga-jihl-chah) lauten. Er wurde allerdings in diesem Roman auf anglic wiedergegeben, um die Augen und Kehlen der Leser zu schonen.

Anhang III

Der Imperiale Kalender und die Zeitrechnung

Die örtlichen Methoden der Zeitrechnung variieren selbstverständlich von Welt zu Welt, da die Tages- und Jahreslänge eines beliebigen Planeten absolut nichts mit dem Tag und Jahr der fernen Erde zu tun haben. Der Mensch nahm jedoch einige Gewohnheiten zu den Sternen mit, und zur Aufrechterhaltung des Handels und der Kommunikation wurde es erforderlich, daß einige grundlegende Regeln beibehalten wurden.

Diese Regeln wurden von der Erde als dem Zentrum des Imperiums definiert: Das Imperiale Standardjahr war das 365,25-Tage-Jahr Terras, wobei der Standardtag den traditionellen 23,93 Stunden des terranischen Tages entsprach und so weiter. Die Namen und Länge der Monate, ursprünglich von den Römern festgelegt, wurden übernommen.

Eine Reform des Imperialen Kalenders im Jahre 3230 brachte eine Veränderung der Jahreszählung mit sich: Die Gründung des Römischen Reiches wurde auf den Beginn des Prinzipates durch Augustus Caesar im Jahre 30 v. Chr. nach der alten Zählweise festgelegt. Durch die Reform wurden die Jahre seit diesem Ereignis gezählt, und aus dem Jahr 3230 n. Chr. wurde Anno Imperii 3200. Alle späteren Jahresangaben in der Geschichte des Reiches sind in A. I. angegeben.

Auf den von Menschen besiedelten Welten überall in der Galaxis werden grundsätzlich die Begriffe ›Sekunde‹, ›Minute‹, ›Stunde‹, ›Tag‹ und ›Jahr‹ beibehalten. Die örtlichen Zeiteinheiten variieren jedoch, je nach der tatsächlichen Rotation des Planeten. Die meisten erdähnlichen Welten haben Rotationszeiten mit maximal 20 Prozent Abweichung von den Standardwerten. (Wenn die Tage deutlich länger oder kürzer sind, führt das in der Regel zu extremen ökologischen Gegebenheiten und Temperaturen, die eine Welt eindeutig un-irdisch machen.) Auf einer Welt mit z. B. einem 27-Stunden-Tag (12,5 Prozent über dem Standard) werden Sekunden, Minuten und Stunden um diesen Prozentsatz verlängert. Daher ist dort eine Stunde tatsächlich 67,5 Standardminuten lang, es gibt weiterhin 24 örtliche Stunden am Tag, und die örtliche Mittagszeit ist wie gewohnt um 12.00 Uhr. Die Zeitrechnung beruht grundsätzlich auf der 24-Stunden-Uhr, bei der 0600 Uhr 6 Uhr morgens und 1800 Uhr 6 Uhr abends bedeutet. PCs – persönliche Computer, die gewöhnlich am Handgelenk getragen werden – besitzen zweifache Zeitrechnungsfunktionen: Örtliche Zeit, die sich auf die Länge des örtlichen Tages bezieht, und Imperiale Standardzeit, wie sie in Neu Rom auf der Erde gemessen wird.

Imperiale Jahre haben selbstverständlich nichts mit

örtlichen Jahren zu tun. Viele einzelne Welten im Imperium messen die Zeit nach zwei Maßstäben, nämlich in Örtlichen Jahren (basierend auf der Umlaufzeit des Planeten um seine Sonne und oft seit dem Gründungsjahr der Kolonie gezählt) und, im Unterschied dazu, in Imperialen Jahren (nach denen beim gesamten Handel und Verkehr in der Galaxis gerechnet wird).

Als Beispiel sei das Jahr Albas genannt, das 287 Standardtage (und damit etwa 78 Prozent des irdischen Jahres) lang ist. Die Zeitrechnung auf Alba kennt das Jahr A. I. 6830 als 3388 Alba, da das Jahr 1 Alba dem Jahr A. I. 4188 entspricht: Zu diesem Zeitpunkt wurde eine Reihe versprengter Stämme auf Alba wieder unter einer einheitlichen Regierung geeint, zum ersten Mal, seit die ursprüngliche Planetenregierung gestürzt war.